U0103279

聲 韻 論 叢

第八輯

中華民國聲韻學學會
國立彰化師範大學國文系　主編

臺灣 學生書局 印行

陳新雄題

序

　　第十六屆全國聲韻學學術研討會於民國八十七年三月二十八日、二十九日兩天在彰化市國立彰化師範大學舉行，一共發表專題演講一篇、論文宣讀二十四篇。現在選錄會後經過審查、修訂的二十三篇論文集爲《聲韻論叢·第八輯》，正式出版，向聲韻學的先進、同道們請教。並且也借此向主辦和贊助會議的國立彰化師範大學、教育部、教育廳、中華民國團結自強協會等單位、主管、任事的女士先生們，以及協助《聲韻論叢》出版的臺灣學生書局表示謝意。

　　這次會議和這本論文集的特色之一，是年輕學者的比重增加。宣讀和選錄的論文之中，年輕學者都超過三分之二以上。在傳統小學普遍式微的今天，這無疑是令人振奮的現象。其次值得注意的，是方音和古、今韻的研究，篇數上接近。以今語證古韻，原爲治音韻之一法。所不同於古人的是，今人更注重方言音韻的整體性和系統性，其相互印證亦多能從方法、理論上著眼。而且今日之方言，即爲明日之古語。聲韻研究，將來一定會因方音的發明而與日俱新。

　　會議中的專題演講，是林炯陽先生的「探求閩南語本字的聲韻方法」。這是一篇很有啓發性的聲韻與方音互證的演講，也正呼應了上文提到的第二點特色。但是會後不久林先生即因癌症就醫，並且在今年三月不幸去世。這篇演講詞因此來不及整理出來一並收入。林先生是聲韻學會前任的理事長，也是聲韻學界具有代表性的學者。英年早

逝，已經令人惋惜感傷；而緬想演講時的音容，於今竟成絕響，更加不能不令人倍增愴懷。

何大安　謹序

中華民國聲韻學學會理事長

中華民國八十八年四月十三日，

時爲林炯陽前任理事長出殯之第二日

聲韻論叢　第八輯

目　錄

等韻圖的教學方法

林慶勳*

摘　要

本文主要從聲韻學教學觀點，介紹「等韻圖」教學方法以及應用，目的在如何讓學習者比較快進入等韻圖的學習領域，從而明白等韻圖結構，以便對中古音音韻系統，有較深入的認識。

首先介紹等韻圖與韻書的關係，明白的說，當韻書分析音韻結構有不足的地方，只有靠等韻圖來解決幫助；但是等韻圖也無法單獨存在，必須依靠韻書才能發揮它的功能。因此兩者有「體（韻書）、用（等韻圖）」的依存結構關係。

接著從聲母、韻母、聲調三方面，分別介紹它們在《韻鏡》中的措置。從教學觀點說，必須有明確而條列式說明，才能讓學習者很快進入情況，因此本文歸納聲母以及韻母或韻類在《韻鏡》中出現的「等韻別」。當然這些條列式由來的說明，必須不厭其煩解釋分析清楚，否則它們不過是一條一條歸納「公式」而已。在情形許可之下，學習

---

*　國立中山大學中文系。

者若能熟記甚至活用這些條例，表示對等韻圖的結構必然是相當嫻熟，如此等韻圖教學，才算符合預期教學目標。

最後利用韻書所載反切，要求學習者就前面已經習得的聲、韻母排列技巧，首先交相互用判斷屬於「幾等韻」？然後將被切字一一填入具體的等韻圖表中，如果到此都能應付裕如，大概可以證明教學與學習，都已達到認識等韻圖的主要目標。

一、韻圖──傳統的語音學

等韻圖的教學，在聲韻學教學中最為繁瑣。既要讓學生明白什麼是「等韻圖」？又要照顧等韻圖與中古音的關係，如此學習者才能深切明瞭等韻圖的教學目標。等韻圖教學時間通常安排在中古音教學之後，也就是對中古音聲母、韻母、聲調有一定認識之後才進行。因此它的教學目標十分清楚，也就是與「韻書」扮演互補的「體、用」角色功能。

「韻圖」只有一個圖表的外貌，對「音韻結構」並無任何文字說明，不瞭解者百看而不得其解。「韻書」正好相反，有反切說明它的「音韻內容」，可惜同韻之間的收字，各種音韻條件有什麼不同？若未經分析解釋說明清楚，一樣不懂。例如下面的反切：

(1a)公，古紅切　　(1b)木，莫卜切

(2a)弓，居戎切　　(2b)目，莫六切

(1a)與(2a)同在《廣韻》平聲東韻，(1b)與(2b)同在《廣韻》入聲

屋韻。現代國語讀音各自都相同,從反切下字比較是有「不同音」的感覺,但究竟如何不同?就很難描述清楚。

(3a)志,職吏切　　　(3b)詞,似茲切

(4a)置,陟吏切　　　(4b)慈,疾之切

　　(3a)與(4a)同在《廣韻》去聲志韻,(3b)與(4b)在《廣韻》平聲之韻。現代國語讀音也各自相同,從反切下字比較,似相同又不相同,但究竟如何不同?《廣韻》也沒有告訴我們很清楚❶。

　　上面的問題,若翻閱韻圖,自然迎刃而解。以《韻鏡》為例,(1a)與(1b)、(2a)與(2b),都在「內轉第一」圖,各別分居「一等」與「三等」。(3a)與(4a)都在「內轉第八」圖去聲,它們是聲母的差異,前者是「齒音照母三等韻」,後者是「舌音知母三等韻」。(3b)與(4b)也在「內轉第八」圖平聲,它們也是聲母的差異,兩個都是屬於「齒音」,前者是「邪母三等韻」,後者是「從母三等韻」。

　　韻圖提供我們明白「音韻結構」的內容,聲母、韻母、聲調如何不同?都給予我們一個明確的答案。話說回來,它所以能有如此功能,其實是拜韻書之賜,把韻書的反切仔細分析清楚,然後一一填入適當位置,這就是韻圖最大職責,我們所以能瞭解中古音的一些語音現象,正是靠韻圖記載的「音韻結構」告訴我們的。所以有人說韻書與韻圖,

---

❶　他們的聲母不同,並不是《廣韻》的反切本身所能見到的,一般都是經過查核才能曉得。

存在著「體用關係」❷，以下我們主要以《韻鏡》這個「用」爲代表做介紹，而它相對的「體」就是《廣韻》。

二、首先介紹聲母的安排

「韻圖」是一張『練音表』❸，在練音表中必定有清楚的「聲母、韻母、聲調」的排列。因此教學過程，最需要讓學習者明瞭韻圖如何安置聲韻調，如果這一點沒有弄清楚，其他相關的問題也就不甚了了。

要明白《韻鏡》的聲母，有必要先把「36 字母」的安排弄清楚。我們先看《韻鏡》的基本圖例如下：

(5)

韻目	齒音舌 清濁 清濁	音　喉 清 濁濁清清	音　齒 次 濁清濁清清	音　牙 清次 濁濁清清	音　舌 清次 濁濁清清	音　唇 清次 濁濁清清	轉次開合
1 等							轉
2 等							次
3 等							開
4 等							合

(5)圖只列出一個聲調爲例，若以平、上、去、入四聲乘以「四等」，將會有 16 列之多，這裏只以 4 列做代表即可。36 字母被很巧妙安置

---

❷　元代劉鑑撰《經史正音切韻指南・自序》說：「名之曰經史正音切韻指南，與韓（道昭）氏《五音集韻》互爲體用。」本於這個觀念而來。

❸　等韻學權威學者趙蔭棠先生說法。

在上圖的 23 欄之中，這是韻圖作者巧奪天工之作，我們不能不驚嘆佩服❹。五音「脣、舌、牙、齒、喉」以及「舌齒」音，底下都有「清濁」分配，例如脣音「清、次清、濁、清濁」，就分別代表「幫、滂、並、明」或「非、敷、奉、微」，其餘可以類推。在中古音介紹聲類部份，應該已有概念，可以不再說明。以下對 36 字母的等列措置，做一詳細說明，對韻圖的聲母教學很重要。

1. 36 字母脣音有：「幫、滂、並、明」與「非、敷、奉、微」8 個聲母。《韻鏡》將幫系排列在 1、2、3、4 等❺相關位置中。非系因爲屬於 3 等韻，所以在《韻鏡》的「東、鍾、微、虞、文、元、陽、尤、凡」（舉平以賅上去入）以及去聲「廢韻」反切上字是非系的歸字，才是眞正的 3 等韻。這裏 8 個聲母，只佔了 4 列的空格。

2. 36 字母舌音有：「端、透、定、泥」與「知、徹、澄、娘」也是 8 個聲母。《韻鏡》將端系排在 1、4 等，知系則排在 2、3 等，沒有任何例外。

3. 36 字母牙音有：「見、溪、群、疑」4 個聲母。《韻鏡》將它們安置於 1、2、3、4 等❻，不會有任何瓜葛。

4. 36 字母齒音有：「精、清、從、心、邪」與「照、穿、床、審、禪」10 個聲母。這一組是講解《韻鏡》時最需要解釋清楚的部份，

---

❹　王力名言所謂等韻圖是「一個蘿蔔，一個坑」就是本於這個觀念而來。

❺　本文中「等」指韻圖的位置，如 1、2、3、4 等。「等韻」則指韻書收字排列在韻圖的位置，例如 1 等韻、2 等韻、3 等韻、4 等韻。在一般情況下，等與等韻沒有區別，但有一些例外，例如《廣韻》一東韻「崇、嵩」二字，它們在《韻鏡》中分別排在「2 等」與「4 等」，但卻都是 3 等韻。

❻　通常「群母」只出現在 3、4 等。

否則學習者稍一疏忽，就會對韻圖排列產生一頭霧水的感覺。表面上
《韻鏡》將精系排在 1、4 等❼，照系列於 2、3 等。實際上照系 2 等
是安置中古音的「莊、初、崇（床）、生（疏）」4 母，照系 3 等排
列中古音的「章（照）、昌（穿）、船（神）、書（審）、禪」5 母。

　　5. 36 字母喉音有：「影、曉、匣、喻」4 個聲母。《韻鏡》將它
們安置於 1、2、3、4 等❽，也不會有任何瓜葛。不過喻母只出現在 3、
4 等，3 等安排中古音的云（爲）、4 等安置中古音的以（喻）。

　　6. 36 字母舌齒音，就是半舌、半齒音「來、日」2 母，日母只出
現在 3 等，來母則 1、2、3、4 等都有。

　　綜合以上的敘述，我們需要歸納聲母的等第如下：

1a 幫、滂、並、明：1、2、3、4 等韻

1b 非、敷、奉、微：3 等韻

2a 端、透、定、泥：1、4 等韻

2b 知、徹、澄、娘：2、3 等韻

3a 見、溪、疑：1、2、3、4 等韻

3b 群：3 等韻

4a 精、清、從、心：1、3、4 等韻

4b 邪：3 等韻

4c 莊、初、崇（床）、生（疏）：2、3 等韻

4d 章（照）、昌（穿）、船（神）、書（審）、禪：3 等韻

5a 影、曉：1、2、3、4 等韻

---

❼　「邪」母只會出現在 4 等。

❽　通常「匣母」不會出現在 3 等。

5b 匣：1、2、4 等韻

5c 云（爲）：3 等韻

5d 以（喻）：3 等韻

6a 來：1、2、3、4 等韻

6b 日：3 等韻

以上值得特別說明的有幾件事：

①屬於純粹 3 等韻的有：1b、3b、4d、5c、5d、6b。這些聲母需要提醒學習者特別注意，對判斷某「韻類」屬於幾等韻，有很大的幫助。

② 4a 精、清、從、心，出現在 1、4 等韻，已經很清楚不必特別說明。至於何以會出現 3 等韻？像《廣韻》東（列於 2、3、4 等部份）、鍾韻屬於 3 等韻（舉平以賅上去入）就有「精系」字，在韻圖中只有借入 4 等的位置別無選擇❾，所以它們不是眞正的 4 等韻，而是借位的 3 等韻。要分別眞假 4 等韻，可以先用識別韻母等第的條例，也就是韻母是「齊、先、蕭、青、添」（舉平以賅上去入），才是眞正的 4 等韻，其餘都是借位的 3 等韻。

③ 4c 莊、初、崇（床）、生（疏），會出現在 3 等韻，道理類似②，也就是東（列於 2、3、4 等部份）、鍾韻屬於 3 等韻的「借位」現象。

④ 5d 以（喻）只出現在 3 等韻，主要是 3 等的位置已被云（爲）母先佔，不得已才借用 4 等位置，其實它也是眞正的的 3 等韻。

《韻鏡》的聲母教學，主要先讓學習者熟悉上面的內容，尤其對

---

❾　因爲 3 等已有照系歸字。

前述歸納的幾點，要提醒學習者特別用心體會，如此對韻圖安排聲母的方法也就能了然於心，對於學習其他韻圖，在原理相同的情況下，自然能迎刃而解。

三、分析韻母與聲調的措置

韻圖的韻母與聲調的教學，聲調比較不麻煩，平、上、去、入四聲，《韻鏡》固定安置於圖中代表聲調的「四大列」之中❿，因為已有《廣韻》206 韻韻目學習的基礎，所以一看任何韻圖都能明白其中從屬關係⓫。因此聲調部份，在教學中不必刻意再做介紹。

因為韻圖有「四聲相承」關係的排列原則，除少數像只有去聲的「祭、泰、夬、廢」，或原缺上、去聲的「冬○宋沃」、「臻○○櫛」之外，只要對「平聲」部份做介紹即可，相承的上、去、入皆可類推而知。

在做韻圖的韻母教學之前，首先要求學習者在上課前一週，把《韻鏡》第一、二圖平聲歸字，一一填入《廣韻》反切，藉以明白韻母排列的位置。例如以第一圖平聲東韻為例，1 等韻的字就放在 1 等；3 等韻的字就放在 3 等，各安其位不會有任何瓜葛。不過其中擺在 2 等的「崇，鋤弓切」與 4 等的「嵩，息弓切」、「融，以戎切」，它們的反切下字「弓、戎」都擺在同一圖的 3 等，由此可見「崇、嵩、融」

---

❿　每一聲調之下再細分「1、2、3、4 等」四小列。

⓫　《四聲等子》與《經史正音切韻指南》則以四大列先分「等第」，每一大列之中再細分「四聲」的四小列。

三字也是 3 等韻的字，因為「借位」的關係，被分別安置於 2、4 等的等位去。在教學上因為時間有限，當然沒有必要讓學習者逐一對每一個圖歸字填注反切，以便明瞭其等位結構，但是適度多分析幾個圖的內容，實在有其必要性。

　　總體來說，有必要先把沒有例外的幾個韻母規則說明清楚，以利學習者掌握一個梗概，像：①所有排在 1 等的字，一定是 1 等韻；②所有排在 3 等的字，一定是 3 等韻；③只有「齊、先、蕭、青、添」（舉平以賅上去入）才是真正 4 等韻，其餘都是 3 等韻的借位字。學習者熟記這三點，對閱讀韻圖有一定的幫助，至少在判斷幾等韻上不會瞎猜。不過有「重紐」的幾個圖另當別論，像《韻鏡》第四圖平聲支韻，唇音 4 等有「卑、披、陴、彌」，牙音 4 等有「祇」，以韻目來看絕對不是四等韻，如果是 3 等韻為何排在 4 等的位置？答案當然是「重紐」的 A 類字，與排在 3 等的「重紐」B 類字相對。此外也有一些特殊的「例外歸字」，像支韻是 3 等韻，嚴格說不應該出現端系字，但我們在《韻鏡》第五圖平聲支韻，看到定母收有「鎚」字⓬，那就是一個不應出現而出現的「例外歸字」，這種現象不必在教學中多做考證說明。

　　對於 2 等位置所出現的歸字，什麼時候是真 2 等韻？什麼時候是假 2 等韻？教學上也有一個簡單的判斷方法（請參考下圖(6)）。可以用「齒音」為中心，觀察它的左邊 2 等位置（指喉音和舌齒音）、右邊 2 等位置（指唇、舌、牙音）是否有歸字？如果「有」就是真 2 等

⓬　這個「鎚」字，龍宇純（1966：62）認為它讀「直垂切」澄母不當在此，《七音略》這個位置無字。

韻，「沒有」就是假 2 等韻。《韻鏡》四十三個圖中，唯一只有第十七圖「臻、櫛」例外，也就是齒音左、右雖然沒有歸字，卻是眞正 2 等韻。一般分別韻母等第的規則，大致已如上述所說，學習者如果能將上面所說記誦清楚，大概對韻母在韻圖所安置的情況，應該已能掌握得十分清楚。

(6)

韻	齒音舌		音 喉		音 齒		音 牙		音 舌		音 唇		轉
目	清濁	清濁	清濁	濁清	次濁清	濁清清	清濁	次濁清清	清濁	次濁清清	清濁	次濁清清	次
1等													開
2等													
3等													
4等													合

　　這裏值得一提的是，某些較特殊的韻母排列，要等待學習者對整個韻圖結構有一定認識後才能教學。譬如像《韻鏡》三十七圖，以平聲「侯、尤、幽韻」爲例說明（請參考下圖(7)），侯韻屬於 1 等韻，歸字全部在 1 等不會有任何問題。尤、幽韻都是 3 等韻，歸字則分別放在 2、3、4 等，其中 2、3 等都屬於尤韻字，4 等則尤、幽韻共有。4 等的「唇、牙、喉（只有影、曉二母）、半舌」才是幽韻字，其餘齒音及喉音的喻母都屬於尤韻字⓭。類似這種比較特殊的韻母排列，

⓭　如果在每一個歸字旁注上《廣韻》反切，也能證明哪些字是 3 等韻尤韻，哪些字是 3 等韻幽韻字。

沒有必要一開始就介紹給學習者知道，究竟韻圖教學比其他部份複雜，應該要有層次不同的教學順序比較妥當。

(7)

韻目	齒音舌				音喉					音齒					音牙				音舌				音唇				轉次開合
	清	清	濁	濁	清	濁	濁	清	清	次濁	清	濁	清	清	清	次濁	濁	清清	清	次濁	濁	清清	清	次濁	濁	清清	
1等	*侯*				侯					侯					侯				侯				侯				轉
2等										尤																	
3等	尤				尤					尤					尤				尤				尤				開
4等	*幽*				尤	*幽幽*				尤					幽								幽				合

四、從反切判斷幾等韻

學習者如果能把上面的觀念完全消化清楚，大概對韻圖已經有一定的認識了，這時可以用「由反切判斷幾等韻」的方法來測試，看看是否真正對聲母、韻母、聲調的等第有所瞭解。以下舉《廣韻》平聲「虞韻」⓮為例說明，有時韻紐字不是常用字就以小韻內同音字來代替：

　　1虞，遇俱切　　　2芻，測隅切　　　3無，武夫切

⓮　在中古音反切下字系聯教學，已經知道「虞韻」同屬一類。

4 于，羽俱切	5 訏，況于切	6 衢，其俱切
7 儒，人朱切	8 須，相俞切	9 株，陟輸切
10 貙，敕俱切	11 殊，市朱切	12 逾，羊朱切
13 區，豈俱切	14 朱，章俱切	15 趨，七逾切
16 慺，力朱切	17 扶，防無切	18 雛，仕于切
19 傴，莊俱切	20 敷，芳無切	21 諏，子于切
22 跗，甫無切	23 紆，憶俱切	24 輸，式朱切
25 樞，昌朱切	26 廚，直誅切	27 拘，舉朱切
28 毹，山芻切		

我們要判斷一個韻類屬於幾等韻，可以用判斷聲母、韻母屬於幾等韻的幾個特性交相互用來區別。大致上它的原則如下：

A. 第一先判斷是否屬於「齊、先、蕭、青、添」（舉平以賅上去入）4 等韻？上列「虞韻」自然不是 4 等韻。

B. 其次判斷它是否 3 等韻？3 等韻在聲母條件中有一個特色，如果一個韻類之中有「非、敷、奉、微」、「群」、「章（照）、昌（穿）、船（神）、書（審）、禪」、「云（爲）」、「以（喻）」、「日」等十三個聲母中任何一個聲母，那麼這個韻類就是 3 等韻。上列「虞韻」中，我們可以看到屬於 3 等韻特色的聲母有：3 微母、4 云母、6 群母、7 日母、11 禪母、12 以母、14 章母、17 奉母、20 敷母、22 非母、24 書母、25 昌母，有十二個之多，屬於 3 等韻絕對沒有問題。

C. 如果都不是 3、4 等韻，就用聲母的特點來判斷 1、2 等韻比較簡單。

從以上的例子來看，如果學習者能按部就班去瞭解韻圖的結構，

相信一般都能分析清楚。不過在教學上若有時間，應該多加一兩次的說明，甚至舉例避免重複同類型的例子，那麼應該很快可以讓學習者全盤瞭解，如此一來全部的等韻圖教學，到此就算告一段落了。

五、結　語

《韻鏡》的教學，是等韻圖教學的基礎，其中包括聲母、韻母、聲調各方面排列的基本觀念，如果學習者能融會貫通，不但可以把等韻圖的原理分析清楚，依照前面所介紹的內容反覆練習，甚至熟能生巧懂得活用各種觀念，那麼不但其他等韻圖也能輕鬆學習而知曉，並且對中古音系的深入結構，也能較為清晰瞭解，以此做為基礎，自行研究相關問題就能掌握最起碼的基礎。

上面介紹的學習進程，是針對好學深思的學習者說的，對於平常一般的學習者而言，只有用多多鼓勵的方式，反覆不斷的舉例說明來教學，往往也能達到預期的效果。個人近一年來採用投影片教學，把《韻鏡》的基本構圖、聲母等位、韻母本圖借圖、等位判斷，甚至於借位、重紐等比較複雜的現象，都一一製作成投影片。好處是可以反覆講解，讓學生注意力集中，清晰看個明白。就學習效果來說，的確有其功能，不但課堂中重複問題的對話減到最低；相對的學習者有較多時間參與問題討論。以上所說極為粗淺，野人獻曝不過是提供同道參考而已。

引用書目

王　力

　　1975　《漢語音韻》，台北：弘道文化事業有限公司。

方孝岳

　　1988　《廣韻韻圖》，北京：中華書局。

孔仲溫

　　1987　《韻鏡研究》，台北：學生書局。

李新魁

　　1982　《韻鏡校證》，北京：中華書局。

　　1983　《漢語等韻學》，北京：中華書局。

林慶勳

　　1982　〈如何由反切推定幾等韻〉，《華岡文科學報》14：　111-
　　120。

林慶勳、竺家寧

　　1989　《古音學入門》，台北：學生書局。

林慶勳等

　　1995　《文字學》，台北：國立空中大學。

陳新雄

　　1981　《等韻述要》，台北：藝文印書館。

　　1983　《音略証補》，台北：文史哲出版社。

陳彭年

　　1008　《廣韻》，台北：藝文印書館。

趙蔭棠

1974　《等韻源流》，台北：文史哲出版社。

龍宇純

1966　《韻鏡校證》，台北：藝文印書館。

藝文印書館編輯部

1974　《等韻五種》，台北：藝文印書館。

聲韻學教學的基礎建設

姚榮松*

壹、前　言

　　聲韻學是探究漢語古今音韻系統及其發展規律的科學。這是從學科的性質所作的概括。站在教學的立場，更貼切地說，它是探討古代漢語音韻演變，並以之考訂古代典籍的基礎學科。長期以來，人們把它當成「漢語語音史」來教學，但是在教者並不具備歷史比較語言學素養，學者也缺乏語言學的基礎訓練下，教學效果並不如理想，通常一個班級四十個學生中，能粗通膃理，進入上古音之堂奧者，十不二、三，個中原因，除了教學時數不足，理想教材難覓之外，教學方法的陳陳相因，引不起學生的興趣恐怕也是個重要原因。本文所謂基礎建設，即是在如何掌握教學目標，充實基本學科素養以及引起學生學習動機三方面進行觀察與剖析，冀能為提高聲韻教學的品質，作拋磚引玉的思考。

---

*　　臺灣師範大學國文系教授

貳、聲韻教學的目標

　　聲韻學作爲中國語文科系的核心課程❶，與文字學、訓詁學等三科合成語言文字的基礎學科，或謂之科班訓練，依照傳統中國文學系的課程架構，這是爲研究古代文獻服務的考據學門，但是從語言學史的角度看，它是傳統語文學、也稱爲文獻語言學的一部分。從學科的性質來看，聲韻學經二十世紀以來的西方歷史比較法的洗禮，它已不僅止於用來解讀文獻，更重要的是通過古音的構擬，爲漢語語言史奠定了礎石，所以它也是一門具有前瞻性的歷史音韻學。

　　我們對於聲韻學的教學目標不得不相應地分成兩個方向的思維：一是作爲語言學課程，或者中文系「語文學程」的主修科目，聲韻學可定位爲「漢語歷史音韻學」，如董同龢在《漢語音韻學》所設定的目標。從國語音系、現代方音到早期官話，上溯中古音系及上古聲韻調，再反過來看上古音如何演變成中古音（這一章董氏闕如），由中古音到現代官話，或中古音到現代方音（這一章董氏也來不及寫）的演變，這樣的教學目標是爲漢語史服務的。

　　聲韻學作爲中文系的傳統學科——文獻語言學，是文字不可或缺的形、音、義的一環，語音貫串形、義，是考求字源、辨明通假、因聲求義、剖析詩律、鑑賞韻文、校勘聲誤的利器，其方法在利用古代韻書反切資料，歸納音類，上考詩韻諧聲時代之離合，並進而以音類爲詮釋之依據，下窺方言演變並爲訓詁學、詞源學、校讎學等學科服

---

❶　簡宗梧主持〈全國大學中（國）文系學程規畫成果報告〉p34-35 課程架構圖。教育部顧問室委託國立政治大學執行（民國 84 年 6 月 30 日）。

務。

以上兩項目標,可以從不同路徑切入,一種是語言學路徑,一種是音類分析法。在聲韻學史上,音類分析已進行了幾個世紀,比方說切韻韻類的分析、四等輕重的分析、三十六字母到四十一、五十一聲類,在在都顯示音類分析是構擬音值的基礎,二者不可偏廢。不過對於初學者,自然以文獻語料的靜態分析作爲起點。

參、充實基本學科素養

聲韻學作爲漢語歷史音韻學,教師除嫻習本科外,必須具備有相關方面的學科素養,包括:語音學、音韻理論、語言學史、歷史比較法、內部擬測。本文不擬細論這些學科內涵,以下只舉幾個例子,說明正確的理論認知有助於聲韻教學。

一、清/濁四分法與六分法

對於《韻鏡》將三十六字母的清濁作成四分法:〔清、次清、濁、清濁〕,後人改稱「全清、次清、全濁、次濁」,適用於區別脣、舌、牙、喉音各四個字母,卻不能完全區別齒音的齒頭和正齒下的五個字母組。茲將韻鏡齒音的三分法、江永的五分法及近人的三分法對照如下:

(1)	精	清	從	心	邪	
	照	穿	床	審	禪	
韻鏡	清	次清	濁	清	濁	（三分法）

江永	最清	次清	最濁	又次清	又次濁	（五分法）
羅常培	全清	次清	全濁	全清	全濁	（三分法）
陳新雄	全清	次清	全濁	次清	全濁	（三分法）

　　就區別功能而言，江永的齒音五分法或整體清濁的六分法（另加次濁）是最完美的。至少從字面上把「塞擦音」的 ts、ts'、dz 與「擦音」s、z 的發音方法完全用清濁區隔成五種，好像解決了歷來的糾葛，因為三分法的兩清兩濁並未區別塞擦音與擦音，其餘二種三分法（不含次濁）也沒有解決這種混淆，只有五分法把它們完全區別開來。不過若與喉音的影曉匣喻合觀，不論把擦音〔曉－匣〕叫做〔次清－全濁〕，或〔全清－全濁〕，都不能與塞音的全清（影），或塞擦音的全濁（從、床）有所區隔。所以清濁四分法（含次濁）是不理想的。清濁次類紛繁的原因在：發音方法本來就有三個標準；即⑴阻塞的狀態；⑵聲帶振動與否；⑶氣流強弱。把⑴⑶兩種發音方法一併也用⑵清／濁來區別，自然就不免要削足適履，捉襟見肘，這也反映了古人對發音方法的認知是漸進的，在《韻鏡》的時代，只認識⑵⑶，沒有意識到連⑴也全靠清濁反映，所以它的四分法雖然對唇、牙、喉第四位的「清濁」（即次濁）「別具隻眼」，卻不能對五字母組的兩個擦音「另眼相看」。明瞭了六分法實際是為滿足方法「三合一」的偉大傑作，即可獲得一個結論，音理上只有清濁二分，清濁之上附加的修飾都不是為清、濁而設。

二、漢語音節的三分法與四分法

　　關於漢語音節結構的描述，丁邦新師（1979）〈上古漢語的音節

結構〉有過全面的描述和討論，尤其討論上古音就得牽涉陰聲韻尾的問題以及「同族系語言的證據」，丁先生的結論是：上古音的音節結構是 CVC。持上古陰聲韻不具輔音韻尾說有王力、陳伯元師及龍宇純師，陳師於《古音學發微》（1972）主張陰聲開尾外，1997 年「第十五屆全國聲韻學術研討會」上又撰〈上古陰聲韻尾再檢討〉，龍先生除〈上古陰聲字具輔音韻尾說檢討〉（1979）一文與丁先生有所討論外，1987 年又撰〈再論上古音-b 尾說〉。此外，張清常（1994）也有〈上古音*b 尾遺跡〉一文，則持正論。這個問題似可作為聲韻學的經典課題，其重要性不下於重紐問題，可作為會議主題而非本文所能究論。本文所要強調的是「音節結構」這個概念牽涉的除了古音構擬外，對於分析音位、反切、方言及音韻變遷都是關鍵性的課題，有關〈音節結構與聲韻學教學〉，林慶勳（1997）已論及，此亦不論。

董忠司（1997）〈試談教育部推薦音標方案中的閩南語音節結構與漢語聲韻學〉一文對於閩南語 ngiauh4（以針狀物將刺挑出）之類帶喉塞韻尾的音節分析為：CMVFE 五個音段成分，即：

(2)

		4		（聲調）
ng	i	a	u	h
聲母	介音	主要元音	韻末	韻尾

如果再加鼻化成分則閩南語的音節可多至七個成分，即在聲調之下再加一層鼻化，如下式：

(3)　　　4　　　（聲調）

　　　N　　　（鼻化）　⇨ ngiaunnh4（TLPA 標法）

　ngiauh　（音素層）

　　　這點正凸顯了漢語方言如閩南語或閩東的福州話（也有「韻末」這類成分，如雪 suɔʔ23、針 tsɛiŋ44）的音節結構，其實比官話方言複雜，我們擬測古音不能不對現代方音結構做徹底的清理。不過董氏把上例的 u 叫韻末，-h 叫韻尾，並不是很好的名稱，我曾建議他把名稱倒過來，因爲 CMVE 的典型結構中，我們已習慣稱韻母的三個主要成分爲韻頭（介音）、韻腹（主要元音）、韻尾（元音或半元音），因此只能說表達入聲調的-h 爲韻末，既在末梢，其有無可以不計，而實質上，在上列(3)式中，如果標調（第 4 調：陰入）就不需-h，標了-h反而還須分別 4 或 8 調（陽入調），而傳統閩南語的八音呼法，正是把 a 與 ah、iau 與 iauh 兩類韻母視同一個大韻的八個調，所以-h 也是不佔音位，其實是個冗贅成分。其他-p、-t、-k 的入聲韻尾亦當如是觀。

　　　劉俊一（1991）〈漢語音節的三分法與四分法〉一文認爲「等韻圖是從四個方面來規定一個音節的，也可以說把一個音節分爲四個因素，即聲、呼、韻、調。可以簡稱爲四分法」，相對於傳統的「音＝聲＋韻＋調」的三分法，是一個新的觀察角度，爲什麼等韻圖上的「等」「呼」中的「呼」可以單獨提出來呢？劉氏說：「等，不但跟介音有關，而且更主要的是表示主要元音的差異，它不是單獨的結構成分。呼則是介音的異同問題，是音節結構的組成部分之一。」（同上文，頁 72）不過劉文並未仔細討論元明以後兩呼如何轉化成四呼的問題，

也沒有進一步釐清切韻音系唇、牙、喉開合口的問題,在筆者看來,開、合的概念是發展的,反切的作者未必具有介音的概念,而介音究竟屬聲抑屬韻,在理解上也很不一致,這些問題是重紐問題的關鍵,關於唇音在早期韻圖上的表現,有的說不分開合口,有的說可開可合,必須從漢語方言的演變觀其通盤情況,不過,從國語音系中的 o(ㄛ)與ㄜ(ㄜ)的音韻地位也可以看出一些端倪,例如:

(4)

	o	uo	ㄜ	uㄜ
p	撥	—	—	—
p'	潑	—	—	—
m	摸	—	—	—
f	佛	—	—	—
t	—	多	得	—
t'	—	脫	特	—
n	—	諾	吶	—
l	—	羅	勒	—

我們知道把「撥」等唇音字標為ㄅㄛ,ㄆㄛ,ㄇㄛ,ㄈㄛ不必加ㄨ只是注音符號的規定,標成 puo,p'uo,muo,fuo 可以看成自由變體,換言之,唇音後面並不分開合,國語音系尚且保留中古韻圖的痕跡。至於「多」與「得」二行正好一合一開相配,從音位觀點看,o 與ㄜ可視為同位音,可以說/ㄜ/音位在合口讀成 o,亦即/ㄜ/→[o]/u-。因此早期國音本來只有ㄛ(o),後來再強分出一個出頭的ㄜ(ㄜ),完全無視於它們是互補的開合元音。由此看來,元音唇狀的圓展也許也是古人

區別開合的標準之一，後來才從韻圖體系上抽離出「呼」的通則，慢慢成爲介音 u 的有無的專名。在此暫不細論。我們認爲把「呼」提出來作爲音節結構的重要因素，就必須調整原來的結構公式，例如把 i 與 u 分家，擬爲：

(5)　音節＝ $\dfrac{T}{C\ (X)\ (G)\ V\ (E)}$　　G＝glide 滑音，如 j,w

聲　呼　介　元　韻
母　(± u)　　等　　尾

韻頭　　　韻腹

　　　X 與 G 的結合過程正是中古二呼向近代四呼轉變的關鍵，這個問題也可以成爲等韻研究的重要議題，由此可見，音節結構的再分析可以刺激吾人對傳統分析模式的反省。

三、比較研究與內部擬測

　　何大安（1987）《聲韻學中的觀念與方法》第九～十章即是本標題兩種語言學方法，這兩種方法是結構語言學的金科玉律，高本漢（1941）的《中國音韻學研究》（法文本 1915-1926）主要利用漢語方言比較構擬切韻音系，另一本總結性的 Compendium of phonetics in Ancient and Archaic Chinese（1954），中譯本一作《中國聲韻學大綱》（1972 張洪年譯，中華叢書），一作《中上古漢語音韻綱要》（1987 聶鴻音譯，齊魯書社），兩書皆是聲韻學者必讀的經典，也是高氏援歷史比較法與內部擬測法爲中古音、上古音所作的構擬，不過，對古

音的構擬還得結合古韻分部之類的傳統方法，馮蒸（1989:3）名之爲：
(1)絲聯繩引法；(2)離析唐韻法；(3)審音法。而中古韻圖最能表現內部
擬測法的「空檔」，正好也爲高氏所樂用。筆者認爲細讀高著正是厚
植漢語歷史比較法與內部擬測能力的不二法門。一旦我們有能力發現
高本漢的漏洞或修訂高氏學說，就可以進入董同龢《上古音韻表稿》
和李方桂（1971）〈上古音研究〉的領域，不過在探討上古韻部及古
聲研究上，也不能不讀陳伯元師的《古音學發微》（1972）和新近出
版的李葆嘉（1996）《清代上古聲紐研究史論》（五南）兩書。上古
音系的構擬是漢藏語比較研究的基礎，但有時我們更需要從漢藏語比
較研究上來檢討上古音的構擬，這就好比吾人利用聲訓、異文、假借
等訓詁資料來擬測古音，我們更需要根據古音學來釐清聲訓、異文、
假借的眞象。關於歷史的比較法和內部擬測法與漢語古音研究的關係，
徐通鏘自 1980 年以來有以下幾篇重要的論著：

> 徐通鏘 1980 〈歷史比較法和切韻音系的研究〉（語文研究
> 1980:1）
>
> 徐通鏘 1980 〈譯音對勘和漢語的音韻研究〉（北京大學學報
> 1980:3）
>
> 徐通鏘、葉蜚聲 1981〈內部擬測方法和漢語上古音系的研究〉
> （語文研究 1981:1）
>
> 徐通鏘 1981〈語言發展的不平衡性和歷史比較法〉（語言研
> 究論叢，第三輯）
>
> 徐通鏘 1989〈音系中的變異和內部擬測法〉（中國語言學報
> 第三期）

徐通鏘 1993〈文白異讀和歷史比較法〉（《徐通鏘自選集》
pp.124-163）

徐氏新著（1996）《歷史語言學》（商務印書館）則有更全面的理論
描述，如把「內部擬測」放在「結構分析法」（下）一章，又將「詞
匯擴散」放在「語言的擴散（下）」一章，又有一章「文白異讀（上）：
疊置式變異和內部擬測法」，上列徐（1993）一文則爲「文白異讀（下）」
章；足見「詞匯擴散」、「文白異讀」這些最新的課題都已成爲歷史
比較法與內部擬測法的重要理論。此外，對上古漢語聲母的擬測，龔
煌城師（1990）〈從漢藏語的比較看上古漢語若干聲母的擬測〉、梅
祖麟（1989）〈上古漢語 s-前綴的構詞功用〉、梅祖麟（1997）〈漢
語七個類型特徵的來源〉都是關乎方法論的重要文獻，自然也不能忽
略兩本西方漢學家的名著：

（蘇）謝·葉·雅洪托夫《漢語史論文集》（1986 唐作藩、胡
雙寶選編，北京大學出版社）
（美）包擬古《原始漢語與漢藏語》（1995 潘悟雲、馮蒸譯，
中華書局，北京）

我們覺得中文研究所必須開設「歷史語言學」、「漢藏語言學」、
「漢語方言專題研究」三門課程，才能使以聲韻學爲專業的研究生得
到充分訓練，中文系這方面的師資若不增強，將在未來十年內失去國
內語言學領域應有的角色。這也是筆者撰寫本文的一個危機感的動因。

肆、引起學習動機

聲韻學在中（國）文系既爲必修課，教師都是長期沉浸此道的專業人士，容易忽略引起學生的學習動機，長期以來，人各一套，也沒有叫好不叫座的危機意識，這或許是本學門在當前中文系所以變成冷門的原因吧！再則每週兩個鐘頭的必修課，實在無法講完過去三小時的講授內容，教師只好精簡教材，取精用宏，即使每雙週上完一個單元，也無法順利講完上古音，看來在教材教法上都必須徹底重新設計，進行實驗，爲了兼顧理想與現實，筆者以爲教材的安排必須通盤考慮可讀性。換言之，一般中文系學生對本科目除了視爲考據學、音標遊戲之外，似乎沒有預期的學習興趣可言，有些人可能抱著興趣來聽，但做完一本「廣韻作業」即切語上下字的歸類系聯之後，可能便已興味索然，不願投入第二個作業了。當然也有許多先生不要求做完整本廣韻的反切，或以其他作業代替，我想這是未可厚非的。個人則擇善固執，一律要求下學期做完，偶而也要求填寫「聲經韻緯求古音表」的平入聲部分，作爲上古音入門，如果是積極填表者，可以對廣韻與等韻圖的內在聯繫有系統的掌握，儘管如此，這種訓練的好處並不能在多數學生身上體現，因此作業的設計似乎有待斟酌。

美國大學的語言學教科書分兩種，一種是爲語言學專業寫的，一種是爲文學專業或其他科系者通用，有點像我們「高中數學」分成一、二兩個類組。前文於教學目標的討論中，筆者已提出兩類教學的構想，我們認爲「歷史音韻學」取向的聲韻教學之傳統應該有所調整，因此，像竺家寧的《古音之旅》是一本具有可讀性的入門參考書，林慶勳與竺家寧的《古音學入門》，在某種程度上簡化了教材，也有一些新意，

如果再添些枝葉，就是很好的「入門」；何大安的《聲韻學中的觀念和方法》揉合了語音學、音韻學、歷史語言學、方言學、語言接觸等相關領域，可以作為「漢語音韻學」的入門。我們最缺乏純粹以「文學語言」為對象的聲韻學教材，雖然王力的《漢語詩律學》已有可觀成績；謝雲飛先生《文學與聲律》也是一本入門書，但畢竟不是教材。個人認為這是值得開發的第二類教材。我初步命名為《文學與聲律：中國文學作品中的聲韻學》，其核心內容至少包括以下各項：

　　㈠四聲與平仄（從永明聲律談起；切韻韻書之緣起）

　　㈡韻律在中國文學上之運用

　　㈢詩律與音韻

　　㈣詞律與音韻

　　㈤曲律與音韻

　　㈥駢文與音韻

　　㈦《詩經》用韻

　　㈧誦讀與吟唱

　　㈨如何審音定切

以上只是一種初步的教材框架，我們仍然希望藉著文學聲律來分析漢語音韻結構，把上古音、中古音、近古音或近代音做附帶的講授。自然也可以有另一種《實用漢語音韻學》的教材，把理論和實用一起陳述，這方面的教材目前有兩本：⑴殷煥先、董紹克《實用音韻學》（1990齊魯書社）；⑵沈祥源、楊子儀《實用漢語音韻學》（1991山西教育）

　　以第二本為例，共分十二章，目錄如下：

　　緒論

　　第一章　　漢語語音的分析

第二章　　現代漢語語音系統

第三章　　傳統音韻學的基本概念

第四章　　漢語語音發展的基本原理

第五章　　上古音說略

第六章　　中古音說略

第七章　　近代音說略

第八章　　漢語語音演變的基本規律

第九章　　解讀反切

第十章　　標識字音

第十一章　因聲求義

第十二章　古字的通假

第十三章　文學的音韻美

第十四章　方言調查與研究

第十五章　音韻學名著簡介和工具書的運用

附錄

　　教材的簡易和可讀性只是提高教學趣味的一個方面，更重要的是如何切合學生的需要和從生活周遭取材作為教學的切入點，在這方面，還可以加入諧音詞、歇後語、雙關語及人名、地名等探源，從音韻與文化的聯繫上，把聲韻學的基本原理灌輸到文學研究者的心靈，正是引起學習動機的一項心理建設。

伍、結　語

　　本文並沒有把個人教學的經驗全部寫入，僅從當前改善中文系聲

韻教學的角度，提出個人三個面向的觀察與建議，希望在嚴肅的學術研討之外，引起新的課題，集思廣益，更希望聲韻學教學的革新能在中文學界引出一列全新的改造列車，那麼本會也將邁入一個嶄新的紀元。

參考書目

丁邦新

    1979　〈上古漢語的音節結構〉，《歷史語言研究所集刊》，50：4，臺北：中央研究院史語所

王　力

    1972　《中國詩律學》，臺北：文津出版社（署名王子武；原書當作《漢語詩律學》）

包擬古

    1995　《原始漢語與漢藏語》，潘悟雲、馮蒸譯，北京：中華書局

何大安

    1987　《聲韻學中的觀念與方法》，臺北：大安出版社

李方桂

    1971　〈上古音研究〉，《清華學報》新 9 卷 1.2 期合刊，新竹：清華大學

李葆嘉

    1996　《清代上古聲紐研究史論》，臺北：五南圖書出版公司

沈祥源、楊子儀

1991　《實用漢語音韻學》，山西教育出版社

林慶勳

1997　〈音節結構與聲韻學教學〉，《聲韻論叢》第七輯，臺灣學生書局

林慶勳、竺家寧

1989　《古音學入門》，臺灣學生書局

竺家寧

1987　《古音之旅》，臺北：國文天地雜誌社

徐通鏘、葉蜚聲

1981　〈內部擬測方法和漢語上古音系的研究〉，《語文研究》1981:1

徐通鏘

1980　〈歷史比較法和切韻音系的研究〉，《語文研究》，1980:1

1980　〈譯音對勘和漢語的音韻研究〉，《北京大學學報》，1980:3

1981　〈語言發展的不平衡性和歷史比較法〉，《語言研究論叢》，第三輯，又載《徐通鏘自選集》pp.1-21，河南教育出版社

1989　〈音系中的變異和內部擬測法〉，《中國語言學報》第三期

1993　〈文白異讀和歷史比較法〉，《徐通鏘自選集》頁 124-163

1996　《歷史語言學》，北京：商務印書館

殷煥先、董紹克

1990　《實用音韻學》，山東：齊魯書社

高本漢

1941　《中國音韻學研究》，趙元任、李方桂等譯，臺北：臺灣

商務印書館

張清常

1994　〈上古音*b 尾遺跡〉，《音韻學研究》第三輯，臺北：中
華書局

梅祖麟

1989　〈上古漢語 s-前綴的構詞功用〉，中央研究院《第二屆國
際漢學會議論文集》（語言與文字組），頁 23-32

1997　〈漢語七個類型特徵的來源〉，《中國境內語言暨語言學》
4，頁 81-104

陳新雄

1972　《古音學發微》，臺北：嘉新水泥公司文化基金會，嘉新
研究論文第 187 種

1998　〈上古陰聲韻尾再檢討〉，《聲韻論叢》第七輯，臺灣學
生書局

馮　蒸

1989　〈漢語音韻研究方法論〉，《語言教學與研究》，1989：
3，北京

董同龢

1975　《上古音韻表稿》，中央研究院史語所單刊甲種之 21，臺
北：台聯國風出版社，台三版

董忠司

1997　〈試談教育部推薦音標方案中的閩南語音節結構與漢語聲
韻學〉，《聲韻論叢》第七輯，臺灣學生書局

劉俊一

1991 〈漢語音節的三分法與四分法〉,《古漢語研究》,1991:
3

龍宇純

1987 〈再論上古音-b 尾說〉,《臺大中文學報》,創刊號

1979 〈上古陰聲字具輔音韻尾說檢討〉,《歷史語言研究所集
刊》,50:4,臺北:中央研究院史語所

謝‧葉‧雅洪托夫

1986 《漢語史論文集》 唐作藩、胡雙寶選編,北京:北京大
學出版社

謝雲飛

1978 《文學與聲律》,臺北:東大圖書公司

龔煌城

1990 〈從漢藏語的比較看上古漢語若干聲母的擬測〉,《西藏
研究論文集》第三輯,臺北

Bernhard Karlgren（高本漢）

1954 Compendium of phonetics in Ancient and Archaic Chinese,
Bulletin of the Museum of Far Eastern Antiquities, 1954. 中譯本一作
《中國聲韻學大綱》（1972 張洪年譯,中華叢書）,一作《中上
古漢語音韻綱要》（1987 聶鴻音譯,齊魯書社）

聲韻與詩歌：
聲韻類聚的聲情作用

周世箴*

壹、引 言

　　縱觀詩歌這個生命體的「骨」「肉」「神」之間的互動，有特寫鏡頭的微觀細節，有長鏡頭的宏觀視野，有蒙太奇式的意象組合以及由此引發的異質碰撞中新質的閃現，而韻律的聲情效應則一向是其中的要角。歷代詩篇與歌謠的押韻資料，是文學領域的格律研究的寶庫，也是聲韻學領域追溯語音演變的重要線索來源。韻書是在我們漢民族的韻律美感的文化土壤中誕生，曾因服務於文學創作而發揚光大。對於文學領域而言，韻書只不過是詩歌創作的一種副產品，一種工具性資料。在聲韻學領域，同樣的韻書資料卻是我們窺視語音時空演變的一個寶貴窗口，聲調、聲母與韻母的共時性與歷時性微觀差異，都是我們構擬各時代音韻系統的重要依據，歷代民間歌謠以及文人作品的用韻考也處處顯示語音演變的軌跡。但是本文的重點不在於聲韻學能

---

*　東海大學中文系

由詩歌押韻或韻書資料得到甚麼，在這一方面已有汗牛充棟的研究，而漢語詩歌的寶庫對聲韻研究可以說是鞠躬盡瘁了。本文的探討是反向的，意圖研發聲韻學知識能對詩歌賞析的回饋之途。

貳、韻律與詩篇

　　一般詩評家（特別是現代）評詩，多半著重在主題、語言的稠密度、意象的新鮮感、非線性（或跳躍性）思考之巧妙組合。詩人蕭蕭（1987）也曾指出這種詩界的偏好與讀者效應之間的牴觸現象：「絕大部分的現代詩是不押韻的，這恐怕是現代詩曾經失去讀者的一個主因，而詩人不自知。❶」現代詩人中「長期獲得讀者喜愛的詩人，大約包括余光中、周夢蝶、啞弦、鄭愁予，楊牧、羅青等人，他們的共同點就是：詩，敢於押韻。❷」此一現象顯示韻律雖遭詩評家或某些詩人忽視，其美感效應在不知不覺中卻依然可感。主題、語言的稠密度、意象的新鮮感、非線性（或跳躍性）思考之巧妙組合這些因素的確都是詩的精華，但這些條件把詩局限為「看（讀）的藝術」「無聲的藝術」，詩之所以為詩、之所以不同於散文，韻律的聲情效應不容忽視。

　　從詩歌的整體效應上看，韻律美感與語音的聲情效果在突顯詩歌魅力方面可以與意象平分秋色，可以突顯意象的感染力。「看詩」一定要經過一個知性閱讀的過程才能細細地體味詩中義涵，而「聽詩」

---

❶　參見蕭蕭（1987）〈青春無怨，新詩無怨──論席慕蓉〉，《現代詩學》，489-90。
❷　同上。

如聽音樂，可以由語音、韻律的聚合而直接感知整體意象的情感訴求。二者在詩中爲一體的兩面，是相輔相成的。有的詩（如馬致遠〈秋思〉）二者並重，有的詩（如下面所舉席慕蓉〈樓蘭新娘〉）意象單薄句法平凡，轉由韻律應和的情感效應來突顯主題。更多的詩（尤其是現代詩）突出意象經營而忽略韻律效應。

從中國詩的起源及中國詩的一向表現看，詩是聽與看並重的藝術，意象也是音符（語音心象）與義符互動的產物。從詩歌發展的一貫軌跡看，詩由即興吟頌而變爲佶屈聱牙艱澀難懂，以抒情性音樂性取勝的小詞演變爲重描繪說理的文人長調，以合樂爲本的北曲演化成偏重文詞雕琢拗斷歌喉的南曲，似乎都經歷了一個由重「聽說」到重「讀看」、由民間普及食物而殿堂精緻小點的過程。有趣的是，歷來每一次的「殿堂精緻化」雖都重複著一條重意象輕韻律的軌跡，但取而代之的新體或能夠長期獲得大眾喜愛的舊體，卻又往往屬於那些韻律突顯聲情效應的類型。這一種情形，從表象看可以說後者是因其通俗易懂而被大眾接受，但從潛意識層的心理效應看，韻律的聲情感染力在一首詩中對讀者情緒的推波助瀾當不亞於意象。

詩是「韻律」與「意象」互動的產物❸。具此共識之創作者與賞析者歷來不乏其人。被稱爲現代詩守護神與詩壇重鎮的羅門認爲詩的音樂性猶如詩的生命線：

音樂性是詩語言的呼吸，呼吸不順暢，將使詩生命趨於氣喘、

---

❸　參見陳植鍔（1990）《詩歌意象論》頁 13，認爲：「在一首詩歌中起組織作用的主要因素有兩個：「聲律」與「意象」。」

　　阻滯甚至癱瘓與僵化，可見音樂性在詩中，等於是海中起伏的
　　波浪，天空中飄動的雲彩，原野上流動的河流❹。

即使小說創作也不否認聲韻效果的助力，老舍於《語言・人物・戲劇》
中強調：「語言是人物思想、感情的反映，要把人物說話時的神色都
表現出來，需要給語言以音樂和色彩，才能使其美麗、活潑、生動。」
　　聲韻演變與韻律安排是古典詩歌賞析中的一大要角。著名詩詞專
家葉嘉瑩先生在其〈對傳統詞學的現代反思〉❺一文中談到詞有「要
眇宜修低迴婉轉」的特質，而「要眇」一詞典出《楚辭・九歌（湘夫
人）》之「美要眇兮宜修」，形容湘君的形（外在）質（內在）兼美
的特色。使詞具有此一特質的有三要素：音律上的、內容上的、文學
傳統上的。葉氏並舉例說明音律為甚麼居於首位。第一個例子是有關
斷句的不同所引起的聲情與意象組合的變異，清紀曉嵐把王之渙〈涼
州詞〉由原來的七絕改寫為長短句：

●唐王之渙詩
　黃河遠上白雲間　一片孤城萬仞山　羌笛何須怨楊柳　春風
　不度玉門關
●清紀曉嵐長短句
　黃河遠上　白雲一片　孤城萬仞山　羌笛何須怨　楊柳春風

---

❹　羅門（1989）〈詩創作世界中的五大支柱〉頁 86。
❺　參見葉嘉瑩（1992）〈對傳統詞學的現代反思〉《中國詞學的現代觀》增訂版，
　　頁 123-6。

不度玉門關

葉氏驚歎於這兩個版本在字句上的小變動引起的內容上的大差異，當然境界與風格也隨之而變了：

> 你們看看這有多麼奇妙！內容完全不改變，只因爲聲律不同了，那感覺就起了變化。「黃河遠上白雲間　一片孤城萬仞山」，多麼開闊，多麼博大，多麼直率！而一改變音節，「黃河遠上　白雲一片」，馬上變得那麼委婉，馬上就是詞的味道了。

這兩個版本的差異，從語言學角度看來，是句法—語義差異，也是韻律聲情差異。而且可從好幾個層次去分析比較。句法層次上看是組合差異，「白雲」由原作首句的地點狀語變爲新作中次句的主題，「楊柳」由原作第三句動詞「怨」之受詞變爲新作第五句之主詞或主題，「一片」由「孤城萬仞山」的修飾語角色轉變爲「白雲」的評論語或數量限制詞。從語義層次看，「一片」在王之渙版中與「孤城萬仞山」形成渾然一體的壯觀氣象，而在紀曉嵐版中卻特寫「白雲」之渺小孤單，在「黃河」與「萬仞山」的壯闊背景對比之下隱退成輕柔渺小的點綴，進而與「孤城」形成類同呼應，並且似乎化身爲游絲一縷的無形之「怨」的具象表現。境界小了，風格頓時由豪放轉化爲婉約。從韻律聲情的角度看，四句變五句，多了停頓，節奏變緩，也是「委婉」的由來之一。原詩押平聲韻，高亢開朗。紀版中韻腳平（山關）仄（上片怨）交叉，平聲的高亢開朗被去聲類聚沖淡，也是葉氏所謂「委婉」之由。

　　葉氏的第二個例子觸及了語言與文學的共有背景問題：時空差異所引起的語音變遷。在語言研究的領域，這是聲韻學或歷史語言學研究的範圍，而在文學領域特別是文學賞析的層次，因其不影響語義或是研究者專長所限，往往避而不談。作爲一個學養廣博見解獨到的詩辭研究者與創作者如葉氏，卻非常犀利地洞察到這是詩詞賞析中必不可少的一環。她強調：

　　　　詞是有音樂性的一種文學體式，你一定要保持音律的美。……
　　　　詞裡邊有入聲字，它們屬於仄聲，其中有的現在讀平聲了，如
　　　　果在詞裡也讀平聲就不好聽了。……讀詞的時候一定要把它的
　　　　音律讀出來，才能有一種外表的形式和內容的情意配合起來的
　　　　完整的美感。

學生曾對她平時說京片子而念詞時就沒北京腔感到困惑，她說這是爲了保留原創的韻律美，她還以《憶秦娥》爲例詳加說明：

　　　　簫聲咽，秦娥夢斷秦樓月。秦樓月，年年柳色，灞陵傷別。樂
　　　　游原上清秋節，咸陽古道音塵絕。音塵絕，西風殘照，漢家陵
　　　　闕。
　　　　這首詞韻腳的字都是入聲。其中「別」、「節」、「絕」幾個
　　　　字現在是平聲了，但讀詞時還是要念成入聲。我是北京人，不
　　　　會念入聲字，可是這幾個字念成平聲就不好聽，所以我把它們
　　　　念成仄聲。

　　漢語語音演變中入聲字的時空差異最明顯，「入派三聲」是語言學特別是聲韻學領域耳熟能詳的常識。入聲韻在現代北京音中已變入「平上去」，以現代北方漢語或漢語標準語發音不能體味其短促斷裂的音效。詩詞的音型變化，是傳遞聲情美的媒介，注重的是範疇的對比與協調(如平仄)。作為一個語言學與聲韻學領域外的學者，當然也會覺察到這種差異對於聲情效果的影響，不過其關注焦點不在語音演變的本身，而在語音演變所破壞的原創美感以及如何將破壞減到最小。

　　葉氏分析雖未系統解析語言結構，卻也顯示語言基本單位對聲情與風格影響至大，而語言層面的解析有助於文學賞析。由此我們發現一個聲韻學知識可以回饋詩歌的切入點，一個系統聲韻學常識與專業詩歌賞析可以合作的舞臺。但在引入正題之前，我們必須先對以下幾個方面有所了解：

　　1.詩歌審美方法論的更替、衝突與互補性：中國傳統的直觀神悟與西方的知性解析之間如何共處。

　　2.語言學角度研究詩歌的本位界定：話語本位與詩歌本位。

　　3.詩歌本位賞析法的認知基礎。

參、詩文賞析方法論認知：從傳統到當代

　　自西風東漸以來，中國的詩歌評說傳統就一直受到西方思維模式的衝擊。以單線敘述—定指—定位的西方思維模式，在古詩的白話譯解或中詩英譯中處處可見。傳統詩文賞析面臨著困境，於是我們尋求出走以及如何出走。但面臨困境是否意味著必須全盤否定？取而代之的新法能補舊說之不足，卻難免不遇到新的瓶頸。當初挾科技優勢取

中醫而代之的西方醫學在高度發達的今日不也遇到瓶頸？能夠補其不足的反到是被其視爲不科學的本土醫學。所以，在我們要嘗試新角度之前，應對中國詩歌評說的傳統與更新有全局性的了解。

一、托意言志與直觀神悟的詩歌評説傳統

　　中國詩歌的評說傳統中受儒家影響的托意言志派與受道家及禪宗影響的直觀神悟派，各有其長亦各有其短，前者如詩經以來比興諷喻傳統，好求文辭之托意，以作者生平及背景爲評詩依據，這些固是評詩時的不可忽視的方面，但卻忽略了詩本體的原創美感以及讀者的審美感知的能產性，若一謂偏執地追求，易流於牽強比附，致使審美的快感盡失。後者貴在超脫妙悟：

> 掌握住的乃是詩歌之整體生命和精神，……取用一個富有暗示性的相似的意象來做爲喻示，……從心靈深處喚起的一種共鳴與契合，使詩歌整體的精神和生命，在評者與讀者之間，引發一種生生不已的、接近原始之創作感的一種啓發和感動。如果以保全詩歌之本質來說，則無疑的這種「直觀神悟」一派的詩說，實在較之字解句析的說詩方式有著更近於詩之境界的體悟❻。

直觀神悟式雖能達「超脫妙悟」之化境，但也因其難以捉摸而易流於模糊影響的困境。葉維廉在其〈中國文學批評方法論〉❼中運用風趣

---

❻　參見葉嘉瑩（1992）〈關於評說舊詩的幾個問題〉《中國詞學的現代觀》頁 210-5。
❼　葉維廉（1992）〈中國文學批評方法論〉《中國詩學》頁 9。

的比喻點出其難點與弊端：

> 「點、悟」式的批評有賴於「機遇」，一如禪宗裡的公案的禪
> 機：
> 　　問：如何是佛法大意？
> 　　答：春來草自青。
> ……在禪宗的看法，是「直指」，是「單刀直入」，但不見得
> 所有的小和尚都完全了悟其間的機遇，這是「點、悟」批評所
> 暗藏的危機；但最大的問題是，有「獨具只眼」的「禪機」的
> 批評家到底不多，於是我們就有了很多「半桶水」的「點、悟」
> 式批評家：
> 　　問：如何是佛法大意？
> 　　答：妙不可言。
> 於是我們所得的不是「喚起詩的活動」，「意境重造」的批評，
> 而是任意的，不負責任的印象批評。

二葉均學貫中西，對西方批評理論的引介與實踐不遺餘力，但此處對
傳統批評並未如一般所見的探簡單否定式。前者肯定直觀神悟說詩方
式的價值，後者雖指出其弊端，卻是在肯定其價值的基礎上直指其弊
的根源。其實托意言志式著重作者角度的揣摩與直觀神悟式讀者角度
的感悟，此二者的原點，均立足於詩歌審美的一個層面：求文內之實
與悟文外之意，各有其可取之處。學養深厚、悟性天成的讀詩人自能
得其中三昧，而參透「喚起詩的活動」的「禪機」且進而有「獨具只
眼」的「意境重造」。傳統賞析法優點因而彰顯。問題是，其所倚重

的學養與悟性，有賴於經驗的積累與感悟潛能的激發，其妙處既是不
可言說，又豈可以言傳？當然也是不可教學的。初學者往往不得其門
而入，於是造就了許多「半桶水」的「小和尚」。若托意言志派一味
偏執拘泥於字句的寓意寄託及其與作者經驗的必然性聯想，直觀神悟
派因「點、悟」的天馬行空而濫用「妙不可言」等籠統表達式套語，
人人可以輕而易舉地成為作品、作家的代言人，而且是權威式的代言
人，「普遍陳述化語氣」的風氣由此形成❽。

　　由此可見，傳統詩歌賞析之流弊的形成，起因在其門檻太高不易
被傳承習得，一味被生搬硬套自然會等而下之。其實，任何一種方法
一旦被套式使用均難免入此陷阱。其直覺感悟的賞析角度，若運用得
宜，未嘗不是發掘詩歌精華的一把金鑰匙。

二、知性解析與話語本位

　　講究知性解析的西方思維模式以單線敘述─定指─定位解析時空
自由─五感並陳的中國古詩，化無序同現為有序，化「不可言」為人
人可說可懂。此一說詩方式能補舊說之不足，且為初入門的「小和尚」
與說詩的「老和尚」提供了教學溝通的可能性。於是一時之間有取代
舊說之勢。以一首詩來說，有跡可循可供知性解析的部份首推其語言
現象：整體結構、詞序句式、詞彙搭配與選擇、孤立意象的義涵以及
韻律（押韻、節奏、聲韻應和等）。其中，孤立意象的義涵是說詩人
的最愛但只能含混而言，且不易脫離傳統而獨立，韻律因其牽涉專業
聲韻知識而多半點到即止。一般文評中提到韻律的如「文字流利，節

---

❽　有關「普遍陳述化語氣」之詩評實例分析參見周世箴 1997 第三節之論述。

奏明快」「文字與取象均平易曉暢」「意象單一，節奏流暢」也只是
蜻蜓點水式的籠統點到而已。除此而外，最易捉摸最便於知性解析的
是詞序句式與詞彙的搭配與選擇，以日常話語習慣為基礎即可加以評
斷，因而成為文學領域內外最獲青睞的切入角度。因此，知性解析的
詩歌研究或賞析多半也是「話語本位」的。「話語本位」不以詩本體
的全局效應為主要考量。語言學領域內亦頗多涉及，一類以詩歌的語
言特徵來充實對語言本身的了解，從聲韻角度研究詩歌用韻者亦屬此
類，或探索詩人方言痕跡，或憑借大批的用韻資料以構擬古音。另一
類則是站在話語的門框裡頭解析詩歌，除語言結構之外鮮論其他。多
半將詩句抽離原詩而重新歸類，或以話語的「常規」表現為依歸討論
詩行❾，或以研究話語的理論直接驗證於詩行❿。語言學領域外討論
最熱門的是以詞序的話語常規為基礎評斷詩歌中的詞序與詞彙的搭配
之異常現象。一方面公認詩歌有「語序變化突兀新奇，靈活多樣」的
變異特權，另一方面則為變異劃定尺度，「當以明白為宗旨，切不可
一味求新，刻意矜持。更不可隨心所欲，任意調遣。」違規太離譜如
杜甫《秋興》之「香稻啄餘鸚鵡粒，碧梧棲老鳳凰枝。」則舊派新派
諸家議論紛紜。不以為然者以為「有違民族共同語的習慣」（茅盾語）
或「嗜奇之失」（劉師培《論文雜記》語），以為美中不足者則嘆息

---

❾ 周世箴（1994）〈語言學理論是否能用於文學研究？——從語言「常規」與「變
異」互動說起〉亦屬此類。
❿ 目前面世的語言學角度的詩歌賞析多屬「話語本位」的研究，梅祖麟（1969）〈文
法與詩中的模稜〉即為此中典範。而梅祖麟、高友恭合作的其後三篇則屬「詩歌
本位」的研究。

「雖然精切」，但用功太過……非佳處」。「語序還是不變爲好。⓫」

　　一般而言，大部份的詩句在詞語搭配及語序上都遵循著話語的慣例，「話語本位」的解析似乎可以通行無阻。遇到「春風又綠江南岸」時歸因於詞彙「綠」的變異搭配⓬，遇到「竹喧歸浣女，蓮動下漁舟」、「綠垂風折筍，紅綻雨肥梅」等句時解釋爲倒裝手法或詞序變異，遇到「香稻啄餘鸚鵡粒，碧梧棲老鳳凰枝」這種亂序的多元歧義句時，則有「倒裝」「變異搭配」「主題焦點」「節奏點」等諸說爭輝。毫無疑問，「話語本位」的詩歌研究對詩歌賞析的傳統之更新有衝擊與啓示之功。

三、詩歌本位賞析法的認知基礎

　　如果詩歌是我們賞析活動的主體而非理論的附庸或僅屬語料來源的話，我們需要的其實是一種兼顧感與知的、兼容知性解析與直觀神悟二者之長的「詩歌本位」綜合法。當我們將「竹喧歸浣女，蓮動下漁舟」、「綠垂風折筍，紅綻雨肥梅」解釋爲倒裝手法時，在爲「香稻啄餘鸚鵡粒，碧梧棲老鳳凰枝」議論紛紛地作各種排序並評斷其優劣時，是以思（理性思維）代感（原始感知）的，著眼於事態的發生程序或因果關係的邏輯的理知程序，而忽略了生活與審美經驗中正好

⓫　　詳見向新陽（1992）《文學語言引論》頁 116：「蔡啓《蔡觀夫詩話》以爲雖然『精切』，但用功太過，『本非佳處』；劉師培《論文雜記》也以爲『嗜奇之失』；茅盾指出它有違民族共同語的習慣，只是因杜甫是『詩聖』，所以不敢置以微詞。確實，這兩句詩的語序還是不變爲好。『鸚鵡啄餘香稻粒，鳳凰棲老碧梧枝』，既不影響表情達意，又能切合聲律，避免『語工而意不足』（蔡啓語）的弊病。」

⓬　　周世箴 1994 有詳細討論。

與此一程序逆向的先感後知（思）的發現程序。一味以話語的線性特徵爲依歸，忽略了生活與審美經驗中同現的聲情與意象可以平行感知、互相滲透或反光映襯的特性。

> 我們和外物接觸之初，在接觸之際，感知網絕對不是只有知性的活動，而應該同時包括了視覺的、聽覺的、觸覺的、味覺的、嗅覺的、和無以名之的所謂超覺（或第六感）的活動，感而後思。……「思」固可以成爲作品其中一個終點，但絕不是全部。要呈現的應該是接觸時的實況，事件發生的全面感受。視覺、聽覺等絕非畫家、音樂家獨有的敏感，詩人（其實一般人）在接觸外物時都必然全面感受到[13]。

「思」的痕跡會阻礙物像湧現五感雜呈的直接性，如果將「思」的痕跡減到最小，語言的表達力絕不遜顏色、音符等視聽媒介，這一點詩人們多有共識。現代詩人夏宇（1995）在她的詩集〈逆毛撫摸〉《摩擦·無以名狀》中的一段自我表白：「寫詩的人最大的夢想不過就是把字當音符當顏色看待。」她並以里爾克論賽尚的話加以印證：

> 每個顏色自我集中，面對另一個顏色而意識到自己的存在；在每一個顏色中形成不同層次的強度來溶解或者承受不同的別的顏色。除了這個顏色自我分泌的體系，還不能忘記反光的角色；局部的較弱的色調退失，爲了反映更強的色調。由於這諸種影

---

[13]　葉維廉（1992）〈中國古典詩中的傳釋活動〉《中國詩學》頁22

響或進或退，畫面的内部激動、提升、收聚而永不靜止下來。

（程抱一譯本）

意象與韻律在詩篇裡的作用，正如顏色在畫中或音符在樂章中，各基本單位以約定俗成的定位爲基點，因單位間的比較對照（自我分泌、反光）而產生新質，因組合與聚合的整體互動因而「激動、提升、收聚而永不靜止下來」。其整體意義就象從依稀的墨跡辨字一樣，難有定論。女性主義文學評論家卡普蘭也有類似的見解⓮。她認爲，詩歌不過是由一些「基形 shapes」組成，這些「基形」象「墨跡 ink-blots」一樣模棱含混，我們依自身的經驗與知性定位從中辨認出相關的意象，這正是詩歌的魅力所在。不管你是普通讀者還是專業評論家，均無例外。這些詩歌的眞實義涵連詩人自己也不見得有謎底，這就反過來考驗了我們的理論和詮釋方式⓯。

這其實觸及了一個原始感知的感官印象以及在此經驗基礎上的提昇而縱觀全局式的領悟。以下是本文對詩歌語言的認知基礎所擬的一個尚在醞釀中的圖解：

⓮　Kaplan（1990）頁 97 : Their real strength, in relation to the casual reader and the critical theorist alike, is that they are shapes, like ink-blots, from which to decipher related images in our experience and intellectual orientation. These poems interrogate states which the poets themselves had no ready explanations; in turn they interrogate our own theory and politics.

⓯　同上注，頁 96 : intent on extracting a single or definitive interpretation 特別是那些嘗試擠出一家之言或定論的類型。

詩歌語言的認知基礎

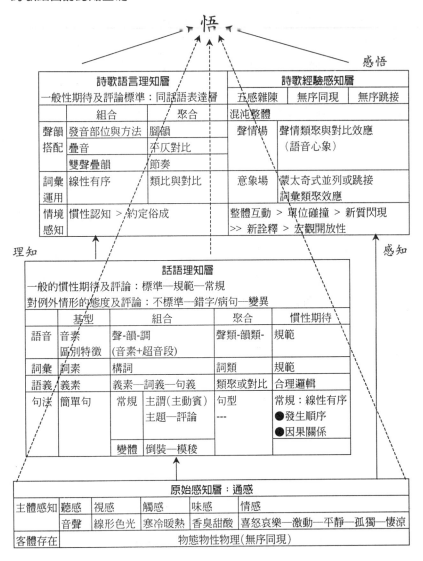

悟

感悟

詩歌語言理知層			詩歌經驗感知層		
一般性期待及評論標準：同話語表達層			五感雜陳	無序同現	無序跳接

	組合	聚合	混沌整體	
聲韻搭配	發音部位與方法	腳韻	聲情場	聲韻類聚與對比效應（語音心象）
	疊音	平仄對比		
	雙聲疊韻	節奏		
詞彙運用	線性有序	類比與對比	意象場	蒙太奇式並列或跳接 詞彙類聚效應
情境感知	慣性認知 > 約定俗成		整體互動 > 單位碰撞 > 新質閃現 >> 新詮釋 > 宏觀開放性	

理知   感知

話語理知層

一般的慣性期待及評論：標準—規範—常規
對例外情形的態度及評論：不標準—錯字/病句—變異

	基型	組合		聚合	慣性期待
語音	音素 區別特徵	聲-韻-調 (音素+超音段)		聲類-韻類-	規範
詞彙	詞素	構詞		詞類	規範
語義	義素	義素—詞義—句義		類聚或對比	合理邏輯
句法	簡單句	常規	主謂(主動賓) 主題—評論	句型 ---	常規：線性有序 ●發生順序 ●因果關係
		變體	倒裝—模稜		

原始感知層：通感

主體感知	聽感	視感	觸感	味感	情感
	音聲	線形色光	寒冷暖熱	香臭甜酸	喜怒哀樂—激動—平靜—孤獨—悽涼
客體存在	物態物性物理(無序同現)				

上圖置「悟」於最高點，指縱觀全局式的領悟，而原始感知層爲最底層，物態物性物理呈無序同現，而人對客體存在的感知亦是無序並呈的。此爲一切感悟及理知的原點。由此直達「悟」是爲直覺感知，亦是直觀神悟式詩歌賞析的通道，只可意會不可言傳。對客體存在以及主體感知的知性思考是人類知識依據，在語言的國度是「話語理知層」，因爲話語所承擔的溝通與傳知的使命，明白達意合邏輯是其本色，對其慣性期待是合乎常規，線性有序是其常規結構特點。

　　詩歌的流傳其實有賴於語言常規的共通性，故由「話語理知層」亦可論詩歌，詩歌的「骨」與「肉」之所在，也是「話語本位」的詩歌研究之著力點。可以言傳，可以解析，可以習得。詩歌的「神」藏在「經驗感知層」，五感雜陳、無序同現或跳接的混沌一氣的整體感知，與視聽藝術共有。此層直接由「原始感知層」生發，不經「話語理知層」的知性過濾網而直搭「悟」界，是直觀神悟的通道。雖可得其神韻，卻有不可言傳習得的遺憾。唯其仍須借助語言的意象與聲情類聚與互動呈現，故賞評者亦可繞道「話語理知層」，借助其知性解析之後再回歸「經驗感知層」，下參「原始感知層」而上達悟境。此即本文所謂的「知覺分解—感覺還原」解析模式之認知基礎。沒有接觸「原始感知層」的感悟達不到「意境重造」的化境，也不能上達眞正的「悟」界。詩歌本位的詩歌賞析以掌握其整體生命和精神並保全其本質爲依歸，以求喚起評者與讀者心靈深處的「共鳴與契合」，「引發一種生生不已的、接近原始之創作感的一種啓發和感動。」此即近於詩之境界的體悟。我們立足此一感知層面上看上述詩句，語序句義定位倒成了末事，語序的倒裝與常規的變異也非談論的焦點。由此一感知層面上著眼，「香稻啄餘鸚鵡粒　碧梧棲老鳳凰枝」這十四個字

的組合，「香稻」「碧梧」提供了「鸚鵡」「鳳凰」等佳禽可「啄」
可「棲」的時空，傳遞了色香紛呈光彩照眼的盛世豐饒景象，而「餘」
「老」二詞的「由盛而衰—由豐而殘」之義涵卻注入了反向張力，使
前者營造的繁華盛況成過眼煙雲，而二者在詩行中的樞紐位置（2-2-3
或 4-3 的節奏點上）也有催化作用。此一作用，在綜述今昔的同詩尾
聯「彩筆昔曾干氣象　白頭今望苦低垂」之呼應下，更加突顯。此即
綜觀全局之「悟」。

肆、本文解析模式的定位

　　語言學角度的詩歌賞析可以是話語本位，也可以是詩歌本位的。
詩評一定要留給聽者或讀者一個可以自由感知領悟的空間，直接可以
感受到顏色、音符、墨跡等「基形 shapes」的存在，並以本身的原始
感知經驗去體會單位間自我分泌、反光，因「激動、提升、收聚而永
不靜止下來」的整體互動摩擦及其產生的新質，並以此產生對談與呼
應。周世箴（1997）曾嘗試以「知覺分解—感覺還原—透明化」為原
則，建構一套使詩歌閱讀過程透明化（相對於印象式感知過程的不透
明）、韻律解析聲情化（相對於單純聲韻分析）、意象解析整體化（相
對於重點意象的孤立談論斷章取義）的詩歌賞析模式。是建立在詩歌
語言認知基礎上的一種嘗試（圖示見上文），試圖從文本本身的音（聲
韻）、義（義素、詞）、意象等層層組合狀況探索其可能傳遞的訊息。
周世箴（1997）重點在「意象解析整體化」、（1998）偏重詞彙類聚
與詩篇銜接的互動，而本篇則著眼於「韻律解析聲情化」。

一、「知覺分解—感覺還原—透明化」解析模式的界定

所謂「透明化」閱讀與解析是針對直觀神悟式的不透明而言，使解析過程有跡可循，呈現在文學時空與現實時空的背景之中，便於同好間的溝通，便於教學實踐與導讀，也便於實踐者隨時循波討源地進行反思，檢討認知的歷程，分享審美的樂趣。本文之詩歌解析均遵循此一原則。

所謂「知覺分解」是指對詩語言作透明化的知性研判，包括微觀層解析與宏觀層互動聚合兩個步驟：將作品的語言現象的基本單位：聲韻、節奏、語義、語法、意象分層解析，最小層次可達詞義內涵（義素）及字音基型（聲、韻）。後者針對詞彙意象與韻律如何在詩篇的宏觀背景裡互動及其所引發的聲情效應。

而「感覺還原」的運作，則是以「知覺分解」過程所呈現的微觀與宏觀層次的單位互動爲基礎，發掘原始感知，對意象與韻律的單位互動而產生的新質進行思考、回味並深入原始感知層次。嘗試由微觀與宏觀互動的效應破壞習以爲常的慣性期待。一般詩歌賞析常將意象孤立出來討論，而較忽略意象在一首詩的語義場與韻律場中的互動關係。但文字在詩中所營造的意象往往是錯綜交替、互相作用的，韻律也往往在其間推波助瀾。聲韻單位的微觀搭配，及其在宏觀架構中聲韻單位之間的異化與同化所形成的對照與呼應，均對表情達意的意象有互動效果。作品的特定空間因而呈現，並置或前後呼應的意象因而產生質變：約定俗成的用法因而產生新意、簡單的意象因而有了豐富的多層次的內涵。

通過「知覺分解—感覺還原—透明化」解析，希望如葉嘉瑩（1990）

所謂「是一種 production，是不斷在生產，不斷在制作，不斷在活動的一個生命。它是生生不已的，每個人讀了之後都可以有自己的感受。❻」意象與韻律在詩篇裡的作用，正如顏色在畫中或音符在樂章中，各基本單位以約定俗成的定位為基點而自我定位，因單位間的比較對照（自我分泌、反光）而產生新質，因類聚與並列的整體互動溶解、承受，而「激動、提升、收聚而永不靜止下來」。其整體意義就像 Kaplan（1990:97）所謂從類似「墨跡 ink-blots」一樣模稜含混的「基形 shapes」組合中，依自身的經驗感知定位並從中辨認出相關的韻律與意象。亦如葉嘉瑩所謂的讀出表層與骨子裡的意思。

二、「知覺分解—感覺還原—透明化」意象解析模式

本文所採用的意象解析模式視詩篇為一詞彙類聚場 lexical field，若干表共性或差異的詞彙各成組合與聚合，互相依存制約，縱橫生發出千變萬化的語言網絡。縱向聚合的類聚如：花、玫瑰、白玫瑰、紅玫瑰、盛開的紅玫瑰等可稱為上下義關係 hoponymy。上義 superordinate 表示「類 genus」的概念，如：花、鳥，下義 hyponym 表示具體、個別，如：玫瑰、牡丹、桃花，鷹、麻雀。但上下層次往往是相對而言，如：花居上義層，玫瑰、桃花為其下義層，紅白玫瑰等屬「玫瑰」的下義層，而盛開的紅白玫瑰等則又再下一層。在一篇作品中，兩個類聚場之間存在「縱」「橫」系聯的可能，可以是上下層次的包容關係（如：上：玫瑰＝下：紅玫瑰），也可以是不同類聚的並列搭配關係（如：顏色義場：紅＋植物義場：玫瑰）。如果屬上下層次關係的類

---

❻　葉嘉瑩（1990）〈從女性主義看【花間】詞的特質〉頁 188-9。

聚在一篇作品中同現，上下義層的意象則形成對比：上義層描述簡煉而達意，具白描或寫意性質，下義層具體細緻、強化某一特定事物的特徵、具特寫或工筆性質。根據以上語義類聚認知的理據，本文以知覺分解爲原則試擬意象解析模式數式於下，作爲透明化解析過程的基本步驟之一：

意象場宏觀解析一式：詩篇意象場之聚合與互動關係一覽

上義類聚	客體	自然		
		人爲	社會人文	
	本體	人		
下義類聚	客體	自然系統	動物	類別
				狀態
				動態
			植物	類別
				狀態
				動態
			山水	狀態
				動態
			天文	狀態
				動態
			時間	變化
				單位
		人爲系統	器物	
			服飾	
			建築	
			社會	整體
				個人
			人文	狀態
				動態
	本體	人	身體	
			感覺	
			思維	
			情感	
			行爲	
			言語	

意象場宏觀解析二式：意象場詞彙類聚感知與聯想解析模式一

類聚類別			類聚義場	類聚感知訊息	類聚聯想解析
自然	景	本體			
		存在狀態			
	自然現象	本體			
		存在狀態			
人事	景物	本體			
		存在狀態			
	生命活動	本體			
		存在狀態			
		情感活動			

意象場橫向聚合層解析式：同義反義類聚微觀解析

詩篇詞彙類聚	義素共性	類聚感知

意象場縱向聚合層解析式：上下義關係（Hyponymy）

	自然	人事	狀態	動態
上義				
下義				

三、「知覺分解—感覺還原—透明化」聲情解析模式

　　聲韻的聲情作用古今文人多有共識，朱光潛《詩論》：「形容跑馬時宜多用疾促的字音，形容水流過多時宜用圓滑輕快的字音，表示傷感時宜多用陰暗低沈的字音，表示樂感時多用響亮清脆的字音。」老舍〈我怎樣學習語言〉《作家談創作》（頁 192）亦提出：「一篇

作品須有個情調。情調是悲哀的，或是激動的，我們的語言就須恰好足以配備這悲哀或激動。比如說，我們如要傳達悲情，我們就須選擇些色彩不太強烈的字，聲音不太響亮的字，造成稍長的句子，使大家讀了，因語調的緩慢，文字的暗淡而感到悲哀。反之，我們若要傳達慷慨激昂的情感，我們就須明快強烈的語言。」至於何謂「響亮清脆的字音」「聲音不太響亮的字」「明快強烈的語言」「圓滑輕快的字音」「陰暗低沈的字音」，這在感受方面是人人可感，但要說出所以然來還要靠語音與音韻研究方面的理據。清周濟《宋四家詞選目錄敍論》云：東眞韻寬平，支先韻細膩，於歌韻纏綿，蕭尤韻感慨，各具聲響，莫草草亂用。申小龍（1994）〈漢語音韻的人文理據及其詩性價值〉亦曾提出：詩歌的音律形象建立在語言詞彙的聲音形象基礎上。從人類認識的起源來說，詞彙的語音形式往往存在著理據。由於漢語詞音的「以聲象意」有一種直觀感悟的範疇化特點，所以詞音往往基於擬聲而又超越其上，表現出模態、繪狀、象徵的功能。**⓱**

　　有人從語音的表情角度出發，把漢語的詩韻依其聲情效果分爲響亮、柔和及細微等三級，並依「十三轍」之類別具體分級如下表，認爲前二者能表達歡快、熱情、豪放、雄渾的感情，而第三類則適宜表現低沉、婉轉、憂傷、悲憤的感情**⓲**。「十三轍」始於清代京戲通用之民間曲韻，唯其音系範疇與今音差異有限，學者多延用其韻類術語

⓱　參見申小龍（1994:428-435）〈漢語音韻的人文理據及其詩性價值〉。

⓲　參見向新陽（1992:53）《文學語言引論》。申小龍（1994:428-435）〈漢語音韻的人文理據及其詩性價值〉亦云：「漢語的詩韻在其象徵意義上可以大別爲洪亮、柔慢、細微等三類。」

以稱今音。每一韻部旁標以注音符號，以便討論現代詩作韻類時使用。

聲情分類	響亮級			柔和級		細微級		
	韻部		韻尾屬性	韻部		韻部		韻尾屬性
聲韻特徵	江陽	ㄤ	陽聲韻	懷來	ㄞ	一七	ㄧ	陰聲韻
	中東	ㄥ		梭波	ㄛ	灰堆	ㄟ	
	言前	ㄢ		由求	ㄡ	姑蘇	ㄨ	陰聲韻
	人辰	ㄣ						
	發花	ㄚ	陰聲韻	遙條	ㄠ	乜斜	ㄜ	陰聲韻
聲情表現	歡快、熱情、豪放、雄渾					低沉、婉轉、憂傷、悲憤		

證之以歷代詩作，頗有合於以上聲情分類者。雙唇鼻音韻尾之舌尖鼻音化發生在明代，故不見於十三轍。以響亮級韻字來傳遞歡暢激昂情緒的如：「裳狂鄉陽」（杜甫〈聞官軍收河南河北〉）、「間還山」（李白〈下江陵〉），運用細微級韻字傳遞悲苦哀嘆的詩如：李紳〈憫農詩〉：「春種一粒粟　秋收萬顆子　四海無閒田　農夫尤餓死」，押細微級韻字（子死），而（四無夫）三個細微韻字加上三個入聲（一粒粟）的類聚效用更是推波助瀾。以下是細微級與柔和級在比較之下的聲情差異。以陸游與毛澤東先後兩首『卜算子：詠梅』而言，前者消沉哀怨而境界內斂，押細微級韻字「主雨妒故」正可突顯低沉憂傷的心境。後者樂觀進取而境界外放，搭配柔和級中最響亮的ㄠ韻字「到俏報笑」，正可以傳達其豪放雄渾的主調。但若以柔和級與響亮級韻字對照對比，柔和級當然又響亮不足。聲情差異應是相對而言的。

　　驛外斷橋邊，寂寞開無主，已是黃昏獨自愁，更著風和雨。無

意苦爭春，一任群芳妒，零落成泥碾作塵，只有香如故。（陸游）
風雨送春歸，飛雪迎春到，已是懸岩百丈冰，猶有花枝俏。俏
也不爭春，只把春來報，待到春花浪漫時，她在叢中笑。（毛澤
東）

　　明詞曲家沈寵綏《度曲須知》分當時戲曲用韻為五類：穿鼻（收
／ŋ／尾如江陽－東鍾）、抵顎（收／n／尾如寒山－眞文）、閉口（收
／m／尾如侵尋－監咸）、收噫（收／i／尾如皆來－齊微）、收嗚（收
／u／尾如蕭豪－尤侯）。以現代語音學術語來替代則是：舌根鼻音韻
尾、舌尖鼻音韻尾、雙唇鼻音韻尾、前高元音尾、後高元音尾等。清戈
載（1821）《詞林正韻》分韻尾為六類：穿鼻、抵顎、閉口、展輔（即
收／i／尾）、斂唇（即收／u／尾）、直喉（即無尾韻如／α／類單韻
母）⓳。以之比較明清民間曲韻《十三轍》的韻目韻字⓴，再附之以
現代音韻學分類及標音，並對照上圖之聲情分類，整合如下表：

⓳　二者均轉引自唐作藩（1991）《音韻學教程》，括號中之註釋參見頁 52-3 之詮釋。
⓴　《十三轍》探源及表中韻目韻字及論述參見薛鳳生（1983）《北京音系解析》第
　　二章。

韻類		陽聲韻						陰聲韻								
明詞曲家沈寵綏《度曲須知》	術語	穿鼻		抵顎		閉口		收噫		收嗚						
	韻目	江陽	東鍾	寒山	眞文	侵尋	監咸	皆來	齊微	蕭豪	尤侯					
清戈載《詞林正韻》曲韻六部		穿鼻		抵顎		閉口		展輔		斂唇		直喉				
現代音韻學分類	術語	舌根鼻音韻尾		舌尖鼻音韻尾		雙唇鼻音韻尾		前高元音尾		後元音尾		無尾韻				
	標音	ŋ		n		m		i		U		ø				
明清民間曲韻《十三轍》	韻目	江陽	東中	言前	人辰			懷來	灰堆	遙條	油求	梭坡	一七	姑蘇	乜斜	發花
	韻字 開	唐	亨	山	痕			來	黑	高	侯	歌	支			大
	齊	江	英	先	銀					條	油		衣		切	加
	合	王	翁	端	文			懷	灰			多		姑		花
	撮		凶	宣	雲								居		月	
聲情分類		響亮級						柔和級	細微級	柔和級		細微級				響亮級

以上分類顯示決定聲情級別的首推韻尾區別，其次韻腹主元音（無尾韻中低元音韻為響亮級而高元音韻為細微級）。當韻尾為鼻音時則由韻尾操控（如鼻音尾的陽聲韻為響亮級），若韻尾為前高元音時則由主元音特質操控（同韻尾的「皆來」「灰堆」韻一屬柔和級一屬細微級，前者低元音而後者高元音）。舌位的高低、前後、唇型的圓展影響共鳴腔的大小，也因而調節音質變化，依次可排如下圖，由上至下與由左至右的箭頭表示響亮度遞增：

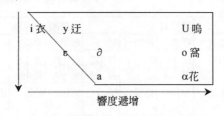

舌位後低且展唇的α音具有最大的開口度與共鳴腔，是元音中最響的音，故以α為主元音的無尾韻「發花」轍可與陽聲韻同屬響亮級，而收細微級韻尾的「懷來」「灰堆」中前者因其主元音之後低特質而具柔和級聲情。

韻類		陽聲韻					陰聲韻								
現代音韻學分類	術語	舌根鼻音韻尾		舌尖鼻音韻尾		雙唇鼻音韻尾	無尾韻/零韻尾		後元音韻尾		前高元音韻尾		無尾韻/零韻尾		
	標音	-ŋ		-n		-m	ø		-U		-i		ø		
明清民間曲韻《十三轍》	韻目	江陽	東中	言前	人辰		發花	梭坡	遙條	油求	懷來	灰堆	一七	姑蘇	乜斜
	韻字　開	唐	亨	山	痕		大	歌	高	侯	來	黑	支		
	齊	江	英	先	銀		加		條	油			衣		切
	合	王	翁	端	文		花	多	文		懷	灰		姑	
	攝		凶	宣	雲									居	月
聲情分類		響亮級									柔和級		細微級		
聲情表現		歡快、熱情、豪放、雄渾											低沉、婉轉、憂傷、悲憤		

另外還有以聲調區別聲情的論點，認為平聲字與響亮的韻部常用來表現高亢的情感，屬「壯」的範疇，而仄聲字與不響亮的韻部常常用來表現低迴的情感，屬「悲」的範疇。以本文第二節所舉〈憶秦娥〉為例，劉熙載《藝概·詞曲概》評為「聲情悲壯」。全詞每句都平起

仄收，詞中多平聲字而押入聲韻。平聲字多，宜表達開朗性質的情感，「壯」自屬此範疇。而入聲如「咽月色別節絕闋」則宜表達鬱結性質的情感，故「悲」由此生❷。柳宗元〈江雪〉押「絕滅雪」與杜甫〈悲青阪〉押「窟突骨卒」等亦同。如此，則依韻母而分的聲情感知三分之外又多了一個依聲調區別而分的向度。

韻類	平聲韻	入聲韻
聲情表現	高亢的、開朗性質的情感	低迴的、鬱結性質的情感
聲情範疇分類	「壯」	「悲」

至於聲母的聲情效應，相關論述較少提及。以發音部位「唇」「齒」「舌」「喉」分，喉音❷的聽感最低沉，往往是詩中低調情感訊息類

---

❷ 參見譚昭文（1990）《中國詩歌美學概論》頁155
❷ 本文所謂「喉音」聲母為傳統喉牙音之統稱。宋代等韻圖以「喉」「牙」「舌」「齒」「唇」等五個發音部位劃分聲母範疇，喉音類有「影」「曉」「匣」「喻」四母，牙音類（即現代音韻學稱舌根音）有「見」「溪」「群」「疑」四母。這一類聚是官話方言今音ㄍㄎㄏ與所謂零聲母的前身，現代音韻學上合稱見曉組或統稱喉音（如高本漢、趙元任、薛鳳生等）。參見薛鳳生著 魯國堯等譯（1990）頁27之注2。本文同此（包括官話方言今音中所謂零聲母）。關於所謂零聲母的歸屬，薛鳳生（1986）頁35指出：「在音位結構上說，把這個聲母算作零聲母是完全合理的。但正如趙元任先生早已指出的，在發音上說，這個零聲母並不全等於零，實為發聲開始時喉部的收縮。所以在漢語裡零聲母音節一般都保持獨立而不於前一節的韻尾輔音相結合就是這個緣故。」小註云：「歷史上的音變是與發音方式分不開的。在漢語史中，喻母字（包括由原影母變來者）的演變與喉牙音聲母字是一致的，而與唇舌齒音聲母有別，這也可證它實質上是一個喉音。」

聚的不可或缺的成份。李紳另一首〈憫農詩〉：「鋤禾日當午　汗滴禾下土　誰知盤中飱　粒粒皆辛苦」連用了六個喉音字（禾禾午汗下皆苦），搭配六個細微級韻字（鋤午土誰知苦）與四個入聲字（日滴粒粒），其悲憫深沉的聲情訊息正與全詩的語意表現吻合。歷來低沉憂傷的詩作中亦頗不乏以喉音搭配細微級韻字來傳遞聲情者。喉音是在現代語音學上舌根—喉壁音的簡稱，由咽腔到聲帶這一段聲腔發音，舌根與喉壁成阻或是喉部緊縮成阻，後者發音部位更靠下❷。以成阻方式分，按成阻由大到小依次爲塞音、塞擦音、擦音。其中塞音最有短促破裂的音效，持阻時完全閉塞，氣流凝聚，一旦除阻則驟然衝出，形成極短暫的瞬音❷。這也是入聲韻尾的共有的聲情效果。按聲帶振動狀況（帶音、不帶音）分則濁音響度大，其中鼻音居首，鼻音性質近元音，可任意延長，聲帶顫動產生周期性聲波❷，在聲道共鳴，因此響度大於塞音與塞擦音❷。韻尾鼻音較韻頭鼻音有更大延展空間，當然也將此一響度大的聲情效果發揮到極至。鼻音因發音部位而有雙唇—舌尖—舌根之別，其響度也依次遞增，而舌根鼻音與後低元音搭配的江陽韻當然居諸韻之冠。根據以上的聲情感知的分類及其語音認知的理據，本文以知覺分解爲原則試擬聲情解析模式數式於下，作爲透明化解析過程的基本步驟：

---

❷　參見林燾、王理嘉（1992）《語音學教程》頁 64。

❷　同上頁 65。

❷　同上頁 67；又見周同春（1990）《漢語語音學》頁 117。

❷　參見周同春（1990）頁 44。

聲情解析模式一式：詩篇意象與聲情互動模式

聲韻類聚		聲韻類別	聲韻聚合	聲情感知
聲韻類聚	韻			
	聲			

聲情解析模式二式：韻律聲情類聚及其互動模式

	聲的類聚應和		韻的類聚應和						
聲情效應分類	發音方法	發音部位	陰聲韻			陽聲韻			韻腳
			細微級	柔和級	響亮級				
詩行對照	塞擦—擦	喉　唇	ㄨㄩ	一ㄟ	ㄞㄨㄛㄠㄚ	鼻音1 ㄢ	鼻音2 ㄣㄥ	鼻音3	主調　輔調

聲情解析模式三式：韻律聲情類聚及其與詩篇情節互動模式

詩行對照	情節簡介	韻律場聲情類聚						聲情效果
		細微級	柔和級	響亮級	入聲	韻腳韻類	韻腳	

伍、聲情意象綜合解析模式之運用

在文學作品特別是一首詩中，其中的意象、聲韻、及其組合方式互相運作而「自我集中」、如畫中的色塊、光之間的對比溶合自成一體，多半由類聚的組合、聚合與類比或對照而產生效果。故上文所擬之聲情與意象解析之基本步驟的選用與組合視文本特色與分析偏重的層次而定。以下模式組合僅供參考：

步驟一：【知覺分解】之意象解析：1、2 兩式可依作品篇幅長短而選

　　一式，3、4 兩式可依作品賞析重點而定取捨，1234 亦可綜合運用。

1. 意象場宏觀解析一式：詩篇意象場之聚合與互動關係一覽（適用於長篇如席慕蓉〈樓蘭新娘〉白居易新樂府、吳梅村歌行等）

2. 意象場宏觀解析二式（適用於短篇如柳宗元〈江雪〉馬致遠〈秋思〉）

3. 意象場橫向聚合層解析式：同義反義類聚之微觀解析（以柳宗元〈江雪〉爲例）

4. 意象場縱向聚合層解析式：上下義關係（Hyponymy）（以柳宗元〈江雪〉爲例）

步驟二：【知覺分解】之韻律聲情解析：

1. 聲韻背景考量：參考與詩篇同時的語音資料以供分析時參考

2. 聲情解析模式運用：可依語篇特色或研究重點而定

(1) 短篇(如馬致遠〈秋思〉柳宗元〈江雪〉等)：聲情解析模式一式

(2) 抒情長詩(如席慕蓉〈樓蘭新娘〉)或研究重點在聲情層面(如：白居易新樂府、吳梅村歌行等)：聲情解析模式二式

(3) 敘事與抒情並重長詩(如白居易新樂府、吳梅村歌行)：聲情解析模式三式

步驟三：【感覺還原】（意象＋聲情　原始感知激發與縱觀全局的領悟）

以下以柳宗元的〈江雪〉「千山鳥飛絕　萬徑人蹤滅　孤舟蓑笠翁　獨釣寒江雪」為例說明「知覺分解—感覺還原—透明化」解析的基本模式。

步驟一：【知覺分解】之意象解析：

1.意象場詞彙類聚感知與聯想解析模式一

類聚類別			類聚義場	類聚感知訊息	類聚聯想解析
自然	景物	本體	山、徑、江、雪		參見步驟三
		存在狀態	千山、萬徑	空曠背景	
			鳥飛絕、人蹤滅	單調無生命活動	
	自然現象	本體	雪		
		存在狀態	江雪	冷寒的江景	
人事	物	本體	簑笠、舟		
		存在狀態	孤舟	唯一人事空間/孤單無依	
	生命活動	本體	翁、人		
		存在狀態	獨釣	唯一生命活動/孤單無依	
		情感活動	孤、獨、寒	冷漠孤單感	

2.意象場橫向聚合層解析式：同義類聚微觀解析

詩篇詞彙類聚	義素共性	類聚感知
千／萬	數量多、範圍廣	無生命活動的空曠背景
絕／滅	不存在、單調、無生機	
孤／獨	惟一存在某一空間、無伴	孤單無依 的人事

3.意象場縱向聚合層解析式：上下義關係（Hyponymy）

括號中字並未在詩中出現，係為呼應詩中下義字而設之虛範疇。

	自然	人事	狀態	動態
上義	山〔水〕雪　鳥 ｜　江　｜　｜	〔路〕〔船〕人　〔跡像〕 徑　舟　翁　蹤	〔消失〕 絕滅	〔漁〕飛 釣　｜
下義	□寒江寒江雪□	□　孤舟簑笠翁　人蹤	□	獨釣□

步驟二：【知覺分解】之聲情解析：

1. 聲韻背景考量：唐詩時代入聲韻的三種韻尾保留，但本文視入聲韻字為同一類聚而不再細分，取其塞音尾之「短促斷裂」之共性。喉音聲母尚未顎化，故本文歸「江」入喉音聲母字統計。

2. 詩篇意象與聲情互動模式

聲韻	聲韻類別		聲韻聚合	聲情感知
類聚	韻	入	獨笠絕滅雪	短促斷裂
			飛孤	細微
			鳥舟簑釣	柔和
			千山萬徑人蹤翁寒江	響亮
	聲	喉	孤江寒	低沉
		塞音	獨孤江	短促斷裂
類聚之意象與聲情訊息重合				類聚感知見步驟三
意象類聚訊息			見步驟一	

步驟三：【感覺還原】

【感覺還原】之一：【意象效果】：

「千／萬—絕／滅—孤／獨」同義類聚的選用形成一個「無生命活動的空曠無際的空間背景」，與三位一體的「唯一存在的人事」：人工物（舟）—生命跡象（簑笠翁）—生命活動（釣）之間形成強烈對比。前兩句用上義詞簡約勾勒出大自然背景，後兩句用下義詞細緻

描寫的人事活動。描寫背景的兩句雖然提到生命「鳥」「人」及生命的動態「飛」「蹤」，但「滅」「絕」二字卻又否定其存在。只剩下了毫無生氣的「千山」「萬徑」的白描輪廓而已。背景的空曠單調造成背景隱退而使人事活動成爲注目的焦點。其空無冷漠的意像使唯一的人事存在顯得「孤、獨、寒」。

【感覺還原】之二：【聲情效果】：

以上通過「知覺分解—感覺還原」解析柳宗元〈江雪〉一詩有「空無冷寞」的背景意象與「孤獨寒」本體意象，二者互動營造整體意境。其實，聲情在音效方面的作用也不可忽視，一首二十字的短詩中竟有五個入聲字「笠獨絕滅雪」，佔全部字數的四分之一，韻腳「絕滅雪」選擇入聲韻，應非偶然。其短促斷裂的音效遠在讀者從字裡行間品味出「空無冷寞」與「孤獨寒」的意境之前，已傳達了訊息。顯示感覺的關鍵字「孤、獨、寒」三字中「孤寒」爲喉音聲母字，「孤獨」聲母爲塞音，且「孤」爲細微級韻字而「獨」爲入聲，此一短促斷裂低沉綜合型的聲情類聚有突顯全篇主調之功。如將原詩入聲韻腳由非入聲之柔和級韻字「渺杳曉」取代，「雪」字雖保留但由韻腳位置移入句中，將喉音聲母配細微級韻字之「孤」由非喉音聲母配響亮級韻字「扁」取代，入聲字「獨」由柔和級平聲字「臥」取代，原詩遺世獨立的孤傲悽清的聲情訊息頓時轉爲平淡自在的閒適。同時，意象單一的「扁」「臥」取代聲情與意象稠密的「孤」與「獨」，其訊息量當然也頓減。試比較：

柳氏原作：千山鳥飛絕，萬徑人蹤滅，孤舟蓑笠翁，獨釣寒江雪。

本文改作：千山鳥飛渺，萬徑人蹤杳，扁舟蓑笠翁，臥釣雪江曉。

陸、聲情與意象的互動

「知覺分解—感覺還原—透明化」解析模式包含詩歌語言的兩大生命線：聲情與意象進行探討。因爲本文的重點在聲韻學角度，意象部分僅在與韻律聲情有互動關聯時論及❷。上文討論了韻母聲調聲母的類聚型式對聲情效應的影響，並附之以實例論證。但我們也不難找到反例，如一般以爲押江陽韻與／α／韻則其詩聲情屬響亮級而聲情表現傳遞歡快、熱情、豪放、雄渾，但馬致遠〈秋思〉押／α／韻而席慕蓉〈樓蘭新娘〉以江陽韻爲主調，卻明顯傳遞了相反的訊息。以下將從聲情場與意象場的整體互動一一剖析。

一、聲情場與意象場的互動之一：意象韻律並重例
　——馬致遠〈秋思〉

馬致遠的〈秋思〉有蒼涼落寞的意境，這是歷來頗有共識的。「斷腸」及「人在天涯」是一目了然的兩個情感意象，其它如寫景意象：「枯藤」「老樹」「昏鴉」「古道」「夕陽」都含有歷盡滄桑（古道）、生命（枯藤老樹）或活動週期（昏鴉夕陽）接近尾聲的義涵，季節意象「西風」則一向與「秋」「蕭瑟」「草木凋零」作聯想。唯一的人世旅伴又是「瘦馬」，「馬」一向與「駿」「肥」搭配以示其主人之志得意滿，與「老」「瘦」搭配則多暗示其主人之不得志。

---

❷　意象的微觀解析語宏觀互動之解析模式與實例探討參見周世箴（1997），詩篇中詞彙類聚與語篇銜接的關係參見周世箴（1998）。

類聚類別		類聚義場	類聚感知訊息	類聚聯想解析
自然	景	本體 藤樹鴉		
		存在狀態	枯藤老樹昏鴉 蒼涼	歷盡滄桑、生命或活動週期接近尾聲
	自然現象	本體 日風		
		存在狀態	西風 蒼涼	一向與「秋—蕭瑟—草木凋零」等有落寞消極感的意象作搭配或聯想
			夕陽 蒼涼落寞	美好但生命或活動週期接近尾聲
人事	景物	本體 橋水家道		
		存在	小橋流水人家 溫馨家園美景	與滄涼落漠的遊子意象形成對照
		狀態	古道 蒼涼	歷盡滄桑 亦充滿古意
	生命活動	本體 人馬		
		存在	人在天涯 蒼涼落寞	遠離家園落魄飄零
		狀態	瘦馬 蒼涼落寞	生命力不旺盛的旅行工具與唯一的伴暗示其主人之不得志。
		感情	斷腸 蒼涼落寞	遠離家園落魄飄零的遊子情懷

詩歌意象經營中這種以不同畫面組接交疊而產生新的想象空間的美學效果，類似電影「蒙太奇」，是一種有選擇的組合。這種選擇，從主體經驗層面看是客觀物象主觀化（黑格爾稱爲「心靈化」）的過程，從語言表達層面則是抽象概念的具象化。歐陽修《六一詩話》： 梅堯臣「狀難寫之景，如在目前，含不盡之意，見於言外」。帶有個人色彩的選擇傾向隱藏在具體生動的表象背後，即所謂「狀難寫之景，如在目前」。讀者看到經過精心選擇而呈現的外在物象組合而從中領會，即「含不盡之意，見於言外」。

　　一般評者多將蒼涼感歸因於文字意象，而聲情的推波助瀾的角色

卻往往被忽視了。從聲韻學角度切入則可扣其奧秘。「夕」是詩中唯一的古入聲字，因考慮元曲時代入派三聲的語音特色而讀同今音。此時細音（包括原二等）的喉牙音字之顎化音變應已發生，故「橋」「下」「家」應讀同今音而歸塞擦音類聚㉘。

　　〈秋思〉與席慕蓉的〈樓蘭新娘〉都運用了細微級韻字類聚與喉音類搭配來傳遞一種低調情緒的聲情效應。爲比較音韻與意象的互動效果，本文將原作中與蒼涼意象與聲情相關的關鍵字改寫如下：

　　馬致遠原版：

　　枯藤老樹昏鴉小橋流水人家古道西風瘦馬夕陽西下斷腸人在天涯

　　本文改寫版（□處依原作）：

　　青□茂□繁花□□□□□□□□薰□駿□斜□如畫浪遊□□□□

　　「小橋流水人家」「古道」「人在天涯」爲兩種版本中之共有意象，但原版的意象與聲情組合中，這三組意象從不同角度均突顯了主

㉘　薛鳳生 1986《北京音系解析》頁 33：「在漢語史中，舌面音的出現是比較晚的現象。」頁 110-111：「『家街交間江』等原二等侯牙音聲母字，本來都沒有介音，但在現代官話中都讀齊齒呼了。這在官話方言中是一個極普遍的現象，似乎很少例外……，這條官話中特有的音變早在《中原音韻》之前就已發生了。」

題，「小橋流水人家」六字中有三個屬柔和級兩個屬響亮級，四個平聲字，其聲情具開朗歡快特色，配合語義上的溫馨家園感，與主流意象群的蒼涼感形成對照，反襯並強化了「人在天涯」遠離鄉土的落寞；「古道」「人在天涯」中「道在」屬柔和級「人天涯」屬響亮級，但因與主流意象群爲同類聚合而融入主調，未突顯其聲情特徵。改寫版中，情境意象由蕭瑟的秋景變爲充滿生機的春景、情感意象由落魄悲觀變爲樂觀浪漫，整體意象互動而使這三組意象產生質變：「小橋流水人家」融入了基調中的溫馨，「古道」「人在天涯」融入了基調中的浪漫豪放，「古道」因其「古」而增添詩情畫意，「人在天涯」因其無牽無掛更自在逍遙。以下將以解析圖顯示其意象類聚在整體感知方面的作用。

詞彙類聚類別			類聚義場	類聚感知訊息	類聚聯想解析
自然	景物	本體	藤樹花		
		存在狀態	青藤茂樹繁花	生機勃發美景	生命或活動週期正盛
	自然現象	本體	日風		
		存在狀態	薰風	自在舒適	一向與「春夏─溫暖─草木繁茂」等舒適有生意的意象作搭配或聯想
			斜陽	美景	即將消逝 卻依然美
人事	景物	本體	橋水家道		
		存在狀態	小橋流水人家	溫馨家園美景	溶入生機勃發古意盎然的美景整體並強化主體之自在閒適的瀟洒的情懷
			古道	懷古幽情	歷盡滄桑 亦充滿古意
	生命活動	本體	人馬		
		存在狀態	逍遙 人在天涯	自在閒適	自在閒適無牽掛
			駿馬	生機勃發	生命力旺盛的旅行工具與唯一的伴
		感情	逍遙	自在閒適瀟洒	自在閒適無牽掛的瀟洒情懷

從聲情層次看，具低沉憂傷聲情類聚效應的細微級韻字如的「枯（藤）—夕（陽）—西（風）」在改寫版中由響亮級韻字「青（籐）—斜（陽）—薰（風）」替代，喉音字「枯昏」由「青繁」替代，而響亮級韻字「斷腸」之由柔和級韻字「逍遙」替代是配合意象訊息的整體性考量。改寫後的意象與聲情類聚合力營造出的竟是一個瀟灑浪漫的〈春思〉意境。以下將以解析圖顯示其聲情類聚效應在整體感知方面的作用。

馬致遠原版與改寫版意象與聲情整體感知比較表

符號說明

意象類聚類型	▲溫馨浪漫▼蒼涼
意象改寫關鍵字	△溫馨浪漫▽蒼涼
空白	□
聲情類聚韻律場	↑響亮級↔柔和級↓細微級
聲情改寫關鍵字	⇑響亮級⇔柔和級 ⇓細微級
低沉斷裂音效	◆原版◇改寫版
意象類聚與聲情類聚同質	○

如：與其他相對組比而具暗啞音效共性的「喉音+ 細微韻」等聲情效果同質的聲韻組合(如：孤古枯)，再配合滄涼落寞的意象。

馬致遠原版：

		枯藤老樹昏鴉	小橋流水人家	古道西風瘦馬	夕陽西下	斷腸人在天涯
意象類	蒼涼	▲▲▲▲▲▲	□□□□□□	▲▲▲▲▲▲	▲▲▲▲	▲▲▲▲▲▲
聚感知	溫馨	□□□□□□	▲▲▲▲▲▲	□□□□□□	□□□□	□□□□□□
聲韻類別	聲情感知					
聲情類聚 韻	細微	↓□□↓□□	□□□↓□□	↓□↓□□□	↓□↓□	□□□□□□
	柔和	□□↔□□□	↔↔↔↔↔□□	□↔□□↔□	□□□□	□□□↔□□
ㄚ	響亮	□□□□□↑	□□□□□↑	□□□□□↑	□□□↑	□□□□□↑
陽	響亮	□↑□□□↑	□□□□↑□	□□□↑□□	□↑□□	↑↑↑□↑□
聲 喉	暗沉	◆□□□◆◆	□□□□□□	◆□□□□□	□□□□	□□□□□◆
塞	短促	◆◆□□◆□	□□□□□□	◆◆□□□□	□□□□	◆□□□◆□
意象聲情同質		○○○○○○	□□□□□□	○○○○□□	○□□□	□□□□□□

本文改寫版：

		青藤茂樹繁花	小橋流水人家	古道薰風駿馬	斜陽如畫	逍遙人在天涯
改寫關鍵字：		△□△□△△	□□□□□□	□□△□△△	△□□□	□□△△△△
意象	生機	△▲▲▲△△	▲▲▲▲▲▲	□□△▲▲△	□□□□	▲▲▲▲▲▲
類聚	溫馨	△▲▲▲△△	▲▲▲▲▲▲	□□△▲□□	△▲△△	□□□□□□
	浪漫	△▲▲▲△△	□□□□□□	▲▲△△▲△	△▲△△	□□□□□□
聲情 聲韻類別	聲情感知					
聲情類聚 韻	細微	□□□↓□□	□□□↓□□	↓□□□□□	□□↓□	□□□□□□
	柔和	□□⇔□□□	↔↔↔↔↔□□	□↔□□□□	□□□□	⇔⇔□□↔□
ㄚ	響亮	□□□□□↑	□□□□□↑	□□□□□↑	↑□□↑	□□□□□↑
陽	響亮	⇑□↑□□⇑□	□□□□↑□	□□⇑□⇑□	□↑□□	□□↑↑□↑
聲 喉	暗沉	□□□□□◇	□□□□□□	◆□□□□□	□□□□	□□□□□◆
塞	短促	□◆□□□□	□□□□□	◆◆□□□□	□□□□	□□□□◆□
意象聲情同質		○○○○○○	○○○○○○	□○○○□□	○○○○	○○○○○□

三、韻律場與意象場的互動之二：韻律帶動聲情例

　　〈秋思〉可算是意象與聲情並重而出色的例子，但因其突出的意象與意境經營而使人忽略其聲情上的應和之美。席慕蓉的〈樓蘭新娘〉卻是另一種典型，意象單純敘述平淡是其一目了然的不足，卻也因而突顯了韻律營造的感染力，起了平衡補足的功效。本文的重點是韻律，而與韻律密切相關的聲情場與意象場之間的互動關係也不容忽視，所以本節先談意象場再談聲情場。此篇是現代詩，且詩人爲北方人，所以此詩韻律比照國語。下面二表分別爲【〈樓蘭新娘〉的意象場互動關係一覽】與【〈樓蘭新娘〉的韻律聲情場互動關係一覽】的解析。圖表符號說明：符號【】標示並未出現在詩中但由詞彙類聚所暗示的抽象單位（如：【美好】），因此與其所統攝的具體意象（如：鮮花新良溫柔等）成一直行，以直線繫聯並以上指箭頭標示所屬；符號[ ]中爲意象互動關係之註釋；前後有對比性質的單位（如：【安寧】與【不安騷動】）以雙向箭頭標示關係。

〈樓蘭新娘〉的意象場互動關係一覽（周 1998 修改版）

據周 1997:231 之表九：〈樓蘭新娘〉一詩情境中的整體意象互動關係修改；參見周世箴（1997）〈由語言的魔境窺探女詩人作品研究：兼談古今、中西、性別的困擾〉

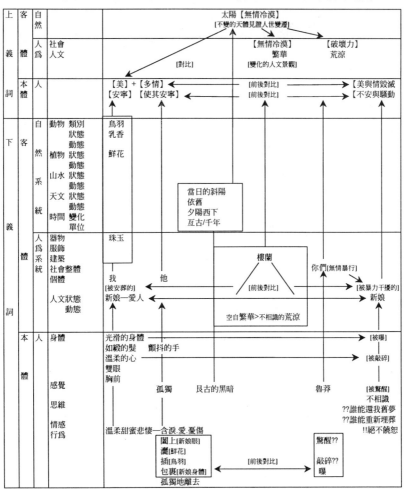

〈樓蘭新娘〉的韻律美感與聲情效果的互動模式（周 1998 修改版）

據周 1997:229 之表八：〈樓蘭新娘〉的韻律美感與心象效果的互動修改；參見周世箴（1997）〈由語言的魔境窺探女詩人作品研究：兼談古今、中西、性別的困擾〉

聲情效應分類	聲的類聚應和		韻的類聚應和								韻腳	
	發音方法	發音部位	陰聲韻					陽聲韻				
			細微級	柔和級		響亮級						
	塞擦—擦	喉　唇	ㄨㄩㄧㄟ	ㄞ	ㄡ	ㄛ	ㄠ	ㄚ韻	鼻音1 ㄢ	鼻音2 ㄣㄥ	鼻音3	主調	輔調
我的愛人　曾含淚	□曾□□	□我　人	□□淚	愛		我		□	含	人□	用□		
將我埋葬	將□葬□□	□我	□□	埋		我		□□	□	曾	□將	葬	
用珠玉　用乳香	□再香□□	光玉　乳	珠玉	再		我		□□	□	□□	用將	香	玉
將我光滑的身軀包裹	將□□身□	滑用　包	□軀	□		裹	包	滑□	□	身□	□將		□
再再顫抖的手　將鳥羽	將顫□□	□用□	□羽	再	抖		鳥	顫□□	顫	□□	□將		羽
插在我如緞的髮上	□在□□	□用　如	如□	在		我		插髮	緞			上	
	□插□□	□我											
他輕輕闔上我的雙眼	輕□□雙	闔我	□□知□		我		□	□他	眼	□輕	□雙		
	輕□□上	□我	□是最				道				□□		
知道　他是我眼中	前知□是	□眼	□□□		我			□他	眼	中上	□□		
最後的形象	最□形□	後□	□□□			後		□		形	胸□	象	
把鮮花灑滿在我胸前	□象灑□	花我　把	□□□		把			花把	前	□□	□□		
	鮮在胸灑	□	□□□					□灑	鮮滿		同□		
同時灑落的	□□□時	還愛	□□時		落		憂	□灑			□		
還有他的愛和憂傷	□□傷	□憂		愛	有	和		□他				傷	
夕陽西下	□□夕□	空□	□夕					□□	□	□□	陽	下	
	□□西□	華遺	□西					□□		□□		華	
樓蘭空自繁華	□□下□	孤我	□自	□樓			下□	蘭繁	□□	空□	去	
我的愛人孤獨地離去	□自□□	互以	□孤□地		我		華□	暗甜	人□	互□	樓	
	去□□□	互	□獨去離										
遺我以亙古的黑暗		古	□古□遺黑	□和									
和亙古的甜蜜與悲悽	□□□□	古黑	□古與以悲										
	悽□□□	和	□蜜□										
		悲	□悽□										
而我絕不能饒恕你們	絕□□恕	我　饒	不□恕你	□	我	饒	□□	們	□樣	們		
這樣魯莽地把我驚醒	驚□遭醒□	我　□	魯□地	柔	我		□把	能醒	□莽	醒		
曝我於不再相識的	□再相識□	我　不	曝於識		我		□	□	□相			
荒涼之上	□□□上	我　曝	不□之□		我			曾	□上荒			
敲碎我　敲碎我	敲□□碎	我	□□□碎		我		□敲	溫心	□涼			
曾那樣溫柔的心	曾□心碎	樣　柔	□□□碎		敲		□那	□□	心			

只有斜陽仍是 當日的斜陽　可是 有誰　有誰　有誰 能把我重新埋葬 還我千年舊夢 我應仍是　樓蘭的新娘													
	□只斜是	□有	仍	□	□□只誰	□	□有	□			仍□	□陽	是
	□斜是	□有	日	□	□□日誰	□	有	可			□當	□當	是
	舊□□誰	□有	□	也	□□是誰	□	有	□			□	□陽	誰誰誰
	□重新誰	□我	把	□	□□是□	把	有	我	□	能新	重	韮	葬
	千□□誰	還□	□	□	□□□	□	舊	□	ㄒ年還蘭	□新	仍應	重	夢
	□□新是 □我應	□我 □應	仍	□	□□是□	□	樓	我		仍應	□	娘	娘

表格說明：

□表示空白；方括號[ ]標示用在詩行之尾之字（有的並非韻腳）；聲的應和項下：塞擦音聲母字佔一二行（第一行ㄐㄑ第二行ㄓㄗㄔㄘ）；擦音聲母字佔三四行（第三行ㄒ第四行ㄕㄙ）；細微級韻字：一尾第一行、ㄟ尾第二行、ㄞ尾第三行；鼻音1為ㄢ韻字；鼻音2為ㄣㄥ混用；鼻音3　以尢韻與ㄨㄥ韻字。

上圖〈『樓蘭新娘』的韻律美感與聲情效果的互動〉的解析顯示此詩在聲韻應和上的兩個重點：在聲母應和方面，運用了喉音群類聚「ㄏ：還闇空華互古黑和遺以我」的暗啞（第三段），以及擦音群類聚「ㄕ：雙傷身恕識是時誰　ㄙ：碎灑　ㄒ：夕西下香相象胸醒鮮心新斜」與塞擦音群類聚「ㄓ：知這重葬　ㄗ：自在再最曾　ㄐ：將絕舊　ㄑ：輕前敲去悽」的噪音雜沓效應。在韻尾應和方面，則突顯了以江陽韻為主的陽聲韻字之激昂主調（開篇時被愛人埋葬的激動與篇末被暴力干擾的激動是情緒的兩個極端），配之以「一七」「姑蘇」「灰堆」等細微級韻的悲悽輔調，輔調與主調交織散布全篇。五段的句尾韻型（押韻形式）呈現以第三段為中軸，段一與段五、段二與段四呈「鏡像倒影」式對應：一、五兩段韻腳落在響亮級元音／ɑ／配舌根鼻音／ŋ／的最具響亮音效的《鼻音尾3》式，二、四兩段延續《鼻音尾3》式，同時插入元音開口度較小、鼻音尾次響亮的《鼻音尾2》式。主調在第三段弱到從韻腳消失，讓位給輔調：喉音類聚「ㄎ：空華互古黑和遺我以」、顎化擦音類聚「ㄒ：夕西下去悽」所配合的細微級

韻字類聚「孤獨　去古與　夕西自地離遺以蜜　黑悲悽」密集湧現，韻腳也落在這兩組音群，輔調代主調而起的是悲悽嗚咽的細微級韻字的聲情效應，在整個事件與死者情緒的轉折點形成張力。主調在第四段回升，第五段達最高點。但輔調自第三段集聚的強勢未衰，以輔調爲主的細微級運字類聚「日只識是是是誰誰誰碎　恕不不曝魯」削減了主調江陽韻的激昂氣勢，究竟是欷噓、無奈，還是欲振乏力，那就看各人的領會了。

　　此種分析法必須注意的是，雖然語音語義有其共相，使用狀況的影響與作品整體互動絕不可忽略。同樣是嗚尾韻類聚，第一段與延續音口母搭配的「乳如」音效較爲圓潤，第三段與塞音搭配的「孤古獨」則不具此音效。但這一切都不能孤立地談論，應以整體意象場及韻律場中，意象群與韻律群之間的呼應撞擊之中產生的聲情效應爲依歸。

　　另外，從某些詞彙的選擇也可看出詩人對韻律與聲情呼應的感知特色。其一是在以細微級韻字爲主調的第三段出現之「悲悽」，此詞在語義的可供替換的聚合甚多，如：「悲傷—哀傷—悲涼—悲苦—悲哀—悲戚」等，其中，前六字不合本段押韻，「悲悽」在配合整體聲情效果上與輔調呼應最強，「悽」在同一段中與「去」形成雙聲、與「夕西遺自地離以蜜」形成疊韻呼應。其二是第四段用「荒涼之上」似亦有語義語音上的考量。此一詞組也有「荒原之上—荒漠之中／上—荒野之中／上—莽原之上」等類聚可替換，而且在句中並無押韻之限制。但「荒原—荒漠—荒野」僅爲表空間的具象詞，「荒涼」則爲表感覺的抽象意象，與第三段描述樓蘭人文與社會盛況的抽象意象「繁華」恰成對照，在意象稠密度上較佔優勢。從聲情效果考量，此詩主調尢韻在第三段沉寂以後，第四段又開始回昇，選用「荒涼」則在同

一詩行中密聚了「荒涼上」三個響亮的尢韻字，有增強情感強烈度之作用。其三是另一對近義動詞「將」與「把」的先後同現。前者ㄤ尾後者ㄚ尾，均屬聲情表現上的響亮級，詩人多用於表激昂情緒（歡暢、熱情、豪放、雄渾），但前者的平聲尢尾較後者的上聲ㄚ尾更能表現歡暢與熱情的聲情特質（參見上文對韻尾聲調的聲情分析），由雙唇塞音到韻母ㄚ的過渡段是聲道由閉而開，塞擦音過渡到細音韻母一尢是舌面由舉起到放平，與後者的細微舒緩的過渡段對比之下，雙唇塞音聲母的瞬間爆發力反而因韻母ㄚ的延續而強化。二字的同現與選擇似乎在配合整體聲情訊息：

情節推演	詩句
第一段：陶醉在愛的甜蜜溫柔中	「將」我埋葬　「將」我…包裹　「將」鳥羽插在我…髮上
第二段：惜別之悲從中來	「把」鮮花灑滿在我胸前
第四段：悲憤地哭訴	「把」我驚醒
第五段：欲振乏力的悲情	「把」我重新埋葬

第一二段行為主體是「愛人」，開始「新娘」因愛人的多情還暫時陶醉在「甜蜜溫柔」中，配合此詩尢韻主調，密集連用三個「將」。第二段永別激發悲情，「把」開始出現。第四五段之行為主體是無情世界的暴力，兩次用「把」，似乎在呼應第四段出現的雙唇塞音群「不不曝」的爆發衝擊力，在第三段悲悽嗚咽的沉寂之後，被干擾的「新娘」已爆發了悲憤的控訴。

四、韻律場與意象場的互動之三：韻腳與意象選擇與主體風格

同一題材由不同時代不同個性不同處境的詩人寫來，除了意境，連押韻的類型也有別。上文曾提及兩首「卜算子：詠梅」之作者為不同時代不同個性不同處境的兩個人，描寫的主體都是梅，主體特性及外在環境類似：時節同是寒冷的早春，與眾不同地在風雨冰雪的劣境中獨自開放，與春暖時才盛開的爭春之群芳形成對比。二詞同一句式同一主題，卻傳遞了不同訊息：前者消沉哀怨而境界內聚，後者樂觀進取而境界外放。訊息的歧異一半來自相異的詞彙意象，另一半也依賴韻律的搭配。陸游之作頗多「寂寞—黃昏—愁—苦—零落」等消沉自怨的靜態意象，押細微級韻字「主雨妒故」正可突顯低沉憂傷的心境。毛詩以「俏笑—春花浪漫」等樂觀意象，「送迎歸到」等橫向動態意象以及「懸岩百丈」之高下大跨度視野描寫，輔排了一個開闊有生氣的境界，搭配的是柔和級中最響亮的ㄠ韻字「到俏報笑」，正可以傳達豪放雄渾的主調。二人之個性及創作時之心境於作品中表露無遺。

不同風格的詩人可由其用韻窺其風格，同一詩人當然也可依表達的心境而選擇用韻。以杜甫為例，就有以最響亮的鼻音韻尾江陽韻來傳遞歡暢激昂情緒的如：「裳狂鄉陽」（杜甫〈聞官軍收河南河北〉），運用細微韻來傳遞悲苦哀嘆的心境的如：「子水死市至」（杜甫〈悲陳陶〉）。其〈悲青阪〉以短促斷裂的入聲韻「（門）窟（西）突（瑟）骨（軍）卒」來表沉痛低調的情感訊息，連不在押韻點上的「西」「瑟」也配合主調，一屬細微韻，一屬入聲，強化了主調。杜甫〈登高〉押

的雖是柔和級韻字「哀迴來臺杯」，詩中之細微級韻字（里堵無苦不飛悲）、入聲韻字（急白百落木作客讀濁）及喉音聲母字（高迴下江滾滾客艱苦恨猿哀無萬）之交叉類聚卻頗豐，可見詩的主調雖多由韻腳所屬聲情類型體現，其它的聲情類聚若很強勢亦有弱化韻腳聲情導向之作用。

五、韻腳聲情的相對變化與作品的戲劇張力

一般認為在小說與口述故事中詞彙的複現與同現起重要銜接作用，其實在詩篇中亦具同等效果，這些複現與同現的詞彙往往也是詩中的代表性意象，其複現與同現雖是詩中的局部，其對整體情節的關照卻是牽一髮而動全身的㉙。詞彙銜接的基礎立足於詞彙類聚，詩篇中的意象若依類聚合，則密集地傳情達意，若順序鋪排在語句中，則銜接全篇，並可間接突顯情節的曲折回環與情感的起伏。但既是詩篇，我們當然不能忽視韻律與詩歌聲情的密切互動。一般認為意象為詩意精華，實際上，除了意象的聚合與呼應銜接之外，詩歌還有韻律的聚合與呼應可以輔助全篇銜接，正可補其語法銜接方面的不足。除此而外，韻律的呼應，不但有聲情效果，也具篇章銜接作用。漢樂府〈公無渡河〉短短二十字，卻原詞複現了「公」四次、「河」三次、「渡」二次等九個字。原詞複現是詞彙複現也是聲韻複現，而「河」還與「何」

㉙　周世箴（1998）〈吳偉業《圓圓曲》之表達模式〉一文參考 Halliday & Hasen (1976) 提出的語篇銜接模式中的詞彙銜接理論，確認了詞彙在聯句成篇方面的重要特色。從詞彙意象的複現與同現入手，觀察其在作品中的聚合與互動，並進而探討其在上下文銜接方面的呼應作用。

形成同音異義的聲韻複現效果。詩中意象與聲情的類聚效應因而突顯，類聚呼應同時也起了句際與全篇的銜接作用。正如朱光潛所說「韻的最大功用在把渙散的聲音聯絡貫串起來，成爲一個完整的曲調⑩。」此一特色亦可由上文〈秋思〉與〈樓蘭新娘〉解析獲得證據。抒情長詩〈樓蘭新娘〉解析已顯示，類聚的對比也是形成詩篇張力並且推動情節發展的要素，下面將配合情節推演解析數首敘事長詩的押韻變化。杜甫〈石壕吏〉與白居易〈賣碳翁〉二詩均體現路見不平的同情憤懣，聲情表達模式亦類似，以響亮級平聲韻開始敘述，以細微級或入聲韻描述當事者的淒苦，再以入聲作結以示詩人的低迴鬱結與憤憤不平。相較之下，〈琵琶行〉則顯得曲折，以對比類型的韻類交錯配合詩中人感情的起伏或情節的轉換，琵琶女憶往的歡快與撫今的悵然，詩人豪放本性以及感歎坎坷經歷低迴鬱結之間的交纏，均由韻腳的轉換呈現。

㈠ **杜甫〈石壕吏〉：**

響亮級 平：[村人(走)門] ———— [人孫(去)裙]

細微級 平： —— [怒苦(辭)戍][致死(生)矣] — [衰歸(役)炊]

　　　　入： ———————————— [絕咽(途)別]

情節發展	段落	韻律場			聲情類型	聲情效果
		韻腳	韻尾	調		
旁述引介	夜宿農家聞吏捉人	村人(走)門	陽聲韻	平	響亮級↑	旁觀者的同情心
老婦自陳	老婦悲陳三子從軍	怒苦(辭)戍	陰聲韻	上	細微級↓	低沉

---

⑩　朱光潛《朱光潛美學文集》第二卷頁 175（轉引自向新陽 1992:53）。

苦情： 轉折一	二死一生 媳不能行：有乳孫且 衣衫襤褸	致死(生)矣 人孫(去)裙	陽聲韻	上 平	細微級↓ 響亮級↑	憂傷 溫情流露
轉折二	家中只有老婦自己可 隨吏去	衰歸(役)炊	陰聲韻	平	細微級↓	低沉無奈
旁述感受	次日傷感別老翁 哀其不幸鳴不平	絕咽(途)別	入聲韻	入	↓	低迴鬱結

㈡ 白居易〈賣炭翁〉：

響亮級 平：[翁中] ── [單寒]

細微級 平： ──────── [誰兒]

　　　　 入： ── [色黑食] ─ [雪轍歇] ─ [敕北得值]

聲情與語篇：韻律與情節互動模式

		韻律場			聲情類型	聲情效果
情節發展	段落作用	韻腳	韻尾屬性	調		
旁述引介	賣炭翁山中伐木燒碳	翁中	陽聲韻	平	響亮級↑	同情心
旁述慘淡 生涯	賣炭翁憔悴形貌及以 碳為生的生涯	色黑(營)食	入聲韻	入	↓	低迴鬱結
突變一	衣單與盼天寒的矛盾	單寒	陽聲韻	平	響亮級↑	同情
	盼天寒而得雪─運碳 赴市集	雪轍(高)歇	入聲韻	入	↓	低迴鬱結
突變二	遇宮史	誰兒	陰聲韻	平	細微級↓	低沉無奈
旁觀不平	宮史賤價奪碳而去→ 賣炭翁無奈	敕北 (碳斤)得 (綾)值	入聲韻	入	↓	鬱結悲憤

三、白居易〈琵琶行〉

情節發展簡介		韻律場			聲情類型	聲情效果
段落作用	情節推演	韻腳	韻尾屬性	調		
離情依依	深秋送客江邊	客瑟	入聲韻	入	↓	低迴鬱結
	遺憾無音樂	船弦	陽聲韻	平	響亮級	情緒高亢
轉折一	別時喜聞琵琶	別月(聲)發	入聲韻	入	↓	低迴鬱結 >提起一點興趣 的喜悅
	欲訪其人聲已杳之憾	誰遲	陰聲韻	平	細微級↓	
轉折二	敘述訪覓經過	見宴(來)面	陽聲韻	去	響亮級↑	歡快起來 心情開朗
	敘述對方應邀彈奏情形	聲情		平		
彈奏時情境及聲情轉折之描寫	彈奏時作者聯想	思志(彈)事	陰聲韻	去	細微級↓	低沉憂傷
	彈奏時指法	挑幺	陰聲韻	平	柔和級	歡快
	像聲聯想	雨語			細微級↓	低沉憂傷
	像聲聯想	彈盤(滑)灘	陽聲韻	平 / 入	響亮級↑	歡快流暢
					↓	低迴鬱結
	像聲聯想	絕歇	入聲韻			低迴鬱結
	像聲聯想	生(聲)迸鳴	陽聲	平	響亮級↑	豪放雄壯
過渡	曲終及周遭反應	畫帛(言)白	入聲韻	入	↓	低迴鬱結
琵琶女自述浮沉往事	回到當時現實	中容	陽聲韻	平	響亮級	心情平靜開朗
	a.青春得意	a.(女)住(成)部(伏)妒(頭)數(碎)污(年)度	陰聲韻	上	細微級↓↑	低調與歡快交集的往事回憶>轉向>憂傷低沉
	b.色衰從良	b.(死)故(稀)婦(離)去			↓	
	嫁作商人婦後的落寞	船寒(事)干	陽聲韻	平	響亮級↑	
詩人反應	淪落天涯的共鳴	息唧(人)識	入聲韻	入	↓	低迴鬱結
	作者自述坎坷經歷	京城(樂)聲(濕)生(物)鳴(夜)傾(笛)聽(語)明(曲)行	陽聲韻+入聲	平	響亮級↑	豪放與鬱結交織的矛盾表現
餘音	琵琶女以琵琶聲表情作結	立急(聲)泣(多)溼	入聲韻	入	↓	低迴幽怨

柒、語音象徵說的反思

　　本文以上論述可能會使人聯想到曾經盛極一時的「語音象徵說或肖象說 sound symbolism」。薩皮爾、葉斯柏森、沃爾夫、雅克愼諸家均曾親自實驗並撰文論及。其中的集大成者當非雅氏莫屬**❸**。雅氏認爲：「『語音象徵』是指音（即感官性的記號具 signan）義（即非感官性的記號義 signatum）二者之間的類同關聯與聯想。此一內在的類同關聯與聯想可由語音資料顯示。」並認爲「語音象徵」的研究有助於了解「五官交接現象 synesthesia」**❸**。雅氏文中列舉了各家對各種語言的「語音象徵」與「五官交接現象」的實驗，顯示「語音象徵」與「五官交接現象」之說有其理據，但必須在有相對組的情形下才能成立。這就是我們常常會找到反證的原因。語音環境的類聚效應這一條件在雅氏所舉的實驗中似乎是被忽略了。由本文前幾節的詩歌分析可知，「語音象徵」的確存在，只有類聚的呼應與對比可突顯其特色，微觀層次有聲—韻（主要元音—韻尾—調）的搭配運作，宏觀層有聲情場與意象場的情境影響。沃爾夫 Whorf 對「語音象徵」用力最深而見解最獨到，對音義不對應情形之解釋尤其合理。他認爲無論代表這些五官經驗的語彙 words 的語音與這些經驗是否類似，五官聯繫照樣地出現，但語言在經過詞彙化之後，鈍化了語言使用者對朦朧的心理

---

❸ Jakobson & Linda Waugh 1979, The Sound Shape of Language, pp.177-231 以長達五十多頁的篇幅討論「語音象徵 sound symbolism」與「五官交接現象 synesthesia」問題。

❸ 參見雅氏 1979：頁 178&192 及古添洪 1984：頁 109。

感覺的覺知卻突顯了語言本身的魔力：

> 語言有一種邏輯自控力 a logic mastery，可不受底層心理 lower-
> psyche facts 的操控，甚至可駕馭其上，呼之即來，揮之即去。
> 語言按其自身法則打造語詞的表達差異，是否與語音的心理連
> 繫相符則非考量重點。若與語音的心理連繫相符則語音心靈層
> 次的特質 the psychic quality of the sounds 因而突顯，外行方可
> 察覺。若不相符，其心靈層次的特質儘管不與語音相符，亦得
> 轉而遷就語意，於是外行便無法察覺[33]。

　　雖然筆者的探討方向與以上諸家似有不謀而合之處，但本文的切
入角度卻與雅、申、向等諸家有所不同。雅、申二氏所提及的是語言
的普遍現象，雅氏及其所舉例之探討僅限於音素或音位的對比實驗，
而申、向二氏也以相應的詩行來應證其理論敘述，基本上還是話語本
位的研究。也就是說，文學作品之於他們，僅是一個印證語言學理論
的場所，或一個實驗對象，著重於由多個實驗對象所顯示的共性中搜
集語言學資訊，如證實詩篇中也有話語結構等。至於一篇文學作品的
整體生命的律動，則不是其研究重點。本文選擇詩歌本位的研究角度，
由韻律與聲情的互相呼應的自然律動中，觀察音、韻、節奏的變化在
詩歌表達中的情感效應，並配合意象類聚與情節而作整體性解析。雅
氏、申氏及其它同類研究成果是本文的平行參照點而非出發點。

---

[33]　錄自 Whorf (1956:267) Language, Thought, & Reality 語言、思想與現實（筆者譯）
　　轉引自 Jacobson 1979:196。

捌、結　論

　　筆者一向對研究詩篇中聲情與意象的互動頗有興趣。唯每次開「語言與文學」「文學語言研究」「詩歌語言研究」課程時均不得不割愛而以語序語義語用爲探討主軸，原因是聲情探討有賴於語音學與聲韻學的基礎，聲韻學主修的同學未必會對探討「詩歌本位」的詩歌研究有興趣，而對「詩歌本位」的詩歌研究有興趣的同學卻又多半無意於在語音學與聲韻學上下功夫，因此往往寧選語序語義語用而捨聲情。對於「詩歌本位」的詩歌研究，這無異是活生生被割去了一半。韻律創作（如詩詞韻文）與聲韻研究最初是韻律美感的文化土壤中誕生的雙生子，而今雖還因韻書的中介而有所牽連，二者卻漸行漸遠，形同陌路了。聲韻研究與教學究竟要不要與文學尤其是詩歌重建關係並爲詩歌賞析架橋鋪路？或許我們需要「文學聲韻學」或「詩歌聲韻學」這樣的課程，就好像英文版的語言學概論也有專爲文學主修生而編的教科書（Linguistics for Students of Literature）那樣。

參考資料

（依出現次序排列）

蕭　蕭

　　1987　（青春無怨，新詩無怨──論席慕蓉），《現代詩學》，
　　　　　臺北：東大圖書公司，頁 483-494。

陳植鍔

　　1990　《詩歌意象論》，中國社會科學出版社。

羅　門

　　1989　〈詩創作世界中的五大支柱〉，《詩眼看世界》，師大書
　　　　　苑有限公司。

葉嘉瑩

　　1989　《中國詞學的現代觀》，臺灣：大安出版社；（1990）湖
　　　　　南：岳麓書社；增訂版（1992），湖南：岳麓書社。

　　1992　〈對傳統詞學的現代反思〉《中國詞學的現代觀》增訂版，
　　　　　頁 123-6。

　　1992　〈關於評說舊詩的幾個問題〉《中國詞學的現代觀》增訂
　　　　　版，頁 206-8。

葉維廉

　　1992　《中國詩學》，北京：三聯書店。

　　1992　〈中國文學批評方法論〉，《中國詩學》，頁 3-13。

　　1992　〈中國古典詩中的傳釋活動〉，《中國詩學》頁 22-36。

周世箴

　　1994　〈語言學理論是否能用於文學研究？——從語言「常規」
　　　　　與「變異」互動說起〉，《東海大學中文學報》第 11 期。

　　1997　〈由語言的魔境窺探女詩人作品研究：兼談古今、中西、
　　　　　性別的困擾〉收於鍾慧玲主編，東海中文系審訂，《女性主義與
　　　　　中國文學》，里仁書局出版，頁 257-242。

向新陽

　　1992　《文學語言引論》，武漢：武漢大學出版社。

夏　宇

　　1995　〈逆毛撫摸〉《摩擦·無以名狀》，臺北：現代詩季刊社。

Kaplan, Cora

　　1990　Sea Changes: Culture and Feminism, London: verso.

申小龍

　　1994　〈漢語音韻的人文理據及其詩性價值〉原載《中華人文》
　　　　　（頁 126-133）；又見《中國聲韻學會第 12 次年會暨第三次國際
　　　　　會議研討會論文集》（1994.5.28-29, 新竹：清華），頁 428-435。

唐作藩

　　1991　《音韻學教程》，北京大學出版社。

薛鳳生

　　1983　《北京音系解析》，北京語言學院出版社。

譚昭文

　　1990　《中國詩歌美學概論》，廣東：花城出版社。

薛鳳生著　魯國堯等譯

　　1990　《中原音韻音位系統》北京語言學院出版社（英文原著見
　　　　　Hsueh 1975, Phonology of Old Mandarin, Mounton.）。

林　濤、王理嘉

　　1992　《語音學教程》，北京大學出版社。

周同春

　　1990　《漢語語音學》，北京師範大學出版社。

席慕蓉

　　1983　〈樓蘭新娘〉《無怨的青春》，臺北：大地出版社，頁 84-87。

周世箴

　　1998　〈吳偉業〈圓圓曲〉的表達模式〉《東海學報》第 39 卷。

Jakobson & Linda Waugh

1979　The Sound Shape of Language, Bloomington: Indiana University, pp.177-231.

古添洪

1984　《記號詩學》，臺北：東大圖書公司。

字頻統計法運用於
聲韻統計實例

曾榮汾*

壹、前　言

　　字頻統計法是指利用語料累計的單字出現頻次,來作文字屬性資料分布情形觀察的一種方法。本文將利用此法來進行聲韻資料統計,藉以提供一些數據給聲韻研究與教學參考。全文分兩個部分來說明:第一部分針對今日國音分布現象作說明,第二部分針對《廣韻》與國音對應關係作說明。

　　第一部分利用一個成人用字統計實例來說明字音統計的結果。所根據的統計實例是民國八十三年教育部國語會《國語辭典簡編本》編輯基礎統計結果,該統計樣本數爲 1,982,882 字,累計單字數爲 5,731字。文中此部分引及的各種數據,皆詳見於《國語辭典簡編本編輯資料字詞頻統計報告》一書中。❶

---

* 　中央警察大學資訊管理系。

❶　見載民國八十六年教育部《重編國語辭典修訂本光碟版》所附「語文叢書」中。

　　第二部分是利用筆者所編的《廣韻聲類韻類練習測驗程式》❷的資料庫與國立編譯館「國小常用字彙研究」❸的資料庫，來進行統計，國小學童資料庫所採的樣本數爲 1,419,219 字，累計單字數爲 5,173 字。國音的比對標準皆以教育部《重編國語辭典修訂本》所收錄的音爲依據。遇有多音字，因爲本文主在說明統計方法的運用研究，一律暫採其中較常用音，如「的」有「‧力ㄜ」、「力一ˊ」、「力一ˋ」三音，本文暫以「‧力ㄜ」爲統計之據。

貳、第一部分：今日國音聲韻分布情形

一、本部分所用統計法簡述

　　爲了了解統計法的實際運用過程，本節將對如何由字頻資料庫進行統計的流程稍作介紹，其中步驟如下：

　　1.建立字頻資料庫

　　　將統計初步結果建立字頻資料庫，匯入單字音讀。音讀標準爲《重編國語辭典修訂本》。

　　2.結合音節比對標準建立單獨資料庫，音節依據標準爲《國音標準彙編》。然後再與字頻資料庫進行比對。

　　3.結合聲、韻、調號比對資料

　　　將聲、韻、調號資料單獨建立資料庫，依據標準爲《重編國語

---

❷　民國八十三年臺灣學生書局發行

❸　民國八十四年至八十五年國立編譯館專案

辭典修訂本》。 然後再與字頻資料庫比對。

4.進行比對。

以下是本統計字頻資料欄位結構的部分：

字	字頻	百分比	累積百分比	累積頻次	音讀	聲	韻	調
的	32739	1.651081607	1.651081607	32739	˙ㄉㄜ	ㄉ	ㄜ	˙
不	24362	1.228615722	2.879697329	57101	ㄅㄨˋ	ㄅ	ㄨ	ˋ
一	22524	1.135922359	4.015619688	79625	一		一	
我	19414	0.979079945	4.994699633	99039	ㄨㄛˇ		ㄨㄛ	ˇ
是	17698	0.892539243	5.887238876	116737	ㄕˋ	ㄕ		ˋ
人	17638	0.889513345	6.776752221	134375	ㄖㄣˊ	ㄖ	ㄣ	ˊ
有	14346	0.723492371	7.500244592	148721	一ㄡˇ		一ㄡ	ˇ
了	12721	0.641540949	8.141785541	161442	˙ㄌㄜ	ㄌ	ㄜ	˙
大	12416	0.626159297	8.767944838	173858	ㄉㄚˋ	ㄉ	ㄚ	ˋ
國	10660	0.537601330	9.305546168	184518	ㄍㄨㄛˊ	ㄍ	ㄨㄛ	ˊ

二、統計結果

1.字頻中合併四調的音節出現情形

此處音節是指聲、韻、調結合的一個字音，爲了觀察去掉調號的音節使用情形。本統計將一、二、三、四聲及輕聲合併後的音節加以統計，藉以了解使用單音號、雙音號及三音號的音節分布情形。結果大概如下：

(1) 單音號：計 20 個音節，佔總音節數　　　4.98%

出現頻次佔總頻次 12.31%

(2) 雙音號：計 220 個音節，佔總音節數　　54.86%

出現頻次佔總頻次 47.60%

(3) 三音號：計 161 個音節，佔總音節數　　40.16%

出現頻次佔總頻次 40.09%

在單音號音節中，出現頻次最高者是「ㄕ」（67520），雙音號中最高者是「ㄉㄜ」（39965），三音號中最高者是「ㄍㄨㄛ」（20048）。三者中最常用的音節是「ㄉㄜ」。

2.字頻中音號使用情形

此處音號是指聲號、韻號、調號。本統計所得前十個聲號使用情形如下：

	聲號	累積頻次	累積百分比
1	○	283339	14.289
2	ㄕ	436975	22.037
3	ㄉ	590234	29.766
4	ㄐ	726939	36.660
5	ㄒ	853653	43.051
6	ㄓ	967234	48.779
7	ㄌ	1073247	54.125
8	ㄅ	1167950	58.901
9	ㄍ	1261127	63.600
10	ㄏ	1349696	68.067

其中以代表零聲母「○」的使用最爲頻繁。韻號使用的前十名爲：

1	ㄧ	177052	8.9290
2	ㄨ	321340	16.206
3	◎	463170	23.358
4	ㄜ	594948	30.004
5	ㄧㄢ	685117	34.552
6	ㄨㄛ	766006	38.631
7	ㄧㄥ	846046	42.668
8	ㄞ	922249	46.511
9	ㄢ	997821	50.322
10	ㄚ	1068775	53.900

其中以「ㄧ」韻使用最爲頻繁，代表空韻的「◎」排名第三。調號使用情形如下：

1	ˋ	684998	34.546
2	ˊ	1113257	56.144
3	ˉ	1540158	77.673
4	ˇ	1897620	95.700
5	˙	1982882	100.00

其中以代表四聲的「ˋ」調號使用最頻繁。

3.字頻中所顯現的聲母、韻母發音情形出現頻次

　　語音學上說明一個聲母須從發聲部位與方法解釋，透過字頻統計，可以了解在實際語言運用中，聲母發音部位、方法出現的多寡，這對語言的教學、語言學研究當有參考價值。從統計結果得知，依發聲部位，出現頻次的高低情形如下：

舌　尖：	383614	22.57%
舌面前：	334099	19.65%
舌　根：	224261	13.23%
雙　脣：	197287	11.60%
舌尖前：	124000	7.29%
脣　齒：	54653	3.21%

依發聲方法，頻次高低如下：

擦　聲：	503821	29.36%
塞　聲：	490383	28.85%
塞擦聲：	479129	28.19%
鼻　聲：	120197	7.07%
邊　聲：	106013	6.23%

　　韻母使用情形的了解與聲母同等重要。若要說明一個韻母，在國音學上可以從結合韻母、單韻母、複韻母、聲隨韻母、捲舌韻與呼別來說明。統計結果使用頻次高低情形如下：

結合韻母： 777523　　39.21%

單韻母 ： 720394　　36.33%

聲隨韻母： 260081　　13.12%

複韻母 ： 214207　　10.80%

捲舌韻 ： 10677　　 0.54%

若依呼別來看，則頻次高低如下：

開口呼： 838735　　42.30%

齊齒呼： 595178　　30.01%

合口呼： 446343　　22.51%

撮口呼： 102626　　 5.18%

　　類似的數據不但可以作為語言教材編纂的參考，若結合古代韻書的切語資料更是說明語音流變的重要憑證。

4.字頻中所顯現的聲母、韻母結合情形

　　國音中的聲母與韻母結合情形，從語音理論上來看，絕大部分都可以拼合成音，如ㄅ、ㄆ、ㄇ、ㄈ四聲與「一ㄞ」韻，以國際音標表示，則：

ㄅ一ㄞ——piai

ㄆ一ㄞ——phiai

ㄇ一ㄞ——miai

ㄈ一ㄞ——fiai

　　讀來也許拗口，但的確可以成音。因此國音中某些音不被使用，當從是否具表義作用去觀察。如上述的「ㄅㄧㄞ」等四音於國語中皆無義，所以國音中自然不存在。如果能單從實際運用的語料中去作客觀的了解，所呈現的結果必能提供國音學論證時有力的證據。統計中凡是聲與韻結合次數爲「0」時，皆代表在樣本中無此音的存在。如ㄅ、ㄆ、ㄇ、ㄈ、ㄉ、ㄊ、ㄍ、ㄎ、ㄏ、ㄓ、ㄕ、ㄖ、ㄗ、ㄘ、ㄙ等聲母與「ㄩ」韻即都沒有結合的現象。而且從聲、韻結合的頻次高低，也可以了解哪些聲、韻在國音中的結合能力較強。如以聲母而言，排名前五名爲：「○、ㄕ、ㄉ、ㄐ、ㄒ」，韻則爲：「ㄧ、ㄨ、◎、ㄜ、ㄧㄢ」，其中零聲母與空韻的出現頻率都很高，當是個值得注意的問題。

參、第二部分：《廣韻》切語與國音比較情形

一、本部分所用統計法簡述

　　本部分利用兩個資料庫，統計步驟如下：

　　1.先將《廣韻》切語資料庫與字頻資料庫比對，收錄國音及字頻資料。

　　2.建立四十一聲類資料庫，與《廣韻》切語資料庫比對。

　　3.建立韻類資料庫，與《廣韻》切語資料庫比對。

　　4.建立四聲資料庫，與《廣韻》切語資料庫比對。

　　5.建立入聲資料庫，與《廣韻》切語資料庫比對。

　　以下是本統計《廣韻》切語資料庫欄位結構的部分：

韻字	切語	聲	清濁	韻	韻等	陰陽	聲	聲	韻	調	字頻
馳	直離	澄	全濁	支	開三	陰	平	ㄔ		02	28
腄	竹垂	知	全清	支	合三	陰	平	ㄔ	ㄨㄟ	02	1
梨	力脂	來	次濁	脂	開三	陰	平	ㄌ	一	02	56
逾	羊朱	喻	次濁	虞	合三	陰	平	○	ㄩ	02	7
娲	古蛙	見	全清	佳	合二	陰	平	○	ㄨㄚ	01	42
知	陟離	知	全清	支	開三	陰	平	ㄓ		01	2336
墀	直尼	澄	全濁	脂	開三	陰	平	ㄔ		02	1
鎚	直追	澄	全濁	脂	開三	陰	平	ㄔ	ㄨㄟ	02	4
摛	丑知	徹	次清	支	開三	陰	平	ㄔ		01	2
尼	女夷	娘	次濁	脂	開三	陰	平	ㄋ	一	02	116
脂	旨夷	照	全清	脂	開三	陰	平	ㄓ		01	35
伊	於脂	影	全清	脂	開三	陰	平	○	一	01	117
錐	職追	照	全清	脂	合三	陰	平	ㄓ	ㄨㄟ	01	64

二、統計結果

1.四十一聲類對應國音

此處聲類根據林景伊師《中國聲韻學通論》❹所載四十一聲類爲準，爲求聲類對應國音後聲母的分化情形，比對字頻資料後，結果如下：

影　○63618/ㄐ 108/ㄏ 831/ㄋ 23/
喻　○18380/ㄖ 920/ㄒ 44/ㄊ 55/
爲　○30494/ㄒ 1/ㄖ 168/

---

❹　民國七十二年九月再版，黎明文化公司出版.

曉　○58/厂 15338/丁 10936/巛 17/ㄅ 289/ㄑ 7/

匣　丁 15509/厂 43850/○7/ㄐ 2586/ㄅ 26/ㄑ 9/

見　○63/ㄐ 27440/巛 36155/ㄅ 103/丁 185/ㄓ 3/

溪　厂 112/ㄑ 17455/ㄅ 28836/丁 102/○2/ㄐ 5/

群　ㄅ 172/ㄑ 4744/巛 1164/ㄐ 5306/丁 1/

疑　○31724/ㄋ 861/ㄖ 32/ㄌ 650/ㄐ 8/巛 7/

端　ㄓ 130/ㄉ 94884/ㄔ 4/ㄋ 461/

透　ㄊ 15380/ㄉ 19/

定　ㄊ 10153/ㄉ 27557/ㄓ 34/○2/

泥　ㄋ 28109/ㄖ 8/ㄊ 106/丁 14/ㄌ 1/

來　ㄌ 62693/○1/ㄋ 209/

知　ㄔ 2567/ㄓ 24644/ㄊ 52/ㄉ 107/ㄅ 1/ㄌ 6/

徹　ㄔ 607/ㄌ 8/ㄓ 1/丁 79/○76/

澄　ㄔ 4726/ㄓ 15142/ㄕ 139/ㄊ 12/ㄉ 83/

娘　ㄋ 3614/ㄖ 3/ㄔ 182/○5/ㄓ 11/

日　○8393/ㄖ 16499/ㄔ 1/

照　ㄓ 18900/ㄔ 5/

穿　ㄔ 19107/ㄕ 4/

神　ㄕ 6093/ㄔ 853/ㄌ 10/

審　ㄕ 28930/ㄔ 106/

禪　ㄕ 54052/ㄊ 641/ㄔ 6311/ㄓ 656/○547/

精　ㄗ 32129/ㄑ 817/ㄐ 9383/ㄘ 32/丁 1/

清　ㄑ 11341/ㄘ 7111/ㄐ 1/

從　ㄘ 6050/ㄑ 7393/ㄗ 21550/ㄐ 10828/ㄓ 141/

心　ㄙ 19298/ㄒ 35764/ㄕ 48/ㄖ 1/ㄐ 13/

邪　ㄙ 1538/ㄘ 230/ㄒ 4243/ㄑ 20/

莊　ㄗ 510/ㄓ 1598/

初　ㄊ 425/ㄔ 2693/ㄘ 532/ㄕ 26/ㄑ 18/ㄓ 477/

床　ㄘ 10/ㄔ 693/ㄓ 489/ㄌ 8/ㄕ 4052/ㄐ 1/

疏　ㄕ 18906/ㄘ 10/ㄙ 4837/ㄔ 651/ㄒ 446/ㄌ 136/

幫　ㄅ 26222/ㄆ 17/

滂　ㄆ 3388/ㄅ 250/ㄊ 2/ㄓ 36/ㄈ 90/ㄒ 18/

並　ㄆ 3659/ㄅ 14604/

明　ㄇ 24316/○7/

非　ㄈ 15046/ㄅ 20024/

敷　ㄆ 247/ㄈ 1314/ㄅ 10/

奉　ㄈ 10780/ㄆ 2753/ㄅ 2058/

微　○10171/ㄇ 9851/

　　這種結論是在不考慮國音及《廣韻》一字多音的前提下獲得的，當嫌寬鬆，但如果去比較如《音略證補》書後所附之《廣韻聲紐與國語聲母比較表》❺，則傳達的訊息顯然較為豐富。如以輕脣音為例，在結論中普見重脣音的對應，正可補充《比較表》只對應輕脣的不足。茲試舉「非母」為例，將資料庫中訊息提供於下，以供參考：

悲　府眉　非　全清　平　ㄅㄟ　　　139

---

❺《音略證補》，陳新雄先生著，民國六十年五月文史哲出版社初版。

卑	府移	非	全清	平	ㄅㄟ	45
彬	府巾	非	全清	平	ㄅㄧㄣ	15
飆	甫遙	非	全清	平	ㄅㄧㄠ	2
鑣	甫嬌	非	全清	平	ㄅㄧㄠ	18
兵	甫明	非	全清	平	ㄅㄧㄥ	581
不	甫鳩	非	全清	平	ㄅㄨˋ	17059
彪	甫烋	非	全清	平	ㄅㄧㄠ	15
鄙	方美	非	全清	上	ㄅㄧˇ	10
編	方典	非	全清	上	ㄅㄧㄢ	236
褊	方緬	非	全清	上	ㄅㄧㄢˇ	2
貶	方斂	非	全清	上	ㄅㄧㄢˇ	13
奔	甫悶	非	全清	去	ㄅㄣ	185
遍	方見	非	全清	去	ㄅㄧㄢˋ	192
裱	方廟	非	全清	去	ㄅㄧㄠˇ	2
閉	方結	非	全清	入	ㄅㄧˋ	117
別	方別	非	全清	入	ㄅㄧㄝˊ	1393

2.韻類對應國音

　　此處韻類依據陳伯元師〈今本廣韻切語下字系聯〉一文所載❻，韻攝採十六攝，統計結果如下：（「◎」代表國音中空韻）

---

❻　見載《聲經韻緯求古音表》中，民國八十一年三月臺灣學生書局初板。表中韻類無字仍予保留，以作參考。

東開一通　並ㄥ　128/從ㄨㄥ 13256/

東開三通　喻ㄨㄥ 6767/奉ㄥ　1216/群ㄩㄥ 168/

董開一通　端ㄨㄥ 3660/

董開三通

送開一通　定ㄨㄥ 1326/

送開三通　知ㄨㄥ 5583/明ㄥ　485/

屋開一通　並ㄠ　123/明ㄨ　2779/

屋開三通　非ㄨ　2338/見ㄩ　420/照ㄡ　605/疏ㄨㄛ 121/

　　　　　來一ㄡ 1133/

冬合一通　泥ㄨㄥ 1895/

宋合一通　心ㄨㄥ 897/

沃合一通　端ㄨ　288/影ㄨㄛ 13/

鍾合三通　精ㄨㄥ 6825/曉ㄩㄥ 121/敷ㄥ　453/

腫合三通　照ㄨㄥ 1832/敷ㄥ　265/影ㄩㄥ 491/

用合三通　喻ㄩㄥ 3889/照ㄨㄥ 6929/奉ㄥ　2/

燭合三通　穿ㄨ　1109/喻ㄩ　1180/

江開二江　見一ㄤ 595/曉ㄤ　229/端ㄨㄤ 457/初ㄨㄥ 22/

講開二江　見一ㄤ 735/

絳開二江　疏ㄨㄥ 9/徹一ㄤ 44/

覺開二江　影ㄨㄛ 318/見ㄩㄝ 4049/徹ㄩ　76/幫ㄛ　36/

　　　　　滂ㄨ　2/並ㄠ　3/

支開三止　澄◎　3058/日ㄦ 2403/來一　3399/初ㄚ　304/

　　　　　非ㄟ　45/

支合三止　知ㄨㄟ 4920/初ㄨㄞ 26/明一　12/

紙開三止　審◎　22054/影一　363/並乀　1878/

紙合三止　日ㄨㄟ457/初ㄨㄞ7/來ㄟ　146/

寘開三止　溪一　2170/清◎　595/

寘合三止　影ㄟ169/娘ㄨㄟ4552/

脂開三止　來一　446/澄◎　1607/澄ㄨㄟ7/非ㄟ　240/

脂合三止　照ㄨㄟ1028/禪ㄟ　627/疏ㄨㄞ26/

旨開三止　心◎　1728/滂一　22/來ㄩ　8/精一ㄝ360/

旨合三止　來ㄟ　24/審ㄨㄟ3195/

至開三止　心◎　8514/幫一　1171/明ㄟ　583/日ㄦ　2923/

至合三止　心ㄨㄟ2142/疏ㄨㄞ44/穿ㄨ　5762/喻一　154/

　　　　　來ㄟ　615/

之開三止　禪◎　17036/影一　1900/日ㄦ　2700/

止開三止　喻一　17275/日ㄦ　357/照◎　18858/知ㄥ　149/

志開三止　見一　3289/知◎　7572/日ㄦ　10/初ㄜ　43/

微開三止　見一　1891/

微合三止　微ㄨㄟ1033/奉ㄟ　144/

尾開三止　溪一　43/

尾合三止　微ㄨㄟ810/非ㄟ　35/

未開三止　影一　3316/

未合三止　影ㄨㄟ1052/非ㄟ　371/

魚開三遇　疏ㄨ　5799/見ㄩ　4010/精一ㄝ817/

語開三遇　喻ㄩ　10774/日ㄨ　508/禪一ㄝ547/疏ㄨㄛ2736/

御開三遇　疏ㄨ　1751/喻ㄩ　2283/知ㄜ　5689/

虞合三遇　喻ㄩ　898/知ㄨ　2020/奉ㄥ　194/

虞合三遇　微ㄨ　5999/喻ㄩ　849/

遇合三遇　疑ㄩ　677/知ㄨ　3788/

模合一遇　影ㄨ　1755/端ㄡ　4160/明ㄛ　291/

姥合一遇　溪ㄨ　5785/

暮合一遇　精ㄨㄛ 2175/見ㄨ　4230/

齊開四蟹　滂一　3656/溪ㄨㄟ 6/

齊合四蟹　匣一　28/見ㄨㄟ 150/

齊開三蟹

薺開四蟹　溪一　4555/

薺合四蟹

薺開三蟹

霽開四蟹　見一　4747/

霽合四蟹　匣ㄨㄟ 179/

霽開三蟹

祭開三蟹　喻一　775/澄◎　1173/明ㄟ　2/穿ㄜ　3/

祭合三蟹　喻ㄨㄟ 860/初一ㄠ 4/禪ㄨㄛ 5/

泰開一蟹　清ㄞ　3036/定ㄚ　9159/幫ㄟ　524/

泰合一蟹　精ㄨㄟ 8684/疑ㄨㄞ 4060/溪ㄜ　23/

佳開二蟹　並ㄞ　393/影ㄨㄚ 248/疑一ㄞ 37/徹ㄚ　3/

佳合二蟹　見ㄨㄚ 97/

蟹開二蟹　匣一ㄝ 760/影ㄞ　864/疏ㄚ　139/

蟹合二蟹

卦開二蟹　明ㄞ　445/見一ㄝ 11/見ㄨㄚ 21/疑一ㄚ 1/初ㄚ　304/

卦合二蟹　匣ㄨㄚ 2432/滂ㄞ　386/

皆開二蟹　見一ㄝ 128/溪ㄞ　680/初ㄚ　304/

皆合二蟹　溪ㄨㄟ 501/匣ㄨㄞ 395/

駭開二蟹　匣ㄞ　80/

駭合二蟹

怪開二蟹　影一　4/匣一ㄝ 57/疏ㄚ　1/幫ㄞ　326/

怪合二蟹　匣ㄨㄞ 365/

夬開二蟹　影ㄜ　814/

夬合二蟹　幫ㄞ　809/溪ㄨㄞ 1650/匣ㄨㄚ 1737/

灰合一蟹　曉ㄨㄟ 3464/明ㄟ　315/心ㄨㄛ 1/

賄合一蟹　曉ㄨㄟ 374/

隊合一蟹　定ㄨㄟ 3748/並ㄟ　2217/溪ㄨㄞ 593/

咍開一蟹　溪ㄞ　18316/泥ㄥ　3388/

海開一蟹　曉ㄞ　14355/滂ㄟ　550/端ㄥ　1811/

代開一蟹　定ㄞ　3699/

廢開三蟹

廢合三蟹　非ㄟ　202/影ㄨㄟ 8/疑一　1/

眞開三臻　照ㄣ　4253/影一ㄣ 7268/禪ㄢ　511/群ㄩ　302/

眞開三臻

軫開三臻　禪ㄣ　344/見一ㄣ 1598/群ㄩㄥ 7/爲ㄩㄣ 4/

軫開三臻

震開三臻　照ㄣ　399/心一ㄣ 4373/

震開三臻

質開三臻　照◎ 4342/心一　29698/溪一ㄝ 3/疏ㄩ　136/

　　　　　知ㄨㄛ 4/

質開三臻

諄合三臻　　照ㄨㄣ 833/喻ㄩㄣ 223/

準合三臻　　照ㄨㄣ 641/喻一ㄣ 9/

稕合三臻　　邪ㄩㄣ 157/審ㄨㄣ 545/

術合三臻　　神ㄨ 6157/見ㄩ 177/

臻開二臻　　莊ㄣ 1/疏ㄨㄟ 1/微ㄨㄣ 1376/床一ㄢ 8/

齔開二臻

櫛開二臻　　疏ㄜ 12/

文合三臻　　爲ㄩㄣ 1326/奉ㄣ 4360/

吻合三臻　　微ㄨㄣ 34/非ㄣ 271/

問合三臻　　微ㄨㄣ 1964/爲ㄩㄣ 781/非ㄣ 4333/

物合三臻　　微ㄨ 2243/影ㄩ 117/見ㄩㄝ 18/奉ㄛ 381/

欣開三臻　　曉一ㄣ 887/

隱開三臻　　影一ㄣ 910/

焮開三臻　　群一ㄣ 876/

迄開三臻　　曉一 78/疑ㄜ 7/

元開三臻　　疑一ㄢ 366/曉ㄩㄢ 24/

元合三臻　　疑ㄩㄢ 1357/奉ㄢ 370/

阮開三臻　　影一ㄢ 4/

阮合三臻　　疑ㄨㄢ 853/爲ㄩㄢ 944/非ㄢ 1525/

願開三臻　　影一ㄢ 475/

願合三臻　　疑ㄩㄢ 1510/非ㄢ 544/見一ㄢ 603/

月開三臻　　影一ㄝ 77/

月合三臻　　疑ㄩㄝ 2252/奉ㄚ 322/微ㄨㄚ 28/

魂合一臻　匣ㄨㄣ 2953/明ㄣ　1868/

混合一臻　匣ㄨㄣ 281/滂ㄩ　18/幫ㄣ　1698/

恩合一臻　端ㄨㄣ 1202/心ㄩㄣ 1/泥ㄣ　411/

沒合一臻　明ㄟ 3271/見ㄨ　1141/並ㄛ　30/泥ㄜ　2/

痕開一臻　匣ㄣ　905/透ㄨㄣ 92/

很開一臻　匣ㄣ　2872/

恨開一臻　匣ㄣ　108/

麧開一臻

寒開一山　匣ㄢ　10738/

旱開一山　匣ㄢ　2300/

翰開一山　匣ㄢ　1067/

曷開一山　曉ㄜ　558/來ㄚ　485/

桓合一山　泥ㄨ　5/匣ㄨㄢ 2670/明ㄢ　439/

緩合一山　匣ㄨㄢ 3819/並ㄢ　1046/

換合一山　匣ㄨㄢ 2116/幫ㄢ　948/泥ㄨㄛ 5/

末合一山　明ㄛ 202/見ㄨㄚ 76/溪ㄨㄛ 1936/並ㄚ　18/

刪開二山　疏ㄢ　4/疑一ㄢ 335/

刪合二山　見ㄨㄢ 1112/匣ㄞ　3270/幫ㄢ　674/

潸開二山　泥ㄢ　7/

潸合二山　幫ㄢ　139/床ㄨㄢ 14/

諫開二山　見一ㄢ 79/疏ㄢ　448/

諫合二山　匣ㄨㄢ 280/

黠開二山　莊ㄚ　2261/溪一　2/匣ㄨㄚ 182/影一ㄚ 5/

黠合二山　莊ㄨㄛ 4/

山開二山　　疏ㄢ　　2600/見一ㄢ 146/

山合二山　　疑ㄨㄢ 48/

產開二山　　疏ㄢ　　688/匣一ㄢ 1652/溪一ㄣ 2/

產合二山

襉開二山　　並ㄢ　86/

襉合二山　　匣ㄨㄢ 45/幫ㄢ　　154/

轄開二山

轄合二山　　見ㄨㄚ 137/

先開四山　　心一ㄢ 15340/

先合四山　　影ㄩㄢ 152/幫一ㄢ 2169/

銑開四山　　透一ㄢ 717/

銑合四山　　匣ㄩㄢ 122/並一ㄢ 13/

霰開四山　　匣一ㄢ 8173/

霰合四山　　曉ㄩㄢ 2/

屑開四山　　心一ㄝ 2589/定◎　　37/非一　117/

屑合四山　　曉一ㄝ 232/匣ㄩㄝ 54/

仙開三山　　心一ㄢ 4843/日ㄢ　　4221/見ㄣ　3/

仙合三山　　從ㄩㄢ 2277/穿ㄨㄢ 1384/喻一ㄢ 160/

獮開三山　　心一ㄢ 1910/知ㄢ　　889/娘ㄣ　182/床ㄨㄢ 14/

獮合三山　　明一ㄢ 5/從ㄩㄢ 589/知ㄨㄢ 633/

線開三山　　心一ㄢ 7243/照ㄢ　　785/

線合三山　　見ㄩㄢ 391/來一ㄢ 1619/澄ㄨㄢ 1024/

薛開三山　　心ㄩㄝ 12/來一ㄝ 3636/知ㄜ　1402/

薛合三山　　從ㄩㄝ 820/審ㄨㄛ 8466/來一ㄝ 21/疏ㄨㄚ 121/

娘ㄚ　13/

蕭開四效　心一ㄠ 211/

篠開四效　見一ㄠ 769/來ㄜ　20016/

嘯開四效　心一ㄠ 2294/

宵開三效　心一ㄠ 7062/徹ㄠ　1436/

小開三效　心一ㄠ 9280/澄ㄠ　2098/

笑開三效　心一ㄠ 7324/照ㄠ　2798/

肴開二效　匣一ㄠ 798/床ㄠ　1611/

巧開二效　溪一ㄠ 340/幫ㄠ　131/莊ㄨㄚ 44/

效開二效　匣一ㄠ 1406/端ㄠ　408/莊ㄨㄚ 313/疑ㄜ　650/

豪開一效　匣ㄠ　4266/滂ㄨㄛ 2/

皓開一效　匣ㄠ　16534/

號開一效　匣ㄠ　12220/明ㄩㄝ 7/

歌開一果　見ㄜ　1229/端ㄨㄛ 4819/泥ㄚ　6588/

哿開一果　定一ㄝ 84/疑ㄨㄛ 12245/匣ㄜ　5760/並ㄚ　1325/
　　　　　影一ㄚ 6/

箇開一果　見ㄜ　432/精ㄨㄛ 269/泥ㄞ　65/心一ㄝ 2330/

戈合一果　見ㄜ　255/心ㄚ　45/並ㄛ　1193/匣ㄢ　5519/
　　　　　影ㄨㄛ 6/

戈開三果　群一ㄝ 13/見一ㄚ 17/

戈合三果　群ㄩㄝ 7/

果合一果　見ㄨㄛ 3961/微ㄜ　5688/幫ㄛ　11/

過合一果　見ㄨㄛ 5424/匣ㄢ　5519/溪ㄜ　975/幫ㄛ　555/
　　　　　奉ㄨ　7/清一ㄝ 1/

麻開二假　　明ㄚ　1026/見一ㄚ 469/澄ㄨ　21/

麻合二假　　匣ㄨㄚ 1510/

麻開三假　　穿ㄜ　1684/喻一ㄝ 2503/日ㄨㄛ 289/

馬開二假　　明ㄚ　6021/疑一ㄚ 6800/

馬合二假　　匣ㄨㄞ 5/見ㄨㄚ 142/

馬開三假　　照ㄜ　1226/喻一ㄝ 2575/日ㄨㄛ 289/

禡開二假　　明ㄚ　190/見一ㄚ 776/曉ㄨㄚ 990/泥ㄩ　14/

禡合二假　　溪ㄨㄚ 168/疏ㄚ　62/

禡開三假　　邪一ㄝ 1273/穿◎　29/審ㄜ　342/

陽開三宕　　喻一ㄤ 4022/審ㄤ　9400/初ㄨㄤ 691/

陽合三宕　　奉ㄤ　978/微ㄨㄤ 2270/

養開三宕　　喻一ㄤ 7143/照ㄤ　11697/疏ㄨㄤ 45/

養合三宕　　非ㄤ　2/影ㄨㄤ 884/

漾開三宕　　來一ㄤ 4296/床ㄨㄤ 836/日ㄤ　2330/

漾合三宕　　微ㄨㄤ 81/非ㄤ　1675/

藥開三宕　　喻一ㄠ 899/來ㄩㄝ 2010/照ㄨㄛ 391/知ㄠ　6/

　　　　　　澄ㄜ　5689/

藥合三宕　　奉ㄨ　7/

唐開一宕　　定ㄤ　4400/

唐合一宕　　曉ㄨㄤ 2100/並ㄤ　723/

蕩開一宕　　定ㄤ　410/

蕩合一宕　　見ㄨㄤ 460/

宕開一宕　　定ㄤ　1112/曉ㄨㄤ 187/

宕合一宕　　幫ㄤ　17/溪ㄨㄤ 12/

鐸開一宕 明ㄛ 558/來ㄨㄛ 3889/見ㄜ 1857/

鐸合一宕 曉ㄨㄛ 222/

庚開二梗 見ㄥ 5506/微ㄤ 66/初一ㄤ 14/匣一ㄥ 1791/

庚合二梗

庚開三梗 奉一ㄥ 5264/爲ㄨㄥ 168/

庚合三梗 曉ㄩㄥ 393/

梗開二梗 匣一ㄥ 75/明ㄥ 579/見ㄨㄤ 69/端ㄚ 2070/

梗合二梗

梗開三梗 見一ㄥ 1256/

梗合三梗 幫一ㄥ 119/爲ㄩㄥ 229/微一ㄣ 20/

映開二梗 見ㄥ 999/匣ㄨㄤ 10/匣一ㄥ 1791/知ㄤ 33/

映合二梗

映開三梗 影一ㄥ 2473/爲ㄩㄥ 477/疏ㄥ 5277/

映合三梗

陌開二梗 明ㄛ 420/並ㄞ 1778/莊ㄜ 1021/影一ㄚ 38/
見ㄨㄛ 4/

陌合二梗

陌開三梗 群ㄩ 145/見一 49/疏ㄨㄛ 95/初ㄚ 11/

耕開二梗 見ㄥ 472/匣ㄨㄥ 67/匣一ㄥ 43/

耕合二梗 曉ㄨㄥ 68/

耿開二梗 見ㄥ 53/匣一ㄥ 359/

諍開二梗 幫ㄥ 6/曉ㄨㄥ 61/疑一ㄥ 143/

麥開二梗 莊ㄜ 662/知ㄞ 78/

麥合二梗 明ㄞ 142/匣ㄨㄛ 152/曉ㄨㄚ 25/

清開三梗　　清一ㄥ 5853/知ㄣ　19/禪ㄥ　5839/

清合三梗　　喻一ㄥ 286/群ㄩㄥ 23/

靜開三梗　　從一ㄥ 3028/照ㄥ　656/

靜合三梗　　群一ㄥ 57/

勁開三梗　　見一ㄥ 2775/清一ㄢ 13/照ㄥ　969/

昔開三梗　　心一　1225/審◎　3427/神ㄜ　2/

昔合三梗　　幫一　21/

青開四梗　　清一ㄥ 5354/曉一ㄣ 30/

青合四梗

迥開四梗　　端一ㄥ 711/

迥合四梗　　匣ㄩㄥ 3/並一ㄥ 1438/

徑開四梗　　見一ㄥ 4553/

錫開四梗　　心一　606/端ㄜ　52174/

錫合四梗

蒸開三曾　　照ㄥ　2208/來一ㄥ 1328/

拯開三曾

證開三曾　　照ㄥ　1443/喻ㄩㄣ 46/日ㄣ　942/影一ㄥ 1553/

職開三曾　　照◎　2575/來一　3157/初ㄜ　1786/為ㄩ　115/

職合三曾

登開一曾　　端ㄥ　5337/

登合一曾　　匣ㄨㄥ 18/

等開一曾　　端ㄥ　5199/溪ㄣ　300/

嶝開一曾　　從ㄥ　383/見ㄣ　5/

德開一曾　　端ㄜ　2640/曉ㄟ　1559/明ㄛ　165/見一ㄝ 24/

　　　　　　　　滂ㄨ　76/

德合一曾　　匣ㄨㄛ 5066/

尤開三流　　爲一ㄡ 2271/徹ㄡ　1639/非ㄨ　17176/

有開三流　　爲一ㄡ 15045/徹ㄡ　1736/奉ㄨ　427/

宥開三流　　見一ㄡ 9252/澄ㄡ　434/敷ㄨ　742/微乀　11/

侯開一流　　匣ㄡ　3654/

厚開一流　　匣ㄡ　4419/明ㄨ　2786/清ㄩ　304/

候開一流　　匣ㄡ　2739/明ㄠ　94/滂ㄨ　7/

幽開三流　　影一ㄡ 87/非一ㄠ 15/微ㄡ　19/

黝開三流　　影一ㄡ 40/

幼開三流　　影一ㄡ 146/

侵開三深　　清一ㄣ 6728/邪ㄩㄣ 172/照ㄣ　1473/

寢開三深　　澄ㄣ　386/見一ㄣ 703/幫一ㄥ 78/知ㄇ　56/

沁開三深　　清一ㄣ 520/日ㄣ　801/徹ㄨㄤ 48/

緝開三深　　清一　4156/禪◎　3642/日ㄨ　903/疏ㄓ　9/

　　　　　　　爲ㄩ　1/

覃開一咸　　定ㄢ 1574/見一ㄢ 21/

感開一咸　　見ㄢ　1113/

勘開一咸　　溪ㄢ　693/

合開一咸　　匣ㄛ 1061/端ㄚ　2055/

談開一咸　　定ㄢ　5220/

敢開一咸　　見ㄢ　1094/

闞開一咸　　匣ㄢ　4587/

盍開一咸　　來ㄚ　90/見ㄞ　370/影ㄢ　1/

鹽開三咸　喻一ㄢ 601/照ㄢ　12/

琰開三咸　來一ㄢ 1094/審ㄢ　6/

豔開三咸　喻一ㄢ 608/禪ㄢ　687/

葉開三咸　喻一ㄝ 1777/審ㄜ　146/影一ㄢ 4/

添開四咸　透一ㄢ 300/

忝開四咸　端一ㄢ 1893/

掭開四咸　透一ㄢ 1210/

怗開四咸　精一ㄚ 41/溪一ㄝ 89/

咸開二咸　匣一ㄢ 15/影ㄢ　10/

豏開二咸　來一ㄢ 591/定ㄢ　339/

陷開二咸　匣一ㄢ 168/莊ㄢ　548/

洽開二咸　影ㄠ　12/疏ㄚ　201/見一ㄚ 145/

銜開二咸　匣一ㄢ 91/初ㄢ　33/

檻開二咸　匣一ㄢ 8/

鑑開二咸　初ㄢ　3/見一ㄢ 9/

狎開二咸　見一ㄚ 848/

嚴開三咸　影一ㄢ 6/

儼開三咸　疑一ㄢ 1/

釅開三咸　影ㄢ　14/溪一ㄢ 164/曉一ㄝ 115/

業開三咸　見一ㄝ 818/溪ㄩㄝ 24/

凡合三咸　奉ㄢ　161/滂◎　36/

范合三咸　奉ㄢ　109/

梵合三咸　奉ㄢ　4/

乏合三咸　非ㄚ　2131/

　　這種結論也較《音略證補》所附《廣韻韻母與國語韻母對照表》
所呈現的訊息豐富許多，可以互相參用。

3.中古四聲對應國音四聲

　　中古平、上、去、入四聲對應國音情形如何？統計結果如下：

平全清　　ˊ3695/一87452/ˋ23624/ˇ840/

平次清　　一67493/ˊ723/ˋ8414/ˇ64/

平全濁　　ˊ73855/一872/ˋ10695/ˇ676/

平次濁　　ˊ69863/ˋ9269/一1/

上全清　　ˇ44709/ˋ1352/一808/ˊ1939/•14759/❼

上次清　　ˊ10/ˇ62371/ˋ10387/一493/

上全濁　　ˋ82340/一618/ˊ3632/ˊ53/

上次濁　　ˇ63286/ˊ3563/ˋ759/一53/•25500/

去全清　　ˋ66877/一11001/ˇ2227/•5689/ˊ17/

去次清　　ˋ32376/一26913/ˇ3919/ˊ209/

去全濁　　ˋ74066/ˊ6438/一4532/ˇ669/

去次濁　　ˋ44645/ˇ3792/ˊ2048/一154/

入全清　　ˊ14898/一33523/ˋ5658/ˇ5359/•52174/

入次清　　ˋ8209/一20080/ˊ1492/ˇ2411/

入全濁　　ˋ3262/ˇ22/ˊ24005/一110/•5689/

入次濁　　ˋ20731/ˊ3330/一812/

---

❼　　國音輕聲雖為變調，為考慮某些固定輕聲的使用，仍保留供作參考。

這種結果較《音略證補》所附《聲調變化表》詳細，該表的基本
原則爲：

(1)平聲清聲變陰平，濁聲變陽平。

(2)上聲清聲及次濁變第三聲，全濁變第四聲。

(3)去聲全變第四聲。

(4)入聲次濁變第四聲。全濁大體變第二聲，少數例外變第四聲。
　　清聲一二三四聲都有，大體上全清變陽平爲多，次清變第四
　　聲爲多。

也許加上字頻條件的配合，更能觀察得周詳。但利用此結論時須
考慮統計樣本不計一字多音，免得被誤導，同時當以字頻出現較高的
聲調爲觀察重點。

4.國音聲韻結合對應中古入聲情形

爲了解今日國音有那些音節於中古當讀入聲，此處統計以國音爲
主，對應《廣韻》入聲音節，統計結果如下：

(1)結合聲調：

　　ㄅ　ㄠˋ 123/ㄛ 84/ㄨˇ 23/ㄠˊ 3/一ˋ 972/一ˇ 467/ㄛˊ 750/
　　　　ㄚˊ 172/ㄚ 1266/一ㄝ 2787/ㄞ 1512/一 78/ㄟˇ 775/

　　ㄆ　ㄨˊ 86/一 66/一ㄝ 24/ㄞ 219/一ˋ 16/

　　ㄇ　ㄨˊ 1670/一ˋ 353/ㄟˊ 3271/ㄛˋ 577/一ㄝˋ 143/ㄞˋ 142/

　　ㄈ　ㄨˊ 566/ㄛˊ 381/ㄚ 69/ㄚˇ 2359/ㄨˋ 76/ㄚˊ 75/

　　ㄉ　ㄨˇ 18/ㄨˊ 390/ㄚˊ 1459/ㄨㄛˊ 93/ㄜ•52174/一ˊ 4/
　　　　ㄜˊ 327/

ㄊ　ㄨ 25/ㄨˊ 406/一ㄝˇ 477/ㄨㄛ 75/一ˋ 8/ㄜˋ 787/ㄚˋ 31/

ㄋ　一ˋ 39/ㄜˋ 2/ㄚˋ 135/一ㄝˋ 24/ㄩㄝ 23/ㄨㄛˋ 318/

ㄌ　一ㄡˋ 1133/ㄨˋ 268/一ˋ 2997/ㄩˋ 282/ㄚˋ 14/一ㄝˋ 757/
　　ㄩㄝ 92/ㄨㄛˋ 598/ㄜˋ 73/ㄚ 537/

ㄍ　ㄨˇ 293/ㄜ 7/ㄜˊ 683/ㄨㄚ 91/ㄜˋ 1572/ㄨㄛ 124/
　　ㄨㄛˊ 3921/ㄞˋ 370/

ㄎ　ㄨ 388/ㄨˋ 35/ㄜˋ 70/ㄨㄛˋ 58/ㄜˋ 1328/

ㄏ　ㄨˊ 1/ㄨ 475/ㄜˋ 407/ㄨㄛˊ 1742/ㄨㄛˋ 1399/ㄨㄚˊ 182/
　　ㄨㄚˋ 26/ㄜˊ 1056/ㄜˋ 26/ㄟ 648/ㄚ 268/

ㄐ　ㄩˊ 216/ㄩㄝˊ 1485/一ˊ 2727/一ㄝˊ 1934/一ㄝ 1174/
　　一 1101/一ㄠˇ 587/ㄩˋ 145/一ˋ 5/一ㄚˇ 450/一ㄚˊ 103/

ㄑ　ㄩˊ 1/ㄩ 205/一 1053/一ˋ 72/一ˇ 69/ㄩㄝˋ 1276/
　　一ㄝˋ 391/ㄩㄝ 199/一ㄚˋ 83/

ㄒ　ㄩㄝˊ 2978/ㄩˋ 410/一 357/一ㄝ 33/一ㄝˋ 56/一ㄝˇ 232/
　　ㄩㄝˋ 67/ㄩㄝ 13/ㄩㄝˇ 211/一ˋ 16/一ˊ 1708/一ㄝˊ 201/

ㄓ　ㄨˊ 592/ㄡ 11/ㄨㄛ 283/ㄨㄛˊ 101/◎ˊ 1843/◎ˋ 75/
　　ㄚˊ 13/ㄜˊ 182/ㄜ•5689/ㄚˋ 11/ㄞˊ 47/ㄞ 78/◎1298/
　　ㄚˇ 47/

ㄔ　ㄨˋ 95/◎ˋ 13/ㄨ一 5762/ㄚˊ 369/ㄨㄛˋ 29/ㄜˋ 5/
　　◎ˇ 1162/ㄚ一 137/

ㄕ　ㄨˇ 22/ㄨˊ 425/ㄨˋ 505/ㄨㄛˋ 32/ㄡ 219/◎ˊ 6391/
　　◎726/ㄚ 459/ㄨㄚ 242/ㄜˊ 92/ㄨㄛ 8445/ㄜˋ 608/ㄠˊ 6/
　　◎ˋ 575/ㄚˋ 17/

ㄖ　ㄡˋ 375/ㄨˋ 930/◎ˋ 1940/ㄜˋ 663/ㄨㄛˋ 289/

ㄗ　ㄨˊ791/ㄨㄛˋ2171/ㄨㄛˋ195/ㄜˊ903/ㄟˊ136/ㄚˊ149/

ㄘ　ㄨˋ72/ㄨㄛˋ476/ㄜˋ469/

ㄙ　ㄨㄛ121/ㄨˋ341/ㄜˋ1565/ㄨㄛˇ190/

○　ㄨㄛˋ21/ㄩˋ1108/ㄨ544/一26432/一ˋ276/一ˇ293/ㄨˋ
　　2244/ㄩㄝˋ2310/ㄨㄚˋ28/一ㄝˋ1028/ㄜˋ289/一ㄚˋ5/
　　一ㄝ5/一ㄠˋ312/ㄩㄝ585/ㄜˊ51/一ㄚˇ38/ㄢ1/一ㄚ398/
　　ㄠ12/一ㄢˇ4/

(2)去其聲調：

ㄅ　ㄠ126/ㄛ834/ㄨ23/一1517/ㄚ1438/一ㄝ2787/
　　ㄞ1512/ㄟ775/

ㄆ　ㄨ86/一82/一ㄝ24/ㄞ219/

ㄇ　ㄨ1670/一353/ㄟ3271/ㄛ577/一ㄝ143/ㄞ142/

ㄈ　ㄨ642/ㄛ381/ㄚ2503/

ㄉ　ㄨ408/ㄚ1459/ㄨㄛ93/ㄜ52501/一4/

ㄊ　ㄨ431/一ㄝ477/ㄨㄛ75/一8/ㄜ787/ㄚ31/

ㄋ　一39/ㄜ2/ㄚ135/一ㄝ24/ㄩㄝ23/ㄨㄛ318/

ㄌ　一ㄡ1133/ㄨ268/一2997/ㄩ282/ㄚ551/一ㄝ757/
　　ㄩㄝ92/ㄨㄛ598/ㄜ73/

ㄍ　ㄨ293/ㄜ2262/ㄨㄚ91/ㄨㄛ4045/ㄞ370/

ㄎ　ㄨ423/ㄜ1398/ㄨㄛ58/

ㄏ　ㄨ476/ㄜ1489/ㄨㄛ3141/ㄨㄚ208/ㄟ648/ㄚ268/

ㄐ　ㄩ361/ㄩㄝ1485/一3833/一ㄝ3108/一ㄠ587/一ㄚ553/

ㄑ　ㄩ206/一1194/ㄩㄝ1475/一ㄝ391/一ㄚ83/

ㄒ　ㄩㄝ 3269/ㄩ　410/一　2081/一ㄝ 522/

ㄓ　ㄨ　592/ㄡ　11/ㄨㄛ 384/◎　3216/ㄚ　71/ㄜ　5871/
　　ㄞ　125/

ㄔ　ㄨ　5857/◎　1175/ㄚ　506/ㄨㄛ 29/ㄜ　5/

ㄕ　ㄨ　952/ㄨㄛ 8477/ㄡ　219/◎　7692/ㄚ　476/ㄨㄚ 242/ㄜ
700/ㄠ 6/

ㄖ　ㄡ　375/ㄨ　930/◎　1940/ㄜ　663/ㄨㄛ 289/

ㄗ　ㄨ　791/ㄨㄛ 2366/ㄜ　903/ㄟ　136/ㄚ　149/

ㄘ　ㄨ　72/ㄨㄛ 476/ㄜ　469/

ㄙ　ㄨㄛ 311/ㄨ　341/ㄜ　1565/

○　ㄨㄛ 21/ㄩ　1108/ㄨ　2788/一　27001/ㄩㄝ 2895/ㄨㄚ 28/
一ㄝ 1033/ㄜ　340/一ㄚ 441/一ㄠ 312/ㄢ　1/ㄠ　12/一ㄢ 4/

　　如何利用國音來識辨入聲是研讀聲韻學與古典詩學的重要課題，如能以上列結果作基礎重新歸納，也許可得一方便之門。茲提供《漢語音韻學引論》❽所載的原則以供比較：

(1)國音中的ㄅ、ㄉ、ㄍ、ㄐ、ㄓ、ㄗ六個聲母的陽平字，除「甭、電」等少數例外，幾乎都為入聲字。如：跋、白、答、毒、格、國、及、絕、竹、雜、昨等。

(2)ㄩㄝ韻字除「嗟、瘸、靴」三字外，都是入聲字。如：虐、掠、決、雪、岳等。

---

(3)ㄧㄝ韻與ㄅ、ㄆ、ㄇ、ㄉ、ㄊ、ㄋ、ㄌ七個聲母相拼，除「爹」
　字外，其餘無論陰陽平、上、去都是入聲字。如：憋、別、
　撇、滅、蝶、貼、鐵、帖、捏、轟、烈等。

(4)ㄨㄛ韻母與ㄎ、ㄓ、ㄔ、ㄕ、ㄖ五聲母相拼，不論何種聲調
　都是入聲。如：卓、捉、濁、戳、輟、說、碩、弱、闊等。

(5)ㄜ韻與ㄉ、ㄊ、ㄋ、ㄌ、ㄗ、ㄘ、ㄙ七聲母相拼，不論何種
　聲調都是入聲。如：得、特、訥、肋、責、測、色等。

(6)ㄟ韻母與ㄉ、ㄍ、ㄎ、ㄏ、ㄗ五聲母相拼，無論何種聲調，
　都是入聲。如：得、給、剋、黑、賊等。

(7)ㄈㄚ、ㄈㄛ二音節為入聲。如：發、乏、法、佛等。

如何辨非入聲

(1)韻尾收鼻音ㄣ、ㄥ的字非入聲。

(2)ㄐㄧ、ㄑㄧ、ㄒㄧ三音節的字非入聲。

(3)ㄦ音節的字非入聲。

肆、結　語

　　本文重點在於提供一個從語料統計去觀察聲韻的方法，因此上文
兩部分統計結果的呈列，僅是用來說明此法實際運用的情形。在資訊
管理上，同一資料庫是可以從不同角度觀察利用，所以本文或就今日
國音，或就《廣韻》切語，相互聯結比對，並非運用此資料庫的唯一
選擇。文中的統計，因為不計一字多音的條件，而且筆者所編的《廣
韻》切語資料庫仍存有些許疏誤，相信在更嚴謹的前提下，統計結果

的數據,當會有所參差。

　　從以上列兩部分的統計來看,字頻統計在第一部分的運用,所顯現的功用正是觀察今日國語語音結構的方法,在第二部分的運用中,則爲觀察中古韻書字音結構與今音不同的方法。字頻統計法有助於聲韻研究者獲得更多訊息的價值,由此可證。

參考文獻

1.廣韻　澤存堂本　藝文印書館

2.國音學　臺灣師大　正中書局

3.重編國語辭典修訂本(光碟版)　教育部

4.國小常用字彙研究　國立編譯館

5.中國聲韻學通論　林尹　黎明文化事業公司

6.音略證補　陳新雄　文史哲出版社

7.聲經韻緯求古音表　陳新雄　臺灣學生書局

8.漢語音韻學引論　汪壽明/潘文國　華東師範大學

9.《廣韻》聲類韻類練習測驗程式　曾榮汾　臺灣學生書局

10.國音標準彙編　臺灣開明書店

「合韻」、「旁轉」說及
例外諧聲檢討

謝美齡*

本文擬從音理檢討段玉裁「合韵」說及戴震、孔廣森之「對轉」、「旁轉」說於古音研究之可疑可立處；並從說文之例外諧聲印證文字與詩韻具平行現象，以見段氏立「合韵」、「合音」說詮解；或戴氏、孔氏及章氏等視為音近韻部之「旁轉」，其中實多曲解古人處。本文含二個相關子題：一為「合韵」及「旁轉」說之檢討；二為例外諧聲，分二小節論述。

壹、「合韻」、「旁轉」說檢討

早期研究古音學者，見上古韻語有「出韻」現象，所作解釋如沈重「協句」、徐邈「取韻」及朱熹「協音」等，皆為以今律古之誤說；陸德明云「古人韵緩，不煩改字」，已屬難得看法。清儒看待《詩經》韻語之不協韻已有突破，顧氏、江氏皆知從方言音異考量❶；然建立

---

* 　臺中師院語文教育系

❶　顧氏論孔子贊《易》，見眞、諄、耕、清為韻，故云：「五方之音，雖聖人有不

系統理論而影響深遠者，以段氏、戴氏及孔氏三人最具代表，段氏提出「合韵」說及戴震將古韻陰、陽、入三分，建創「相配互轉」、「正轉」、「旁轉」❷學理，孔氏從而發展「陰陽對轉」說影響尤巨；段氏且以「合韵」或「合音」以解釋《說文》諧聲字不諧現象，筆者於譜系《說文》古韻歸部❸之研究過程中，認爲三人學說與文字實例之對應情形；或依或違，皆有再檢討之價值；又後人對此說可疑可立處，亦於下文作簡要論述。

段氏之〈古合韵〉說，見其《六書音均表三・古十七部合用類分表》中❹：

> 古本音與今韵異，是無合韵之説乎？曰：有。聲音之道，同源異派，弇侈互輸，協靈通氣，移轉便捷，分爲十七，而無不合，不知有合韵，則或以爲無韵。如顧氏於〈谷風〉之「邁、婁、怨」；〈思齊〉之「造、士」；〈抑〉之「告、則」；〈瞻卬〉之「鞏、後」；《易・象傳》之「文炳文蔚，順以從君」是也。

能改者」，見其《唐韻正》；江永之說見《古韻標準》，詳下文引錄。

❷　戴氏分古音爲九類二十五部。其陰、陽、入三聲而曰「相配互轉」者，即孔氏之「陰陽對轉」；其古韻同部「轉而不出其類」者，謂之「正轉」；其次第比近，互相出入而云「聯貫遞轉」者，即孔氏所謂「旁轉」（見其〈答段若膺論韻〉書）。又詳下註❷說明。

❸　筆者之博士學位論文爲〈詩經韻部說文字表〉（龍宇純先生指導，東海大學中文系，民國八十七年元月），研究主題即將《說文》全書文字，據董先生之《上古音韻表稿》古韻二十二部分別系屬。

❹　見臺灣黎明圖書公司出版段氏《說文解字注》，頁 840。

或指爲方音，顧氏於毛詩〈小戎〉之參與中韵，〈七月〉之陰
與沖韵，……離騷之名與均韵是也。

段氏揭出「古本音與今韵異」及「不知有合韵，則或以爲無韵」之觀
點，既突破前人以今律古迷思；對於「合韵」並創建三種解決辦法：
於陰聲韻間並陽聲韻間之通協，以〈古十七部合用類分表〉區隔；對
陰、入聲韻之來往，以「古異平同入」說❺爲解；見說文諧聲之不合，
則持「古諧聲偏旁分部互用說」❻及「古一字異體說」❼處理。雖「異
平同入」內容未盡正確❽，戴氏及後人多所修正外；段氏利用「合韵」
以排比古韵部遠近關係，及解釋說文諧聲未諧現象，均爲後人師法；
亦提示說文諧聲研究者省思文字與語言未盡同步發展訊息。然段注《說
文》指爲「合韵」或「合音」者，往往超出其自訂〈古十七部合用類
分表〉之類限，如下列數例即是：

---

❺　見段氏《六書音均表三·古十七部合用類分表》，黎明版《說文解字注》，840下
　　頁。

❻　同上，見黎明版段氏《說文解字注》，841下頁。

❼　同上，見黎明版段氏《說文解字注》，842上頁。

❽　批評段氏「異平同入」之內容未盡正確，大部份皆以今日古韻研究成果疵責前人。
　　段氏云「職、德二韵爲弟一部之入聲，而弟二部、弟六部之入音即此也」，及云
　　「質、節、屑爲弟十二部之入聲，亦即十一部之入音」，非關古韻分部同異或多
　　寡，段氏以爲可「同入」者未盡正確或照應不夠周延；然段氏十五部包含今人之
　　脂、微、祭三部，其入聲之分配云「術、物、迄、月、沒、曷、末、黠、鎋、薛
　　爲弟十五部之入聲，亦即弟十三部、弟十四部之入音」者，今人看來雖有再分析
　　必要，於段氏而言固理所當然。

1. 説文：「螣，神它也。从虫，朕聲。」段注：「徒登切，六部。」又〈詩經韻分十七表•第一部〉[古合韵]云：「本音在六部，音滕。〈大田〉假借爲蟘字以韵賊，此合韵也。説文引詩作去其螟螣，則在本韵。」（按段氏「合用類分表」一部在第一類，六部在第三類。）

2. 説文：「鞏，以韋束也。易曰，鞏用黃牛之革。从革，巩聲。」段注：「居竦切，古音在三部。見詩瞻卬。」又〈詩經韻分十七表•第四部〉之[古合韵]云：「本音在第九部。瞻卬合韵後。後字讀若苟。」（按段氏「合用類分表」三部、四部在第二類，九部在第四類。）

3. 説文：「顒，大頭也。从頁，禺聲。詩曰：『其大有顒』。」段注：「魚容切。按禺聲本在四部，此四部、九部合音也。」又〈詩經韻分十七部表•第九部〉[古合韵]云：「本音在第四部。郭璞《山海經注》亦音娛也。〈六月〉合韵'公'字。」（按段氏「合用類分表」四部在第二類，九部在第四類。）

4. 説文：「喙，口也。从口，彖聲。」段注：「十五部。喙聲在十四部，合韵也。」（按段氏「合用類分表」十五部在第六類，十四部在第五類。）

5. 説文：「冢，高墳也。从勹，豕聲。」段注：「知隴切，九部。按豕聲在三部，此合音也。古音必可讀如獨矣。」（按段氏「合用類分表」九部在第一類，三部在第二類。）

故江有誥批評段氏：「茫然無界限，失分別部居之本意矣。」❾實則上舉段氏諸例，以後起戴氏及孔氏❿、章炳麟等所發展「陰陽對轉」說，不必視爲「合韵」。如段注說文「鞏」歸三部，〈詩經韵分十七部表〉改云四部與九部之[古合韵]，自相矛盾；按「巩」、「鞏」二字，據董先生《上古音韵表稿》（1944）皆在東部，《詩經》以韵「後」字可視爲侯、東對轉；「禺」聲在侯部而諧東部「顒」字，亦屬侯、東對轉；又「喙」從「彖」聲，「喙」字董先生歸祭部，從元部「彖」聲亦屬陰、陽對轉；而「冢」從「豕」聲則屬東、屋二部之陽入對轉；「螣」字若據詩韻及後世音切，應兼入蒸、職二部❶，則爲陽、入對轉。則段注說文諧聲諸多「合音」並《詩經》「合韵」（又詳下文），可據「對轉」說而得其音理解釋，此即戴震音轉條理之「正轉」⓬，

---

❾ 見江氏〈寄段茂堂先生原書‧壬申三月〉：「有誥竊謂：近者可合，以音相類也；遠者亦謂之合，則茫然無界限，失分別部居之本意矣。」。

❿ 孔氏《詩聲類》分古韻陽聲韻九部（部名略）及陰聲韻九部云：「各以陰陽相配，而可以對轉。」

❶ 說文「螣」字：「神它也。從虫，朕聲。」廣韻登韻徒登切（螣蛇。或曰食禾蟲）、寑韻直稔切（螣蛇）及德韻徒得切（螣蛇）三讀。段注歸六部。按「螣」字於《詩經‧大田》二章叶「螣、賊」，據詩韻可定爲之部入聲（職部）；依說文諧聲則應歸蒸部，登、德二韻正與詩韻及說文諧聲相應，故本文以爲「螣」字應兼入之部入聲及蒸部，此二部屬同元音之陰、陽對轉；寑韻一讀來源未詳，暫存疑；董先生於蒸部平、去兩屬，註云：「'螣'等字從侵部'朕'聲。」（131頁）。

⓬ 戴氏云：「其正轉之法有三：一爲轉而不出其類，脂轉皆，之轉咍，支轉佳是也；一爲相配互轉，眞、文、魂、先轉脂、微、灰、齊，換轉泰，咍、海轉登、等，侯轉東，厚轉講，模轉歌是也；一爲聯貫遞轉，蒸、登轉東，之、咍轉尤，職、德轉屋，東、多轉江，尤、幽轉蕭，屋、燭轉覺，陽、唐轉庚，藥轉錫，眞轉先，

以見戴震以入聲爲陰、陽轉音樞紐❸之說可信；孔氏則除緝以下九韻
之入聲外，並不承認上古有入聲韻，與戴說小異❹；又戴氏對「合韵」
看法與段氏並不相同，他說：

> 凡五方之音不同，古猶今也，故有合韻；必轉其讀。彼轉其讀，
> 乃爲合韻。（見其〈答段若膺論韻〉書）

又於《聲韵考・論古音》說：

> 流變所入，各如其方之音。在古人不訾爲非，正音不疑其誤。
> 蓋列國之音，即爲各方正音。

方孝岳認爲戴氏所云「十分通達」，他把戴氏意見解讀爲：

> 我們現在不妨認爲合韵的音可以另成一種音系，而不是什麼異
> 部通押。就是說，凡有合韵的押韵，那些字必都變成一種音，
> 或甲部的音變成乙部的音，或乙部的音變成甲部的音。對轉固
> 然是這樣，旁轉也是這樣。決不是什麼甲乙部的音近通押。我

侵轉罩是也。以正轉知其相配之次序，而不以旁轉惑之。以正轉之同入相配定其
分合，而不徒特古人用韻爲證。」（見其〈答段若膺論韻〉書）。
❸ 戴氏稱以鼻音韻收尾者爲「氣之陽」，以元音收尾者爲「氣之陰」，並云「兩兩
相配，以入聲爲樞紐。」見其〈答段若膺論韻〉書。
❹ 同見孔氏《詩聲類》：「至於入聲，則自緝合等閉口音外，悉當分隸。自支至之
七部而轉爲去聲。蓋入聲刱自江左，非中原舊讀。」

們可以採用戴震「故有合韻。必轉其讀，彼轉其讀，乃爲合韻。」
的說法。就是說凡有合韵的字，必是改變了正音，和原來那個
字的正音不同，這樣叫做合韵。（見〈關於先秦韵部的‘合韵’問題〉
1956）

方氏接著引同樣反對「陰陽對轉」說之江永所舉之方言論證：

以今證古，以近證遠。如吾徽郡六邑有呼東韵似陽唐者，有呼
東冬鍾似眞蒸侵者。詩韵固已有之，文王以躬韵天，似第四部
音，小戎以中韵驂，似十二部音。其詩皆西周及秦豳。豈非關
中有此音乎？……要皆轉東冬鍾以就侵蒸，非轉侵蒸以就東冬
鍾也。（見其《古韵標準·第一部總論》）

方氏以現代擬音解釋江氏上引秦豳周魯此類合韵變音爲：「假定上古
東是 oŋ，眞是 en，蒸是 əŋ，侵是 əm」，那江永之意即：

oŋ > en　　　　　en
oŋ > əŋ　　而不是 əŋ > oŋ
oŋ > əm　　　　　əm

於是方氏所得結論爲：

他這個意見，我認爲極好。只有 -ŋ>-m 應該反過來說是 -m>-ŋ，
才合于我們語音史上一般的實例，這一點要糾正，其他的認識

都是很正確的。從整個音變來看合韵的問題，參考方音的實例，這些方法都是極好的。不然，合韵的字究竟怎樣讀法呢？爲什麼近代的方音流變，在先秦就一定不會有，至多只能認爲「變音之濫觴」，好像只是一兩個字，不必重視，而不簡直承認這種變音呢？我們如果把方音的押韵隨便改一兩個字，而不從整個音變上去看，何去何從，實在不容易決定。例如〈女曰雞鳴〉的‘來’、‘贈’押韵，段玉裁讀‘來’爲‘凌’以協‘贈’，孔廣森讀‘贈’爲‘載’以協‘來’，到底是那個對呢？宋代朱熹把‘來’字讀成入聲，又差不多是高本漢的派頭了。(頁33)

按戴、江二氏原意是否如方氏所解讀，其結論乃完全不相信古韻有所謂音近而「旁轉」、「合韵」說法立場則極明確，與段氏云各有「古本音」而「合韵」之初衷更相去甚遠。龍師於〈上古音芻議〉（1997）之「其二‧論對轉旁轉及音有正變」中，也反對清儒動輒以「旁轉」說解釋古音：

　　對轉與旁轉（案分指正對轉及近轉而言，下同），在一般學者心目中是等量齊觀的，尤以從事訓詁與文字研究，而並不深諳音韻的學者爲然。然而對轉指的是某陰聲（含入聲、下同）韻部與其相對的某陽聲韻部之間音的轉換，兩者既同元音，又復韻尾具發音部位相同的對當關係，於是產生了韻尾的轉換。以之部與蒸部而言，如等字有多改、多肯二音，縢字有徒登、徒得二讀，能又同耐，登猶如得，徵在樂名音摯，曾爲語詞同則，例證確鑿，一時不能備舉，在文字考釋與訓詁疏通上，無疑可據已知推未

知，成爲演繹的憑藉。所謂旁轉，則是指兩個陰聲韻部或兩個陽聲韻部之間音的轉換；無論前者後者，若非元音不同，即是韻尾發音部位異樣，不得隨意改換其元音或韻尾之某甲爲某乙，是不待言諭的。學者於此，則一方面依從古韻分部的事實，一方面又於旁轉之說居之不疑，不悟其間的矛盾，等於打破了古韻分部的界限，使三百年來辛勤獲致的古韻分部學術成就，變爲毫無意義。（見待刊稿頁 90-92）

龍師認爲不可輕言古韻旁轉，除從音理辨其可疑外；實有文字考證爲據，非徒空談。文中認爲清儒諸多旁轉字例均不可成立：

> 旁轉觀念的形成，也不是全然沒有原因的。《説文》及經傳中不同韻部的或體、諧聲、叶韻及異文、假借等，便是其依據，問題是，再多的這種例子，都不能成立旁轉的説法。

因其中有些是不可靠的，如〈有關古韻分部內容的兩點意見〉（1978）中舉證之「朝从舟聲」、「裘求同字」及「師从自聲」等例⑮；然龍師亦客觀指出：

> 《説文》中自然也有若干涉及不同韻部的諧聲字，而是無法予以否認的，如軓或作輨，兒聲屬佳部，宜聲屬歌部，迹字或作蹟，亦聲屬魚部，責聲屬佳部；琨或作瓃，昆聲屬文部，貫聲

---

⑮　說詳龍師該文頁 5-7 論證；或筆者博士論文各字相關韻部註解。

屬元部，分別爲陰聲、入聲、陽聲兩部同諧之例。《詩·車攻》
五章「決拾既佽，弓矢既調，射夫既同，助我舉柴。」一四兩
句脂佳互叶，二三兩句或以調字對轉入冬，而與東部同叶；或
同字對轉入侵，而與幽部調叶。〈齊風·南山〉「蓺麻如之何？
衡從其畝。」《釋文》云「韓詩從作由，曰南北耕曰由。」分
別爲不同部的叶韻或異文，後者所涉韻部與調叶同相同，聲母
則同迹從亦聲，因爲喻四上古爲*zɦ 複母，z- 與 ts- 音近。至
於假借例，即以帥字說明。《詩·野有死麕》叶脫、悅、吠，
帥與悅同字，本音當屬祭部，音舒芮切，經傳則用爲帥領、將
帥之義，等同於率字，又當屬微部，音所類切。所以蟀字於《說
文》爲蟋字，而臂即脾字或體。這一切便是旁轉說之所從來。
但我認爲這仍無法建立旁轉之說，只不過是個別字的語音現
象，不能因此而動及兩個韻部的整體。(同上引〈上古音芻議〉頁 95-97)

故龍師重申其於〈有關古韻分部內容的兩點意見〉一字可兼屬二個古
韻部論點❶，指出一字具二讀之原因主要有二：一是古今音變；一是
方言音異。龍師文中再舉二例詳細論證：

先看下述二例：《方言》卷十一：「蠅，東齊謂之羊。」羊蠅
雙聲且並爲收 -ŋ 的陽聲，當是一聲之轉，不同方音的人聽齊
人語，音如自己的羊字，於是用自己的羊字書寫；在齊人的方

---

❶　龍師一再重申此研究觀點，詳見〈中華文化復興月刊〉11 卷 4 期：5-10；或見龍
　　師〈上古音芻議〉（1997）待刊手稿，頁 98-99。

言地區，其實寫的還是蠅字。《廣韻》陽韻與章切蛘下云：「蛘，蟲名」，正是《方言》的「羊」轉注加了虫旁成為專字。對於《廣韻》一書而言，表面上收了蠅和蛘兩個不同文字，實際只是同一蠅字的兩個不同讀音；如果把《廣韻》當作一個方言地區看待，便是一個蠅字有二個讀法。要問這兩個音是如何分化的？其不同的語音條件為何？因為只是方音的變異與綜合，自然任誰都講不出任何道理。這種現象，並非都要從《方言》所屬的漢代發展到《廣韻》才有可能出現，在周代早有相同的例；且是發生在實質上的同一個方言地區。《詩經·汝墳》云：「魴魚赬尾，王室如燬」，燬叶尾字，古韻當屬微部。《說文》即從尾聲作焜，注云「焜，火也。詩曰王室如焜」。《方言》卷十三云：「㷭，火也。楚轉語也，猶齊言焜，火也。」㷭字郭璞音呼隗反，與賄同音。楊氏之意，楚人說的㷭為火的轉語，與齊人說的焜為火的轉語不異。火與㷭、燬、焜同讀曉母，都不過是一個音的轉變。火字今音雖為呼果切，在〈七月〉的詩裏與衣字相叶，原是微部字，與燬焜的讀音僅有洪細不同，〈周南〉地區詩人用燬或焜而不用火，必非其地無火字，而是火字已轉讀入歌部，其原有的音另造了焜或燬字的緣故。《爾雅釋文》郭注引李尋「燬，一音火」，如此更等於說〈汝墳〉是用火字與尾叶韻，與〈七月〉以火叶衣相同。無異說明同一地區同一語言可以不同的聲音與面貌出現，論其語音，當然是一正一變。因此，凡後世不同的音變，如果看不出其先有何分化條件，便可認作同一音的不同變化，正音與變音統合在同一方言區裏，原不必絞盡腦汁強作解人。以今國語音言之，《廣韻》

桓、洹、貆、瓛與完、芫、丸、紈、萑原本共一胡官切，今則
桓洹等字保存匣母讀音，只不過濁音化清，完芫等字則聲母失
落。同樣，換韻換字原亦與肒、垸同胡阮切，今亦聲母有 h 及
零的不同。緩韻緩與浣、皖，潸韻睆與皖、芫，原亦但有胡管
及戶版二音。今則緩、浣、皖、睆四字或讀 huan，或讀 uan，
芫之一字但有 uan 的一讀，何以有此差別，找不出任何原因；
這是聲母方面。韻母方面，如碑本與陂同彼爲切，今則碑讀 ei
而陂讀 i，聲母聲調都不相同；鞴與祕本同兵媚切，今亦有 ei
及 i 之別，聲母同作兩分，也都無理可說。而沿、鉛、捐、鳶、
緣五字原共一與專切，今則或聲、或韻、或調各不相同。可見
少數字音偶有不可理解的，即宜以音變視之；古未必同今，定
有差異。　（待刊手稿頁 100-104）

討論至此，可見歷來對「合韻」約有四派意見：

　㈠以「古音韻至諧」 ❶爲前提，認爲：「本音之嚴謹，如唐宋人
守官韻；合韻之通變，如唐宋詩用通韻。」 ❷，視古韻語之出韻及說
文諧聲不合者，爲音近韻部間偶然之「合韻」、「合音」。段氏、江
有誥均屬此派。以簡單公式表之：甲叶乙，但甲 ≠ 乙。

　㈡認爲無所謂「合韻」，後人以爲「合韻」者，當時必存有甲、
乙兩部同韻之方言區。據戴氏「流變所入，各如其方之音。在古人不

---

❶　段氏《六書音均表一·今韵古分十七部表》中有〈古音韵至諧說〉，詳見黎明版
　　《說文解字注》，825 上頁。

❷　見段氏《六書音均表四·詩經韵分十七部表》，黎明版《說文解字注》，844 上頁。

訾爲非，正音不疑其誤。蓋列國之音，即爲各方正音。」加以發揮，以爲古音出韻現象必非某甲部與某乙部音近而「合」，「合」字應改作「同」，即必有讀甲、乙二字同音之方言，故「合韻」諸字皆應視作同部自叶，江永、方孝岳如此主張。即甲叶乙，必是甲＝乙。

㈢在音理上區分「合韻」爲二小類：以爲古音「審音非一類，而古人之文，偶有相涉，始可以五方之音不同，斷爲合韻。」（戴氏〈答段若膺論韻〉），及「有本韵，有通韵，有轉韵。」（孔氏〈詩聲類〉），此說同段氏，即甲叶乙，但甲≠乙；又云：「審音本一類，而古人之文，偶有相涉，有不相涉，不得舍其相涉者，而以不相涉爲斷。」則異於段說，戴氏所云：「凡五方之音不同，古猶今也，故有合韻；必轉其讀，彼轉其讀，乃爲合韻。」則與段氏各守「古本音」而「合」之立場異；爲甲＝乙，該方言區甲、乙兩韻部合同不分，此爲另一看法。因見詩韻實有數量不少異部通押情形，故創「陰、陽對轉」並「旁轉」說，企圖以音理消解部份「合韻」，孔氏雖師承戴說，但云：「其用韵疏者，或耕與眞通，支與脂通，蒸與多通，之、宵與幽通，然所謂通者，非可全部捆殼，閒有數字借協而已。」則與戴異，略同段氏。

㈣客觀承認先秦確有韻語及諧聲未合現象存在，其形成背景主要爲「古今音變」或「方言音異」，而且這兩個因素是彼此影響、交叉互動的。龍師持此看法。其所謂「方言音異」又與方孝岳「甲＝乙」之看法不同，以爲某一方言區或並存「甲$_1$」、「甲$_2$」，以上引龍師文中所舉詩韻而言，即「火」語某時空有甲$_1$（「火」）及甲$_2$（李尋云「一音燬」）二讀，故於該時空甲$_2$可叶乙$_1$（「尾」）並乙$_2$（「衣」）；然甲或乙之音變（其先後或變因、變項無定）達某一固定點時，如上例即該方言區之「火」語歌部一讀消失（或歌謠口語不見習用）；而

「火₂」（音「燬」）保留（或口語慣見），故以改換文字（另造後起「煋」字）體現。以今日方音而言，福州話之「火」語有文（^{c}xuɔ）、白（^{c}xuei）兩讀，白讀與「燬」字同音；又閩南語「山」有 $_c$nɑn（文讀）及 $_c$su 掮（白讀）二音，民間流行歌曲往往以白讀與收 -ɑ 者叶韻（如「爸爸親像山」中，「山」與「偎」[uɑ]韻）。 龍師以古今音變及方言音異說之，不僅可解釋詩韻諸多「合韵」，以見段氏「合韵」、「合音」說非唯一可能；又據詩韻舉證古人以方言入韻與今人歌謠無異之事實，以證異部「旁轉」說之不可輕信。

　　本文以為段說固守「古本音」，忽視方言或古今音變及彼此交叉互動可能影響；而方孝岳所解讀戴說則以偏蓋全，視《詩經》一百餘出韻現象皆為同部相押，此大膽新解有待更堅強之理據支持論證。而戴、孔二氏之「對轉」說，誠為大部份出韻現象合理詮解；然「旁轉」說則不可輕信；龍師以古今音變及方言殊語說之，最為可從，甚至可據以解釋漢語方言普遍存有之文、白異讀。然「旁轉」說影響後人極大，其中以章太炎之《文始》及《成均圖》紹述舉證最稱著名。下文擇錄章氏《國故論衡・成均圖》中所舉證之、幽「旁轉」，之、侯「旁轉」字例，說明其中實多可議者，以證「旁轉」說之內容應再謹慎檢討：

　　　　幽、之旁轉。如「求」聲之字皆在幽部，而詩中裘字與梅、貍、試為韵，則入之部；白聲之字本在幽部，而鷗舊之字自古以為新舊之字，則借舊為久，讀入之部；毒聲之字本在之部，故爾雅釋訓以毒韻德、忒、食，然詩已以毒韻鞠、覆、育、迪，為幽部入聲是也。

侯、之亦有旁轉。如音聲在侯部，故《易》以「斠、斗、主」
爲韻，而「陪、倍」諸字多讀入之部；又〈小雅〉「鄂不」，
箋以爲「鄂柎」；〈大雅〉「禦、侮」與「附、後」爲韻是也。

　　章氏所云之、幽「旁轉」字例有三組：⑴組爲「裘」從幽部「求」
聲而詩韻在之部；⑵組爲「舊」從幽部「臼」聲而習用爲之部「故舊」
字；⑶組爲「毒」從之部「毒」聲而詩韻在幽部入聲。此三組字例，
筆者以爲皆應訂改：⑴組「裘」字，本文從師説，由金文可證其字爲
從衣，又聲，與幽部「蚚」的初文「求」字無涉，詩韻皆叶之部字與
又聲在之部一致，無所謂「旁轉」⓳；⑵組「舊」字，本文以爲應據

⓳　說文：「裘」字：「皮衣也。从衣，象形。求，古文裘。」（八篇上裘部）。按
　　大、小徐本均作「从衣，求聲。」段氏蓋發現「裘」、「求」於《詩經》押韻實
　　區隔明顯（「裘」字專和之部字押韻，而「求」字則專叶「幽」部字），故改「裘」
　　爲「从衣，象形」。按「裘」字三見於詩韻：〈終南〉叶「梅、裘、哉」，〈七
　　月〉叶「貍、裘」，〈大東〉叶「來、服、裘、試」；「求」字八見於詩韻：〈關
　　雎〉叶「流、求」，〈漢廣〉叶「休、求」，〈谷風〉叶「舟、游、求、救」，
　　〈黍離〉叶「憂、求」，〈常棣〉叶「裒、求」，〈桑扈〉叶「觩、柔、求」，
　　〈下武〉叶「求、孚」，〈江漢〉叶「浮、遊、求」，「裘」、「求」叶韻現象，
　　之部、幽部分明，無一例外。段氏〈諧聲表〉第一部雖無「裘」字，詩經韻表第
　　一部收「裘」字而以爲「古本音」，「求」字則收在第三部。嚴氏「求」聲見於
　　幽部，但於部後注云：「求聲之裘」應「入之類」。江氏「裘」、「求」二字分
　　見之、幽二部，全據詩韻。朱氏雖也將「裘」、「求」分隸於其頤、孚二部，卻
　　別有主見，因見鄭玄注詩〈大東〉：「熊羆是裘」云：「裘當作求，聲相近故也。」
　　朱氏乃據此注云：「是鄭君不以裘、求爲一字，今從之。別分求爲正篆。按从又
　　从尾省會意，與櫚同意，以手索取物也。」段、嚴、江、朱將「裘」、「求」分

《說文》从幽部「臼」聲及詩韻假借爲之部「故舊」字，兼入幽、之二部，之部一讀由假借而有，與說文「鴟鵂」字異詞，音讀異部，亦非「旁轉」；(3)組「毒」从之部「毒」聲爲許氏誤說，說文云「每，艸盛上出也」，龍師以爲「毒」字應从「每」字取義，上从重艸以別於「每」字，後變爲兩橫，本不从之部「毒」聲，故兩者之聲類全不相及。又章氏之、侯旁轉三例中，(1)組云「陪、倍」从侯部「音」聲而廣韻多讀入之部咍、灰韻；(2)組爲〈小雅〉之「鄂不」鄭箋讀作「鄂柎」；(3)組爲「侮」从之部「每」聲而叶侯部字。實則(1)組「陪、倍」本从之部「否」聲，金文「不」字作𠬶 或 𣎵，作 𣎵 者與侯部 𠯑（音）字上半形近，篆書訛作「音」聲，此爲篆書偏差或許氏「篆定」❷之誤；(2)組〈小雅・常棣〉「鄂不韡韡」，鄭箋：「不當作柎」，段氏《詩經異文・釋七》引鄭樵云：「不本尊不之不，音趺；因音借爲可不之不，又因義借爲不可之不也。」則與許云：「不，鳥飛上翔不下來也。从一，一猶天，象形。」異說。龍師以爲「鄂不」之「不」即

歸之、幽二部，雖然合理，卻未對許愼从衣，求聲，及求、裘同字之說，徹底交代清楚。龍師據金文「裘」字作𥚃，从衣加毛象形，又聲，本與幽部「求」字無涉。後人或誤書毛形於又字兩側作𥚃，於是誤以爲从衣从求。實則「求」便是「虯」之象形，於是「求」、「裘」古音不同部，眞相乃得以大白（詳見龍師〈有關古韻分部內容的兩點意見〉，1978）。本文從師說，「裘」字歸之部「又」聲下，與幽部「求」各爲字。

❷　「篆定」一詞由龍師創建（詳龍師《中國文字學・第四章》，頁 407-8）。意指《說文》九千餘字之小篆來源可疑問題，龍師以爲其中許多小篆蓋爲許愼根據他對文字形體的了解，將不見於秦《三倉》的隸書文字，改寫成了小篆形式，並非都爲秦篆所本有。許君如此依隸書「還原」作小篆過程，龍師稱爲「篆定」。

「柎」字,與否定詞之「不」字原是二字,後混爲一形,前者在侯部,後者在之部。鄭箋讀「不當作柎」,應表示「不」、「柎」不同音,亦不同字,故改「不」爲「柎」,殊不知其始原有二形近之「不」字(說詳《中國文字學》頁 300)。據師說,則(2)組亦非「旁轉」;(3)組「侮」字異文作「務」,明其音已讀入侯部,本文以爲應視爲個別字之例外諧聲(詳下文),與「旁轉」亦無關。

　　章氏《國故論衡》中所列各部間之「旁轉」約一百五十餘組,上文所舉只其中六例,又皆爲誤說;其它若「鳳本作朋,在蒸部,小篆从凡聲則入侵部」爲「侵、蒸旁轉」,及「嫈嫈亦作嬛嬛」爲「青、寒亦有旁轉」云云亦皆應訂改❹,可見「旁轉」說之不可輕信。章氏之誤,未援用其它研究觀點(如古文字)詳辨許氏說解文字之缺失同其它前輩外;過於輕信戴、孔二氏之「旁轉」說;及持段氏「一聲可諧萬字」先入主觀爲最大原因。本文撰作《說文》諧聲字表古韻歸部,從龍師主張,對「旁轉」說持保留態度以觀察說文諧聲衍化生態,所得與師說合,足見文字與詩韻可彼此印證;以證段氏諸多「合韻」並「合音」,及所謂「雙聲合音」皆可疑外;其於諧聲云「同諧聲者必同部」亦非至理,詳下文。

貳、同諧聲者未必同部

　　歷來譜系《說文》諧聲者,咸從段氏「凡同諧聲者必同部」之說。段氏此說見其《六書音均表一·今韻古分十七部表》之〈古諧聲說〉:

---

❹　說詳筆者博士論文各字所屬相關韻部註解。

一聲可諧萬字，萬字而必同部。同聲必同部，明乎此，而部分
音變；平入之相配；四聲之今古不同，皆可得矣。

又於《六書音均表二・古十七部諧聲表》云：

六書之有諧聲，文字之所以日滋也。攷周秦有韵之文，某聲必
在某部，至賾而不可亂。故視其偏旁以何字爲聲，而知其音某
部，易簡而天下之理得也。許叔重作說文解字時未有反語，但
云某聲某聲，即以爲韵可也。自音有變轉，同一聲而分散於各
部各韵，如一某聲而某在厚韻，媒腜在灰韻；一每聲，而悔晦
在隊韵，敏在軫韵，晦痗在厚韵之類，參縒不齊，承學多疑之，
要其始則同諧聲者必同部也。

段氏「一聲可諧萬字，萬字而必同部」的條例，後世奉爲圭臬。如孔
氏即云：「推偏旁以諧眾聲」，並以爲可據之「執一以貫六經之字」；
於是「從某而聲」之諧聲字表繼之不輟。實則段氏所言者常態，未見
其變例；或雖知有變，受限於個人研究主觀，未援用其他觀點及方法
再予審辨，如顧、江二氏之方言觀點，後起之「對轉」理論，及利用
古文字資料檢視許說等；故凡與「一聲可諧萬字」之原則及《詩經》
韻語牴牾者，往往矛盾兩岐，標準不一。本文以爲《說文》所收九千
餘字流傳久遠，不能無訛，又兼有許氏「篆定」之誤或其它不可知原
因；再加上與語言互動產生音變遷移，主諧字與被諧字間或不相諧，
或與詩韻未合，段氏見諧聲字間或諧聲與詩韻之矛盾，皆同以「合音、
合韵」云云作解，上節已舉部份字例，段注《說文》又有如下「雙聲

合音」、「形聲之取雙聲」等異解：

1. 説文云「霽」字：「从雨，鮮聲。讀若斯。息移切。」段注：
   「十六部。鮮聲在十四部而讀如斯者，以雙聲合音也。列子
   『鮮而食之』即『析而食之』也。斯、析音義同。」
2. 説文云「茸」字：「从艸。聰省聲。」段氏改从「耳」之平
   聲注云：「此淺人所臆改。此形聲之取雙聲，不取疊韻者。」
3. 大徐説文「牖」字：「从片户甫；譚長以爲甫上，日也，非
   戶也，牖所以見日。」小徐本則云：「甫聲」。段注從小徐
   云：「蓋用合韵爲聲也。與久切，三部。」

可見持「同諧聲必同部」之簡單公式無法概括《説文》諧聲全貌，故
段氏須另立他解。其實，段氏之諧聲說基本上是正確的，亦即，某字
被某人於某時、地援取某聲符造用時，兩字音讀必同音或極近。雖然
漢字不屬拼音文字，具超越時空之特質，然文字與語言仍具一定之依
存關係，語言有流變，方言有差異性，爲書寫工具之文字亦必或多或
少有所反應，故段氏對諧聲內在條件之認知，於具「共時性」之同一
方言區而言殆無疑議，放諸久遠廣大時空則不盡然；且説文所收字與
《詩經》時代有先後之別爲學者共識。王力曾作〈諧聲說〉一文[22]，
以爲音韻學家言諧聲者有二派：一者以韵說之，謂聲母在某韵，從其
聲者必與之同韵；如段氏、嚴氏、朱氏、姚氏（此據王氏引）；一者

---

[22] 王氏該文原發表於《北京大學研究所國學門月刊》1927 年，頁 504-505，後收錄
於《王力文集・第十七卷》之〈上古音〉部份，頁 95。

如王靜安先生云「字之衍聲，當以紐，不當以韵」；王力以後說爲非云：

> 韵衍之説，案據俱在；舍韵言紐，則鑿不可通。意必紐、韵俱同，聲母讀某音，從其聲者皆與之同音。

王力文中坦承曾以此說質之王靜安先生，結果：

> 先生未以爲然。隨舉「午、杵、許」三字爲例，明其不能混爲一音；且「許」古作「鄦」，將謂與「午」同乎？與「無」同乎？力無以對。又歸而思之，得一説焉。

王力以古今音變並方言殊語解説「午、杵、許」三字同從「午」聲，而今語聲紐分派入牙、齒、喉不同部位之音理云：

> 蓋音之嬗變，由于外鑠。使鄉民老死不相往來，其韵紐至今未變可耳。五方之音同源異致者，水土異也。既異矣，又交相摹擬，稍趨於同。而終不能盡同，各變其所變，而音亂矣。今廣西南部讀"齊"韵字，與"支"韵迥殊，獨"分"、"溪"等字，或讀與"支"韵混。……古今一理，音之嬗變，殆由于此。今'午'、'杵'、'許'之音讀，蓋由數地之音混合而成。要溯其源，皆歸疑紐。……若云或以紐衍，或以韵衍，則其例不純。何如以同音説之之爲愈耶？嘗思制字之初，意在便民；聲母同音，即偏旁可知其音，其例易曉；執一御萬，識字甚易。

若或以韻衍，或以紐衍，紛然淆亂，無從知其音讀，惟恃字字
強記，非便民之道矣。按《釋名》：「害，割也」；「水，准
也」；「挈，制也」；由今紐韻讀之，音皆不近，是古與聲母
同音而今異矣。六書之作，諧聲後起，然必權輿于三代以前。
降及周末，字音或已微異于古。漢又異周，然去古未遠。即其
書以求音原，十得八九。

我們贊同王力於諧聲條件應紐、韻皆合為正例之主張；對偶然例外，
本文則以為諧聲字之衍化，前人視為牴牾不合者，除自古今音變或方
言殊語觀點著手研討及參用《詩經》韻語外；應再援用古文字或其它
資料審辨，而非如段氏一再創立新說異解。亦即，若確有韻語可證，
或據古文字資料得以改訂許說者，雖同諧一聲，亦應分歸異部，可視
為「例外諧聲」。本文認為處理《說文》諧聲歸系古韻部之原則，須
含「例外諧聲」觀念，否則必重蹈前人欲執一聲以統萬字，以致跋前
躓後的窘境。就本文實際觀察所見，《說文》之例外諧聲約有下列二
類：

一、個別字之突變

> 4.說文：「侮，從人，每聲。㑄，古文從母。」朱駿聲歸頤部，
> 段氏、孔氏、嚴氏、王氏力、董先生、周氏歸侯部。段注：
> 「五部。按每聲在一部，合音。」（八篇上人部）。按「侮」
> 字見於詩韻四次：〈行葦〉叶「句、鍭、樹、侮」，〈正月〉
> 叶「癙、後、愈、侮」，〈緜〉叶「附、後、奏、侮」，〈皇

矣〉叶「禍、附、侮」，所與爲韻者皆侯部字，故應從段氏等歸侯部，朱氏歸頤部不合詩韵；朱氏[古韻]引《左傳‧昭公七年》叶「僂、傴、俯、走、侮、口」亦可佐證「侮」字應歸侯部，本文以爲應據詩韻從段氏歸侯部，不系之部「母」聲下。

5. 説文：「瞏，目驚視也。从目，袁聲。詩曰『獨行瞏瞏』。渠營切。」段注：「按袁聲當在十四部。毛詩與青、姓韵是合音也。」嚴氏入脂類轉元類，江氏、王氏ヵ、周氏未收（因「瞏」非初級聲首），朱氏系乾部「虫」聲下，董先生歸耕部平聲。按「瞏」字廣韻清韻渠營切，於詩〈杕杜〉叶「菁、瞏、姓」，《釋文》：「瞏，本亦作煢。」又詩〈閔予小子〉「嬛嬛在疚」，左傳哀公十六年作「煢煢余在疚」，視「瞏」所叶詩韻與其異文皆耕部字，本文據詩韻及異文，從董先生歸耕部，不從元部「袁」聲；從「瞏」得聲之「還」（戶關切）、「鐶」（胡慣切）據大徐及廣韻音從眾歸元部。

6. 説文云「飫」字从「夭」聲。「夭」聲、「芺」聲在宵部，段注：「古音在二部，今字作飫。」朱氏、嚴氏同歸宵部，但詩〈常棣〉六章叶「豆、飫、具、孺」，韓詩作「醧」，孔氏歸侯部云：「唐韻誤入九御，古讀與醧同。」，二王氏 念孫、王氏ヵ及董先生同。董先生云：「飫从宵部夭聲，但詩〈常棣〉『叶豆、飫、具、孺』，古書又多通醧，故當爲侯部字，廣韵入魚韻亦例外。」（《上古音韵表稿》頁 150 註解）；《古韻通曉》謂：「証之以詩韻，二王的意見是對的。《韓詩外傳》假‘醧’爲‘飫’，説明二者的古讀相通。廣韻

‘飫、醧’同一小韻正是古音的保留。」（頁三四〇），本文認爲應據詩韻及廣韻，從孔氏、二王氏及董先生等歸侯部，不系宵部「夭」聲下。

7. 說文：「怪，從心，圣聲。」段注歸一部，朱氏入履之日分部，錄有「轉音」：「楚詞懷沙叶怪、態，遠遊叶怪、來。」董先生歸之部去聲。按「圣」(苦骨切) 在物部，「怪」從「圣」聲，廣韻怪韻苦壞切 (大徐音同)，據朱氏「轉音」，其所叶韻者皆之部字，本文從段氏、董先生歸之部，不系微部入聲「圣」聲下。

8. 說文云「紑」從之部「不」聲。「紑」字廣韻尤韻匹尤切，見於詩韻一次，即〈周頌、絲衣〉首句「絲衣其紑，載弁俅俅；自堂徂基，自羊徂牛，鼐鼎及鼒，兕觥其觩，旨酒思柔；不吳不敖，胡考之休。」段氏以「紑、俅、基、牛、鼒」爲之、幽合韻，「觩、柔、敖、休」爲幽、宵合韻；江氏以「紑、俅、牛、觩、柔、休」爲「之、幽通韻」；王氏則分前半「紑、俅、基、牛、鼒」屬之部，後半「觩、柔、敖、休」歸幽部；朱氏收「紑」字於其頤部「不」聲下；現代學者亦分二派：陸志韋同王念孫，而王力、江舉謙師則以「紑、俅、基、牛、鼒、觩、柔、休」爲「之、幽合韻」；龍師則云：「紑與俅既同在尤韻，則當紑與俅叶，基、牛、鼒叶，觩、柔、休叶，此詩三易韻，文意亦當如此。按幽部字無入之韻者，之部字則或入尤韻，求聲在幽部，王氏_{念孫}何得以俅爲之部字？」本文從龍師韻例歸「紑」字於幽部，不系之部「不」聲下。

上引八例，1.「霹」字可以「陰陽對轉」疏通㉓；2.「茸」字爲許氏誤說，段改可從㉔，而 3.「牖」字則以古文字證知許氏並段注皆誤㉕，與「例外諧聲」情形不類；4.至 8.諸例均有詩韻爲證，自據詩韻歸部，不从《說文》諧聲。方孝岳於〈論諧聲音系的研究和‘之’部韵讀〉（1957）云：

> 過分強调諧聲系統的嚴整性，就是忽略了它在先秦已是長時間成長出來的這個事實。所以過去有些人那樣單純化的作法，抱

㉓ 說文「霹」字：「小雨財皙也。从雨，鮮聲。讀若斯。」廣韻支韻息移切（大徐此音）、霰韻蘇甸切二讀，義同說文。段注：「息移切，十六部。鮮聲在十四部而讀如斯者，以雙聲合音也。列子『鮮而食之』即『析而食之』也。斯、析音義同。」董先生歸歌部平聲。按段氏「雙聲合音」之說似是而非，「霹」从元部「鮮」聲而讀若支部「斯」音，蓋以音近而通諧，本文據廣韻同義兩讀，兼入歌、元二部。

㉔ 「茸」字大、小徐本說文均作「从艸，聰省聲。」段注：「此淺人所臆改，此形聲之取雙聲，不取疊韻者。」以爲从「耳」爲聲，嚴氏系「茸」字於「聰」聲下，朱氏云：「或曰从耳雙聲，耳之爲『褋茸』，猶『戎』之爲『爾汝』也，存參。」龍師云：「集韻拯韻收耳、齒二字，前者『仍拯切，耳也。關東語。』後者『稱拯切，齒也。河東語。』此由之對轉入蒸，東與蒸韻尾相同，朱以戎爲爾汝之轉音，爾汝字或亦作而，爲耳之平聲，則段說是。」（見龍師〈說文讀記〉）。按許說「聰省聲」與而容切「茸」字聲母遠隔，本文據廣韻從龍師說歸蒸部。

㉕ 大徐說文云「牖」字：「从片，戶甫。」小徐改云：「甫聲」，段氏從小徐，注云：「蓋用合韵爲聲也。與久切，三部。」嚴氏由魚部轉幽部，朱氏在孚部，董先生歸幽部上聲。龍師云：「甫字甲骨文作　　，爲圃本字。疑牖原亦从　　，象窗牖形，後誤以爲甫字。」（詳龍師〈說文讀記〉）。按「甫」聲在魚部，與「牖」字聲、韻俱遠，小徐「甫聲」之說未確，本文據龍師說，從各家歸幽部。

著一個諧聲偏旁的系統無所不包地系聯下去，而不許有絲毫出軌，那是不正確的。㉖

方氏意見蓋亦主張說文存有例外諧聲。《說文》一字而涉及兩韻部者，如「芨」或作「茖」，「輗」或作「䡱」，「瓊」或作「璚」，「琨」或作「瑻」，「䑏」或作「蠍」，「髦」或作「𩭣」，「弜」或作「㕙」等，皆不可否定。然「芨」或作「茖」等例，其音變事實已自諧聲移換體現；與上引諸例於書寫文字形構仍保留原從諧聲之例並不平行，故《詩經》之叶韻事實即為此類諧聲字個別突變之重要訊息。為何有個別字之「轉音」㉗，因古今音變或為方言因素？或為其它可能？近世西洋語言學「詞彙擴散理論」也許提供一種考量方向㉘；龍師於〈上古音芻議〉中，認為一般音韻學者對「音變的規則性」深信不疑，龍師持保留之看法應為例外諧聲較合理解釋：

㉖ 見大陸《中山大學學報》1957 年第三期，頁 84-97。

㉗ 朱氏用語。朱氏於諧聲與詩韻未合者，錄相關叶韻資料以為[轉音]。

㉘ 當代語言學者，如[美]王士元（1969）試圖以「詞彙擴散」（lexicaldiffusion）理論解釋語言演變中之「不規則音變」。意即：當一種語音變化一旦發生的時候，這種變化，不是「立即」就施用到「所有」這個音的詞彙上；而是「逐漸地」從一個詞彙「擴散」到另一個詞彙。因此，若要使所有這個音的詞彙，都完成同一種變化，需要極長的時間（引錄自何大安先生《聲韻學中的觀念和方法》頁 101 簡介，其說詳見王士元〈競爭性演變是剩餘的原因〉，此文以英文發表，原題為 Competingchanges as a cause of Residue，載 Language 45，1969，後收錄於石鋒所編著之《語音學探微》中，頁 225-252，石鋒已譯為中文，北京大學出版社，1990）。

學者信奉歷史語言學的原則，相同條件的語音，不出現不同演變；凡不同語音演變，必逆推其不同語音條件，以爲分化的說明，基本上這當然是正確的。但其理論基礎，應是以同一地區同一語言爲對象而言，如果考慮到不同地區有不同方言，更經過可能發生的彼此影響與統合，或許便不是上述原則所能規範的。（待刊手稿，頁100）

故知段氏「視其偏旁以何字爲聲，而知其音在某部」（見〈古十七部諧聲表〉）其實不然，段說與今人恪守「音變的規則性」同有所蔽。

二、諧聲字群之分支流變

上文所言者只涉及諧聲中某些個別字之突變，亦有因語音流變或其它因素，以致同諧聲字群產生實質音變而派分他部之例。此種情形龍師視爲「受時空因素影響的變音」，於待刊稿〈上古音芻議〉中舉證多例，茲引錄「䚻」、「繇」二字說明：

1.䚻、繇二字及从其聲者兼入幽、宵二部

說文：「䚻，徒歌。从言肉。」段注：「各本無聲字。缶部繇从缶肉聲，然則此亦當曰肉聲無疑。肉聲則在第三部，故繇即由字，音轉入第二部，故䚻、瑤、繇、傜皆讀如遙，䚻、謠古今字也，謠行而䚻廢矣。……余招切，二部。篇韵皆曰『䚻與周切，从也。』此古音古義。」（三篇上）又說文五下缶部：「繇，瓦器也。从缶，肉聲。」大徐注：「臣鉉等曰當從䚻省乃得聲。以周切」。

龍師以爲說文「繇」、「䚻」二字並云从肉聲，肉字古韻在幽部，所以各家「繇」、「䚻」二字及「繇」聲、「䚻」聲之字全隸屬於幽

部。但「肉」與「晷」、「含」二字音以周切聲母無關，不得爲聲；「含」的意義爲徒歌，古文字「言」與「音」往往不分，「含」當是從肉從言會意，從言猶從音，從肉猶從口；不逕以從口從音表意，可能是爲與唁、喑二字求別。「晷」則當爲「含」的轉注字，其先蓋借用「含」字，其後以缶易言而爲「晷」。說文有從系晷聲的「繇」，義爲隨從，又有從「繇」聲的「繇」、「繇」、「邎」等字，又別有從「繇」聲的「榣」、「闟」、「闟」，而不見「繇」字。古書「繇」字習見，〈爾雅〉「繇，道也」，論者謂即說文的「繇」，大抵「繇」、「繇」本是或體，說文偶一失收，所以隸書「繇」、「繇」同字，又隸書的「謠」、「瑤」亦作「謠」、「瑤」，《集韻》遙歈繇或作遙歈繇，《考工記·矢人》「夾而搖之」，《釋文》本一作搖。凡此，俱見晷含二字關係之密切。《詩·清人》叶消、麃、喬、遙，〈白駒〉叶苗、朝、遙，〈離騷〉亦叶遙、姚；〈黍離〉叶苗，搖，〈鴟鴞〉叶譙、翛、翹、搖、嘵；〈園有桃〉叶桃、謠、驕；〈木瓜〉叶桃、瑤；其中除一翛字不見於說文，當是從幽部攸爲聲，其先應與脩字同音，而廣韻音蘇彫切，以知其早入宵部；其餘凡與遙搖謠瑤叶韻之字，古韻亦並屬宵部，可見含晷二字及從其爲聲之字，古韻都應改隸宵部。然而繇繇二字古與猶字相通，經傳及金文皆然；又或與由字互通。如《尚書·大誥》「猷大誥爾多邦」，《釋文》馬本猷作繇；《爾雅·釋水》「繇膝以下爲揭」，繇與由同，即其例，猶、由二字古韻並在幽部，從知繇繇二字又當有幽部一讀，廣韻尤韻以周切，及宵韻餘昭切繇字重出，正分別傳承了幽宵二部的周代讀法。此外，邎、繇字亦重見於兩切下，《集韻》兩切下尚有晷、含、榣三字重出。顯然此六字應幽宵二部兼收。學者所爲古韻表，幽部字無變入宵韻的，宵部字

無變入尤韻的，都明顯不盡周到。（詳見龍師〈上古音芻議〉待刊稿，頁 1118-120）。本文從師說，觷畱二字兼入幽、宵二部；从其聲諸字據詩韻及廣韻分系二部。

本屬宵部之「畱」、「觷」二字，从其得聲者何時兼具幽部一讀已不可考，或由方言轉語，或其它不明原因。然據詩韻在宵部及其用爲「猶」、「由」字，並从其得聲者往往兩讀，可證單歸宵部或幽部均爲泯滅事實之舉，兩全之法唯兼入幽、宵二部。筆者於編列幽、侯二部字表時，亦發現「矛」字並从其聲者有類似情形：

2.矛、矜二聲分歸幽、侯二部

各家對从「矛」（含从矜、从務等聲）聲諸字之古韻歸部不一。段氏除「袤」字歸四部、「霿」屬九部外，全歸其三部。孔氏只見幽部收「矛」聲，嚴氏歸幽類云：「矛聲之矜，矜聲之薴、鍪、瞀、楘、鶩、桑、帾、髳、髳、愗、騖、霚、霧、婺、務、鍪、瞀、霿、婺、蓩……入侯類。」朱氏全歸孚部，江氏分立「矛」、「務」二聲，「矛」聲歸幽部，「務」聲歸侯部，周氏祖謨與江氏同，王氏力只在幽部收「矛」聲，董先生或歸幽部、或屬侯部，略同嚴氏、江氏。按从「矛」聲者，「矛」、「茅」二字有詩韻爲證❷，可定爲幽部字；从「矜」聲諸字，「務」字於詩〈常棣〉叶「戎」外（左傳「務」作「侮」，此韻例未定），俱不見用於詩韻，難以判定。今據廣韻反切，从「矛」聲者，「蓩」音莫交切，自屬幽部；「袤」音莫候切，「矜」在虞韻

---

❷ 「矛」字見於《詩經·無衣》一章叶「袍、矛、仇」，「茅」字見於詩韻二次：〈七月〉七章叶「茅、綯」，〈白華〉二章叶「茅、猶」。二字所與叶韻者俱爲幽部字。

音亡遇切,及从「孜」聲諸字,「菽」、「督」(莫候切)……「鞏」、「鶩」、「槃」(莫卜切)等字,應屬侯部或其入聲。然亦有「髹」、「鏊」、「蟊」等字音莫浮切,又當歸幽部,蓋受不同方音之影響;从「孜」聲諸字重文,如「髤」為「髹」或體,「寠」為籀文「霞」,其背景當亦不同方音之故;至於「蟊」字,廣韻虞韻武夫切、肴韻莫交切及尤韻莫浮切三讀,則當兼入幽、侯二部。據詩韻及後世音切流變,本文認為應從嚴氏、江氏、董先生,「矛」聲歸幽部,「孜」聲歸侯部;从其得聲諸字,分系幽、侯二部。

個別文字之轉語所影響者小,成群派分入某一、二定點韻部之諧聲衍化則牽連異部音變,上文所舉二組字例只涉及某一諧聲之分支衍派,同部其他諧聲未見類似流變;亦有二韻部間因具某語音條件而成系統交流者,龍師〈上古音芻議〉舉證幽部與微、文部間具語音密切相關現象,極值得《說文》研究者注意,茲引錄十組字例以見❸:

> 1. 祈,求福也。從示,斤聲、渠希切
>
> 案:段云:「祈求雙聲。」意謂二者語音相關:祈與求同群母,古韻分屬微或幽部。

> 2. 琱,治玉也。從玉,周聲。都僚切
>
> 彫,琢文字。從彡,周聲。都僚切
>
> 案:琱彫實同一語,琢是其轉入侯部之音。《詩‧棫樸》「追琢其章,毛云「追,彫也」,追彫一語之轉,《釋文》音

---

❸ 龍師共舉四十五組字例,本文沿用原編字組序號。

對迴反，〈有客〉「敦琢其旅」，鄭云「言敦琢者，以賢美之，故玉言之」，《釋文》「敦，都回反，徐又音彫」，不僅敦與彫爲語之轉，又直以敦之音同彫。舌音無合口四等音，故四等的彫音轉爲合口而讀一等。〈行葦〉「敦弓既堅」，《釋文》「敦音彫，徐又都雷反」，與此同。

4.蒐，茅蒐，茹藘，人血所生，可以染絳。從艸鬼。所鳩切。

案：據茅下所引段注，蒐當與拘同韻，故茅蒐急呼成拘，所鳩切其語轉所自的幽部字音，而其字不傳，鬼當爲蒐字聲符，鬼字從厶，疑其字原讀 s- 詞頭複母（人死爲鬼，疑死即 s-的蛻變音），故蒐以爲聲，其音當如蘇內切。

9.孰，食飪也。從丮，　聲。殊六切

　，孰也。從　羊。常倫切

案：亯孰一語之轉。孰下段注云：「亯部曰：亯，孰也。此會意，各本衍聲字，非也。」亯之聲應由孰之音轉出，說詳後；其字則當先有亯字，蓋亯本音如孰，及語轉爲常倫之音，於是以亯字專常倫之讀，於「亯」加丮爲孰字，而讀殊六切。

10.隹，鳥之短尾總名也。象形。職追切

　鳥，長尾禽總名也。象形。都了切

案：隹與鳥一語之轉，本來長短尾異稱，是以从隹从鳥之字多互作。隹音職追切，其聲本是端母的變音，不啻爲其明證。

字形的不同，當是語音分化後所採取的別嫌措施。

11.雕，鷻也。從佳，周聲。都僚切

鷻，雕也。從鳥，敦聲。度官切

案：鷻雕一語之轉，鷻本音都昆切。〈四月〉詩：「匪鶉匪鳶，翰飛戾天，匪鱣匪鮪，潛逃于淵。」鶉與鷻同，本以鳶鮪、天淵分韻因敦聲有都昆、度官二音，度官之音既與鱣（張連切）爲韻，又與天、淵韻近，而誤讀鶉字度官切，並鳶字亦由與職切改讀爲與專切，說詳拙文〈說匪鷻匪 〉。

12.鳩，鶻鵃也，從鳥，九聲。居求切

鶌，鶌鳩也。從鳥，屈聲。古勿切

雎，祝鳩也。從鳥，隹聲。隼，或從佳一。思允切。

鶻。鶻鵃也。從鳥，骨聲。古忽切

鵃，鶻鵃也。從鳥，舟聲。張流切

案：以上五字，《說文》順次相聯，鳩鶌一聲之轉，鶻鵃實同一字，鵃祝雎亦一聲之轉，祝字之六切，又職救切。雎字大徐思允切，小徐聳尹反，是誤從鷹隼字爲音，故《爾雅·釋鳥》「鷹隼醜」，《釋文》云「隼，西尹反」。祝鳩之雎，當如〈四牡〉詩「翩翩者雎」《釋文》音佳，〈釋文〉並云「一本作佳」，是雎讀同佳之證。《左傳·昭十七年》「祝鳩氏，司徒也」，杜注：「祝鳩，鶻鳩也。」《釋文》：「鶻本作鶀，即宵反。」鶀是鶻字或書作「脇」之形誤。

13.幽，隱也。從山𢆶，𢆶亦聲。於虯切

案：隱字於蟬切，古韻屬文部，幽隱一語之轉，與祈、求同例。

14.脽，(尻)也。從肉隹聲。示隹切

案：《說文》：「(尻)，髀也。」徒魂切，或體作臀作(𦞠)。臀從隼聲。隼即由隹字變化的或體❻字，以知脽(尻)為語轉，其先讀 zdh- 複母。《全王》、《王二》尤韻職鳩反下脽下云「尻，又時惟反」（《集韻》之由切收之），是脽字又有幽部一讀；字從隹聲而讀職鳩反，情形同蒐字。隹的形音本由鳥字分化，疑職鳩反脽字本作　。

15.　，仁也。從皿以食囚也，官溥說，烏渾切

案：從皿食囚之說，頗涉奇思，凡許君採通人說特著其名者，無不表示存疑之意。東下既引官溥說「從日在木中」，其前已有「从木」二字，以見許君所能認定的，僅是其从木的部分，便是明證。𥁕疑當與《說文》訓溫器的鏕同字，從皿，囚聲。囚讀同幽囚的幽，與幽囚的囚異字同形，𥁕本音為於刀切，今讀烏渾切，是其轉入文部的讀音。《說文》：「媼，母老稱也，從女，𥁕聲。讀若奧。」烏皓切，𥁕本音於刀；故媼字从之而讀若奧；若本音烏渾，不得為媼字之聲。說詳後。至於其餘從𥁕聲的溫、煴、慍、轀、緼等字，則其轉讀烏渾切後所成之字。

龍師認為幽部與微、文部有大量交通現象，原因在於幽部陰聲為

*ə̯u，因爲央元音前發生圓脣作用，形成 u 介音，使原來的 -u 韻尾異化爲 -i，於是變爲微部合口音；再由 *uəi 對轉入收-n 文部。以語音之異化及相關，統整說解幽、微（文）部間之轉語諸例云：

> 上述四十五組字例，最容易注意到的爲開合口現象。上古幽部無合口音，凡幽部字無論陰聲入聲，全讀開口，微與文則有開有合，四十五組屬微與文之字，僅第三類祈、隱、袞三字屬開口，其餘四十二組都屬合口音。據方桂先生合口出於開口之說，此等轉語應爲單向自幽轉入微文；其中鳥與佳一例，以堆推魋之字分屬端透定證之，正是照由端出，爲自幽轉微的内在證明。此外如茅从矛聲而劉音妹，旭从九聲而或音許袞，懷从褱聲而今音乃昆，以及敦琢、敦弓之敦音彫，非以彫字音敦，當然都明顯支撐此一觀點。雖有祈、隱、袞三字整十五分之一讀開口的例外，袞字明涉第四類的鏐與熅，熅爲袞的合口；慇聲的隱《廣韻》有烏困、於恨兩切音，穩字亦音烏本切，其字雖不見於《說文》，與隱字同訓安，應是憑慇字的引申義，隱是慇的假借的爲用，似慇字原有合口一讀；全然不見合口痕跡的，不過祈字一例而已。
>
> 其次可以注意到的是，幽部四十五字之中，屬於入聲者僅五、六兩類共七例，而逐字別音直祐切，孰與誰一例涉及 昌 字，祝字別音職救切且涉鬻字，旭字也別有許皓切一讀，確然不見有陰聲讀音蹤跡的，僅橐孰的孰及篤、槃三字。如直祐、許皓的反切，讀者或將以後起見疑；但只須其有秦以前來源的可能，即使出於直六、許玉的讀音，仍可能成爲追字及旭字許袞切音

的源頭；而這種可能性卻是無法根本排除的。然則這種陰聲絕多入聲絕少的現象，表示的當然是入聲有塞音尾，韻尾不容易發生變化，微部陰聲入聲都與幽部不相同，所以極少轉入微部；文部情形不異。至於幽部陰聲所以多有轉入微文部者，自然又顯示幽部陰聲是開尾的，不然具有-g 尾或-gʷ尾的幽部字，與入聲爲-K、爲-kʷ者實無不同，也便沒有時見轉入微部、文部之理。-g尾、-d尾等的設立，本欲用以限制不同部位陰聲的交流，終不至有人根據如孰、篤的例，說施加了-g 或-gʷ尾的幽部字，也同樣可轉爲微部的陰聲或文部陽聲。雖然轉語之間不必具韻尾相當的關係，像上述四十餘組不出幽與微文之間的各種平行現象，以爲不是某種語音演變規律，而等閒視之，得失如何，不難明白。

綜合上述兩點，幽部轉入微文的音變可作如下的解釋。幽部陰聲爲*əu，因爲央元音前發生圓脣作用，形成 u 介音，使原來的-u 韻尾異化爲-i，於是變爲微部合口陰聲，更由-i 變而爲-n，即是文部的合口音。這種情形，很容易聯想到之部陰聲字的轉入微文部。之部陰聲字讀音爲*ə，先是 ə 後發生圓脣作用，形成-u 韻尾而音同於幽，再而 ə 前如上述幽部陰聲字產生介音-u，更而韻尾-u 異化爲-i 變入微部、文部，其例如龜、存、敏；究竟兩次發生圓脣作用的機率較少，所以之部字如龜 (居求切) 、裘、尤、又、有、丘、牛、郵等字轉讀入幽的，不勝枚舉；由此而更轉入微部文部的，卻寥寥可數。 (頁179-183)

龍師是從語言之歷時、共時並複綫發展觀點看待古音「合韻」及《說

文》例外諧聲問題的。經由龍師上文集中論證，始知古韻語或諧聲之不合者，前人往往不察，或誤歸一部；或自亂體例，然知其流變，則古韻歸部實有迹可尋；不應以「旁轉」說輕率視之，亦知明朝陳第所云：「時有古今，地有南北；字有更革，音有轉移。」非妄。

本文主要參考及引用書目

期刊論文及研究專著（著者一律不加敬稱，按中文筆劃排列，出版年月一律以西元紀年）

丁福保

《說文解字詁林正補合編》（1932）鼎文書局 1994 年三版

王念孫

《古韻譜》（177?）廣文書局 1966 影刊渭南嚴氏《音韻學叢書》本

王　力

1927　〈諧聲說〉。《北大研究所國學門月刊》一卷五期：504-505。

1936　《中國聲韻學》上海商務印書館。

1937a　〈上古韻母系統研究〉。《清華學報》十二卷三期。

1937b　〈古韻分部異同考〉。《語言與文學》：51-77。

1963a　《漢語音韻》。北京中華書局。

1963b　〈古韻脂微質物月五部的分野〉。《語言學論叢》第五輯。

1980　《詩經韵讀》。上海古籍出版社。

1984-1991　《王力文集》一至二十卷。山東教育出版社。

1986　《詩經韵讀》（又收於《王力文集·第六卷》，山東教育

出版社 1992　《清代古音學》。北京中華書局。）

孔廣森

　　《詩聲類》（1792）廣文書局 1966 影刊渭南嚴氏《音韻學叢書》
　　本

王士元

　　1969　〈競爭性演變是剩餘的原因〉原題爲〈Competing changes as a
　　cause of Residue〉。原載 Language：45，1969；後又收錄於石鋒
　　編著之《語音學探微》頁 225-252，石鋒中譯文，1990 北京大學
　　出版社。

方孝岳

　　1956　〈關於先秦韵部的“合韵”問題〉大陸《中山大學學報》
　　第二期：28-48
　　1957　〈論諧聲音系的研究和“之”部韵讀〉大陸《中山大學學
　　報》第三期：84-97

朱駿聲

　　《說文通訓定聲》（1833 成書，1848 初刊）台灣藝文印書館影
　　刊本

江　永

　　1771　《古韻標準》廣文書局 1966 影刊渭南嚴氏《音韻學叢書》
　　本

江有誥

　　《二十一部諧聲表》（?-1851，成書年代未詳）廣文書局 1966 年
　　影刊 渭南嚴氏《音韻學叢書》本

江舉謙

1964 《詩經韻譜》 台中東海大學出版 1967 〈詩經例外押韻現象論析〉 東海學報第八卷第一期：1-15

李孝定

1965 《甲骨文字集釋》中央研究院歷史語言研究所專刊之五十

1982 《金文詁林讀後記》中央研究院歷史語言研究所專刊之八十

李方桂

1971 〈上古音研究〉。《清華學報》新九卷一、二期合刊：1-61。（又 1980 北京商務印書館版。）

李添富

1979 〈詩經例外押韻現象之分析〉 輔仁學誌 十三期：727-768。

余迺永

1975 《互註校正宋本廣韻校本及校勘記》。全兩冊。1980 年校本第二版，台北聯貫出版社。

1983 《上古音系研究》 香港中文大學出版

何大安

1987 《聲韻學中的觀念和方法》。大安出版社。

周法高

1969 〈論上古音〉《香港中文大學中國文化研究所學報》 第二卷第一期：109-178。

1970a 〈論上古音和切韻音〉同上學報第三卷第二期：321-457。

1970b 〈論上古音和切韻音・詩經韻字音韻表〉

1984 《中國音韻學論 文集》：95-154，155-218 台灣學生書局

1972 張日昇、林潔明編《周法高上古音韻表》 三民書局

1974　張日昇、林潔明、徐芷儀編纂《金文詁林》。香港中文大學出版

1975　《中國語言學論文集》。聯經出版社。

1984　《中國音韻學論文集》。香港中文大學出版社。

段玉裁

《說文解字注・附六書音均表》（1775）台灣黎明文化事業 1974 影印　《經韵樓藏書》本

周祖謨

1966　《問學集・詩經韻字表》：218-270 河洛圖書出版社

周家風

《黃氏古均二十八部諧聲表》 1968 自印本

姚榮松

1981　〈由上古韻母系統試析詩經之例外諧聲〉教學與研究第三期：11-28

高本漢

1923　〈高本漢的諧聲說〉 趙元任譯 1930 北京大學《上古音討論集》：1-38

容　庚

1938　《金文編》1989 年北京中華書局四版（1984）二刷

章炳麟

1909　〈文始〉 台北世界書局 1982 年《章氏叢書正、續編》本再版：49-191

1982　《國故論衡》。《章氏叢書》台北世界書局。

陸志韋

1948　《詩韻譜》。北京哈佛燕京學社。

陳新雄

1982　〈從詩經的合韻現象看諸家擬音的得失〉　輔仁學誌 11 卷
7 期：145-161

1991　〈毛詩韻三十部諧聲表〉　又收於 1994《文字聲韻論叢》：
135-151　東大圖書

陳復華、何九盈

1987　《古韻通曉》。中國社會科學出版社。

董同龢

1944　《上古音韻表稿》《史語所集刊》第八本第一分冊：1-249

1965　《漢語音韻學》　1981 年文史哲出版社九月六版

賴惟勤

1994　《江沅說文解字音均表攷正》　日本「說文學會」自印本

戴　震

《聲類表》（1777）廣文書局 1966 影刊渭南嚴氏《音韻學叢書》
本

龍宇純

1968　《中國文字學》1994 年五四出版社定本初版

1978a　〈有關古韻分部內容的兩點意見〉　中華文化復與月刊 11
卷 4 期：5-10

1988　〈廣同形異字〉　台大文史哲學報　第 36 期：1-22

1992　〈說文讀記之一〉　東海學報　第 33 期：39-52

1997　〈有關古書假借的幾點淺見〉　第一屆國際訓詁學研討會
論文：7-19

1998 〈上古音芻議〉（史語所集刊三月份待刊稿）

羅常培、周祖謨

1958 《漢魏晉南北朝部演變研究》第一分冊。科學出版社。

顧炎武

《音學五書》 廣文書局 1966 影刊渭南嚴氏《音韻學叢書》本

《韻補正》 廣文書局 1966 影刊渭南嚴氏《音韻學叢書》本

嚴可均

《說文聲類》（1802）廣文書局 1966 影刊渭南嚴氏《音韻學叢書》本

權少文

1981 《說文古韻二十八部聲系》 甘肅人民出版社

部份《說文》「錯析」省聲的音韻現象

吳世畯*

一、緒　論

　　「省聲」是指某些形聲字的聲符部份形體有所省略。大徐本《說文》共有 310 條省聲，歷來很多人分析研究過它的情況以及分類。根據裘錫圭（1984:181）的研究，《說文》省聲有如下三點情況：

　　(A)把字形繁複或佔面積太大的聲旁省去一部分。如：「襲，从衣，龖省聲」所錄籀文从龖不省。

　　(B)省去聲旁的一部分，空出的位置就用來安置形旁。如：「畿，从田，幾省聲。」

　　(C)聲旁和形旁合用部分筆畫或一個偏旁。如：「齋，从示，齊省聲。」

　　但我們不能完全相信《說文》中的所有省聲。根據何九盈（1991），《說文》310 條省聲中不可信的省聲竟達 158 條，其比率高達百分之

---

*　　韓國韓瑞大學中文系

五十。這有誤省聲包括許慎錯析的部份以及後人竄改的部份。

　　《說文》時代離造字時代已遠，且許慎本身沒看過甲骨文，因此在《說文》有不少許慎錯析的省聲，如「龍，从肉，飛之形。童省聲。」唐蘭說：「龍舊以爲童省聲，實象蜥蜴類戴角的形狀。」（見何九盈1991:15）陳初生（1985:984）也說：「龍字本爲全體象形，《說文》所謂从肉，童省聲者，乃龍口及頭角之訛變，右旁原爲龍身翻轉上騰之象。」可見"龍"與"童"是完全不相關的兩個字。但是我們不能因此而忽視這條省聲所顯示的當時的音韻現象。因爲雖然許慎確實錯析"龍"字，但假若在當時"龍[*rjuŋ>ljwoŋ]""童[*duŋ>duŋ]"（龔煌城1990,93）的音距很大，許慎不可能把二字聯成一對。省聲也是形聲的一種，因此基本上每一條省聲都會反映二字音韻關係的密切性。個人認爲除了後人竄改的省聲之外，許慎錯析省聲也會反映至晚到他那個時代的實際音韻情況。

　　本文首先要以各種材料證明許慎錯析省聲所顯示的音韻關係的密切性。討論的目標是要看音韻學的解釋與立場可以不同於古文字學的立場。討論過程中，碰到目前上古音學說與各種音韻資料衝突時，我們就重新構擬了部份上古音學說。當然有時會附帶討論目前上古音學說的得失。

　　我們的討論範圍限制於爭議性較多的複聲母等的聲母部份，因此討論省聲都是中古聲母發音部位相差甚遠的許慎錯析省聲。

　　討論《說文》錯析省聲時首要堅持的是要確保材料的純正性。因爲若用後人竄改的省聲來研究，其得到的結果必定不是《說文》的音系。

　　根據何九盈（1991），《說文》158條錯析省聲可以分爲兩種類

型。一類是後人竄改的省聲（如下一至三條）；另一類是許慎原本有誤的省聲（如下第四條）。我們只要討論後一類。它的章節內容如下：

1.不明秦漢古音而誤改

2.因字形問題而誤改

3.因版本、傳寫訛誤而誤改

4.許書原本有誤

除了特別注明的某些個別擬音之外，本文所用的擬音是龔煌城先生（1990,93,95）的上古音（以下簡稱"龔音"）。另外諧聲討論的對象為《說文》聲系，而不是《廣韻》聲系。

二、許慎錯析省聲的音韻現象

⑴「黍，从禾雨省聲。」

黍[*hljagx>śjwo]：雨[*gwrjagx>ju]

陳初生（1985:720）說：「黍字甲骨文作 等形，象黍子散穗之狀。或增从水。或从水从禾，金文與此構形相同。《說文》謂雨省聲，非。」陳世輝（1979:144）、王延林（1987:421）、包浩如（1991:132）等人也都認爲"黍"本是象形字而非"雨省聲"字。關於「从禾从水」與篆文的「从禾从雨（說文誤釋爲从雨省聲）」，林潔明說：「从雨蓋从水之訛變。余意黍字初本爲象形，

殷人尙酒，始創以黍釀酒，故字又改爲从黍入水❶，至金文則又簡化
爲从禾入水。（引自王延林 1987:421）」由此可知《說文》「从禾雨
省聲」中的"雨"來自於訛變的篆文，並無甲金文上的來源。

　　從此我們可說，從文字學的立場看決不能將"黍""雨"二字歸
於同聲系裡。高本漢（1957:43）遵守這點而將二字看成不同聲首字。
沈兼士（1945:951）、權少文（1987:621）將"黍""雨"二字看成
同一聲首，是尊重許愼的省聲意見而作的。

　　許愼的這種文字學上的錯釋，到音韻學來倒有其一定的價值。因
爲假若"黍""雨"二字的音距眞的很遠，許愼不可能將二字用省聲
方法聯成一對。但若用照顧不到複聲母的上古音系統（像王力系統）
構擬，這二字的音距就很遠，如（根據王力系統）：

　　　　黍[*ɕ->ɕ-]：雨[*ɣ->ɣ-]

其實在古籍可找到能夠證明二者密切音韻關係的審三跟舌根音來往的
音韻例證。如：《白虎通》聲訓（Coblin 擬音）：

　　　　羽[*giwah:>ju:]：舒[*hrjah>śjwo]（見 Coblin 1983:155）

"羽"跟"雨"同爲喻三字，"舒"爲審三字，跟本條省聲的音韻條
件完全一致。

　　本人初步認爲"冀音"可以圓滿解釋本條省聲的音韻關係：

---

❶　關於「从黍入水」的"水"，包浩如（1991:132）又認爲是「用水澆灌」。

黍[*hljagx>śjwo]：雨[*gwrjagx>ju]

另外，諧聲中亦可找到支持本條省聲的密切音韻關係的例證。如"支聲"系：

支（章移切）[*kljig>tśjě]
技（渠綺切）[*grjigx>gjě]
跂（丘弭切）[*khligx>khjiě]
馶（魚倚切）[*ŋrjigx>ŋjě]
翅（施智切）[*hljigh>śjě]
忮（是義切）[*gljigh>źjě]

這聲系主要是審三字"翅"與各舌根音字（包括照三字）諧聲，與本條省聲很相似。

[*hlj-]（黍）到底能否跟[*gwrj-]（雨）自由來往？如下《説文》"殸聲"系的諧聲關係支持它們之間的自由來往。

磬（苦定切）[*khiŋh>khieŋ]（磬=殸）❷
聲（書盈切）[*hljiŋ>śjäŋ]
馨（呼刑切）[*hiŋ>xieŋ]

---

❷　磬（樂石），甲骨作 ，即殸。篆文以後加"石"變爲"磬"。根據《説文》，籀文仍作"殸"。《廣韻》收"殸"二音，其中"苦定切"是跟"磬"同字，"口莖切（敲也）"是後起音。

這個聲系也表示審三字跟舌根音字的來往。不過我們在此可以發現本聲系的"龔音"似乎有待商榷之處。因爲[*khiŋh]（磬）與[*hljiŋ]（聲）之間的聲距未免太遠。本人初步認爲「磬：聲：馨」的音韻關係應爲「[*khl-]：[*hlj-]：[*skhl-]」。加流音-l-的[*khl-]（磬）比沒有-l-的[*kh-]更能和[*hlj-]（聲）諧聲。根據《說文》，"殸聲"系是除了審三字"聲"以外，所收字均爲四等韻字佔優勢的聲系。而這些四等韻字，根據本人（1995:85-151）的意見，在上古很可能都帶過流音-l-。在本聲系裡也可以找到支持這假設的例子。根據《說文》，"磬"的古文又寫作"硜"，如：「磬，……硜，古文从巠。」表示說先秦某時"磬"與"硜"是同音同字。而這"硜（口莖切）[*khriŋ>khɛŋ]"正是上古帶-r-介音的二等韻字，當然跟同帶流音-l-介音的[*khliŋh>khien]（磬）很近。如果"磬"是不加-l-的[*khiŋh]，怎能跟[*khriŋ]（硜）同音同字呢？

⑵「巠，从川在一下，壬省聲。」

　　巠[*kiŋ>kieŋ]：壬[*hliŋx>thieŋ]

　　首先要注意的一點是"壬（他鼎切）"與"壬（如林切）"是各不相同的兩個字。

　　《說文》云：「巠，水脈也。从川在一下。一，地也。壬省聲。一曰，水冥巠也。　古文巠不省。」陳世輝（1979:144）說：「金文巠字作　　，郭沫若先生說：『巠蓋經之初字，觀其形』，『象織機之縱線形』。可見許說"壬省聲"是不對的。」方述鑫（1993:858）、

陳初生（1985:968）、王延林（1987:598）等人也均認爲“巠”是“經”
的初文。因此若從古文字學的立場看，本條省聲是不對的。

高本漢（1957:220,222）可能考慮到這點而將“巠”與“壬”分
成兩個不同聲系。但沈兼士（1945:285）、權少文（1987:592）則看
成同聲系。

雖然古文字學能將“巠”與“壬”分成兩個不同聲系，然不能因
此而忽視它們所表現的音韻訊息。因爲我們在《說文》以及古籍上可
以找到很多能夠證明二者之間的密切音韻關係的例證。以下的例證主
要是從巠得聲的字跟舌音來往的例子以及從壬得聲的字與舌根音來往
的例子。

首先，《說文》有兩個聲訓例證：「脛，脛桯也」，「莛，莖也」。
既然是個聲訓，那麼我們不能否認“脛”與“桯”，“莛”“莖”之
間的音近關係。“脛”“莖”都是跟本條省聲的“巠”同樣從巠得聲
的字；“桯”“莛”都是跟“壬”一樣的從壬得聲字。我們從此可見
“巠聲”與“壬聲”的密切音韻關係。

也有《說文》“巠聲”系內部的諧聲例證。就是“巠聲”系當中
有徹母字“脛[*thrjiŋ>thjän]（丑貞切）”。如果“巠聲”系爲單純的
舌根音聲系，那我們怎麼解釋聲系中的舌音字？這表示“脛”字或所
有“巠聲”系字必定帶某種成份使得跟舌音字互諧。

還有從壬得聲的“桯”字除了透母音[*hliŋ>thien]（他丁切）之外
又有舌根匣母音[*giŋ>ɣieŋ]（戶經切）（《集韻》也有此二音）。這
例證也表示在上古從壬得聲的“桯”不是單純的舌音字。

也有漢、鄭玄的讀若例子「繕：勁」（見 Coblin 1983:206）與朱
駿聲（1833）的通假例子。如下四條都是“巠聲”系與“壬聲”系來

往的例子（詳見吳世畯 1995:127）：「逞：窒」、「侹：勁」、「庭：莛」、「綖：莖」。

關於同源字，我們認爲"巠聲"系的"鏗[*kiŋh>kieŋ]"跟"壬聲"系的"桯[*giŋ>ɣieŋ] & [*hliŋ>thieŋ]"是同源字；"莛[*diŋ>dieŋ]"與"莖[*griŋ>ɣɛŋ]"也是同源字（吳世畯 1995:127,130）。系聯同源字的首要條件爲密切的音韻關係，可見"巠聲"系跟"壬聲"系之間有密切的音韻關係。

從以上討論，我們可以確定"巠""壬"之間的密切聲韻關係。那麼這二字的實際擬音到底怎樣？會不會像"龔音"的「巠[*kiŋ>kieŋ]：[*hliŋx>thieŋ]」？這條的"龔音"似乎勉強可以解釋二者的音韻關係，然總不能否認[*kiŋ]（巠）與[*hliŋx]（壬）之間存在的頗大音距。要正確構擬這二音，我們還得從《說文》諧聲作起。《說文》"巠聲"與"壬聲"的主要諧聲關係如下（擬音爲"龔音"）：

巠	[*kiŋ>kieŋ]
鏗	[*kiŋh>kieŋ]
頲	[*thrjiŋ>thjäŋ]
莖	[*griŋ>ɣɛŋ]
娙	[*hiŋ>xieŋ]
脛	[*giŋh>ɣieŋ]
頸	[*kjiŋx>kjäŋ]（重紐四）
牼	[*khriŋ>khɛŋ]
娙（五莖切）	[**ʔ>*ŋriŋ>ŋɛŋ]（身長好貌）
（戶經切）	>*giŋ>ɣieŋ]（女長貌）

壬 [*hliŋx>thieŋ]

莛 [*diŋ>dieŋ]

呈 [*drjiŋ>djäŋ]

桯 [*giŋ>ɤieŋ] （床前長几） ❸

　[*hliŋ>thieŋ] （碪桯）

聖 [*hljiŋh>śjäŋ]

郢 [*liŋx>jiäŋ]

從此我們可以知道"龔音"無法解釋"㞢""壬"二聲系之間的諧聲關係，也更不能說明二系古籍所顯示的密切聲韻關係。比如：

第一個問題是，"㞢聲"系的"桱 [*thrjiŋ>thjäŋ]" 不能跟"㞢 [*kiŋ>kieŋ]" "蛵 [*hiŋ>xieŋ]" "脛 [*giŋh>ɤieŋ]" "頸 [*kjiŋx>kjäŋ]" 等諧聲。

第二是，不好解釋"娙"的兩個同源異形詞的來源。如：

　[**？>*ŋriŋ>ŋɛŋ]（身長好貌）

　>*giŋ>ɤieŋ]（女長貌）

第三是，"桯"的正讀"[*giŋ>ɤieŋ]" 不能跟聲系內其他"莛 [*diŋ>dieŋ]" "呈 [*drjiŋ>djäŋ]" 等字諧聲。

---

❸　根據《說文》及《廣韻》，"桯"的正音為[*giŋ>ɤieŋ]（床前長几），而[*hliŋ>thieŋ]（碪桯）是後起音。

　　第四是，部份"坙聲"系字跟"壬聲"系字之間的音距太大，違背古籍所顯示二聲系的密切關係。如：坙[*kiŋ>kieŋ]、脛[*giŋh>ɣieŋ]與莛[*diŋ>dieŋ]、呈[*drjiŋ>djäŋ]、郢[*liŋx>jiäŋ]。

　　我們採用什麼辦法解決這問題呢？仔細觀察"巽音"，我們就不難發現"巽音"的問題主要發生在四等韻字上。如果我們採用「上古四等韻帶流音 l 說」以及潘悟云（1987）的[*K-l->T-]說，就可以圓滿解釋這二聲系的所有諧聲關係。如：

坙	[*kliŋ>kieŋ]
牼	[*kliŋh>kieŋ]
輕	[*kh-l'iŋ>t̠hjäŋ]
莖	[*griŋ>ɣɛŋ]
蛵	[*skhliŋ>xieŋ]
脛	[*gliŋh>ɣieŋ]
頸	[*kljiŋx>kjiäŋ]（重紐四）
牼	[*khriŋ>khɛŋ]
娙（五莖切）	[**gliŋ>*ŋriŋ>ŋɛŋ]（身長好貌）
（戶經切）	>*gliŋ>ɣieŋ]（女長貌）

壬[*kh-liŋ>thieŋ]

莛[*g-liŋ>dieŋ]

呈[*g-l'iŋ>djäŋ]

桯[*gliŋ>ɣieŋ]

　[*kh-liŋ>thieŋ]

聖[*hljiŋh>śjäŋ]

郢[*liŋx>jiäŋ]

　　"巠聲"系爲例，值得注意的一點是在聲系裡除了各四等韻字以外跟它們諧聲的其他聲系字均爲"徹母""二等""審三"等帶流音（l 或 r）的字。這點對構擬「上古四等韻字帶流音 l 說」有好處。另外上古聯綿字「經營（《楚辭、遠遊》）」也對這學說有幫助。既然其中的"營"爲喻四字[*l-]，那麼「从巠得聲」的四等韻字"經（古靈、古定切）"在上古音很可能是帶流音-l-的[*kl->ki-]。

　　"壬聲"系爲例，聲系中本有喻四字"郢[*liŋx>jiäŋ]"，應可以將"桯[*giŋ>ɣieŋ]"等擬爲帶-l-的[*gliŋ>ɣieŋ]等音的。然在"龔音",[*gl-]是三等韻[gj-]的唯一來源，不允許[*gl->yi-]等的四等韻構擬音。

　　關於重紐四等的擬音，龔氏（1993）本爲它構擬了[*kli->kji-]類音，後來（1995）改擬爲[*kji->kj(i)-]。根據本文的構擬，既然所有"巠聲"系字在上古都帶流音，那 1993 的"龔音"比 1995 的更爲合理。

⑶「皮，从又爲省聲。」

皮[*brjar>bjě]：爲[*gwrjar>jwě]

　　陳世輝（1979:145）云：「金文皮作 ，象手持皮革形，與籀文皮字形近。皮字語爲字無關。」王延林（1987:194）說：「皮，金文作 。林義光曰：『从ㄅ 象獸頭角尾之形，ㄋ 象其皮，ㄨ 象手剝取之。』……ㄢ 作"爲省聲"不確。」從此我們可以知道"皮"與"爲"

之間沒有任何古文字學上的關連。

雖然在古籍找不到幾個跟這條有關的音韻例證，但從實際擬音來說，它們之間的音距並不很遙遠。首先舉兩個音證，如下：

《說文》云：「䴩[*pwrjar]讀若嬀[*kwrjar]。」䴩[*pwrjar>pjwě]，從罷[*bwrjarx>bjwě]&[*bradx>baï]得聲；嬀[*kwrjar>kjwě]，從為[*gwrjar>jwě]得聲。而這"罷[*bwrjarx]"又經常跟從皮[*brjar>bjě]得聲的"彼[*prjarx>pjě]"通假（王輝 1993:661）。這讀若及通假的音韻條件完全符合於本條省聲。我們知道在諧聲[*gwrj-]與[*brj-]或可以自由諧聲，然仍不明白[*gwrjar>jwě]（為）與[*brjar>bjě]（皮）的關係是否同許慎省聲及讀若那樣屬於音近範圍。如果不是，它們之間的音韻關係又該如何？古籍上的例證本來很少，或許不必要為它們構擬其他複聲母。

朱駿聲假借例中也可以找到一個相關例證：「蕘，[假借]又為軶。」

(4)「量，從重省，曏省聲。」

量[*rjaŋ>ljaŋ]：曏[*hljaŋx>śjaŋ]&[*hjaŋx>xjaŋ]

陳世輝（1979:145）云：「金文量作 𱠇 ，與曏字無關。」陳初生（1985:796）云：「量字甲骨文作 𦥑、𦥑、𦥑、𦥑、𦥑 等形，從日省從東（重），或借東為重。金文多從日從重，惟大梁鼎字仍從日省。……于省吾曰：『從日從重係會意字。……量字從日，當是露天從事量度之義』」許慎將"從日"錯釋為"曏省聲"，而事實上"量"與"曏"是沒有關係的。

　　嚴可均、沈兼士（1945:156）、權少文（1987:746）等人將這二字看成同一聲首字，而高本漢（1957:195）則分開。本人認爲它們之間的音距雖然並不遠，但既然找不到有力的古籍證據，不太適合算爲同一聲首字。

　　只講音距，[*rjaŋ>ljaŋ]（量）與[*hljaŋx>śjaŋ]或[*hjaŋx>xjaŋ]（嚤）也許可以自由來往。《廣韻》"嚤"有「許兩（不久也）、書兩（少時也）、式亮（少時也，不久也）、許亮切」四音。其中假若"許兩切[*hjaŋx>xjaŋ]"爲"嚤"的唯一來源，那它當然不能跟"量[*rjaŋ>ljaŋ]"自由來往。可是若這四音與《説文》的「嚤，不久也」相比，我們可以知道前三音都是同源異形詞，可能共同來自[**hlj-]。相反的，如果"嚤"原音爲[**hj->xj-]，那就不好解釋後來的[*hlj->śj-]來源。

　　本人（1995:239）當初考慮到"嚤"又跟泥母"曩"字來往的事實而將它擬爲[*hnjaŋx>śjaŋ,xjaŋ]。然基於 n、l、r 可以自由來往的如下諧聲原則，我將"嚤"改擬爲[*hlj->śj-]。竺家寧先生（1981:425）說：

　　　　n 不和 t 諧聲，卻能和 l 諧聲，現代長江流域的方言還有許多是
　　　　n、l 不分的。另外 r 也可歸入這組，三個音都是舌尖部位的流
　　　　音（鼻音也可以算作流音）。

這樣它們的關係可以如下：

　　　量[*rjaŋ>ljaŋ]：嚤[*hljaŋx>śjaŋ,xjaŋ]：曩[*naŋx>nân]

⑸「敊，从攴豈省聲。」「豈，从豆微省聲。」

豈[*khjədx>khjěi]：微[*mjəd>mjwěi]

關於「敊，从攴豈省聲」，有兩種不同學說。

首先，裘錫圭（1984:179）認爲"敊"字本是單純的形聲字。他說：「《說文》：『攲，妙也。从人，从攴，豈省聲。』古文字裡有 𢆉 字，"敊"字的左旁是由它變來的。"敊"本應是从"攴""𢆉"聲的一般形聲字，《說文》未收"𢆉"字，所以就把它分析錯了。」

徐中舒（1989:887）認爲"敊"是個會意字。他說：「敊，從 𠃬（長）從 ㄑ（攴）。《說文》：『敊，妙也。从人从攴，豈省聲。』《說文》篆文敊之 𦍌 即 𠃬 之訛，非從人豈聲。」陳初生（1985:774）也類似主張：「敊字甲骨文作 𢼪、𢻫，从長从攴，金文並同，象人梳理頭髮，髮經梳理則美，故敊有美妙意，當爲"媺"之初文。……許氏謂"敊"爲"豈省聲"，乃誤會意爲形聲也。」

不管二說中哪個對，我們至少可以肯定"敊"跟"豈"，甚至"豈"與"微"本是毫無關係的兩個字。

但是我們認爲這點並不表示"敊、微"跟"豈"之間仍沒有任何音韻關係。如果"豈"與"微"之間存在頗大的音距（包括聲母音距），許慎不可能將二字聯成一對。

在古籍也可以找到一些支持本條省聲的音韻佐證。如《說文》聲訓「幾，微也。」而這"幾"又經常跟"豈"通假（高本漢 1974:349）。《說文通訓定聲》也說：「幾，與用豈字同。」

根據朱駿聲《定聲》，"微"字又跟从豈得聲的"闓"字通假，

如：「微，[假借]又爲闇。」

《方言》亦云：「鉤，宋楚陳魏之間謂之鹿觡，或謂之鉤格。自關而西謂之鉤，或謂之鐵。」鐵爲从微得聲，周祖謨（1950:35）認爲"鐵""微"音同。

關於聲系歸屬，高本漢（1957:146,157）、周祖謨等人將"豈"與"微"看成兩個不同聲系字；權少文（1987:393）、沈兼士（1945:521）、朱駿聲（1833）、董同龢（《上古音韻表稿》）等人則合併。

從以上討論我們可以知道"散、微"二字的確跟"豈"字密切來往。然"龔音"「豈[*khjədx>khjĕi]：微[*mjəd>mjwĕi]」無法說明二字的音近關係，需要構擬複聲母。個人認爲二字的音韻關係應爲：

豈[*khjədx>khjĕi]：微[*mkjəd>mjwĕi]

就是跟舌根音諧聲的明母構擬了[*mkj->mj-]。首先要說明的一點是：以上各音證顯示，帶複聲母的是"微"而不是"豈"。那這跟舌根音諧聲或來往的"微"該帶怎樣的複聲母呢？我們可以假設如下幾種方案：

(a) 豈[*khj->khj-]：微[*kmj->mj-]

(b) 豈[*khj->khj-]：微[*ʔmj->mj-]

(c) 豈[*khj->khj-]：微[*mkj->mj-]

(d) 豈[*khj->khj-]：微[*m-kj->mj-]

在藏緬語族的各語言裡沒有(a)式複聲母（孫宏開 1985），而有(c)式。

其實 Benedict（1976:191）早就將跟來母、舌根音來往的明母“秭”
“繆”等字構擬了帶[*m-kl-]的複聲母。那麼“微”是[*m-kj->mj-]還
是[*mkj->mj-]？我們認爲(d)式的[*m-kj-]是中古[kj-]的來源，(c)式的
[*mkj-]才是明母[mj-]的來源。因爲[*m-kj-]裡的詞頭 m 較容易失落，
而[*mkj-]中的 m 不太容易失落。這點可以說是跟"冀音" [*krj->kj-]、
[*mrj->mj-]等有點類似的演變類型。而且在本人（1995:172）的系統
裡，[*m-kh-]等是[kh-]等的來源。然需要修改如下幾點。當初本人
（1995:172）將跟二等字“猛[*mraŋx>mɐŋ]”諧聲的同源字“犿”構
擬爲[*m-khaŋh(?)>khân]。然這個音與同源字[*mraŋx>mɐŋ]（猛）之間
存在頗大的音距，且無法解釋聯綿字「犿狼」、「閎閎」的現象，恐
怕不是事實。因此“犿”可擬爲[*m-khraŋh>khân]，這個音可以跟同源
字“猛[*mraŋx>mɐŋ]”自由來往。關於(b)，[*khj-]（豈）與[*ʔmj-]（微）
之間的音距恐怕太遠。

⑹「羔，从羊照省聲。」

羔[*kagw>kâu]：照[*kljagwh>tśjäu]

王延林（1987:236）云：「羔，甲文作𦎡，象羊在火之上。……
羔原从羊从火，『照省聲』不確。」 何九盈（1991:13）也說：「从
羊从火，會意。林義光說：『按火爲照省，不顯。羔小可焄，象在火
上形。』」從此可見，“羔”本爲會意字，跟“照”毫無關係。

雖然如此，在古籍卻有很多“刀聲（召、照从刀得聲）”系字跟
舌根音字來往的例子（吳世畯 1995:54-57）。比如（擬音爲李方桂音）：

(A)《說文》聲訓：

卲，高也。[*djagwh>źjäu][*kagw>kâu]

(B)通假：

汋[*tagw>tâu]：咎[*gjəgwx>gjə̂u]

招[*tjagw>tśjäu]：撟[*kjagw>kjäu]

(C)聯綿字：

夭[*ʔjagw>ʔjäu]：紹[*djagwx>źjäu]

(D)朱駿聲通假：

詔[*tjagwh>tśjäu]：告[*kəkw>kuok]

招[*tjagw>tśjäu]：撟[*kjagw>kjäu]

招[*tjagw>tśjäu]：翹[*gjiagw>gjiäu]

(E)聲訓：

告[*kəkw>kuok]：詔[*tjagwh>tśjäu]

詔[*tjagwh>tśjäu]：教[*kragwh>kau]

昭[*tjagw>tśjäu]：曉[*hiagwx>xieu]

其實"冀音"可以照顧到"羔""照"之間的密切音韻關係。如：

羔[*kagw>kâu]：照[*kljagwh>tśjäu]

龔氏的這個[*klj->tśj-]很可能受李方桂[*skj->tśj-]（1970）、[*krj->tśj-]（1976）的影響而來的。以"刀聲""羔聲"二系來說，[*klj->tśj-]至少比[*skj->tśj-]自然些。因為[*klj->tśj-]（照）比[*skj->tśj-]（照）更能跟[*t->t-]（刀）諧聲。

若用"龔音"標記，《說文》"刀、羔聲"系的主要諧聲關係則如下：

刀[*t->t-]

召[*drj->dj-]

紹[*glj->źj-]

超[*thrj->ṭhj-]

照[*klj-(?)>tśj-]

軺[*l->ji-]

羔[*k->k-]

窰[*l->ji-]

這聲系的最大的問題是"[*k->k-]（羔）"不能跟"[*l->ji-]（窰）"諧聲的現象。根據"龔音"，"羔"為一等韻字，不能將它擬為[*kl->k-]。因為"龔音"的[*kl-]是中古[klj-]的來源。其實本人系統（1995）也無法解釋這個諧聲關係。因為本人系統中的[*kl-]是中古四等韻[ki-]的來源，當然不能將"羔"擬為[*kl->k-]。

⑺「覃，从𠧪鹹省聲。」

覃[*dəm>dâm]：鹹[*grəm>ɤăm]

何九盈（1991:14）說：「覃為會意字，从𠧪从鹵。唐蘭認為𠧪"本

象巨口狹頸之容器，覃象 ⊗ 在鼻中。"」

可見從古文字學來說，"覃"是會意字且跟"鹹"沒有關係。然如下幾種材料顯示"覃"與"鹹"之間確有音近關係。

首先，《説文》聲訓有「弓，覃也。」"弓"與"鹹"同爲匣母字。也有相關聯綿字「弓覃（《説文、弓部》）」。除此之外又有若干讀若及訓詁佐證（見吳世畯 1995:257）。

本人認爲"覃音"的[*dəm>dậm]（覃）可以跟二等韻字[*grəm>ɣǎm]（鹹）自由來往。但是無法解釋[*gəmx>ɣậm]（弓）與[*dəmx>dậm]（覃）之間的來往。可見"覃""覃"二字也有構擬複聲母的必要。本人認爲它們之間的關係應爲如下：

覃[*g-ləm>dậm]：鹹[*grəm>ɣǎm]

覃[*g-ləmx>dậm]：弓[*gəmx>ɣậm]

三、結　論

根據何九盈（1991）的研究，《説文》有 158 條有誤省聲。其中何先生舉了約 42 條的許愼錯析省聲。

從古文字學看，這 42 條省聲是毫無價值的錯釋省聲。但是我們認爲許愼雖然犯了文字分析上的錯誤，然不能因此而忽略那些省聲所顯示的音韻訊息。就是說，省聲解釋上的錯誤也並不否定兩者間存在相近的音韻關係。

我們初步檢查這 42 條省聲的音韻條件，發現其中的大部分都顯

示省聲字與被省聲字❹之間的密切音韻關係。但也有不少的例外省聲，如像「豈，微省聲」等的中古聲母部位相差甚遠的省聲例子。

　　本文主要試圖解釋這種例外省聲。 因此本人共選 7 條的例外省聲，以各種文獻例證試圖證明它們之間的音近關係。 結果發現這 7 條也都表示被省聲字與省聲字之間的密切音韻關係。

　　討論過程中，我們附帶構擬了不少複聲母，也討論過部份"龔音"的得失。

　　總之，對《說文》省聲的解釋，音韻學的立場與解釋可以不同於古文字上的解釋及分析。

主要參考書目

中文論文

丁福保

　　1928　《說文解字詁林》（1983 鼎文書局 第 2 版）。

王　力

　　1957　《漢語史稿》，北京科學出版社（香港：波文書局 印本）。

　　1982　《同源字典》，北京：商務印書館（1983 臺北：文史哲）。

王　輝

　　1993　《古文字通假釋例》，臺北：藝文印書館。

王延林

---

❹　以「豈，微省聲」為例，"豈" 是「被省聲字」；"微" 是「省聲字」。

1987 《常用古文字字典》，上海書畫出版社（1993 臺北：文史哲 台二版）。

方述鑫等

1993 《甲骨金文字典》，巴蜀書社。

包浩如

1991 〈試論說文解字中的省聲字〉，《許慎與說文研究論集》，河南人民出版社。

司馬光

? 《類篇》（1988 上海古籍出版社）。

朱駿聲

1833 《說文通訓定聲》（1970 臺北：京華書局）。

何大安師

1992 〈上古音中的*hlj-及相關問題〉，《漢學研究》10.1:343-348。

何九盈

1991 〈說文省聲研究〉，《語文研究》第 1 期。

吳世畯

1995 《說文省聲所見的複聲母》，東吳大學 博士論文。

李方桂

1971 〈上古音研究〉，《清華學報》新 9:1,2 合刊（1980《上古音研究》北京：商務印書館）。

1976 〈幾個上古聲母問題〉，《總統 蔣公逝世週年紀念論文集》（1980《上古音研究》，北京：商務印書館）。

李孝定

1965 《甲骨文字集釋》，史語所專刊之五十（1970 再版）。

李家祥

　　1991　〈說文解字省聲類字疑誤析辨〉，《貴州文史叢刊》
　　　　　3:113-121。

沈兼士

　　1945　《廣韻聲系》（1985　北京：中華書局）。

周祖謨

　　1950　《方言校箋》（1972　臺北：鼎文書局）。

竺家寧

　　1981　《古漢語複聲母研究》，中國文化大學　中研所　博士論文。

郝懿行等

　　？　　《爾雅、廣雅、方言、釋名　清疏四種合刊》（1989　上海
　　　　　古籍出版社）。

馬天祥、蕭嘉祉

　　1991　《古漢語通假字字典》，陝西人民出版社。

高本漢著、陳舜政譯

　　1974　《先秦文獻假借字例》，中華叢書編審委員會。

郭錫良

　　1986　《漢字古音手冊》，北京大學出版社。

孫宏開

　　1985　〈藏緬語複輔音的結構特點及其演變方式〉，《中國語文》
　　　　　第 6 期。

張舜徽

　　？　　《說文解字約注》（1984　臺北：木鐸出版社　翻印本）。

許　慎

?　　　《說文解字》（1992 北京：中華書局 第 12 版）。

許慎、段玉裁注

?　　　《說文解字注》（1992 臺北：天工書局 再版）。

陳世輝

1979　〈略論說文解字中的省聲〉，《古文字研究》第一輯，中華書局。

陳初生

1985　《金文常用字典》（1992 臺北：復文圖書出版社）。

黃　侃

?　　　《黃侃手批說文解字》（1987 上海古籍出版社）。

裘錫圭著 許錟輝校訂

1984　《文字學概要》，臺北：萬卷樓。

潘悟云

1987　〈漢藏語歷史比較中的幾個聲母問題〉，《語言研究集刊 1》，復旦大學出版社。

權少文

1987　《說文古均二十八部聲系》，甘肅人民出版社。

龔煌城

1989　〈從漢藏語的比較看上古漢語若干聲母的擬測〉，（1994 臺北：學生書局《聲韻論叢》1 輯）。

1995　〈從漢藏語的比較看重紐問題〉，"第四屆國際暨第十三屆全國聲韻學學術研討會"宣讀論文，國立臺灣師大。

英文論文

COBLIN, W.S.（柯蔚南）

　　1983　《A HANDBOOK OF EASTERN HAN SOUND GLOSSES（東漢聲訓手冊）》, THE CHINESE UNIVERSITY PRESS, HONG KONG.

BENEDICT, P.K.（班泥迪）

　　1976　〈SINO-TIBETAN:ANOTHER LOOK〉, 《JOURNAL OF THE AMERICAN ORIENTAL SOCIETY》96.

GONG, HWANG-CHERNG.（龔煌城）

　　1993　〈THE PRIMARY PALATALIZATION OF VELARS IN LATE OLD CHINESE〉, THE SECOND INTERNATIONAL CONFERENCE ON CHINESE LINGUISTICS, PARIS, 1993.

KARLGREN, B.（高本漢）

　　1957　《GRAMMATA SERICA RECENSA（修訂漢文典）》, REPRINTED FROM THE MUSEUM OF FAR EASTERN ANTIQUITIES, BULLETIN 29, STOCKHOLM 1957.

《說文》聯緜詞之音韻現象探析

陳梅香*

一、「聯緜詞」定義與範圍的釐析

漢語當中存在著由兩個字組合而成，卻只表達一個完整意義的現象，對於這種特殊的形式，《爾雅‧釋訓》當中即有零星的整理，後來賈誼《新書》有「連語」一詞，到了宋朝張有的《復古編》，才提出「聯緜字」，至於何謂「連語」、「聯緜字」，二者並沒有明確的定義與說明；其後在一些雅書當中，也多多少少摻雜了這一類的詞，如明代的朱謀㙔《駢雅》；❶後來方以智《通雅‧釋詁》的〈謰語〉一篇，才算對這一類特殊的詞語，做了一些註解，方氏云：❷

---

* 　成功大學中文系

❶ 　相關陳述詳見劉福根〈歷代聯綿字研究述評〉，《語文研究》1997 年第 2 期（總第 63 期），頁 32-34。

❷ 　詳見方以智《通雅‧釋詁‧謰語‧小序》，臺北：臺灣商務印書館，四庫全書本子部一六三（總 857），頁 166。

　　謰語者，雙聲相轉而語謰謱也，《新書》有連語，依許氏加言
　　爲，如崔嵬、澎湃，凡以聲爲形容，各隨所讀，亦無不可。

此處「雙聲相轉而語謰謱」的「聲」恐不專指聲母，而是指語音而言，
「謰謱」是連接不斷，❸其意概指「兩個字合成一詞，不能拆開來講」，
可說已注意到聲音與文字之間的緊密關係，而且方氏明確指出賈誼《新
書》「連語」的說法，是依照許愼所說再加以闡釋，那麼，《說文》
當中所記載的些許詞語，實際上已表露出相當程度的特殊現象；清朝
王念孫《讀書雜志‧連語》則明確指出：❹

　　凡連語二字，皆上下同義，不可分訓。

對於這樣的論斷，學者們有兩種不同的解釋，一則指連語的字都是由
「兩個意義相同的字構成的，所謂『不可分訓』，就是指不可把這兩
個意義相同的字分別訓爲不同意義，同時也指出要把這樣兩個意義相
同的字作爲一個整體來理解。」❺意即由「同義單音詞」所構成，❻
並不與張有的「聯緜字」相提並論；一則雖以王氏所謂連語即是聯緜
字，以爲「皆是由兩個同義之字構成的，不可將此兩字分別訓釋成不

---

❸　同注❶，頁 32。
❹　詳見王念孫《讀書雜志‧卷十六‧連語》，臺北：廣文書局，頁 407。
❺　詳見呂政之〈王念孫的「連語」新探〉，《語言文字學》1991 年第 6 期，頁 49。
❻　詳見趙克勤《古代漢語詞匯學》，北京：商務印書館，1994 年，頁 48。

同的意義」；❼名詞的認定雖小有差異，但對這類特殊現象的兩個字當具備脈絡意義相同的特質，則是相同的，然以上兩者解釋皆未提及字與字之間是否具有聲韻的關係。

爾後王國維所謂的「聯緜字」，指的是「合二字而成一語，其實猶一字也。」❽這樣的說明似乎只著重在文字組合的外貌，而沒有說明文字之間的結合因素，因此，在定義的範圍上，顯然要比王念孫「連語」的說明來得寬泛許多，而從王國維所撰《聯緜字譜》內容來看，所舉聯緜字實際上包含了「同義複音詞、反義複音詞和近義複音詞」等內容。❾其後，符定一編《聯緜字典》和朱起鳳編《辭通》，對聯緜字的理解，仍與王國維大體一致。❿

若歸納分析這一個特殊的課題，姚淦銘〈論清以來聯綿字觀念嬗變〉一文，歸結出幾點特點：一是從現代語言學的角度，來分析古漢語雙音詞內部結構，可以得出單純雙音詞和複合詞兩種；二是從傳統的觀點看，聯緜字「不可分訓」和「不容分別釋之」的觀念最為牢固；三是對於一般專收聯緜字的字典，頗感其混亂、糾雜。因此的確需要有一種較為清晰的聯緜字概念可以來糾偏，若從一、二兩項特點加以審察，則古漢語雙音詞兩大類中只有單純雙音詞可謂吻合；⓫也顯示出「歷代聯緜字、連語的研究基本上是一直圍繞雙音節單純詞這一中

---

❼　詳見姚淦銘〈論清以來聯綿字觀念嬗變〉，《語言文字學》1991 年第 3 期，頁 70。

❽　詳見王國維《王國維全集・書信・致沈兼士信》，1922 年 12 月 8 日；此暫轉引自姚淦銘〈論清以來聯綿字觀念嬗變〉，《語言文字學》1991 年第 3 期，頁 71。

❾　對王國維《聯緜字譜》的分類與舉例內容，同注❻。

❿　同注❻。

⓫　同注❼，頁 73。

心問題展開的」。⓬又姚氏總結當代分析聯緜字觀念，指出其間幾點批判繼承的關係：一是聯緜字是單純雙音詞，二是聯緜字大抵有雙聲疊韻的關係，三是聯緜字不分別釋義，且應因聲求義，四是當代學者對聯緜字與複合詞之間又提出一種新語。⓭

這些特點正指出歷代學者對聯緜字研究的幾項重要議題，及研究上所涵括的範圍，但是，綜觀以上對於聯緜字特色的描述，顯然未能凸顯「兩個字形」表述單一意義的特性，因此，趙克勤《古代漢語詞匯學》根據現代學者的有關論述，明確地指出：⓮

> 連綿字是由只代表音節的兩個漢字組成的表示一個整體意義的雙音詞；這裏有三個要點：第一、必須由兩個漢字組成，第二、必須是單語素，第三、兩個漢字都只起表音作用，沒有意義。

趙氏從語言學的觀點對「連綿字」下了一個科學的定義，但在分類上又不將「重言詞」包括在內，因此，若能在定義當中將「兩個漢字」，明確指出應為兩個「不同」的漢字，那麼，在範圍的限制上應該會更嚴格；而這樣的定義方式，是以舊有的詞語而加以解析的結果，似乎較為忽略現代語言學強調「字」與「詞」的區分，周祖謨〈論段氏說文解字注〉一文以「聯綿詞」做為表述的方式，杜其容〈部分疊韻連綿詞的形成與帶 l-複聲母之關係〉，使用「連綿詞」一語，而不用聯

⓬　同注❶，頁 36。

⓭　同注❼，頁 74。

⓮　同注❻。

緜字，應該是比較合乎語言學定義的方式，因為「用現代語言學的觀點來看，字是書寫符號，是組成詞的要素，而詞則是最小的能夠獨立活動的有意義成分，兩者之間不能畫等號」，❶在所指涉的涵義範圍裏，當一個漢字都是形音義的結合體時，這時候字的作用等於詞的作用，但是，若是兩個漢字才能表達一定的意義時，這時候的個別字體就不具備詞的意義，而只是書寫的符號而已，周氏亦加以解釋，認為「聯緜詞的寫法有時雖然不相同，但是從聲音和意義兩方面來看，往往可以確定就是一個詞」；❶因此，當我們定義的內容是只代表音節的兩個不同的漢字，組成表示一個整體意義的雙音詞時，實際的意涵是指「詞」而言，而非「字」了，故而杜其容於解析之餘亦認為「聯緜詞是由兩個字疊起來成為一個詞，因此稱聯緜詞比較合理」；❶本文以張有所提「聯緜字」為基礎，主要強調張氏提出「聯緜」一詞之外，又能兼舉例字以為說明的用心，因強調其「詞」的性質，故而指稱為「聯緜詞」，其定義則為：由只代表音節的兩個不同漢字所組成，表示一個整體意義的雙音詞。

值得注意的是，張有《復古編・聯緜字》中所收集的 58 個詞語中，劉福根指出以現在「雙音節單純詞」的標準衡量，其中有 45 個是聯緜字，占 78%，這個比例與以後眾多聯緜字詞典或聯緜字專編相比，

---

❶ 同注❻，頁 15。

❶ 詳見周祖謨〈論段氏說文解字注〉，收錄在《問學集》，臺北：河洛出版社，1979年，頁 861。

❶ 詳見杜其容《《毛詩》聯綿詞譜》，臺北：國立臺灣大學中國文學系碩士論文，1956年，頁 130。

是非常高的，⑱而這部書的性質，則是「根據《說文解字》以辨俗體之訛」，⑲可見《說文》一書是張氏很重要的比對基礎，《說文》當中也多少透露些許訊息，所以誠如前文所提，方以智有「《新書》有連語，依許氏加言焉」的看法；其後段玉裁爲《說文》做注解時，在體例的歸納上，也注意到了「連綿字」的問題，⑳只是段氏在這個問題上，有以改動許愼原文以求體例統一的傾向，這一點不免爲《說文》聯緜詞的研究，增添幾分懷疑的色彩，而聯緜詞既具有雙聲疊韻的特質，正是研究上古音語音面貌的重要途徑之一，因此，本文欲透過段注與大小徐本《說文》的比對，進一步釐析《說文》所列「聯緜詞」的音韻現象，以期對《說文》聯緜詞的音韻現象有更清晰的認識與了解，俾使有助於深化對漢語上古音面貌的研究。

二、《說文》聯緜詞聲母與韻部系統的分析

對於注重單字注解的《說文》而言，要找出由只代表音節的兩個不同漢字所組成，表示一個整體意義雙音詞的「聯緜詞」，理應注重其二字在單字字義的訓釋上，具備不可分離性的特質，如「瑾，瑾瑜也」、「瑜，瑾瑜也」，經由段玉裁的體例整理，再與大小徐本《說

---

⑱　同注❶，頁 36。
⑲　詳見紀曉嵐等《四庫全書總目提要》，四庫全書本經部二一九（總 225），臺北：商務印書館，頁 679。
⑳　詳見吳儀鳳〈段玉裁《說文解字注》連綿字訓釋條例研究〉，《第五屆清代學術研討會論文集》，1997 年 11 月，頁 471-509。又本文研究的靈感實來自此篇論文，謹此誌謝。

文》的比對結果，約可歸納出以下 85 組聯綿詞，以做爲討論的基礎：

> 瑾瑜、玲瓏、玞璨、玫瑰、琅玕、珊瑚、蓬莪、蘆萉、菅蒢、
> 萹茿、諸蔗、薢茩、茵閭、葕芺、茉茮、趀趨、趀趄、趨趣、
> 謰謱、鷺鷥、鸊鷉、鶪鵒、鴟鴞、鴛鴦、鸊鷈、鸕鷀、䴔鶄、
> 䴔鶄、鸚鶿、鴰鴰、鵕鸃、鷋鴷、髑髏、刉刉、箘簬、蓬蒢、
> 葭葟、憶饐、榙楑、榠樝、邯鄲、秾稈、里麗、偓佺、祇裯、
> 黔黸、屖屖、駃騠、驒騱、駒驕、狻麑、尲尬、霦霖、擊攗、
> 嬰婗、蜒蜓、蛞蝓、蟺蠶、螻蛄、蟗蠰、蝸蟥、蝸蠃、蛺蜨、
> 蟞蝥、蚼蝪、蜻蛚、蟲螽、繫繛、蚰蜿、蝦蟆、蜗蝸、蝙蝠、
> 蟫蛝、鼉黽、鼈鼄、匏匏、鑑鍴、鈴鐏、鏌釾、鉙鍛、銀鐺、
> 銀鐚、鐺鐋、陮隗、醬䤖。

因段玉裁有改動大小徐本《說文》的內容，以求統一的傾向，所以經
由三者的比對之後，在取捨的標準上，以大小徐本《說文》當中許愼
的說法做爲判斷的準則；又如其中蹢躅、芊薖等詞，《說文》對於蹢
與芊二字有個別的字義說解，於此之外，亦取當時通人如杜林、賈侍
中的說法，在聯綿詞的認定條件上，亦以許愼的意見爲原則，故不列
入討論範圍；其他如「擊攗」、「鈴鐏」、「玫瑰」、「䴔鶄」、「螻
蛄」、「繫繛」、「趨趣」、「黔黸」等詞，許愼除了各舉其不可分
割的二字以做爲解釋之外，又有「一曰」的說法，亦以許愼先解釋主
要意義爲原則而取用以爲討論的範圍。

　　值得注意的是，這些詞所從的形符大多相同，佔 85 例的比例高
達 95%強，且在音義的表述上頗具一致性，很有可能許愼在整理這些

詞的時候，是有意識地在凸顯某些語言的現象；本文在音韻現象的研
究上，以時間較早的大徐本反切爲主，期對聯緜詞二字之間的聲韻關
係，有較爲客觀確切的憑藉，以下分聲母、韻部兩部分加以分析。**㉑**

2.1　聲母

　　在 85 組聯緜詞當中，共有藷蔗、薜茝、稀芺、茱萸、趙超、鷫
鵝、鴛鴦、剞劂、袛裯、駒驗、霡霂、蛞蝓、蠆蠱、蚰蜿、蝙蝠、蟪
蛛、蠽蟲、鼮鼥、錯鍗等 19 組發音部位和發音方法都相同，亦即聲母
相同。除此之外，也有發音部位相同只是發音方法清濁不同的情形，
如趑趄、鼥鶴、楮檖、菫蘘、蟚蜅、鋌鍛、菅蒯、憶饐、嬰婗等 9 組，
即是如此。茲將發音部位與上古聲母的分佈情形列表如下：

一、舌根音	二、舌尖中音	三、舌尖前音	四、雙脣音
影母：鴛鴦	端母：藷蔗、袛裯、蟪蛛、鼮鼥	清母：趙超	幫母：蝙蝠
匣母：薜茝	定母：稀芺、茱萸、駒驗、錯鍗	從母：蠆蠱	並母：蠽蟲
影匣：鋌鍛	透定：楮檖	心母：鷫鵝、蚰蜿	明母：霡霂
見母：剞劂	端泥：菫蘘		幫明：蟚蜅
溪母：蛞蝓			並幫：鼥鶴
溪見：趑趄			
溪匣：菅蒯			
影疑：憶饐、嬰婗			

㉑　所討論聯緜詞反切的上古聲母與韻部，請詳見附錄〈《說文》聯緜詞上古聲母、
　　韻部一覽表〉；而上古聲母以黃季剛先生古音 19 紐爲主，以後來學者如曾運乾、
　　錢玄同、陳新雄等人的修正爲輔；上古韻部以陳師新雄古韻 32 部爲主，亦附記於
　　此。

若由以上的歸納整理中，寬泛地以發音部位相同、發音方法清濁略顯差異爲雙聲的關係，總計 28 組，佔 85 組聯緜詞總數的 33%，約三分之一，就一般所謂聯緜詞「雙聲」的特質來說，證據略顯薄弱一些。

其他未能符合「雙聲」性質的 57 組聯緜詞，聲母關係又是如何？先將發音部位的聯繫關係列表觀察如下：

(一)舌根音

1.影母	2.匣母
(1)與定母(ʔ:d')：蝘蜓	(1)與舌尖音端母(ɤ:t)：邯鄲
(2)與來母(ʔ:l)：蠪蟉、鋃鐺	(2)與定母(ɤ:d)：菡萏、鴤鷍、篷篷、鈐鏘
(3)與清母(ʔ:ts')：偓佺	(3)與來母(ɤ:l)：趑趄、箘簬、蟲蟉
(4)與明母(ʔ:m)：鸚鵡	(4)與明母(ɤ:m)：蝦蟆

3.見母	5.疑母
(1)與端母(k:t)：鶻鵃、駃騠	與從母(ŋ:dz')：鷺鴛
(2)與定母(k:d')：瑾瑜、蛺蜨	
(3)與來母(k:l)：玲璧、蜾蠃、繫絏	
(4)與精母(k:ts)：皎嘯	

(二)舌尖中音

1.端母	2.定母	3.來母
(1)與匣母(t:ɤ)：鯸鮎	(1)與匣母(d':ɤ)：驒騱、蟲蟥	(1)與見母(l:k)：琅玕、螻蛄
(2)與疑母(t:ŋ)：陮隗		
(3)與來母(t:l)：玓瓅、	(2)與來母(d':l)：髑髏	(2)與端母(l:t)：諫譽、

罦麗、眹驎 (4)與精母(t:ts)：鹹䰹		鋃鐺 (3)與從母(l:dz')：鱸鷀 (4)與心母(l:s)：櫪樕 (5)與並母(l:b')：蘆菔

三舌尖前音

1.精母	2.從母	3.心母
(1)與疑母(ts:ŋ)：厜羛 (2)與來母(ts:l)：蜻蛚 (3)與幫母(ts:p)：鮆錍 (4)與明母(ts:m)：鱃䱂、 　蠿蟊	與幫母(dz:p)：葏莆	(1)與匣母(s:ɣ)：珊瑚 (2)與疑母(s:ŋ)：㕙䘏、 　狻麑 (3)與幫母(s:p)：筵箄

（四）雙脣音

1.幫母	2.滂母	3.並母	4.明母
與端母(p:t)： 萹筑	與從母(p':dz')： 瓣瓥	(1)與影母(b':ʔ)： 　擊撵 (2)與匣母(b':ɣ)： 　榜䙡	(1)與見母(m:k)：玫 　瑰 (2)與定母(m:d')：鏌 　鉚、瞀䀩 (3)與來母(m:l)：蜵蜱

又聲母之間的組合關係亦統計列表如下：（「一」表聯縣詞第一字所屬聲母，「二」表第二字）

一＼二	影	匣	見	疑	端	定	來	精	從	心	幫	滂	並	明	小計
影														1	1
匣				1	2					1		1			5
見						2								1	3
疑					1			1	2						4
端		1	2			2					1				6
定	1	4	2										2		9
來	2	3	3		3	1		1						1	14
精			1	1											2
清	1														1
從			1			1							1		3
心						1									1
幫								1	1	1					3
並						1									1
明	1	1							2						4
小計	5	9	8	1	6	3	7	5	1	4	1	1	2	4	57

從所列表中，可以大概看出聲母當中以來、匣二母與其他聲母接觸地最頻繁，共有 32 例，約佔未能符合「雙聲」條件的 57 組聯緜詞的 56%，可說已超過一半，就全部 85 組的比例來說也有大概 38%，比例是非常高的，若包含只有發音方法清濁不同，不與來、匣二母接觸的影母 6 例的話，比例更高，約佔 45%，已接近一半；來母發音上屬舌尖邊音，主要是發音時舌頭中間的通道阻塞，使得氣流由舌頭的兩邊慢慢

地摩擦而發出的音，匣母則是舌根濁擦音，主要是由舌根與軟顎接觸，以節制外出的氣流而形成的發音方式，一為次濁音、一為全濁音，強調發音過程中聲帶都有緊縮的作用；值得注意的是，舌尖音端、定、來和舌根音影、匣、見、疑兩大發音部位的交替現象，總共 24 例，約佔未能符合「雙聲」條件的 57 組聯緜詞的 42%，約佔 85 組聯緜詞的 28%，比例已不算低，這是否意味著上古的聲母在從成阻到除阻的過程當中，舌尖與舌根塞音之間的溝通性較強？又以兩個不同漢字表達單一意義時，是否在發音上可能發兩種輔音而代表一個完整音節的聲母，意即所謂的「複輔音」？其他如精系字多跟次濁鼻音或邊音聲母如疑、來、明母結合，幫系字亦以次濁音鼻音明母與舌根音影系與舌尖音端系的接觸較多。

　　由以上的歸納分析當中，可以看出若嚴格地審視《說文》聯緜詞聲母部分所呈顯的現象，除了有些「雙聲」的性質之外，其實應該說大多數聲母與舌根音匣母、影母，還有舌尖邊音來母之間的關係，似乎是非常密切的。

2.2　韻部

　　85 組聯緜詞在韻部部分同韻的有玓瓅、菅蒻、葴藍、茱萸、鴛鴦、鷦鷯、蓬蔖、榙樏、榜程、厬廆、爐爐、菫蘬、蝸蠃、蛺蜨、蟉螑、蜦蛦、錍鐹、鈚鍛、鋃鐺、陁隗、醫醾共 21 組，約佔全部的 25%，僅四分之一，若依此審視有兩個字韻部相同的「疊韻」性質，亦感例證稍嫌不足。

　　其他 64 組聯緜詞韻部部分的聯繫情況又是如何？也列表觀察如下：（「一」表聯緜詞第一字所屬韻部，「二」表第二字）

一／二	歌	月	元	脂	質	眞	沒	諄	支	錫	耕	魚	鐸	陽	侯	屋	東	宵	幽	覺	侵	帖	盍	談	小計
歌				1															1						2
月				1							1														2
元														1	1									1	3
脂														1											1
質			1																						1
眞								1																	1
微							1	2																	3
沒	1		1																						2
支	1	1	1	2						3									1						9
耕			1															1							2
魚			1	1										1	1	1	1				1				7
鐸			1					1				3													5
陽			1					1											1						3
侯			2							1	1	1						1							6
屋			1							1				2											4
東		1																							1
幽		1		3				1																	5
之												1	1												2
職							1					1									1				3
緝																							1		1
侵							1																		1
小計	2	3	8	8	2	2	3	5	1	5	2	5	1	2	3	2	1	1	1	1	3	1	1	1	64

從以上表列當中，韻部之間的聯繫其實要算是稀疏的，重覆最多的次數不過只有 3 次，如錫支、魚鐸韻，但是，在只有 64 組少數聯綿詞的前提之下，這樣的頻率還是有其意義可循的，綜觀表中所呈顯的次數

來看，幾個重覆出現韻部聯繫的詞，多爲韻部主要元音相同，只是韻尾不同的差別而已，如魚鐸 3 次、錫支 3 次、諄微 2 次、侯屋 2 次，伴隨著這樣的角度，還可以找出幾組詞，如脂質、沒微、鐸魚、屋侯、侵職等各 1 次，這就是古韻學中所謂的「陰陽對轉」問題，總共 15 次，約占 64 組聯縣詞的 22%，這樣的比例和之前所分析兩字之間俱備同韻關係的 21 例一起來看，若以主要元音相同爲韻部相結合的可能因素，那麼這樣的比例就將近佔全部 85 組聯縣詞的 42% 了。

其次，脂韻有和支、幽二韻聯繫緊密的趨向，一爲 2 次、一爲 3 次，就個別現象來說，重覆次數應算不低，就陳師新雄古韻 32 部的擬音而言，脂、支二韻同屬舌面低元音，只是舌位前與中的差別，二韻同爲開口性質較強的元音；但脂、幽二韻的發音部位，一爲舌面前低元音，一爲舌面後高元音，雖在發音上差異頗大，但值得注意的是，聯縣詞第一個字的主要元音，實以開口性質的韻部，與第二個字韻部之間的聯繫，較爲強烈，如歌月元、脂質真，尤其是元韻和脂韻，聯繫的強度隨著開口度的縮小而減少，這種現象可以解釋的一種方式是，聲母配合開口度強的韻部，比如蟪字舌根音 k-加上主要元音-a，通常較能凸顯出聲母發音上的特色，其他開口度較小的韻部且多爲收雙唇的韻尾，又與第二個字的聲母有發音部位上接近的情形，如鬒鴜（təm tsɐ）、妗鐕（ɤəm d'a），若是如此，則聯縣詞的第一個字也許有可能是爲強調聲母性質而比附的作用。

又在聲調方面，若從中古已然聲調分明的立場加以觀察，則《說文》聯縣詞所呈現字與字之間的聲調關係，概可表析如下：（「一」表聯縣詞的第一字聲調，「二」表第二字）

一 二	平	上	去	入	小計
平	35	0	3	10	48
上	3	8	0	1	12
去	1	2	2	0	5
入	10	2	0	8	20
小計	49	12	5	19	85

從上表的統計當中，可以明顯地看出聯綿詞二字之間聲調相同的次數共 53 次（35+8+2+8 ），約佔全部 85 例的 61%，已超過一半有餘，其次又以平聲與入聲的關係最爲密切，共 20 例，約佔 24%，近四分之一，其他去聲出現的比例應算最低，去聲出現的次數不過 8 次而已。

從聲母與韻部系統聯繫的歸納與分析來看，《説文》聯綿詞既雙聲又疊韻者只有茱萸 1 組，爲同音關係，其餘或雙聲或疊韻的情形，僅佔近三分之一或四分之一的比例，這樣的比例只能説呈顯出聯綿詞有雙聲疊韻的特殊現象，還不能到達主要性質的必然條件，但是韻部若再加上陰陽對轉的部分，亦即主要元音相同，則疊韻的比例已快接近一半，在構成特質的強度上，顯然疊韻性質應該比雙聲的條件來得更具説服力，而在聲調上，若從後代已然分明的立場加以解析，可以看出聯綿詞以同聲調的組合爲主流，其次，平入的聲調關係，亦顯密切；除此之外，經由其他未能俱備雙聲疊韻的眾多聯綿詞之中，還可抽繹出如複輔音的問題，二者之間的組合關係又是如何，應是可以再深入探討的課題。

三、《說文》聯緜詞重要複輔音現象探析

對於漢代語音當中是否還具有複輔音的問題，柯蔚南《說文讀若研究》、包擬古《釋名研究》、和竺家寧〈《說文》音訓中所反映的帶l複聲母〉等論文，都曾進行深入的探討。柯氏認為漢代應還有帶s-與帶-l-（或-r-）兩類複輔音，而包氏則認為漢代普遍的還存在帶 l 的聲母，此外，SN→S，t'N→t'兩類型的複輔音也能在《釋名》的音訓當中找到線索，㉒吳世畯更以《《說文》聲訓中所見的複聲母》為博士論文的專題，總結討論了 90 種的複輔音型式，㉓另外，竺氏也從來母字與脣音、舌尖音和舌根音等幾大類詳細分析《說文》當中所含的複輔音，並總結出 TL-、TSL-、SL-、KL-、ŋL-總共五大類型的複輔音，㉔但是在複輔音內容的確切表述上，都還未能十分肯定，高本漢即明確提出「最大的困難是如何決定到底複輔音並見于聲符及形聲字中呢，還是只見于其中之一呢？」的問題，㉕包擬古曾嘗試從漢藏語同源的角度，解析這個難題，經由對應比較的結果，得出*s-和帶-r-的複輔音形式，㉖本文欲從漢語本身的語料著手，從《說文》聯緜詞的複輔音現象當中，從內部的證據嘗試解析上古可能存在的複輔音形式。

㉒　相關陳述詳見竺家寧〈《說文》音訓所反映的帶l複聲母〉，收錄在《音韻探索》一書，臺北：學生書局，1995 年，頁 92-94。

㉓　詳見吳世畯《《說文》聲訓中所見的複聲母》，臺北：私立東吳大學中國文學研究所博士論文，1995 年。

㉔　同注㉒，頁 96-112。

㉕　詳見高本漢《中國聲韻學大綱》，臺北：國立編譯館，1990 年，頁 102。

㉖　詳見包擬古《原始漢語與漢藏語》中相關篇章，北京：中華書局，1995 年。

85 組聯緜詞各自呈現的聲母、韻部關係，在雙聲疊韻的關係上，實以疊韻關係比雙聲的性質來得強烈，又此由只代表音節的兩個不同的漢字所組成，表示一個整體意義的雙音詞，在聲母部分又出現某一類聲母與其他聲母頻繁組合的現象，因此，這一小節舉其出現頻率較高亦具特殊性的複輔音類型爲討論對象，以求進一步探析聯緜詞的聲母所具複輔音性質的可能性；以下分與來母、匣母、心母等幾類分別加以探討。

3.1 與來母（l-）接觸的複輔音

上古與來母接觸的複輔音是個什麼樣的面貌？包擬古曾經提出相關假設，包氏認爲：[27]

> 中古音的 l 來自上古音早期階段的好幾種複輔音聲母（爲此我用特設的標記法 g-r，b-r，和 d-r 表示）。後來，可能是東漢時期，這些複輔音已簡化爲 r-，r-以後又變爲中古音的 l-。我認爲同樣有理由假定上古的介音 r 首先變成 l，然後在中古階段之前即失去，如上古 kram 類型的複輔音，在晚期上古音是 klam，在中古音是 kam。

觀包氏之意，對於中古來母消長情形的解釋，實際上包含兩種演變模式，可用表解說明如下：

---

[27] 詳見包擬古〈上古漢語中具有 l 和 r 介音的證據及相關諸問題〉，收錄在《原始漢語和漢藏語》一書，北京：中華書局，1995 年，頁 245。

```
        g-r    ╲
        b-r    →    r-    →    l-
        d-r    ╱
     (上古音)    (東漢)    (中古音)
```

或

```
        g-r    →    gl-    →    g-
        b-r    →    bl-    →    b-
        d-r    →    dl-    →    d-
     (上古音)  (中古階    (中古音)
              段之前)
```

顯然前者的模式演變是中古來母來源的一種方式，而後者則是中古來
母消失的解釋，這樣的論點，基本上是將來母當做介音加以處理的；
而《說文》聯緜詞當中與來母接觸的字，這一類型的聯緜詞主要有 al-
型與 la-型兩種，其中前者第一個字帶有 l 的聯緜詞，後來中古音丟落
前面的輔音而形成單純的來母字，而後者以 l-音爲首的類型，後來中
古音則丟落 l 音，茲分別討論之：

1. al-型

　　這類 al-型的聯緜詞主要爲：⑴與影母(ʔl-)：蟸蟉、錕鐊；⑵與匣
母(ɣl-)：趑趄、篳簬、蟸蟉；⑶與見母(kl-)：玲瓏、蟧蠃、繫絼；⑷
與端母(tl-)：玓瓅、罜麗、黸黴；⑸與定母(d'l-)：髑髏等 5 種；⑹與
來母(ml-)：蚓蜹⑺與來母(tsl-)：蜻蛚。

　　「蜻蛚」一詞，也出現於《方言》，包擬古「猜想這是一個通語

詞，而不是一個被具體指明地點的方言詞，因為它不是一個正常的漢語詞，因而可能原來是台語」，意思為蟋蟀，讀作 tsjeŋ rjet，❷《說文》當中並未明列蜻蚸為何義，且另有蟁字，即蟋蟀之意，章太炎先生曾指出此蟁字有可能一字兩讀，❷實則對應原始泰語讀為*čiŋriət 來看，言「蟁」字讀為複輔音，似亦無不可。

這類 al-型的複輔音已為大多數的學者所接受，就所舉例當中，如蟉、簬、櫟等字，都有相對應的諧聲字可供為例證，其中值得注意的是，蟉字《廣韻》力幽切，又翹糾切，一為來母，一為上古匣母，匣母與影母同為舌根音，發音部位相同，實則「蚴蟉」一詞，應可反映出「蟉」字上古聲母的讀法正為ʔl-或ɣl-，竺家寧正將同諧聲偏旁的「膠」字上古讀音擬為 gl-；❸與「簬」字同諧聲偏旁的各字，上古古讀亦為舌根音；「櫟」字諧聲字「岑」字，《廣韻》綺戟切，上古屬溪母，即為舌根音；「櫟」字諧聲偏旁有「藥」字，《廣韻》以灼切，上古屬定母，發音部位同為舌尖音，只是發音方法清濁不同。

因此，從這類 al-型的聯緜詞當中，對複輔音音值的審訂，或有進一步確認的價值可循。

2. la-型

這類 la-型的聯緜詞主要為：(1)與見母(lk-)：琅玕、螻蛄；(2)與端母(lt-)：謰謱、銀鐺；(3)與從母(ldz'-)：鸕鶿；(4)與心母(ls-)：欐榹；(5)與並母(lb'-)：蘆菔等 5 種。

---

❷　同注❷，頁 255。

❷　詳見章太炎《國故論衡‧一字重音說》，臺北：廣文書局，1910 年，頁 23-24。

❸　同注❷，頁 50。

　　聯緜詞第一個字的性質若有強調聲母的作用，首先這裏值得注意的是「螻蛄」、「謰謱」，再配合另一組聯緜詞「髑髏」來看，從婁得聲的螻、謱與髏三字，螻、髏二字所從聲母由聯緜詞所處的字的位置，雖然都是來母字，但是，髏字與髑所組成的聯緜詞卻可能讀成 d'l-這樣的音，而謱字與謰字合成一個單純詞，徐鉉所注的反切是陟侯切，上古屬端母，徐鍇的反切已改爲勒兜反，上古屬來母，就「髑髏」這組聯緜詞的音節現象來看，婁字或正同時兼有 d'-與 l-的讀音，如此方可解釋何以徐鉉有「陟侯切」的注法，但因大部分從婁得聲的字都簡化爲來母 l-了，所以後來徐鍇顯然顧及語音演變的事實而加以改易；於此益可見包氏所言，在許愼所處的東漢時代，來母字已有從複輔音簡化爲 l-的傾向，因而許愼要特別注明這種特殊的現象；又包擬古從漢藏語的角度，也提出「婁」、「數」可能是一個複輔音形式，只是在擬構上「婁」字爲 gl-，而「數」字爲 sl-，**㉛**但古有「邾婁」一國名，章太炎先生認爲有「一字重音」的可能，**㉜**而此一詞即包含了聲母 d-與 l-；若從許愼有意保留語音形式的用意來推測，則「婁」字擬爲帶舌尖音的形式，或更能反映東漢時的語音現象。

　　但是，如果謱(lt-)、髏(d'l-)二音的形式都成立的話，那麼，上古從婁得聲的聲母又該如何擬法呢？是否就是三合複輔音？這樣的一個形式，尚未有學者討論過，所以，也只能提出而存疑；另外，陸志韋曾提到與婁諧聲的樓字，而舉譯音「樓蘭」一詞，認爲很可以是方言

㉛　詳見包擬古〈漢藏語中帶 s-的複輔音聲母在漢語中的某些反映形式〉，收錄在《原始漢語和漢藏語》一書，北京：中華書局，1995 年，頁 37。

㉜　同注㉙，頁 24。

的混雜，在對高本漢提出批評的同時，也提到漢朝來母的可能存在現象，陸氏云：❸

> ……例如「樓蘭」就是很奇怪的現象，「婁聲」之下 l 聲首逢
> k、g，「柬聲」之下 k 聲首逢 l。憑高氏的擬音，「樓蘭」的
> 上古音應當是「glĭuglɑn」，怎麼可以譯 kroraiṃna 呢？漢朝難
> 道沒有簡單的 l 而必得用 gl 麼？高氏 kl＞k，gl＞g 的公式怎麼
> 能成立呢？可見在譯人的方言裏，「樓」是代表音 KL＞kl，「蘭」
> 是代表音 KL＞l，那就像是兩種方言的混合音，要不然，kroraiṃna
> 的音擬錯了。

從對譯的角度來看，樓字聲母又似應爲 kl-，而非《說文》裏聯緜詞所反映的 dl-，是否又隱含了方言的混雜，則又令人迷惑了。

其次，就中古音來母消失的可能演變方式，除包氏所說第二種介音-r-→-l-→ø之外，有沒有可能出現前綴音 l-或 r-，而在上古音的末期消失呢？竺家寧曾提出「列(rjat)」、別(p-rjat)」等字，認爲「這些字的原始音讀都帶有詞頭，到了漢代，詞頭功能往往喪失了，演變成爲複聲母的型式」，❸就讟、體、蟍三字而言，的確體現了這種詞頭與複輔音並存的可能性過程。

又對於這一類 la-型的情況，杜其容曾舉「來牟」與「儴倈」二詞，前者見於《詩‧臣工》：「於皇來牟」，杜氏認爲「來牟二字既不能

分用，又與麥爲轉語，其原始讀音當爲 mləg，複聲母單一化成爲 ləg məg 二音，約定來字讀 ləg，而借牟字之音 mjəg 代表其另一音之 məg，而其轉語之麥則爲 mrək」，㉟杜氏雖然指出來母上古讀音與明母密切的關係，且做了擬音上的推測，但是何以來母加上明母的次序，亦即 la-型，在說解上要加以顛倒，且僅以「約定」一詞，即進窺上古來母的可能古讀方式，還是略嫌牽強些；後者則見於《玉篇》，《說文》雖無此二字，但《荀子・議兵》篇中曾出現「鹿埵隴種籠東」一句，杜氏亦以爲「儱陲、隴種、籠東亦當由 tluŋ 一語音轉變爲二（luŋŋ tuŋ），不得謂原始即讀 tluŋŋ tuŋ」，㊱此問題性質亦與「來牟」一詞相似，但在說解上則以「音轉」爲聯繫的方式，且從擬音當中，杜氏既有以聯縣詞當係以二字表述一字複輔音的可能音讀，何以在複輔音的次序上，未能認同聯縣詞的音讀次序，實爲令人疑惑之處。

3.2　與匣母接觸的複輔音

匣母屬喉塞音，竺家寧曾論及喉塞音複輔音的性質，而認爲：㊲

　　這類複聲母往往出現在首位，所以可以把它看爲一個詞頭，這個詞頭在更早的時代，或許有辨義作用，可是在諧聲時代，它

㉟　詳見杜其容〈部份疊韻連綿詞的形成與帶 l-複聲母之關係〉，《聯合書院學報》第 7 期，1968～1969 年，頁 110。

㊱　同注㉟。

㊲　詳見竺家寧〈上古漢語帶喉塞音的複聲母〉，收錄在《音韻探索》一書，臺北：學生書局，1995 年，頁 19。

的作用逐漸消失，只在語音上留下痕迹，成爲複聲母的一個成分。

就竺氏所舉例子，實多爲以ʔ-爲聲首的字，以佐證其「詞頭」的作用；而在《說文》裏，這類與匣母接觸的聲母，除了「詞頭」的位置之後，實際上還出現別種類型。茲從兩方面加以論述：

1. aɣ-型

這類型的聯緜詞包含：(1)與端母(tɣ-)：尵尵；(2)與定母(d'ɣ-)：驒騱、蜦蜧；(3)與心母(sɣ-)：珊瑚；(4)與並母(b'ɣ-)：榜程。

「尵」字從崔得聲，屬匣母，若從《說文》內許慎自己的字音說解著眼，崔字從罔得聲，而崔與矞、夐等偏旁，《說文》或體有互見的跡象，如瓊或从矞、或从璚，夐字徐鉉本《說文》音「朽正切」，朽字古音屬曉母，與匣母爲發音方法清濁的差異；而矞字，徐鍇本《說文》云「從矛罔聲」，則有與崔字諧聲的可能，徐鍇注「矞」音爲「與必反」，徐鉉注爲「余律切」，古音皆屬定母，那麼，從《說文》或體互見的夐、崔、矞等字看來，尵字讀複輔音 tɣ-，當亦有跡可循；其他例子還未能有進一步的證據加以佐證。

2. ɣa-型

這類型的聯緜詞包含：(1)與舌尖音端母(ɣt-)：邯鄲；(2)與定母(ɣd'-)：菡萏、鴻鷫、籧篨、鈴鐺；(3)與來母(ɣl-)：趑趄、箘簬、蟼蠪；(4)與明母(ɣm-)：蝦蟆，其中來母字已論述於前，又此類ɣa-型的聯緜詞有多與舌尖音接觸的傾向。

其中鐺字從隋得聲，上古屬定母，又隋字《說文》言從隓省聲，隓字《廣韻》許規切，屬曉母，與匣母同發音部位，由此推論隋字亦

也可能兼具ɤ-、d'-二音，而由聯緜詞所反映出來的複輔音形式可能是ɤd'-。

又如「菡萏」一詞，萏字從閻得聲，閻字上古屬定母，閻字《說文》從臽得聲，臽字《廣韻》苦感切，聲母屬溪母，又戶籍切，即屬匣母，如從聯緜詞的聲母結構來推論，上古臽字聲母讀音可能即為ɤd-。

對於「蝦蟆」一詞，雖未有直接的證據，但如高本漢曾歸納整理同屬舌根音的影母與明母的諧聲關係，如黑墨、海每、耗毛、徽微、忽勿、膴無等字，[38]又《說文》聯緜詞當中亦有「鸚鵡」一詞，亦當屬於此類，則此類字上古讀音應屬舌根塞音或擦音再加上雙脣鼻音的複輔音。

3.3　與心母接觸的複輔音

這類與心母接觸的複輔音，李方桂從上古漢語諧聲系列的證據，擬構了*sk-、*skh-、和*sg-形式的複輔音，包擬古也曾經從漢藏語的角度，深入探析，擬構了*st-和*sp-，同時還假設 s-加鼻音與*sr-、*sl 型的複輔音形式，[39]《說文》中與心母接觸的聯緜詞包含：⑴與匣母(sɤ-)：珊瑚；⑵與疑母(sŋ-)：駿驥、猭獌；⑶與幫母(sp-)：箯箄；⑷與來母(ls-)：櫪㮕。

在心母與舌根鼻音疑母接觸的類型當中，還可加上「屋羲」、「嬰婗」二詞一起觀察，「駿驥」和「屋羲」二詞，第二字同從義得聲，「猭獌」和「嬰婗」二詞，第二字同從兒得聲；首先在第一字同從「夋」

---

❸　同注㉕，頁102-103。

❸　同注❸，頁25。

字諧聲的情形上，朘、狻為心母，但其他同諧聲偏旁的如「俊」字屬精母，而狻、浚、畯等字則屬清母，「夋」字曾出現在古文字的材料當中，如《楚帛書》：「帝夋乃為日月之行」，「帝夋」即帝俊之意；❹其次，「厜羲」一詞，「厜」字屬精母，若由同從義得聲的「犧」和「羲」二字同時表述複輔音的假設來看，則所從「義」得聲的音，顯然有可能有弱化消失的趨向，竺家寧即提出「和上古*s-接觸的都不外上古*ts-、*ts'、*dz'、*s-的字，舌尖塞擦音和舌尖擦音相諧音，是很自然的事，❹其複輔音到單聲母從上古到中古演化的可能表式為：tsŋ→sŋ→ŋ。

「嫛婗」一詞，徐鉉本《說文》加注反切的結果，「嫛」字屬匣母，「婗」字屬疑母，屬同發音部位為舌根音，但「嫛」字，若也從《說文》內許慎自己的字音說解著眼，「嫛」字《說文》從殹得聲，殹字從医聲，医字則從匸從矢，矢亦聲；矢字徐鉉本《說文》音「式視切」，上古即屬心母；則與若有複輔音可能的「狻麑」一詞，亦為心母、疑母的組合，有了相當強的聯繫，「婗」、「麑」二字東漢古音複輔音的擬法，或正可以 sŋ-表述之；李方桂在論及*s-的相關問題時，也舉到與「婗」、「麑」同諧聲偏旁的「兒」字，從上古到中古的演變規律大約是*sng+j- > ńź-，❹即將上古「兒」聲擬為 sŋ-的複輔音，只是若從聯綿詞表述複輔音的性質再加以深究，是否之前還曾存

---

❹　詳見曾憲通《長沙楚帛書文字編》，北京：中華書局，1989 年，頁 38。

❹　詳見竺家寧〈上古音裏的心母字〉，收錄在《音韻探索》一書，臺北：學生書局，1995 年，頁 72。

❹　詳見李方桂〈上古音研究〉，《清華學報》新 9 卷第 1、2 期合刊，1971 年，頁 20。

在與塞音 t 的聯繫關係，實值得更多材料的佐證；而此「兒」字的語音演變，則可顯示出「零聲母」擴大的演變軌跡。

而「筵箄」一詞，亦可配合「鮆鉾」來觀察，箄、鉾二字皆從卑得聲，屬幫母，而與「箄」字爲聯縣關係的「筵」爲心母，與「鉾」字爲聯縣關係的「鮆」字爲精母，都帶有擦音 s-，從內部聯繫來假設，卑字很有可能是一個帶有 s-的複輔音。

四、結　論

周祖謨曾提出「研究詞義，聯綿詞跟一般單音詞是要分別處理的，聯綿詞是否由其中的單字的意義引申而來，更應當注意，不能隨意解釋」，[43]這爲我們從聲韻的角度，嘗試揭開聯縣詞神秘的面紗，開啓更廣闊的視野；本文爲「聯縣詞」做一綜述與釐清的同時，亦針對《說文》這類特殊詞類的音韻現象，進行歸納與分析，一般以爲絕大部分具備雙聲疊韻特質的聯縣詞，實際上在還算早期的聯縣詞資料當中，比例並沒有想像中的高，而在雙聲和疊韻條件的強度上，則以疊韻要比雙聲的比例來得高，且以同聲調的組合更具條件性；又從重要複輔音現象的探討當中，對於上古漢語所可能具備的形式，從與來母、匣母和心母接觸的情況來看，有些聯縣詞的例子如玓瓅、蟪蠑、蟊蟓、薗蘭等正具備了應證的條件，而有些如「婁」字上古音讀仍待進一步的驗證。

又杜其容〈部份疊韻連綿詞的形成與帶 1-複聲母之關係〉一文，

---

❹　同注⑯，頁 883。

曾於文末特別提到章太炎先生的〈一字重音說〉，認爲：❹

　　所謂一字重音，即謂一字原讀二音節，雖與本文所論不同，從
　　文字上講，都可以說是由單詞變爲複合詞。

杜氏所提，概從文字擔任語言書寫符號作用的角度，肯定了章氏也觀
察到《說文》當中若干特殊的語音現象，只是文字的外貌不同而已，
〈一字重音說〉所表述的是以一個文字的外形可能表達兩個音節的單
純詞，而聯緜詞則是以兩個不同的文字表述兩個音節的單純詞，除此
之外，《說文》中還存在單詞之間的音訓關係，於此，或益可見許愼
《說文》在整理文字的同時，除了單字形音義的訓解之外，也注意到
當時語音方面的特殊現象，於此應肯定其用心程度。

　　附帶一提的是，若是聯緜詞表述的是上古複輔音的形式，何以仍
有不少例子是屬於「雙聲」性質，甚至還有同音現象出現？這個問題
實際上涉及了聯緜詞的來源和音變的問題，即如二字同屬舌根音的「嫛
婗」一詞而言，前一字的上古聲母，有可能因爲語音演變而使得後來
二字在聲母上有趨向一致的現象，從《說文》內證的方法或可看出一
二。

---

❹　同注❸❻，頁 111。

參考引用資料

一、專書

方以智

《通雅》，臺北：臺灣商務印書館，四庫全書珍本。

王念孫

《讀書雜志》，臺北：廣文書局。

王國維遺著

1967　《王國維先生全集・聯緜字譜》，臺北：大通書局。

1985　《王國維全集・書信》，臺北：華世出版社。

包擬古著，潘悟雲、馮蒸譯

1995　《原始漢語和漢藏語》，北京：中華書局。

朱起鳳

1960　《辭通》，臺北：臺灣開明書店。

朱謀瑋

《駢雅》，臺北：臺灣商務印書館。

吳世畯

1995　《《說文》聲訓中所見的複聲母》，臺北：私立東吳大學中國文學研究所博士論文。

杜其容

1956　《《毛詩》聯綿詞譜》，臺北：國立臺灣大學中國文學研究所碩士論文。

竺家寧

1995　《音韻探索》，臺北：學生書局。

紀曉嵐等

　　　《四庫全書總目提要》，臺北：藝文印書館。

高本漢

1990　《中國聲韻學大綱》，臺北：國立編譯館。

許慎著、徐鉉注

　　　《說文解字》，臺北：華世出版社。

許慎著、徐鍇撰

　　　《說文繫傳》，臺北：華文書局。

許慎著、段玉裁注

　　　《說文解字注》，高雄：黎明文化事業公司。

張　有

　　　《復古編》，上海涵芬樓影印影宋精鈔本。

郭璞注、刑昺疏

　　　《爾雅注疏》，臺北：藝文印書館。

陳彭年等

　　　《廣韻》，臺北：黎明文化事業公司。

陳新雄

1983　《古音學發微》，臺北：文史哲出版社。

章炳麟（太炎）

1910　《國故論衡》，臺北：廣文書局。

符定一

1946　《聯縣字典》，上海：中華書局。

黃　侃（季剛）著，黃　焯筆記

1983 《文字聲韻訓詁筆記》，臺北：木鐸出版社。

1984 《黃侃論學雜著》，臺北：漢京文化事業有限公司。

陸志韋

1985 《古音說略》，北京：中華書局。

曾憲通

1993 《長沙楚帛書文字編》，北京：中華書局。

趙克勤

1994 《古代漢語詞匯學》，北京：商務印書館。

二、期刊

李方桂

1971 〈上古音研究〉，《清華學報》第 9 卷 1、2 期合刊，頁 1-61。

呂政之

1991 〈王念孫的『連語』新探〉，《語言文字學》第 6 期，頁 49-54。

吳儀鳳

1997 〈段玉裁《說文解字注》連綿字訓釋條例研究〉，《第五屆清代學術研討會論文集》，頁 471-509。

杜其容

1968-1969 〈部份疊韻連綿詞的形成與帶 l-複聲母之關係〉，《聯合書院學報》第 7 期，頁 103-112。

周祖謨

1979 〈論說文解字注〉，載錄於《問學集》，臺北：河洛出版社，頁 852-884。

姚淦銘

　　1991　〈論清以來聯綿字觀念嬗變〉，《語言文字學》第 3 期，
　　頁 70-75。

高　明

　　1963　〈聯綿字通說〉，載錄於《中國語文論叢》，臺北：正中
　　書局，頁 132-146。

張壽林

　　1933　〈《三百篇》聯綿字研究〉，《燕京學報》第 13 期，頁 171-196。

劉福根

　　1997　〈歷代聯綿字研究述評〉，《語文研究》第 2 期（總第 63
　　期），頁 32-36。

附錄　〈《說文》聯緜詞上古聲母、韻部一覽表〉

序號	聯緜詞	徐鉉反切	古音 19 紐	古韻 32 部	上古擬音	聲　調
1	瑾 1上20	居隱切	見	9 諄	kɛn	去
	瑜 1上20	羊朱切	定	16 侯	d'ɔ	平
2	玪 1上32	古涵切	見	28 侵	kəm	平
	蝨 1上32	盧則切	來	25 職	lək	入
3	玓 1上35	都歷切	端	20 藥	tɑuk	入
	瓅 1上35	郎擊切	來	20 藥	lɑuk	入
4	玟 1上36	莫桮切	明	9 諄	mɛn	平
	瑰 1上36	公回切	見	7 微	kɛ	平
5	琅 1上36	魯當切	來	15 陽	lɑŋ	平
	玕 1上36	古寒切	見	3 元	kan	平
6	珊 1上36	穌干切	心	3 元	san	平
	瑚 1上36	戶吳切	匣	13 魚	ɣɑ	平
7	蓮 1下3	士洽切	從	29 帖	dz'ɐp	入
	莆 1下3	方矩切	幫	13 魚	pɑ	上
8	蘆 1下8	落乎切	來	13 魚	lɑ	平
	菔 1下8	薄北切	並	25 職	b'ək	入
9	营 1下8	去宮切	溪	23 冬	k'oŋ	平
	藭 1下8	渠弓切	匣	23 冬	ɣoŋ	平
10	藊 1下10	方丏切	幫	6 眞	pæn	上
	茿 1下10	陟玉切	端	28 侵	təm	入

序號	聯緜詞	徐鉉反切	古音 19 紐	古韻 32 部	上古擬音	聲 調
11	藸 1下16	章魚切	端	13 魚	tɑ	平
	蔗 1下16	之夜切	端	14 鐸	tɑk	去
12	薢 1下24	胡買切	匣	11 錫	ɣɐk	上
	茩 1下24	胡口切	匣	16 侯	ɣɔ	上
13	菡 1下26	胡感切	匣	30 添	ɣɐm	上
	萏 1下26	徒感切	定	30 添	d'ɐm	上
14	稊 1下30	大兮切	定	4 脂	d'æ	平
	芺 1下30	徒結切	定	5 質	d'æt	入
15	茱 1下32	市朱切	定	16 侯	d'ɔ	平
	萸 1下32	羊朱切	定	16 侯	d'ɔ	平
16	趌 2上34	去吉切	溪	5 質	k'æt	入
	趌 2上34	居謁切	見	2 月	kat	入
17	趑 2上35	取私切	清	4 脂	ts'æ	平
	趄 2上35	七余切	清	13 魚	ts'ɑ	平
18	趲 2上36	巨員切	匣	3 元	ɣan	平
	趢 2上36	力玉切	來	17 屋	lɔk	入
19	謰 3上21	力延切	來	3 元	lan	平
	謱 3上21	陟侯切	端	16 侯	tɔ	平
20	鸑 4上40	五角切	疑	17 屋	ŋɔk	入
	鷟 4上40	士角切	從	17 屋	dz'ɔk	入
21	鷫 4上40	息逐切	心	22 覺	sok	入
	鷞 4上40	所莊切	心	15 陽	saŋ	平

序號	聯緜詞	徐鉉反切	古音 19 紐	古韻 32 部	上古擬音	聲　調
22	鶻 4 上 41	古忽切	見	8 沒	ket	入
	鵃 4 上 41	張流切	端	21 幽	to	平
23	鷦 4 上 44	即消切	精	19 宵	tsɑu	平
	鷯 4 上 44	亡沼切	明	19 宵	mɑu	上
24	鴛 4 上 46	於袁切	影	3 元	ʔan	平
	鴦 4 上 46	於良切	影	15 陽	ʔaŋ	平
25	鷿 4 上 48	普擊切	滂	11 錫	p'ɛk	入
	鵜 4 上 48	士雞切	從	10 支	dz'ɐ	平
26	鸕 4 上 48	洛乎切	來	13 魚	lɑ	平
	鷀 4 上 48	疾之切	從	24 之	dz'ə	平
27	鴔 4 上 48	平立切	並	31 盍	b'ɑp	入
	鵖 4 上 49	彼及切	幫	27 緝	pəp	入
28	鵁 4 上 50	古肴切	見	19 宵	kɑu	平
	鶄 4 上 50	子盈切	精	12 耕	tsɐŋ	平
29	鵻 4 上 50	職深切	端	28 侵	təm	平
	鴜 4 上 50	即夷切	精	10 支	tsɐ	平
30	鴝 4 上 52	其俱切	匣	16 侯	ɤɔ	平
	鵒 4 上 52	余蜀切	定	17 屋	d'ɔk	入
31	鵔 4 上 53	私閏切	心	4 脂	sæ	去
	鸃 4 上 53	魚羈切	疑	1 歌	ŋa	平
32	鸚 4 上 54	烏莖切	影	12 耕	ʔɐŋ	平
	鵡 4 上 54	文甫切	明	24 之	mə	上

序號	聯緜詞	徐鉉反切	古音 19 紐	古韻 32 部	上古擬音	聲 調
33	髑 4下14	徒谷切	定	17 屋	d'ɔk	入
	髏 4下14	洛侯切	來	16 侯	lɔ	平
34	刔 4下42	居給切	見	1 歌	ka	上
	刪 4下42	九勿切	見	8 沒	kɛt	入
35	簡 5上1	渠殞切	匣	9 諄	ɣɛn	上
	簵 5上1	洛故切	來	14 鐸	lɑk	去
36	籧 5上7	彊魚切	匣	13 魚	ɣa	平
	篨 5上7	直魚切	定	13 魚	d'ɑ	平
37	筵 5上9	所綺切	心	1 歌	sa	上
	箄 5上9	并弭切	幫	10 支	pɐ	上
38	鐕 5下12	烏困切	影	9 諄	ʔɛn	去
	鎧 5下12	五困切	疑	7 微	ŋɛ	去
39	榙 6上20	土合切	透	27 緝	t'əp	入
	橰 6上20	徒合切	定	27 緝	d'əp	入
40	櫪 6上64	郎擊切	來	11 錫	lɐk	入
	撕 6上65	先稽切	心	10 支	sɐ	平
41	邯 6下36	胡安切	匣	32 談	ɣam	平
	鄲 6下36	都寒切	端	3 元	tan	平
42	榜 7上50	蒲庚切	並	15 陽	b'aŋ	平
	楻 7上50	戶光切	匣	15 陽	ɣaŋ	平
43	罜 7下42	之庾切	端	16 侯	tɔ	平
	麗 7下42	盧谷切	來	17 屋	lɔk	入

序號	聯緜詞	徐鉉反切	古音19紐	古韻32部	上古擬音	聲 調
44	偓 8上15	於角切	影	17屋	ʔɔk	入
	佺 8上15	此佺切	清	3元	ts’an	平
45	祇 8上54	都氐切	端	4脂	tæ	平
	裯 8上54	都牢切	端	16幽	to	平
46	眕 9上8	之忍切	端	9諄	tɛn	上
	瞵 9上8	良刃切	來	6眞	læn	去
47	厜 9下19	姊宜切	精	1歌	tsa	平
	㕒 9下19	魚爲切	疑	1歌	ŋa	平
48	駃 10上18	古穴切	見	2月	kat	入
	騠 10上18	杜兮切	端	10支	tɐ	平
49	驒 10上18	代何切	定	3元	d’an	平
	騱 10上18	胡雞切	匣	10支	ɣɐ	平
50	騊 10上19	徒刀切	定	21幽	d’o	平
	駼 10上19	同都切	定	13魚	d’ɑ	平
51	狻 10上34	素官切	心	4脂	sæ	平
	麑 10上22	五雞切	疑	10支	ŋɐ	平
52	𧽯 10下11	都兮切	端	10支	tɐ	平
	𧼮 10下11	戶圭切	匣	10支	ɣɐ	平
53	霢 11下12	莫獲切	明	11錫	mɐk	入
	霂 11下12	莫卜切	明	17屋	mɔk	入
54	擘 12上42	薄官切	並	3元	b’an	平
	擭 12上42	一虢切	影	14鐸	ʔɑk	入

序號	聯綿詞	徐鉉反切	古音 19 紐	古韻 32 部	上古擬音	聲　調
55	嫛 12下6	烏雞切	影	4 脂	ʔæ	平
	婗 12下6	五雞切	疑	10 支	ŋɐ	平
56	蝘 13上43	於殄切	影	3 元	ʔan	上
	蜓 13上43	徒典切	定	12 耕	d'ɐŋ	上
57	蛣 13上44	去吉切	溪	5 質	k'æt	入
	蚎 13上44	區勿切	溪	8 沒	k'ɛt	入
58	蠀 13上45	徂兮切	從	4 脂	dz'æ	平
	蠤 13下2	財牢切	從	21 幽	dz'o	平
59	螻 13上46	洛侯切	來	16 侯	lɔ	平
	蛄 13上46	古乎切	見	13 魚	kɑ	平
60	蟷 13上47	都郎切	端	15 陽	taŋ	平
	蠰 13上47	汝羊切	泥	15 陽	naŋ	平
61	蟉 13上48	余律切	定	8 沒	d'ɛt	入
	蟥 13上48	乎光切	匣	15 陽	ɣaŋ	平
62	蝸 13上48	古火切	見	1 歌	ka	上
	蠃 13上48	郎果切	來	1 歌	la	上
63	蛺 13上49	兼叶切	見	29 帖	kɐp	入
	蜨 13上49	徒叶切	定	29 帖	d'ɐp	入
64	螌 13上49	布還切	幫	3 元	pan	平
	蝥 13上49	莫交切	明	16 侯	mɔ	平
65	蜙 13上50	息恭切	心	18 東	sɔŋ	平
	蝑 13上50	相居切	心	13 魚	sɑ	平

序號	聯綿詞	徐鉉反切	古音19紐	古韻32部	上古擬音	聲　調
66	蜻 13上51	子盈切	精	12 耕	tsɐŋ	平
	蜊 13上51	良萃切	來	2 月	lat	入
67	蟲 13下3	強魚切	匣	13 魚	ɣɑ	平
	蟧 13上52	离灼切	來	14 鐸	lɑk	入
68	繋 13上53	古詣切	見	11 錫	kɐk	去
	纚 13上33	郎兮切	來	10 支	lɐ	平
69	蚴 13上57	於虯切	影	21 幽	ʔo	平
	蟉 13上57	力幽切	來	21 幽	lo	平
70	蝦 13上57	乎加切	匣	13 魚	ɣɑ	平
	蟆 13上57	莫遐切	明	14 鐸	mɑk	平
71	蛧 13上59	文兩切	明	15 陽	mɑŋ	上
	蜽 13上59	良獎切	來	15 陽	lɑŋ	上
72	蝙 13上61	布玄切	幫	6 眞	pɐn	平
	蝠 13上61	方六切	幫	25 職	pək	入
73	蟷 13上61	都計切	端	2 月	tat	去
	蝀 13上61	多貢切	端	18 東	tɔŋ	去
74	蠽 13下2	側八切	精	2 月	tsat	入
	蟊 13下2	莫交切	明	21 幽	mo	平
75	蟣 13下5	房脂切	並	4 脂	b'æ	平
	蠹 13下4	縛牟切	並	21 幽	b'o	平
76	蠅 13下11	陟离切	端	10 支	tɐ	平
	蟁 13下11	陟輸切	端	16 侯	tɔ	平

序號	聯縣詞	徐鉉反切	古音 19 紐	古韻 32 部	上古擬音	聲　調
77	觜 14上9	即移切	精	10 支	tsɐ	平
	鵯 14上9	府移切	幫	10 支	pɐ	平
78	鈐 14上11	巨淹切	匣	28 侵	ɣəm	平
	鐴 14上11	徒果切	定	1 歌	d'a	上
79	鏌 14上17	慕各切	明	14 鐸	mak	入
	釾 14上17	以遮切	定	13 魚	d'a	平
80	錏 14上20	烏牙切	影	13 魚	ʔa	平
	鍜 14上20	乎加切	匣	13 魚	ɣa	平
81	鋃 14上24	魯當切	來	15 陽	laŋ	平
	鐺 14上24	都郎切	端	15 陽	taŋ	平
82	鍡 14上24	烏賄切	影	8 沒	ʔɐt	上
	鑸 14上24	洛猥切	來	7 微	lɛ	上
83	鐋 14上26	徒郎切	定	15 陽	d'aŋ	平
	鏎 14上26	杜兮切	定	4 脂	d'æ	平
84	陮 14下3	都琼切	端	7 微	tɛ	上
	隗 14下3	五琼切	疑	7 微	ŋɛ	上
85	瞀 14下42	莫候切	明	16 侯	mɔ	平
	瞜 14下42	田候切	定	16 侯	d'ɔ	平

注：1.序號爲筆者所編，編排次序以聯縣詞第一次出現的字爲主。

　　2.下標字爲段注本《説文》的卷頁。

　　3.聲母擬音依反切上字，韻部擬音依聯縣詞本身所從的諧聲偏旁。

4. 細斜線區表聯縣詞聲母發音部位、韻部主要元音或聲調具備相同的關係。

5. 因爲上古聲調還未有定論，此處聲調的處理仍以徐鉉所注反切下字爲主，判定上以《廣韻》爲輔，期由後代聲調分明的情況，進而解析《說文》聯縣詞所呈現的聲調現象。

巴黎所藏 p2901 敦煌卷子反切研究

竺家寧*

壹、前　言

　　本文的目的不在對聲韻規律提出甚麼創見，而在於對一份長久以來被人們遺忘的唐代注音資料，取與廣韻作一比較，對其中差異，嘗試作一些解釋。1996 年秋天筆者遊學於法國巴黎，至 1997 年夏，整整一年的時光，每週兩個半天，待在國家圖書館古老的東方稿本室中，潛心閱讀千年前的敦煌手寫卷軸。P2901 即其中之一。這份材料，自伯希和以來，只有姜亮夫、潘重規兩先生接觸過。而兩先生關注的重點在文字的考訂上，不在音韻反切方面。

　　巴黎所藏 p2901 敦煌卷子，巴黎國家圖書館所編之目錄收於第二冊中（目前尚未出版）。姜亮夫影寫收入其《瀛涯敦煌韻集》中。共有六紙，每紙高 28 公分，寬 43 公分（姜誤為 34 公分）。字高 24 公分，上下留白，姜訂為「唐寫本」。原紙多斷裂損傷殘缺，法國人已

---

*　國立中正大學

於背面加上裱襯，襯紙爲極薄之半透明紙，與其他各卷不同，各卷多以布紋纖維材料雙面或背面裱襯，此卷之半透明紙裱襯顯然較爲粗糙，且裱紙多已破損，應屬早期所修補者。至第二紙後半才開始改用布紋纖維材料雙面裱襯，然所裱襯之紗布已浮起，有點像把原紙裝入紗布套中而已。可能因時間久遠，膠黏脫落使然。全卷首尾皆殘缺。姜云：「不知爲何經音義」。此卷兩面都有字，正面爲字音反切資料。背面爲佛教資料雜抄，黃永武目錄定爲「揚州禪師與女子問答詩」，實際上只是開頭的一小段。另外還留有「孝經一卷並序」、「無生法門」等標題。主要內容爲佛經之問答，其字體不一致，顯然非同一人所書寫。所以我們定之爲「佛教資料雜抄」。

卷子正面的反切資料，字體用行書，內容似詞典性質，所列多半是雙音節詞，各詞之下有雙行小注，註明音義。反切稱某某反，可知爲唐寫本字書的習慣。卷中所列之詞條多複音詞，例如：虫豸、開拓、捃拾、餬口、凌遲等。因此本卷資料的價值不但在聲韻反切方面，也是詞彙學研究的材料。

卷中的反切與切韻系韻書大不相同，與《一切經音義》、《經典釋文》、《玉篇》也不一樣，這是這份材料最大的價值所在。下面我們抽樣任取幾個例子做比較，可以看出本卷資料和中古時代的其他反切都沒有淵源關係，而是實際反映當時唐代音讀的注音文獻。

p2901	廣韻	一切經音義	經典釋文	玉篇	切二	切三	王一	王二
怡	翼之反	與之切	以之反	以之反	翼之切	與之反	與之反	與之反
鉆	朱全反	知林切	縶林反	張林反	知林切		石林反	知林反
凌	力繒反	力膺切	力繒反	力升反	力丞切		力膺反	力膺反	力膺反

鍋	古和反	古禾切	古和反		古和切			
嘶	先奚反	先稽切	先奚反	音西	先奚切	索嵇反		
詭	居毀反	過委切	俱毀反	俱毀反	俱毀切	居委反		居委反
羞	私由反	息流切	私由反	音脩	思流切		息流反	息流反
旒	力周反	力求切	柳舟反	力求反	力周切	力求反	力求反	力求反
櫩	以占反	余廉切	擔濫反	以占反	余瞻切			
踵	之勇反	之隴切	之勇反	章勇反	之勇切	之隴反		之隴反
胞	補交反	布交切	補交反	步交反	補交切	匹交反	匹交反	
弭	亡尒反	綿婢切	彌比反	彌氏反	亡尒切	民婢反	彌婢反	民婢反
摩	莫羅反	莫婆切	莫羅反	莫何反	莫羅切			
矛	莫侯反	莫浮切	莫侯反	莫侯反	莫侯切	莫侯反	莫浮反	莫浮反
饕	他高反	土刀切	吐刀反	他刀反	敕高切	吐蒿反	吐高反	土高反
棚	蒲萌反	薄庚切	白盲反		部登切	步崩反	步崩反	步崩反

　　由上列反切用字的歧異，似乎可以推斷本卷實為當時讀書人按當時語言唸書的音義詞典，很可能是一部放在手邊的參考工具書。於是，依據其中的反切注音，我們可以考知當時的語音狀況。那麼 p2901 的反切會不會是延襲切韻系韻書來的呢?我們的推論是不可能的。因為，第一，p2901 不是以韻書形式排列。第二，它與其它的韻書反切並無傳承關係，不像各本韻書殘卷之間，反切有明顯的傳承關係。第三，它是出現在一堆佛經資料裡。而且內容也似佛經的音義。例如「頻伽」「茶帝」皆佛經用語。注文下也明言「經文作……」所指應是佛經，而非儒家經典。一般而言，佛經音義是不會採用切韻反切的。第四，如屬切韻音系，則卷中的某些音讀差異就不易交代了。

　　卷中往往引用《聲類》（唐代以後亡佚）、《字林》（西晉呂忱著，唐代與《說文》並重）、《說文》、《方言》、《倉頡篇》（亡

於宋代）諸書，一方面說明其時代應在唐朝，一方面也說明這是讀書人使用的注音參考書。下面我們把本殘卷中的注音資料進行分析歸類，從聲母、韻母、聲調諸方面做討論。由於卷中的反切有許多字跡不清，也有一些是過於罕僻的字，這些我們都省去不錄。卷子中之音注共 280 條左右，本文共取 180 條進行討論。重心放在聲母方面。（姜亮夫《瀛涯敦煌韻集》所影寫者，自己也說是「當檢閱時，以倉促，未錄全卷，僅將與字學有關者，錄存百數十條」。潘重規的《新編》，此卷也是「摘錄本」，其序云：茲校正姜氏抄誤，並略補與字學有關者若干條。）

貳、聲母之研究

下面我們依照唇舌牙齒喉的順序，依次討論。《廣韻》之後所注的數字表示《廣韻》的卷數及韻序。例如 4-10 表示《廣韻》第四卷第十個韻。

一、唇音字

1.卷子反切與廣韻反切上字相同者

傅	方務反	廣韻 4-10	遇韻	方遇切
媒	莫奴反	廣韻 1-11	模韻	莫胡切
矛	莫侯反	廣韻 2-18	尤韻	莫浮切
摩	莫羅反	廣韻 2-8	戈韻	莫婆切
噴	普悶反	廣韻 1-23	魂韻	普魂切
播	補佐反	廣韻 4-39	過韻	補過切

2.卷子反切與廣韻反切上字不同而聲母同類者

襪　無發反　廣韻 5-10　月韻望發切

弭　亡尒反　廣韻 3-4　紙韻綿婢切

轒　扶分反　廣韻 1-20　文韻符分切

燔　扶袁反　廣韻 1-22　元韻附袁切

披　普彼反　廣韻 3-4　紙韻匹靡切、1-5 支韻敷羈切

陂　筆皮反　廣韻 1-5　支韻彼爲切、4-5 眞韻彼義切

胞　補交反　廣韻 2-5　肴韻布交切、匹交切

跛　補我反　廣韻 3-34　果韻布火切又彼義切、4-5 眞韻彼義切

寶　補道反　廣韻 3-32　皓韻博抱切

昺　碧皿反　廣韻 3-38　梗韻兵永切

抱　蒲冒反　廣韻 3-32　皓韻薄浩切

棚　蒲萌反　廣韻 2-13　耕韻薄萌切、2-12 庚韻薄庚切、2-17 登
　　　　　　　　　　　　韻步崩切

痱　蒲罪反　廣韻 3-14　賄韻蒲罪切、1-8 微韻符非切、4-8 未韻
　　　　　　　　　　　　扶涕切

　　（扶涕切，涕字在十二霽。今據王一、王二、全王、唐韻作
　　扶沸切）

潘　敷袁反　廣韻 1-26　桓韻普官切

肺　敷穢反　廣韻 4-20　廢韻方廢切(王二、全王作"芳廢切")

埤　避移反　廣韻 1-5　支韻符支切

由這些反切可以看出，卷子的音系還不能分別輕唇音與重唇音。

3.卷子反切與廣韻反切聲母不同者

　　畐　普逼反　廣韻 5-1　　屋韻房六切

按此字卷子爲滂母，《廣韻》爲並母，清濁有異。

二、舌音字

1.卷子反切與廣韻反切上字相同者

　　糅　女救反　廣韻 4-49　宥韻女救切

　　詫　丑嫁反　廣韻 4-40　禡韻丑亞切

　　態　他代反　廣韻 4-19　代韻他代切

　　拓　他各反　廣韻 5-19　鐸韻他各切、5-22 昔韻之石切

　　鐅　他結反　廣韻 5-16　屑韻他結切

　　撻　他達反　廣韻 5-12　曷韻他達切

　　惱　奴道反　廣韻 3-32　皓韻奴皓切

　　紖　直忍反　廣韻 3-16　軫韻直引切

　　彤　徒宗反　廣韻 1-2　　冬韻徒冬切

　　洞　徒貢反　廣韻 4-1　　送韻徒弄切、1-1 東韻徒紅切

　　闐　徒堅反　廣韻 2-1　　先韻徒年切、4-32 霰韻堂練切

　　鐺　都唐反　廣韻 2-11　唐韻都郎切（鋃鐺）、2-12 庚韻楚庚切

　　　　　　　　　　　　　　　（注云：俗本音當）

　　隄　都奚反　廣韻 1-12　齊韻都奚切、1-12 齊韻杜奚切

　　詫　丑嫁反　廣韻 2-40　禡韻丑亞切

2.卷子反切與廣韻反切上字不同而聲母同類者

　　巓　丁賢反　廣韻 2-1　　先韻都年切

　　邸　丁禮反　廣韻 3-11　薺韻都禮切

耨	乃侯反	廣韻 4-50	候韻奴豆切、5-2 沃韻內沃切
饕	他高反	廣韻 2-6	豪韻土刀切
訥	奴骨反	廣韻 5-11	沒韻內骨切
侜	竹流反	廣韻 2-18	尤韻張流切
磔	竹格反	廣韻 5-20	陌韻陟格切
篪	除離反	廣韻 1-5	支韻直離切
豸	直　反	廣韻 3-4	紙韻池爾切、3-12 蟹韻宅買切
喆	知列反	廣韻 5-17	薛韻陟列切
躓	豬吏反	廣韻 4-6	至韻陟利切
砧	豬金反	廣韻 2-21	侵韻知林切
餟	豬芮反	廣韻 4-13	祭韻陟衛切又丁劣切、5-17 薛韻陟劣切

（原卷云：聲類作醊，同豬芮反）

由這些注音，可知卷子所呈現的音系，已經分別舌頭音與舌上音。

3.卷子反切與廣韻反切聲母不同者

嬈	乃了反	廣韻 3-29	篠韻如鳥切、3-30 小韻而沼切、4-34 嘯韻火吊切

按此反切有泥母與日母的歧異，卷子音泥母應當是反映了一個比較保守的方言的念法。因爲章太炎即已證明娘日歸泥的古音現象。

茶	徒加反	廣韻 2-9	麻韻宅加切、1-11 模韻同都切、2-9 麻韻食遮切

按此反切有定母與澄母的歧異，卷子音定母應當是反映了一個比較保守的方言的念法，《廣韻》麻韻宅加切實際上就是今天的「茶」字。至於今天的「圖」一讀，實際來自模韻同都切。

　　侹　敕頂反　廣韻 3-41　迥韻他鼎切、4-46 徑韻他定切

這條的差異在舌上音與舌頭音方面，由上面的推論，卷子音系已經能分別舌上音與舌頭音，而卷子音系又顯得比《廣韻》音系更保守些，那麼，這條資料所反映的，應當是把「敕」字唸成了舌頭音。

三、牙音字

1.卷子反切與廣韻反切上字相同者

　　鏗　口耕反　廣韻 2-13　耕韻口莖切

　　愆　去連反　廣韻 2-2　　仙韻去乾切

　　垓　古才反　廣韻 1-16　咍韻古哀切

　　嘂　古吊反　廣韻 4-34　嘯韻古弔切

　　鍋　古和反　廣韻 2-8　　戈韻古禾切

　　柧　古胡反　廣韻 1-11　模韻古胡切

　　構　古候反　廣韻 4-50　候韻古候切

　　革　古核反　廣韻 5-20　陌韻古核切

　　慣　古患反　廣韻 4-30　諫韻古患切

　　蜫　古魂反　廣韻 1-23　魂韻古渾切

　　痼　古獲反　廣韻 4-11　暮韻古暮切

　　輨　古縷反　廣韻 3-24　緩韻古滿切

　　固　古護反　廣韻 4-11　暮韻古暮切

　　岐　巨宜反　廣韻 1-5　　支韻巨支切

　　蹶　居月反　廣韻 4-13　祭韻居衛切

　　軌　居美反　廣韻 3-5　　旨韻居洧切

　　捃　居運反　廣韻 4-23　問韻居運切

慨	苦代反	廣韻 4-19	代韻苦蓋切
恪	苦各反	廣韻 5-19	鐸韻苦各切
魁	苦迴反	廣韻 1-15	灰韻苦回切
恢	苦迴反	廣韻 1-15	灰韻苦回切
刻	苦得反	廣韻 5-25	德韻苦得切
確	苦學反	廣韻 5-4	覺韻苦角切
鞠	渠六反	廣韻 5-1	屋韻居六切、驅菊切、渠竹切
噤	渠飲反	廣韻 4-47	寢韻渠飲切、4-52 沁韻巨禁切

2.卷子反切與廣韻反切上字不同而聲母同類者

歉	口咸反	廣韻 5-58	陷韻口陷切又口咸切、3-51 忝韻苦簟切、5-53 豏韻苦減切
笴	工旱反	廣韻 3-23	旱韻古旱切、3-33 哿韻古我切
憒	公內反	廣韻 4-18	隊韻古對切
監	公衫反	廣韻 2-27	銜韻古銜切
概	公礙反	廣韻 4-19	代韻古代切(原卷云:公礙、公內反)
吟	牛金反	廣韻 2-21	侵韻魚金切、4-52 沁韻宜禁切
敧	丘知反	廣韻 1-5	支韻去奇切、1-5 支韻居一切、3-4 紙韻居綺切
齲	丘禹反	廣韻 3-9	驅雨切
磬	可定反	廣韻 4-46	徑韻苦定切
瑰	古迴反	廣韻 1-15	灰韻公回切
迕	吾故反	廣韻 4-11	暮韻五故切
哦	吾哥反	廣韻 2-7	歌韻五何切

礦	孤猛反	廣韻 3-38	梗韻古猛切（同礦）
昆	孤魂反	廣韻 1-23	魂韻古渾切
筋	居殷反	廣韻 1-21	欣韻舉欣切
詭	居毀反	廣韻 3-4	紙韻過委切
仇	渠牛反	廣韻 2-18	尤韻巨鳩切
拳	渠員反	廣韻 2-2	仙韻巨員切
梗	歌杏反	廣韻 3-38	梗韻古杏切
企	袪弞反	廣韻 3-4	紙韻丘弭切又去智切、4-5 寘韻去智切

3.卷子反切與廣韻反切聲母不同者

慷	古莽反	廣韻 3-37	蕩韻苦朗切

此字用於「慷慨」一詞中，應該是溪母字，不應讀爲見母，卷子的反切上字「古」有可能是「苦」字之誤。

四、齒音字

1.卷子反切與廣韻反切上字相同者

滋	子夷反	廣韻 1-7	之韻子之切
罝	子邪反	廣韻 2-9	麻韻子邪切
粥	之六反	廣韻 5-1	屋韻余六切、之六切
踵	之勇反	廣韻 3-2	腫韻之隴切
諄	之閏反	廣韻 1-18	諄韻章倫切、4-22 稕韻之閏切
顫	之繕反	廣韻 4-33	線韻之膳切
嘶	先奚反	廣韻 1-12	齊韻先稽切
荐	在見反	廣韻 4-32	霰韻在甸切

泅	似由反	廣韻 2-18	尤韻似由切
線	私賤反	廣韻 4-33	線韻私箭切
剗	初眼反	廣韻 3-26	產韻初限切
翅	施豉反	廣韻 4-5	寘韻施智切
笮	側格反	廣韻 5-20	陌韻側伯切、4-40 禡韻側駕切、5-19 鐸韻在各切
策	楚革反	廣韻 5-21	麥韻楚革切

2.卷子反切與廣韻反切上字不同而聲母同類者

蒨	千見反	廣韻 4-32	霰韻倉甸切
昫	尸閏反	廣韻 4-22	稕韻舒閏切、1-18 諄韻相倫切、1-18 諄韻如勻切、4-32 霰韻許縣切、4-32 霰韻黃練切(縣黃練切,練字誤,今據王二玄絢反,正作黃絢反)
㵂	山角反	廣韻 5-4	覺韻所角切、4-50 候韻蘇奏切、5-1 屋韻桑谷切
瘠	才亦反	廣韻 5-22	昔韻秦昔切
穽	才性反	廣韻 4-45	勁韻疾政切、3-40 靜韻疾郢切
剬	之兗反	廣韻 3-28	獮韻旨兗切、1-26 桓韻多官切(原卷云:聲類,剬,同,之兗反)
齚	仕白反	廣韻 5-20	陌韻鋤陌切
饌	仕卷反	廣韻 4-33	線韻七戀切(七戀切,七字誤,今據王二、唐韻正作士戀切)
嫉	自栗反	廣韻 4-6	至韻疾二切、5-5 質韻秦悉切

曹　自勞反　廣韻 2-6　　豪韻昨勞切

羞　私由反　廣韻 2-18　尤韻息流切

藝　思列反　廣韻 5-17　薛韻私列切

俟　事几反　廣韻 3-6　　止韻床史切、1-8 微韻渠希切（虜複姓，

　　　　　　　　　　　　北齊有万俟普，万音墨）

虥　側限反　廣韻 3-26　產韻阻限切（同"盞"字）

韶　視招反　廣韻 2-4　　宵韻市昭切

惻　楚力反　廣韻 5-24　職韻初力切

畟　楚力反　廣韻 5-24　職韻初力切、5-24 職韻子力切

瘡　楚良反　廣韻 2-10　陽韻初良切

徇　詳遵反　廣韻 4-22　稕韻辭閏切

振　諸胤反　廣韻 4-21　震韻章刃切

3. 卷子反切與廣韻反切聲母不同者

　　災　式才反　廣韻 1-16　咍韻祖才切

卷子反切作審三，案災字並無此音，有可能是誤字。

　　勦　助交反　廣韻 3-30　小韻子小切（原卷云：助交反、中國多

　　　　　　　　　　　　　　言……音姜權反）

此字應該是精母字，卷子反切用床二，精莊二系字本來同源，很可能

卷子音系仍把「助」字念為精系字。所謂「中國多言……」，說明卷

子音系應該是中原以外某地的方言音。

　　湑　思入反　廣韻 5-26　緝韻子入切（原卷云：思入、史及二反）

此字應該是精母字，卷子反切用心母字，很可能是方言的語音弱化現象，

把塞擦音唸成擦音。由原卷所注的「思入、史及二反」看，絕非誤字。

燂　詳廣反　廣韻 2-22　覃韻徒含切、2-24 鹽韻昨鹽切

卷子反切為邪母，廣韻反切為定母及從母，類型相似，都是舌尖濁音，應該是方言的音轉。

五、喉音字

1. 卷子反切與廣韻反切上字相同者

胡　戶孤反　廣韻 1-11　模韻戶吳切

滑　古沒反　廣韻 5-11　沒韻古忽切、5-11 沒韻戶骨切、5-10 黠韻戶八切（原卷云：古沒、胡刮二反）

賄　呼罪反　廣韻 3-14　賄韻呼罪切

膺　於凝反　廣韻 2-16　蒸韻於陵切

狎　胡甲反　廣韻 5-32　狎韻胡甲切

函　胡緘反　廣韻 2-22　覃韻胡男切、2-26 咸韻胡讒切

憾　胡闇反　廣韻 4-53　勘韻胡紺切

鷃　烏諫反　廣韻 4-30　諫韻烏澗切

2. 卷子反切與廣韻反切上字不同而聲母同類者

檐　以占反　廣韻 2-24　鹽韻余廉切

營　役瓊反　廣韻 2-14　清韻余傾切

俺　於驗反　廣韻 4-60　梵韻於劍切、2-24 鹽韻一鹽切

瀹　臾灼反　廣韻 5-18　藥韻以灼切（原卷云：臾灼反、江東音助甲反）

眩　侯遍反　廣韻 4-32　霰韻黃練切、2-1 先韻胡涓切又胡練切

蚘　胡魁反　廣韻 1-15　灰韻戶恢切、3-14 賄韻呼罪切

衒	胡麵反	廣韻 4-32	霰韻黃練切(原卷云：胡麵、公縣二反)
繪	胡憒反	廣韻 4-14	泰韻黃外切
餼	虛氣反	廣韻 4-8	未韻許既切
怡	翼之反	廣韻 1-7	之韻與之切

3.卷子反切與廣韻反切聲母不同者

炎　以贍反　廣韻 2-24　鹽韻于廉切

卷子反切屬喻四，《廣韻》反切屬喻三，說明卷子音系把「炎」字念為零聲母。

蜎　呼全反　廣韻 2-1　先韻烏玄切、2-2 仙韻於緣切、3-28 獮韻於兗切

此字為影母字，卷子反切唸成曉母，二者並無音變的關係，但同屬喉音，卷子的念法應該是方言上的變讀。

六、舌齒音

1.卷子反切與廣韻反切上字相同者

匳	力占反	廣韻 2-24	鹽韻力鹽切
旒	力周反	廣韻 2-18	尤韻力求切
療	力照反	廣韻 4-35	笑韻力照切
陵	力蒸反	廣韻 2-16	蒸韻力膺切
凌	力繒反	廣韻 2-16	蒸韻力膺切
軟	而兗反	廣韻 3-28	獮韻而兗切

2.卷子反切與廣韻反切上字不同而聲母同類者

漉	力木反	廣韻 5-1	屋韻盧谷切
酹	力外反	廣韻 4-14	泰韻郎外切、4-18 隊韻盧對切
練	力見反	廣韻 4-32	霰韻郎甸切
攊	力的反	廣韻 5-23	錫韻郎擊切
婪	力南反	廣韻 2-22	覃韻盧含切
鋃	力當反	廣韻 2-11	唐韻魯當切
欒	力轉反	廣韻 1-26	桓韻落官切
孃	而羊反	廣韻 2-10	陽韻汝陽切、3-36 養韻如兩切、4-41 漾韻人樣切
瞤	而倫反	廣韻 1-18	諄韻如勻切
爇	而悅反	廣韻 5-17	薛韻如列切
仍	而陵反	廣韻 2-16	蒸韻如乘切
嫽	盧報反	廣韻 4-37	號韻郎到切、2-5 肴韻魯刀切

由反切上字的選擇看，p2901 傾向於用「力、而」來表示「來、日」兩母。《廣韻》則傾向於用「郎、如」二字。

參、韻母之研究

p2901 卷子在韻母方面與《廣韻》音系比較，呈現了許多不同之處。包含了洪細、分等的不同。下面試做分類討論。

1.洪細的問題

潘　敷袁反　廣韻 1-26　桓韻普官切

案 p2901 讀爲細音，廣韻屬洪音。

矛　莫侯反　廣韻 2-18　尤韻莫浮切

案 p2901 讀爲洪音，廣韻屬細音。

勌　助交反　廣韻 3-30　小韻子小切(原卷云：助交反、中國音
姜權反)

案 p2901 讀爲二等平聲，廣韻屬三等上聲，聲韻調都不同。

2.一二等的問題

函　胡緘反　廣韻 2-22　覃韻胡男切、2-26 咸韻胡讒切

案 p2901 讀爲二等咸韻，廣韻讀爲一等覃韻。

3.三四等的問題

眩　侯遍反　廣韻 4-32　霰韻黃練切、2-1 先韻胡涓切又胡練切
(縣黃練切，練字誤，今據王二玄絢反，
正作黃絢反)

案此字 p2901 讀爲三等線韻，廣韻屬四等，中古音系一般匣母字不配
三等。

4.韻母近似者

俟　事几反　廣韻 3-6　止韻床史切、1-8 微韻渠希切(虜複姓，
北齊有万俟普，万音墨)

案 p2901 讀爲旨韻，廣韻屬止韻。

肆、聲調的研究

　　p2901 在聲調的分歧方面也不少，從這些資料還不容易看出其中

的規律。有一些可能是誤讀。我們仍然不憚其煩的一一搜出,以便日後作爲其他相關研究的參考。

　　諄　　之閏反　　廣韻 1-18　　諄韻章倫切、4-22 稕韻之閏切
案 p2901 聲調有誤,諄屬平聲而反切下字卻用去聲。

　　噴　　普悶反　　廣韻 1-23　　魂韻普䰟切
案 p2901 聲調有異,把噴讀爲去聲。

　　攣　　力轉反　　廣韻 1-26　　桓韻落官切
案 p2901 聲調有異,讀成上聲,廣韻讀平聲。

　　徇　　詳遵反　　廣韻 4-22　　稕韻辭閏切
案 p2901 讀爲平聲諄韻,廣韻屬去聲,聲調有異。

　　播　　補佐反　　廣韻 4-39　　過韻補過切
案 p2901 讀爲上聲,廣韻屬去聲。

　　躓　　豬吏反　　廣韻 4-6　　至韻陟利切
案 p2901 讀爲去聲志韻,廣韻屬去聲至韻。

　　慷　　古葬反　　廣韻 3-37　　蕩韻苦朗切
案 p2901 讀爲去聲,廣韻屬上聲。

　　炎　　以贍反　　廣韻 2-24　　鹽韻于廉切
案此聲調有異,p2901 讀爲去聲豔韻,廣韻屬平聲鹽韻。

伍、結　論

　　綜合以上的分析,我們可以發現,p2901 的反切注音,呈現了一個不很一樣的語音情況。這種不一樣的情況,應該是反映方言的差異。從注音中提到「中國音」,可以說明這份材料的語音背景,一定是中

原以外的地區。在時間定位上，無疑它代表了唐代的語言。這可以從幾個方面得到證實：第一，所引用的文獻往往有唐代以後亡佚的。第二，反切稱某某反，這是唐以後所沒有的。第三，從紙張與字體的氣勢上看，也帶有唐人的風格。因此，即使姜亮夫認爲「不知爲何經音義」，我們仍可以把這份材料歸之於唐代的某種方音。那麼，它的研究價值在那裡呢？我們認爲，雖然它的資料並不很龐大，卻也提供了不少語音訊息。這包含兩方面：它所反映的基本音系跟《廣韻》一樣，表示了《廣韻》音系有其實際的語音依據，因爲它的反切用字和《廣韻》大不一樣，顯然是分別造出來的，它們背後便一定有個實際的語音爲依據，不太可能又是有幾個學者掅選精切除削疏緩的結果。但是它的某些個別音讀跟《廣韻》不一樣，那麼我們也可以由這些不一樣的地方，去觀察唐代方言的音韻狀況，看看聲韻調諸方面會產生怎樣的不同？從其中了解漢語音變有可能採取哪些模式？哪些方面容易變化？哪些方面比較穩定？其中是否可以找出一些規律？因此，任何唐代的語音資料對我們了解中古音都是值得珍視的，不容輕易的把它忽略過去。本文所提到的一些現象，或所做的詮釋，也許還有未足之處，或落於主觀之處，尚乞同道先進不吝賜教，提出指正。

附記：本文在第十六屆全國聲韻學學術研討會提出，承蒙葉鍵得等與會學者指正，修改了其中一些錯誤，藉此深表謝意。

張麟之《韻鏡》所反映的
宋代音韻現象

吳聖雄*

文獻探討

　　張麟之所刊行的《韻鏡》是一部很有趣的書。它不但漂洋過海，成為日本人幾百年來審定漢字讀音的規範。又被楊守敬帶回中土，成為研究漢語音韻史的重要素材。「韻鏡學」與「悉曇學」是日本傳統聲韻學的兩大主流，因此《韻鏡》研究在日本向來就有深厚的傳統。而我國學者的研究，也在《韻鏡》返國後，累積了相當可觀的成果。就管見所知，雖然《韻鏡》被廣泛引用於討論漢語的中古音、甚至上古音，但是學者們對它性質上的認知卻有很大的分歧。對於它是否反映實際的音系？反映何時的音系？反映何地的音系？都各有不同的主張與根據。❶

---

*　　國立臺灣師範大學
❶　　這方面的概況，請參李存智（1991）第一、二章。（第二章的部分又發表於李存智（1992））。

在眾多的研究成果中，羅常培（1935）〈《通志・七音略》研究〉，指出《韻鏡》與《七音略》同源。龍宇純（1959）《韻鏡校注》，指出今本《韻鏡》有經後人增改的情況。馬淵和夫（1970）《韻鏡校本と廣韻索引》，介紹了《韻鏡》在日本流傳、研究的情況❷，又根據保留在日本的各種傳本，推測張麟之《韻鏡》三刊本的原貌。鄭再發（1966）〈漢語音韻史的分期問題〉，提出處理文獻材料的觀點和「錐頂」的理論。對本文都有很大的啓發。

構　想

1.文獻現象與語言現象的基本性質不同。

利用文獻材料研究漢語音韻史的時候，最希望找到的是時代記載清楚，而又能對當時的音韻系統作描述的材料。但是傳世的文獻材料，卻未必都能符合這個理想。這是因爲：文獻材料的形成，尤其是韻書、韻圖，經常是倚傍著既有材料，經局部的修改而成。材料中有些部份可能是經觀察而來，有些部份則可能是抄襲、類推、杜撰，甚至訛誤的結果。因此文獻現象固然有可能反映語言現象，但是也有其他可能的成因。了解到這一點，我們就不應該輕易地把任何一份文獻材料直接當作語料來處理，而應更審慎地評估每一份文獻材料倒底有可能反映哪些語言現象。

2.文獻材料的多層性。

此外，由於文獻材料有跨越時空的特性，即使一份前代純粹描述

---

❷　參該書第三部〈研究篇〉p335-481。

性的文獻材料甲,在被後代的乙材料引用之後,就不能視爲是乙材料
對當時語言之描述。如果乙材料中引用了反映前代語言現象的材料,
又加上一些對當代語言現象的描述,那麼這份材料就有可能把不同時
代的語言現象混合在一起,形成表面一體、實際來源不同的文獻層次。
古代的文獻流傳至今,經過許多傳抄、翻刻的歷程,免不了有增刪改
動的情況。如果上述的情況一再發生,一份文獻材料,就有可能包含
多重、而且複雜的文獻層次。

　　如果用這兩個觀點來檢討《韻鏡》,那麼張麟之刊刻《韻鏡》的
時代,所形成的那一層文獻現象便值得注意。因爲它的時代比較確定,
而且有可能含有審音的成分。當然,這些成分,在整體文獻材料中可
能僅佔極小的比例,但是個人認爲它們卻是研究音韻史最寶貴的資料。

今本《韻鏡》改動的痕跡

　　今日學界中廣爲流傳的古逸叢書本《韻鏡》,可以依來源將其內
容大致分成四個部份:

1.**韻圖。**

　　根據張麟之的序,《韻鏡》的底本是友人所授的《指微韻鏡》,
今本四十三圖最末一行還有:「指微韻鑑卷終」的字樣。所以,這一
部份應是今本《韻鏡》中來源最早的部份。

2.**張麟之的序例。**

　　韻圖之前的部份,有張麟之的序例,這當然是張氏所加。第一篇
序的記年是「紹興辛巳(1161)」,緊接著有「慶元丁巳(1197)重
刊」的刊記,隨後又在〈韻鏡序作〉(又稱「第二序」)有「嘉泰三年

（1203）」的記年，由此可以推知張氏曾將它三度刊刻。❸第三次刊刻的時候，在第一序與〈字母括要圖〉之間插入了第二序，與〈調韻指微〉。❹此外，〈韻鏡序作〉的題下有：

舊以翼祖諱敬，故爲《韻鑑》；今遷祧廟，復從本名。

的記載。可以推知在第三刊的時候可能有一次改「鑑」爲「鏡」的動作。但是實際上改得並不完全。因爲他只把第一序裡的「鑑」改成了「鏡」❺，〈字母括要圖〉以後都沒有改。❻

　　另外在〈橫呼韻〉與〈歸納助紐字〉都舉了一些以一先韻開口字爲主的例字，但是兩者的用字卻有出入。〈橫呼韻〉所舉的例顯然是根據《韻鏡》二十三圖平聲四等的列字，再補入空圈所無的字。而〈歸納助紐字〉所舉的例，則出入較大：

---

❸　　參馬淵和夫（1970）p355.6-10。

❹　　參孔仲溫（1988）p1-6。

❺　　如：〈歸字例〉、〈橫呼韻〉中都作「韻鑑」，序例最末的一行作「韻鑑序例終」，在第四十三圖末作「指微韻鑑卷終」。不過請注意：韻圖版心的「勻竟」字樣，可能是日本人刊刻時所加。

❻　　馬淵和夫（1970）p356.3-4 說：三刊的時候將三十六字母表（〈字母括要圖〉）前的部分全部統一爲「韻鏡」，以下的部分都按一、二刊的原樣不改。是很正確的觀察。這裡要補充的是：新加的第二序與〈調韻指微〉本來就該作「鏡」，沒有改的必要。而第二序提到《七音韻鑑》時作「鑑」，這因爲引用鄭樵的原文，所以也沒改。

　　○　　　　　　　○　　　　　○　　　○　○

邊篇蹁眠顛天田年堅牽虔研箋千前先涎煙祆賢延蓮然　〈橫呼
韻〉

　○○　　　　　　○○○　　○○○　　○○○

邊篇螾眠顛天田年堅牽虔言煎千前仙涎焉祆賢緣連然　〈歸納
助紐字〉

　△　　　　　　　　△△　　△　　△　　△△

（○表示《韻鏡》該等所無、△表示兩者不一致之處。）

我推測〈歸納助紐字〉不是張麟之原撰的。因爲第一序敘述他揣摩如
何利用韻圖推得反切的讀音時說：

　　遂知每翻一字，用切母及助紐歸納，凡三折總歸一律⋯

這話顯示在張麟之刊刻《韻鏡》之前就有「助紐」了。所以下文說：

　　自是日有資益，深欲與眾共知，而或苦其難，因撰〈字母括要
　　圖〉，復解數例，以爲沿流求源者之端。

這段話提到他「撰〈字母括要圖〉」，「復解數例」，唯獨不提〈歸
納助紐字〉，應是這個原因。❼這可以解釋爲什麼〈橫呼韻〉與〈歸

❼　這和孔仲溫（1988）p330.10-倒3由其他文獻也有類似的內容，推斷它不源於張麟
　　之的說法，可以互相參看。

納助紐字〉的例子會有出入，因爲〈橫呼韻〉的例子是張麟之根據韻
圖「撰」的，而〈歸納助紐字〉可能有其他的來源。

3.清原宣賢跋，與永祿重刊的刊記。

韻圖之後有清原宣賢享祿戊子（1528）的跋。他說：

> 韻鏡之書行於本邦久而未有刊者，故轉寫之訛：烏而焉、焉而
> 馬，覽者多困，彼此不一。泉南宗仲論師偶訂諸本善不善者，
> 且從且改，因命工鏤板，期其歸一，以便於覽者。

「享祿」是日本的年號。根據這個跋可以推知：享祿本是《韻鏡》在
日本的初刊。而刊刻它的宗仲，則是根據在日本流傳的各種抄本作一
個校勘，而且是「且從且改」。

跋文之後有永祿七年（1564）的刊記：

> 頃間求得宋慶元丁巳張氏所刊之的本而重校正焉，永祿第七歲
> 舍甲子王春壬子。

似乎是永祿重刊的時候，發現了一本張麟之第二刊的本子，拿來重新
校訂。但是根據馬淵和夫的說法，永祿本改動享祿本的地方，也包括
張麟之第三刊加入的部份，因此他認爲永祿本所根據的並不是張麟之
的第二刊，而是第三刊的一個傳抄本。❽永祿刊記大概是刊刻的人爲
了自抬身價所作的不實廣告，值得我們留意。

---

❽　參馬淵和夫（1970）p352.倒 2-353.6。

因此無論是享祿本，或是永祿本，都不能認爲它是一部覆宋本。我們一定得考慮《韻鏡》在日本流傳的幾百年，有沒有經過日本人的改動。

4.《經籍訪古志》有關《韻鏡》的記載。

古逸叢書本《韻鏡》在卷末加上了日本人森立之《經籍訪古志》中，有關《韻鏡》的記載。楊守敬在日本訪書的時候，曾根據森立之的《經籍訪古志》作搜訪。❾這段文字最後一句話說：「聞又有永祿刊本未見」，楊氏把這段記載加入的用意，可能是藉此顯示森立之所未見之善本已爲楊氏所得吧？

茲將以上的討論，列簡表如下：

指微韻鏡

1161　韻鑑　　　　　←第一序、字母括要圖、歸字例等數例

1197　韻鑑　　　　　←重刊刊記

1203　韻鏡　　　　　←韻鏡序作（第二序）、調韻指微

←？

1528　享祿本韻鏡　　←清原宣賢跋

1564　永祿本韻鏡　　←永祿重刊刊記

1884　古逸叢書本韻鏡　←經籍訪古志有關《韻鏡》的記載

由以上的討論，可以想像：從張麟之到楊守敬這七百多年間，《韻鏡》

❾　參楊守敬（1915）p30.2-5。

經過了多少傳抄與翻刻？❿這其中尤其值得我們考慮的是：

　　1.在張麟之三次刊刻之間，除了序例的增改外，可不可能對韻圖也作一些改動？

　　2.張麟之《韻鏡》第三刊傳入日本，經過三百年的傳抄與翻刻，再由楊守敬翻刻回國，中間可不可能也有所改動？

《韻鏡》的祖本

　　張麟之用來作爲底本的《指微韻鏡》可能並不是最古的板本。因爲根據張麟之《韻鏡》序，與鄭樵《七音略・七音序》的記載，可以推測當時流傳著多種韻圖，如。《指微韻鏡》、《七音韻鑑》、《切韻心鑑》，而且可能有兩種以上不同的形式。⓫另外羅常培（1935）

---

❿　坊間幾家書局如曙光、育民等出版的《等韻五種》，其中所收的韻鏡，顯然是將古逸本影印製版，但是又將版式稍作改動，如：將版心的書名「勻竟」、第二個魚尾、葉碼都塗去，另在第一個魚尾上方加上「韻鏡」。這還不算嚴重，又擅改韻圖的歸字，貽害學子不淺。這些都是我們值得警惕的。

⓫　〈韻鏡序作〉記載張麟之觀察楊偀《韻譜》，指出它分字母爲三十六行，和「舊體」的二十三行「小有不同」。張麟之可能並沒有看到楊偀所根據的《切韻心鑑》，因此他所謂的「舊體」可能是指張麟之自己的《指微韻鏡》。根據張麟之所引楊偀的自序，楊偀大概是把《切韻心鑑》校定之後刊刻，也許並沒有在格式上加以改動。據此可以推測，張麟之的時代，至少已經流傳兩種不同格式的韻圖了。
　　《指微韻鏡》＞張麟之《韻鏡》
　　　　　　　　　　＞二十三行
　　《七音韻鑑》＞鄭樵《七音略》
　　《切韻心鑑》＞楊偀《韻譜》　　三十六行

舉出：

> 《宋史·藝文志》有釋元沖《五音韻鏡》，明王圻《續文獻通
> 考》有宋崔敦詩《韻鑑》⑫及宋吳恭《七音韻鏡》等。⑬

因此《指微韻鏡》可能只不過是當時流傳的各種韻圖中的一種板本。
至於《指微韻鏡》的時代問題，羅常培（1935）認為〈韻鏡序作〉的
題下注，是《韻鏡》的原型作於宋代以前的證據⑭；這個說法幾乎已
經成為一項定論。但是孔仲溫（1988）指出：翼祖在 1086 與 1162 年
曾先後祧廟兩次⑮。這個事實為《指微韻鏡》的時代提供了兩種選擇：
一、是宋初開始為翼祖避諱（960）以前，二、是翼祖第一次祧廟與復
廟之間（1086-1104）。⑯

　　另外，還有一則避諱的記載值得注意。《韻鏡》第一序裡提到《指
微韻鏡》時說：

---

⑫　《宋史》卷一百六十二〈職官志二·翰林學士院〉p3812-3813：「乾道九年（1173），
　　崔敦詩初以秘書省正字兼翰林權直。淳熙五年（1178），敦詩再入院…」。據此
　　可知：崔敦詩曾在乾道九年（1173）與淳熙五年（1178）兩度入翰林院。時代也
　　與張麟之相當。

⑬　羅常培（1935）p104.倒 5-4。

⑭　羅常培（1935）p105.2-4。

⑮　孔仲溫（1988）p327-329。

⑯　孔仲溫所指出的這個事實，本來可以為這項論證帶來極大的挑戰。不過他的興趣
　　在於推測原型，因此以等韻形式、觀念發展的大勢，以及在短時間內不可能連作
　　者都無法知道兩項理由（p329.3-倒 4），否定了第二種可能的選擇。

微字避聖祖名上一字

聖祖名為「玄朗」，這意思是：《指微韻鏡》的本名原來該叫《指玄韻鏡》[17]，因為避聖祖的名諱而改「玄」為「微」。聖祖是宋朝國君趙氏的始祖，實際上未必真有其人，這項避諱也不始於宋初，而是在真宗時（1012）追尊的。[18]

我以為：利用避諱，只能推測板本的時代，卻不能斷定作成的時代。如果我們將板本與撰作的觀念分開，那麼這個問題就可以作如下的理解：傳到張麟之手上的這本《指微韻鏡》，要避「微」字，則它的刊刻（或抄成）一定在 1012 年之後。和不避「鏡」字的兩種可能性交叉起來，就只能選擇是在 1086-1104 年之間刻（或抄）成的了。[19]

《韻鏡》與《七音略》同源

《韻鏡》與《七音略》有同源關係，羅常培（1935）已經指出[20]。

---

[17]　參周法高（1984）p102.倒 9-3 引黃耀　說。

[18]　追尊聖祖的時代是博一研究生林香薇查出來的。據清周廣業《經史避名彙考》（卷十八，十一葉）原文如下：「〔令式〕東都事略：真宗大中祥符五年（1012）十月戊午，九天司命真君降于延恩殿。論以：『本人皇九人之一，乃趙始祖。再降為黃帝，後唐時復降生趙氏之族。』閏月己巳，上天尊聖號。壬申，詔避聖祖名。」

[19]　當然還有一種可能就是：張麟之得到的這本韻圖是北宋以前的板本，而書名叫《指玄韻鏡》。果真如此，他在序裡就該說：「自某人處以重金購得古本一部」，而不僅僅是「友人授」了。附記於此，以博讀者一哂。

[20]　羅常培（1935）p104.倒 6。

他由結構與系統的角度論證二者同源是極有理據的；但是兩者的同源關係倒底是近親還是遠房？仍然值得探討。《韻鏡》與《七音略》有何異同，羅常培討論得很詳細，這裡不必重複；現在僅就這些異同對判定兩者關係遠近的效力作個檢討：

以字母、開合、等第、韻部、四聲為字音作分類，用圖表的形式將韻書各小韻的首字作全面的安排，這類條件都要推到韻圖的產生時代，對《韻鏡》與《七音略》來說只能算是「共同的存古」，不能進一步討論兩者接近的程度。

但是⑴兩書列圖都已有「攝」的觀念❹，⑵由於格式的限制，兩書對某些韻都有所謂「借位」與「寄韻」的妥協方式，則可視為兩者的「共同創新」，顯示它們有相當程度的近親關係。至於它們都用二○六韻，而且韻目只有微小的出入，是否顯示它們在分化之前祖本的型式？或是一個共同的改動？則不易說定。

至於兩者在轉次方面的不同，羅常培認為是由於兩者根據的韻書系統不同❷，則將二者的關係分得太遠，這裡必需加以討論。《韻鏡》與《七音略》雖然不立攝名，但已有攝的觀念。現在用攝的觀念將二書列圖的次第歸納如下：

| 《韻鏡》 | 通江止遇蟹臻山效果假　宕梗流深咸曾 |
| 《七音略》 | 通江止遇蟹臻山效果假咸宕梗流深　曾 |

---

❹　李新魁（1981）p129.15-16 說：「案：《韻鏡》一書雖沒有"攝"的名目，但列圖卻有"攝"的觀念。」。

❷　羅常培（1935）p105.5-10。

兩者的差異只是《韻鏡》把咸攝調到深攝之後、或是《七音略》把咸攝調到宕攝之前。（看起來是《韻鏡》調動的可能性比較大）這個現象恐怕不能認爲是根據韻書作圖的早期差別，而是參考韻書調動攝別的晚期差別。

　　另一個問題則是廢韻所寄的轉次不同，這一點羅常培已指出：《七音略》在微韻入聲部份還存在廢韻的韻目，又將部分廢韻字移置十六轉。❷因此這個現象不但顯示了二者原來共有的特殊安排，又表現了二者分化後，《七音略》傳本這方面的新改動。

　　因此本文認爲《韻鏡》與《七音略》在版本上不但同源，而且是近親。兩者都源於一部根據二〇六韻韻書而作（或是修改）成的韻圖。茲將兩者的關係列成簡圖如下：

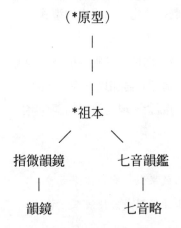

　　　　（*原型）

　　　　　　*祖本

指微韻鏡　　　七音韻鑑

　韻鏡　　　　　七音略

---

❷　羅常培（1935）p111.1-5。

研究方法

　　根據以上的理解，在《韻鏡》傳入日本再被找回國門的這段期間，經歷了幾百年傳抄、翻刻的過程。張麟之的《韻鏡》則是前有所承，而且與《七音略》有近親關係。本文的目的既然是要觀察《韻鏡》中，張麟之時代這一層的音韻現象。那麼就必需排除(1)後代改動的部份、(2)前有所承的部份、以及(3)由非語言因素所造成的現象。

　　基於這三點要求，設定研究步驟如下❷：

1.將《廣韻》各小韻與《韻鏡》比較，整理出所有異常的歸字。

　　這是因為《韻鏡》前有所承，但是又沒有祖本可以比較。在這樣的限制之下，《廣韻》應是較好的選擇。比較的範圍不限定小韻首字，只要《廣韻》該音韻地位小韻中有一字與《韻鏡》的歸字相合就算相合。可以明顯斷定是小韻中某字的錯字的，也算相合。在這樣的原則之下，整理出 217 個與《廣韻》不合的異常歸字，其中《廣韻》有字的有 190、《廣韻》無字的有 27。本文將這些《廣韻》有字的異常歸字視為是可能的候選者❷。

2.與日本流傳各本比較，確定屬於張麟之《韻鏡》原有的部份。

　　這一部份的工作，主要是比對日本現存最早的兩部《韻鏡》手抄

---

❷　所用《廣韻》根據黎明書局出版的澤存堂本。《韻鏡》與《七音略》則據藝文印書館出版的《等韻五種》。

❷　《廣韻》無字的例子當然值得研究，但是因為它們大多是罕用的字，又沒有《廣韻》的音韻地位可茲比較，沒辦法討論其音韻變化，這裡只好割愛。事實上，這些例子中有一個「撐」字列於耕韻開口二等徹母之下，顯示國音中這個字讀ㄔㄥ，其來源可以上推宋朝。

本：嘉吉（1441）本㉖與應永（1394）本㉗，以及馬淵和夫（1970）
用日本現存十幾本古抄本對應永本所作的校記。比對本特別不採《磨
光韻鏡》，因爲那是一部根據《五音集韻》、《經史正音切韻指南》
等書有意校定過的本子，對其他研究工作可能有用，但是對本文要探
究張麟之原本的目的則不適用。

　　比對的時候，如果某異常歸字與各本都一致，就視爲張麟之《韻
鏡》原有；如果與各本互有參差，則看是否與較古的幾本相合，對於
這類情況儘量從嚴，以避免把後代的現象收入。比較的結果可以推測
以下的 13 例張麟之的原本可能不誤，這些異常的歸字可能是後代的誤
植。篩選的結果，剩下 177 個字。

例字	列於	當列於	例字	列於	當列於
疵	04.1.3 神㉘	從母	辯	23.2.4 並	三等
覵	26.3.4 溪	疑母	趍	26.3.4 疑	溪母
葰	30.22 床	疏母	強	31.3.3 群	弶（字誤）

㉖　本文所根據的是陳新雄老師所贈，由日本古典保存會印行的影印本。

㉗　應永本的影本在馬淵和夫（1970）的第一部，作爲校對用的底本。但是我對馬淵
　　稱它爲應永本有懷疑。因爲在應永年的記事之後，還有一段話，註明是寶德二年
　　（1450）。原文是「寶德第二重九月念九日，以東寺邊（是否爲「邊」可疑）本
　　加校合（引文落「合」字）畢。件本以摺本書寫之云云，所所落字磨滅之故歟。」
　　（引文見 p379.12-13，原文見 p102。）馬淵將它理解爲只是加校對，但是我比較
　　這段話與序例中的筆跡，可以推測是同一枝筆接近同時的筆跡。因此我推測這個
　　本子是寶德二年根據應永本抄寫，再用東寺的本子加校對而成的。

㉘　本文用三碼表示歸字的位置。第一碼表示轉次、第二碼表示四聲欄位（由 1 到 4
　　分別代表平、上、去、入）、第三碼表示等第。

霽	32.2.2 見	三等	佂	32.2.2 群	三等
迎	33.1.4 疑	三等	營	34.1.3 為	四等喻母
榮	34.1.4 喻	三等為母	夐	34.3.4 匣	三等曉母
兼	39.1.3 見	四等			

3.與《七音略》比較，確定是祖本以後的改動。

因為《指微韻鏡》已經不傳，沒辦法拿來和張麟之所刊的《韻鏡》比較，在材料的限制之下沒辦法具體回答：張麟之究竟作了哪些改動。因此本文選用有近親關係的《七音略》，來和這些篩選下來的異常歸字比較。如果兩者相合，則視為祖本已有，予以剔除；兩者不合，則視為創新。比較的結果只能回答：在二者的祖本之後、與張麟之的三刊本之間有哪些改動。這些現象有些可能出於張麟之的手，有些則可能在《指微韻鏡》中已有。但是它們應該不會超越《韻鏡》與《七音略》的祖本之前，大致可以視為成於張麟之的時代。比較結果，篩選得 148 個字。㉙

4.由音韻史的角度，選取可能反映音韻現象的例子。

分層所得的異常歸字例，並不一定全部都反映音韻現象。以下由音韻史的角度，挑選可能反映當時音韻現象的例子加以討論。選取的原則，由音韻史的考慮、例證的數量、以及是否有系統性等方面加以取捨。

㉙ 刪除的例子，有許多也反映有趣的音韻現象。如：為母的「雄」列於匣母、神母的「順」列於禪母、阮韻的「宛」列於獮韻等。由於本文的目的是要分析出屬於《韻鏡》創新的一層，這些例子只好暫時割愛。為節省篇幅，這裡不一一列出。

異常歸字所反映的音韻現象

根據以上分層原則所得的例子，有以下幾種現象值得注意：

1.神禪不分

位置	歸字	音韻地位	置於
42.3.3	剩	證開三神	證開三禪
37.2.3	壽	有三禪	有三神
38.1.3	忱	侵三Ａ禪	侵三神
38.4.3	褶	緝三Ａ禪	緝三神

2.為喻無別

位置	歸字	音韻地位	置於
01.1.3	肜	東三喻	東三為
02.1.3	容	鍾三喻	鍾三為
02.4.3	欲	燭三喻	燭三為
08.2.3	以	止開三喻	止開三為
11.1.3	余	魚三喻	魚三為
31.1.3	羊	陽開三喻	陽開三為
42.3.3	孕	證開三喻	證開三為

3.三四等混同

異常歸字的例子中，三四等的混同是個非常明顯的現象。觀察這些三四等韻字與列等的關係，可以分為以下幾種類型：

(1)將重紐三等字置於同韻四等

位置	歸字	音韻地位	置於
21.4.4	狷	薛開三Ｂ影	薛開四影

04.2.4	踦	紙開三 B 見	紙開四見
21.2.4	搴	獮開三 B 見	獮開四見
17.3.4	螼	震開三 B 溪	震開四溪
40.3.4	驗	豔三 B 疑	豔四疑
04.1.4	披	支開三 B 滂	支開四滂

(2)將重紐四等字置於同韻三等

位置	歸字	音韻地位	置於
23.1.3	甄	仙開三 A 見	仙開三見
17.3.3	藒	震開三 A 溪	震開三溪
25.1.3	蹻	宵三 A 溪	宵三溪
24.1.3	嬛	仙合三 A 曉	仙合三曉

(3)將四等韻字置於鄰韻三等

位置	歸字	音韻地位	置於
39.4.3	倢	怗四曉	葉三曉
39.2.3	鼸	忝四匣	琰三匣
09.4.3	計	霽開四見	廢開三見
23.1.3	妍	先開四疑	仙開三疑
25.1.3	堯	蕭四疑	宵三疑
24.3.3	縣	霰合四匣	線合三匣

(4)將重紐四等字置於鄰韻四等

位置	歸字	音韻地位	置於
23.4.4	鷩	薛開三 A 幫	屑開四幫
23.2.4	沔	獮開三 A 明	銑開四明
24.1.4	儇	仙合三 A 曉	先合四曉

| 35.1.4 | 輕 | 清開三A溪 | 青開四溪 |

(5)將三等字置於同韻四等

位置	歸字	音韻地位	置於
21.4.4	列	薛開三來	薛開四來
22.4.4	劣	薛合三來	薛合四來
40.3.4	殈	豔三來	豔四來
21.4.4	熱	薛開三日	薛開四日
40.3.4	染	豔三日	豔四日

(6)將三等字置於鄰韻四等

位置	歸字	音韻地位	置於
08.3.4	恣	至開三精	志開四精
23.2.4	戩	獮開三精	銑開四精
39.1.4	尖	鹽三精	添四精
39.4.4	妾	葉三清	怗四清
35.1.4	菁	清開三精	青開四精
39.2.4	苒	琰三日	忝四日

這些例子顯示，在張麟之的時代，不但重紐三四等已經不分，三等韻與四等韻也已互相混同。

4.韻部合併

　　上一小節舉的例子中，有許多例子也屬於韻部合併的情況，這裡就不再重複。除了三四等之間韻部有合併的現象，以下的例子，可能也顯示了韻部之間合併的現象：

位置	歸字	音韻地位	置於
02.1.1	驄	東一清	冬一清

02.4.3	郁	屋三影	燭三影
07.2.3	烌	紙合三A照	旨合三照
06.3.4	系	霽開四匣	至開四匣
13.2.2	矲	蟹開二並	駭開二並
18.2.3	稇	混合一溪	準合三溪
21.2.2	阪	濟合二並	產開二並
22.2.3	卷	獮合三B見	阮合三見
02.4.1	薄	鐸開一滂	沃一滂
33.3.2	硬	諍開二疑	映開二疑
33.4.2	礐	麥開二來	陌開二來
40.4.1	踏	合一透	盍一定
40.1.1	黯	咸二影	談一影
39.3.2	闞	鑑二曉	陷二曉

《韻鏡》序例所反映的音韻現象

以上所作的，並不能肯定回答張麟之為《韻鏡》添了哪些東西，只能說韻圖裡哪些部份可能反映那個時代的音韻現象。這時候張麟之的序例就更值得注意了，因為他自己說那是他作的[30]。現在根據序例，

---

[30] 第一序中說：深欲與眾共知，而或苦其難。因撰〈字母括要圖〉，復解數例，以為沿流求源者之端。

討論它可能反映的音韻現象如下[31]：

1.**濁音清化**

> 以士爲史、以上爲賞、以道爲禱、以父母之父爲甫可乎？〈上聲去音字〉

這裡舉出了「士：史」、「上：賞」、「道：禱」、「父：甫」等四對中古上聲清濁相對的例字，指出它們實際聲調上的不同。如果他用的是最小對比的話，這個現象就可能反映了中古上聲清濁的對立，在張麟之的時代已經轉爲聲調的上去對立，這批全濁上聲字不但聲調已讀同去聲，聲母也已經清化，和全清字無別了。

2.**知照相混**

> 或又曰：「舌齒一音，而曰二，何耶？」曰：「五音定於脣齒喉牙舌，惟舌與齒遞有往來，不可主夫一。故舌中有帶齒聲，齒中而帶舌聲者。古人立來、日二母，各具半徵、半商，乃能全其秘。若來字則先舌後齒，謂之舌齒；日字則先齒後舌，謂之齒舌；所以分爲二而通五音曰七。今《韻鏡》中分章昌、張倀在舌齒音兩處之類蓋如此。故曰：七音一呼而聚，四聲不召

[31] 《韻鏡》序例中的音韻現象，應該早就有人注意到了。據管見所知，王力（1958）P194 的注 2 提到了濁上變去的現象、董同龢（1965）p185.13-16 提到了知章合併的現象、賴江基（1991）也略微提到一些。因爲沒有很仔細地去查考，前賢究竟指出了哪些現象，這裡沒辦法一一注出。

自來。學者能由此以揣摩四十三轉之精微，則無窮之聲、無窮之韻有不可勝用者矣，又何以爲難哉？」〈調韻指微〉

問話的人說「舌齒一音」，表示當時的人認爲知、照兩系字的聲母讀得一樣。而他回答說「舌與齒遞有往來」、「舌中有帶齒聲，齒中而帶舌聲」，似乎也都承認當時知、照兩系不易區別。但是面對韻圖的區別，只好用些玄虛的話勉強解釋。小注中的「章昌」是照系字、「張倀」是知系字，他特別指出它們在韻圖裡分置兩處，語氣上也顯示他認爲這兩組字分別同音。

3.床禪不分

在〈橫呼韻〉中所謂的「二多韻」（翻檢韻圖，其中沒有一個列於二多韻的字）下，相當於正齒音的位置，列有「鍾衝慵舂鱅」一組字，「慵」字上有一個圓圈。其中「慵、鱅」二字，《廣韻》列於同一小韻，應屬同音。張氏將兩個同音字分列於「床、禪」二母的位置，可能是他覺得這兩位置沒多大區別，因此用禪母字來補床母字的空位。

4.重紐三四等混同

。一先韻　邊篇跰眠｜顛天田年｜堅牽虔研｜箋千前先涎｜煙袄賢延｜蓮然〈橫呼韻〉

這個表主要是根據二十三圖列於平聲四等的先韻字作成，再由鄰近的韻補入仙韻的「篇，虔、涎、延、然」五個字。這顯示他的讀音先仙不分。更值得注意的是：「篇」爲重紐四等字，而「虔」爲重紐三等字。四等找不到合適的群母字固然是選用「虔」的原因之一，但是把

這些字同列，可能就是因爲它們的韻母讀起來相同。因此這個現象可能反映了重紐的混同。

5.東鍾相混

> 今如千竹反竈字也，若取嵩字橫呼，則知平聲次清是爲樅字，又以樅字呼下入聲，則知竈爲促音，但以二冬韻同音處觀之可見也。〈歸字例〉
>
> ○二冬韻　封峰逢蒙中傭重釀恭蚣蚣顒鐘衝慵舂鱅邕匈雄容龍茸〈橫呼韻〉

「竈」字與「嵩」字都在第一圖，由「嵩」字橫推，同圖並沒有「樅」字，這個字列於第二圖。他由第二圖的「樅」字往下看，找到了「促」字。於是他知道第一圖的「竈」字讀第二圖「促」的音。這顯示他認爲第一圖的東韻與第二圖的鍾韻沒什麼分別。這也就是爲什麼他在〈橫呼韻〉中所謂的「二冬韻」（翻檢韻圖，其中沒有一個列於二冬韻的字）下，把許多東韻字拿來補鍾韻的空缺。

6.先仙相混

這個現象在第 4 條已討論，這裡不再重復。

7.平分陰陽

> 凡以平側呼字，至上聲多相犯。如東同皆繼以董聲，刀陶皆繼以禱聲之類。〈上聲去音字〉

所謂「東、同皆繼以董聲，刀、陶皆繼以禱聲」，意思是他把「東、

同、董」和「刀、陶、禱」連著唸。「東、同」和「刀、陶」中古皆
為平聲字，差別在於聲母清濁的不同。現在他討論四聲依次唸的順序
是：平聲清、平聲濁、上聲清，可以推測當時平聲已分為陰、陽兩調。

8.濁上變去

> 諸氏反、莫蟹反、奴罪反、弭盡反之類，聲雖去音，字歸上韻，
> 並當從禮部韻就上聲歸字。〈歸字例〉
>
> 凡以平側呼字，至上聲多相犯。如東同皆繼以董聲，刀陶皆繼
> 以禱聲之類。古人制韻，間取去聲字參入上聲者，正欲使清濁
> 有所辨耳。如一董韻有動字、三十二皓韻有道字之類矣。或者
> 不知，徒泥韻策分為四聲，至上聲多例作第二側讀之，此殊不
> 知變也。若果為然，則以士為史、以上為賞、以道為禱、以父
> 母之父為甫可乎？今逐韻上聲濁位，並當呼為去聲。觀者熟思，
> 乃知古人制韻，端有深旨。〈上聲去音字〉

〈歸字例〉裡說：「聲雖去音，字歸上韻」，意思是：雖然這些字的
反切下字讀起來都是去聲，但是切出來的字仍要讀上聲。這些反切下
字都是全濁上聲字，他說它們讀起來是去聲。〈上聲去音字〉則說「今
逐韻上聲濁位，並當呼為去聲」。則更清楚地描述：列在上聲全濁聲
母的字都要讀成去聲。可見濁上變去的音變已經發生。又說「以平側
呼字，至上聲多相犯」，正是反映「列在上聲的字常常出問題」這個
現象。至於說：「古人制韻，間取去聲字參入上聲」，則是因為不知
音理，對中古上聲類中全濁上聲字讀成去聲這個現象作的強解。所舉
「士：史」、「上：賞」、「道：禱」、「父：甫」四對中古上聲清

濁相對的例字，正是表現它們實際聲調不同的最小對比。

比較與討論

　　把異常歸字與序例所反映的音韻現象比較，可以發現兩者相合之處有：床禪相混、三四等的合流❷、韻部的合併等。異常歸字出現的例證比序例多，這是因爲序例只是舉例性質，因此數量較少，也較零星；異常歸字的例子也不能說多，但是已經相當有參考價值了。

　　但是兩者也有若干出入：

1. **聲母方面：**

　　序例反映了知照相混的現象，但是韻圖裡卻看不出來，這可能是因爲要與三十六字母的分類相妥協。所以雖然他覺得知照兩系字讀起來很相似，但是又遵從韻圖的架構，沒有對知照的分類作什麼改動。

2. **聲調方面：**

　　序例清楚地反映了濁上變去的現象，但是韻圖裡卻看不出有濁上字列入去聲的情況。根據張麟之在序例裡所謂：「今逐韻上聲濁位，並當呼爲去聲」的解釋，我們可以了解他雖然觀察到這個現象，卻和文獻現象妥協的態度。這可以解釋爲什麼韻圖裡沒有出現這方面的改動。

　　序例也顯示出當時已有陰陽平之分，但是韻圖裡更看不出任何陰陽平分化的跡象。濁上變去，有去聲的位置可歸，張麟之的態度尚且

---

❷　由於韻鏡用的是三十六字母的分類，在韻圖上爲喻不分的現象，可以與三四等合流合併處理。

保守，沒有對它們作調整。以四聲分類的韻圖，根本沒有爲這個新生的陽平調設計一個單獨的位置，張麟之讓它們待在原位大概是他唯一的選擇。

另外也許還有一個更積極的原因，那就是張麟之要利用《韻鏡》來推反切的讀音。反切上下字與被切字的關係是依照前代的音韻系統而定的，當某一批字因爲某些音韻條件發生音變，（如：濁上變去）改變了與原先同類字的關係，而反切並沒有改（如：仍用全濁上聲字爲清音上聲字的切下字），如果冒然改動它們在韻圖上的位置（如：將濁上字改列去聲），就可能造成歸字時的大混亂（如：依反切下字將清上字也讀成去聲）。那麼他爲什麼又要添些音韻不合的字呢？可能也是同一個原因，那就是在橫推直看的時候，往往會碰到空圈，就前代的音韻地位來說，這裡也許確實是個空缺；但是後代經過音韻變化，韻部、等第、聲母等各方面都有合併的情形；就使用韻圖者當時的語感來判斷，某個空缺的讀音實際上和另一個位置的字讀音相同，在不知道某字中古音確實音韻地位的情況下，爲了方便，在空缺的位置補上一個同音字，毋寧是很自然的。

結　論

本文採用了：「文獻現象與語言現象的基本性質不同」，與「文獻材料的多層性」兩個觀點，利用比較法，作文獻層次分析的嘗試。討論的重點雖然偏重於近代音，但是這樣的研究，對音韻史其他方面的研究，也可以提供參考。現在舉一個例子來說明：

在重紐問題的研究中，河野六郎（1939）指出：根據反切系聯的

結果，《玉篇》、《切韻》重紐四等字與正齒三等字接近，重紐三等字與正齒二等字接近。但是《韻鏡》卻將重紐三等字與正齒三等字同列。❸爲了解釋這種現象上的分歧，他認爲：時代較晚的《韻鏡》雖然網羅了兩百零六韻的韻目，但並不是忠實的記音，只能認爲是對《切韻》系韻書的一種解釋。❸爲了要證實《韻鏡》的這個性質，他舉出《韻鏡》中重見於三、四等的例字：

歸字	見於	又見
甄搴	21.4	23.3
蹻	25.3	26.4
輕	33.4	35.4
頸	33.4	35.3

用來顯示《韻鏡》三四等的區別決非不可動搖的。再加上喻母不一定置四等、日母不一定置三等幾個現象，用來說明：三四等的區別不是當時的實音。❸

　　河野六郎對《韻鏡》性質的了解，得到了三根谷徹（1953）的繼承，也取得了學界相當的共識。他把文獻材料間現象的不一致，理解爲不同時代間的音韻變化，這固然是一種可能的解釋。至於把《韻鏡》對三等韻字的安排，與例外歸字的現象，視爲同一個系統所反映的語言現象，則更令人憂慮。因爲檢討他所舉的例證，剛好多屬於本文所

---

❸　河野六郎（1939）p176-177。他原用甲、丙相當於重紐四等，乙、丁相當於重紐三等。這裡改用大家較熟悉的術語。

❸　河野六郎（1939）p177.倒9-7。

❸　河野六郎（1939）p177.4-倒9。本文把他部份的文字敘述改爲表列，以便於了解。

探討的這一層,也就是《韻鏡》中創新的部分;這不免對論證的效力打了折扣。由本文的觀點來看,這些現象最好能與《韻鏡》列等的安排分別看待。也就是:異常歸字屬於較晚的層次;而列等的安排可能前有所承,屬於較早的層次。

對語言學家來說,音韻史研究所關心的主體是音韻系統,這個問題當然不該被其他非語言的問題模糊了焦點。但是由於所根據的材料是文獻,在透過文獻現象理解其背後的語言現象時,我們卻不能不思考:文獻現象與語言現象,這兩者基本性質的不同,對我們理解前代的語言現象,可能造成哪些分歧?因此校勘、版本、考證等學科在青年語言學家的心目中逐漸失去分量的今日,本文願意再次強調它們的重要性,並且期待這些傳統小學的基本功夫能被賦予新的時代意義。

參考書目

三根谷徹

1953 〈韻鏡の三・四等について〉,《言語研究》 22,23 56-74。

大矢透

1924 《韻鏡考・隋唐音圖》(上、下),勉誠社文庫 41、42。

孔仲溫

1981 《韻鏡研究》,國立政治大學中國文學研究所碩士論文。

1986 〈韻鏡的特質〉,《孔孟月刊》 24.11 19-22。

1988 〈論《韻鏡》序例的「題下注」「歸納助紐字」及其相關問題〉,《聲韻論叢》(學生書局 1994)1 321-344。

文　雄

　　1774　《磨光韻鏡》，勉誠社文庫 90。

　　1780　《重校正字磨光韻鏡・磨光韻鏡字庫》，勉誠社文庫 92。

王　力

　　1958　《漢語史稿》，波文書局。

　　1985　《漢語語音史》，中國社會科學出版社。

李存智

　　1991　《韻鏡集證及研究》，東海大學中國文學研究所碩士論文。

　　1992　〈論《韻鏡》之撰作時代與所據韻書〉，《中國文學研究》
　　　　　6　75-98。

李新魁

　　1981　〈《韻鏡》研究〉，《語言研究》　新 1　125-165。

　　1982　《韻鏡校證》，中華書局。

　　1983　《漢語等韻學》，中華書局。

周法高

　　1984　〈讀韻鏡研究〉，《大陸雜誌》　69.3　99-102。

河野六郎

　　1939　〈朝鮮漢字音の一特質〉，《河野六郎著作集》2（平凡
　　　　　社 1979）155-180。

林炯陽

　　1988　〈「磨光韻鏡」在漢語音韻學研究上的價值〉，《中國域
　　　　　外漢籍國際學術會議論文集》　169-196。

　　1997　〈《韻鏡校證》補校〉，《東吳中文學報》3　23-34。

林慶勳

1986 〈論「磨光韻鏡」的特殊歸字〉,《高雄師院學報》14 1-12。

馬淵和夫

1970 《韻鏡校本と廣韻索引》新訂版,嚴南堂書店。

邱棨鐋

1971 《韻鏡與廣韻之比較研究》,油印本。

高 明

1965 〈嘉吉元年本韻鏡跋〉,《學粹》7.3 33-37,55。

1970 〈韻鏡研究〉,《中華學苑》5 1-40。

1971 〈鄭樵與通志七音略〉,《高明小學論叢》,黎明文化事
業公司 344-359。

楊守敬

1915 〈鄰蘇老人年譜〉,《近代中國史料叢刊》755,文海出
版社。

趙飛鵬

1986 《楊守敬之藏書及其學術》,國立臺灣師範大學國文研究
所碩士論文。

葉鍵得

1990 〈七音略與韻鏡之比較〉,《復興崗學報》43 345-358。

葛毅卿

1957 〈韻鏡音所代表的時間和區域〉,《學術月刊》8 79-91。

董同龢

1965 《漢語音韻學》,文史哲出版社。

趙蔭棠

1957 《等韻源流》,文史哲出版社(1974 再版)。

賴江基

　　1991　〈《韻鏡》是宋人拼讀反切的工具書〉,《暨南學報》（哲
　　　　學社會科學）1991.2　104-112。

龍宇純

　　1959　《韻鏡校注》,藝文印書館。

　　1970　〈讀「嘉吉元年本韻鏡跋」及「韻鏡研究」〉,《大陸雜
　　　　誌》　40.12 394-399。

鄭再發

　　1966　〈漢語音韻史的分期問題〉,《中央研究院歷史語言研究
　　　　所集刊》36.2　635-648。

羅常培

　　1935　〈《通志‧七音略》研究－景印元至治本《通志‧七音略》
　　　　序－〉,《羅常培語言學論文選集》（中華書局）　104-116。

論摩多

金鐘讚*

一

梵文有摩多與體文。對這梵文的摩多有各種不同的說法，有人認為是母音，有人認為是韻母。主張摩多為母音者有饒宗頤、李新魁、陳振寰等人，認為摩多是韻母者有吳稚暉、竺家寧❶等人。到底哪種

---

* 　韓國安東大學中文系

❶ 　各家對梵文之認識如下：

	人　名	字　音	比　聲	超　聲	備　　　　　註
1	慧　琳	聲勢	字母·體文		《一切經音義》
2	智　廣	韻	聲		《悉曇字記》
3	章太炎	韻	紐		《國故論衡音理論》
4	吳稚暉	摩多韻母	體文聲母		《國音沿革序》
5	潘重規 陳紹棠	韻	聲		《中國聲韻學》
6	饒宗頤	元音	子音		《中印文化關係論集·語文篇》
7	李新魁	元音	輔音		《漢語等韻學》
8	陳振寰	元音	輔音	半元音及 二合輔音	《韻學源流注評》
9	林炯陽	韻	輔音		《中國聲韻學通論》

說法比較合理？

　　根據我們的研究，發現摩多既不是母音，也不是韻母。我們在本文中先探討摩多與母音之關係，再考察摩多與韻母之關係，最後提出我們對摩多之見解。

二

　　梵文之十六個摩多可以分成兩類，例如：

　1.通摩多十二（a、ā、i、ī、u、ū、e、ai、o、au、aṃ、aḥ）

　2.別摩多四（r、r̄、ḷ、ḹ）

通摩多與別摩多有什麼不同？王明覺先生在《梵字入門》❷中說：

　　　因爲通摩多是透過全般十八章都會被使用的摩多之字才有此名稱。尚有別摩多只是使用於第十六章草紙的一種特別的摩多，所以把它稱爲別摩多。

　　我們參看一下悉曇十八章之情形❸。

10	辛　勉	元音	輔音	《古代漢語和中古漢語語音系統的研究》
11	唐作藩	元音韻母	輔音聲母	《音韻學教程》
12	沈觀鼎	母音	子音	《梵文字典》
13	謝雲飛	（韻）	輔音	《南洋大學報》第六期
14	竺家寧	韻	聲母	《聲韻學》

❷　參見王明覺先生編著《梵字入門》頁 20，常春樹書坊，1990 年 11 月。

❸　參見王明覺先生編著《梵字入門》頁 45，常春樹書坊，1990 年 11 月。

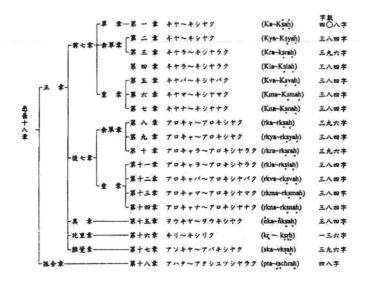

從上面的圖表上看出梵文摩多與體文結合之情況。別摩多與通摩多大不相同，只出現於第十六章。

趙蔭棠（憩之）先生在《等韻源流》❹中說：

> 鄭氏雖不稱「十六」二字，而我們由張氏的話也可以知道七音略的精神是受梵文的十六轉的影響的。實在梵文十六轉之名，與實際也不相符合；蓋除去世俗不常用之四字，只餘十二之數也。

趙先生所說的「世俗不常用之四字」是別摩多 r、r̄、ḷ、ḹ 四個。

❹　參見趙憩之先生著《等韻源流》頁 16，文史哲出版社，1985 年 7 月。

三

饒宗頤先生在《梵學集》❺中說：

> 高野山本《涅槃經‧悉曇章》云：「悉曇，魯留虞樓爲首生。」
> 此但舉魯留以概「魯留盧樓」四流音，此四字被稱爲別「摩多」
> (mātā)，指母音之別者，ṛ、ḷ (魯、留) 蓋爲混合 (mixed) 音，含
> 有母音及子音雙重身份，事實上 ṛ 可以包括 r。

HYUN BOK LEE 在《THE PRINCIPLES OF THE INTERNATIONAL
PHONETIC ASSOCIATION and THE KOREAN PHONETIC
ALPHABET》❻中云：

> ṛ Retroflex flap, starting with retroflexed tongue and moving the tip
> forwards and downwards so that the under side strikes the teeth-
> ridge. Hindi ड़ (ṛ)；the "thick l" as in the Eastern Norwegian
> pronunciation of Ola.

---

❺　參見饒宗頤先生著《梵學集》頁 128，上海古籍出版社，1993 年 7 月
❻　參見 HYUN BOK LEE 先生編著《THE PRINCIPLES OF THE INTERNATIONAL
　　PHONETIC ASSOCIATION and THE KOREAN PHONETIC ALPHABET》頁 51，
　　KWA HAK SA，1989 年 4 月。

LEE JI SU 在《SANSKRIT 入門》 ❼中云：

ṛ、ṝ、ḷ 是成音節的流音，其發音分別爲 ri、rī、li。

以上我們考察過一些有關別摩多的見解。若從現代語言學的術語來講，別摩多其實是「成音節」的子音。至於通摩多，a、ā、i、ī、u、ū、e、ai、o、au 此十音是母音。有問題的是 aḥ、aṃ 二音。下面先談一下 aḥ。

aḥ 中之 ḥ 與體文 ḥ 有什麼不同呢？A. A. MACDONELL 在《MACDONELL SANSKRIT GRAMMAR》❽中說：

h and ḥ are respectively soft and hard spirants produced without any contact, and articulated in the position of the vowel which precedes or follows. h, corresponding to the second half of the soft aspirates g-h, j-h, d-h, b-h, from which it is in fact derived, occurs only before soft letters. Visarga (案指的是 ḥ), corresponding to the second half of the hard aspirates (k-h, & c), occurs only after vowels and before certain hard consonants. In India Visarga is usually articulated as a hard h, followed by a very short echo of the preceding vowel......

---

❼　參見 LEE JI SU 先生編譯《SANSKRIT 入門》頁 12，以文出版社，1994 年 2 月。

❽　參見 A. A. MACDONELL 先生著《MACDONELL SANSKRIT GRAMMAR》頁 15，牛津大學出版社，1927。

MACDONELL 先生的意思是 h 是濁的，而 ḥ 是清的，其音值有所不同。

現在我們考察一下 aṃ 之情況。各家對 aṃ 之對音情形如下：

對音者	法顯	曇無懺	慧嚴	僧伽婆羅	玄應	地婆訶羅	義淨	善無畏	不空	智廣	慧琳	空海	惟淨	同文韻統
對音字	安	菴	菴	菴	菴	唵	菴	暗	暗	暗	暗	闇	暗	昂

各家的對音雖然有所不同，但是用的字不外乎收-m、-n、-ŋ 等字。因此，我們可以推測 aṃ 中之 ṃ 實際上是子音。那麼，摩多 aṃ 中之 ṃ 與體文 m 有什麼不同呢？

　　A.A.MACDONELL 在《MACDONELL SANSKRIT GRAMMAR》❾中說：

> ṃ → Anusvara ('after-sound'), the unmodified nasal following a vowel and differing from the nasals given in column 5, is written with a dot above the letter which it follows ; eg. **क** kaṃ

我們在前面考察過 aḥ 之問題。aṃ 之情形與 aḥ 有相同之處，它們都不能出現於母音之前與母音拼合而只能附在母音後面。就現代普通話的 ŋ 來講，它不出現於母音之前而只能出現於母音之後，但大家都以為 ŋ

---

❾　參見 A. A. MACDONELL 先生著《MACDONELL SANSKRIT GRAMMAR》頁 5，牛津大學出版社，1927。

是子音。同理，梵文 aḥ、aṃ 中之 ḥ、ṃ 只能出現於母音之後，但這不能證明它們不是子音。現在我們要考察的是各家分別用-m、-n、-ŋ 來對音 aṃ 。這是爲什麼呢？

LEE JI SU 先生在《SANSKRIT 入門》 ❿中云：

1. m 出現在輔音前，則成爲 anusvāra，例如：
tam kavim > taṁ kavim, tam śatrum > taṁ śatrum.
2. 有時發生同化現象，例如：
kim karoti > kiṁ karoti 或 kiṅ karoti.
tam daridram > taṁ （或 tan）daridram.

由此可見，aṃ之 ṃ可以讀成 m、n、ṅ(ŋ)（案這與日語ん相似，ん代表 m、n 等鼻音，其讀法與它後面的子音有關係❶。）故才有用-m、-

---

❿ 參見 LEE JI SU 先生編譯《SANSKRIT 入門》頁 18，以文出版社，1994 年 2 月。

❶ 英文也有這種情形。張克定先生在《英語語言學導論》中云：
Another example of assimilation in English is the negative prefix in-. The nasal /n/ is phonetically variant ; it is /n/ before an alveolar consonant, /m/ before a labial consonant, and /ŋ/ before a velar consonant, as illustrated in the following words:
(29) indiscrete /indiskˊriːt/
input /ˊimput/
inconceivable /iŋkənˊsiːvəbl/
this phenomenon may be adequately accounted for by the rule that within a word a nasal consonant assumes the place of articulation as the following consonant.
參見張克定先生編著《英語語言學導論》頁 38，河南人民出版社，1991 年 9 月。

n、-ŋ 對音的現象。

四

　　李新魁先生等人主張摩多相當於現代語言學上之母音。但在摩多中有些子音，故他們的這一說法是站不住腳的。現在我們要考察的是摩多與韻母之關係。

　　韻鏡不依母音與子音的立場來分析字音而是依韻母與聲母的角度去分析字音的。我們都知道韻鏡四十三轉中有收-m、-n、-ŋ 的韻母（例如 am、an、aŋ）。舉一個 am 韻母來講，它與聲母 k 接觸而生 kam，與 t 結合則為 tam，與 p 結合則為 pam。韻鏡的轉圖既然受梵文十二轉之影響❷，則梵文的摩多與體文❸之關係也許就是韻母與聲母之關係。

---

❷　參見張世祿先生著《中國音韻學史下》頁 14，臺灣商務印書館，1986 年 10 月。
❸　現在參看一下《中國聲韻學通論》。
　　1.字音十四字
　　　袞 a、阿 ā、壹 i、伊ī、塢 u、烏 ū、理 r、釐r̄、翳 e、藹 ai、汚 o、奧 au、菴 am、惡 ah
　　2.比聲二十五字：
　　　舌根聲：
　　　迦 ka、呿 kha、伽 ga、恒 gha、俄 ña
　　　舌齒聲：
　　　遮 ca、車 cha、闍 ja、膳 jha、若 ña
　　　上顎聲：
　　　吒 ṭa、咃 ṭha、茶 ḍa、咤 ḍha、拏 ṇa
　　　舌頭聲：

故章炳麟先生說：

> 韻紐者，慧琳一切經音義稱梵文阿等十二字爲聲勢，迦等三十
> 五字爲體文；聲勢者韻，體文者紐也；斯蓋前代韻書之言。北
> 史徐之才傳曰：尤好劇談體語，公私言聚，多相嘲戲。封演聞
> 見記曰：周顒好爲體，因此切字皆有紐，紐有平上去入之異。
> 然則，收聲稱勢，發聲稱體，遠起齊梁間矣。（見章炳麟《國故論
> 衡·音理論》）

　　章先生認爲十二個摩多就是韻。嚴格來講，韻母不等於韻，但從
寬的立場來講，我們可以說韻母是韻。依章炳麟先生的見解，十二摩
多就是韻母。吳稚暉、竺家寧先生等人都支持章先生的見解。

　　何大安先生在《聲韻學中的觀念和方法》❹中云：

> 國語的雙音節語位和英語的雙音節語位，有一個很大的不同。

　　多 ta、他 tha、陀 da、馱 dha、那 na

　　唇吻聲：

　　波 pa、頗 pha、婆 ba、婆 bha、摩 ma

3.超聲八字

　　地 ya、邏 ra、羅 la、縛 va、奢 śa、沙 ṣa、娑 sa、呵 ha

在這兒的「字音」是摩多，「比聲」與「超聲」是體文。

參見林尹先生著《中國聲韻學通論》頁 92，黎明文化事業股份有限公司，1982 年
9 月。

❹　參見何大安先生著《聲韻學中的觀念和方法》頁 60，大安出版社，1987 年 12 月。

那就是在一個語位之內，英語的這兩個音節的「界限」(boundary)，要比國語的來得模糊。試比較[lʌndən]London 與[phuˊthauˊ]「葡萄」。國語的[phuˊ]和[thauˊ]中間的間隔，也就是雙音節語位的語位間隔，和[phiˊ çieˊ]「皮鞋」這個雙音節詞的語位間隔，是一樣的。但是[lʌndən]中的[lʌn]和[dən]的間隔，卻比[lʌndən siti]London City 中的[lʌndən]與[siti]的間隔要短。這一點認識，非常重要。它告訴我們，「音節分明」（syllable-prominent），是國語的一個特點，不論是在語位之內，還是在語位之外。在語位的層次、詞的層次，甚至句子的層次，語音訊號都是以一個一個界限同等分明的音節來表現的。這個特點，其實是整個漢語的特點。

因為普通話有這種特點，一個音節可以分為「聲母」（initial）和「韻母」（final）兩部分。所謂聲母，就是音節的起頭輔音。所謂韻母，就是在一個音節中聲母以外的部分。這種從音節分析得來的「聲母」、「韻母」的概念，就被拿來作為漢語音韻研究的代稱：「聲韻學」。

　　研究印歐語的人不依聲母與韻母的觀點去分析音節而是用子音與母音的觀點去分析音節。但梵文跟英文等有一個不同之處。LEE JI SU 先生在《SANSKRIT 入門》⑮中云：

　　梵文是音節文字。

---

⑮　參見 LEE JI SU 先生在《SANSKRIT 入門》頁 110，以文出版社，1994 年 2 月。

這句話的意思是梵文的一個字體就是一個音節。就這一點，梵文與中文❻一致，然則根據字型，把一個音節分析成聲母與韻母也行得通。因此，我們認爲摩多恐怕比母音更接近於韻母。但在沒作結論之前，需要更進一步去探討音節文字之構造情形。

五

下面參看德山暉純原著·李琳華編修的《梵字的寫法》❼：

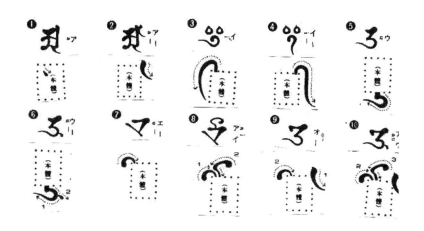

❻　王傳德先生在《漢語史》中云：

　　漢語，是單音節爲主的語言。記錄漢語的漢字，一個字代表一個音節。

　　參見王傳德、尚慶栓先生著《漢語史》頁 17，濟南出版社，1996 年 4 月。

❼　參見德山暉純原著、李琳華編修《梵字的寫法》，常春樹書坊，1990 年 8 月。

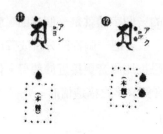

以上介紹過十二個摩多之寫法。這些摩多單獨出現時,才具有如上之形體。當這些摩多與體文結合時,就變成點或畫附在體文之上下左右。下面看一下實際的情形,例如:

⑴ kha 的寫法為 。當這 與十二摩多結合時,會變成如下:
　　(案 kha 這形體本身具有 a 音,故形體不會有所變化。)

khā　　khi　　khī　　khu　　khū　　khe

khai　　kho　　khau　　khaṃ　　khaḥ

⑵ ta 的寫法為 。當這 與十二個摩多結合時,其寫法如下:
　　(案 ta 這形體本身具 a 音,故形體不會有所變化。)

(3) pa 的寫法爲 ㄣ 。當這 ㄣ 與十二個摩多結合時，其寫法如下：
（案 pa 這形體本身具 a 音，故形體不會有所變化。）

王明覺先生在《梵字入門》⑱中云：

————————————

⑱　參見王明覺先生著《梵字入門》頁 28，常春樹書坊，1990 年 11 月。

阿點（參照圖一）幾乎一切的梵字都離不開阿字，下筆的時候必定把這一點阿字打上後才開始寫，沒有打上這一點而寫出來的梵字，被認爲是沒有生命的字。此點有些先師稱爲命點或發心點。體文是指子音和母音的阿結合而成的。

　　梵文既然是音節文字，則摩多可以說是韻母。但我們這時一定要考察體文是不是相當於聲母。如果這一點不成立，則摩多爲韻母之說法是站不住腳的。我們學習普通話的時候，先從 p、ph、m、f 開始，念時加上 o。意思是 p 的音值是 po 音中之前面的輔音。但梵文的情形大不相同，梵文的體文 pa、pha、ma、fa 中 pa 這一體文之音值不是 pa 音之 p 而是 pa 本身。因此，王明覺先生說：「體文是指子音和母音的阿結合而成的」。體文中既然有 a 音，則體文不可能等於聲母。那麼摩多也不能說是韻母了。至於摩多，它一旦跟任何體文結合成一個音節時，一定失去原來的形狀而變成點、畫。這種點、畫附在體文[19]之上下左右形成一個音節。這種形體上之特色是中文所沒有的。

　　我們知道摩多具有「母」、「點、畫」之意思。「母」的意思是著眼於摩多的功能（它像母親生孩子一樣，與各種體文結合而產生出各種不同的音節。）我們認爲「點、畫」之意思是跟摩多的形體有密切的關係。

　　總之，我們看來摩多雖然與母音、韻母有相似之處，但不完全一

---

[19]　王明覺先生在《梵字入門》中云：

　　父音字母稱爲體（vyanjanam）因書寫時，它會成爲字形的本體。

　　參見王明覺先生著《梵字入門》頁 21，常春樹書坊，1990 年 11 月。

樣，則不需要硬把母音、韻母的名稱套到摩多上去。我們要作的是只要給摩多做個解釋就可以了。

六

梵文之摩多，目前有兩種不同的見解，一派認爲摩多是母音，一派認爲摩多是韻母。在摩多中有一些輔音，則「母音說」自然站不住腳。至於「韻母說」是有道理，但我們不能接受這一說法。子音與母音、聲母與韻母都是相對性的。同理，體文與摩多也有這種關係。體文本身都有 a 音，則體文已經是子音與母音之結合。其實體文指的是文字的形體（構成主體的文字）。至於摩多，它指的是加於體文之上的點、畫。摩多跟體文結合時，就失去自己的字形而變成點、畫。這種點、畫附在主體文字（案體文）的上、下、左、右而構成音節。

八

就漢梵對音收-t/-l 韻尾試論
韓漢入聲譯音收-l 韻尾

朴萬圭*

一、引言和凡例

今日我們研究中國上古或中古音，高本漢以下的很多學者都將上古的幾個韻部，即中古廣韻的質、術、櫛、物、迄、月、沒、曷、末、黠、鎋、屑、薛諸韻字擬爲收-t 尾的塞音韻尾。一九八〇年代以後，始有少數學者就此表示了疑義。❶

但若在韓國研究中國聲韻的學者注意到把 Pamir（蔥嶺）在上古漢籍譯爲帕密，Mongol 譯爲蒙古或蒙骨，羅馬的皇帝 Caesar（Tsar）常譯爲凱撒，Turk 譯成突厥，再者，在佛經裡許多古代印度人的人名或地名，例如：往五天竺國傳所載 Bolor，漢籍譯成鉢露羅國，還有 Pundavardhana 譯成奔那伐彈那國，更進者，諸佛徒之名，如 Dharmayasás 譯對達摩耶舍，Gunavarma 爲求那跋摩等等，諸如此類的漢梵譯音例

---

* 韓國同德女子大學校教授

❶ 俞敏《後漢三國梵漢對音譜》，鄭張尙芳《上古音構擬小議》。

子曾經使筆者產生懷疑。因為上面幾個入聲韻字的收尾如為-t，與它們的梵音-l、-r 根本不一致，而更有意思的是：韓國漢字譯音裡上面那幾個入聲韻值竟全是-l 韻尾，恰與梵音吻合。

　　有鑑於此，拙文先將讓我們感到懷疑之部分盡可能補齊，爾後加以對比，試為上述韓國聲韻學界向來所議論的收-t/-l 入聲韻尾之擬音問題提出個人的淺見。

　　下面有幾點凡例：

　　(1)搜集到的譯音材料應侷限於截至唐宋初以前譯成漢文的為討論對象，其用意在於要商討中古音時期以前之樣子，即看未有入聲收音演變以前之舌音-t 尾韻值。蓋宋初以後它的收尾漸漸脫落變成開音節ø 了。

　　(2)未收進在本文內的其它的很豐富的譯音材料，亦能提供給我們強而有力的支持，但唯對其來源或成書（譯成文）之時期，吾人并未有十分的把握，只好存疑而未舉，其以確保架構之整潔。舉例方式仿《西域地名》。

　　(3)梵音每字底下畫有直線的是直證，波線的是需要琢磨的間證。

二、舉　證

(1)　Abhidharma　阿毗達磨、阿毗曇(論)(曷)

(2)　āmalaka　阿末羅(無垢)(末)

(3)　Ambulima　菴跋離(義淨譯本)，菴末離(不空譯本)(末)

(4)　Amol　阿沒(新唐書大食傳)(沒)

(5)　Argha, Arghya　閼伽，遏迦(佛水)(曷)

(6) Aśva-garbha　阿濕縛揭波(瑪瑙)(月)

(7) atharvana Veda　阿達婆呔陀(曷)

(8) atharvana　我達婆那(曷)

(9) avaivartika, avinivartaniya　阿鞞跋致，阿毗跋致(不退)(末)

(10) Baluka　跋祿迦國(西域記)(末)

(11) Bars-köl　婆悉厥海(舊唐書)(月)

(12) Bedal　勃達嶺(新唐書石國傳‧今天山)(點)

(13) Berbera　撥撥力國(西陽雜俎卷四，新唐書大食傳)(點)

(14) Besarh　毗薩羅(曷)

(15) Bharhat stūpa　伐吸堵塔(月)

(16) Bing-yul　屏聿(慈恩寺傳辦千泉議)(術)

(17) Bokhara　捕喝(西域記)(曷)，布豁(新唐書)(末)

(18) Bolor　鉢盧勒(伽藍記)，鉢露羅(西域記)(末)，鉢露‧勃律(新唐書)(沒)

(19) Calmadana　折摩馱那國(西域記)(薛)

(20) Darada　達麗羅(西域記，新唐書)，達剌陀(孔雀王經義淨譯本)(曷)

(21) Devaśarman　提婆設摩(天寂)(薛)

(22) Dharma　達摩皇后(曷)

(23) Dharmendra　達曼陀(曷)

(24) Dharmayaśas　達摩耶舍(僧名)(曷)

(25) Dharmamati　達摩摩提(僧名)(曷)

(26) Dharmagupta　達摩笈多、掬多(僧號爲法密)(曷)

(27) Ephthalites　嚈噠(伽藍記、魏書、周書)(曷)挹怛(隋書、新

唐書)(末)

(28) Farghana　鏺汗(隋書)(末)，跋賀那(往五天竺國傳)(末)，拔汗那(經行記、新唐書)(末)

(29) gandharva　乾達婆、乾達(樂神)(曷)

(30) Gilgit　之瞾多域(新唐書、大小勃律傳)(薛)

(31) Gunavarman, Gunavarma　求那跋摩(印度僧名)(末)

(32) Harivarman　訶梨跋摩(薛子愷)(末)

(33) Himatala　呬摩呾羅國(西域記)(曷)，呬摩怛羅國(慈恩寺傳)(曷)

(34) Irana-parvata　伊爛拏鉢伐多國(西域記)(末)

(35) Jalandhara　闍爛達羅國(西域記)，闍爛達那國(慈恩寺傳)，闍闌達羅國(往五天竺傳)(曷)

(36) Kalinga　羯陵伽(孔雀王經義淨譯本、不空譯本)，羯　伽(西域記)(月)

(37) Kamarupa　迦沒路國(新唐書、往五天竺國傳)(沒)

(38) karkata　羯句啅劍(月)

(39) Karluks　葛邏祿(新唐書)(曷)，割鹿(敦煌宋人寫本《西天路竟》)(曷)❷

(40) karma(n)　羯磨(作業)(月)

(41) Karnasuvarna　羯羅拏蘇伐那國(西域記)(月)

(42) Kasmira　箇失密(新唐書西域傳)(質)

---

❷　鹿譯-luks 的-k，這正是古音入聲收-k 尾之活證，同時，此更是割爲收-l(-r)尾之鐵證。

(43) Khazars　可薩突厥(經行記)，究厥曷薩(西域傳)，突厥可薩(新唐書大食傳)(曷)

(44) Khmer　吉蔑(新唐書)(屑)

(45) Khotl, kutl, khuttal　訶咄(隋書)，骨咄(新唐書西域傳)(沒)

(46) Khulum, Khulm　忽懍國(西域記)(沒)

(47) Khwarism (chorasmii)　且驪潛(史記大宛列傳)，且火尋，且過利(新唐書西域記)(月)

(48) Kirghiz　結骨、契骨、紇扢斯(魏略)(屑)，黠戛斯(新唐書)(黠)

(49) Kosala　拘薩羅國(佛國記)，橋薩羅國(正法念處經)，居薩羅(長阿含經)，憍薩羅(孔雀王經義淨不空譯本均如是作)(曷)

(50) Kusinagara　拘夷那竭(佛國記、玄應一切經音義、長阿含經)(薛)

(51) Mahesvara-pura　摩醯濕伐羅補羅(西域記)(月)

(52) Malabar　秣羅矩吒國(西域記)(末)，沒來國(賈耽、四夷路程)(沒)，麻離拔(嶺外代答)(末)

(53) Mallas　末羅國(末)

(54) Monglos　蒙兀、蒙骨(舊唐書)，盲骨子(松漠紀聞)(沒)

(55) Nagarahara　那竭(佛國記)(月)，那揭　羅僞(西域記)(月)那揭　羅喝(慈恩寺傳)(月)

(56) Nandinvardhaya　南丁伐檀那王(黑阿育王)(月)

(57) nirvāna　涅槃(屑)

(58) Pamir(s) 播密川(新唐書、往五天竺國傳)，播密(悟空行記)，帕密(質)

(59) paramartha　波羅末陀(第一義)(末)

(60) para-nirmita-vaśa-vartin　波羅尼密和邪㧞致(他化自在天)(點)

(61) Parvata　鉢乏多國(西域記)，鉢伐多波羅(慈恩寺傳)(末)

(62) Phalgumati　㧞扈利水(括地志)，㧞扈黎(水經注)(點)

(63) Prayaga　鉢邏那伽國(末)

(64) Pundavardhana, Punyavardhana　奔那代彈那國(月)

(65) Purusapura　弗樓沙(佛國記)(物)

(66) Qurigan　骨利幹(通典，新舊唐書)(沒)

(67) Samghavarman　僧伽跋摩(印度僧)(末)

(68) Sakala　奢羯羅(西域記)(月)

(69) Samarkand　颯秣建(西域記)(末)

(70) śarira　設利羅(遺骨)(薛)

(71) sarvadana　薩和檀(把一切都施予他人的人)(曷)

(72) sarvāsti-vāda　薩婆多(小乘的學派)(曷)

(73) sarva-jña　薩婆若，薩芸若(一切智，佛)(曷)

(74) Siddārtha　悉達多(佛尊)(曷)

(75) Sir-Tarduch　薛誕陀(隋書、北史、通典，新舊唐書、唐會要)

(76) Srilata　室利羅多(質)

(77) Suvarnagotra　蘇伐剌拏瞿呾羅(新唐書)(月)，蘇跋那具怛羅
(往五天竺國傳)

(78) Tabaristan　陀㧞斯單，陀拔薩憚(新唐書)，陀拔斯(大食
傳)(點)

(79) Tartars　韃靼(唐突厥《闕特勤碑》)(曷、廣韻無韃)

(80) Tash-kurghan　渴盤陁(梁書)，渴槃(魏書)，　盤陀(西域記，

新唐書)(曷)

(81) Termid　呾密(西域記)，怛滿(大食傳)(曷)

(82) Turgach　突騎施(新舊唐書)(沒)

(83) Turk　突厥(魏書、北齊書、周書、新舊唐書)(沒)

(84) Uigurs　袁紇，烏紇(魏書)，韋紇，回紇(隋書)，迴紇，回
鶻(舊唐書)(沒)

(85) Upavartana　優婆伐檀那(林)(月)

(86) Valabhi　伐臘毗國(西域記)(月)

(87) Varnu　跋那國(孔雀王經·佛國記)，跋怒(孔雀王經義淨譯
本)(末)

(88) Vindapharna　芬達伐納(波沙王)(月)

(89) vivartya　鞞跋致(退)(末)

(90) Warwaliz　活國(西域記)(末)，遏換城(舊唐書地理志)(曷)

(91) Yaglakar　藥羅葛(舊唐書迴紇傳，新唐書回鶻傳，唐會要)(曷)

(92) Yaxartes　藥殺水(隋書、新唐書)(黠)

（以上均取材於《漢唐佛史探眞》、《實用佛學辭典》、《佛學
大辭典》而仿《西域地名》而舉。）

三、他文已舉之證

幾位學者也曾就於漢梵音（特別是聲母和韻母）方面下工夫，如
施向東、尉遲治平、劉廣和、田久保周譽、柯蔚南（W. South Colbin）
諸氏，從諸賢所掌握的資料當中，亦可找到幾種適合於拙文意趣符合
者，如：

(1) 薛室囉末拏也　vaiśravaṇaya（質）

(2) 發麗　phale, phare（月）

(3) 窒里發里　triphali（質）

(4) 突婢愼爾裔　durvijneye（沒）

(5) 劍末羅綺　kamalaksi（末）

(6) 皷忙羯哩　ksemamkari（月）

(7) 鉢唎曷羅大也　parihardhaya（末）

(8) 頡力　griliga（屑）

(9) 高渾折羅　kaunjara（薛）

(10) 婢社達麗　vijjadhare（曷）

(11) 割羅輸達利　kalasodari（曷）

(12) 曷嘍姪唎　raudri（曷）

(13) 憍薩羅　kosala（曷）

(14) 勃里山儞　varsani（沒）

(15) 薩羅酸點　sarasvatim（曷）

(16) 殺茶惡刹利裔　sadaksariye（點）

(17) 設臘婆　salagha（薛）

(18) 涅末麗　nirmale（屑）（末）

(19) 緊捺羅　kinnaranam（曷）

(20) 因達囉　indra（曷）

(21) 尼民達羅　nimindharah（曷）

(22) 必梨羊羯麗　priyamkare（質）（月）

(23) 頞樂迦　alaka（曷）

(24) 冰揭羅惡綺　pingalaksi（月）

(25) 冰揭麗　pingale（月）

(26) 石呬伐麗　sihibhare（月）

(27) 劍必洛迦　kampilaka（質）

(28) 薩羅酸點　sarasvatim（曷）

(29) 設臘婆　salabha（薛）

(30) □鉢邏　capala（末）

(31) 劫畢羅　kapila（質）

（以上摘自《義淨漢梵對音探討》）

(32) 質韻……吉 kir, 壹 it ir, 乙（嘌）r, 栗 r, 涅 nir

(33) 術韻……聿 ir

(34) 沒韻……勃 bhur bh- bud, 沒 mur b- bud, 咄 tur, 訥 nut dur,
　　　　　骨 kor

(35) 曷韻……闥 thar, 達 dhar, 捺 nar dar, 渴 khar, 薩 sat sar, 喝 har

(36) 末韻……跋 bhad par, 沬 mar

(37) 點韻……戞 ger

(38) 月韻……發 phat phar, 韈 var val

(39) 薛韻……朅 khar, 孽 gat gar

(40) 屑韻……捏 nir

四、分析、討論和結論

　　從上面所舉例子而論，我們難免懷疑這些舌音入聲字的收尾音值爲何？究竟爲-t，還是-l(-r)？

　　單純如從上面找出來的一百多條例子當中，進行考察和分析，我

們不難發現，這幾個入聲舌音收尾字確實走過-l 的階段，因為字下畫直線的則全其然：字下畫波線的第二個字，沒有一個例外的，常是來母字來接，緊密地跟隨著。這不也暗示著收-t 尾的古入聲值著實和-l 音值維持密不可分的關係嗎？這兒尚需一點說明。

-t 和-l 的發音部位同樣是舌尖（中）音，兩者雖在發音方法上有塞音和邊音之異，但其在成聲時的音位差是非常接近的，因而可能容易產生音韻演變路子上的「時間差」。

在韓國漢字譯音系統裡，這些入聲韻一律發-l(-r)音值。上面所有的音，用它來念，快刀斬麻，迎刃而解，無懈可擊了。此附帶說明一條則：l-和 r-兩個音的性質在漢語本身是截然不同的音韻層次。後者是到了晚唐才從日母分化出來成的舌面前的顫音；前者則為舌音（舌尖中）的邊音。層次迥然有異。但兩者在韓漢譯音系統內實踐時，有的或合流為一了。韓國本身這個 l-音在韻頭前面出現時（訓民正音所云初聲：如韓文已，半舌音，如閭字初發聲），這個 l-音隨時可念成 l-或 r-。唯其 l-音用以入聲韻尾（訓民正音所云終聲）時，音值才固定為 l-了。雖然如此，韓文本身以 l-音做終聲的音，若在底下還有音節連繫著，這個 l-音又隨時變為 l-或 r-。❸因此吾人與其說在韓語裡這兩個音有如漢語那樣層次分明的個別兩個音系，倒不若說因其出現的位置和環境而其音值也富具彈性的對偶關係（韓文乃為表音文字）。

這種例子其實現代漢語也可隨便找得著：Roma 中國人把它譯成

---

❸ 施向東〈玄奘譯著中的梵漢對音和唐初中原方言〉文也曾注意到這點。漢語好像也有類似的混用情形。他說：「……來紐字既譯 l，又譯 r，但是譯 r 的來紐字常常加上一個口旁，這表明 r 與來紐不完全一樣……。」

羅馬，Russia 譯爲俄羅斯（露西亞）；London 譯成倫敦，Latin America 譯爲拉丁美洲等……。仔細看看，容易知道這兒的 R-和 L-是沒有一定標準地隨便往來的。如此在現代漢語的例子多得不勝枚舉。

話歸正傳，漢語方言調查工作已經明明告訴我們，在一些地區內，中國人將這個古代入聲塞音韻尾字-t，如今還是念成-l 音。現今的湖北通域和江西省部分地區的居民就是。消失許久的這個入聲韻尾還在某些地方存活著，保存著古代收尾，並非-t，而是-l！

這正好和韓漢譯音入聲收尾不約而同地吻合！個人認爲這均由音韻演變過程中的「時間差」（Time Lag）所引起，即-t→-l→ø 的收尾流音（或弱化）現象的一個環節的。

中國在某一個地區，在某一個歷史時期上確實存在過-l 這個收音值。韓漢譯音收尾-l 音也正是這樣的一個音韻沿革如實的寫照。韓漢譯音所傳下來的中國古代入聲收尾-p, -l, -k 諸音，特別是與中國韻值不同的-l 音，的確擁有其語音本身音理上的結構和歷史上的價值。此可並非無中生有，更非誤傳者也。❹

關於韓漢譯音值，縱然如上說，但在中國方面，吾人對其眞正的古代音值還是不十分肯定的，理由有三：除上面所舉的例子之外，其餘大多數屬於質術月沒曷等十三入聲塞音韻值仍是所謂的-t，此其一。除江西、湖北省若干地區之外的這個音值，包括日譯漢音和吳音，還

---

❹ 俞敏《後漢三國梵漢對音譜》亦曾指點：「……-d 變-l 最容易。維吾爾族隋唐譯成『韋紇』，『回紇』，『回鶻』，西北漢族方言好像都用-l。羅先生《唐五代西北方言》裡的藏文對音也有-d、-l、-r 三樣。高麗譯音一律用-l。……北京口語也還留個這種音的痕跡。」

是照樣-t 音（-tz, -ts），此其二。但儘管這樣的兩個疑點存在，我們或
許就以歷史音韻發展過程上的起變時間的先後早晚和空間的疏遠程度
來琢磨它，亦未嘗不得理解之。至於第三點最爲難以令人點頭的：在
一條詞彙裡出現的兩個同樣的舌音入聲韻，卻譯爲不一樣的音值，如：

Bedal　勃達（嶺）

Irana-parvata　伊爛拏鉢伐多（國）

karnasuvarna　羯羅拏蘇伐那（國）

Siddartha　悉達多（佛）

Turk　突厥

$\vdots$
$\vdots$

等在一條詞內一會兒爲-l，又一會兒爲-t 的例子還是有的。這個疑團到
底如何去解開？歷史言語學告訴我們，音韻的變化（包含語音）一定
是在同一的條件之下進行這同樣的發展和演變的。行文至此，吾人深
感一己之能力有限，不敢輕易下斷言。盼各方之博學多才之士，提出
寶貴的意見。

參考書目

馮承鈞原編，陸峻嶺增訂，《西域地名》，中華書局。

劉廣和，〈唐朝不空和尙梵漢對音字譜〉，《中國語學研究開篇》11
　　期，日本早稻田大學大學部古屋研究室編。

柯蔚南（W. South Cobblin），〈義淨漢梵對音探討〉，《語言研究》
　　1991 年，第 1 期。

俞　敏，〈後漢三國梵漢對音譜〉，《中國語言學論文選》，東京光
　　生館。

施向東，〈玄奘譯著中的梵漢對音和唐初中原方言〉，《語言研究》1983
　　年，第 1 期。

吳汝鈞，《佛教大辭典》，商務印書館。

潭世保，《漢唐佛史探眞》，中山大學出版社。

佛教書局編纂，《實用佛教辭典》，上海古籍出版社。

《韻會》所引『蒙古韻』考

楊徵祥*

一、前 言

　　《古今韻會舉要》（以下簡稱《韻會》）卷內屢言「『蒙古韻』音入某母」、「『蒙古韻』某屬某字母韻」，其所援引之『蒙古韻』究竟爲哪一部韻書，前輩學者的研究結果，大致有以下三種看法：

　　㈠《韻會》所引『蒙古韻』即為《蒙古字韻》

　　此派學者以爲《韻會》所引『蒙古韻』即爲《蒙古字韻》。如趙蔭棠先生《等韻源流》云：

> 《韻會舉要》卷首之〈禮部韻略七音三十六母通考〉有陰梓曰：
> 《蒙古字韻》音同。……宗文之書既亡，我們若想得其面目，
> 可以向《古今韻會舉要》中下一番鉤稽工夫。❶

＊　成功大學中文研究所

❶　詳見趙蔭棠《等韻源流》（臺北：文史哲出版社，1985 年 7 月再版），頁 110。

趙先生撰著《等韻源流》時，《蒙古字韻》在中土已亡佚，而今日所見英國大英博物館所藏的清代書寫本❷，當時尚未「移植回來」❸，因此趙先生以爲吾人可由《韻會》中尋得《蒙古字韻》之面目。

陳振寰先生《韻學源流注評》亦云：

> 所謂『某字母韻』指的是反映了元朝實際語音系統的《蒙古字韻》……《舉要》依《蒙古字韻》于各韻下注明音讀、韻類，就是一種幫助人以今音記古音的折中辦法。❹

除了趙蔭棠先生與陳振寰先生之外，李新魁、麥耘兩位先生亦以爲《韻會》的編撰，多有參照《蒙古字韻》之處❺。甯忌浮先生更指出，至元 29 年（公元 1292 年）《古今韻會》成書，該書援引《蒙古字韻》❻。

---

❷　甯忌浮先生說：『《蒙古字韻》是用八思巴字注音的漢語韻書。作者失考。成書時間在公元 1269 年至 1292 年間。原書失傳。至大元年（公元 1308 年）朱宗文增訂《蒙古字韻》。朱氏原書亦失傳。清代有朱氏書寫本傳世，現藏英國倫敦。』詳見甯忌浮先生〈蒙古字韻與平水韻〉，收於《語言研究》（武漢：華中理工大學出版社，1994 年 11 月）1994 年第二期，頁 128。

❸　鄭再發先生語。詳見《蒙古字韻跟跟八思巴字有關的韻書》（臺北：臺大文史叢刊，1965 年出版），頁 1。

❹　詳見陳振寰先生《韻學源流注評》（貴州：貴州人民出版社，1988 年 10 月一版一刷），頁 204。

❺　詳見李新魁、麥耘兩位先生合著《韻學古籍述要》（陝西：陝西人民出版社，1993 年 2 月初版一刷），頁 461。

❻　詳見甯忌浮先生〈蒙古字韻與平水韻〉，收於《語言研究》（武漢：華中理工大學出版社，1994 年 11 月），1994 年第二期，頁 132。又甯先生以爲，《蒙古字韻》與《蒙古韻略》實爲同一部韻書。詳見《古今韻會舉要及相關韻書》（北京：中華書局，1997 年 5 月初版一刷），頁 195。

㈡《韻會》所引「蒙古韻」係《蒙古韻略》

其次則是以為《韻會》所引『蒙古韻』係《蒙古韻略》，而非《蒙古字韻》。如鄭再發先生說：

> 可以看出《韻會舉要》引用《蒙古韻略》的頻繁……那麼《韻會舉要》與《蒙古韻略》的關係，可以說是：
> 韻會舉要—（減）吳音＝（等於）蒙古韻略❼

因為《韻會》所引有二例云為「蒙古韻略」，因此鄭先生以為《韻會》所引「『蒙古韻』音」、『蒙古韻』等，全係《蒙古韻略》之舊。

李師添富亦由實際語言系統考察，以為《韻會》所載「蒙古韻音」當係《蒙古韻略》無疑❽。

㈢《韻會》所引「蒙古韻」並非《蒙古韻略》，而係當時所流行的
　蒙古韻書

第三種說法，則是以為《韻會》所引『蒙古韻』並非《蒙古韻略》，而係當時所流行的蒙古韻書。如竺師家寧云：

> 《韻會》的編纂曾參考《蒙古韻略》，但《韻會》所稱的《蒙古韻》倒不一定是《蒙古韻略》。因為《韻會》卷首的「禮部

---

❼ 詳見鄭再發先生《蒙古字韻跟跟八思巴字有關的韻書》（臺北：臺大文史叢刊，1965年出版），頁33-34。

❽ 詳見李師添富《古今韻會舉要研究》（臺北：國立臺灣師範大學國文研究所博士論文，1990年6月），頁561-562。

韻略七音三十六母通考」開頭注云「蒙古字韻音同」，並非《蒙古韻略》。《韻會》在書內多次提到「蒙古韻」，實在是指各種蒙古韻書而言。這些蒙古韻書在當時是很流行的。❾

　　竺師以爲，當時由於蒙元入主中國，因此許多「學干祿」的蒙古字課本應運而生，並流行起來，而這些書籍自然成爲《韻會》編纂時的參考，所以《韻會》所引之『蒙古韻』、「『蒙古韻』音」，不必定視爲《蒙古韻略》。

　　以上諸位前輩學者的說法，各有所據，而觀點則略有不同。本文試將《韻會》所引之『蒙古音』，與今日所見之《蒙古字韻》，以及俞昌均氏依《四聲通解》表音再構之《蒙古韻略》作詳細比對❿，期能一探《韻會》所援引之『蒙古韻』，究爲《蒙古字韻》或《蒙古韻略》，抑或是其他韻書。

二、《韻會》引『蒙古韻』

　　有關《韻會》⓫所引『蒙古韻』，大凡有四類，一是稱爲「蒙古

---

❾　詳見竺師家寧《聲韻學》（臺北：五南圖書出版公司，1991 年 7 月初版一刷），頁 128。

❿　雖《蒙古韻略》今已亡佚，然公元 1517 年，朝鮮學者崔世珍撰《四聲通解》，全面援引《蒙古韻略》，因此透過《四聲通解》，吾人或可得見《蒙古韻略》之舊。韓國學者俞昌均氏曾依崔世珍氏《四聲通解》之引用表音再構，而成今日所見之《較定蒙古韻略》（臺北：成文書局，1973 年 4 月）一書。

⓫　以下所引《韻會》，悉以中央圖書館所藏之元刊本爲準，元刊本不詳、缺訛者，

字韻」，二是稱爲「蒙古韻略」，三是稱爲「蒙古韻」，四是稱爲「蒙古韻音」，茲分述如下：

㈠《韻會》引《蒙古字韻》

《古今韻會舉要》於卷首所附〈禮部韻略七音三十六母通考〉中，刻有陰梓「蒙古字韻音同」⓬，趙蔭棠先生據此以爲《韻會》所引係《蒙古字韻》之舊；竺師家寧則據此，而以爲鄭再發先生將《韻會》所引之『蒙古韻』推論爲《蒙古韻略》之說爲「不一定」。然而根據李師添富的研究，〈禮部韻略七音三十六母通考〉雖附載於《韻會》之首，其間卻存有不少參差，蓋《韻會》所載乃當時實際語音系統，而〈禮部韻略七音三十六母通考〉所考者則爲《禮部韻略》之音系⓭。由於〈禮部韻略七音三十六母通考〉係後人所附加，所以吾人不可因其附於《韻會》之首而遽以爲其內容與《韻會》全同。

㈡《韻會》引《蒙古韻略》

《韻會》卷中云爲《蒙古韻略》者，共有二例：

1. 宜　案：蒙古韻略宜字屬疑母，舊音屬魚母。
2. 牙　案：吳音牙字角次濁音（按即疑母），雅音羽次濁音（按

則依李師添富之校勘。李師校勘之文詳見《古今韻會舉要研究》（臺北：國立臺灣師範大學國文研究所博士論文，1990 年 6 月），頁 15-128。

⓬ 前輩學者對於「蒙古字韻音同」的陰梓，多解爲「《蒙古字韻》音同」，惟金周生先生以爲，由於《韻會》書中屢言「蒙古韻音同」，且《韻會》所引未必與《蒙古字韻》全同，故此陰梓似乎亦可解爲「『蒙古字』韻音同」。

⓭ 詳見李師添富〈「古今韻會舉要」與「禮部韻略七音三十六母通考」比較研究〉，收於《輔仁學誌・第二十三期》（臺北：輔仁大學文學院，1994 年 6 月），頁 1-43。

即喻母），故蒙古韻略凡疑母字皆入喻母。

此二例可當作《韻會》之編纂確曾參考《蒙古韻略》之證據。「宜」字屬疑母、「牙」字屬喻母，與《四聲通解》所引之《蒙古韻略》同。

曰《韻會》引「蒙古韻」

《韻會》所引云爲『蒙古韻』者，共有二十一例：

1. 跧　蒙古韻涓母。

2. 涎　蒙古韻屬鞭母韻。

3. 縈　蒙古韻屬弓韻。

4. 冗　蒙古韻冗屬拱字母韻。

5. 揆　蒙古韻屬癸母韻。

6. 耿　蒙古韻耿屬剄母。

7. 偶　蒙古韻入影母。

8. 匈　蒙古韻屬供韻。

9. 叡　蒙古韻叡字屬銳韻。

10. 孆　蒙古韻孆字屬燄韻。

11. 拗　蒙古韻拗字屬誥韻。

12. 撓　蒙古韻撓字屬教韻。

13. 況　蒙古韻況屬況韻。

14. 瑩　蒙古韻瑩屬於敬韻。

15. 鵠　蒙古韻鵠屬縠母韻。

16. 娏　蒙古韻娏屬郭字母韻。

17. 遑　蒙古韻遑屬郭母韻。

18. 拶擦　蒙古韻拶擦屬怛母韻。

19. 末　蒙古韻末屬括字母韻。

20.截　蒙古韻截屬結字母韻。

21.牒　蒙古韻牒屬許母韻。

以上凡二十一例。

（四）《韻會》引「『蒙古韻』音」

《韻會》所引云爲「『蒙古韻』音」者，共有二十二例：

1.薔　蒙古韻音入微母。❶

2.崖　蒙古韻音入喻母。

3.顏　蒙古韻音入喻母。

4.妍　蒙古韻音入喻母。

5.焉　蒙古韻音疑母。

6.聱　蒙古韻音入喻母。

7.喦　蒙古韻音入喻母。

8.洧　蒙古韻音入魚母。

9.騃　蒙古韻音入喻母。

10.豂　蒙古韻音入果韻喻母。

11.橈　蒙古韻音入泥母。

12.雅　蒙古韻音入喻母。

13.紐　蒙古韻音入娘母。

14.夢　蒙古韻音入微母。❷

---

❶　「薔」字，《廣韻》莫中切，明母；《韻鏡》置於三等。《蒙古字韻》「薔」字
　　以微母的八思巴字字頭對譯，當爲反映韻圖的結果。

15.位　蒙古韻音入魚母。

16.鴈　蒙古韻音入喻母。

17.樂　蒙古韻音入喻母。

18.訝　蒙古韻音入喻母。

19.嶽　蒙古韻音入喻母。

20.搦　蒙古韻音入泥母。

21.額　蒙古韻音入喻母。

22.鶂　蒙古韻音入喻母。

以上凡二十二例。

三、《韻會》引『蒙古韻』與《蒙古字韻》、《蒙古韻略》比較

㈠聲母部分

（以＊表示《韻會》所引『蒙古韻』，與《蒙古字韻》不同者

以⑩表示《韻會》所引『蒙古韻』，與《蒙古韻略》不同者）

---

❻　「夢」字，《廣韻》莫鳳切，明母；《韻鏡》置於一等。《蒙古字韻》「夢」字以微母的八思巴字字頭對譯，或與《蒙古字韻》的藍本爲《新刊韻略》有關，《新刊韻略》平聲「夢」字下注「又武仲切」。根據寧忌浮先生考察結果發現，《蒙古字韻》的成書藍本爲《新刊韻略》，詳見寧忌浮先生〈蒙古字韻與平水韻〉，收於《語言研究》（武漢：華中理工大學出版社，1994 年 11 月），1994 年第二期，頁 132。

例字	韻會所引 『蒙古韻』	蒙古字韻	蒙古韻略
薈	微	微	微
宜	疑	疑	疑
崖	喻	喻	喻
顏	喻	喻	喻
妍	喻	喻	喻
焉	疑	疑	疑
聱	喻	喻	喻
牙	喻	缺⑯	喻
喦⑰	喻	喻	疑
洧	魚	魚	魚
騃	喻	喻	喻
齾	喻	喻	喻
橈⑱	泥	泥	娘

---

⑯ 今日所見的《蒙古字韻》闕十五麻韻的一部分和卷末所附《迴避字樣》的一半。其中《迴避字樣》可據《元典章廿八·禮部》暨《新刊韻略》卷首所附補足；而麻韻所闕部分，鄭再發先生《蒙古字韻跟跟八思巴字有關的韻書》補了二十五個音（即二十五個八思巴字字頭），一百一十九個單字；楊耐思、照那斯圖兩位先生《蒙古字韻校本》補了三十七個音，三百九十七個單字；甯忌浮先生〈蒙古字韻補缺〉則補了三十四個音，三百零一個單字，參見拙著《蒙古字韻音系研究》（臺南：國立成功大學中文研究所碩士論文，1996 年 5 月），頁 11。諸先進所補闕部分無論如何精當，究非原貌，是以本文僅就今日所得見之原本論述之。以下同。

雅	喻	缺	喻
紐@	娘	娘	泥
偶*@	影	疑	疑
夢	微	微	微
位@	魚	魚	喻
鴈	喻	喻	喻
樂	喻	喻	喻
訏	喻	缺	喻
嶽	喻	喻	喻
搦@	泥	泥	娘
額	喻	喻	喻
鵑	喻	喻	喻

在聲母部分，《韻會》所引廿五例『蒙古韻』者，與《蒙古字韻》僅
有一例不同；而與《蒙古韻略》不同者則有六例。茲說明如下：

    1.「橈、搦、紐」等字，《韻會》所引與《蒙古字韻》、《蒙古
      韻略》的差異，在於「泥、娘」二母之別❼。之所以會有「泥、
      娘」二母淆亂的情形，應爲「泥、娘」二母俱爲舌尖鼻音聲母
      之演變過程之中（如今日國語），所反映混同的現象❽。

---

❼   「泥、娘」二母於《韻會》確實有別，詳見李師添富《古今韻會舉要研究》（臺
    北：國立臺灣師範大學國文研究所博士論文，1990 年 6 月），頁 222。

❽   「泥、娘」二母於《蒙古字韻》確實有別，然泥母中卻又多見中古娘母韻字，此
    種情形，應爲今日國語「泥、娘」二母俱爲舌尖鼻音聲母之演變過程中，所反映

2. 「位」字，《韻會》所引與《蒙古字韻》同，而與《蒙古韻略》有別，其差異在於喉音聲母「魚、喻」二母的不同。「魚、喻」二母的淆亂現象，當爲「分化尚在進行中」的緣故⑲。

3. 「偶、喦」二字，《韻會》所引與《蒙古字韻》、《蒙古韻略》之差異在於牙、喉音聲母「影、喻、疑」三母的不同。《韻會》中讀影母爲 [ʔ-]，疑母爲 [ŋ-]，「影、喻、疑」三母的淆混現象，可以推知「影、疑」二母正處消失之過渡階段⑳。

(二)韻母部分

(以*表示《韻會》所引『蒙古韻』，與《蒙古字韻》不同者

以⑩表示《韻會》所引『蒙古韻』，與《蒙古韻略》不同者)

例字	韻會所引《蒙古韻》	蒙古字韻	蒙古韻略
跧*⑩	涓母	關字母韻	關字母韻㉑

混同的現象。參見拙著《蒙古字韻音系研究》，(臺南：國立成功大學中文研究所碩士論文，1996 年 5 月)，頁 33。

⑲ 「魚母」係傳統三十六字母所無，其來源爲中古「疑母」與「喻母」。雖「疑、喻、魚」三母大抵以中古來源不同而別，但於《韻會》與《蒙古字韻》中仍有許多例外，李師添富以爲這些例外爲「分化尚在進行之中」的緣故。詳見李師添富《古今韻會舉要研究》(臺北：國立臺灣師範大學國文研究所博士論文，1990 年 6 月)，頁 201。

⑳ 詳見李師添富《古今韻會舉要研究》(臺北：國立臺灣師範大學國文研究所博士論文，1990 年 6 月)，頁 202。

㉑ 《蒙古字韻》、《蒙古韻略》無所謂「字母韻」，此處所謂「字母韻」者，係相當於《古今韻會舉要》所列之字母韻者，其歸類以李師添富《古今韻會舉要研究》(臺北：國立臺灣師範大學國文研究所博士論文，1990 年 6 月)〈韻會聲韻類四

涎	鞬母韻	鞬字母韻	鞬字母韻
縈⑩	弓韻	弓字母韻	公字母韻
冗	拱字母韻	拱字母韻	拱字母韻
揆	癸母韻	癸字母韻	癸字母韻
皎⑩	杲韻	杲字母韻	絞字母韻
耿	剄母	剄字母韻	剄字母韻
匈	供韻	未收	供字母韻
叡	銳（恚）韻	恚字母韻	恚字母韻㉒
爨	燋韻	燋字母韻	燋字母韻
拗⑩	誥韻	未收	教字母韻
撓*⑩	教韻	誥字母韻	誥字母韻
況	況韻	況字母韻	況字母韻
瑩⑩	敬韻	敬字母韻	貢字母韻
鵠	穀母韻	穀字母韻	穀字母韻
姄	郭字母韻	郭字母韻	郭字母韻
逴	郭字母韻	郭字母韻	郭字母韻
拶	怛母韻	缺	怛字母韻
擦	怛母韻	缺	怛字母韻
末	括字母韻	括字母韻	括字母韻
截	結字母韻	缺	結字母韻
牒	訐母韻	缺	訐字母韻㉓

聲歸類表〉爲準。

㉒　《韻會》原注云蒙古韻叡字屬銳韻。

在韻母部分，《韻會》所引二十二例『蒙古韻』者，與《蒙古字韻》不同者有二例；而與《蒙古韻略》不同者則有六例。茲說明如下：

1. 「跧」字《廣韻》、《韻會》莊緣切，屬合口洪音。《蒙古字韻》及《蒙古韻略》俱爲合口洪音，而『蒙古韻』作合口細音，與中古來源不符，復因無其他語音資料可爲佐證，疑爲『蒙古韻』的作（編）者審音有誤所致。

2. 「縈」字《廣韻》於營切，《韻會》娟營切，屬合口細音。『蒙古韻』及《蒙古字韻》俱爲合口細音，而《蒙古韻略》作合口洪音，與中古來源不符，復因無其他語音資料可爲佐證，疑爲『蒙古韻』的作（編）者審音有誤所致。

3. 「齩」字《廣韻》、《韻會》五巧切，屬開口洪音。『蒙古韻』及《蒙古字韻》俱爲開口洪音，而《蒙古韻略》作開口細音，疑與「齩」字屬中古開口二等牙喉音有關，根據竺師家寧的研究，中古開口二等牙喉音字，容易在演變時「由洪轉細」[24]，因此《蒙古韻略》的作（編）者將「齩」字歸爲開口細音。

4. 「拗」字（去聲）《廣韻》未收，《韻會》於教切，屬開口洪音。『蒙古韻』爲開口洪音（《蒙古字韻》去聲未收拗字），而《蒙古韻略》作開口細音，其原因或與「拗」字屬中古開口二等牙喉音有關，說解如上述「齩」字。

以上「齩、拗」等中古開口二等牙喉音字，『蒙古韻』、《蒙古字韻》

---

[23] 《蒙古韻略》許字母韻與結字母韻同。

[24] 詳見竺師家寧《聲韻學》（臺北：五南圖書出版公司，1991 年 7 月初版一刷），頁 502。

與《蒙古韻略》諸韻書間，洪、細分類歸屬有異有同的現象，應爲此時「語音分化尙在進行之中」的緣故㉕，因此韻書的作（編）者各依個人的認定，而產生不同的歸類。

    5.「撓」字（去聲）《廣韻》未收，《韻會》女教切，屬開口洪音。『蒙古韻』爲開口細音，而《蒙古字韻》及《蒙古韻略》作開口洪音。『蒙古韻』作開口細音，與中古來源不符，復因無其他語音資料可爲佐證，疑爲『蒙古韻』的作（編）者審音有誤所致。

    6.「瑩」字《廣韻》烏定切，《韻會》縈定切，屬開口細音。『蒙古韻』及《蒙古字韻》俱爲開口細音，而《蒙古韻略》作合口洪音，與中古來源不符，復因無其他語音資料可爲佐證，疑爲『蒙古韻』的作（編）者審音有誤所致。

幾部韻書之間所以有以上之差異，鄭再發先生以爲係「元初兩個使用『雅言』的人之間的差異」㉖。也就是說，由於當時語音之分化尙在進行中，因此所依據的雖然都是當時的實際語言，然而由於編纂韻書的作（編）者的審音有別，所以各韻書之間呈現出「大同而並不全同」㉗的情形。

㉕   詳見李師添富《古今韻會舉要研究》（臺北：國立臺灣師範大學國文研究所博士論文，1990 年 6 月），頁 201。

㉖   詳見鄭再發先生《蒙古字韻跟八思巴字有關的韻書》，（臺北：臺大文史叢刊，1965 年出版），頁 90。

㉗   詳見鄭再發先生《蒙古字韻跟跟八思巴字有關的韻書》，（臺北：臺大文史叢刊，1965 年出版），頁 90。

四、結　論

　　蒙元入主中國，爲了推廣新頒行的八思巴字，曾在諸路設立「蒙古字學」，以利「蒙古新字」（八思巴字）的推行㉘，替《蒙古字韻》作校正的朱宗文便曾爲蒙古字學的弟子㉙。又因蒙人以「免差役」、「授官職」引誘漢人學習「蒙古新字」，因此便有許多蒙漢對音的工具書出現㉚，如《蒙古字韻》、《蒙古韻略》、《蒙古韻編》㉛等皆是，這類書籍除了教人識字之外，亦成爲編寫韻書時的參考。因爲元代是一個南北合流，語音變化較劇的時代，所以這些書籍雖然性質相近，但是其間或由於語音正在轉變，或由於考察不夠精確，因此這些書籍之間亦呈現一些小小的差異。

　　以上《韻會》卷中所援引「蒙古韻」、「蒙古韻音」、「蒙古韻略」，聲母及韻母部分共有四十七例（其中「齩」字一例同時有聲母及韻母兩部分），其與《蒙古字韻》比較，有一例聲母、二例韻母不合；其與《蒙古韻略》比較，則有六例聲母，六例韻母不合。

　　《韻會》援引『蒙古韻』的用語有所不同，或與《韻會》的成書經過有關，《古今韻會舉要》爲熊忠根據黃公紹的《古今韻會》刪繁

㉘　參見拙著《蒙古字韻音系研究》，（臺南：國立成功大學中文研究所碩士論文，1996年5月），頁1-3。

㉙　詳見《四庫全書總目提要・卷四四》，《蒙古字韻》條。

㉚　詳見鄭再發先生《蒙古字韻跟八思巴字有關的韻書》，（臺北：臺大文史叢刊，1965年出版），頁5-6。

㉛　詳見竺師家寧《聲韻學》（臺北：五南圖書出版公司，1991年7月初版一刷），頁128。

補闕以成，而刊行於世，然而其間作（編）者各依所知，作不同的比
對，因而造成今日所見「體例不一」的情形。

由於卷中所引有二例云為「《蒙古韻略》」，可知《韻會》的編
纂確曾參考《蒙古韻略》無疑，然而吾人藉由其所援引之『蒙古韻』，
與今日所得見的《蒙古字韻》及《四聲通解》所引之《蒙古韻略》的
比較結果，發現三者確實有所不同，因此吾人可以得知《韻會》所引
『蒙古韻』，非今日所見之《蒙古字韻》，亦非全為《蒙古韻略》之
舊，而是當時通行常見的蒙、漢對音書籍，其內容與《蒙古字韻》則
十分近似。

《中原音韻》「鼻」字的
音韻來源與音讀

金周生*

　　《中原音韻》「齊微」韻內有「去聲作平聲・陽」一類，只收錄
了一個「鼻」字。《廣韻》「鼻」字在去聲「至」韻，讀「毗至切」，
與其同音的還有「比痺坒」等字。從音變的角度看，「鼻」字當讀去
聲，作「陽平」聲是音變中的例外。「鼻」字讀「陽平」，雖首見於
《中原音韻》，但現代方言中卻可以找到相應的證據：在平聲分陰陽
的語言中，北京、濟南、西安、漢口、成都、長沙等都讀陽平聲。現
今也有些方言仍是讀去聲的，如：溫州、雙峰、梅縣、廣州、潮州及
廈門的白話音、福州的讀書音❶。或許我們可以用此來證明《中原音
韻》的說法言之有據，但為什麼一個常用字會突然產生不同聲調的讀
法？而且這幾乎是所有中古去聲字被標明出不再讀去聲的唯一例外？
事實上「鼻」字在現代方音中還有讀成入聲調的，如：太原、揚州、
蘇州、南昌及廈門的讀書音、福州的口語音❷，甚至還包含《中原音

---

*　　輔仁大學中文系

❶　　見《漢語方音字彙》第 52 頁。

❷　　同上注。

韻》作者周德清長期居住的江西高安也讀成入聲❸。

　　從漢語聲調演變史看，入聲可以一直保持入聲的調類，也可以變成平、上、去三聲，如現代國音「屋」讀陰平聲、「燭」讀陽平聲、「鐵」讀上聲、「物」讀去聲，但去聲字卻不易轉讀成其他三聲，尤其是轉變為入聲❹。在這種情況之下，我們就不能輕易的認為：現代方言「鼻」字讀入聲的是由去聲變來。因為這不但是孤證，而且也不合音變規律。

　　由於存在上面兩個難以解釋的問題，我們只能認為周德清對「鼻」字「去聲作平聲・陽」的安排是一種平面音韻現象的呈現，不能從音韻變化角度來作遷就附和的解釋。所謂平面音韻現象的呈現，可能的情形有二：一、《廣韻》「鼻」字讀去聲，元曲實際讀陽平聲。二、元代口語「鼻」字有讀去聲者，但元曲韻腳字卻讀陽平聲。在這兩種情形下，周德清「去聲作平聲・陽」一類的安排才有充分的理由。

　　如果從音變現象解釋「鼻」字「去聲」與「平聲・陽」讀音的來源時，「鼻」字上古的入聲讀法當是其間分歧的關鍵。「鼻」字在《廣韻》中收入「至」韻，可見中古是讀去聲；但學者或認為上古當讀「入聲」。王力先生在〈古無去聲例證〉一文中說：

　　　　上古入聲分為長入短入兩類，長入由於元音較長，韻尾 -k 、 -t
　　　　容易失落，於是變為去聲。

---

❸　見《贛方言概要》第 296 頁。

❹　陸法言《切韻・序》雖說過「秦隴則去聲為入」，但與「梁益則平聲似去」並提，
　　一般學者認為文章語意並不清楚。

其後又舉出「至」韻的「鼻」字說：

> 鼻，古讀入聲。宋玉〈高唐賦〉協氣鼻淚瘁（氣淚瘁亦古入聲字）。

　　唐作藩先生編的《上古音手冊》就將「鼻」歸爲「質」部入聲字。雖然說這樣的歸派對解釋「鼻」字中古當有入聲讀法並無直接幫助（畢竟「鼻」字上古可能是「長入」一型），但從現代方言「鼻」字有讀入聲的事實看，無疑增加了「鼻」字古今都有促聲讀法的說服力。

　　中古入聲字在現代方言中讀成陽平調的，有下列幾種情形：一、所有入聲字只讀陽平調，如：四川省成都、重慶等，雲南省昆明、蒙化等，貴州省貴陽、遵義等，湖北省漢口、漢陽等及廣西省桂林、宜山等。二、主要是古入聲全濁聲母字才讀陽平調，如：河北省北京、天津等，遼寧省沈陽、西豐等，吉林省扶餘、榆樹等，黑龍江省哈爾濱、雙城等，山東省濟南、長清等及江蘇省宿遷、鋼山等。三、其他不止古入聲全濁聲母字才讀陽平調者，如：遼寧省撫順、吉林省輝南、黑龍江省齊齊哈爾等地，古全清、全濁聲母都讀陽平；遼寧省安東、黑龍江省龍江（時雨村）甘肅省榆中，古清及全濁聲母都讀陽平❺。可知上古入聲「鼻」字至中古仍保存塞音韻尾，而在《中原音韻》時代有陽平讀法也不無可能。

　　特別值得注意的，《中原音韻》將古入聲字分爲「入聲作平聲·陽」「入聲作上聲」「入聲作去聲」三類，其中「入聲作平聲·陽」的術語不但與「鼻」字的歸派術語完全相同，並且三類的劃分與古聲

---

❺　方音資料引自《韻略匯通音系研究》附錄〈近代漢語官話入聲問題新探〉一文。

母的清、濁也有關係：古全濁聲母就是「作平聲‧陽」的，而「鼻」字的中古聲母正爲全濁音。這種種巧合，已強烈顯示出「鼻」字與「入聲作平聲‧陽」一類的源頭是一個：直接從入聲變來，而非由去聲變來！

　　既已判定《中原音韻》「鼻」字作陽平是直接從古入聲變來，繼而要追究的是「鼻」字的音讀問題。「鼻」字除了《廣韻》音去聲外，很難在韻文的韻腳字中發現，並借以判斷其調類。但依我翻讀的詞、曲資料中，也有蛛絲馬跡可尋，如金人王丹桂〈姹鶯嬌〉「贈油麵王廣道」詞云：

> 廣道王三，天賦精誠藝。將油麵、和調運製。應物番番，但做造由心意。依理。鍛鍊在、長生鑪內。　按候知時，拈出眞奇異。光明燦、馨香馥鼻。試與嘗來，又別是、甘甜味。妙矣。堪獻入、仙家筵會。

此闋押去聲韻，所以「鼻」字是作去聲讀的。但在岳伯川〈呂洞賓度鐵拐李〉劇第三折〈雙調‧新水令〉首句「只俺個把官猾吏墮阿鼻」，依鄭因百先生《北曲新譜》，「鼻」字正當作平聲。而臧晉叔《元曲選‧音釋》也說「鼻音疲」，讀陽平聲，正與《中原音韻》合。

　　如果不限於韻腳字，臧晉叔《元曲選‧音釋》似能提供較多的資料，如：

> 〈來生債〉劇　賓白「墮阿鼻老僧罪大」　〈音釋〉鼻音疲。
> 〈硃砂擔〉劇　曲詞「將那廝直押送十八層地獄阿鼻」　〈音

釋〉鼻音毗。

〈玉壺春〉劇　曲詞「硬鼻凹」　〈音釋〉鼻平聲。

〈岳陽樓〉劇　曲詞「俺自拿著揼鼻木」　〈音釋〉鼻音疲。

〈勘頭巾〉劇　賓白「原來是個牛鼻子」　〈音釋〉鼻音疲。

〈昊天塔〉劇　曲詞「現如今火燒人肉噴鼻腥」　〈音釋〉鼻音疲。

〈度柳翠〉劇　賓白「苦是阿鼻地獄門」　〈音釋〉鼻音疲。

〈看錢奴〉劇　曲詞「據著那阿鼻地獄天來大」　〈音釋〉鼻音疲。

以上「鼻」字在元劇中都是讀成陽平聲的。

　　現代學者擬測《中原音韻》「鼻」字的音讀，無論主張《中原音韻》有無入聲，都一致將聲母擬成 p，這中間就會產生兩個問題：一、「鼻」字既然與入聲有關，主張《中原音韻》有入聲的學者，是否應堅持立場，把「鼻」字與其它入聲字等量齊觀，擬音時別為一類以與陽平聲作一區隔？二、《元曲選・音釋》把「鼻」字注成送氣音，與學者擬成不送氣音有異，究竟何者為是？

　　從音變角度看，《中原音韻》所處的時代的某些方音仍有入聲，學者所引古今文獻甚多，已無可置疑，在此不必細舉。但若說《中原音韻》已能顯現一種沒有入聲的音系，卻需要提出有力的證據，而「鼻」字的音讀似可作一輔證。周德清曾說：

　　　入聲派入平上去三聲者，以廣其押韻，為作詞而設耳！然呼吸

言語之間，還有入聲之別❻。

韻書中入派三聲的字，在周德清的言語中必然有別於平上去三聲；然而「鼻」字呢？一定要說周德清的言語中讀成沒有塞音尾的去聲，只是在作曲時的韻腳字上要讀陽平聲。這樣解釋是講不通的。首先，如果一個去聲字能讀陽平，為什麼其它去聲字卻不可以？入聲字固然可以說因其為短音，施於歌曲必延長其音而與其它三聲混用，所以所有入聲字都派讀三聲，但是去聲「鼻」字卻毫無這種條件。其次，如果《中原音韻》的音系中還有入聲，「鼻」字後代讀陽平是從入聲演變而來，那「鼻」在當時仍讀入聲，周德清精於北曲，在賓白或非韻腳字上，會察覺不出「鼻」字讀入聲而不讀去聲嗎？由上面兩點，我們就可體認出：「鼻」字在當時已不是入聲字，「鼻」字在元曲的音系中只是個陽平聲字，但周德清可能認為呼吸言語之間還讀去聲字。

關於「鼻」字是送氣音或不送氣音，則需從《中原音韻》本身音系及現代方音兩方面觀察。

從《中原音韻》音系看，「鼻」字單見於「去聲作平聲・陽」，本身並沒有同音字。而「鼻」字原讀全濁「並」母，如果「並」母字在韻書中與「幫」母字有合流為同音字者，則可將其定為不送氣音；反之，如果「並」母字在韻書中與「滂」母字合流為同音字，則應將其定為送氣音。但這一簡易判別方法卻有實際上的困難。因為古平聲「並」母字一律讀陽平，清聲母字「幫」母「滂」母一律讀陰平，二者不會有同音的關係。從「鼻」字是古入聲字的角度看，《中原音韻》

---

❻　見《中原音韻・正語作詞起例》第五條。

對古清聲母入聲是以「入聲作上聲」單獨安排爲一組，對古全濁聲母
入聲則是以「入聲作平聲・陽」安排爲另一組，二者也不會有同音的
關係。又因爲《中原音韻》全濁上聲基本上已讀成去聲，所以在上聲
中根本不應該有「並」母字❼。只有去聲才能顯出「幫、滂、並」母
的分合關係。《中原音韻》去聲「並」母字與「幫、滂」母字的同音
字組計有：

江陽韻去聲：謗（幫）傍（並）蚌（並）棒（並）

齊微韻去聲：背（幫）貝（幫）狽（幫）焙（並❽）倍（並）婢（並）

　　　　　　備（並）避（並）輩（幫）被（並）弊（並）幣（並）

　　　　　　臂（幫）詖（幫）髲（並）帔（滂）

齊微韻去聲：閉（幫）蔽（幫）畀（並）笓（並）斃（並）嬖（幫）

　　　　　　庇（幫）比（並）秘（幫）陛（並）賁（幫）

齊微韻去聲：配（滂）佩（並）珮（並）轡（幫）霈（滂）沛（滂）

　　　　　　悖（並）誖（並）

魚模韻去聲：布（幫）怖（滂）佈（幫）部（並）簿（並）哺（並）

　　　　　　捕（並）步（並）

---

❼　《中原音韻》上聲「並」母字與「幫、滂」母字的同音字組有：

　　齊微韻上聲：痞（並）否（並）醅（滂）圮（並）秕（幫）

　　眞文韻上聲：牝（並）品（滂）

　　先天韻上聲：眨（幫）匾（幫）匾（幫）編（並）緶（幫）

　　蕭豪韻上聲：殍（並）漂（滂）僄（滂）剽（滂）勡（滂）

　　其中除「編」字《集韻》有「幫」母一音外，其它五字多與「滂」母字關係密切，

　　應讀送氣音。

❽　此字未見《廣韻》，今依《集韻》作「蒲昧切」定其聲類。

皆來韻去聲：拜（幫）湃（滂）敗（並）憊（並）稗（並）

眞文韻去聲：鬢（幫）殯（幫）臏（並）

寒山韻去聲：辦（並）瓣（並）扮（幫）絆（並）

桓歡韻去聲：判（滂）拚（並）

桓歡韻去聲：半（幫）伴（並）泮（滂）沜（滂）畔（並）絆（幫）

先天韻去聲：變（幫）便（並）遍（幫）徧（幫）辨（並）辯（並）
　　　　　　卞（並）汴（並）弁（並）

蕭豪韻去聲：豹（幫）爆（幫）瀑（並）

蕭豪韻去聲：抱（並）報（幫）暴（並）鮑（並）靤（並）皰（定）

蕭豪韻去聲：俵（幫）鰾（並）醥（滂）

家麻韻去聲：罷（並）霸（幫）欛（幫）壩（幫❾）鈀（滂）弝（幫）
　　　　　　靶（幫）

　　以上十五組同音字中，有七組只出現「幫、並」母字，有二組只出現「滂、並」母字，也有七組「幫、滂、並」母字同時出現。現代學者擬測它們的聲母，將二組只出現「滂、並」母字者定爲送氣，其餘則都定成不送氣，可見《中原音韻》歸納同音字時，音變的規律有其不定性，這對判讀「鼻」字是否送氣也會形成障礙。所以我們可以說：就《中原音韻》本身音系看，是難以斷定「鼻」字送氣與否的。

　　從現代方言的讀法看「鼻」字，在濁音清化、入聲消失、「鼻」讀平聲的主要方言中，北京、濟南、漢口、成都、長沙讀不送氣的雙脣清塞音，而西安則讀送氣的雙脣清塞音。在濁音清化、入聲未消失的主要方言中，太原、揚州、福州讀不送氣的雙脣清塞音，而南昌則

---

❾　此字未見《廣韻》，今依《集韻》作「必駕切」定其聲類。

讀送氣的雙唇清塞音。在濁音清化、「鼻」讀去聲的主要方言中，廣州讀不送氣雙唇清塞音，而梅縣、廈門、潮州則讀送氣的雙唇清塞音。從以上的資料看，擬測「鼻」字讀送氣或不送氣都是有根據的。現代學者擬成不送氣，固然是著眼於尊重多數北方方言的現況，但就方言調查較有成果的山西方言點看，嵐縣、臨汾、霍州、聞喜、鄆城、永濟、新絳、汾西、吉縣、萬榮等靠西部、南部無入聲的地區，「鼻」都讀送氣，勢力要比讀不送氣的大，因此「鼻」讀送氣音的區域性證據也是不可一筆抹殺的❿。

　　經由以上的說明，我認為《中原音韻》「齊微」韻內「去聲作平聲・陽」一類的單見「鼻」字，從音韻來源上看，當從入聲變來，與去聲並無關係。至於「鼻」字的音究竟送氣或不送氣，在文獻上都可找到相關的證據，所以現今學者一致讀不送氣的擬音，並不能視為最後定論。

本文參考資料

全金元詞　唐圭璋　中華書局

元曲選　臧晉叔　正文書局

漢語方音字彙　北大中文系主編　文字改革出版社

“鼻”字讀音的啟示　林端　語言研究一九九一年增刊

贛方言概要　陳昌儀　江西教育出版社

---

❿　本段所引方言分見《漢語方音字彙》、《山西方言調查研究報告》及《山西省方言志叢書》各相關分冊。

山西省方言志叢書　溫端正主編　山西高校聯合出版社

山西方言調查研究報告　侯精一等編　山西高校聯合出版社

韻略匯通音系研究　張玉來　山東教育出版社

《增補剔弊五方元音》
的聲母系統

宋韻珊*

壹、前 言

　　《增補剔弊五方元音》（以下簡稱《剔弊元音》）是清人趙培梓
於嘉慶十五年（1810）依據樊騰鳳《五方元音》（以下簡稱《五方》）
加以增訂修補之作，內容雖然以《五方》為底本，但經增補過後的面
貌卻頗有不同，除了韻目一仍《五方》舊作外，聲母部份由原來二十
擴為三十六，聲調也改原來的陰平、陽平、上、去、入五類為上平、
下平、上、濁上、清去、濁去、上入、下入八類。❶據趙氏自言「要
非精於等韻，不知此編有功於等韻而大有補於《元音》（指《五方元
音》），使《元音》可垂於不朽而等韻將以復明於世也。」可見作者

---

*　　國立高雄師範大學國研所。

❶　　關於《五方》和《剔弊元音》二者間在編排體例上的異同，請參見拙作〈試論《五
　　方元音》和《增補剔弊五方元音》的編排體例〉一文，發表於《第十五屆全國聲
　　韻學學術研討會論文集》，1997年逢甲大學。

乃以中古等韻標準進行修訂，復古意味頗爲濃厚。修訂後的《剔弊元音》，表面看來與樊氏原本在聲母系統上除了聲母數目不同外，等呼名稱也不同。《五方》不論是韻書或韻圖部份皆是二十聲母和開齊合撮四呼；《剔弊元音》在韻書處雖沿襲《五方》作法卻更以中古名稱，呼口也改爲開上、開下、合上、合下，韻圖處則又以三十六字母取代二十聲母，並回復中古等韻的等第之分，體例不一。本文旨在論述《剔弊元音》的聲母系統，觀察在披上中古等韻的外衣下，其實際的聲母面貌爲何？爲何在韻書和韻圖的編排方式兩異？與《五方》聲母體系是否果然不同？趙氏此舉與當時思潮究竟相合或相悖？這些都是本文亟思釐清的問題。

貳、《剔弊元音》的聲母系統

一、聲母的內涵

　　《剔弊元音》分爲韻書和韻圖兩部份，韻書的編排體例與《五方》一致，惟更以中古聲母名稱，並改始梆終蛙爲始見終日；韻圖卻以三十六字母取代二十聲母，並細分開合口等第。這樣前後不一的排列方式，究竟意味著什麼？是否會影響到各聲母間的內涵界定並造成兩種不同的聲母系統呢？爲尋求解答，恐怕得先從確定各聲母所含括的範圍及作者對聲母所屬等第的界定有了明確的解讀後，才能進而解析其聲母系統內部的諸項特點及各項變化。以下先將《五方》及《剔弊元音》韻書、韻圖處相互對應的聲母名稱一起列出，藉以觀察其間的關係：

A.《五方》	B.《剔弊元音》韻書	C.《剔弊元音》韻圖
金	見	見群(仄)
橋	溪	溪群(平)
火	曉	曉匣
蛙	影	影喻疑
斗	端	端定(仄)
土	透	透定(平)
鳥	泥	泥娘
雷	來	來
梆	邦	邦並(仄)
匏	滂	滂並(平)
木	明	明
風	敷	非敷奉
剪	精	精從(仄)
鵲	清	清從(平)
絲	心	心邪
雲	微	微
竹	照	照床(仄)知澄(仄)
蟲	穿	穿床(平)徹澄(平)
石	審	審禪
日	日	日

由上表可知，A 與 B 的所指內涵除雲——微外大略相當，C 則刻意強
調全濁聲母的存在。其實在《五方》裡，凡是來自中古影喻疑微四母
的洪音字皆歸入蛙母中，細音字則歸入雲母；但《剔弊元音》則讓蛙
母與影喻疑三母相對應，而令雲與微相應。似乎在趙氏的想法裡，微
母仍未零聲母化，此為與《五方》差異較大之處。而在比較 B 與 C 之
後，發現凡郡、定、並、從、床、澄六母的仄聲字，在 B 裡被置於發
音部位相同之不送氣全清聲母下，平聲字則歸入次清聲母的下平；奉、
邪、禪、匣四母則不論平仄皆歸入相應的次清聲母。因此若排除掉這
十母，A、B、C 三者體系基本上一致。既然作者在 B 裡含蘊了 C 的
聲母架構，在 C 處又明列三十六字母，那麼趙氏理想中所欲展現的聲
母體系已昭然若揭。至於為何不像《五方》採取一致的體例卻大費周
章的區分，恐怕是基於一方面既想遵循《五方》體制，另一方面卻又
想兼顧傳統等韻型態所做的折衷措施吧。

　　其次，與聲母變化有關的是對等第的認定。《剔弊元音》在韻書
裡僅以開上、開下、合上、合下來代表開、齊、合、撮四呼，韻圖卻
改以上等、二等、三四合等字眼，這顯然是沿襲宋元韻圖的傳統，而
牛韻下的「讀韻訣」正透露出作者對韻圖等第的看法。今將內容與聲
母有關者，撮聚要點列出如下：

　　1.上等：見、端、邦、精、曉、來六句。

　　2.二等：見、知、邦、照、曉、來六句。

　　3.三等與二等同，惟有輕唇仍屬非句；四等與上等則全不異，然
　　　母雖不易，音則有別。

　　4.見、曉、來三句，凡開口下三等同音；合口上二等同音，下二
　　　等同音。

5.邦句不論開合，上二等同音，三等若無輕脣，則下二等亦同音。

6.端、精二句，上等音洪，下等音細，下乃上之降音也。

7.知四母屬二等三等，照句亦屬二等三等，其音雖有舌上、齒頭
之分而大略相同。故知徹澄三母下無字，則借照穿床三母下有
字者讀之，以其爲類母也。娘母二等要讀與泥母上等同，娘母
三等要讀與泥母下等同。

由以上條例來看，至少說明了三點：1.所謂「上等」，顯然指一等韻；
2.見、曉系開口二等字出現 [-i-] 介音；3.知、照二系因讀音相近可
合併爲一。這三項證明了《剔弊元音》雖有意復古，對聲母的措置卻
並未完全背離《五方》，因此儘管列圖時等第分明，讀音上卻盡可兩
兩合併，型態接近四呼，而整部《剔弊元音》即在作者的矛盾心態下，
呈現駁雜不純的風貌。

二、聲母的特點

　　《剔弊元音》的聲母若就韻圖排列的三十六字母觀之，與中古時
期幾乎沒有不同，因此若僅將它視爲模仿宋元韻圖的擬作，則事實單
純且後人亦毋需加以討論。有趣的是，它在韻書表層加上了《五方》
聲母體系外衣，是以諸如濁音清化、零聲母化、非敷奉合流、知莊照
合流等音變，也由此獲得印證。不過在相似的前提下，《剔弊元音》
是否尚有異於《五方》值得一提之處呢？以下分就三點來討論。

㈠非敷奉合流，影喻疑合併，微母獨立

　　非敷奉三母在《五方》中已合併爲一風母，微母更消失化入蛙母
中。《剔弊元音》繼承此一演化方式，非敷奉合流爲一敷母，不過條
件是：源自中古的非敷二母字變成敷母上平、上、清去、上入聲字；

源自中古的奉母字則清化轉成敷母下平、濁上、濁去、下入聲字，這是韻書部份的措置。韻圖部份則非敷奉三母分明。特別的是二書對微母的內涵認定不同，《五方》以雲母收來自中古影喻疑三母的細音字，以蛙母收洪音字。原來，中古的微母字在《韻略易通》裡爲「無」母，是個脣齒擦音[v-]，但在《五方》則消失變與蛙同音，也就是由 v-→ɵ，更詳細的說是變成介音有[-u-]或[-w-]的零聲母（李新魁 1983:306），幾乎和現代國語沒有不同。這種因語音自然演化而加入零聲母行列的現象，在《五方》裡得到實際反映。但如此反映實際音讀的安排，《剔弊元音》卻棄而不取，韻書以影母統括韻圖影喻疑三母，不論洪細；「晚萬文亡問無」等微母字則獨立，自成一類。換言之，《五方》中已不存在的脣齒音於《剔弊元音》再度復活，此由「遵用等韻字母說」在微母處不列與之相應的《五方》聲母，並注明「輕脣，不音爲」可證。事實上，趙氏這樣的安排不類於《五方》反而近似於《中原音韻》，因爲《剔弊元音》定影母爲本母，把喻疑二母字歸入影母下平、又上、又去、又入中，說明除平聲字有差別外，上去入聲皆讀與影母同。這和王力（1988:168）認爲「十四世紀時的影喻二母，在北方話裡也只在平聲一類有聲調上的差別，上去兩聲就完全相混。」的說法相合，而當時微母還未零聲母化，所以《中原音韻》尚保留微母，使之與零聲母對立，衹是當時的微母也已非中古的[m-]而是[v-]。至於另一個可以支持此項論點的理由是《剔弊元音》裡對微母的討論，趙氏除了恢復微母的獨立地位外，還進而認爲非母字實乃微母之上平字，他在「圖解」裡提到：

　　　　敷——此母與奉母合爲一句，蓋奉母之平聲爲此母之下平，奉

> 之上去入爲濁上、濁去、下入，皆已分開，不復蒙混。
> 古以非敷爲類母，實非也，蓋非此乃微之上平也。

微——此母以非母爲上平，上去入皆與此母同音，猶喩之與影
　　母也。但非母古與敷母爲類母，四聲皆與敷同音，今正
　　之，以爲此母上平，遵《直圖》(指《韻法直圖》)也。
　　然止有音無字。

這兩段話明白指出敷微二母間的微妙關係，顯然作者認爲敷微二母所屬之字實應讀爲同音，但因一爲次清，一爲次濁，所以才有聲調上的差別。巧合的是當近代學者爲《中原音韻》擬音時，幾乎都把源自中古的非敷奉合擬爲[f-]，擬微母爲[v-]，二者發音部位相同，祇是一清一濁。這樣的結果似乎顯示了《剔弊元音》對非敷奉、影喩疑六母的處理方式同《五方》，對微母的安排則近《中原音韻》，雖然聲母系統採自中古，部份觀念卻停格在十四世紀。

(二)照系內部合流的走向

　《五方》裡雖然將中古知莊照三系合併爲一，但內部仍存在著知二與莊系、知三與照系的對立。《剔弊元音》雖也沿襲了《五方》的知莊照合流，卻在韻圖裡細緻地區別了其間的差異。它的韻圖以展現中古音爲主，三系卓然分明自理所當然；但是韻書裡的合併則呈現兩種不同走向：一種是如《五方》般知二與莊系、知三與照系的個別合流，在十二韻中除虎、地外皆屬之；另一種則是知莊照三系混而不分的合流，虎韻屬之；地韻的表現則又與前兩種不同。以下分三類來說明：

　　1.知二與莊系、知三與照系的個別合流，以龍韻爲例

A.丁(知二)——爭(莊)　　B.徵(知三)——蒸(照)

　　撑　　　——鎗　　　　　橙　　　——稱

　　根　　　——鎗　　　　　懲　　　——乘

A、B 二組字在中古時分屬二、三等，《剔弊元音》置 A 於庚韻開口二等（即開上），B 爲蒸韻開口三、四合（即開下）❷，其實這些字在現代國語已讀成同音，《剔弊元音》的區別顯示上二等和下二等間必有[-ɒ-]和[-i-]介音上的不同，此種不同與等第、介音有關，因此在天人龍羊牛葵駝蛇馬豺十韻中，雖然韻書統歸於照穿審三母下，但逢知二系字出現時必與莊配而知三與照系一起。這種對立，和《五方》係分屬於不同的小韻相仿，前賢們的研究也以爲和 ɒ、i、u 介音的有無相關。不過，《剔弊元音》係依據《佩文韻府》來分韻，此種對立實導因於歸屬不同的韻目而生，這是必需加以說明的。

　　2.虎韻甚至表現出知莊照三系合流讀成同音的現象

　　C.虎　豬(知三)—諸(照)

　　　　　箸(澄三)—助(床)

　　　　　楮(徹三)—處(穿)楚(初)

C 組字顯示知莊照三系已混而不分，符合「讀韻訣」所言「知照雖有舌上、齒頭之分而大略相同」的說法。由此可見，知莊照三系的聲母並沒有任何差異，差別應在韻母上。

　　3.地韻則莊照二系合流，與知系對立

　　D.地　知(知三)--之支(照三)

---

❷ 　《剔弊元音》以十二韻統括《佩文韻府》一零六韻，而龍韻包 括了庚、蒸、青、東、冬諸韻。

 雉(澄三)--士(床)

 治(澄三)--事(床)

趙氏雖認可三系合流卻也以為「知照二句，二等三等雖屬同音，亦有微異，如詀之與黏、簪之與眞……支之與知，皆有口中口抄之辨，不必拘拘於同音也。」即中古三等字仍保留[-i-]介音，與沒有[-i-]介音的二等字形成對立，此由 D 組地韻可獲得印證。D 組在韻圖上同列於三等，但韻書改歸照系入開上（即一等），只剩知系在三等。在知莊照三系已合流的前提下，這樣的安排容易令人懷疑是否產生了捲舌音？現今國語的捲舌音由中古支脂之三韻的知莊照十二個聲母演化而成，而在《剔弊元音》的地韻裡，「支之」卻與精系的「茲雌慈」同列於開上而與置於三等的「知」相對。前者在《中原音韻》中屬於「支思」韻，後者屬於「齊微」韻，這是因為已經產生ɿ、ʅ的支思韻與齊微的 i 已經不同，而當時的「知恥治」等字也還未變成捲舌音的關係。不過，在《剔弊元音》內「知」卻已脫離齊韻改入支韻❸，換言之，「知」雖也仍未轉為捲舌音，和照系卻僅剩一、三等的分野。王力（1988:211）以為「不論什麼韻類，如果知照系以外的字在現代漢語裡唸 i，那麼和它同韻的知照系在現代漢語裡唸 ʅ。」以此規律來檢查見系的「基欺」、邦系的「卑婢」、曉影的「熙倚」、來母的「離」等字，韻母都唸 i，可證明 ʅ 韻已經產生。趙氏把「支之」由三等改置一等即因 ʅ 由 i 變來，乃捲舌音 tʂ 系與 i 排斥異化後的結果。若以 ɿ 韻的產生應在捲舌音出現後，那麼說《剔弊元音》裡有捲舌音應是合理的。至於日母的「而爾二日」等字，《剔弊元音》還置於日母，與現代國語讀成

---

❸　《剔弊元音》的地韻包含了《佩文韻府》支、齊、微諸韻。

零聲母不同，可見讀音還是 z_l。

(三)見曉精系的表現及其他聲母的擬音

　　見曉精三系字在《五方》裡是否已顎化？依據諸位前賢的研究，都認爲見曉系的「金橋火」和精系的「剪鵲系」❹二組仍卓然分立，並未相混，所以《五方》一書並未出現顎化音。不過這兩組字的三、四等字及二等開口字，卻常出現在細音前面；一、二等合口字常出現在洪音前面，可知雖尙未產生[tɕ-]、[tɕʰ-]、[ɕ-]，但與介音[-i-]或[-y-]結合時，分別帶有相當軟化的聲母（石俊浩　1993:72），亦即已有顎化的跡象。既然連被視爲頗能反映時音的《五方》都尙未有顎化音，那麼一心復古的《剔弊元音》，在理論上是更不可能有顎化音了。的確，由見曉精三系字對立分明的情形觀之，可以確定《剔弊元音》中並無顎化音，不過趙氏在「讀韻訣」卻也透露了「見曉來三句，凡開口下三等同音，合口上二等同音，下二等同音。上二等宏音，讀在口之中；下二等音細，讀在口之杪。」的訊息，顯然見曉系的開口二等出現了[-i-]介音，讀音與三、四等沒有不同，而此種演化跡象與《五方》則相一致。

　　另外，與精系相配的 l 韻是否已產生了呢？早在《切韻指掌圖》時代即將列於四等的「茲雌慈思詞」等字改入一等，這表示它們的韻母已經是個「l」（王力　1988:211）。《剔弊元音》既然特別把四等精系與二三等照系字改列開口上等而和其他系聲母區隔，說明這二系字已不能與 i 相接，換言之，已由 i 轉 ï 變成開口字了。這項安排除了

---

❹　「系」屬中古匣母字，與《五方》使之統屬的「心邪」母字不合，故疑《五方》之「系」母實爲「絲」之誤。

證明舌尖後音以及 ï 韻的產生外，也再度顯示《剔弊元音》不完全依據中古，往往在無意中透露當時音讀的心態。

以上所論，含括了敷、微、影、照、穿、審、日、見、溪、曉、精、清、心等十三母，至於邦、滂、明、端、透、泥、來七母，除了泥、娘合流為泥母，來母逢開口二等字讀與三、四等同音外，因語言特性較穩定，自中古到現代音讀不變。至於在趙氏的著意復古下，是否要分別為《剔弊元音》的韻書二十聲母及韻圖三十六字母分別各擬一套音呢？個人以為似無此必要。因為連趙氏自己也承認「知、照二系雖有舌上、齒頭之分而大略相同，故知、徹、澄三母下無字則借照、穿、床三母下有字讀之，以其為類母也。」的事實，在當時語音已無別的情況下，再強做區別，所構擬出來的聲母系統也不過是中古時期的翻版，若視為案頭研究則可，卻無法也毋需再施行於口語中。是以，個人仍依據韻書處之二十聲母來嘗試為之擬音，茲擬就二十聲母的音值如下：

見 k　溪 k'　曉 x　影 ⊘　端 t　透 t'　泥 n　來 l　邦 p　滂 p'
明 m　敷 f　微 v　精 ts　清 ts'　心 s　照 tʂ　穿 tʂ'　審 ʂ　日 ʐ

三、結　語

有清一代學術思潮，梁啟超曾一言以蔽之曰「以復古為解放」（1984:6）。尤其在考證風氣盛行的乾嘉時期，受文字獄頻興影響使學風更趨保守復古，因此嘉慶年間刊刻的《剔弊元音》，在體制內容

上一以中古等韻爲準的崇古心態便不難理解，即使當時的河北音系已和現代國語差不多❺，三十六字母也不復能一一重現於實際音讀中，使得此書似乎衹適合供做案頭研究，所以陸志韋（1988:121）批評它一無可取；李新魁（1993:142）也說它大抵反映中古音。這些論點或有可取卻也失之片面，隱藏在《剔弊元音》復古的表層下，其實內在架構仍不脫離《五方》，如濁音清化、零聲母化、知莊照合流、並未顎化等都是《五方》舊制的遺型；而對微母的措置、把魚虞合口字從地韻改入虎韻、全濁聲母清化後在聲調上的歸屬，或展現了趙氏與樊騰鳳不同的審音觀，或呈顯《剔弊元音》較《五方》精密的一面。何況此書依據《佩文韻府》來分韻，適合於作詩押韻及識字審音，就語音演化看，雖不及《五方》進步，內容也並存著中古和近代兩套聲母系統，顯得駁雜不純，但做爲見證當代學術思潮引領下所衍生之產物，本書是個不錯的例子。

引用書目

王　力

　　1988　《漢語史稿》，山東：教育出版社。

中國社會科學院和澳大利亞人文科學院合編

　　1987　《中國語言地圖集》，香港：朗文書局。

石俊浩

---

❺　趙培梓與樊騰鳳皆籍隸河北，但清代時的繁水今已畫歸入河南，即今南樂縣。據《中國語言地圖集》所載，屬於中原官話區的鄭曹片。

1993 《《五方元音》研究》，中國文化大學中研所碩士論文。

李新魁

1983 《漢語等韻學》，北京：中華書局。

李新魁、麥耘

《韻學古籍述要》，陝西：人民出版社。

陸志韋

1988 〈記《五方元音》〉，《陸志韋近代漢語音韻論集》109-121，
北京：商務印書館。

梁啓超

1984 《清代學術概論》，臺北：華正書局。

趙培梓

《增補剔弊五方元音》（清嘉慶十五年），上海廣益書局
印行，中央研究院歷史語言研究所藏。

樊騰鳳

《五方元音》，寶旭齋藏板，國立臺灣師範大學藏。

儿化(尾)音變(一)
——縮短現代音韻與傳統聲韻的距離

蕭宇超*

前　言

本文討論在漢語方言中幾個與儿化及儿尾相關的音韻現象，包括聲母、韻腹、韻尾以及聲調等可能引起之一連串音變；儿化不能自成音節、儿尾（或稱後綴）可以自成音節。鄭張尚芳（1980）指出，儿的古音是鼻音聲字母，分化過程如下：❶

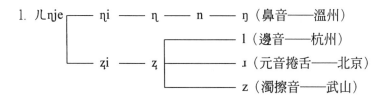

1. 儿 ȵie ┬ ȵi ── ȵ ── n ── ŋ（鼻音──溫州）
　　　　　　　　　　　　└ l（邊音──杭州）
　　　　　└ ʑi ── ʐ ┬ ɹ（元音捲舌──北京）
　　　　　　　　　　　└ z（濁擦音──武山）

---

*　　國立政治大學語言學研究所

❶　　見該文 245 頁。

本文討論的方言包括山東壽光、浙江溫州、湖南安鄉、吳川化州、以及貴州遵義，以下幾節將以「自主音段」（Autosegmental）的觀念重析聲韻學之描述。❷

壽光方言儿化

　　張樹錚（1996）調查山東壽光北部方言的儿化，大致歸納三類語料，茲整理如下：（[l] = 捲舌邊音；[ɬ] = 清邊擦音）

1. 聲母爲[l]，音節儿化時一律變爲[ʐ]：

樓儿 ləu → ʐəur　　籃儿 læ̃ → ʐər　　淚儿 luei → ʐul

劉儿 liəu → ʐkur　　帘儿 liæ̃ → ʐər　　驢儿 lü → ʐur

2. 聲母爲[tɕ tɕ' ɕ]（大致是知三、章組），音節儿化時變爲[tʂ tʂ' ʂ]：❸

汁儿 tɕi → tʂl　　　綢儿 tɕ'iəu → tʂ'əur　扇儿 ɕiæ̃ → ʂər

3. 聲母爲[tʂ tʂ']，音節儿化時變爲[t t']；聲母爲[ʂ ʐ]，音節儿化時變爲[ɬ l]：❹

准儿 tʂuə → tʷl　唇儿 tʂ'uə̃ → tʷl　水儿 ʂuei → ɬl　淚儿 ʐul → lʷl

---

❷　有關自主音段理論介紹，請參閱 Goldsmith (1976)。

❸　見組細字仍讀[tɕ tɕ' ɕ]，請參閱張樹錚(1996:301)。

❹　另者，ʐ + l → l 或 ɮl，[ɮ]爲濁邊擦音，請參閱張樹錚(1996:301)。

由張先生的語料可知,壽光方言儿化時會出現捲舌[r]韻尾及捲舌邊音[l]
韻母（或韻尾）,本文就此亦作了兩項觀察:㈠儿化前若聲母爲非捲
舌音,則儿化後聲母捲舌,㈡儿化前若聲母爲捲舌音,則儿化後聲母
去捲舌。從現代音韻學的角度來看,第一種現象是「特徵擴展」（Feature
Spreading）的結果,也就是儿化韻尾的捲舌特徵（+R）向聲母擴展,
如4.所示:❺

4.特徵擴展

第二種現象乃契合「通用語法」（UG）中的「必要起伏原則」（Obligatory
Contour Principle,簡稱 OCP）,此原則規範任兩相同特徵不可相鄰。
以5.爲例,在儿化前,相關聲母已帶有捲舌特徵（+R）,發生儿化時
即出現兩個+R 相鄰,與「必要起伏原則」相牴觸,因此聲母的+R 斷
連而去捲舌:

5.必要起伏原則

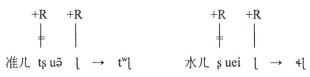

---

❺　有關特徵擴展,亦請參閱蕭宇超(1998)。

溫州方言儿尾與儿化

　　溫州方言儿尾呈鼻音形式[ŋ]，鄭張尚芳（1981）發現此儿尾可導致減音現象，即儿尾前面的詞幹如果也帶有鼻韻尾[ŋ]，則該鼻尾會丟失，使詞幹呈開音節，舉例如下：

6.減音現象

　　瓶儿 beŋ ŋ → be ŋ　　　　　　扣門儿 k'au maŋ ŋ → k'au ma ŋ

減音現象亦是遵循「必要起伏原則」的結果，避免兩個[ŋ]相鄰。❼脫尾後的詞幹有時會有音節延長現象：

7.延長現象

　　瓶儿 be ŋ → be: ŋ　　　　　　扣門儿 k'au ma ŋ → k'au ma: ŋ

元音延長屬於一種「彌補性延長」（Compensatory Lengthening）：在7.中，每一個詞幹音節(σ)有兩個音拍(μ)，[ŋ]尾減音之後空出一個音拍，遂由元音填補。❽過程見 8.說明：❾

---

❼　當三個[ŋ]相鄰時，前兩個丟失，譬如，溫州 ABB 疊詞：糊凍凍儿 vu toŋ toŋ ŋ → vu to to ŋ，請參閱鄭張尚芳(1981:42)。

❽　減音之後還可能引起元音改變，譬如，筒儿譬如，dɔŋ ŋ → duɔ ŋ 等等，請參閱鄭張尚芳(1981:43)。

❾　有關彌補性延長，亦請參閱蕭宇超(1995, 1998)。

8. 彌補性延長

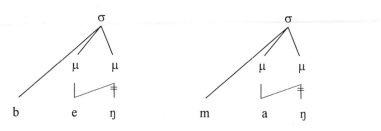

減音（與延長）後若快說，可能進一步發生合音現象，也就是詞幹與儿尾合併爲一個音節，原儿尾派生爲詞幹韻尾：

9. 合音現象

　　瓶儿 be: ŋ → be:ŋ 或 beŋ　　扣門儿 k'au ma: ŋ → k'au ma:ŋ 或 maŋ

安鄉方言儿尾

　　應雨田（1990）研究湖南安鄉方言，區分兩類儿尾：一類爲零聲母後綴[ɚ]，另一類帶有鼻聲母[ŋɚ]：

10. [ɚ]尾

　　兔儿 t'ou ɚ　　褂儿 kua ɚ　　杯儿 pei ɚ　　桌儿 tso ɚ

11. [ŋɚ]尾

　　港儿 kaŋ ŋɚ　　桶儿 t'oŋ ŋɚ　　男儿 laŋ ŋɚ　　蟲儿 ts'oŋ ŋɚ

仔細檢視10.～11.不難看出，[ɚ]與[ŋɚ]呈互補分佈，前者祇接開音節，後者前面的詞幹則帶[ŋ]尾。換句話說，其實祇有一個儿尾[ɚ]，藉由「韻尾滋生」（Coda Gemination）即可派生另一個儿尾[ŋɚ]：❾

12.韻尾滋生

化州方言儿尾

　　李健（1996）研究吳川化州與高州信宜交界區域的化州北部方言儿尾指出，實體名詞快說時，詞根與詞尾有兩種變化，見13.～14.：

13.詞根變高升調，詞尾變閉口音

　　阿林儿 a˦ lam˩ n̩˥ → a˦ lam ↗ m̩˥　　妗儿 k'am˩ n̩˥ → k'am ↗ m̩˥

14.詞根變高升調，詞尾不變

　　阿姨儿 a˦ ji˦ n̩˥ → a˦ ji ↗ n̩˥　　儂儿 nuŋ˦ n̩˥ → nuŋ ↗ n̩˥

---

❾　此一分析亦有存疑之處，如女儿 y ŋɚ，牛儿 liou ŋɚ 等之詞幹部份雖爲開音節，卻後接[ŋɚ]尾，前者應不構成問題，其屬女伢儿之合音，後者則需調查是否亦屬合音之類，若非合音則形成例外，請參閱應雨田(1990:58)。

詞尾變與不變取決於詞根鼻韻尾是否帶有唇音特徵 +labial，此特徵在
化州方言似乎較活躍，可向詞尾擴展。不過，化州儿尾最有趣的音變
現象不在於音段，而是它的高升調，此類高升調在鑒江流域粵語中十
分普遍，具有小稱、愛稱等語意功能；關於其音韻特性，李先生作以
下說明：（1996:218）

> 有多篇文章已經指出，這種高升調有調頭和調尾兩個階段：「調
> 頭是本調的調頭，調尾是變調的特高」（《信宜縣志》954 頁）。
> 這說明，調頭和調尾，本調和高升調，在同一音節中上尚有間
> 隙。如果細心觀察，則可發現，高升調的鼻音尾，比非高升調
> 的鼻音尾，音長明顯要長，而且有普遍性。

換言之，詞根讀高升調、長鼻音，是儿尾與前一個音節的結合。不過，
設此高升調爲兩者之合音，何以13.～14.中的儿尾聲調不受影響？了解
這個問題需要思考「浮游調」（Floating Tone）的觀念，它是一種詞
素，袛存在於特定的詞彙結構中，表現某種語意功能。Kenstowicz（1994:
pp.367-368）就浮游調的詞素特性（Morphemic Status）說明如下：

> 這種詞素沒有音段內涵，它的音韻實質僅具有聲調形式，可稱
> 之爲「聲調助詞」（Tonal Particle），此種助詞或其效能最終仍需
> 投射到音段的層次方能展現出來。

化州高升調可以此觀念來詮釋，即儿尾前帶有浮游高調，快說時，高
升調的調頭爲本調的調頭，調尾則是這個浮游高調，派生結構如15.：

（H＝ 浮游高調；T＝ 本調）

15.浮游高調

在化州方言中，設浮游高調啻於快說時方發生連結，可解釋正常速度時，詞根調值不變。此外，所連結既爲浮游高調，而非儿尾本身之聲調，自然不會影響後者。❿

遵義方言儿化

貴州遵義方言有四個聲調，陽平[꜒]、陰平[꜔]、上聲[꜓]和去聲[꜖]；儿尾自成音節時，讀陽平調，儿化之後，以前面音節的聲調呈現。見16.：

16.儿化變調

貓儿 mau˥ ȵ˥　→　mæȵ˥　　水竹儿 suei˧ tsue˧ ȵ˥　→　suei˧ tsuȵ˧

刀儿 tau˧ ȵ˥　→　tæȵ˥　　苦竹儿 kʼu˧ tsue˧ ȵ˥　→　kʼu˧ tsuȵ˧

16.的儿化變調可以有兩種可能的分析：㈠儿化時，儿尾失去原來的陽平調；㈡儿尾屬無調詞素，自成音節時，取「抵輔調」（Default Tone）。

---

❿　有關浮游調，亦請參閱蕭宇超(1997)。

分析㈠需要一個特別規則來刪除儿尾的聲調，或者需要某種條件，防止儿化合音時，同時發生併調。分析㈡無儿化併調之慮，當儿尾自成音節時，「通用語法」（UG）自動指派聲調給它，此一分析顯得較爲自然經濟。一般說來，「抵輔規則」（Default Rules）無需個別制定，而是已存在於通用語法中，若語言個別性規則無法衍生適當音韻特徵，「抵輔規則」自然啓動，指派相關特徵的「無標屬性」（Unmarked Value）。此外，抵輔調通常必須是某語言的基本調型之一，遵義儿尾的抵輔調來自陽平，應屬合理。

結　語

聲韻學中的方言調查著重於現象描述，而現代音韻理論則藉由世界「語言共通」（Language Univeral）原則，爲聲韻學的描述提供另一層詮釋，本文藉由特徵擴展、必要起伏原則、彌補性延長、韻尾滋生、浮游調、以及抵輔調等學理，提供不同的角度重析儿化音變，期望可爲傳統聲韻與現代音韻研究略築橋樑，縮短兩者之間的距離。

參考文獻

張樹錚
　　1996　〈山東壽光北部方言的儿化〉。《方言》第四期：298-301。
鄭張尙芳
　　1980　〈溫州方言儿尾詞的語音變化(一)〉。《方言》第三期：
　　　　　245-262。

1981 〈溫州方言儿尾詞的語音變化(二)〉。《方言》第一期：40-50。

應雨田

1990 〈湖南安鄉方言的儿化〉。《方言》第一期：52-59。

李　健

1996 〈鑒江流域粵語的儿後綴和高升調〉。《方言》第三期：216-219。

胡光斌

1994 〈遵義方言的儿化韻〉。《方言》第三期：208-211。

蕭宇超

1995 〈漢語方言中的聲調標示系統之檢討〉。第十三屆全國聲韻學學術研討會論文。國立台灣師範大學國文研究所。

1996 〈從台語音節連併到音韻、構詞與句法之互動〉。第五屆中國境內語言暨語言學國際研討會論文。國立政治大學語言學研究所。

1997 〈現代音韻學知識在語言教學上所扮演的角色〉。第十五屆全國聲韻學學術研討會論文。私立逢甲大學中文研究所。

1998 〈淺談音韻學研究方法〉。語言學研究方法研討會論文。國立政治大學語言學研究所。

Goldsmith, J.

1976 Autosegmental Phonology. Ph. D. Dissertation, MIT. Distributed by the Indiana University Linguistics Club.

Kenstowicz, M.

1994 Phonology in Generative Grammar. Blackwell, Cambridge MA & Oxford UK.

北京音系梗攝二等文白異讀的 音韻層次與地域來源 ——由「打」字談起

程俊源*

論文提要

　　漢語方言中文白異讀現象豐富，而關於北京音系的文白異讀，往來學者較側重於共時的對應描述與觀察歷時上規律性的發展變化，而較孤立的對待例外性特字，筆者由「打」字為引，以文白異讀為診斷框架，藉著歷史音類上「等」、「攝」概念的運用與方言地理類型的比較，確認「打」字屬白讀層音讀，並聯繫古清入字的演化歸向，指出北方方言中呈一語言結構連續體的可能，北京在中國取得獨特之歷史地位前曾數度易主，北方民族的進入使社會與人口結構發生改變，也促使語言發展，筆者作小段的論述亦回應混雜語言的可能。以下分八小節論述之：

　　０、緒　說
　　一、關於「打」
　　二、文白異讀與語言層剖析
　　三、北京音系的文白異讀

＊　　國立台灣師範大學國文研究所。

·關鍵詞：北京音系、文白異讀、音韻層次

0 、緒　說

　　漢語方言中文白異讀現象十分豐富，東南方言中如吳、閩❶……等，北方方言中如山西、山東❷……等多可見，然於一般上熟知的北京音系其文白異讀現象，比之於其他方言，於數量上是相對的較少，因此較易爲研究者所疏忽，然李榮（1982:115）曾指出「北京的文白異讀，文言音往往是本地的，而白話音往往是從外地借來的。」也就是說北京話的文白現象比之於其他漢語方言中，「文讀音是移借的，而白話音才是本地固有的」現象上恰好相反，對於漢語方言文白異讀的徵別，學術經驗上多是從現象中加以總結認識的，北京話若反此，可以加深我們對文白來源的認識，而不絕對化的偏頗，如何切近地理解問題，筆者擬由「打」字一讀爲引，對北京音系梗攝二等的文白異

---

❶ 徐立芳(1986)、葉祥苓(1988)、羅常培(1956)、戴慶廈、吳啓祿(1962)、李如龍(1963,95)、Sung(1973)、張盛裕(1979)、何大安(1981)、楊秀芳(1982)、余靄芹(1982)、周長楫(1982)、梁玉璋(1984)、林寒生(1985)、張振興(1989,90)、馮愛珍(1992)、馮成豹(1996)……。

❷ 王立達(1958)、李守秀(1980)、田希誠、呂枕甲(1983)、王洪君(1987)、侯精一(1988,93)、張益梅(1988)、劉勛寧(1983)、張衛東(1984)……。

讀現象作一歷史層次的分析與地域來源的探索。

一、關於「打」

北京話中「打」讀 ta³ 僅有一讀，並不見有其他的語音形式，由歷史音類出發時「打」德冷切❸，為端母梗攝二等上聲字，依演變規律應讀 təŋ³，與「猛、冷、省」同韻，但今卻讀-a 同於麻＿，成為歷史音類上梗＿的惟一特字，因此對於「打」這一例外現象，引起了學者的考索與論列。

俞敏（1992c:207）談到「打」應是《廣韻‧合韻》「搭」字「打也」，且現代官話、粵、客、湘語等都念 ta³，故「搭」才是本字。俞敏先生因為 ta³ 音不合切故另謀出路，以「搭」才是 ta³ 之本字，對於這個意見，如果考慮其上舉的那些保留入聲的方言，於咸攝入聲中多還保留聲尾的特性如：「答」梅縣 tap、太原 taʔ，或雖失去輔音尾尚於調類上保留於入聲的調類如：長沙 ta⁷ 等的現象的話，再基於音類上，「類同變化同」的系統變化觀點上作歷史發展推斷的話，對此意見也許我們仍稍持保留的態度。

而「ta³」之一音，於文獻史籍的索源中（胡明揚 1984:154-62、李榮 1985a:8-9、林濤 1989:36），「打」今讀自於宋代典籍古讀裡已有所載。此字在《六書故》裡又音「都假切」，歐陽修《歸田錄》音「丁

---

❸ 「打」又有一切「都挺切」，為端母梗攝四等上聲字，依例當讀 tiŋ³ 與「並、頂、醒」同韻，亦不合今北京音，不過「都挺」一切，李榮(1996b:164)指出其猶反映於今贛語湖泗方言。

雅反」兩反俱切 ta³。如此由文獻的反映，「ta³」之語音似乎自宋代已有合切之音，不過時代的考索對於「ta³」之語音形式並不俱完足的解釋力，因此除非承認其不同源，否則我們仍需對「ta³」之一音作交代。❹

　　對於「打」之不合切這一現象，我們不滿足於將其視爲例外般孤立認識，如果我們放大尺度先作一概括性的觀照，對此一歷史音類作一定性的析分，也許我們能夠據以找到比較有利的關節點來進行思考。當我們檢測北京音系梗攝二等這一歷史音類的北京音今讀時，可以發現有些異讀形式存在，如一字兩讀的情形，若基於一般上的先行認識，其類分在於文白例如：「更 kəŋ/tɕiŋ、耕 kəŋ/tɕiŋ、白 puo ❺/pai、柏 puo/pai、伯 puo/pai、迫 phuo/phai、脈 muo/mai、擇 tsɤ/tʂai、客 khɤ/tɕhie、隔 kɤ/tɕie……（先文後白）」，審視了這些歷史音類上相同的北京今讀音，於入聲白讀中與「打」的元音性質若合符節，於此也許我們可以意識到「文白異讀」可以作爲我們的診斷框架。

二、文白異讀與語言層剖析

　　「文白異讀」今在漢語方言中蔚爲重要的語言現象，自趙元任

---

❹　李榮(1996b:162)的看法與我們相同，亦認爲「打」字的音韻地位要放在梗攝的範圍裡才能說清楚。

❺　北京話音系中，元音「o」並不能單獨存在，而與「u」有一定的依存關係，故音系中只能有「-uo」或「-ou」，鍾榮富(1992)謂之「後音共享原則」。此例中（下同）脣音後「-o」、「-ou」雖不對立，但依實際語音中此原則的運用，故標作「-uo」。

（1928）以來，漢語方言中文白異讀現象得到首次的記錄與注意，而羅常培（1930）繼之，文白異讀得到系統的比較與認識，文白問題的釐清與認識進程在學者間日益深化，羅杰瑞（1979）揭示性地提示了「層次」（stratum）的觀念，繼而楊秀芳（1982）對閩南語的文白系統與音韻層次分析作了探索與示範，徐通鏘（1991: §15、§16）對於文白間的競爭消長關係，概念化的以「疊置式音變」表達，粗疏的「文白」分類轉而爲細緻的「語言層」剖析，「層次」的概念在學者間建立起來，因此本文既引之以爲本論題的方法論原則，需再行對「文白」與「語言層」的判別剖析作一觀點與概念上的交代，使我們在討論上有所憑藉。

　　文白判定的成立，建立在「同源」的基礎上，亦即彼此的關係是一同源異流的狀態，確認文白即蘊涵（imply）同源，因此對於一些「訓讀字」甚或俗用字，比方說：閩南漳平話「人」及「儂（農）」（張振興 1989:174），閩東福州話「幹」與「梗ᴴ」（李榮 1983c:41），並不能將之視爲文白對立關係般處理，論列時須將其排除，因此所謂「同源」的認識，除了意義上的關聯外❻，還需基於在《切韻》系統裡音韻地位相同。（張琨 1991:193、張盛裕 1979:241）

　　當然文白的差異，一般體現在詞彙的風格色彩上，文/雅、白/俗，

----

❻　詞形縱使相同，若詞義、詞性並不相同，如「種子」與「種植」的「種」，或音隨義轉如「音樂」與「快樂」的「樂」，因其並非同一語位，故不能算作同源，析分爲文白異讀，但若是同一語位的派生，詞義雖稍異，語音亦不同，仍視爲文白對應詞，例如：廈門話的「下」，「下(ha7)流」、「下(he7)願」、「下(khe7)咧」（放下）、「懸下(ke7)」（高低）、「下(e7)跤」（下面）。（楊秀芳 1993:1、李如龍 1963:100）。

由廈門話裡文讀謂之「孔子白」（羅常培 1956:41），其求雅比附的心態可見一斑，不可諱言言語使用上的詞彙色彩與語言層的文白，常有相應一致之處，但語言競爭後，日用上並不盡然就層次分明（例如台灣閩南語的「風」，不論語用上配接任何雅俗的詞彙色彩，都讀hoŋ。），因此我們並不基於語用上的考量來認識文白，況且文雅白俗理涉主觀上的心理判準而非具客觀系統的標準判別，因此語用上的分化只能供作判別時的參數，是故基於對語言層的認識，我們設想些較嚴密的工作準則，以供判別層次，策略運用上我們由語音系統的觀點入手，亦即我們的方法取逕是以「音類」來概括。準此由歷史音類出發時，我們可以發現如上述北京音系裡，梗攝二等促聲中大體可以區分出兩類語音形式-ɤ 與-ai，而這兩類語音形式共時並存且自成系統，相互間並無「變」的關係存在，這顯示北京歷史上至少曾經並存過兩個音韻系統的匯合。

　　一個語言中若存在了來自不同音韻系統的匯合疊置，音系在吸收消納時是使用「折合」（adjustment）的方式將同源異質音系調整入原有的音系結構，抑或用「綜合」（synthesis）的方式原封不動的接收入原先的音系，取逕上是此或彼，可能因著語言自身個別的殊性而有不同的決定，也許兩者並存才是語言真切的實貌，不過存在了語言層的疊置卻是清楚可辨的，因此我們要問的是這些疊置的語言層是何來源？造成語言層疊置的社會動因是什麼？以及造成文白異讀層次關係的語言內部因素為何？

　　文白異讀既是一個語言接受另一語言系統的輸入，顯示雙語現象（diglossia）是其社會背景，而語言接觸影響後會造成語言間競爭、

取代、妥協、分工❼，甚而最後使語言間聚合趨同（convergence），
這是外部社會因素所透顯的語言現象，而就語言內部本身爲何產生歧
異，或說語言結構自身有何決定性因素，張光宇（1993:26）指出文白
異讀之所以興起，追根究底是古代漢語方言發展不平衡所致。音系發
展的不平衡包括「演變方向」與「演變速度」的差異。演變方向的不
同顯示了語言自身的類型差異，而演變速度則顯示了音變的階段差異，
既然語言間因著發展上的不平衡而有著類型上與階段上的差異，那當
我們剖析文白異讀的語言層問題時，也可由類型上尋繹出其「來源方
言」（source dialect）。因此當我們試圖探討一方言音系的文白異讀
層次關係時，我們考慮到其包含著的兩個質素──「時代」與「地域」
（張琨 1985:108），而這正是我們方法觀點與旨趣目的的交代，我們
嘗試以此原則向問題靠近，希望藉此能讓北京音系的文白異讀問題，
獲得某種程度的澄清。

三、北京音系的文白異讀

當我們秉持上述的方法論原則，亦即「音類」成了我們考察語音
演變的結構框架與尺度，以此檢視北京音系於梗_中可否表達出系統

---

❼ 語言系統間，或由接觸、競爭，轉而消亡、取代，亦或共謀而走向妥協、分工，
兩途俱是可能，上例台灣閩南語的「風」，即是一競爭取代後的現象，另如廈門
話的數目[so3 bok8]（數字）：數目[siau3 bak8]（賬目）或鼓吹[ko2 tshui1]（宣揚）：
鼓吹[ko2 tshe1]（喇叭），則是呈妥協後的職能分工狀態。（周長楫 1981:369、李
熙泰 1981:289-294）

性的語言層次，因此我們先概括地將北京音系梗＿的語音形式表現製
表比較如下：

	I	II	I	II	I	II	I	II
白	puo	pai						
脈	muo	mai						
打						ta		
擇			tsɣ	tʂai				
隔							kɣ	tɕie
耕							kəŋ	tɕiŋ

　　歷史音類上陽、入整齊配套的結構模式，在北京音系今讀表現中
已經動搖消失，舒、促間的發展行為並不平行，因此我們先將舒、促
分開處理，理論上一個語音形式便代表一個語言層次，於北京音系
梗＿入聲中我們可以觀察到，在韻母部份有-uo、-ɣ、-ai、-a、-ie 五個
語音形式，當中-uo、-ɣ 之間是以聲母為條件的變體，基於語音構造上，
組合時脣音只接-uo 而非脣音則接-ɣ，亦即-uo~-ɣ 是有條件的變體，因
此我們將-uo~-ɣ 視為同一層次。

　　「-ie」的分判亦在於其只出現在舌根音聲母處，若考慮北方官話
的歷時發展變化，二等見曉系字曾有增生「i」介音（glide-epenthesis）
的歷史規律（王力 1958:136），則-ie 的形式顯然是後來的演變，因此
語音演變的邏輯過程可以設定成*-iai→iei→ie，如此變化遞嬗下可以
推斷歷史過程上-ie 與-ai 曾同一層次，變化條件在於二等見曉系聲母。
同理舒聲中-əŋ、-iŋ 的對應關係亦可作此理解，-iŋ 的層次運作增生 i

介音的規律，而-əŋ 這一層則否❽。對此語言層的釐清與剖析後，我們可以確知北京音系的歷史發展過程中，可判斷出至少有過兩個音韻系統的疊置，文白間的對應關係是促聲爲-ɣ(~uo):-ai(~ie)，舒聲爲-əŋ:-iŋ。

系統性的排比後，以此框架檢測梗₋類其他看似無有文白異讀的一讀字，其實亦有玄機，如「帛 puo」僅一讀屬文讀，「窄 tʂai」僅一讀屬白讀，語音總是固結於詞彙，文白間的競爭與勢力消長正在此體現，這亦是熊正輝（1985:206）所謂一字一讀也有文白問題。當然求出音韻間的對應關係並非我們的最終目的，正如橋本萬太郎（1985:33）所言「『音韻對應』的發現，在語言科學方面只不過是語言事實的整理與分類。作爲人類知識勞動的產物，是相當低級的。它只是研究的起點，絕不是終點，……」。因此已經證實了的對應形式對於我們正是作爲解決問題的起點。以此出發回覽上表中仍未解決的是「-a」的語音形式，在梗₋僅出現於「打」這個字，若基於語音系統性的認識，我們以「打」的元音性質同於促聲白讀層的元音，屬於白讀層的音韻形式，當然這個判斷尚屬任意，因此我們嘗試再擴大尺度，跳高一層宏觀地看問題，或可發現問題徵結的核心，方法上我們橫縱地觀測二等字及梗攝字在音系結構中的地位與形式及南北方言間梗攝字的類型分別。

---

❽　當然這裡我們涉及了另一個問題，我們的看法與王力(1958:137)的意見一致，梗二見曉組中，以唸齊齒爲白讀，唸開口的爲文讀，如此則白讀形式似乎比文讀形式創新，亦即形式上的相較白讀比文讀變化更多，文讀反而比較保守，這種例子在語言中並不乏見，閩南語中古匣母讀 ø 在形式上更爲創新。（張光宇 1996:164, 楊秀芳 1996:156）

四、音系結構與地理類型

梗攝二等，於南北方言元音類型不同的發現，似乎於高本漢（1915-26:511）《中國音韻學研究》時已見端緒，只是其學術興趣與研究目的在於重建《切韻》音系，僅著眼於音變上的理論推演，而忽略了南北方言間語言發展方向的不同，張光宇（1990a）、李榮（1989b,1996a）都指出了梗攝字元音南北性質不同,其結論指出的是，北方方言中絕大多數無文白，且主要元音讀高元音，而南方方言則反此，梗攝中多文白異讀，如：客話、贛語舒聲字中逢低、後元音收[-ŋ]尾，逢前元音收[-n]尾，而前者是白讀，後者是文讀。從另一側面進入問題的是平田昌司（1995），其由日本吳音中梗攝字的讀音反映，亦支持東南方言中梗攝字讀低元音的論點，因此梗攝元音性質南低北高的認識，在學者間的觀察與研究結果一致中確認，這種歧異其實是漢語方言南北發展上類型不同的表現。

漢語方言間由於類型上存在著異質性的差異，使得南北方言間演變方向不同，北京話中梗＿舒聲與曾一合流，例如：彭＝登，而東南方言如客贛則梗攝併入宕江，例如：棚＝龐，這個現象在趙元任、羅常培、李方桂翻譯高本漢《中國音韻學研究》（p.60）時，已注意到漢語方言中曾、梗兩攝的合流方式南北取逕不同，東南方言中如吳、粵語梗攝有文白兩讀，而曾攝只有一讀。

從方言比較的角度，我們先大視野地認識了南北方言音系類型與演變方向的不同，再回視論題中看就音系結構本身北京音系又透顯了什麼樣的性質？如果我們通觀北京音系的結構格局與音系變化，可以發現兩點意義，梗攝二等促聲白讀的-a 元音與二等韻的性質問題，以

及各攝促聲白讀分立在歷史音系學上的意義。

北京入聲韻有文白異讀對應的，多分布於通、江、宕、梗、曾五個收-k 尾的韻攝，這五個韻攝文讀皆合流讀作-ɤ(-uo)，而白讀則大致分立，宕江入-ɤ/au、梗入-ɤ/ai、曾入-ɤ/ei、通入-u/ou ❾。顯然文白在變化步驟上並不同調，北京文讀今音雖然合流，但白讀卻仍分立，表示在「攝」的框架下，各攝都曾獨立存在至今，再以結構主義的視點觀照，關係的確認更甚於成份的明白，因此明白各攝的成份後，更重要的是揭示攝與攝間的關係，梗攝白讀讀-ai 是個鮮明而有趣的關鍵，除了與他攝分立不合流外，曾-ei 梗-ai 顯示了，曾攝元音較高而梗攝為低元音性質的一面，對立的關係為高低，這是從「攝」的高度看問題，若以「等」的角度切入，-a 的性質仍能得到有利的詮釋，由歷史音類出發，二等韻攝有江₌、山₌、麻₌、蟹₌、效₌、咸₌、梗₌❿，橫觀這些二等韻字的元音性質，大概為-a 及-e，不過-e 的性質有條件可說，如蟹₌的「街」是*kai→kiai→kiei→tɕie，山₌的「奸」*kan→kian→kien→tɕien，此外陽、入配套的二等韻攝如山₌的「轄」ɕia、咸₌的「鴨」ia，亦透露了二等韻元音的狀況，因此二等元音性質為-a 似乎在北京音系入聲白讀中仍有保存，白讀梗₌與曾₌不合流，亦反映二等韻亦是自成一類獨立的存在，這些現象為「打」的白讀性質提出了解釋。

「打」的元音若合於二等韻系北京原有的特質，接下來我們仍需

❾　白讀的語音形式今仍區別分立，而韻尾[u],[i]亦正是古入聲韻尾-k 的殘跡反映。（趙元任 1968:115-6）。

❿　關於「臻二」依中國社科院語言所(1988)《方言調查字表》的意見入三等。

回答二個問題，音變在歷史連續中發展變化，「類同應變化同」，而打字失去鼻輔音尾顯然是個特例,再者白讀音層與文讀音層誰爲固有？

第一個問題徐通鏘（1994:56）認爲與山西陽聲韻的白讀系統可能有聯繫，田希誠（1993:47-48）指出山西方言中梗攝二等文白讀中，白讀有[-a,-ia]的形式，如：

舒聲	棚	冷	睜	生	甥
臨汾	phər	lɤ	tʂɤ	ʂa	ʂɤ
運城	phia	lia	tʂa	ʂa	ʂa
汾陽	phia	—	tʂa	ʂa	ʂa
臨縣	phia	lia	tʂa	ʂa	ʂa
興縣	phiE	liE	tʂə	ʂə	ʂə

促聲	擇	窄	冊	革	客
汾陽	tsaʔ	tsaʔ	tshaʔ	kəʔ	khəʔ
嵐縣	tsiEʔ	tsiEʔ	tshiEʔ	kieʔ	khieʔ
興縣	tsəʔ	tsəʔ	tshəʔ	kəʔ	khəʔ
五台	tsuʌʔ	tsuʌʔ	tshuʌʔ	kuʌʔ	khuʌʔ
定襄	tsuʌʔ	tsʌʔ	tshʌʔ	kʌʔ	khʌʔ

舒、促所顯示的類型與北京的梗_相合，不過並不能就此說北京的白讀來自山西，理由在於接脣音聲母中如「棚」，晉語中已增生「i」而北京並未如此（徐通鏘 1994:58），顯示這是晉語自身的創新（innovation），不過他們在鼻輔音尾的消失則是同類型。指認類型上的相同，我們仍需論證兩個面向，是偶然性因素或具有歷史聯繫（張光宇 1996:xii），梅耶（1957:40）指出「出於一種「共同語」的各種

語言，甚至在分離和開始分化之後，還可以有許多同樣的或相似的變化。」因此我們可以有兩層設想，一是出於移民遷帶，一在有間隔地區的方言間，有了某些相同形式的存在，而其原因有許多可能是平行發展的結果。第一個可能，我們所掌握的資料尚無法全面撐起，因此尚無法證實或證偽，而就第二個想法，也許我們以類型特點的雷同，可以推測北京白讀層與晉語的白讀層有所一致，但是北京由於文讀波的影響，使北京白讀層的形式消失殆盡，所以這種失去鼻輔音尾的類型儘碩果僅存的殘留於「打」這個日用不察的詞彙上了，這樣的特字由於零散便容易孤立地認識它，只有分開層次考察核驗，才能回溯其自身的特點，語言的文白關係便在這競逐融合、滲透抵禦的張力下發展。

北京在中國歷代的優勢政治地位，語言、文化等勢力一直是離心地向外擴散，所以現今的漢語各方言文讀系統常能對當於北京音系甚至形式切合，因此對於北京的文讀層我們可以再作進一步的探索。⓫

	晉南	西安	洛陽	北京（白）	北京（文）
山咸二入 （含同攝開一非見系 入、合三幫系入）	*a*ia*ua	a, ia, ua	a, ia, ua	a, ia, ua	a, ia, ua
山咸一入	*uo	ɤ, uo	ən, uɔ	ə, uo	ɤ, uo
宕江入（洪） 宕江入（細）	*io	yo	yɔ	ɑu iɑu	yɛ
山咸三四入	*iɛ *yɛ	ie ye	iɛ yɛ	iɛ yɛ	iɛ yɛ
梗二入	*æ *uæ		ai uai	ai uai	

⓫　下表錄自王洪君(1990:17)。

曾一入	*ɯ	ei uei	ei,uei/ai	ei,uei/ai	ɣ, uo
通三知系入	*u/əu	u/əu	u	ou	u
通臻深入 曾梗三四入	*i(ii)*u*y	i(ii),u,y	i(ii),u,y	i(ii),u,y	i(ii),u,y

　　表上顯示北京文讀歸併嚴重，而白讀反而分立清楚，文讀系統與西安、洛陽切近，尤其在宕江攝的反映更是清楚，若再擴大比較整個大官話區舒聲韻的文白部份：

		北京	濟南	南京	西安	太原	開封	洛陽	揚州
更	梗開二見	kəŋ 文 tɕiŋ 白	kəŋ 文 tɕiŋ 白	kəŋ	kəŋ 文 tɕiŋ 白	kəŋ 文 tɕiŋ 白	kəŋ	kəŋ	kən
耕	梗開二見	kəŋ 文 tɕiŋ 白	kəŋ 文 tɕiŋ 白		kəŋ 文 tɕiŋ 白	kəŋ 文 tɕiŋ 白		kəŋ	kən

　　結果顯示出情形與入聲文白讀情況相近，就整個官話區中，文讀的形式極為一致，因此對於文讀來源便難以遽下結論，判別的策略在於，一般的認識上，「具文白異讀的方言，白讀為本地固有，文讀由外輸入」，這裡似乎可以回應文前所提的問題了，我們可以有兩向的假設，第一、如果北京文白的情形並不同於一般，那對於與其具同樣形式的太原或濟南等的說明顯然比較費事且難以全面，例如：向濟南借白讀而輸出文讀予濟南，理論上僅照顧舒聲處的話，論點可以成立，但無法說明北京入聲白讀仍分立的情形，因為別處方言分立並不如北京，且宕江入的-au 形式顯然只北京具有，官話中沒有與其同形的，自然難以借予北京，第二、若反之從於一般的認識，再搭配入聲文白讀的情形，則開封、洛陽等中原地帶似乎可以是北京文讀的源頭。
漢語方言發展由於類型上的異質差異，使得演變方向與演變速度有了

差距，由上我們所認識的北京音系中梗攝字的文白層次與音韻變化方向中，可以確認「打」字屬白讀性質殘餘，若再將梗_入白讀讀低元音的性質領入廣表的南北視界中，梗_讀低元音在類型亦神似於南方，張光宇（1990a:113）以梗攝性質說明南北與古今的關係，以形式化表述如下：

北方：	古代（？）	現代（高）
南方：	白讀（低）	文讀（高）

　　古今、文白間的對比模式，提示了古代的語音性質，而北京梗_入白讀也呈現如此的樣態，張琨（1985:108）「文讀是外來的，白讀是本地的，文讀比較晚，白讀比文讀早……。」如此放入對比模式中，北京的文白異讀，我們的觀測結果類型上白讀仍體現著較早期的形式。若如張光宇（1990c:195）所言一個方言演變類型既經形成、穩固下來，就很難加以改變，除非人口結構變動，文教力量龐大。

　　歷史上北京的人口結構顯然變換神速，體現在語言結構與文讀形式上亦復如此，經濟而趨簡（林燾 1987a:161），但在白讀層所存在的語音形式，顯然仍頑固地保持其類型特點。

五、古清入字的演變與地理類型

　　對於北京音系的入聲演變問題，學者在處理方法上無論是定性或定量的分析，大概都由聯繫《中原音韻》作爲思索問題的起點，北京音系中的入聲字演變古次濁入變去，古全濁入變陽平與《中原音韻》

一致，但古清入字的歸派上，則與《中原音韻》不同顯得沒有條例，對於這個現象李榮（1985b:3）認爲大概與方言的混合有關，如果結合上節對入聲韻的剖析與結論，我們對入聲調在官話方言中分派行爲再作一地理類型上分布的檢測。

李榮（1985b,1989a）基於入聲韻的有無及運用入聲字在今調類的反映，將晉語獨立並將官話方言分爲八區，卓絕地運用了入聲字的演變方向，以一個條件便將官話方言分完❷，而其中〈古入聲今調類表〉劉勛寧（1995:448）將其依地理位置的順序，大致從北到南重排如下：

	膠遼官話	東北官話	北京官話	冀魯官話	中原官話	蘭銀官話	西南官話	江淮官話
古清聲	上聲	陰陽上多去	陰陽上去	陰平	陰平	去聲	陽平	入聲
古次濁	去		聲					
古全濁	陽			平				

上表中可發現今始分出的東北官話，古清入字分派行爲同於北京官話，只是相對的在量上派上聲的較多，而其地理上正好近於古清入歸上聲的膠遼官話，反觀北京官話，依陳剛（1988）、平山久雄（1990,1995）分析指出，北京話白讀多爲陰平、上聲，這個結論若放到地理上觀察，顯然具有一定的解釋力，與冀魯、中原官話古清入歸陰平連成一氣，從宏觀的角度看正呈顯一語言結構上的連續體（continuum）（橋本萬太郎 1978:9），北方官話區的入聲演變提供了

---

❷　對於官話方言的區劃，本文不能提供任何證據，可參看丁邦新(1987)、候精一(1986)、林燾(1987b)、劉勛寧(1995)、張振興(1997)、梁金榮、高然、鍾奇(1997)等。

地理背景基礎，北京音古清入字歸向的不規律，透顯了北京音是整個官話的縮影，擁有諸多其他次方言的特徵，在這塊語言區域內，我們看到歷史的演變與地域的推移，俞敏（1984:274）的研究，意見與我們一致，古北京話清入歸陰平，同於從津浦線上東南到西北的大河北方音，我們讓視點交叉觀測結合上節的結論，就語言自身的角度看，中原官話是北方官話的中心源，而就地理類型上，北方官話形成一連續體的樣貌。

六、歷史文獻與北京地理人口史

中原區域能成為北方官話的中心源，自有其歷史條件背景，「中原」一地一向為中國歷代的政治、經濟、文化中心，從漢代長安立都，到洛陽（洛）、開封（汴）一直作為權威方言點，北齊顏之推《顏氏家訓·音辭篇》「自茲厥後，音韻蜂出，各有土風，遞相非笑，指馬之喻，未知孰是。共以帝王都邑，參校方俗，考核古今，為之折衷。榷而量之，獨金陵與洛下耳。」洛下正是洛陽（周祖謨 1981:411-2）；唐李涪《切韻刊誤》「凡中華之音，莫過於東都，蓋居天下正中，稟氣特正。」東都概指洛陽；南宋南陽人陳鵠《西塘集·耆舊續聞》卷七：「鄉音四處不同，惟京師天朝得其正。」京師正是指開封汴京；南宋陸游《老學庵筆記》卷六：「中原惟洛陽得天地之中，語音最正。」❸汴洛方音在此歷史背景下，藉政經文化勢力與文教傳習的力量擴散

---

❸　以上歷史文獻資料多轉引自何耿鏞(1984)《漢語方言研究小史》 山西人民出版社 1版 太原。

出去，成爲各方言的文讀擴散源，北京與中原地區地理接鄰，在其未取得如今天之獨特地位時，亦必接受中原地區語言的影響，由分析北京文白異讀的顯示，北京的文讀系統由中原傳入，而地理上的接鄰在古清入字的不規則歸調時，仍與中原官話與冀魯官話保持著一定程度的關聯。

　　古清入字的分合糾纏蘊涵了不同歷史層級（historical stratification）的積澱，我們嘗試思考以社會因素來詮釋，移民應是最主要的因素（張清常 1992），俞敏（1984）將北京話分三層，一是古河北層特點是古清入歸陰平，二是滿族入中原，特點是古清入歸上聲，三是五方各地人馬，甚至如行業語這類的社會方言的複雜影響，除固有的方言類型特點外，流動不居的人是影響語言變化的主要因素，人口遷移流動、相互接觸讓語言有了動態的發展，林燾（1987a）指出北京這一民族交流的舞台，在這諸多民族的雜居影響下，發展成中國方言中結構最簡單的漢語方言，其動力因素亦是人，韓光輝（1996）量化的顯示北京區域的歷史人口地理，不管內聚的遷移或離散的遷移，出入之間從歷史的角度看，一直是生息不斷的，語言在時空沿流中流動，但人往往才是決定其變化的因素，北京話如此，眼光上移到古漢語的角度下亦如此，「犢」的例證，羅杰瑞（1990:28）爲漢語和阿爾泰語相互的影響舉出實例，「骹」的例證，橋本萬太郎（1985:198）爲底層語言設說，語言是個開放集，語言接觸時是無界的（陳保亞 1996），任何語都是混合語，只要有社會要溝通，交融的結果便體現在語言本身，而文白異讀正是這交融下的產物，因此個別語言的研究只提供我們研究的個案，我們關懷的是人本主義下語言與社會的結合，強調的是以人爲本位的思考（鄭良偉 1980、張光宇 1996）。

七、結　論

　　文白異讀的產生在於語言間發展的不平衡，而文白異讀的殘跡正是我們研究語言史的極佳窗口，方言所隱藏的白話語層，常能透露出重要的線索，而語言結構自身的不平衡，也促使了語言變動與發展，這些不平衡現象，提供我們揣測其中的原因和規律，我們的工作程序是從結果追原因，藉此音韻層次的剖析，除時間上的縱軸了解，亦得尋繹出空間上的地域來源，並試圖把方言比較的結果與歷史上的書面文獻材料再作一接合以相互佐證，為我們的論斷提供較明顯的證據，雖然我們的方法取逕與學術興趣不在重建，但理想與高本漢（1915-26:4）一樣，只是希望能把方言解釋到一可信的程度，準此在北京音系的定性析分中，我們對語言這一開放系統的因果機制，作了時間與空間上的雙向詮釋與確立了解。

參引書目

中國社科院編（1988）《方言調查字表》商務印書館 1 版 4 刷 北京

王　力（1958）《漢語史稿》中華書局（1996） 1 版 3 刷 北京

王恩湧（1993）《文化地理學導論》高等教育出版社 1 版 3 刷 河北

北大中文系（1989）《漢語方音字彙》文字改革出版社 2 版 北京

何大安（1988）《規律與方向：變遷中的音韻結構》史語所專刊之 90

何耿鏞（1984）《漢語方言研究小史》山西人民出版社 1 版 太原

周祖謨（1981）《問學集》新華書店 1 版 2 刷 北京

徐通鏘（1991）《歷史語言學》商務印書館 1 版 北京

陳保亞（1996）《論語言接觸與語言聯盟》語文出版社　1版　北京

袁家驊（1989）《漢語方言概要》文字改革出版社　2版3刷　北京

高本漢（1915-26）《中國音韻學研究》趙元任、羅常培、李方桂合譯
　　　（1940）商務印書館　北京

張光宇（1996）《閩客方言史稿》南天書局有限公司　初版1刷　台北

張啓煥、陳天福、程儀（1993）《河南方言研究》河南大學出版社

陳　剛（1985）《北京方言詞典》商務印書館　1版　北京

賀　巍（1993）《洛陽方言研究》社會科學文獻出版社　1版　北京

梅　耶（1957）《歷史語言學中的比較方法》科學出版社　北京

楊秀芳（1982）《閩南語文白系統的研究》台灣大學中文所　博士論文

趙元任（1928）《現代吳語的研究》科學出版社　1版　北京

───（1968）《語言問題》台灣商務印書館　1版　台北

鄭良偉（1980）《演變中的台灣社會語文──多語社會雙語教育》自
　　　立晚報文化出版部　台北

鄭錦泉（1994）《國語的共時音韻》鍾榮富　譯　文鶴出版公司　台北

橋本萬太郎（1985）《語言地理類型學》余志鴻　譯　北京大學出版社

盧甲文（1992）《鄭州方言志》語文出版社　1版　北京

韓光輝（1996）《北京歷史人口地理》北京大學出版社　1版　北京

羅常培（1930）《廈門音系》科學出版社（1956）　新1版　北京

參引期刊論文

丁邦新（1978）〈《問奇集》所記之明代方音〉《中央研究院五十週
　　　年紀念論文集》577-592　台北

───（1981）〈與中原音韻相關的幾種方言現象〉《史語所集刊》

52.4:619-650 台北

―――（1987）〈論官話方言研究中的幾個問題〉《史語所集刊》
58.4:809-841 台北

――（1992）〈漢語方言史和方言區域史的研究〉《中國境內語言
暨語言學》1:23-39 台北

――（1994）〈十七世紀以來北方官話之演變〉《近代中國區域史
研討會論文集》5-15 台北

王立達（1958）〈太原方音中的文白異讀現象〉《中國語文》1:29-30

王洪君（1987）〈山西聞喜方言的白讀層與宋末西北方音〉《中國語
文》1:24-33 北京

――（1990）〈入聲韻在山西方言中的演變〉《語文研究》1:8-19

――（1991,2）〈陽聲韻在山西方言中的演變（上）（下）〉《語
文研究》4:40-47, 1:39-50 太原

平山久雄（1990）〈中古漢語的清入聲在北京話裡的對應規律〉《北
京大學學報》5:72-79 北京

――――（1995）〈北京文言音基礎方言裡的入聲情況〉《語言研究》
1:107-113 武漢

平田昌司（1995）〈日本吳音梗攝三四等字的音讀〉《中國東南方言
比較研究叢書》（第一輯）122-133 上海教育出版社 上海

田希誠（1993）〈山西方言古二等字的韻母略說〉《語文研究》4:41-
48 太原

――（1996）〈咸山兩攝陽聲韻在山西方言中的演變〉《語文新論》
245-256 山西教育出版社 太原

―――、呂枕甲（1983）〈臨猗方言的文白異讀〉《山西方言研究》95-100

山西人民出版社　太原

何大安（1981）〈澄邁方言的文白異讀〉《史語所集刊》52.1:101-151

李　榮（1957）〈方言裡的文白異讀〉《中國語文》4:22-23　北京

───（1982）〈語音演變規律的例外〉《音韻存稿》107-118　商務

───（1983a）〈關於方言研究的幾點意見〉《方言》1:1-15　北京

───（1983b）〈方言研究中的若干問題〉《方言》2:81-91　北京

───（1983c）〈《切韻》與方言〉《語文論衡》39-44　商務印書館

───（1985a）〈論李涪對《切韻》的批評及其相關問題〉《中國語文》1:1-9　北京

───（1985b）〈官話方言的分區〉《方言》1:2-5　北京

───（1985c）〈漢語方言分區的幾個問題〉《方言》2:81-88　北京

───（1989a）〈漢語方言的分區〉《方言》4:241-259　北京

───（1989b）〈南昌溫嶺婁底三處梗攝字的韻母〉《中國語文》6:416-424　北京

───（1996a）〈我國東南各省方言梗攝字的元音〉《方言》1:1-11

───（1996b）〈打字與腦字〉《中國語文》3:161-166　北京

李如龍（1963）〈廈門話的文白異讀〉《廈門大學學報》2:57-100

───（1995）〈論閩方言的文白異讀〉《中國語文研究》11:15-34

李守秀（1980）〈榆次方言的文白異讀〉《中國語文》4:270-271

李熙泰（1981）〈廈門方言的一種構詞法〉《方言》4:289-294　北京

余靄芹（1982）〈遂溪方言的文白異讀〉《史語所集刊》53.2:353-366

周長楫（1981）〈廈門話文白異讀構詞的兩種形式〉《中國語文》5:368-370

───（1982）〈廈門話文白異讀的類型（上）（下）〉《中國語文》5:330-336, 6:430-438　北京

吳建生、李改樣（1989）〈永濟方言咸山兩攝韻母的分化〉《中國語文》2:149-151 1 北京

林　燾（1987a）〈北京官話溯源〉《中國語文》3:161-169 北京

———（1987b）〈北京官話區的劃分〉《方言》3:166-172 北京

林　濤（1989）〈《廣韻》少數收字今讀與其反切規律音有別的原因〉《語言文字學》5:35-36 人大複印報刊資料 北京

林寒生（1985）〈福州話文白異讀探討〉《廈門大學學報》1:134-143

竺家寧（1994）〈清代語料中的ㄜ韻母〉《近代音論集》241-264 學生書局 台北

候精一（1986）〈晉語的分區（稿）〉《山西方言研究》10-16 山西人民出版社 太原

———（1988）〈平遙方言的文白異讀〉《語文研究》2:51-59 太原

———、楊平（1993）〈山西方言的文白異讀〉《中國語文》1:1-15

俞　敏（1984）〈北京音系的成長和它受的周圍影響〉《方言》4:272-277

———（1992a）〈現代北京話與元大都話〉《俞敏語言學論文二集》18-24 北京師範大學 北京

———（1992b）〈現代北京人不能說是元大都人的後代〉《俞敏語言學論文二集》25-26 北京

———（1992c）〈「打」雅〉《俞敏語言學論文二集》207-216 北京

俞　揚（1961）〈泰州話裡的文白異讀〉《中國語文》5:41-43, 29

胡明揚（1984）〈說「打」〉《語言論集》2:154-202 中國人民大學出版社 北京

徐世榮（1957）〈北京話裡的土詞和土音〉《中國語文》3:24-27

———（1992）〈北京話及其特點〉《語言研究與應用》14-27 商務

徐立芳（1986）〈蘇州方言的文白異讀〉《徐州師範學院學報》2:117-123

徐通鏘（1993）〈文白異讀和歷史比較法〉《徐通鏘自選集》22-69
　　　河南教育出版社　鄭州

───（1994）〈文白異讀和語言史的研究〉《現代語言學》41-60　語
　　　文出版社　北京

張　琨（1985）〈論比較閩方言〉《語言研究》1:107-138　武漢

───（1991）〈切韻與現代方言〉《大陸雜誌》82.5:193-199　台北

張光宇（1990a）〈梗攝三四等字在漢語南方方言的發展〉《切韻與方
　　　言》103-116　商務印書館　台北

───（1990b）〈從閩方言看切韻一二等韻的分合〉《切韻與方言》
　　　146-174　商務印書館　台北

───（1990c）〈閩方言音韻層次的時代與地域〉《切韻與方言》175-199
　　　商務印書館　台北

───（1991）〈漢語方言發展不平衡性〉《中國語文》6:431-438

───（1993）〈漢語方言見系二等文白異讀的類型〉《語文研究》2:26-36

張兆鈺、高文達（1958）〈濟南音和北京音的比較〉《方言和普通話
　　　叢刊（一）》103-139　北京

張振興（1989,90）〈漳平（永福）方言的文白異讀〉《方言》3:171-
　　　1794:281-2921:44-51　北京

───（1997）〈重讀《中國語言地圖集》〉《第30屆漢藏語言學會
　　　議》　北京

張益梅（1988）〈介休方言的文白異讀〉《語文研究》4:6-9　太原

張清常（1992）〈移民使北京音韻情況複雜化舉例〉《中國語文》4:268-271

張盛裕（1979）〈潮陽方言的文白異讀〉《方言》4:241-267　北京

張衛東（1984）〈文登、榮成方言中見系部份字的文白異讀〉《語言學論叢》12:36-49 北京

張鴻魁（1994）〈論文白異讀──漢民族語言融合的特殊形態〉《慶祝殷煥先先生執教五十週年論文集》134-155 山東大學出版社

梁玉璋（1984）〈福州話文白異讀〉《中國語文》6:434-440 北京

梁金榮、高然、鍾奇（1997）〈關於方言分區的幾個問題──兼論晉語的歸屬〉《廣東社會科學》1:132-137 廣州

陳　剛（1988）〈古清入字在北京話裡的演變情況〉《中國語言學報》3:245-255 北京

雅洪托夫（1980）〈十一世紀的北京語音〉《漢語史論集》187-196 北京大學出版社 1 版 北京

馮成豹（1996）〈海南瓊海話聲母的文白異讀〉《第四屆閩方言研討會論文集》48-59 汕頭

馮愛珍（1992）〈永安方言的文白讀〉《第二屆閩方言學術研討會論文集》70-75 暨南大學出版社 廣州

楊秀芳（1993）〈論文白異讀〉《王叔岷先生八十壽慶論文集》823-849 大安出版社 台北

───（1996）〈「閩南語的文白異讀」研討大綱〉《『台灣閩南語概論』講授資料彙編》154-224 台灣語文學會 台北

葉祥苓（1988）〈蘇州方言中的文白異讀〉《吳語論叢》18-26 上海教育出版社 上海

熊正輝（1985）〈南昌方言的文白讀〉《方言》3:205-213 北京

劉勛寧（1983）〈陝北清澗方言的的文白異讀〉《中國語文》1:40-43

───（1995）〈再論漢語北方話的分區〉《中國語文》6:447-454

劉淑學（1998）〈中古入聲字韻母在大河北方言中的文白讀〉《語言研究》增刊 338-342 武漢

劉援朝（1992）〈一百七十年來北京話清入上聲字調類的改變〉《語言研究與應用》87-106 商務印書館 北京

魯國堯（1994）〈明代官話及其基礎方言——讀《利瑪竇中國札記》〉《魯國堯自選集》292-304 河南教育出版社 鄭州

戴慶廈、吳啓祿（1962）〈閩語仙游話的文白異讀〉《中國語文》393-398

鍾榮富（1992）〈空區別特徵理論與漢語音韻〉《聲韻學論叢》4:299-334 學生書局 台北

Jerry Norman（1990）〈漢語和阿爾泰語互相影響的四項例證〉舒武志 譯《音韻學研究通訊》14:27-30 中國音韻學研究會 武漢

—————（1979）「*Chronological strata in Min dialects*」《方言》4:268-274 北京

Frank F. S. Hsueh （1992）「*On Dialectal Overlapping as a Cause for the Literary/Colloquial Contrast in Standard Chinese*」《中國境內語言暨語言學》1:379-405 台北

Margartet Y-M Sung（1973） 「*A Study of Literary and Colloquial Amoy Chinese*」 Journal of Chinese Linguistic 1.3:414-436

臺灣「茄苳」探源的若干問題

董忠司*

　　近日讀《臺灣主要樹木方言集》❶，在「大戟科」下看到臺灣常見的「茄苳」，列於「使用名」一欄。另有「方言」欄，錄有「加冬」一詞，注音爲「ka¹ tang¹」❷，並且說明此名稱與樹木遍於全島。又說此樹可以做爲「行道樹」與做爲建築、家具、橋梁、坑木、枕木、桶、船、器具、裝飾、彫刻、樂器等之材料。這個距今六十餘年前關於「茄苳」樹的種種，和現今的臺灣閩南語使用者所理解者大抵相同。從這本書，我們可以說：「茄苳」與「加冬」音同義同，只有文字形體有「艸」字頭有無之異，從這個差異，我們可以說這個詞應該是表音的。我們在臺灣地圖上，可以發現許多名爲「茄苳」的地名，例如：

　　<1>　茄苳　茄苳腳　茄苳坑　茄苳林　茄苳鄉 (附錄一)

---

*　國立新竹師範學院、臺灣語言與語文教育研究所

❶　此書爲「社團法人臺灣山林會」編，記錄臺灣所見主要樹木之漳、泉（以上該書舊稱爲「福建族」）、客（該書舊稱「廣東族」）、與原住民（舊稱「高砂族」）等各族各地之名稱。

❷　原書以日本片假式臺語音標注音，爲打字方便，譯爲現今教育部公布之「臺灣閩南語音標系統」（TLPA）。

也有寫成「佳多」，那就是屏東縣佳多鄉。佳多鄉雖然相傳原稱爲「茖藤社」，但是在漢人從海岸著陸後，見其地多茄苳樹而名爲「茄苳」，日據時代改寫爲「佳多」。地因樹爲名，這是十分常見的事；而從一詞之異寫，也可以看到這個詞表音的本質。

　　從一般人對漢字的觀點來說，既然是漢字，當然是來自漢語和漢人文化。因此，既然是漢字文化當然可以在漢字的古籍、辭書上找到來源。所謂找本字，通常是在漢字上找尋古代的證明，或者更進一步從漢語上去找尋源頭。

一、在漢語典籍考古

　　關於「茄苳」，我們可以在中國相傳最早的辭書——《爾雅》裡找到「茄」字：

　　　<2>　《爾雅釋草》：「荷，芙渠；其莖，茄。」❸

《爾雅》未見「苳」字，也未見「茄苳」一詞。中國最早的字典《說文解字》中，可以找到以下資料：

　　　<3>　《說文解字》艸部：「茄，芙蕖莖。從艸，加聲。」❹

　　　<4>　《說文解字》艸部：「苳，艸也。從艸，冬聲。」❺

---

❸　參見《爾雅廣雅方言釋名清疏四種合刊》，p.249。

❹　見《說文解字注》p.34。

二字各自出現，沒有合爲一詞的跡象。此外，

> <5> 《大廣益會玉篇》艸部：「茄、古遐切，荷莖。又，巨
> 迦切，草名。」❻
>
> <6> 《大廣益會玉篇》艸部：「苳、丁彤切，草名。」❼

基本上和《說文解字》釋義相同、而又指出「茄」的另一個義項（草
名）。從此以下，中國歷來之辭書，大多以「茄」爲荷莖、爲草名；
以「苳」爲草名，皆爲草本植物，沒有以「茄苳」二字爲名、像《臺
灣主要樹木方言集》那樣的木本植物。例如：

> <7> 《龍龕手鏡》卷二草部：「茄，音加，荷莖也。又姓。
> 又求迦反，茄子也。」❽
>
> <8> 《字彙》申集艸部：「茄，具遮切，音伽，菜名，一名
> 落蘇。又居牙切，音家，芙渠莖也。──師古曰：茄亦
> 荷字，見張揖《古今字譜》。又五茄、藥名。又居何切，
> 音歌，義同。」❾

---

❺　見《說文解字注》p.47。

❻　見《大廣益會玉篇》p.198。

❼　見《大廣益會玉篇》p.208。

❽　見《龍龕手鏡》卷二草部　p.254。

❾　見《字彙》申集艸部 p.397。

<9>　《字彙》申集艸部：「茳，都宗切、音冬。」❿

從以上的字書中，我們只能看到「茄」「茳」二字分別指稱草名。無法看到以「茄茳」一詞來指稱木本的臺灣茄茳樹。就是現代收字最多的《漢語大字典》也不以茄、茳來兼指某種樹木。字典如此，辭典也不例外，《中文大辭典》《漢語大辭典》《重編國語辭典》皆未收錄「茄茳」一詞，這可能由於這些辭典不爲臺灣語服務，也可能是由於這種植物不屬於漢語世界。至於爲臺灣本地所編的《臺灣語常用語彙》未收「茄茳」一詞，是由於該書是簡單的油印本，收錄不全所致。

　　不過，在日本人統治臺灣時期所編辭典，大多錄有「茄茳」一詞。例如：

　　　　《日臺新辭書》：「ka¹ tang¹ 茄茳 =akagi 赤木。紫檀之類、質赤而堅，可做食桌、案桌等。」⓫

現代台灣人所編辭典則大多有之。例如：

　　　　《國台雙語辭典》艸部 (p.814)：「茳，樹名，例：臺灣民間常以茄茳葉鋪鹽烹雞吃，吃腸胃病。」⓬
　　　　……

---

❿　見申集艸部 p.396。

⓫　《日臺新辭書》p.97 原文爲日本文，此爲翻譯。

⓬　見《國台雙語辭典》艸部 p.812。

但是，該辭典在「茄」字下失收「茄苳」這一詞條，和其他漢語辭典一樣，只解釋「茄」字獨用之義。請看：

《國台雙語辭典》艸部 (p.812)：「茄，1.蔬果名；例：蕃茄。2.一年生草本，……又稱落蘇，例：茄子。又：1.荷莖，2.雪茄，……」云云。[13]

陳修的《臺灣話大辭典》則對「茄苳」解釋比較詳盡。其內容爲：

茄 Ka[1]：茄苳 ka[1]-tang[1]，樹名。一種常見的大樹。老茄苳 lau[7]-ka[1]-tang[1]，大茄苳樹。其樹頭多見掛有紅綾 ang[5]-ling[5] 及燒香焚紙之跡，一如土地廟然。甚至附有茄苳精 ka[1]-tang[1]-ciann[1] 等莫名其妙的故事。[14]

茄苳是如此的大樹，怎麼可能是古今漢語詞書上的草本「茄」「苳」呢？從這個辭義的對照比較上，我們已經可以肯定「茄苳」一名的用字並非漢語的傳統，不過在進一步廣事探求之前，我們來看看聲韻上有無幫助推斷的線索。

---

[13]　見《國台雙語辭典》艸部 p.812。
[14]　見陳修的《臺灣話大辭典》p.801。

二、聲韻的線索

在韻書方面，我們舉幾本書爲代表：

<10> 《廣韻》九麻「古牙切」下有「茄，荷莖，又漢複姓有
茄羅氏。」又八戈「求迦切」下：「茄，茄子、菜、可
食。又音加。」❶❺

<11> 《廣韻》二冬「都宗切」下有「苳，草名。」❶❻

<12> 《集韻》卷三九麻「居牙切」：「茄，説文：芙渠莖。
一曰地名。」❶❼

<13> 《集韻》卷一二冬「都宗切」：「苳，説文：茻也。陸
詞曰苣苳、冬生，通作名。」❶❽

<14> 《五音集韻》十七麻「古牙切」下：「茄，荷莖，又漢
複姓，有茄羅氏。」❶❾

<15> 《五音集韻》二冬「都宗切」下：「苳，草名。」❷⓪

<16> 《經典釋文爾雅音義下》：「茄，古牙反。」❷❶

<17> 《説文解字》茻部：「茄，芙蕖莖。從茻，加聲。」段

---

❶❺ 見《廣韻》p.166、164。

❶❻ 見《廣韻》p.32。

❶❼ 見《集韻》卷三 p.208。

❶❽ 見《集韻》卷三 p.14。

❶❾ 見《五音集韻》p.61。

❷⓪ 見《五音集韻》p.5。

❷❶ 見《經典釋文》p.426。

　　　註：「都宗切、九部」㉒

　<18>　《說文解字》艸部：「苳，艸也。從艸，冬聲。」段註：
　　　「古牙切、十七部」㉓

　　從音義的雙重考慮來說，「茄」大多爲「古牙切」，見母、麻韻、平聲、二等、開口，爲荷莖之義。此義之音讀，同「家」，與「茄苳」之「茄」，閩南語音同。其「求迦切」群母、戈韻、平聲、三等、開口之音，爲「茄子」之義，其音義當非「茄苳」之「茄」字所從取。

　　從「苳」字來看，「都宗切」之音，端母、冬韻、平聲、一等、獨（《韻鏡》作「開合」），音「冬」，與今閩南語「茄苳」之「苳」同音。

　　聲韻上的嚴密對應或某種條件對應，在漢語裡探求本字時常可以作爲重要證據；但是，像上述語義齟齬、時空相隔之例，其聲韻之相同相近，應該判爲無效之論據才是。

三、另一種思考

　　那麼，「茄苳」似乎可以因此嘗試跳出漢語、推論爲非漢語來源呢？還是應該在漢語裡繼續探索呢？

　　我們很幸運的看到甘爲霖有如下的記錄：

㉒　見《說文解字》p.34。

㉓　見《說文解字》p.47。

<19> 《廈門音新字典》「ka¹（甘 kam¹）　ka¹-tang¹-chiu⁷, ciu⁷-si⁷ cit⁸-khuan² chiu⁷ e⁵ mia⁵.」❷⁴

甘氏既然把 ka¹ 暫時擬為「甘」，又註為「ka¹tang¹chiu⁷」，則是以為「甘」本音為「kam¹」，而於此讀為「ka¹」。經過甘氏的提醒，我們可以從漢語詞彙上找取：以「甘」為首、體型高大的木本植物之名。其中聲韻最為貼近的有「甘棠」一詞。此時，想到閩南語韻書之中，不知是否有類似的想法？

　　泉州話韻書《彙音妙悟》中，查無此詞。漳州話韻書《彙集雅俗通十五音》中「膠」上平「求」字頭下（音 ka¹）有：

<20>　「甘，甘棠，木名。」❷⁵

又「江」上平「地」字頭下（音 tang¹）有：

<21>　「棠，膠棠，木名。」❷⁶

上述引文以「甘棠」來標記「ka¹tang¹」，相信付出了相當的苦心與巧思。如果這是對的，那麼「純漢字派」便可拍案叫絕了，可惜該書在

---

❷⁴　見《廈門音新字典》p.289，　原書音標難於使用電腦輸入，改用教育部公佈之臺灣閩南語音標系統。

❷⁵　見《彙音妙悟》卷六 p.30。

❷⁶　見《彙音妙悟》卷五 p.2。

另一個地方寫成「膠棠」，洩露了不能自是的猶豫。我們如果再從兩方面來觀察，也許更可調整我們思維的方向。

首先，讓我們來觀察聲韻關係：

<22> 甘　廣韻下平 23 談：「甘，古三切」，音柑
　　　　閩南語：kam¹
<23> 棠　廣韻下平 11 唐：「棠，徒郎切」，音堂
　　　　閩南語：tong⁵
<24> 膠　廣韻下平 5 肴：「膠，古肴切」，音交
　　　　閩南語：ka¹

從音韻來看，表示「茄苳」之「茄」的字，以「膠」字最佳，「甘」字具有-am 韻，與-a 韻不同。表示「茄苳」之「苳」的字，三字之中並無適當的，因為同為平聲，「苳」為陰平調、「棠」為陽平調；又雖有文白對應關係，「苳」為-ong，「棠」為-ang，終究並未具有密切的聲韻關係。若說其中具有演化關係如：

<25> kam1　⟶　ka¹
<26> 第一調　⟶　第五調
<27> ong　⟶　ang

第<27>律上有可能，<25><26>在閩南語裡相當罕見，因此這個推測的演化關係，令人覺得不自然。

如果從「甘棠」和「茄苳」的植物形貌和特徵來看：

<28>

《文史辭源》第三冊 甘部：

[甘棠]木名，爾雅釋木：杜棠。喬木名，有赤、白兩種。赤者
稱杜，白者稱棠。 白棠即甘棠；也稱棠梨。果實酸美可食。
參閱本草綱目三十果二棠梨。詩召南篇名。傳說周武王時，召
伯（奭）巡行南國，曾憩甘棠樹下，後人思其德，因作甘棠詩。
左傳昭二年：「武子口：宿敢不封殖此樹，以無忘角弓，遂賦
甘棠。」後用作爲稱頌官吏政績之詞。㉗

至於「茄苳」的生態：

<29>

（形態） 多年生常綠性大喬木，樹性強，生活力亦強。三出
葉，小葉卵形或卵狀長橢圓形或長橢圓形，長 6～12 公分，寬
2～7 公分，鈍鋸齒緣，中肋兩面均隆起。花小型黃綠色而形成
圓錐花序，無花瓣，雄花五枚，雄花序多分歧，花絲短，雌花
1 枚，雌花序分歧少。漿果圓球形，徑約 1 公分而內藏種子 3
～4 粒。花期 3～4 月。（分佈） 中國華南、菲律賓、太平洋
諸島、及臺灣，目前本省海拔 200～700 公尺的平地或山麓常
見。

《本草綱目》三十果二棠梨：說棠梨「二月開白花」，又「茄苳」之

㉗ 見《文史辭源》第三冊，甘部，p.2092。

果，酸澀難食；又棠梨花五瓣，茄苳無花瓣，以此諸點，二種植物應非同類。《彙集雅俗通十五音》所說應為牽附之詞。

四、跳出圈外？仍在圈內？

那麼，「茄苳」之名，既然無法以上述音義關係來論定它是漢語，其來源究竟為何？

《臺灣主要樹木方言集》在「大戟科」下「茄苳」下尚有臺灣原住民對這樹種的不同稱呼：

<30>
kasacuba（泰雅）
kaiuming（泰雅）
siueheng（泰雅　溪頭、屈尺、南澳）
seecu（南莊　南部番）
cuoko-（排灣　高雄　恆春）
cuogo-（排灣　高雄　恆春）
tegui（雅美）
toeheng（泰雅　羅東）
otooru（排灣）
bungo（泰雅）

從這些原住民語言中，我們很難找到與「ka¹tang¹」相對應的詞語，我們可以另從他種語言中去找尋其語源。

閩南地方在漢人未從北方來之前，是閩越族的生息之地，在清代末年，閩南地方尚有畲族還沒漢化。關於畲族與閩南語得關係，拙著《畲族和閩南語的關係》一文曾經從語言方面證明過。畲族的「樹」，音 toŋ³¹，「棉樹」讀爲 toŋ³¹ mpi⁵³。畲族語言的動植物名詞之前會加上 ka²²-，詞頭加上 toŋ³¹，便成爲 ka²²toŋ³¹，這個詞和閩南語的「茄苳 ka¹tang¹」相當近似。

現代畲語原來屬於苗瑤語族（毛宗武 1982、陳其光 1984、羅美珍 1985），現代閩南語是漢語族的一個方言。就中國的福建南部和廣東東部而言，畲族大概是原住民（施聯朱 1985），和從北方不斷地強力侵入的漢族，在生活地區相同的條件下，經濟、交通、政治、社會、血統等方面的交融，語言不免互有混融，終至產生漢語爲大部份成分的閩南語。但是，可惜目前的畲族百分之九十八以上已經改用類似客家話的一種「畲話」，只有廣東的羅浮山區和蓮花山區約兩千人還保留著原有語言（毛宗武、蒙朝吉 1986）。兩個山區的「畲語」，在雜有漢語成份的語詞中，大概可以看到彼此相似的非漢語面貌，我們可以取這種「畲語」來和現代閩南語進行觀察、比較、分析與研究。

現代畲語屬於苗瑤語族的苗語支還是瑤語支，這個問題至今尚有爭論。陳其光（1984）以爲畲語和傜族的勉語最相近，因此提出在「共同苗－傜語族」底下成立「共同畲－勉語支」的說法。毛宗武、蒙朝吉（1985）認爲「畲語屬漢藏語系苗傜語族苗語支」。私以爲現代廣東的畲語我們可以暫時視爲苗瑤語族一個獨立的語支，而古畲語的性質和系屬則有待來日的研究。畲語既然屬苗瑤語族，我們列舉苗傜語的「樹」如下：

<31>　勉語：djaŋ⁵，布努語：ntaŋ⁵，
　　　　苗語（川黔滇方言）：ntoŋ⁵，
　　　　苗語（湘西方言）：qɔ1ntu⁵，
　　　　苗語（黔東方言）：tə⁵

這些語言是有聲韻上的對應關係的，例如：

<32>

	勉語	布努語	苗語		
			川黔滇方言	湘西方言	黔東方言
樹	djaŋ⁵	ntaŋ⁵	ntoŋ⁵	qɔ¹ntu⁵	tə⁵
戴（帽）	doŋ⁵	ntaŋ⁵	ntoŋ⁵	ntu⁵	tə⁵
長	da:u³	nte³	nte³	ntɯ³	ta⁵

因此，我們也看得出「樹」在上述各語言的演化：

<33>　詞頭功能消退
<34>　nt-　⟶　d-
<35>　nt-　⟶　t-
<36>　元音的對應演化

早期苗傜語各語言，詞頭大抵都有 TA-，KA-，A- 三種，在「樹」這個詞之前，具有 KA- 詞頭，苗語湘西方言還保存有 qɔ，其他語言也或多或少保存著，只是能產性逐漸降低了。這個詞頭 ka 殘留在閩南語

裡，成爲「茄苳」的「茄」，它的詞幹 ta(o)ng 成爲「苳」。

五、結　語

　　這一篇自己不滿意的文章，寫來心有不安，暫時讓它發表，請學界多加指導，以供將來增修，謹此致謝。在本文中，原意在提出：1.運用聲韻考證時，需要參照其他語言成份和文化線索；2.推溯源頭時，不要爲漢語所侷限；3.希望共同思索：在臺灣應如何建立「台灣聲韻學」，以有助於台灣文化與人類發展學術文化。但是，塵事太忙，學術淺陋，終於蛇尾，愧甚。只剩得希望所考「茄苳」一詞之可能來源，不至太過離譜之微願而已。

附錄一

《台灣地名辭典》中收錄：

佳冬（Chia-tung）22°25'-120°32'；大集村，在屏東平原之南邊，東港
　　與枋寮二街之間，海拔 6 公尺，屏東線鐵路及公路平行過村南。
　　西北距林邊 3.5 公里。為佳冬鄉鄉公所所在地，居民 4,280 人。

佳冬鄉（Chia-tung Hsiang）屬屏東縣，介于林邊鄉與枋寮鄉之間，西
　　南邊臨海。面積 30.98 方公里，人口 21,221，平均每方公里 685
　　人。鄉公所設佳冬村，居民 4,280 人。原稱茄苳腳庄，1920 年改
　　為佳冬庄。

以上見於第 160 頁。

茄苳（Chia-tung）有三：❶23°48'-120°28'；集村，在雲林縣西螺街之
　　東南側，幾相連接，通公路，村東河堤邊之海拔為 24 公尺。
　　❷22°46'-120°31'；❸24°59'-121°17'；小村，在桃園市西偏南 2 公
　　里。縱貫公路過村北；縱貫鐵路過村南。

茄苳坑（Chia-tung-k'eng）有四：❶23°51'-120°45'；小村，在南投街東
　　南 9 公里，集集線鐵路之北 1.6 公里；村北之山頂田 367 公尺。
　　❷23°02'-120°21'；❸25°01'-121°03'；散村，在桃園縣西北岸，觀
　　音村西南 3 公里，通公路。❹24°36'-120°52'；散村，在苗栗縣後
　　龍街之東偏南 10 公里，後龍溪支流老田寮溪北側小支流溪谷中，
　　新竹通苗栗之公路過此，村西之山頭高 177 公尺。

茄苳林（Chia-tung-lin）24°45'-121°42'；散村，在宜蘭市之西偏南 4 公
　　里，宜蘭川上游北側。

茄苳腳（Chia-tung-chiao）有五：❶23°39'-120°27'；❷23°27'-120°19'；

❸22°47'-120°30'；小集村，在屏東市之北，里港以東 1.5 公里，
海拔 40 公尺，北距荖濃溪護堤 1 公里，通公路及糖廠小鐵路。
❹23°18'-120°34'；小村，在嘉義縣大埔溪東岸，東北距大埔村 1.3
公里。❺23°41'-120°32'。

茄苳湖（Chia-tung-hu）23°01'-120°32'；小村，在楠梓仙溪西岸，海拔
220 公尺，杉林村之北 2 公里，通公路。村北之小山頭高 333 公
尺。

茄苳溪（Chia-tung Ch'i）24°58'-121°16'；小溪，在桃園縣，發自龍潭
街東北 3 公里之大溜池，向北流。

《地名辭典》中收錄：

頂茄荖（Dingjialao）在南投縣草屯鎮草屯西北 3.5 公里，茄荖溝北岸。
今為加老行政里。聚落沿鄉道兩側分布。鄉道西南連 14 號省道。
以上見於第 184 頁。

茄苳腳（Jiadongjiao）在雲林縣大埤鄉大埤東約 2 公里。為嘉興、豐
田二行政村。聚落沿鄉道分布。輕便鐵路和高速公路過東西兩側。
兩條鄉道在此交會。
以上見於第 222 頁。

茄苳腳（Jiadongjiao）在嘉義縣太保市區南約 1 公里。為春珠行政里。
聚落沿鄉道東側分布。鄉道北連縣道。
以上見於第 232 頁。

茄苳腳（Jiadongjiao）在嘉義縣大埔鄉大埔西南約 1 公里，曾文水庫
東側。為茄苳行政村。聚落沿鄉道分布。鄉道東連 3 號省道。
以上見於第 248 頁。

嘉苳（Jiadong）在台南縣後壁鄉後壁南約 1 公里。舊名下茄苳，又名
營尾。明末大陸墾民沿急水溪至此，鄭氏治台時曾駐軍屯田。清
康熙年間設防訊，置千總駐守。五十四年（1715 年）築觀音廟陂、
王公廟陂，以灌農田。屬嘉苳行政村。輕便鐵路過東側，1 號省
道過西側，鄉道北至後壁、南達長安。古蹟有泰安宮廟，清道光
二年（1822 年）建。
以上見於第 261 頁。

茄苳湖（Jiadonghu）在高雄縣杉林鄉杉林北約 6 公里，楠梓仙溪西岸。
為木梓行政村。聚落分布公路東側。有竹筍等山產。鄉道北通大

岳園，南通大林。

以上見於第 298 頁。

茄苳腳（Jiadongjiao）在屏東縣里港鄉里東 1.5 公里，高屏溪南。爲茄
苳行政村。聚落沿縣道兩側分布。台糖鐵路過此，在村東南設磚
子地站。通鄉道。

以上見第 203 頁。

佳冬鄉（Jiadong Xiang）在屏東縣西南部。東界枋寮鄉，西接林邊鄉，
北連新埤鄉，南臨海。面積 30.9842 平方公里。人口 25,604。轄
12 行政村。鄉公所在佳冬。昔爲高山族平埔人茄籐社址。鄭氏治
台時屬萬年縣（后爲萬年州）。清康熙二十三年（1684 年）改屬
鳳山縣。日占初設茄苳腳區，屬阿猴廳東港支廳。后期改設佳冬
庄，屬高雄州東港群。1945 年光復后改鄉，屬高雄縣東港區。1950
年改屬屏東縣。處屏東平原南端，林邊溪及其支流流經西界。農
產有稻米、甘蔗、香蕉和椰子等。沿海有龍鬚菜專業區。鰻魚養
殖業居全省第一位。設有農業學校。屏東鐵路和 17 號省道橫貫
南部，1 號省道過東北部。通鄉道和台糖鐵路。古蹟有建于清光
緒年間的步月樓、藏書小閣、育英齋和蕭家厝，以及建于清乾隆
年間的三山國王廟等。

佳冬（Jiadong）屏東縣佳冬鄉公所駐地。在鄉境中部偏南。原名茄苳
腳。包括佳冬、六根二行政村。落分市 17 號省道北側。有鰻魚
養殖業。屏東鐵路過此並設站。17 號省道過南側。通鄉道；古蹟
有步月樓、藏小閣、育英、蕭家厝、三山國王廟和佳冬村柵門。

以上見於第 319 頁。

參考書目

（依作者首字筆畫為次，年代為所引用書籍印行時間為準）

上田　正　1986,12（昭和 61 年 12 月）　《玉篇反切總覽》，日本：
　　交友印刷株式會社。

上海辭書出版社　1991,6　《龍龕手鏡》，中國：常熟市文化印刷廠。

中央民族學院苗瑤語研究室　1987　《苗瑤語方言詞匯集》，北京：
　　中央民族學院出版社。

中央民族學院少數民族語言研究所第五研究室　1985,6　《壯侗語族
　　語言詞匯集集》，北京：中國社會科學出版社。

毛宗武、蒙朝吉、鄭宗澤　1982,4　《瑤族語言簡志》，北京：民族
　　出版社。

戶外生活圖書公司地圖製作部・主編　馬路灣　1996,9　《臺灣全圖
　　百科大事典》，臺北市：戶外生活圖書股份有限公司。

毛宗武　1992,3　《漢瑤詞典》，中國四川：四川民族出版社。

王春德　1992,12　《漢苗詞典》，中國貴州：貴州民族出版社。

王育德　1957,12　《臺灣語常用語彙》，日本東京：永和語學社。

王德春　1981,3　〈談談苗語構詞法〉，收入《民族語文論集》，
　　p.372-389，北京：中國社會科學出版社。

民族語文編輯部　1981,3　《民族語文論集》，北京：中國社會科學
　　出版社。

甘為霖　1993,6,18　《廈門音新字典》，臺南市：臺灣教會公報社。

吉田東　《臺灣舊地名辭書》──伊能嘉矩　編，原名：大日本地名

辭書續篇，日本：日清印刷株式會社。

向日征　1992,8　《漢苗詞典》，中國四川：四川民族出版社。

李時珍　1981,12　《本草綱目上・下》，高雄市：久久出版社。

宋丁度　1986,11　《集韻上、下》，臺北市：學海出版社。

杉房之助　《日臺新辭書》，明治三十七年一月，臺北：日本物產合資會社支店。

周長楫　1993,9　《廈門方言詞典》，中國江蘇：江蘇教育出版社。

林尹・高明　1975,3　《中文大辭典》，臺北市：華岡出版部。

洪英聖　1995,1,20　《情歸故鄉──臺灣地名探索（總論）》，臺北市：時報文化出版企業有限公司。

郝懿行　1989,8　《爾雅廣雅方言釋名》，上海：上海古籍出版社。

許慎撰、段玉裁注　1974　《說文解字注》，臺北市：黎明文化事業公司。

陳正祥　1993,12　《臺灣地名辭典》，臺北市：南天書局有限公司。

陳　修　1991,11　《臺灣話大辭典》，臺北：遠流出版社。

陸德明　1972　《經典釋文》，臺北市：鼎文書局。

區語委研究室　1991,4　《壯語辭典》，中國：廣西民族出版社。

張永祥　1990,5　《苗漢詞典》，中國貴州：貴州民族出版社。

教育部重編國語辭典編輯委員會　《重編國語辭典第三冊》，臺北市：臺灣商務印書館。

曾曉渝・姚福祥　1996,5　《漢水詞典》，中國四川：四川民族出版社。

楊青矗　主編　1992,7,1　《國臺雙語辭典》，高雄市：敦理出版社。

董忠司　1996,5　《『臺灣閩南語概論』講授資料彙編》，臺北市：

臺灣語文學會。

董忠司　1996,12　《臺灣閩南語語音教材》，臺北市：文化建設委員
　　會。

董忠司編　1998,2,28　《臺灣語言音標》，臺北市：臺灣語文學會。

朱天順主編（《臺灣省》編纂委員會編）　1990,5　《地名詞典——
　　臺灣省》，中國河北：商務印書館。

臺灣山林會　1935　《臺灣主要樹木方言集》，臺灣山林會。

漢語大字典編撰委員會　1988,12　《漢語大字典》，中國：湖北辭書
　　出版社、四川辭書出版社。

漢語大詞典編輯委員會　1194,11　《漢語大辭典》，中國：漢語大辭
　　典出版社。

趙衍蓀・徐　琳　1996,4　《白漢詞典》，中國四川：四川民族出版
　　社。

蔡振聰・吳純寬　1995,4　《公園常見花木》，臺北市：淑馨出版社。

謝秀嵐　1820　《彙集雅俗通十五音》，高雄：慶芳書局。

顧野王原撰、孫強加字、陳彭年重修　《大廣益會玉篇》，1968 年新
　　興書局覆印。

釋・行均　1985,5　《龍龕手鏡》，影印重刊本，中國：中華書局。

未詳　198?　《文史辭源》，臺北：天成出版社。

閩南語的音系衍化類型

洪惟仁 *

0 前言

十九世紀新語法學派的語言學家（Neogrammarians）最受批評的一點是把語音演變看成是一種音值變化的孤立現象，而不是音韻系統的修改（modification）。自從索緒爾開創了現代語言學以後，結構主義大興，人們開始注意到語音（phonetic sound）和音位（phoneme）的區別。音位是區別意義的最小語音單位，音位之間的不同不止是語音的物理性質不同，更在於能夠區別不同的意義。因此音位不是孤立的存在，一個語言的音位清單（inventory）不是音位數目的總合，清單裡的音位成分構成一個完整的（integrating）的系統，具有嚴密的結構。

語音變化（phonetic change）不一定會產生音位系統的衍化，譬如一個音位可能因為環境的影響分裂為幾個同位音，謂之「同位音分化」（allophonic split）；反之幾個同位音也可能混合起來，謂之「同

---

* 清華大學語言研究所

位音混同」（allophonic merger），另外有時只是音值的變化而完全沒有影響到音位間的區別功能，譬如根據筆者的調查台灣優勢音（大約分佈於嘉義以北的大部分方言）和台南方言❶（包括高雄方言的新派）的元音系統如下：

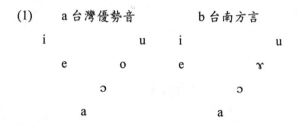

(1)　　a 台灣優勢音　　　　　b 台南方言

以台南爲中心的新派台灣話把 o→ɤ❷，可是這個變化並沒有影響到整個音位系統。Jakobson（1930）把這三種音變叫做「非音系性音變」（nonphonological sound change）或「音韻外音變」（extraphonological sound change）。

Jakobson 把語音比喻做車子（vehicle，或譯爲載體），語音變化可以看成是車子在移動，車子載著音位跑，如果語音只在音位的範圍內變化，只能算是「語音變化」（phonetic change）；只有語音變化的結果，產生音系上的變化，量變發生質變，才能叫做「音系衍化」

---

❶ 本文有關台灣閩南語的語料，均根據龔煌城、洪惟仁（1989-1997）的調查報告，不一一注明出處。

❷ 董忠司(1992)把 ɤ 寫成 ə，並認爲是台南方言個別的變化，變化的動機是將(1a)不對稱的元音系統對稱化。依照這樣的解釋，台南方言 o→ə 也算是一種音系重整了。

（phonological mutation）。注意 Jakobson 用的是 mutation（衍化）一詞，他說用 mutation 這個術語是爲了強調「跳躍式的音系衍化」（phonological change in leaps）。

Jakobson 把語音上的、音值的不同升級爲音位的對立，即一個音位「分化」爲兩個音位謂之「音系化」（phonologization）；相反的，相對立的音位「混同」爲一個音位，即失去音位區別，則謂之「去音系化」（dephonologization）。另一種情形是原本的區別性特徵消失，全部改用其他的特徵來區別，謂之「音系重整」（rephonologization）。

本文擬以閩南語爲例考察「音系衍化」的類型。閩南語的音系衍化依分合情形可以分爲三個類型：分化、合流、推移。本文的目的是嘗試對「音系衍化」作類型學的分類，至於實際音變是不是符合我們所擬測並非重點，詳細的考證請參見所引文獻。

1 分化

一個音位因爲環境的不同，衍變爲兩個以上不同的音位謂之「分化」（split），音位分化就是將原來的冗贅性特徵變成區別性特徵的一種音系化（phonologization）過程。音位分化的結果會增加音位數目，以元音系統爲例，元音分化會使得音位更加擁擠。分化的情形可以用下面的公式（formula）表示（以下 A 代表原音，/ 右邊代表不同的音變條件）：

F1　(1)　A　→　A　/　X

　　　(2)　A　→　B　/　Y

(3)　　A → C / Z

F1(1)表示在某種條件下原音不變，F1(2)表示在其他的條件下變成 B 音，F1(2)的音變條件 Y 可以代換成其他條件（如 Z）而重複適用，那麼 A 可以變成 B, C, D, E……。現在把音系衍化的情形模式化如下：

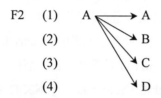

以上 F2 至少要適用兩條才能叫做分化，如果只適用 F2(1)等於沒有發生任何音變；只適用 F2(2)的話，就是所有 A 都變成 B，A 就不存在了，除非再發生(3)A→C 的分化現象，或 B 和其他的音位混同，否則 A→B 只是語音變化，不是音系衍化。F2 公式中如果 F2(1)適用，表示原音尚有保存，謂之「孳生型」分化，如 F2(1)不適用，表示原音消失，所有原音都變成其他的音，謂之「支離型」分化。

1.1　孳生型分化

如果音位分化適用了 F2(1)(2)兩條規律，這個衍化類型只是孳生了一個新音位，原音並未消失，我們稱爲「孳生型」分化。以下以閩南語 o 元音的分化爲例來說明。

閩南語泉州方言（除安溪腔以外）和潮州方言有一個語音對應關

係，屬於中古遇攝的一些字，以潮州、泉州爲例顯示方音對應如下❸：

(2)　　　　　潮州：ou　　泉州：ɔ
　　湖　　　　ou⁵　　　　ɔ⁵
　　埔　　　　pou¹　　　　pɔ¹
　　都　　　　tou¹　　　　tɔ¹
　　祖　　　　tsou²　　　　tsɔ²
　　孤　　　　kou¹　　　　kɔ¹

　　潮州和泉州和所有閩南語方言一樣都有 o 音位，泉州和 ɔ、潮州和 ou 對立。　但是由漳州漳浦以西包括潮州、海南島的所有方言都沒有 ɔ 元音；漳州東半部至泉州有 ɔ，但是沒有 ou，由此可見西片的 ou 和東片的 ɔ 有方音對應關係。中古效開一的字白話音閩南語所有方言都唸 o，遇開一的字西片唸 ou、東片唸 ɔ。

　　到底是潮州方言的 ou 變成了泉州方言的 ɔ，或者泉州的 ɔ 變成了潮州的 ou 這是可以討論的問題。泉州的元音系統除了 ɔ 元音以外顯得非常對稱：

(3)　i　　ɨ　　u
　　　e　　ə　　o
　　　　　　ɔ
　　　　　a

---

❸　泉州語料採自林連通（1993）；潮州語料採自蔡俊明（1991）。

後元音的 ɔ 沒有同高度的前元音相配，歷史語言學的經驗提醒我們這種孤單的音位往往是由其他音位分化的結果，因此我們可以大膽假設泉州方言的ɔ是由 ou 變來的，這樣假設的根據是由閩南語方言比較所知：泉州方言音位結構法（phonotactics）有一條中元音「同位禁制」（assimilation constraint）：

R1　　　　*[α後] [α後]

以中元音爲韻腹的韻母不容許有兩個[+後]元音特徵值或兩個[-後]元音特徵值並存，因此任何兩個後元音或兩個前元音結合的音段都是不合法的音節。如：

(4)　　* ie　　* ei
　　　　* uo　　*ou
　　　　* uə　　* əu

現代語言不合法的音節有些是一開始便受限制而沒有出現過的音節，有些限制是在語言發展的過程中發生，逐步適用於個別的方言。

泉州方言的「同位禁制」顯然屬於後者。因爲根據我們的認識，閩南語祖語的韻母並沒有「同位禁制」，漳浦以西的漳州、潮州、海南島這條限制只適用於介音，以東方言幾乎全面適用，可見同位禁制是漳泉系和潮瓊系分裂以後才發生的限制。因爲問題比較複雜不適合在此詳細討論，我們只舉一些簡單的例子以見一斑。

(5)

	海口	汕頭	漳州	泉州
雞	koi	koi	ke	kue
鳥	ou	ou	ɔ	ɔ
火	hue	hue	hue	hə

　　由上表可知元音韻尾 -i, -u 在海口、汕頭都保存，漳州、泉州卻消失了，合口介音漳州以西保存，泉州消失了。可見越偏向東邊方言，同位禁制越嚴格。

　　基於以上兩個理由，我們認為泉州音多出來的 ɔ 元音是後起音（詳參洪惟仁 1996b:164），是由 ou[ou] 變來的，[ɔu] 喪失 -u 韻尾之後，剩下 [ɔ]，變成一個新的音位：/ɔ/，規則如：

　　R2　　*ou[ou]　→　ɔ

　　這種音位分化的過程通常是因為音變條件消失，語音變化升級為音系衍化，冗贅性特徵變成區別性特徵，即所謂「音系化」（phonologization）。在這個例子裡 ou→ɔ，原音位 o 並未消失，套入 F2，得到 R3：

　　R3　　*o ⟶ o
　　　　　　　↘ ɔ

　　這是「孳生型」音系衍化的例子。

1.2　支離型分化

如果一個音位分化爲兩個音時，原音消失，所有的新生音位都不是早期的原音，也就是公式 F2 所示的消失，只發生 F2(2)(3)等，這樣的例子我們稱之爲「支離型」分化。

前言(1b)所示台南方言在 ou→ɔ 之後，所有 o→ɤ，於是元音 o 消失了，那就變成只適用 F2(2)(3)規律，套入 F2 也就是 R4 所示的類型：

R4　　*o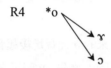

這是一個「支離型」分化的例子。

2 合流

兩個本來不同的音，音變結果，變成無法區別的一個音，謂之「混同」或「合流」（merger）。合流是區別性特徵消失，造成兩個音位無法區別的一種「去音系化」（dephonologization）過程。合流和分化的模式正好相反，我們把 F1 倒過來，就成了公式 F3：

F3　(1)　A　→　A　/　X

　　(2)　B　→　A　/　Y

　　(3)　C　→　A　/　Z

F3(1)表示在某種條件下原音不變，F3(2)表示在其他的條件下 B 混同於 A，F3(2)的條件 Y 可以換成其他條件（如 Z）而重複適用，那麼 B, C, D, E……都可以變成 A。現在把音系合流的類型模式化如下：

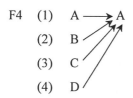

F4　(1)　A ⟶ A
　　(2)　B
　　(3)　C
　　(4)　D

假使 F4(1)同時發生，也就是原音 A 仍然保存，我們把這種類型別稱爲「匯入型」合流。假使 F4(1)不發生，所有的音都變成另外一個新的音，我們稱爲「聚合型」合流。

2.1　匯入型合流

「匯入型」合流相當普遍，漢語語音史上普遍地發生「濁上變去」的規律，閩南語泉州方言和潮州方言都有陽上聲，但是漳州、廈門、台灣全濁聲母的上聲一律「匯入」陽去聲，這是音韻學界周知的事，不必在此舉例。以下舉另一種聲調匯入型合流的例子。

根據筆者調查：台灣北部漳州腔陽去、陽入的聲調相當接近，都是中平長調/22/❹，差別是陽入聲有個輔音韻尾：p-, -t, -k, -ʔ 是年輕的

---

❹　本文中音型以 1-3 表由低至高的調階：1=L（低調）、2=M（中調）、3=H（高調）；兩個數字表長調，一個數字表短調。台灣北部漳州腔陰入短而微降，用/2/標示，陽入較長，陽去更長，但陽入與陽去有個塞音韻尾，我們把兩者調長的差異看成是冗贅性特徵，調型都以/22/標示。

一派（甚至有些老人）喉陽入的喉塞音消失了，於是所有原喉陽入的字全部匯入陽去聲❺。如：

(6)

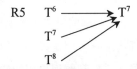

        老派   新派

趙 tio_{22} ≠ 著 $tioʔ_{22}$ 趙 tio_{22} = 著 tio_{22}

動 $tɔŋ_{22}$ ≠ 毒 $tɔk_{22}$ 動 $tɔŋ_{22}$ ≠ 毒 $tɔk_{22}$

對這些新派來說，現代陽去聲（用 T7 表示）除了古陽去以外，還匯入全濁陽上（用 T6 表示）、喉陽入（T8，這裡的 T8 需要特別注明只限於喉陽入，不包括口入聲），共三個來源，這個「匯入」的模式可以圖示如下：

R5 T^6 ⟶ T^7

        T^7

        T^8

元音方面也可以舉 o, ɔ 合流的例子。現在台灣有一些年輕人把 $o^5a^2cian^1$（蠔仔煎）說成 $ɔ^5a^2cian1$（芋仔煎），ɔ 混同為 o，這也是一種元音「匯入型」合流的例子。聲母方面也有許多例子，如現代泉州腔的<入>(dz-)歸<柳>(l-)，台南關廟的<出>(tsh)歸<時>(s-)就是。聲母合流的結果往往使得「十五音」變成十四音、甚至十三音。

---

❺　藍清漢（1980）所載宜蘭方言即屬此型。

2.2 聚合型合流

閩南語「聚合型」合流最有名的例子是所謂文讀音系統的「通宕合流」（詳參洪惟仁 1996b:158）。北京話通攝字唸-uŋ，宕攝字唸-aŋ；客家話通攝字唸-uŋ，宕攝字唸-ɔŋ，都沒有混同。閩南語無論那個方言通攝字都唸-ɔŋ 或-oŋ，但宕攝字瓊潮系方言唸-aŋ，泉州方言唸-ɔŋ，漳州方言則宕開三唸-iaŋ，宕開一、宕合三都合流為-ɔŋ，入聲平行於舒聲。下表是一些文讀音的方言對應例：

(7)

	通　合　一		宕　開　一		宕　開　三		宕　合　三	
	公	各	剛	各	疆	腳	光	郭
海口	kɔŋ	kɔk	kaŋ	kak	kiaŋ	kiak	kuaŋ	kuak
潮州	kɔŋ	kɔk	kaŋ	kak	kiaŋ	kiak	kuaŋ	kuak
漳州	kɔŋ	kɔk	kɔŋ	kɔk	kiaŋ	kiak	kɔŋ	kɔŋ
泉州	kɔŋ	kɔk	kɔŋ	kɔk	kiɔŋ	kiɔk	kɔŋ	kɔk

由上表可知，泉州方言表現了徹底的「通宕合流」，漳州部分合流，而海口、潮州則完全沒有合流，這顯示在閩南語祖語時代通宕並未合流，通宕合流是漳泉系和潮瓊系分化以後才發生的音系衍化。

通攝含<東><冬>二韻。自高本漢（1915-26）以來漢語音韻史學家普遍認為通攝<東>韻的主要元音是-u，<冬>韻的主要元音是-o，宕攝的主要元音是-ɑ，韻尾都是舌根音 {-ŋ,-k}。假定閩南語文讀音源

自具有這樣的系統的中古漢語，那麼泉州方言應該對中古音運作了三條音變規律：

$$R6 \quad (1) \quad u \rightarrow \mathfrak{o} \ / \ \underline{\hspace{2em}} C$$
$$[+後]$$

$$(2) \quad o \rightarrow \mathfrak{o} \ / \ \underline{\hspace{2em}} C$$
$$[+後]$$

$$(3) \quad a \rightarrow \mathfrak{o} \ / \ \underline{\hspace{2em}} C$$
$$[+後]$$

具有[+後]的輔音 C 包括 {-ŋ,-k}，泉州方言的[+後]韻尾觸發（trigger）前面的 u, o, a 等所有非前元音分別變成爲 [ɔ]，造就了一種「聚合型」合流的演變類型。屬於這個類型的還有廈門、台灣優勢音。

除此之外，中古曾攝及梗攝部分合口字文讀音的主要元音現代漳泉系閩南語有些字歸入ɔ，以現代泉州音爲例❻：

(8) 　　　　　陽聲韻　　入聲韻

曾合一　　弘 hɔŋ　　國 kok

梗合二　　宏 hɔŋ

閩南語曾、梗合韻，但是曾、梗和通、宕分韻，以《彙音妙悟》

---

❻　資料引自林連通（1993），事實上廈門、漳州也同音（見謝秀嵐 1818, Douglas 1873），但如下引泉州《彙音妙悟》卻不全同，許多廈門、漳州唸-ɔŋ 的字，《彙音妙悟》念齊齒音 iiŋ。

為例，曾、梗歸入<生>字母，依洪惟仁（1996b）的擬音，<生>字母的主要元音是 i(iŋ/ik)，如「爭」tsiŋ、「則」tsik；通、宕歸入<東>字母，主要元音是 ɔ(ɔŋ/ɔk)，如「東」tɔŋ，「督」tɔk。但是與<生>字母配對的只有齊齒韻的<卿>字母，沒有合口韻，這是為什麼呢？

依拙著（洪惟仁 1996b）的比對，中古曾、梗合口字，泉州《彙音妙悟》（1800）部分歸入開口的<生>字母，如：「頃」khiŋ² （梗合四），大部分歸入<卿>字母，如：「弘」hiiŋ⁵、「或」hiik⁸（曾合一）；「域」hiik⁸、「橫、宏」hiiŋ⁵、獲 hiik⁸（梗合二）；「兄」hiiŋ¹、「永」iiŋ²、「營」iiŋ⁵（梗合三）；「螢」iiŋ⁵、「迥」kiiŋ²（梗合三）；加上「國」kɔk⁴，顯示曾、梗合口字在泉州《彙音妙悟》分化為三種韻母。

我們可以假定在古代泉州音時代曾、梗合口字的音讀是 uiŋ/uik。那麼從古代泉州音到現代泉州音，應該有以下的分化（以陽聲韻為例）：

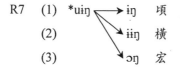

從現有的資料還看不出分化的條件，總之這是一個一分為三的例子。分化有時和混同是同時發生的，就一方來說是分化；就另一方來說是合流。當 R7(3)發生的時候，因為 -ɔŋ 韻已經存在，所以從 -ɔŋ 韻來看，就是合流。不過 R7(3)應該還有一個中間的衍化過程 *uiŋ → *uŋ →ɔŋ，這個過程的後半段便是通宕合流規律的適用。

<東><冬>兩韻在閩南語祖語時代是否分韻從現代方言來看無法證

明，不過曾、梗合韻倒有一些蛛絲馬跡，譬如曾攝和梗攝在漳泉方言的行為不相同，如：

(9)　　　中古音　　漳州　　　泉州
　　爭　　梗開二　　tseŋ¹　　　tsŋ¹
　　貞　　梗開三　　tseŋ¹　　　tsiŋ¹
　　曾　　曾開一　　tseŋ¹　　　tsŋ¹ ❼
　　證　　曾開三　　tsiŋ³　　　tsiŋ³

　　由此可證在閩南語祖語時代，曾攝和梗攝不但有別，並且一二等或二三等有分，我們暫時假定閩南語祖語時代曾攝的主要元音是 *ə；梗攝的主要元音是 *e，其合口音韻分別是 *uəŋ; *-ueŋ，然後在古代泉州音混同為 *-uiŋ。

　　現在暫時不管中間過程如何，由上述論證來說，現代閩南語漳泉系方言的 -ɔŋ 韻是中古五個不同韻母的聚合（即使我們不同意本文的音值擬測，因為音類來源不同，其聚合關係是不變的）。這個「聚合型」合流的模式可以圖示如下：

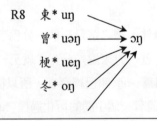

R8　東* uŋ
　　曾* uəŋ　　　　　ɔŋ
　　梗* ueŋ
　　冬* oŋ

---

❼　以上的泉州音參見林連通（1993），從比較可知現代泉州音文讀音的 -ŋ 對應於《彙音妙悟》的 -iŋ，現代泉州音的 -ŋ 是 -ŋ 和 -iŋ 的混同。

宕＊ɑŋ

從 R8 看出：現代漳泉系方言的 -ɔŋ 韻音並不是某個古音的保存，而是一個古音所沒有的音。所以這種情形屬於「聚合型」合流。不過如果我們把 ɔŋ 看成是 oŋ 的同音位變體，那麼 R8 就變成一個匯入型合流的例子了。

3 推移

語音演變的另一個類型是既不是分化、也不是合流，音位間的區別關係沒有改變，只是移動了相關位置，音位與音值重新洗牌，這樣的音系衍化謂之「推移」（shift）。參與推移的每一個音位原來的區別性特徵都替換成另外一種區別性特徵，但是並沒有改變音位間的對立關係，原來的對立還是存在，只是音位的相關系統（correlation）改變了，所以這種衍化叫做「音系重整」（rephonologization）。

漢語音系重整最典型的例子是聲調的分化，漢語原來有全濁聲母，後來濁音清化，造成清濁混同，這原本是一種「去音系化」（dephonologization）；可是同時漢語四聲卻因為聲母清濁關係而分化為兩套：即清四聲和濁四聲，或稱陰聲調和陽聲調，這就等於把清濁的對立推移（shift）到聲調的對立。不過本文所要討論的是更複雜的連環推移。

連環推移的音變過程類似台灣話所謂的「掠龜走鱉」（捉迷藏），下面的公式 F5 包含了三個音變規律：

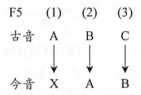

這樣的衍化過程，三個規律不可能同時運用（simultaneous application），規律的運用必須有個順序，F5(1)必須先於 F5(2)，才能留下 A 的空位讓 B 變過來。同理 F5(2)也應該先於 F5(3)運用，才能留下 B 的空位讓 C 變過來。如果反其道而行，由 F5(3)最先運用，然後 F5(2)，然後 F5(1)，那麼衍化的結果就會使所有的音都合流為 X，這就變成「合流」，而非「推移」了。

上表由古音到今音 C→B→A→X 像火車頭拉車箱一樣，有個音位在前拉，一個一個音位像鍊子一樣接在一起，所以推移衍化又叫做「鍊移衍化」（chain）；如果火車拉到最後又變得和鍊尾的音相同，結果：X=C，這樣就變成「循環衍化」（circle）。模式化如下：

F6　　a 鍊移衍化　　　　b 循環衍化

　　　C→B→A→X　　　　C→B→A→C

但是鍊移也有兩種：一種是全面的推移，有個火車頭在拉著，每一個音位都在向前移位，這叫「拉力鍊」（drag chain）❽，我稱之為

---

❽　另有所謂「推力鍊」（push chain），和「拉力鍊」相對立的概念牽涉到鍊移的動因問題而非音變類型，不在這裡討論。（詳參 Martinet 1952 的討論）

「列車鍊移」；另外有一種鍊移，鍊頭像車流中第一輛汽車出了車禍，突然不動了，後面的汽車向第一輛追撞，前面的車子疊在一起（混同了），這種鍊移衍化叫做「追撞鍊移」。

推移最有名的例子是英語的「元音大推移」（great vowel shift）和「格林定律」（Grimm's law）所顯示的由印歐祖語到日耳曼語的「輔音大推移」。模式化如下表所示：

R9　　　a 英語長元音鍊移　　　　　　　b 日耳曼語輔音鍊移

　　　　a→ɛ:→e:→i:→ai→ei　　　　　　　bh→b→p→f

　　　　ɔ:→o:→u:→au→ɔu→ɔ:　　　　　　dh→d→t→θ

　　　　　　　　　　　　　　　　　　　gh→g→k→x

日耳曼語輔音列車向 f 和 θ 衍化，f 和 θ 是全新的音位，古印歐語沒有 f 和 θ（參見 Lehmann 1955:99）這是標準的「列車鍊移」；英語長元音由低元音逐步高化，而最高音衍化為 ai 和 au，原來的 ai 下降為 ei，ei 是全新的音位，等於是這個元音大推移的火車頭（參見 Baugh 1993:233；李賦寧 1991），到此為止這是一條很長的「列車鍊移」，但是到了現代英語 ei 又和 e: 混同了，結果就變成「循環衍化」。至於英語的 au 後來又→ɔ:，這也是「循環衍化」，如果沒有最後的音變過程，就是「列車衍化」的類型了。

3.1　列車鍊移

閩南語也有一個鍊移的例子，那就是有名的海南島舌尖輔音鍊移（參 Solnit 1982，張光宇 1988）。

　　閩南語方言的聲母，潮州和漳泉方言都相當接近，但是海南方言則有特別的衍化，因爲對應規律非常嚴整，所以我們認爲海南方言的這些衍化是後起的。如果這個論斷得到證實，那麼海南方言的舌尖聲母鍊移就是一個「列車鍊移」的例子。因爲鍊頭的 ɗ 是一個全新的音，閩南語任何其他方言都沒有的，所以這種鍊移可以說是標準的「列車鍊移」。

　　以下先舉潮州方言和海口方言作個比較❾：

　　(10.1) 潮州 t：海南 ɗ

	點	同	定	豬	茶
潮州	tiam	taŋ	tiã	tə	te
海口	ɗam	ɗaŋ	ɗia	ɗu	ɗɛ

　　(10.2) 潮州 s：海南 t

	西	心	沙	屎	是
潮州	sai	sim	sua	sai	si
海口	tai	tim	tua	tai	ti

　　(10.3) 潮州 tsʰ：海南 s

	粗	察	笑	車	手
潮州	tsʰou	tsʰat	tsʰio	tsʰia	tsʰiu
海口	sou	sat	sio	sia	siu

---

❾　以下潮州語料採自蔡俊明（1991）；海口的語料採自張光宇（1988）。

假定潮州音保存了古音，那麼歸納上面的資料，海南方言的輔音鍊移規則如下：

R10　(1)　　(2)　　(3)

古音　t　　　s　　　ts^h

↓　　　↓　　　↓

今音　d　　　t　　　s

這三條規律可以模式化如下：

R11　ts^h →s → t → d

3.2 追撞鍊移

閩南語方言中普遍發生的聲母「鼻濁清鍊移」是個「追撞鍊移」的例子。漢語南方語支有濁聲母的是吳語、湘語及閩南語，但是閩南語濁聲母的來源和前兩者不同，吳語和湘語的濁音聲母是古全濁音聲母的遺留，而閩南語的濁音聲母則來自鼻音聲母。閩南語語音史上濁音消失又再生，於是造成一種鍊移的音系衍化類型。請比較下面的資料：

(11)

中古音	明 m	泥 n	疑 ŋ	並 b	定 d	群 g	幫 p	端 t	見 k
A	明 biŋ	年 lian	疑 gi	並 piŋ	定 tiŋ	群 kun	幫 paŋ	端 tuan	見 kian
B	麵 mi	年 ni	耦 ŋau	並 p^{h}ing	頭 t^{h}au	騎 k^{h}ia	博 p^{h}ɔk	刁 t^{h}iau	貓 k^{h}ɔ

　　閩南語和上古音的對應關係相當複雜，例外很多，由上表可以窺見同屬一個中古聲母兩類字有兩種不同的對應關係，現在我們暫時先不管 B 組字，只看 A 組字，我們歸納出這樣的對應關係：中古鼻音衍化為濁音、中古濁音衍化為清音，至於中古清音還是清音。換言之濁音是匯入清音了，在這個類型裡中古清音不變，被由濁音清化的新清音追撞上了，這是一個「追撞鍊移」的例子。以下是由資料(11)歸納出來的規律：

R12　鼻音 ⟶ 濁音 ⟶ 清音　　清音

m	b	p	p
n	d(l)	t	t
ŋ	g	k	k

　　以上 d(l) 表示現代閩南語 d/l 合流，音值也介於兩者之間，但音位上解釋為 /d/ 似較易於理解。

　　「追撞鍊移」的公式如 F7 所示：

F7　　(1)　　(2)　　(3)

古音	A	B	C
		↓	↓
今音		A	B

　　模式化為 F8，和 F6 並列以資比較：

F6 　C→B→A→X 　　列車鍊移

F8 　C→B→A＝A 　　追撞鍊移

　　F8 和 F6 的不同是 F8 的原音 A 沒有變走，卻和 B 追來的 A 混同了。因此「追撞鍊移」只能說是部分鍊移，而「列車鍊移」才是完全鍊移。

3.3　循環鍊移

　　現在來討論另一種鍊移的類型：循環鍊移，循環鍊移其實也是列車鍊移的一種，只不過鍊頭剛好和鍊尾接上了。前面所舉的循環鍊移模式中參與推移的至少要有三個音位才能造成循環關係。如果只有兩個音位，這樣就成了「對調」（flip-flop）了，請比較下面的模式：

F9 　　(1)循環鍊移 　　　　　(2)對調

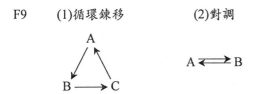

　　閩南語循環鍊移和對調最好的例子是轉調（tone sandhi）規則。閩南語教育界流行著一種所謂「連鎖變調」或「循環變調」（tone circle）的說法：就是說舒聲循環變調，入聲陰陽對調。其關係有如下圖 R13、R14 所示。（下表右邊「調類循環」部份參見鄭良偉、鄭謝淑娟 1982：123）

符號說明：

11＝LL 低長調　　22＝MM 中長調　　33＝HH 高長調

1＝L 低短調　　　2＝M 中短調　　　3＝H 高短調

12＝LM 升調　　　31＝降調

T1＝陰平　　T2＝陰上　　T3＝陰去　　T4＝陰入

T5＝陽平　　　　　　　　T7＝陽去　　T8＝陽入

R13　舒聲調

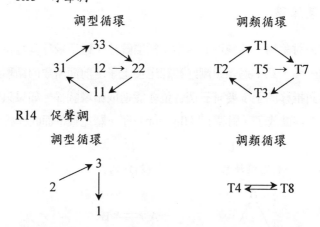

調型循環　　　　　　　　　　調類循環

R14　促聲調

　　調型循環　　　　　　　　　調類循環

我曾在拙著（洪惟仁 1985:21,1996a:54）指出右邊那種混淆了「調類」與「調型」觀念的變調模式具有濃厚的工具主義（instrumentalism）色彩，並且適用方言也有限，只適用於廈門、台灣南部等方言，除此以外不論是漳州腔、泉州腔都不能適用。如果循環變調可以當成一種規律，爲什麼只有廈門和台灣南部等方言有循環變調的推移衍化呢？因此我們寧可相信這只是剛好可以套入循環變調模式的一種巧合而已。

調類（即所謂「四聲」或「八音」）是一種形態音位（morphophoneme），具有區別不同語素（morpheme）的作用。漢語系語言的調類儘管分合有所不同，但是字類與字類之間通常有嚴密的對應關係，雖然如此，每一個調類對應的調型各個語言都不同，都是非常任意的（arbitrary），何況調類與調類之間的調型更是無關。因此說哪一個調類會變成哪一個調類，這種說法本身就是一種觀念的混淆：把本調與變調同詞位變體（allomorph）之間的轉換（alternation）混淆成調類與調類之間的轉換了。

調類的不同調型表現謂之「分調」（allomorphtone），分調之間的轉換或稱「轉調」（tone sandhi），俗又稱「變調」❿。各別的分調之間沒有一定的語音相似性，譬如泉州腔陰上本調是高降調[31]，變調是高升調[23]，完全沒有一點相似，並且轉調大部份是由語意和句法關係制約的，而非純粹的音韻制約。所以我們才說調類是「形態音位」（morpheme），而不是「音位」（phoneme）。

循環變調雖是共時的規律，但是這些規律是不是正好反映了歷時的變化呢？這是令歷史語言學家感興趣的問題。共時的分調之間雖然不一定有語音相似性，但因為古漢語本無轉調。現代漢語不管有多少個調類，大部分仍以不變調為常，如果有變調也只限於部分調類，如北京話只有第三聲有變調，並且本調和變調之間有一定的調型關係。所以我們認為分調必然是由一個聲調分化的結果。

---

❿ 「本調」、「變調」這些名稱容易使人誤會，以為「變調」是由「本調」變來的，其實只是分調之間的轉換，本文暫時延用「本調」、「變調」的調名，但作為動詞若沿用「變調」則無異接受錯誤的觀念，所以必須改稱「轉調」。

　　閩語的聲調分化非常嚴重，台灣閩南語有七個調類，每一個調類都有兩個分調，一共七個本調、七個變調。如果每一個分調都不能同調的話，必須要十四個調型才夠，但是事實上閩南語的調型沒有這麼多，勢必有些調類的調型必須共用，台灣話八種調型如何分配到各個調類，並且不會因爲共用調型而發生調類混同，這是閩南語功能上的要求。在這個動機下造成循環變調的結果雖然是巧合，也是有可能的。

　　問題是本調與變調那個是原形（prototype），一般稱獨用形式（isolation form）爲「本調」，連用形式（combination form）爲「變調」，言下之意：本調是基底形式（underlying form），而變調是派生形式（derivational form）。而且基底形式相當於歷史音韻學上的原形。

　　北京話的第三聲很明顯的本調是原形，變調是衍生形式，但這只是一種情況。事實上歷史音韻學的普遍規律是連用形式往往保存原形，而獨用形式反而容易變化。橋本萬太郎（Hashimoto 1982）、丁邦新（Ding 1982）都曾論證過閩南語的變調可能保存原形，本調是衍化的形式。閩南語方言之間變調（連讀調）比本調（末字調）更一致，本調比變調的方言差更大。泉州話本調不分陰陽而變調還可分，鹿港泉州腔陽上本調混同於陰平，可是變調仍可分別，這些都是變調存古的證明。

　　當然變調也可能是衍化形式，而本調是存古形式，不能一概而論。譬如台灣話喉入聲本調保存喉塞音，變調消失（詳參洪惟仁 1996a:71），音段上本調是存古形式。大概說來複雜的往往是存古的形式。

　　如果以上的假定可以成立的話，那麼廈門、台灣南部的舒聲調循環變調公式應該倒過來才對。茲圖示如下：

R15　舒聲調

至於 T5（12→22）如果倒過來就會變成 22 分化為 12 和 33，比較閩南語方言，這應該不合事實，因此我們還是把 12 調看成是原形。

3.4　對調

接下來我們討論「對調」的情形。上面通俗的「變調」規則說陰陽入本調與變調互變，這就是一種對調的情形。實際上，台灣話陽入變調是低短調，而陰入本調卻是中短調，所以陽入並未變成陰入。在這裏暴露了通俗說法的工具性格可能扭曲語言事實。

假定有兩個音位 A, B，對調的公式應為：

F10　(1)　A　→　B

　　　(2)　B　→　A

既然只有兩個變項，王士元（Wang 1869）指出必須 F10(1)和 F10(2)兩條規律突然間（abrupt）、同時（coincident）、離接（disjunctive）地適用，而不是接連（successive）適用，「對調」（flip-flop）才能成立。因為如果(1)先運作，再運作(2)，則所有的音都會變成 A；反之如果(2)先運作，再運作(1)，則所有的音都會變成 B。

舉個例子來說：許多人注意到廈門音和漳州音，在音韻上有一項奇特的對應關係，那便是開合口正好對調了。如：

(12)　　　　　廈門　　　　漳州

火雞　he-kue　　hue-ke

皮鞋　phe-ue　　phue-e

王士元注意到董同龢（1959:977-1010）所載龍溪和廈門的這種對
應關係，於是假設廈門音的原音是龍溪音，則由龍溪到廈門的音變規
律應該是：

　　　　　　　　龍溪　　廈門

R16　(1)　　　we　→　e　　火、歲、皮

　　　(2)　　　e　→　we　　雞、鞋、犁

假如 R16(1)和(2)兩條規律是接連適用，則廈門音不是沒有 e 便是
沒有 we。就是說假定(1)先於(2)發生，則廈門音系應該沒有 e；假定(2)
先於(1)發生，則廈門音應該沒有 we。而事實上廈門音系既有 e 又有 we，
所以必須假定兩條規律突然同時發生才能解釋這種「對調」的音韻現
象。

問題是這種對調的音變可能嗎？一夜之間所有廈門人一起把所有
的開合口對調了，這種事情無論怎樣想像也不可能發生的。

李壬癸（1975）提出一些反證，如「茶」te，「短」te，「螺」le，
「白」pe? 廈門與龍溪都是開口音；而「杯」、「背」pue 等字則兩
者都是合口音，可見對調的現象只限於某些例子，「對調」不適用於
所有字類。

人們想知道廈門人怎麼分得清哪些字開合口必須對調，哪些字不

能對調？這個問題不能解答，王士元的假設是不能成立的。

洪惟仁（1995）針對這個問題指出廈門與龍溪（漳州方言，以下凡言漳州者皆包含龍溪）介音開合相反的現象限於以下的例子：

(13.1)

	廈門	漳州	泉州	彙音妙悟	十五音
居	ku	ki	kɨ	*kɨ 〈居〉	*ki 〈居〉
根	kun	kin	kun	*kɨn 〈恩〉	*kin 〈巾〉
巾	kun	kin	kun	*kɨn 〈恩〉	*kin 〈巾〉

(13.2)

買	bue	be	bue	*bue 〈杯〉	*bei 〈稽〉
鞋	ue	e	ue	*əe 〈雞〉	*ei 〈稽〉
雞	kue	ke	kue	*kəe 〈雞〉	*kei 〈稽〉

(13.3)

糜	be	mue	bə	*bə 〈科〉	*muẽi 〈糜〉
皮	phe	phue	phə	*phə 〈科〉	*phuei 〈檜〉
火	he	hue	hə	*hə 〈科〉	*huei 〈檜〉

歸納起來，所有廈門、漳州兩方言介音開合相反的例子包含了泉州古韻書《彙音妙悟》的五個韻類，即以下諸韻：

(14)

　　〈科〉 *ə　　　　〈居〉 *ɨ

　　〈 雞 〉 *əe　　　　〈 恩 〉 *in

　　〈 杯 〉 *ue

　　先討論(13.3)所示〈科〉*ə 韻的字（如「火」字）。廈門、漳州
兩方言介音開合相反的一類是共見於泉州《彙音妙悟》〈科〉*-ə 韻
與漳州《十五音》〈檜〉*-uei 韻對應的一些字。這類字廈門音和泉州
音都是開口音，惟一的差別是泉州屬 -ə 韻，而廈門歸同 -e 韻，而漳
州、潮州、海南則是合口音(15.2)。《彙音妙悟》〈科〉*-ə 韻另外一
類字則無論那個方言都是開口音(15.1)。請看以下的語料：

(15.1)　　　廈門　　泉州　　漳州　　潮州　　海南

短　　te　　　tə　　　te　　　to　　　ɗe

螺　　le　　　lə　　　le　　　lo　　　le

坐　　tse　　tsə　　tse　　tso　　tse

脆　　tshe　tshə　tshe　tshui　se

(15.2)

飛　　pe　　　pə　　　pue　　pue　　ɓue

皮　　phe　　phə　　phue　phue　fue

火　　he　　　hə　　　hue　　hue　　ɦue

月　　geʔ　　gəʔ　　gueʔ　gueʔ　gue

　　把上列 15.1 及 15.2 兩筆資料一比較，便知只有泉州、廈門將兩
類字混爲一韻，其他各系的方言都是兩類字開合分韻的（15.1 開口，15.2

合口）。由此我們只能假定閩南祖語兩類字本來就是開合分韻的，泉州、廈門開合同韻是後來的發展，我們假設閩南語祖語有一個 ə 元音，然後有兩條規律普遍在所有閩南語方言發生，只是規律發生的順序不同而已：

R17 (1)　　ə　→　e

　　　(2)　wə　→　ə

但是因為規律運作的順序不同可能造成方言差異。R17(2)是一條合口變開口的規律，泉州方言因為 R17(2)先於(1)運作，結果使得 *wə →ə，混同於 ə，廈門則再運作 R17(1)，於是所有的 ə 都變成了 e 了。至於漳州、潮州、海南則與廈門相反，先運作 R17(1)，使得 ə→e; wə →we，致使 R17(2)無法運作，成了拆橋規律順序（bleeding rule order），因此保存了開合口的區別。於此我們以規律發生的順序解釋了閩南語的內部方言差所以致之的原因。

(14)所列《彙音妙悟》五韻中除了〈杯〉*ue 韻之外都是具有央元音 ə、i 的開口韻。而〈杯〉*ue 韻的字類全部是唇音字，因此我們認為這些字原來的韻母也是 *əe，因為受到唇音聲母的影響而匯入〈杯〉*ue 韻的。也就是說古泉州音本來都是開口字。如語料(13.2)所示，現代泉州音乃至廈門音隨著央元音的滑音化，紛紛把一些開口字變成合口了。

由古泉州音到現代廈門音，整個泉州系方言音變的潮流（drift）是央元音向消失的方向變化。音變規律 R18 適用於大部分的泉州系方言，只是有些方言早變，有些方言晚變而已：

R18　(1)　ɨ　→　u/i

　　　(2)　in　→　un

　　　(3)　əe　→　ue

　　　(4)　ə　→　e

　　如 R18 所示，(1-3)基本上是開口變合口的例子，R18(1)變 i 指的是晉江音，同安則變爲 u。現在把問題集中在 R18(3-4)所示的 ə 元音上，ə 的變化寫成規則是：

R19　(1)　ə　→　e

　　　(2)　əe　→　we

　　R19(2)使得 əe → wə 是一條開口變合口的規律，w 原本是在韻腹位置的 ə，由於泉州音作了音節重組，變成了介音 w。廈門音又運作 R19(1)，使得兩韻由泉州音 ə:əe 的對立變成 e:we 的對立。

　　現在我們把 R19(2)和 R17(2)並排起來改寫爲如下，就變成一條泉州系方言⓫語音史上的開合口對調律：

R17　(2)　w　→　ø　/ ＿＿＿ ə

R19　(2)　ə　→　w　/ ＿＿＿ e

⓫　由以上的論證我們已經看到這兩條規律在漳州、潮州、海南等方言都不曾發生，廈門兩條規律都發生了，廈門和泉州的發展是亦步亦趨的，由此可見廈門屬於泉州系方言。

　　這是兩條互相矛盾的規律：一條是合口介音消失律（R17(2)），一條是介音新生律（R19(2)）。必須指出的是這兩條規律不是同時發生的，而是在不同時代發生的，《彙音妙悟》時代（1800）泉州方言只適用 R17(2)，還沒有發生 R19(2)，因此〈科〉*ə 韻雖然合口派入開口，但是〈雞〉*əe 韻還保存著開口呼，現在台北盆舡區的安溪腔仍保存這種韻母系統與音讀。

　　現代泉州音、廈門音因發生 R19(2)，使得*əe→we，而新生了合口介音。其次兩條規律發生的條件也不同，如果我們把 ə 看成具有[+後]音值的話，R17(2)跟 R2：*[α後] [α後]一樣是一種「異化」現象（dissimilation），而 R19(2)則是「滑音化」現象（gliding）。兩種音韻程序既非同時發生，發生的條件也不同，因而不能說是「對調」。兩方言開合口對調起於歷史的原因，「對調」只是共時音韻的一種巧合「現象」，不是一種歷時音韻衍化的「過程」（process）。

　　這種巧合的現象用下面的音變圖可以說明得很清楚。假定有兩個字類 A, B，祖語時代 A 類字唸合口（w），B 類字唸開口（x），甲方言和乙方言沒有方言差，但是後來乙方言發生音類分化，A 類字有一部份變成開口了，B 類字有一部份變成合口了，可是甲方言並沒有變。

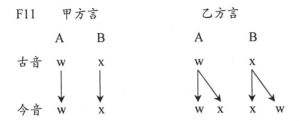

F11 中乙方言 Aww 類字和 Bxx 類字開合口不變，所以沒有方言差，可是 Awx 類字和 Bxw 類字甲方言和乙方言的開合口正好相反。如果假定甲方言是原形，那麼就這些字而言好像乙方言把甲方言的開合口「對調」了。

以(12)的語料爲例，龍溪（甲方言）與廈門（乙方言）開合口對調得情形，套入 F11 的公式，得到 R20「對調」（flip-flop）的結果：

R20	古閩南語		龍溪	廈門
Awx	*wə	→	we	e
Bx	*əi	→	e	we

龍溪與廈門的對應關係，從平面看來，好像兩個方言的某些字音「對調」了，可是從歷時的立場看來，閩南語根本沒有所謂「對調」的音韻過程發生。從音系衍化「過程」的立場來看，我們還無法證明「對調」的可能性。

不過如果不管規律的可能性，純粹從表面現象來看，則「對調」也不妨看成一種音系衍化類型。

4 結論

在這篇小文中，我們將閩南語音系衍化的類型分爲分化、合流、推移三種，前二種，又依原音是否保存再細分爲兩個小類：即原音保存者謂之「孳生型分化」、原音消失者謂之「支離型分化」；原音保存者謂之「匯入型合流」、原音消失者「聚合型合流」。

　　至於推移，我們也依原音是否變化分為列車鍊移、追撞鍊移，原音帶著其他的音位推移的叫做「列車鍊移」；原音不變，和追來的音位混同者謂之「追撞鍊移」；如果音變列車的鍊頭，推移的結果變成了鍊尾的音，這樣首尾相接的衍化類型謂之「循環鍊移」。

　　循環鍊移至少要三個音位參與才可能，如果只有兩個音位參與變化，那就變成「對調」，本文論證對調只是歷史發展過程中的偶然「現象」，不能視為一種音韻衍化「過程」（diachronically phonological process）。但是如果不管規律運作的可能性，純粹從表面現象來看，則「對調」也不妨看成一種音系衍化類型。

　　事實上本文所討論的音系衍化也只不過是從表面現象來作分類而已，上述八種音系衍化類型只是音系衍化的八個音變模式，不管音變的中間過程如何，只看衍化的結果。一個衍化模式的完成往往中間過程相當曲折，有時是經過幾百年的衍化，不是一時間完成的，這些細節問題都不在本文中深究。

　　至於實際的衍化過程是否如本文所論，也不是重點，本文只是舉例性質，如果證明實際衍化過程非如本文所論，不妨改用其他例子。

參考文獻

以下著者中文依 TLPA 順序，外文依英文字母順序排序

洪惟仁

1985　《台灣河佬話聲調研究》台北・自立晚報。

1995　〈廈門音開合對調（flip-flop）的歷史原因〉曹逢甫・蔡美慧編《第一屆台灣語言國際研討會論文選集》pp.407-418，文鶴

出版公司。

1996a　《台灣話音韻入門——附台灣十五音字母》台北・國立復興劇藝實驗學校。

1996b　《『彙音妙悟』與古代泉州音》台北・國立中央圖書館台灣分館。

廈門大學

1981　《普通話閩南方言詞典》香港・三聯書店。

蔡俊明

1991　《潮州方言詞彙》香港中文大學中國文化研究所吳多泰中國語文中心發行。

王士元

1974　〈語言研究講話〉JCL2.1:1-25。

周長楫

1986　〈福建境內閩方言的分類〉語言研究 1986.2:69-84。

1993　《廈門方言詞典》南京・江蘇教育出版社。

雲惟利

1987　《海南方言》澳門・東亞大學出版。

龔煌城、洪惟仁

1989　〈台灣北部閩南語方言調查研究報告〉行政院國科會「台灣地區漢語方言調查研究計畫」報告。

1992　〈台灣中北部閩南語方言調查研究報告〉行政院國科會「台灣地區漢語方言調查研究計畫」報告。

1993　〈台灣中部閩南語方言調查研究報告〉行政院國科會「台灣地區漢語方言調查研究計畫」報告。

1994 〈台灣南部閩南語方言調查研究報告〉高雄縣部份，行政院國科會「台灣地區漢語方言調查研究計畫」報告。

1996 〈台灣南部閩南語方言調查研究報告〉行政院國科會「台灣地區漢語方言調查研究計畫」報告。

1997 〈台灣東部閩南語方言調查研究報告〉東部及屏東、澎湖部份，行政院國科會「台灣地區漢語方言調查研究計畫」報告。

李賦寧

1991 《英語史》北京：商務印書館。

李壬癸

1975 〈語音變化的各種學說述評〉《幼獅月刊》44:23-29。

李如龍、陳章太

1991.3 《閩語研究》北京：語文出版社。

廖綸璣

18xx 《拍掌知音》刊年未詳，久佚，1979 年 5 月「方言」2:143-154刊載。收入《閩南語經典辭書彙編》第二冊。

林連通

1993 《泉州市方言志》福建省泉州市地方志編纂委員會出版。

藍清漢

1980 《中國語宜蘭方言語彙集》東京：アジア・アフリカ言語文化研究所。

黃　謙

1800 《彙音妙悟》洪惟仁編《閩南語經典辭書彙編》（1993）第一冊。

謝秀嵐

1818　《彙集雅俗通十五音》版本甚多，筆者所見有會文堂本、慶芳書局影印本，俱不知刊年。收入《閩南語經典辭書彙編》第二冊。

陳鴻邁

1996　《海口方言詞典》南京：江蘇教育出版社。

董忠司

1992　〈台南方言中的 ə〉《第二屆閩方言學術研討會論文集》廣州：暨南大學出版社。

董同龢

1959　〈四個閩南方言〉台北：史語所集刊 30 本。

鄭良偉、鄭謝淑娟

1982　《台灣福建話的語音結交及標音法》（三版）台北：台灣學生書局。

張光宇

1988　《切韻與方言》台北：台灣商務印書館。

Baugh, Albert C. and Thomas Cable

1993　"A History of the English" 4th edition New Jersey : Prentice-Hall.

Bloomfield, Leonard

1962　"Language" New York : Holt, Rinehart and Winston.

Douglas, Carstairs（杜嘉德）

1873　"Chinese-English dictionary of the vernacular or spoken language of Amoy, with the principal variation of Chang-Chew & Chin-Chew dialects" 倫敦・Glasgow 出版。俗名《廈英大辭典》

台北古亭書局複印。收入《閩南語經典辭書彙編》第三冊。

Ding, Pang-hsin

　　1982　"Some Aspects of Tonal Development in Chinese Dialects" BIHP 53.4: 629-644.

Hashimoto, Mantaro J.

　　1982　"The So-called 'Original' and 'Change' Tones in Fukienese" BIHP 53.4: 645-659.

Jakobson, Roman

　　1990　"Principles of Historical Phonology" in Waugh and Monville-Burston (eds.) "On Language" Mass. Cambridge Massy: Harvard University Press.

Karlgren, B.

　　1915-1926　"Etudes sur la Phonologie Chinoise" 趙元任、羅常培、李方桂合譯《中國音韻學研究》1940 商務印書館出版。

Lehmann, Winfred P.

　　1955　"Proto-Indo-European Phonology" Austin, The University of Texas Press and Linguistic Society of America.

Martinet, André

　　1952　"Function, Structure, and Sound Change" Word 8.1:1-32.

Medhurst, Walter Henry（麥都思）

　　1837　"Dictionary of the Hok-keen Dialect of the Chinese Language, According to the Reading and Colloquial Idioms"《福建方言字典》Honorable East India Company's Press, Maccao, China.收入《閩南語經典辭書彙編》第三冊。

Solnit, David B.

　　1982　"Linguistic Contact in Ancient South China: the Case of Hainan, Be, and Vietnamese" Proceedings of the Annual Meeting, Berkeley Linguistics Society.

William S.Y. Wang（王士元）

　　1869　"Competing Changes as a Cause of Residue" Language 45.1:9-25.

宜蘭方言的語音變化

鄭 縈*

壹、前 言

　　宜蘭方言屬閩南語的漳州系統，最主要的特色是「光、卵、問」等字讀爲ũĩ。目前所知，研究宜蘭方言的文獻並不多，其中以藍（1980）的《中國語宜蘭方言語彙集》最爲完整。董（1991）則是整理宜蘭與台北市、台南市、鹿港的音系，並加以比較，其中宜蘭部份也是以藍（1980）爲基礎。1994 年，我們到宜蘭縣的茅埔圍和大溪仁澤社區進行語音調查❶，發現到茅埔圍或仁澤的語音也都具備這個宜蘭腔的特點，但二地的語音系統和藍（1980）的記錄並不一致。

　　傳統調查方言的語音或詞彙的方法，通常是研究者依據字表找一位適當的發音人逐條詢問，這種方法的優點是研究者在極短時間內，可以掌握調查地點的音韻體系或基本詞彙，因此我們把這種傳統調查方式視爲進行方言研究的基礎工作。但是這種調查方法建立於下面的

---

*　　靜宜大學中文系

❶　　這是中央研究院民族學研究所暑期人類學田野工作教室規劃的實習課程。

基本假設上：將語言視爲一種靜態的活動，因此一位不曾遷移或接觸其他地區方言的老者的語音較爲純淨或保守，可以做爲典型的發音人；而一二位所謂的典型發音人，即可代表整個語言社群（可指方言或語言）。《宜蘭語彙集》一書應當也是基於上述的假設，根據某個地點的少數發音人所得的語音材料，稱之爲「宜蘭方言」。然而，筆者在此次的調查，改用人類學的參與觀察法來進行調查，即藉由參與當地的日常生活，觀察並記錄居民在自然情形下進行的語言活動。因爲沒有尋找特定的對象，所接觸的發音人包括各個年齡層，不同性別，從事各種職業的人等等。採訪的方式亦因時制宜，或逐字詢問並正式錄音，或以筆記錄臨時的談話，加上兩個地區的對照。結果發現整個語言社群內可能因地區性、年齡或其他因素形成的內部差異，以及變異對語言可能產生結構性的影響（徐 1987）。因此就以此次的田野經驗，重新思考上述假設的合理性。

首先就地點的選擇而言，仁澤和茅埔圍分別爲宜蘭蘭陽溪北、南之小聚落，茅埔圍爲靠山的農村，而仁澤則是靠海之漁村。兩地雖然都使用宜蘭腔的閩南語，但語音特點出現不同時，我們依據什麼條件決定何者可以代表「宜蘭方言」？目前我們只能說，兩地或藍（1980）的語音都是宜蘭方言的一部份，但不能代表整個方言。其次，從語言環境來考慮，仁澤和茅埔圍都屬郊區，卻非與世隔絕：前者是漁港，平日是魚貨交易中心，假日則有遊客絡繹不絕，後者雖是農村，中低年齡層多因結婚、求學、就業而移出，高年齡層若未隨著移居，也是兩地來往。其實今日臺灣因交通方便，郊區和城市的分別不大，縱使有心遠離塵囂，隱居山林，除非能摒棄電視、收音機、電話等現代科技文明，否則封閉的語言環境是不存在的。再則，「典型的發音人」

只是一種理想，儘管這位發音人本身不曾遷移或接觸其他方言，但是在他學習或使用語言的過程中，所接觸的對象如家庭中成員，或遊戲的同伴、同學或同事等都可能使用或接觸到其他方言。因此只要發音人不是處於封閉的語言環境中，直接或間接都可能受到影響。此外，一個語言社群的組成份子的來源可能十分複雜，因此僅以一二人的語音系統代表整個語言社群有失偏頗，何況這種「典型的發音人」在整個團體中所佔比例若是極少數，其代表性也值得存疑。語言是動態的活動，我們必須透過各種對象及變異現象的研究，才能對茅埔圍、仁澤或整個宜蘭方言，有較完整的認識。

本文架構如下：第一節簡單介紹本文的研究動機及方法；第二節將分別介紹藍（1980）、仁澤和茅埔圍語音特點的異同。第三節描述了茅埔圍和仁澤的語音系統正在進行的幾種變化，並提出規律加以解釋。第四節是結語。

貳、宜蘭方言的語音特點

藍（1980）的語音系統含有 15 個聲母、80 個韻母及 7 個單字調，仁澤社區和茅埔圍的的語音系統和藍大致相同,只有韻母個數有出入。仁澤社區的韻母個數從 79 至 83 個不等（參鄭 1995）；大體而言，年齡層愈高者愈保守，韻母個數越少，也越具地方特色，因此以下討論以 79 個韻母爲代表。茅埔圍則有 84 個韻母（參鄭 1995）。本節將描述藍（1980）、仁澤社區（簡稱「仁」）與茅埔圍（簡稱「茅」）三者語音特點的異同。

一、藍（1980）、仁與茅語音特點的共同點

　　一般常稱宜蘭方言是保守的漳州腔，對照周（1986）爲福建境內閩南方言分類所列字表（以漳州市爲代表），藍（1980）、仁與茅三者確屬漳州系統。下面我們列出部分例字讀音，並與泉州系統做一對照，以宜（蘭）代表藍（1980）、仁與茅三者：

	宜	漳	泉
雞	ke	ke	kue
皮	p'ue	p'ue	p'ɣ/e
根	kin	kin	kɣn/kun
生	sĩ	sĩ	sĩ
光	kũĩ	kũĩ	kũĩ
羊	iaŋ	iaŋ	ioŋ
	ĩũ/iŋ	ĩõ/ĩũ	ĩũ

「雞、梳、鞋」等在茅埔圍或漳州市皆讀爲 e 韻，而泉州系統則爲 ue 韻。「皮、吹、被、和（尙）」等字宜蘭白讀爲 ue 韻，而泉州系統則是 ɣ 或 e❷。宜蘭的「根、巾、恩、銀」等字韻母讀同「眞、新」（in），但泉州系統則爲 ɣn 或與「君、純」類（un）相混。「生、青、井」宜蘭讀爲 ẽ 韻，與「天、年、甜」ĩ 韻有別，而泉州系統不分別 ĩ、ẽ，

---

❷　ɣ 與 e/ɛ 兩種形式之關係可參考洪（1995）。目前台灣泉州系統中少數地區如鹿港還保存 ɣ 形式（樋 1988），其他地區多變爲 e/ɛ。

皆讀為 ĩ 韻。

「光、黃、飯、卵、門、問」宜蘭讀為 ũĩ 韻，和福建多數漳州系統一樣，而泉州系統則為 ŋ 韻。台灣西部的漳州系統如台南也變為 ŋ 韻（王 1987），只有宜蘭保存「光」類字讀 ũĩ，故被視為台灣最保守的漳州腔。再則茅「羊、章、相」的文讀為 iaŋ 韻、白讀為 ĩũ，文讀與泉州系統的 ioŋ 不同，而白讀相同。台南方言「羊」韻字文讀 ioŋ、iaŋ 並存，如「香、掌、鄉」皆有 iaŋ、ioŋ 二種文讀，其他字如「章、獎、享」等則為 ioŋ 韻而非 iaŋ 韻，顯示 ioŋ 韻有取代 iaŋ 韻之趨勢。台灣泉州系統中「羊」韻字也有 ioŋ、iaŋ 並存的現象，如「漳（州）」、「享（受）」即讀 iaŋ 韻而非 ioŋ 韻，其他例字則以 ioŋ 韻為主，這正是「漳泉濫」（漳、泉混合）之一例。藍和仁「羊、章、相」也有兩讀：ĩũ 和 iŋ，後者將於下一節討論。茅「羊」韻文讀以 iaŋ 為主，台南以 ioŋ 居多，加上「光」韻白讀茅埔圍為 ũĩ 而台南變同泉州系統的 ŋ 韻，顯示台南方言受到泉州系統影響，使其語音系統產生變化。另一方面宜蘭羊韻的白讀和泉州系統同為 ĩũ 韻，漳州市、台南方言卻是 ĩõ 韻；比較福建漳州系統中 ĩũ、ĩõ 居半，茅埔圍居民祖籍多半為南靖、平和，二地羊韻白讀正好為 ĩũ，因此茅埔圍羊韻白讀 ĩũ 可能是移民帶來，而非到了台灣之後與泉州系統接觸所致，不同於台南方言「羊」韻字文讀的發展。

二、藍（1980）、仁與茅的差異

藍（1980）韻母系統比茅埔圍少了 iaŋ/k 和 ioŋ/k 四個，而仁澤則視年齡層而定：年齡層低者若借入 iaŋ/k 和 ioŋ/k 四個讀音，其韻母個數就有 83 個。下面分別舉例說明。

	藍	仁	茅
相	siŋ	siŋ/siaŋ	siaŋ
	sĩũ	sĩũ	sĩũ
中	tiŋ	tiŋ	tioŋ

「相、章、羊」等字都有兩讀，ĩũ 形式同於茅埔圍，另一讀 iŋ 則與茅埔圍的 iaŋ 不同。除了藍（1980）記錄的宜蘭方言外，福建地區也只看到漳平（張 1992）和大田（陳 1991）有類似現象。此外「中、重、恭」等字仁澤亦讀爲 iŋ，而非 ioŋ。換言之，仁澤之韻母體系並無 iaŋ、ioŋ 二韻，其 iŋ 韻涵蓋茅埔圍 iŋ、iaŋ、ioŋ 三個韻類❸；依此類推，仁澤入聲韻 ik 所含之字亦爲茅埔圍 ik、iak 和 iok 之總和。

茅埔圍的「相」、「龍」、「生」三者文讀音分別爲 iaŋ、ioŋ、iŋ，藍（1980）皆記爲 iŋ 韻❹，即其韻母體系中並無 iaŋ、ioŋ 二韻。茅埔圍的「相、掌、享」等字皆讀爲 iaŋ 並無 iŋ 一讀；「龍」、「種」、「用」等字 ioŋ、iŋ 二讀並存，多數字（如「中、（嚴）重、恭」等）只有 ioŋ 一讀，因此我們把 iaŋ、ioŋ 加入茅埔圍的韻母體系。另外，入聲韻 iak、iok 的情形也是如此。藍（1980:48）認爲「宜蘭」的 ioq ❺、iok 二韻是借自台北方言，在茅埔圍恐怕不盡然。因爲「龍」類字

---

❸ 桃園大溪、南投的名間、集集，及台中太平部份地區的「相」類和「中」類字也都讀 iŋ 和仁澤相同（洪 1992:73）。

❹ 藍（1980）書中記爲 ieŋ（此處 e 表中、央元音）。然而一般討論閩南語的語音時 ieŋ 均記爲 iŋ，爲方便比較本文改爲 iŋ。

❺ 爲了打字方便，以 q 表示喉塞尾。

和「中」類字在藍（1980）記錄的語彙中皆屬 iŋ 韻，而茅埔圍卻是「龍」類字有 ioŋ、iŋ 二讀，「中」類字只有 ioŋ 韻的形式，沒有 iŋ 又讀，這一點和台南或漳州市方言相同。根據我們的統計，王（1987:1355-1367）所列「龍」、「中」等中古歸入通攝三等之例字共 88 個，皆讀 ioŋ，其中有 26 個例字又可讀爲 iŋ。在這 26 個兩讀字之中，約有 15 個是常用字，包括「弓、宮、眾、銃（槍也）、龍、松、重（重複之義）、鐘、舂、胸、腫、湧、種、用」，這些常用字的 ioŋ、iŋ 二讀或是交替使用，或適用於不同語彙，如「有／無路用」之用讀 iŋ 或 ioŋ 皆可；而「松」做樹名時是 tsiŋ，但用於人名時則爲 sioŋ；另外「腫」、「種」、「胸」則以 iŋ 爲常見，日常語彙中不用 ioŋ 的讀音。就整個「龍」和「中」兩類字而言，ioŋ 與 iŋ 競爭，且 ioŋ 佔優勢，台南方言如此，茅埔圍如此，台灣多數地區（不論漳、泉）也是如此，所以「龍」類字 ioŋ、iŋ 並存其來有自，茅埔圍的 ioŋ 韻應當與接觸無關。另一方面，藍（1980）所記「中」類字讀 iŋ 韻，而茅埔圍卻讀 ioŋ 韻，這個差異顯示藍的韻母體系和茅埔圍的韻母體系有區域性差異，因此藍調查之地點應當不是茅埔圍。另外就方法學的意義而言，這種區域性差異的存在提醒我們不能以偏概全，以茅埔圍或藍調查的某一小地區之資料代表整個宜蘭方言。

仁澤還有一個語音特點不見於茅埔圍及藍（1980）所記的宜蘭方言：

	藍	仁	茅
好	ho	hO	ho

「好」字讀同「虎」字，即仁澤的韻母體系沒有 o 韻，因而其韻母總數較藍（1980）所列少一個。o 與 O 語音特徵相似，皆為後圓唇非高元音，合併確實有其語音條件，然而仁澤 o 韻併入 O 韻也有結構上的壓力。今天台灣漳州系統的元音結構中，前元音部分只有高（i）、中（e）❻，然而後元音部份卻有高（u）、中高（o）和中低（O ❼）的對立，但是在福建的漳州區卻有多處分別前元音 e、ε（周 1986）。以漳州市方言為例（林 1992），「鞋、底、螺、洗」韻母為 e，與「正、茶、家、牙」的ε有區別，即前元音有 e、ε 對立，與後元音 o、O 對立十分對稱。我們把漳州市（上引文）、茅埔圍和仁澤三地之元音結構做一比較，正好代表元音結構簡化的三個階段：

漳		藍、茅		仁	
i	u	i	u	i	u
e	o		o		
ε	O	ε	O	ε	O
	a		a		a

在漳州市中、前元音為三階對立（i-e-ε），後元音亦然（u-o-O），到了台灣的漳州系統並未見到類似之結構，多數和茅埔圍一樣，處於 e、ε 合併的第二個階段，因前中元音 e、ε合併，後中元音 o、O 卻保持對立，造成結構上不對稱，這種不對稱的壓力也可能是仁澤 o 併入 O

---

❻　實際音值為 ε。

❼　此處以 o 和 O 分別表示後、圓唇元音裡中高和中低的對立。

的原因之一。

三、小　結

我們從以上的討論可以看出，單單仁澤、藍（1980）的材料或茅埔圍的語音是否能代表整個宜蘭方言，在方法學上頗成問題。今天茅埔圍和仁澤都在宜蘭境內，造成兩地韻母體系差異卻相當大的因素，可能是歷史的，也可能與接觸有關，如最初移民茅埔圍和仁澤的來源並不相同，因此發展有所不同；或者二地移民主要來源或許相同，但與不同語言社群接觸，語音體系經混合、競爭等過程，逐漸形成新的特點。漳州人在二、三百年前從福建移民到宜蘭，逐步發展而形成今天的茅埔圍和仁澤方言，其中種種過程如今已無法確實瞭解。可是透過共時的觀察，我們可間接瞭解或推測方言的形成、發展或演變。

參、語音變化與規律

茅埔圍和仁澤的語音系統正在進行兩種變化，一是有 ũĩ 韻字出現 un 的變讀，目前所見限於「轉、傳、斷、卷」等少數例子，而「回頭演變」可以用來解釋這種變化；二是不少第 6 調字變爲第 4 調，如「賊」原是第 6 調，現在讀同第 4 調「漆」。這兩種變化並未改變其語音結構，有些語音變化較劇烈，使得方言喪失其原有特色。另外，在前節介紹仁澤韻母體系時，提及此地韻母個數在不同年齡層略有出入，主要是指「中、恭」和「相、羊」兩類字，低年齡層傾向以 iaŋ/k、ioŋ/k 取代原來 iŋ/k 的讀音。這種語音的取代，一則增加韻母的個數，改變了仁澤的韻母體系，一則意味著仁澤的區域性特點的消失。

一、聲調的合併

藍（1980）書中介紹聲調時，列出 7 個單字調❽，但他的語料卻顯示有部份中古為陽入字（即第 7 調字）現在併入其他調類，如「著」tioq 11、「樂」lok11、「熱」zua33 等。「認 m 著」（認錯）、「擋著」（截住）之「著」tioq 仍保留其喉塞尾，卻變成第 6 調不再屬於第 7 調。而「熱」字本來帶有喉塞尾（q），因喉塞尾消失併入第 5 調，類似情形還包括「學」、「窄」等。第 7 調的字併入第 6 調的現象在茅埔圍和仁澤更為明顯，不少第 7 調字改讀為第 6 調，如「賊、墨、（補）習」等字。雖然第 7 調字改讀其他調類這種變化尚未完成，所以第 7 調仍需保留。不過我們相信若無外力干擾的情況下（如藉由母語教育強制區別），相信不需太久，兩地的單字調就可從 7 個減為 6個。因為這個語音變化和前一節所述的情形不同，ũĩ 韻類中只有少數字如「轉」、「傳」、「斷」等有 un 的又讀，且兩讀同時並存；第 7調字改讀其他調類時，本調已不存，加上這種改讀的情形十分普遍，調類的合併是可以預期的。

值得注意的是，雖然有不少第 7 調字改讀第 6 調，這是就單字調而言，亦即這些併入第 6 調者是在詞末（如「做賊」的賊）或單詞（「賊」）時才發生合併現象，若在詞首或詞中，如「著賊偷（遭小偷）」或「賊仔」之賊，其變調與第 6 調的變調仍有分別。下面以「漆、賊」為例：

---

❽ 藍（1980:41）所列 7 個單字調及調值分別為：第 1 調 55、第 2 調 23、第 3 調 43、第 4 調 21、第 5 調 33、第 6 調 11、第 7 調 55，其中第 6 和 7 調為促音。

漆　ts'at 11　→　ts'at 55 + 壁　　（油漆牆壁）

賊　ts'at 11　→　著 + ts'at 11 + 偷　　（遭小偷）

「賊」單獨出現時讀為第 6 調，和「漆」讀音完全相同；但二字在詞首或詞中時會產生變調時，此時「漆」讀成第 7 調，「賊」仍保持第 6 調。換言之，「漆」和「賊」二字已經相混，只有在變調時聲調才有區別❾。

二、ũĩ 韻的變化

「光、黃、飯、卵、門、問」等字讀 ũĩ 是宜蘭最具代表性的語音特點，其他地區則讀 ŋ，王（1987）認為此類讀音的最初形式為 ũĩ，合併為 ỹ，之後鼻化韻轉化為音節性的舌根鼻音（ŋ）：

ũĩ ＞ ỹ ＞ eŋ ❿ ＞ ŋ

就語音而言，這是一種可能的變化方式，其中由鼻化韻（ỹ）轉化為舌根鼻音雖然少見，但並非不可能。閩南語口語也有少數例子，以「摸」字為例，讀 mŋ 或 boŋ 因地而異，「摸」字本無舌根音尾（ŋ），boŋ 一讀當是鼻化韻（mO）中鼻音增強而成；有的地區「墓」字在「掃墓」一詞讀 bO，而「墓仔埔」（墓地）卻是 boŋ，後者與「摸」字讀 boŋ

---

❾　據我們所知，台中的原第 7 調字也已併入第 6 調，但變調時二者仍有別，和此處情形相似。

❿　王（1987）原將出現於 i 和 ŋ 之間的中、央元音 e 記做上標，本文改為 ieŋ。

同出一源。「牛乳」之「乳」字的變化更是引人注意。目前所見就有
nĩ，lin，liŋ 三種讀法，顯然後二者的鼻音尾是由鼻化韻（ĩ）而來，
但不同地區選擇了不同鼻音尾，因此有 in，iŋ 兩種韻母❶。由此可知，
「光」類字從 ũĩ 變爲 ŋ 十分可行。然而茅埔圍和仁澤 ũĩ 韻的又讀卻
是 un，則提供另一種可能的演變方式，因 ĩ 的語音特徵是[前、高、
鼻音]，而 n 是[舌尖(前)、鼻音]，發音部位及方法相近。

　　就目前所收語料來看，茅埔圍或仁澤將 ũĩ 又讀爲 un 者，僅「轉」、
「傳」、「斷」、「（小）卷」等例子，其他「光、黃、門、問」未
見有此變讀；且這些例子中 ũĩ 與 un 是並存關係，而非取代關係，即
同一詞彙時而讀 ũĩ 時而讀 un。由此可見，語音變化的進行並非一蹴
可幾的，往往是新舊讀音並存，互相競爭，接受時間的考驗，這一點
是詞彙擴散理論異於傳統歷史語言學派的一個重要觀點（參 Wang
1969，Chen、Wang 1975）。不過就我們對宜蘭市區初步瞭解，「光、
黃、飯、卵、門、問」讀爲 ŋ 而非 un，這一點和臺灣西部的漳州系統
相同，顯然「光、黃、飯、卵、門、問」等字讀 ŋ 的優勢語音已經入
侵宜蘭市，茅埔圍或仁澤是否能夠倖免，有待時間的考驗。

　　聲調的合併和 ũĩ 韻出現 un 的變讀，這兩種語音變化有其語音條
件，應是內部一種自然的演變，雖然目前尚未改變原有體系，但後者
就其演變的趨勢而言，假以時日單字調的總數極可能減少爲 6 個。接
著我們所要討論仁澤部份 iŋ 韻字與 iaŋ、iŋ 之取代關係，可能是接觸
造成的語音變化，與 ũĩ/un 的變讀或聲調的合併類型不同。

---

❶　就目前接觸過的發音人中，台南縣讀 ɲi 屏東讀 liŋ（實際音值爲 lieŋ），筆者所在
　　之新竹爲 lin。

三、iaŋ/k、ioŋ/k 取代 iŋ/k

藍（1980）和仁澤的 iŋ 韻可分成三類，與茅埔圍的對應關係如下：

	藍、仁	茅
清、丁	iŋ	iŋ
中、恭	iŋ	ioŋ
相、羊	iŋ	iaŋ

「清、丁」類在藍、仁和茅皆讀 iŋ，然而藍、仁的「中、恭」和「相、羊」兩類字卻讀爲 iŋ，分別對應茅埔圍的 ioŋ 和 iaŋ。

茅埔圍的「龍」、「用」、「鐘」等字有 ioŋ、iŋ 二讀，前者是文讀而後者是白讀。閩南語文讀一般是借自官話系統，因台灣及福建各地閩南語此類字皆有 ioŋ 一讀，顯然這個文讀借入時間相當早，與白讀 iŋ 競爭的結果，「中、恭」類字的白讀被文讀所取代，因此茅埔圍的「中」類字只有文讀（ioŋ 韻）。仁及藍的材料不知何故獨能倖免，至今「中」類字在口語能保存白讀 iŋ 一讀，因此韻母個數較茅埔圍略少。然而語言是一開放系統，與其他語言社群接觸過程中，不免吸收外來成份，因而藍雖未將 ioŋ 計入其韻母體系，仍須交待其韻母體系借入 ioŋ 的事實（藍 1980:40）。在仁澤較低年齡層者的「中」類字出現 ioŋ 讀凌駕 iŋ 讀之上的現象❷。雖然我們不知歷史上「龍」、「中」的 ioŋ 如何進入閩南語、與 iŋ 讀競爭，但是現在仁澤不同年齡

---

❷　入聲字的發展也是如此，「陸、局」等字年齡偏高者讀 ik，而低年齡層者讀 iok。

層間 ioŋ 讀與 iŋ 讀分布及頻率的不同，有助於我們瞭解歷史上曾經發生的變化。

　　「相、羊」類字讀 iŋ 在整個閩南語十分少見，只有漳平（張振興 1992）和大田（陳 1991）發現類似現象。張（1990）認爲漳平 iŋ 是由 ĩũ 變來，因爲漳平「相、羊」文白讀分別爲 iaŋ 和 iŋ，其韻母體系並無 ĩõ 或 ĩũ⓭，從次方言間比較來看，漳平的 iŋ 韻字對應其他點的 ĩõ 或 ĩũ，因此擬出以語音變化的規律如下：

$$\tilde{\imath}\tilde{o} > \tilde{\imath}\tilde{u} > i\eta$$

即 ĩõ 元音升高爲 ĩũ 後，鼻化音增強形成新的鼻音尾-ŋ。

　　仁澤、漳平和大田三地「相、羊」讀 iŋ 是同出一源，或是各自偶然發生相同的語音變化，目前並不清楚，在大田方言和張振興記錄的漳平方言可以說這個音變已經完成，即 ĩũ（或 ĩõ）已全部變爲 iŋ，但仁澤變化的速度較慢，故 ĩũ、iŋ 並存。以仁澤爲例，其口語中「（斷）掌」、「讓」、「（工）場」、「張（姓）」皆讀 ĩũ，而「（倔）強」、「（一）向」、「（中）央」則爲 iŋ。仁澤「相、羊」類除了 ĩũ、iŋ、iaŋ 三種讀音，現在又逐漸借入 ioŋ 一讀，「氣象局」之「象」或「相當」之「相」在同一個人出現 iŋ 和 ioŋ 兩種韻母。雖然「相」類字讀 ioŋ 的目前尚少，但年齡愈低者有增加的趨勢，是否步上台南方言（漳

⓭　然而漳平的牆字在周（1986）所列語料中卻讀 ĩũ，意味著其韻母體系仍保留此韻母，而張（1992）的材料中 ĩũ 已全部變爲 iŋ，可能二人所調查地點或發音人不同；換言之，這意味著漳平一地可能有次方言出現。

州腔、但「相」類字多讀 ioŋ）的後塵，有待觀察。藍的語料也是 ĩũ、
iŋ 並存，但它和仁澤卻有一點不同，仁澤除了 ĩũ 及 iŋ 兩種白讀外，
也出現文讀 iaŋ，即「相、上」等字的韻母有 ĩũ、iŋ 或 iaŋ 三種形式，
而藍所記的韻母體系中並無 iaŋ 韻。將仁澤與漳平、藍的材料做一比
較，正好反映「相」類字演變的不同階段：藍（1980）最保守，ĩũ 未
完全變爲 iŋ，且未引入文讀音 iaŋ。漳平 ĩũ 已全變爲 iŋ，也引入文讀
音 iaŋ ❶；仁澤的情形較複雜，ĩũ 的音變尚未完成，文讀方面不僅引
入 iaŋ 之讀音，還有少數字向泉州腔借入 ioŋ 之讀音。其實現在交通日
益發達，不同語言社群的接觸十分頻繁，藍所記錄的方言是否還能保
持「相」類字不讀 iaŋ 或 ioŋ 的特點，值得做進一步探討。

四、回頭演變

「轉」、「傳」、「斷」、「（小）卷」屬中古山攝字，原來是
舌尖鼻音尾(*-n)，在此方言發展爲元音鼻化，且失去鼻音尾（即 ũĩ）。
如今「轉」等字的鼻音尾又重新出現（un），就韻尾而言，ũĩ 本來不
帶輔音韻尾，鼻音不過是元音附帶的屬性，如今卻獨立成爲輔音尾，
在此稱爲輔音化。「轉」字經過下面兩階段的變化：

「轉」字的兩階段變化
　1.鼻化(*-n→ũĩ)：元音＋鼻音→元音{+鼻音}
　2.輔音化(ũĩ→un)：元音{+鼻音}→元音＋鼻音

---

❶　在張（1992）的漳平材料中，「相」類字中「陽」、「烊（稀爛）」二字亦有 ĩũ
　　一讀。

就鼻化和輔音化來看，這兩個變化的方向正好相反；但就「轉」字而言，可以視爲回頭演變（何 1988：35-37）的一個例子。然而「摸」、「乳」等字的變化和「轉」字不同。因「摸」、「乳」這類字本屬陰聲字，即原來不帶鼻音尾，受鼻聲母同化使得元音帶上鼻音特徵，進而產生輔音化。

前述漳平「相、羊」等字 iŋ 若是由 ĩũ 變來，而這類字在中古時是帶著鼻音韻尾 ŋ，如此和「轉」同樣是回頭演變，即依序進行了鼻化和輔音化的變化。依此類推，藍（1980）或仁澤的 iŋ 韻字也該是回頭演變的一個例子。實際上，藍（1980）或仁澤的 iŋ 韻字又比漳平的情形複雜。以下舉例說之：

	藍	仁	漳平
清、燈	iŋ	iŋ	in
中、恭	iŋ	iŋ、ioŋ	ioŋ
相、羊	iŋ	iŋ、iaŋ	iaŋ
	sĩũ	sĩũ	iŋ

因漳平的韻母體系並無 ĩõ 或 ĩũ 韻，同時此方言的 ĩũ 在輔音化成爲 iŋ 之前，其他 iŋ 韻字（如清、燈等字中古屬於曾、梗攝的三、四等）早已先變成 in 韻字。換言之，漳平的 iŋ 韻字都來自中古宕攝三等。但藍（1980）或仁澤的 iŋ 韻字則不然，除了中古宕攝三等字外，還包括曾、梗攝的三、四等字（如清、燈等字）和通攝的三等字（如中、恭等）。若僅考慮「中、恭」或「相、羊」兩類字，我們發現藍（1980）和仁澤的 iŋ 是對應漳平的 iaŋ，而非 ĩũ；如此藍（1980）和仁澤的 iŋ

似乎並非 ĩũ 的輔音化。這一點可以從「楊」字兩讀的分布獲得證實。閩南語的「石」有 sik（文）、tsioq（白）兩讀，做爲姓氏時，通常選擇較保守的讀音；若在名字部份則是文讀。據我們在仁澤的調查，姓「楊」是讀 ĩũ，但出現於名字時讀 iŋ。若我們的推測無誤，藍（1980）和仁澤的 iŋ 應歸入文讀。另外，仁澤可能受到鄰近地區的影響，「相、羊」等字的文讀又增加 iaŋ 音。

　　上述幾種語音變化無論是有語音條件或是接觸引起，音變進行的方式都是透過詞彙逐漸擴散❶，而非一夕之間全部完成，所以在現階段的觀察中，有的是新舊成份互相競爭，甚至同一種變化在不同地區變化的速度也會有所不同。以茅埔圍和藍（1980）、仁澤的「龍、中」類字爲例，ioŋ 與 iŋ 兩種讀音互相競爭，茅埔圍及台灣多數地區的閩南語（不論漳、泉）都是 ioŋ 佔優勢，但藍（1980）或仁澤的高年齡層不僅是「龍、用」類字讀爲 iŋ，連「恭、中」類字亦然。因 ioŋ 爲文讀而 iŋ 爲白讀，一般認爲文讀是外來層，出現時間晚於白讀，因此就「龍、中」類字而言，仁澤的讀音較茅埔圍保守。

肆、結　語

　　宜蘭以其「光、酸、門」讀 ũĩ，在台灣漳州方言系統中獨樹一格，茅埔圍和仁澤分別爲宜蘭縣內南北兩個小聚落，都保存這個讀音，然而兩地語音特點不完全相同，如「相」、「中」二類字茅埔圍爲 iaŋ 與 ioŋ 之別，仁澤皆爲 iŋ；仁澤「虎」、「好」韻母相同，茅埔圍則

---

❶　有關詞彙擴散理論請參考 Wang（1969），Chen、Wang（1975）。

有別等等。根據這些差異可將茅埔圍和仁澤分成兩個不同的次方言。

綜合以上所談茅埔圍和仁澤出現的音變大體可分爲兩種，一種有其語音條件，如茅埔圍和仁澤兩地有少數 ũĩ 韻字（如「轉」、「斷」）又讀 un，ũĩ 與 un 語音相近；或如部份第 7 調字喉塞韻尾脫落、併入第 5 調（如「熱」、「學」），或音高降低、與第 6 調合流。另一種音變則是由接觸引起，不一定有語音條件，以「龍、用」類字爲例，閩南語不知何時逐漸借入 ioŋ 的形式，且有取代 iŋ 的趨勢，這個現象在臺灣的漳州系統中十分普遍，對仁澤而言卻是新的變化。大體而言低年齡層較易接受這個新的韻母，多數高年齡層者尙未將 ioŋ 納入其韻母體系內；「相」類字仁澤也不同於茅埔圍，茅埔圍有 ĩũ、iaŋ 兩種形式，而藍（1980）、仁澤卻是 ĩũ 或 iŋ。或許受到鄰近地區影響，仁澤「相」類字在新興詞彙（如「營養」、「數量」）中讀爲 iaŋ，甚或借入泉州腔的 ioŋ 如「氣象局」。

就音變與語言結構的關係來看，茅埔圍和仁澤 ũĩ 的轉變或聲調的合併，目前尙在萌芽或進行的階段，沒有改變韻母或聲調的體系。若 ũĩ 全變爲 un，則 un 在韻母體系的地位需重新詮釋，同時也失去「宜蘭腔」的特點。另一方面，仁澤「相」或「中」類字逐漸加入 iaŋ 或 ioŋ 的讀音時，iŋ 在韻母體系的地位也產生變化。仁澤之所以特殊，在於早期曾經發生 ĩũ 變爲 iŋ 的音變，及拒絕外來的 ioŋ，如今逐漸吸收 iaŋ（甚或 ioŋ）之外來成份，若持續發展以致於 iŋ、iaŋ、ioŋ 共存，意味著仁澤的區域性特點消失，韻母體系愈來愈接近茅埔圍。

語言活動並非固定不變，可能因時因人而變，茅埔圍和仁澤二地的 ũĩ 韻有少數字出現 un 的變讀，或者第 7 調字併入其他調類，這些變化目前雖然尙未改變其原有語音結構，但後續發展值得觀察。仁澤

的「相」、「中」二類字因接觸而吸收外來成份（ian 和 ioŋ 二個韻母），若仁澤持續這個變化，仁澤的韻母體系趨近於茅埔圍之體系，亦即失去其區域性特點。台灣的閩南語常稱「漳泉濫（混合）」，想必也是因漳、泉密集接觸，逐漸失去各自特色所致。雖然歷史上茅埔圍或仁澤語音特點的形成，並無資料以供瞭解，但是從二地共時的探討，我們可推測方言發展過程中各種的可能性，有助於我們瞭解方言的歷時演變。

參考書目

王育德

　　1987　台灣語音の歷史的研究　東京：第一書房出版。

周長楫

　　1986　福建境內閩南方言的分類　語言研究第 2 期　69-84 頁。

林寶卿

　　1992　漳州方言詞彙　方言　151-160，230-240，310-312 頁。

徐通鏘

　　1987　語言變異的研究和語言研究方法論的轉折　原刊於《語文研究》收入《徐通鏘自選集》河南教育出版社，164-192。

洪惟仁

　　1992　臺灣漢語方言之分佈及諸語言之競爭力分析　《臺灣方言之旅》　67-107。

　　1995　廈門音與漳州音開合口對調（flip-flop）的歷史原因　第一屆臺灣語言國際研討會論文選集，407-418。

陳章太
　　1991　大田縣內的方言　收於陳章太、李如龍合著的《閩語研究》
　　語文出版社　266-304。
董忠司
　　1991　台北市、台南市、鹿港、宜蘭方言音系的整理和比較新竹
　　師院學報　第五期　31-64。
張光宇
　　1990　閩南方言的特殊韻母-iŋ　收於《切韻與方言》　136-145
　　頁。
張振興
　　1992　漳平方言研究　中國社會科學出版社。
通口靖
　　1988　台灣鹿港方言的一些語音特點　收於《現代臺灣話研究論
　　集》　1-15頁。
藍清漢
　　1980　中國語宜蘭方言語彙集　東京外國語大學亞非語研究所
　　東京。
鄭縈
　　1995　宜蘭茅埔圍與仁澤的語音特點及其差異　未刊稿。
Wang
　　1969　Competing change as a cause of residue. Language 45. 9-25。
Chen,M.Y. and W.S-Y. (Chen、Wang)
　　1975　Sound change:actuation and implementation. Language 51.
　　255-281。

東勢客家話的超陰平聲調變化

張屏生*

壹、前　言

　　從 1996 年 11 月開始，筆者全心投入了臺灣客家話的調查工作，這一段期間的客家話調查主要是集中在南部六堆地區的長治和美濃(四縣腔)。後來又陸續調查了新竹的竹東（海陸腔）、苗栗的頭份（四縣腔）、新竹芎林的紙寮窩（饒平腔）、以及台中的東勢（大埔腔）。

　　在臺灣的客家話當中，台中東勢客家話的語音、詞彙和臺灣其他客家話有明顯的差異，這是筆者通過和臺灣其他地區客家話調查比較後所觀察到的現象。目前臺灣客家話的調查語料，主要還是偏重於以個別字音的描寫比較為主，但是有方言調查經驗的人都瞭解，很多重要的語音現象卻是隱藏在詞彙當中，如果沒有大量的詞彙收集調查，我們是無法掌握一些特殊的語音變化內容。東勢客家話和臺灣其他客家話的語音差異除了反映在聲母和韻母的不同對應之外，更值得注意的是聲調的變化。在董忠司（1994）一文中對東勢客家話的語音系統

＊　國立屏東師範學院語文教育學系

有概略的描述，裏面提到東勢客家話有三個增變調❶（筆者按：在主聲調系統中未曾出現的調位），但是對於這三個"增變調"，並沒有作詳細的討論。經由詞彙的歸納整理，我們發現東勢客家話和臺灣其他客家話在詞彙上最大的差異就是沒有"小稱詞"❷；有趣的是這三個增變調其中的"超陰平"出現在兩個語境當中，其中之一正是"仔尾"和詞根音節合併之後所產生的連結現象。本文對於東勢客家話的聲母、韻母只作一般性的介紹，而把重點放在"超陰平"這個增變調產生的說明。

本文使用的語料是筆者在 1997 年 8 月到東勢從事方言調查所得，主要的發音合作人是徐登志、劉聰女、林滿嬌、潘煥奎。寫作過程中曾和洪惟仁、董忠司、姚榮松、羅肇錦、詹滿福、徐登志幾位先生討論，在此向他們表示深忱的感謝。本文除了在個別地方爲了描述音值

---

❶ 董忠司（1994）對"增變調"的解釋「是多出於傳統基本調，以及在變調中多出來的聲調」，這和筆者的看法並不一致。

❷ 關於"仔尾詞"洪惟仁先生認爲是用"小稱詞"的名稱比較確當，原來筆者認爲這個後綴的詞尾，在客家話的語義系統當中並不是只具備有小的意義而已，稱作"小稱詞"不一定合適。目前在客家方言研究的文獻當中，並沒有統一的寫法；楊時逢（1957）、羅肇錦（1990）、何耿鏞（1993）、羅美珍和鄧曉華（1995）、鍾榮富（1997）用"子"；橋本萬太郎（1972）用"兒"；菅向榮（1953）、中原週刊社客家文化學術研究會（1992）用"仔"；筆者是考量和臺灣閩南話的"仔尾詞"取得一致，所以仍然沿用了筆者調查閩南語的習慣，而把它稱爲"仔尾詞"。在筆者調查整理東勢客家話的詞彙之後，只有"歌仔戲"kua33 a55 hi53、"矮仔爺"e55 a55 jia13（廟會迎神中的八爺）這兩個詞彙有用到"仔"，不過從音讀來判斷，這兩個詞彙應該是從閩南語借過來的，所以東勢客家話從表面來看，是沒有"仔尾詞"的。

而使用國際音標之外，其餘部分是遵循董忠司（1994）的建議，並作少許的修改。聲調部分是以數字標示調值，"-"之後是表變調，"\"之後是表示超陰平；例如："雞頦"kie-11 koi\35。

貳、東勢方言的語音特色

東勢客家方言的音系在董忠司（1994）（為方便討論，以下簡稱〈董文〉有初步的歸納和整理，筆者對其中某些觀點提出一些補充意見，如下：

一、聲母方面

〈董文〉沒有 / n̥- / 聲母，但是他曾描述：「ŋ-若後面接 i 則略近舌面 ɲ- ，n-若後面接 i 則讀成 n̥-，n̥-、ɲ-二音常混淆難辨。」這個意見和筆者的觀察是一致的。在臺灣的客家文獻當中雖然 n-、n̥-或者 n-、ɲ-都沒有對立的情況，但是在歸納音位的時候，都有列 / n̥- / ❸，〈董文〉沒有將 / n̥- / 列為聲母是比較特別的，在音位歸納上是合適的。

---

❸ 鍾榮富（1997）用 / ñ / 來表示 [n̥-]，但是他認為事實上 / ñ- / 是 / ŋ-、n- / 和 i 拼合的情況所產生的，所以 / ñ- / 和 / ŋ-、n- / 是呈互補分配的狀態。不過 / n̥- / 的音值大陸和臺灣的文獻，描寫並不相同。袁家驊（1983：149）說：「ŋ-……在齊齒韻前面則一律讀 n-（或 ɲ-），所以把 n- 當作 ŋ- 的音位變體處理。」北京大學中國語言文學系語言學教研室（1989：28）：「聲母 n- 發音部位偏後，實際音值為 ɲ-。」楊時逢（1957：3）說：「n̥- 是舌面鼻音，它發音部位很穩固。」根據筆者調查南部長治、美濃、中部東勢、北部頭份、竹東、紙寮窩、新屋、龍潭等地的客家話，ŋ- 接齊齒韻以唸 [ɲ-] 的情形居多。

但是如果為了方便和其他客家語料做比較，要把／ŋ-／拼齊齒韻的情況寫成／ɲ-／的話，我們可以建議／nj-／作為 TLP 的音標。

東勢客家話還有另外一個在聲母上比較明顯的特徵，請看下列例字：

例字	中古音		東勢	大埔	美濃	長治	頭份	竹東	紙寮窩
氣	止開三未	溪	khi53	khi53	hi55	hi55	hi55	hi11	hi53
起	蟹開三止	溪	khi31	khi31	hi31	hi31	hi31	hi11	hi53
褲	遇合一暮	溪	khu53	khu51	fu55	fu55	fu55	fu11	khu53
糠	宕開一宕	溪	khong33	khong44	hong33	hong13	hong13	hong53	hong11
坑	梗開二庚	溪	khang33	khang44	hang33	khang13	hong13	hang53	khe11
吸	深開三輯	曉	khip5	khip21	hiap5	hip5	hiap5	hiap3	hiap5
窟	臻合一沒	溪	khut3	khut21	fut3	fut3	fut3	fut5	khut3
殼	江開二覺	溪	khok3	khok21	hok3	hok3	hok5	hok5	khok3
客	梗開二陌	溪	khak3	khak21	hok3	hok3	hok5	hok5	khok3
鶴	宕開一鐸	匣	khok5		hok5	hok5	hok5	hok3	khok5 hok5

上述材料除了大埔是參考何耿鏞（1993），其餘是筆者調查的材料。東勢客家話將上述例字都唸成／kh-／，而臺灣其他客家話都唸／h-／或／f-／❹。

---

❹ 何耿鏞（1993：2）列舉了"開、去、客、苦、褲"等例字和梅縣客家話作比較，他認為這些例字的讀音，顯然是廣州話的影響而與大埔話的讀音不同。

二、韻母方面

〈董文〉將舌尖元音 [ɿ] 用 / ii / 來表示，這一個元音在客家話的文獻當中有些學者用 / ɿ /（如楊時逢 1957）、有些用 / ɿ /（如董同龢 1948）；羅肇錦（1989）用 / ɿ /、（1990）用 / ɿ /。但是也有用 / i / 的（如鍾榮富 1997），如果為了「和其他語言的標音取得一致」（見趙元任 1934）的話，可以選用 / i / 來作為音位化的符號❺，用 / ir / 作為 TLP 的音標。另外，〈董文〉中有 / ue / 韻，在筆者所調查歸納的語料中沒有發現，而下面的韻母則是在〈董文〉中沒有收錄到的。

1. 吼 hom53　狗叫聲。
2. 喔 op3　大的青蛙叫聲。
3. 哼 hainn33　呻吟。
4. 咿哦 inn55 onn11　說話不清楚的人。
5. 歪哥 uainn33 ko33　貪汙。
6. 傛霸 ann11 pa51　蠻橫。
7. 姑成 ko33 tsiann11　央求。
8. 幌槓槓 hainn33 kong-11 kong53　盪鞦韆。

在上述的 1、2 例詞，是屬於象聲詞，3、4、5、6、7、8 例詞應

---

❺ 這一個觀點筆者曾和董忠司先生討論，但是他認為閩南話泉州腔所記的 / i /，舌位是會向後移動變成 [ɯ]；但是客家話的 / i / 則是十分穩定的，而且從聲韻拼合的觀點來看，/ ii / 只和 / ts-、tsh-、s- / 三個聲母拼合，閩南話的 / i / 卻是可以和更多的聲母來拼合，所以他仍然沒有鬆動自己的堅持。

該是受閩南話影響所產生的詞彙，所以韻母有鼻化的現象。❻

三、聲調方面

㈠主聲調❼

在主聲調中的陽平調，〈董文〉的描寫是：「陽平調是先低後上揚的聲調，可以寫成 1113:，其起音有時候略高，像是 21113；發音人能夠指出此調類似臺灣閩南語的陽平調（224:）而略低。」根據筆者所調查的語料來看，陽平調作爲例詞後字的時候，唸 11 的比率比 113 多❽；如果是作爲前字，除了在陽平調之前變成 33 外，其餘還是唸 11。後字唸 11 或 113 並沒有辨義作用，可以算是同一個調位❾的無定分音，而且"超陰平"有時也會唸成 13，這樣很容易把陽平調和超陰平搞混❿，造成記音歸類上的困擾。因此筆者建議用 11 來作爲音位化的符號，調值用描寫就可以了。陰去調是 53，但是在沒有變調的語境下也

---

❻　如果要把這些例詞列入韻母系統中，會混亂原有的韻母結構，造成分析上的困難。在客家話的韻母系統當中，是不需要鼻化韻的，所以有一些詞臺灣的閩南話唸鼻化韻，如"鹹"kinn55，而客家話唸 ki11，不鼻化。但是東勢客家話的韻母鼻化的情況顯然要比其他的客家話多。

❼　所謂"主聲調"指的是傳統所謂『四聲』、『八音』的傳統調類而言。（見洪惟仁 1997：62）

❽　筆者認爲這種情況和國語的上聲調在臺灣的唸法相似，除非是特意的強化，臺灣一般人多半把國語的上聲唸成 21，並沒有把升的部分唸得很清楚。

❾　所謂"調位"是在具體語言（或方言）中具有區別作用的調值。（見石鋒 1991）

❿　像"月光包（仔）"ngie-53 kong-11 pau\13、"米糠（仔）"mi31　khong\13，如果再把陽平調定爲 113，在記音分析上會有困難。

有唸 55 的情況。另外〈董文〉將單字調中唸 35 的情況歸爲主聲調的一個調位，並且提到「第九調除了出現在變調以外又出現在單字……，其中後二個字可能是一種附加詞尾的語法手段」，這一個觀點很有啓發性，底下我們會有討論。

(二)連讀變調

東勢客家方言的連讀變調規則如下：（＞之前爲本調，＞之後爲變調）

1. 陰平調　33　＞　35　＿＿＿　31、3、11

陰平調　33　＞　11　＿＿＿　35（只出現在變調的環境當中，請參看三字組變調例子）

陰平變調是反應在兩個相鄰的聲調之間"中調"和"中調、低調"、"升調"有不能並存的異化作用，所以前字要變爲 35 或 11。

2. 陰去調　53　＞　55　＿＿＿　53、3、5

陰去變調從現象上看，不容易看出變調的規律。

3. 陽平調　11　＞　33　＿＿＿　11

陽平變調是反應在兩個相鄰的聲調之間"低調"和"低調"有不能並存的異化作用，所以前字要變爲 33。從陽平調的變調行爲來看，把陽平調定爲 11 是合適的，因爲如果它是一個升調的話，那麼陽平調

碰到 35 這個升調的語境（請參看例子（底下三字組變調例子 d、e），我們就預測它會產生變調行為，但是事實上底下"茅、田"碰到 35 也沒有產生變調 33。所以儘管陽平調的表層調型出現 113 或 11 兩種自由變讀的情況，但是它的深層調型還是屬於低平調 11。

　　東勢客家話的二字組連讀變調例舉如下：

陰平	西 si33	瓜 kua33	車 chhia-35	頂 ten31	花 fa33	荽 tshoi53	親 tshin-35	戚 tshit3
	高 ko-35	雄 hiung11					正 chang33	月 ngiat5
上	等 ten31	車 chhia33	米 mi31	粉 fun31	粄 pan31	粽 tshoi53	酒 tsiu31	窟 khut3
	草 tsho31	魚 ng11					討 tho31	食 shit5
去	荽 tshoi53	瓜 kua33	戽 fu53	斗 teu31	醬 tsiong-55	荽 tshoi53	嘴 choi-55	角 kok3
	荽 tshoi53	頭 theu11					大 thai-55	月 ngiat5
陰入	鴨 ap3	毛 mo33	鴨 ap3	卵 lon31	角 kok3	荽 tshoi53	鴨 ap3	角 kok3
	虱 set3	嫲 ma11					八 pat3	十 ship5
陽平	蘭 lan11	花 fa33	甜 thiam11	粄 pan31	紅 fung11	荽 tshoi53	羊 jiong11	角 kok3
	禾 vo-33	埕 thang11					黃 vong11	盐 tshat5
陽入	立 lip5	多 tung33	白 phak5	米 mi31	白 phet5	露 lu53	蠟 lap5	燭 chuk3
	蝙 phit5	婆 pho11					磟 luk5	碡 chhuk5

以下是三字組的變調情況，△表示觀察變調的情況，"□"表示引起變調的條件。列舉三字組例詞的原因是因爲 35 只出現在變調的語境當中，兩字組的例詞是無法描寫這種現象的。

a. △馬"公"屋　ma-11 kung-35 vuk3　　地名。

b. △私"寄"錢　sir-11 khia-35 tshian11　　私房錢。

c. △山"坑"田　sir-11 khia-35 tshian11　　旱田。

d. 大△茅"埔"　thai53 ma11 pu\35　　地名。

e. 番△田"耕"　fan-35 thian11 kin\35　　地名。

f. △大 "山"嫲　thai53 san-35 ma11

g. △內"地"米　nui-55 thi-55 mi31

㈢**增變調**

〈董文〉中列了 35（超陰平）、44（超去聲）、11（半陽平）三個增變調，如果接受筆者的建議，11 這一個增變調就可以去掉了。超去聲筆者是記成 55，大部分是出現在"去聲字"前字變調的情況下，還有少部分的去聲字；比較有趣的是超陰平 35，超陰平出現的語境有兩個；第一是出現在陰平變調（請參閱二字組連讀變調的例詞），第二是出現在"仔尾詞"的詞根，以下就是要討論第二類 35 超陰平聲調產生的原因。

參、詞尾超陰平現象的解釋

一、詞尾超陰平 35 只出現在陰平調

　　根據筆者所收集的例詞來看，這些超陰平的字都是屬於陰平調❶；請看下面的例詞：

第一類

東勢	頭份		美濃		竹東	
包(仔) pau\35	包 pau13	仔 ue31	包 pau-35	仔 ue53	包 pau53	仔 l55
沙(仔) sa\35	沙 sa-35	仔 e31	沙 sa33		沙 sa53	
星(仔) sen\35	星 sen13	仔 ne31	星 sen-35	仔 ne53	星 siang53	仔 l55

---

❶　詹滿福先生認爲筆者所提出的這些例字都是出現在陰平調，而臺灣客家話四縣腔的陰平調的調型（不是調値）和東勢的這些超陰平的例詞相似，所以他認爲可能是受了四縣腔客家話的影響。發音人東勢國小徐登志老師也提示筆者在東勢也有一部分人是講四縣腔的客家話，所以，她也同意詹滿福所提供的思考方向。不過這個假設如果成立的話，四縣腔客家話的陰去調是高平調 55、陽平調是低平調 11，爲何東勢客家話的陰去調還是唸高降調 53，而陽平調會出現升調 113？另外筆者曾收到兩個例詞"蚊（仔）"mun\35、"蒜（仔）"son\35，原先是認爲不符合規律的例詞，後來歸納語料後，發現"蚊"也有陰平調的唸法；而羅肇錦、詹滿福兩位先生提示筆者"蒜（仔）"，會不會是"酸（仔）"，如果是也符合規律。四縣腔客家話（長治、美濃、頭份）把芒果叫"番蒜"fan-11 son55、竹東叫"酸仔"son53 l55（l 是輔音自成音節）、紙寮窩是叫"酸仔"son11 er53，這樣看起來東勢客家話的"芒果"可以歸成"酸（仔）"。

梳(仔)		梳	仔	梳	仔	梳	仔
sir\35		sir13	e31	sir33	e53	so53	l55
遮(仔)		遮	仔	遮	仔	遮	仔
chia\35		tsia13	e31	tsa-13	ue31	cha53	l55
柑(仔)		柑	仔	柑	仔	柑	仔
kam\35		kam-35	me31	kam-35	me53	kam53	l55
薑(仔)		薑	仔	薑	仔	薑	仔
kiau\13		khieu13	ue31	khieu13	ue31	khiau11	l55

　　從第一類幾個臺灣客家話的比較，我們有理由相信東勢客家話應當是有"仔尾詞"的。接著我們再來觀察下列的例詞：

第二類

(一)			(二)		
牛鞭	ngiu11 pian33	打牛的鞭子。	牛鞭	ngiu11 pian\35	牛的生殖器。
洗身	se31 shin33	洗澡。	洗身	se31 shin\35	游泳。
雞瞋	kie33 koi33	雞的前胃。	雞瞋	kie-11 koi\35	吹牛。
阿姑	a33 ku33	姑媽。	阿姑	a-11 ku\35	丈夫的姊妹。
阿舅	a33 khiu33	舅舅。	阿舅	a-11 khiu\35	妻子的兄弟。

　　第二類的比較特殊，我們發現 1、2 類的詞形雖然相同，但是尾字聲調並不相同，所代表的意義也不相同，在臺灣的閩南方言也有類似這種情況；如下：（底下的例子是蘆洲的閩南話）

（一）

歕雞頹 pun-33 kue-33 kui55　吹
　　　牛。

阿姑　a-33 koo55　　　姑媽。

阿舅　a-33 ku33　　舅舅。

（二）

歕雞頹仔 pun11 kue-33 kui-33 a51
　　　　吹汽球。

小姑仔　sio-55 koo-33 a51　丈夫
　　　　的姊妹。

舅仔　ku-33 a51　妻子的兄弟。

　　我們從東勢客家話和蘆洲閩南話的比較，這兩種方言的構詞手法和所代表的語義是相同的，但是蘆洲的閩南話是屬於"仔尾詞"。

第三類

枝（仔）冰　ki-35　pen33

柑（仔）蜜　kam-35　met5

金（仔）店　kim-35　tiam53

腰（仔）病　jieu-35　phiang53

　　第三類的例詞，如果要根據上述東勢客家話陰平調的變調規則來唸的話，應該要讀成下面的情況：

枝（仔）冰　ki33 pen33

柑（仔）蜜　kam33 met5

金（仔）店　kim33　tiam53

腰（仔）病　jieu33 phiang53

不過上述的例子的前字還是讀成 35 調，這一類的例詞在臺灣其他客家話裏面，詞彙中間都有嵌入一個"仔"字，所以東勢客家話才會有脫軌的變調行為。如果東勢客家話這些詞彙中間有個虛化的"仔"字，那麼唸成 35 調就是符合變調規則的唸法。

二、詞尾超陰平 35 形成的解釋

針對前面仔尾詞的詞根所產生的超陰平例詞多半是名詞，在客家話中，"仔"是重要的構詞方式，但是為何在表面上東勢客家話看不到"仔尾詞"？透過語料的比較，我們認為"仔尾"的音節，是在和詞根音節合併之後被刪除了，但是它的聲調曲線並沒有改變，仍然還殘留在剩下的音段鏈上。於是我們就必須構擬一個"仔"的語音形式，然後來說明這個現象。通過我們的調查，"仔"的語音形式變化很大，如下：

長治	大路關	美濃	頭份	龍潭	竹東	紙寮窩	新屋
e；i	i	e	e	e	l	er	x

"x"是表示可以受前一個音節的音尾（主要元音或韻尾）同化而產生的自由變讀情況。

其中桃園新屋客家話的"仔尾"很特殊，請看下面的例詞：

a. 紙遮仔　chi33 cha53 a55　　油紙傘

b. 搓仔　so11 o55　　刷子

c. 茶杯仔　chha55 pui31 i55

d. 細鋸仔　se11 ki33 i55

e. 簝仔　liau53 u55

f. 籐籃仔　then55　lam53 m55

g. 箆仔　pin11 n55

h. 蟻公仔　nge11 kung53 ng55　螞蟻

i. 大量仔　thai33 liong33 ng55　大的秤

j. 叉仔　tshap3 ber55　叉子

k. 擦仔　tshat3 le55　刨籤的器具

l. 鑊仔　vok3 er55　鍋子

m. 極樂仔　khit3 lok3 o55/er55　陀螺

　　從上面的例子，我們觀察到"仔"的語音形式是受到詞根音尾的同化，而產生音節化的現象。對照新屋客家話"仔尾"的音變模式，我們嘗試將東勢客家話的"仔尾"構擬成一個保存聲調 55，而且不含輔音的虛擬音節，然後和詞根融合成一個新的音節。它的音變過程如下：

基　　　型	構　擬　階　段	完　成　階　段
v 33　+　x55	v33　+　v55	v35

　　但是為何"仔"只能和陰平調連結，而和其他聲調無法產生連結呢？那是因為在音節的融合當中，只能允許升調 35 的調型模式產生，違反這個限制，就無法看出詞根在聲調上的變化。這樣看起來東勢客

家話的"仔尾"在構詞上是要受到音節融合模式的制約的，這一點是東勢客家話和臺灣其他客家話不同的地方。

肆、結　論

一、東勢客家話有"仔尾詞"；這是從幾個臺灣客家話的詞彙比較上所觀察到的現象。

二、東勢客家話"仔尾"出現的語境只能從詞尾唸成超陰平的現象中表現出來。

三、東勢客家話"仔尾"的音變模式是由詞根和仔尾合併，並刪除仔尾的音節，只保留聲調曲線，綴合在詞根的音節上。

四、東勢客家話的"仔尾"構詞是要受到融合的深層模式所制約，所以仔字後綴於陰平調的詞根。

參考文獻

中原週刊社客家文化學術研究會

1992　《客話辭典》。苗栗：臺灣客家中原週刊社，初版。

石　鋒

1994　〈北京話的聲調格局〉，收錄於《語音論叢》，頁 10-19。

石鋒、廖榮蓉，北京：北京語言學院出版社。第 1 版第 1 次印刷。

何耿鏞

1993　《客家方言語法研究》。廈門：廈門大學出版社。第 1 版第 1 次印刷。

洪惟仁

　　1997　《高雄縣閩南語方言》。高雄：高雄縣政府。

張屏生

　　1997A 〈客家話讀音同音字彙的客家話音系——並論客家話記音
　　的若干問題〉，臺灣語言發展學術研討會論文，新竹師院主辦，
　　地點：新竹師院。

　　1997B 〈臺灣客家話調查所發現的一些現象〉，母語教育研討會
　　論文，新竹師院主辦，地點：新竹師院。

董同龢

　　1948　〈華陽涼水井客家話記音〉，《中央研究院歷史語言研究
　　所集刊》十九本，頁 153-165。

董忠司

　　1994　〈東勢客家語音系略述及其音標方案〉，《臺灣客家話論
　　文集》，頁 113-126。曹逢甫、蔡美慧編，臺北：文鶴出版有限
　　公司。

楊時逢

　　1957　《臺灣桃園客家方言》。中央研究院歷史語言研究所單刊
　　甲種之二十二。臺北：中央研究院歷史語言研究所，初版 1957
　　年，1992 影印一版。

趙元任

　　1934　〈音位標音法的多元性〉，《中央研究院歷史語言研究所
　　集刊》第 4 本第 4 分，頁 38-54。中譯本，葉蜚聲譯，伍鐵平校，
　　收錄於《趙元任語言學論文選》，頁 1-43。北京：中國社會科學
　　出版社。

橋本萬太郎

1972 《客家語基礎語彙集》，東京外國語大學，東京：アジア・アフリカ言語文化研究所。

鍾榮富

1995 〈客家話的構詞和音韻的關係〉，《第一屆臺灣語言國際研討會論文集》，頁 155-176。曹逢甫、蔡美慧編，臺北：文鶴出版有限公司。

1996 《高雄縣美濃鎮志·語言誌》。《美濃鎮誌》，頁 1317-1747。美濃：美濃鎮公所。

羅肇錦

1989 《瑞金方言》，臺北：臺灣學生書局。初版。

1990 《臺灣客家話》。臺北：協和文教基金會臺原出版社，第一版第一刷。

羅美珍、鄧曉華

1995 《客家方言》。福建：福建教育出版社。

後記：

　　本文在第十六屆全國聲韻學會（彰化師範大學國文系主辦）上發表，由羅肇錦教授擔任講評人。羅教授對本文提供了幾個值得思考的意見：

1. 對於題目可否改定為〈東勢客家話的超陰平聲調〉，這樣會使論文討論的焦點更集中。

2. 對於調值的審定，同一調型中兩種不同的調值有必要再細分嗎？

3. 如果本身不是說客家話的人去調查客家話會不會因為沒有那種根深

蒂固的語感，而影響到調查的人的記音判斷。

4.可否再廣泛的收集材料到底客家話的陰平調是中平調或是升調。

對於羅老師的指教，筆者非常感謝，並做答覆；如下：

　　關於題目的部分，董忠司老師也曾提示筆者在詞彙的部分，並沒有深入的討論，所以題目這樣訂，可能不太妥適，所以題目筆者先暫時改為〈東勢客家話的超陰平聲調變化〉。關於調值的審定，筆者不全然是依照發音人所發的調值來標示，筆者是經由大量語料的比較，採取一個適於解釋各種聲調變體的系統來作為調位化的符號。記錄語音的時候完全是以筆者能夠感知的情況下來記錄。據筆者和幾位有田野調查實務的人討論，幾乎每一個人都有一套自己審定調值的理由，而且我們很難去說服別人，我們所採取的策略是最好的，所以這一點筆者仍然堅持自己的判斷。對於筆者不是客家人而去調查客家話，會不會因為缺乏對客家話來自於靈魂深處那種不可言喻的語感，而在調查記音有某種程度的漏落的看法，筆者認為這是必然的。但是這種情況也是辯證的，因為我們也許會在一個自己太熟悉的語言環境中而忽略了一些重要的語言現象，如果經由不同調查者的觀察也許可以提供另一個思考方向。最後的問題，短時期之間我們不容易解決這個困惑，將來或許有更多的材料，來闡釋這個現象。

從歷史跟比較的觀點來看客語韻母的動向：以台灣爲例

吳中杰[*]

壹、前　言

　　台灣客語未來的動向（developmental trends，見鄭良偉，1997）相信是大家所關心的話題。想要知道客語的未來，就先要知道它的過去跟現在；想瞭解過去，就得從漢語語言歷史裡去找線索。想知悉現在，就得拿客語跟其他現代漢語方言來作比對，以呈現其位置。同時也要把各地的客語做相互的對照，以顯示其特色。本文擬就韻母方面的現象，來探究台灣的客家語；以時間（歷史）爲縱軸，以空間（跨方言與次方言）爲橫軸，描摹出台灣客語韻母大致的面貌。進而對於台灣客語韻母音變未來的趨勢和走向，窺探出一些端倪來，並且期望對於台灣客語乃至於整個客語系語音演變的宏觀研究，能做出棉薄的貢獻。我們準備從大處著眼，小處著手。冀能運用宏觀的角度，又可以顧慮到細節。本文中，我們將由韻母這個方面加以觀察和討論，並

[*]　國立臺灣師範大學華語文教學研究所

且自歷史/方言的交互關係來看往後台灣客語韻母演變的總動向。

　　鄧曉華（1988）曾用張琨（1985）構擬的切韻音系以及閩西各個客語方言點的比較，顯示了閩西客語的音韻特色和演變的狀況。本文也要使用和鄧文相同的構擬切韻韻母系統，按照攝的分野對各方言點逐一加以檢視。但本文擬將此一企圖，轉移到對台灣客語的觀照；而對台灣客語的來源地：粵東、閩西的客語也一併做比對的參考。所用語料將包含文獻和筆者田野調查的採錄。此外，客語的鄰近方言如閩語、粵語經由互動而對客語產生的影響亦是本文探討的重點之一；亦即跨方言和方言內部的異同比較是同等的重要。本文將呈現台灣客方言內部的不均等發展，以及各方言點所受鄰近方言之不均等影響如何左右了台灣客語韻母的演變過程和現今的面貌。並將對台灣客語韻母未來的動向，提出宏括性的評估。

貳、各攝的演變和動向

一、果攝和假攝

　　果攝歌戈韻（切韻主元音是*α）和假攝麻韻（切韻主元音是*a）一般的漢語方言都有所區別；客語也不例外。這兩個韻部各地的主元音讀法多數有一致性：歌韻字都念-o，麻韻字都是-a。客語歌戈一等讀-o，三等「茄靴」讀-io，這一點各地也都一樣。假攝開二客語讀-a，開三讀-ia，合二唇齒音讀-a，其他聲母字讀-ua。大致都符合切韻系統，只是果假元音對立加大，不但前後有別，高低也區隔開來。

　　然而，閩西清流卻跟其他各地表現殊異：歌麻兩韻都讀 -o 而混

合在一起。非但是客語中的特殊例子，在全漢語裡面也不多見。根據
鄧曉華（1988）的看法，歌麻合流乃是後起的音韻變化，並且以連城
話做佐證。連城話的麻韻字讀-o，歌韻字讀做-u。當麻韻往後往高變
成 -o 時，本來就在後面的歌韻只好更加高化變成-u。因此他推論，清
流話的兩韻合流，應該是歌韻先是後高化成了-o，接著麻韻也後高化
成為-o，這時音變中斷，使得歌韻沒有更進一步地變為-u；所以兩韻
就合流為 -o 了。可惜鄧先生雖然在 1988 年的文章裡，就已經注意到
了清流話有歌麻合流的現象，並且就嘗試以「音變中斷」的概念來加
以解釋；然而即使到了 1996 年的文章裡再度提起此一現象，還是未能
說明為什麼音變會突然中斷的理由。

此外，筆者的田野調查發現，台灣各地麻韻合二搭配唇齒時讀-a，
但是南部四縣話裡的佳冬方言（尤其是萬見、昌隆、豐隆等村），把
麻韻合二之中跟 f- 聲母搭配的字讀成 hua，如「花化華」，一般客語
讀 fa，佳冬讀 hua，而跟切韻麻韻合口二等的讀法*-ua 相應。這會不
會是中古音殘存的現象，還保留在佳冬方言裡？筆者認為可能性不高。
因為佳冬歌（*-ɑ）戈（*-uɑ）不分，通通讀-o，麻韻也大都讀-a，跟
多數客語相同；只有「花化華」，才會有上述音變的出現，而非整個
系統性的變異。比較合理的看法是語言接觸互動的結果。佳冬地區閩
客村莊比鄰，閩南語中沒有 f- 聲母，常跟閩南人接觸，也會說閩南話
的佳冬客家人，慢慢把客語的 f- 丟失了，改以符合閩南語發音習慣的
hu-取代之。證據之一是閩南語「花化華」都讀 hu-；證據之二是佳冬
不只是這些字念 h(u)-，其他韻部的字（如：遇攝虎湖）別的客語讀 f-
聲母的，佳冬也讀 h(u)-。如此觀之，佳冬的麻合二等唇齒音 -ua 韻母
讀法，不算是存古性質；應該配合其聲母一併查考，才能找出音變的

真正緣由。

　　未來動向上，多數地點果假對立應當穩固，但台灣客語若續受閩語影響，佳冬型之讀法還會擴張。根據筆者 1998 年的田野調查顯示，福建西南部舊漳州府屬的南靖縣上坪地區的客語，也有跟佳冬類似的 fa 讀 hua 的現象，而該地也是位居閩南語絕對**強勢區**之內的客方言點。足見語言環境相似之情況下，方言變化的模式也會無獨有偶，出現同樣的演變趨勢。

二、遇攝

　　切韻的模韻讀*-u，魚虞合流讀*-iu。閩西的模韻只有「吳五」比較特別，各地大多讀成音節（永定除外）；長汀、連城等地讀 ng，寧化、清流讀 v。而精組「粗租」各地以讀 -u 為主，但連城跟武平是讀前高展唇舌尖元音-ii。至於模韻多數的字，各地以讀-u 為主。

　　梅縣（黃雪貞，1995）和台灣的四縣話的模韻以讀 -u 為主，但精組跟連城一樣，讀前高展唇舌尖元音。不過，兩者「吳五」仍是讀成音節的 ng。福建秀篆，雲林崙背的詔安話「吳五」讀 m。

　　至於魚虞韻方面，閩西的這兩個韻部多數都合流了。只有「魚女」跟同韻部的其他字讀法不同，多以-e，-ei 為主，而且各地都沒有成音節的讀法。韻部中多數的字不是讀-u（如：斧鼠柱珠）就是讀-i（如：鬚鋸舉芋）；凡是讀-u 的字，各地音韻規則表現跟模韻相當。其中，連城跟清流的見系還有魚虞分立的例證。連城魚韻念-ue，虞韻念-vi；清流魚韻念-∂，虞韻讀-i。

　　梅縣的「魚女」讀成音節的 ng，魚虞韻多數字分別讀 -i 跟 -u；但精莊組「梳」梅縣跟閩西多讀前高展唇舌尖元音。台灣四縣話、海

陸話以上韻字表現跟梅縣一樣。東勢話的「鼠柱珠」等字是讀 -iu，這是因爲這些字的聲母爲舌葉音；東勢話的舌葉音後面往往要帶著一個 -i 介音（董忠司，1995），因此韻母才變爲-iu。詔安「魚女」讀成音節的 m，「豬書輸」等四縣讀-u 的字，詔安讀-i。

　　總的來說，客語遇攝的表現比果、假攝要來得分歧許多。不過大體趨勢還是可以看得到：⑴「吳五魚女」常有不同讀法。⑵模韻多數字讀-u。但精莊組梅縣，長汀讀-ii。⑶魚虞大多合流，有的字讀-u，有的讀-i。

三、蟹攝

　　由於客語的蟹攝有顯著的文白異讀現象，因此我們先來看看文白之間如何演變的問題。觀察梅縣客語的蟹攝一等開口字，發現文讀是[ai]，白讀是[oi]。（余伯禧，1994）如：在彩裁（ts'ai：ts'oi）。現代華語蟹開一等的讀法，恰跟梅縣文讀音相當。接著看梅縣蟹開四等：

	文讀	白讀
蹄	t'i5	t'ai5
泥	ni5	nai5
齊	ts'i5	ts'e5

　　剛才一等的是由[oi]變[ai]，而四等的是由[ai]或[e]變[i]，整個趨勢看來是逐步的前或高元音化。華語的蟹開四等大都是讀[i]。這樣看來，台灣四縣話「齊」白讀 ts'ai5 還比梅縣保守。東勢話這些字的白讀以-e 爲多，似乎比四縣話以-ai 爲多變化快。台灣的饒平、永定、詔安方言「泥」字更進一步文白不分，都讀 ni5，應是以上各地客家語裡面演變的極致。

　　說明過了文白問題，我們接著來看白讀層次各地客語的變異跟類同之所在：

　　蟹開一等（*-ɑi）閩西各點讀音在相異之中，還是呈現出一個共性：都帶有圓唇的後元音-u/-o。反映了較早以前主要母音一定帶有圓唇讀法。蟹合一等（*-uɑi）各地讀音常跟蟹開一等混同。蟹開合二等都不帶圓唇而跟一等對立。蟹三等與止攝合流，讀 i/ii；蟹四等白讀多是-e/ɛ，文讀與止攝合流。台灣客語白讀蟹開一等各地客語多讀-oi , -ai。蟹開二等大都讀-ai，但跟牙喉音搭配時，總是有不同的讀法。「階界械街解」苗栗讀-ie，海陸和六堆大多讀-iai，饒平皆韻「介階」讀-iai，佳韻「解街」讀-iei。永定皆韻讀-iei，佳韻讀-ie。這種受到牙喉聲母支配引起的音變客語中經常可見。詹伯慧（1991, p.160）提到客語 eu和 k- 相拼時略帶輕微的流音，如「勾」keu1 實際音值爲 kieu1。另一例證是「疲倦」廣州話讀爲 koi3，客語讀 k'ioi3。蟹開二等由切韻的*-ai，搭配牙喉音而產生介音成爲-iai，根據發音省力原則，主元音前高化成爲-iei，再進一步變成-ie。蟹開三等併入止攝，多讀-i , -ii。蟹開四等讀法最爲紛歧，單單四縣話就有-ai , -e , -i , -ie , -oi 等讀法。暫不論「梯」讀-oi 的特例，-ai , -e , -i 並存的現象可以用前述蟹開四等文白異讀的演變來看待。只是同一個韻部內的音變速度不均。至於-ie的出現也總是跟牙喉音搭配，如「雞計契」。客語各次方言差異則表現在-ai , -e , -i 轄字的多寡上，一般而言，齊韻字東勢、饒平、詔安、永定讀-e 的多些，四縣及梅縣讀-ai 的多些。因此在演變上，四縣型還比東勢型保守。

　　蟹合一等和三等，四等多讀圓唇性質的-oi , -ui。和唇齒音搭配時，四縣話讀-i，如「杯輩每/廢肺」。但海陸，花縣仍讀-ui。這點如同前

述假合二等「花化華」一樣，四縣唇齒音後的-u-消失。蟹合二等多讀
-uai，如「怪快」。唇齒字-u-略去而讀-ai，如「壞懷」。「話」四縣
讀 fa3，海陸跟饒平讀 voi3，較近閩南語的 ue3，只是經過高低前後的
調整。花縣此字讀 ua3，顯然跟廣州話一致。

　　總的看來，蟹攝台灣各地的表現很錯綜，在未來動向上屬於不穩
定的韻部，亦即將來還會繼續變化。開四等文讀的前高元音化會持續
牽動白讀層走往相同的方向（-ai → -e → -i）；開二等牙喉字也會一
直演變，如同鍾榮富（1995, p.89）所觀察的美濃客語「街」字的音變：

　　老年層　kiai1

　　中年層　kiai1 / kie1

　　青年層　kie1

　　兒童層　kie1 / ke1

演進的方向仍不外乎是將主元音前高化。

四、止攝

　　止開三等苗栗幾乎都讀-i 或-ii，只有極少數保留支脂之分韻的遺
跡，如「蟻-ie／疑-i」；而梅縣已經蟻疑不分，都讀-i，又是四縣比梅
縣保守的例證。之韻「柿」梅縣讀 sii3，四縣 ts'ii3，海陸 k'i3；海陸
讀法同於閩南語。值得注意的是許多地點不分-i／-ii；-ii 都併入-i，卻
未有-i 都併入-ii 的例子。沒有-ii 的方言如高樹、新埤、佳冬、長治等
（鍾榮富 1995；吳中杰 1995）。這些方言都在高屏地區，而該地閩南
語沒有-ii，如「市時試」都是-i，因此沒有-ii 這個特徵可能來自閩南
語影響。此外，詔安話「資思史四」不讀-i／-ii 而讀-u，也是平行於
閩南語的特色。

止合三等四縣多讀-ui，唇齒音字讀-i，海陸則都讀-ui。如同蟹合口字。少數四縣，海陸讀-oi，饒平、永定、詔安讀-e，如「睡嘴」。「水」四縣，海陸讀-ui，饒平、永定、詔安因搭配唇齒聲母，讀 fi2。

止攝算是讀法一致性高的攝部；和官話演變也平行，未來變化不會太劇烈。然而跟閩南語接觸度高的地方，-ii 的讀法還會持續讓渡給-i 或-u。

五、效攝

效開一等梅縣多數地區讀-au，花縣亦然。全梅縣只有松口一帶讀-o；有趣的是台灣壓倒性的讀-o，只有桃園長樂話讀-au（呂嵩雁，1994）。詔安「毛」不讀 mo5 而讀 hm5，跟閩南語一樣是成音節的讀法（mng5）。「好壞」的「好」以及「喜好」的「好」，梅縣都讀-au，只以聲調區分。四縣「好（壞）」讀-o，「（喜）好」讀-au。

二等各地都讀-au；但「貓」梅縣讀 miau3，四縣讀 meu3，如同三等。由一二等來看，四縣話保持豪肴的分立，梅縣如同官話一二等混合；這又是四縣比梅縣保守之例證。三等梅縣多數，海陸讀-au 或-iau，松口跟四縣讀-eu 跟-ieu（黃雪貞，1995，引論 p.4）。四等梅縣多數，海陸都讀-iau，松口跟四縣唇齒舌音字讀-iau，牙喉音字讀-ieu；牙喉聲母再度發揮區隔韻母發音的功用。

對初學客語的人來說，-eu / -ieu 是很難的發音；廣州人會用母語中的-iu 替代，閩南人則會說成-io。接近廣州的花縣客家人就是用-iu 而不用-(i)eu；花縣話的報導人告訴筆者，她的祖父母輩還說-(i)eu，足見-iu 是後起之變化。包處於閩南語中的詔安話二崙點用-io 取代效三之-(i)eu，四等仍保持讀-(i)eu。閩客混居的高雄杉林客語裡也常見-(i)eu

被-io 取代。

總之，粵東和台灣效攝堪稱兩大方言類型並峙的狀況。也可看到梅縣跟台灣佔優勢的類型恰恰相反的有趣情形。然而，一二等合流有華語做支持，三四等的-(i)eu 對於隔鄰的閩粵語人士而言發音不易，在語言接觸頻密時，會因發音習慣改變而最先丟失；因此四縣型的地盤未來還會縮減。

六、流攝

流開一等梅縣、四縣、海陸等各地都讀-eu，和 k-, k'-相拼時常讀-ieu。各地也大都保持-eu 讀法，詔安二崙點只有「狗」讀-io 是例外。花縣讀-iu，杉林讀-io，如同效三四等。永定話、詔安崙背點、大溪點也都讀-eu，效三四等讀-iu。流開三等四縣大多讀-iu，和知照系聲母搭配時讀-u，少數讀-eu。幽韻四縣讀-eu 的，梅縣讀-iau，如「彪謬」。海陸、東勢知照系字之後常接-i-介音（羅肇錦，1990；董忠司，1995），因此四縣讀-u 的，海陸讀-iu，如「手收臭」。按照鄧曉華（1988）的看法，閩西客話三等尤韻*iou 精見組保留細音，但知章莊組因早期聲母捲舌影響，吞沒-i-介音。梅縣的非細音讀法應是類似的演變。

三等尤韻「牛𤴓」閩西讀法同於一等侯韻-ə u。四縣「牛」讀-iu，同於尤韻。但「𤴓」讀-ieu，同於侯韻。桃園永定話「牛」讀-ieu，也同於一等，應皆屬於殘存現象。

要之，粵台的流攝內部一致性尚高，梅縣跟四縣表現很類似，除了-eu 讀法可能因為語言接觸而萎縮外，未來應該是個穩定的韻部。

七、咸攝和山攝

　　咸開一二等及咸合三等各地多讀-am／-ap，只有閩西沒有*-m尾，多讀-ng。*-p尾也弱化或脫落，中古韻尾不同演變爲元音高低或前後對立，或鼻音尾-ng的有無。台灣只有桃園永定話沒有-m尾而是-ng尾；-p尾也弱化爲喉塞音。咸合三等都和唇齒音f搭配，-u-介音萎縮。咸開三四等各地多讀-iam／-iap，閩西型仍然特殊，-m尾、-p尾的取代如上述。但開三四等還是比開一二等多了-i-介音。詔安話咸開一至四等都讀-em／-ep，應是發音省力原則的作用。

　　山開一二等各地多讀-an／-at，只有閩西部份地區（如寧化）沒有-an而用-ang。閩西及桃園永定*-t尾弱化或脫落。山開一等有不少牙喉音字讀-on／-ot，如「乾看寒/割渴喝」。開二等有些字帶有-i-介音，如「間簡眼雁」，又是和牙喉音字緊密搭配。四縣開二等「班板」除-an讀法外，又讀-iong，如「班（級）」讀-an，「（車）班」讀-iong（萬巒，佳多讀-ong）；「（木）板」讀piong1，一般寫作「枋」。本字考證是另一問題，但山開二刪韻如何和宕合三陽韻通假更加值得探討。

　　山開三四等切韻爲*-ian／*-iat，但實際上各地音讀多有變化；只有美濃竹頭背讀-ian／-iat。梅縣跟六堆大部分地區於唇齒舌音後讀-ien／-iet，牙喉音後讀-ian／-iat；成爲互補分配。苗栗多讀-ien／-iet，但在知莊章組之後，沒有-i-介音而讀-an／-at，如「展纏善/折撤舌」。這和流開三等尤韻「周晝受」的演變類似。不過，東勢話展善等字都保持-ien／-iet，詔安「舌」也讀iet。閩西及桃園永定話多讀-ien，而-t尾弱化爲喉塞音。詔安又有一種-i-介音縮略的變化。觀察福建秀篆點（李如龍，張雙慶，1992）和台灣二崙點可以看到如下狀況：

	天	鐵	年	節	連	練
秀篆	t'en1	t'et4	nen5	tsiet4	lien5	lien3
二崙	t'en1	t'et4	nen5	tset4	len5	len3

足知這是正在變化的韻部。-ien / -iet 正在丟失-i-介音，且台灣比福建的變化快。秀篆詔安話和漳州閩南語緊密接鄰，而二崙詔安話是漳州閩南語包圍的方言島。漳州話山開三四等音位記作-ian/t，實際發音是-en/t。詔安話這種語音變化，雖然轄字不全然和漳州對應，卻極可能是跟漳州閩南話接觸下產生的演變。

山合一二等切韻含*-u-介音，但在客語中有-u-的少之又少；只有「款括關慣刮刷」。一般而言，和雙唇音搭配的多讀-an/t，跟唇齒配多讀-an/t，少數讀-on/t。跟舌尖前配多讀-on/t，跟舌根配四縣，海陸讀-on/t，梅縣讀-uon/t。不論哪一種演變都比原來的*-uan/t 省力。台灣所無的梅縣話「官管」和舌根音 k-，k'- 搭配出現的-u-介音，可能是存古，更可能是粵語圓唇化舌根塞音的影響。果攝合一等「鍋果過」梅縣也有同樣特出的演變。

山合三四等客語完全不見*-u-介音的殘留，四縣多讀-ien/t，少數讀-on/t，-ion。合三元韻唇齒音讀-an/t。凡四縣讀-ien/t 的，對應到各地音韻規律大致上跟山開三四類似。然而四縣、海陸讀-on，-ion 的，饒平、詔安、永定讀-en，-ien；如「傳轉船/全軟」。

綜觀咸山二攝的發展，咸攝 am/p，iam/p 多數地點較穩定，只有閩西有取消-m/p，詔安有主元音-a 變成-e 的不同走向。山攝就比較變化多端。除了閩西取消-t 外，發音省力原則使-ian/t 朝向-ien/t 演化，-uan/t 朝-an/t 或-on/t 走，而-(i)on 朝-(i)en 走；只是各地速度不一。來自閩語的-ien → -en 亦很可注意。山攝在台灣未來應該還會繼續變動。

八、宕攝和江攝通攝

宕開一等讀法單純，各地一致讀-ong／-ok；只有閩西、詔安-k 尾弱化或脫落（以下同）。宕開三等各地多讀-iong／-iok；梅縣跟四縣知莊章組後面-i-消失，讀作-ong／-ok 。但東勢、饒平仍有-i-介音。此和山攝「展善」，流攝「周晝」演變相似。

宕合一等各地仍多讀-ong／-ok；梅縣舌根塞音後加接-u-介音，如「光廣」讀-uong。此和山攝「官管」演變相似。宕合三等也多讀-ong／-ok；少數有-i-介音，如「放網」。

江開二等也多讀-ong／-ok；少數有-i-介音，如「腔」。有些字是上古東部的殘留，讀如通攝-ung／-uk（張光宇，1996，p.252）；如「雙窗／啄濁鐲角」。詔安宕江表現除-k 弱化外，大體同於其他各地，但「降暢」讀鼻化的-iunn；如果不算閩西，客語甚少有鼻化韻。比之於宕江許多字都讀鼻化韻的閩南語（例如廈門宕三文讀-iong，白讀iunn），又可推論詔安的少許鼻化韻字來自於語言接觸。

通攝一等大多讀-ung/k，三等讀-ung/k 和-iung/k 的字都不少。按照切韻通三等讀*-iung/k，但四縣知照系字之後-i-介音常消失，致使「中充竹粥」讀-ung/k，而海陸、東勢等地因在舌葉音後，仍常保有-i-介音，所以三等讀-iung/k。詔安少許字讀鼻化的-iunn，如「龍供」；二崙點有報導人認為-iunn，-iung 兩讀皆可，更說明了這是正在變化中的韻部。二崙、崙背有部份人通攝舒聲讀法沒有主元音，而讀成音節的-ng，如「東」讀 tng1，「風」讀 fng1，也是個自成一格的現象。

要之，台灣各地宕江通的表現內部一致性高，應屬穩定的攝部。而詔安脫落的-k 和成音節、鼻化韻的滲入目前還不是普遍的現象。

九、曾攝和梗攝

客語梗攝白讀二等是-ang/k，三四等是-iang/k。文讀二等 en/t，三四等 in/t，和曾攝合流。上述乃是大體的趨勢，實則曾攝表現較整齊，梗攝常有例外。曾攝開一等多讀 en/t，平行於梗二文讀。曾開三多讀 in/t，平行梗三四文讀。梅縣跟苗栗 ts- , ts'- , s-之後常接 iin/t，如「蒸秤承」；但有一些方言舌葉音不跟-ii 搭配，仍讀 in/t，如海陸、東勢、饒平。有的方言根本沒有-ii，全用-i 取代，如高樹、佳冬。此演變也見於止攝。曾開三只有少數讀 en/t，如「冰色」。曾攝合口和唇齒音配的，*-u-介音都消失而讀 en/t，如「弘或域」。和舌根音配的「國」讀法分歧，苗栗、海陸讀-uet，東勢、饒平讀-uat，詔安二崙點讀-ut，花縣、美濃龍肚讀-et。

梗攝開二大都讀-ang/k 或-en/t，只有「梗耿」讀來帶有-u-介音。梗開三四多讀-iang/k，-in/t 或-iin/t；讀-iin/t 與否情形和曾韻同，不贅。開四部份字有整齊的方言差，如「頂聽廳」，四縣跟海陸讀-ang，東勢、饒平、詔安，永定讀-en；「亭定艇」四縣讀-in，詔安、永定讀-en。這些次方言差異雖然都符合曾梗攝一般可能的讀法，但我們又再次看到東勢等四地方言以-e 為主元音的轄字總是比起四縣型要多的狀況，一如蟹攝齊韻。

梗合二等切韻是*-uang，舌根音「礦」梅縣是-uang 或-uong，四縣讀-ong；唇齒音「橫」都讀-ang。合三四等切韻是*-iuang，然而客語之中無此發音，本韻部讀法分歧，「兄榮」讀-iung，「永泳瓊」讀-iun，「頃傾」讀-en，「穎役螢」讀-in/t。

要之，曾梗攝多數字音頗有規則可循，但有以下變數：(1)韻尾簡

化，如詔安-k 脫落，永定-t，-k 脫落。(2)如止攝一般，元音-ii 因語言接觸被-i 取代。(3)東勢等地擴大-en/t 轄字的特殊發展。(4)曾梗合口轄字甚少，讀音卻更見分歧，如「兄」一般讀 hiung1，但福建平和客語青年層讀 siang1，老年層讀 fin1。未來客語使用者可能會再將之規律化。如「永泳瓊」，現今青年層常誤讀爲-iung，平行於華語。將來這種誤讀反而可能成爲正讀。

十、深攝和臻攝

深攝讀法整齊，不外乎-im/p，-iim/p。閩西型-m，-p 脫落。高樹、佳冬、二崙等地，-ii 全被-i 取代。有些方言舌葉音不可跟-ii 搭配，仍讀-im/p，如海陸、東勢、饒平；但大溪點詔安話卻可以（呂嵩雁，1994）。另有少數字讀-em/p，如「森蔘澀」。

臻攝開一多讀-en，只有「吞」讀-un。開三多讀-en/t，-in/t，-iin/t；跟曾攝相當。但開三讀-iun 的例子十分普遍，可見客語並不遵守臻攝開合的分類，張光宇（1996，p.183,206,251）認爲是客語保留了上古音的痕跡。然而客語-iun 字的表現有方言差異，茲將閩客語對照呈現如下：

	忍	韌	銀	近	勤	芹
客語						
梅縣	iun	iun	iun	iun	iun	iun
苗栗	iun	iun	iun	iun	iun	iun
永定	iun	iun	iun	iun	iun	iun
二崙	un	un	un	un	un	un
揭西	un	un	un	un	un	un

秀篆	yn	yn	yn	yn	yn	yn
閩語						
泉州	un	un	un	un	un	un
廈門	un	un	un	un	un	un

可見客語以讀-iun 爲大宗，秀篆詔安話進而將-iu 合成撮口-y。在閩客交錯的潮州揭西，和閩語環繞的大溪及二崙點詔安話，已經趨同於閩語的讀法-un。

臻攝合口大多讀-un/t，但美濃-ut 都讀-u∂t，如「不出佛」（楊時逢，1971）。華語"-u"，"-n"相拼時，兩音間也會產生央中弱元音。四縣合口三等讀-iun 的也不少，如「潤均勳雲熨」。這些字中，跟舌根音配的表現各地都如同開口三等。但和無聲母字搭配時，四縣仍讀 iun；饒平於其前加上舌葉濁擦音，因此韻母爲-un 。大溪詔安，桃園永定「潤雲熨」讀 vin。此外，各地合三還有少許字讀-iut，如「鬱屈」。

總之，深攝較無特殊演變，不外乎元音-i 和-ii，韻尾-m，-p 消失與否的問題。臻攝上古遺留的-iun，爲鄰近方言所缺如，邊緣的客方言點-iun 發音已經產生了變化，未來-iun 的轄字還有可能再退縮。

參、結 論

綜合以上各節的討論，我們可以看到台灣客語韻母的演變和發展有如下的特色：

一、韻母的演變常常受聲母的制約。如假蟹止咸山曾梗各攝合口字，一般都帶有-u-介音，然而在雙唇和唇齒音之後，此介音常消失；這種現象尤以梅縣跟四縣爲顯著。而在知莊章組字之後，梅縣跟四縣

-i-介音常消失，如流山宕通三四等字，其他各地大多還有-i-。類似地，梅縣跟長汀遇攝只有在精莊組字後，元音-u 才變-ii。海陸跟東勢舌葉音總是不和-ii 配，而讀-i。舌根音也常起支配的作用。如蟹（-ai：-iai/-ie）效（-iau：-ieu）咸山（an/t:on/t；ien/t:ian/t）。此外，果山宕梗合口字多數客語已經沒有-u-介音，梅縣亦然，卻只有在舌根塞音之後才有包含-u-介音的讀法。

　　二、自行發展的異變。如東勢型（東勢、饒平、詔安、永定）-e 轄字較四縣型（四縣、海陸、長樂）多的現象見於以下四處：⑴蟹攝開二佳韻「鞋蟹矮」（-e:-ai）；蟹開四齊韻「低弟犁溪」（-e:-ai）。⑵止攝合三支韻「嘴睡」（-e:-oi）；微韻「肥」（-e:-i）。⑶山攝合三仙韻「軟全」（-ien:-ion）；「轉傳船」（-en:-on）。⑷梗攝開四青韻「頂聽廳」（-en:-ang）；「亭定艇」（-en:-in）。這其中只有第一種（蟹攝）的現象同於閩南語，可用語言接觸來解釋。但其他幾種變化，既異於四縣型，又異於閩南語，無疑是東勢等地自行發展的異變。此外，閩西的周圍方言（閩語邵將片、閩中區、泉漳片，客語粵台片、寧龍片），韻母數跟調數都比閩西高，亦即-m，-p，-t，-k 韻尾全都脫落的，只有閩西。這也是特定次方言和其他多數次方言有了不同的走向。

　　三、語言接觸和互動深深影響了音韻的流變。比如文白異讀，就是客語向作為標準語的官話讀音遷就而產生的結果。所以蟹梗攝文讀總是較接近華語。然而，蟹梗文讀也持續在牽動白讀音走向相同的前或高化之路（-ai → -e → -i；-ang/k → -en/t；-iang/k → -in/t）。粵語的影響也偶見，如：果山宕梗合口字梅縣只有在舌根塞音之後才有的 -u-介音讀法。閩南語的作用力更強，如假攝唇齒合口（fa → hua），

止攝（-ii → -i／-u），曾梗深臻（-iin/t → -in/t；-iim/p → -im/p），山攝（-ien → -en），宕江通鼻化韻 -iunn 的出現。往內看，客語各地的音變速度不均。往外看，各地所受鄰近方言的影響程度不同。台灣客語韻母的發展，呈現一種不均質的動態。

四、同樣因為語言接觸，像是-(i)eu，-iun 等對於隔鄰的閩粵語人士而言發音不易，在語言接觸頻密時，會因發音習慣改變而最先丟失；因此未來台灣客語的特殊發音轄字還會縮減，目前已經可以看出一些端倪。同時，讀法分歧的韻部將朝向較可預測的，規律性的音讀方式，如梗攝之「永泳瓊」（-iun → -iung）。要之，是朝向整齊簡明的規範化發展。

參考書目

丁邦新

1980　台灣語言源流。台北：學生。

1981　漢語方言區分的條件。慶祝李方桂先生八十歲論文集。台北。

北大中文系語言學教研室

1989　漢語方音字匯。北京：文字改革出版社。

李如龍、張雙慶

1992　客贛方言調查報告。廈門大學出版社。

余伯禧

1994　梅縣方言的文白異讀。韶關大學學報。1994，1，21-26.

周振鶴、游汝杰

1986　方言與中國文化。台北：南天。

呂嵩雁

1993　台灣饒平方言。台北：東吳大學八十二年碩士論文。

1994　台灣客家次方言語音探究。苗栗：客家文化研討會。

1995　台灣永定客家方言。台灣客家語論文集。台北：文鶴。

吳中杰

1995　客語次方言與客語教學。台灣客家語論文集。台北：文鶴。

1996　紙寮窩裡話饒平。竹塹風，客家情。台北：文化大學客家社。

1997a. 客語詔安話的歸屬及閩客語劃分標準的修訂。（待刊）

1997b. 東勢客話與豐順客話。大甲河風情──台中縣客家文化協會年刊。台中：台中縣客家文化協會。

洪惟仁

1992　台灣方言之旅。台北：前衛。

張光宇

1985　切韻純四等韻之主要元音及相關問題。語言研究，9.26-37.

1994　吳語在歷史上的擴散運動。中國語文。

1996　閩客方言史稿。台北：南天。

張　琨

1985　論比較閩方言。語言研究，1985，第一期。

楊時逢

1971　台灣美濃客家話。台北：史語所集刊第四十二本三分。

楊福綿

1967　客方言的音韻成素。Monumenta Serica Vol.XXVI pp.305-

351.

詹伯慧

　　1991　現代漢語方言。台北：頂淵。

　　1993　廣東省饒平方言記略。方言，129-141.

鄧曉華

　　1988　閩西客話韻母的音韻特點及其演變。語言研究 1988.第 1
　　期。

　　1996　論客方音史研究中的幾個問題。語言研究 1996 增刊。

鄭良偉

　　1997　臺語、華語之比較研究：語言接觸、同義語。台北：遠流。

董同龢

　　1960　四個閩南方言。台北：中研院史語所集刊。30.729-1042.

董忠司

　　1995　東勢客家語音系述略及其音標方案。台灣客家語論文集。
　　台北：文鶴。

黃雪貞

　　1987　客家話的分佈與內部異同。方言，1987.第二期。

　　1995　梅縣方言詞典。江蘇: 江蘇人民教育出版社。

鍾榮富

　　1995　美濃地區各客家次方言的音韻現象。台灣客家語論文集。
　　台北：文鶴。

羅肇錦

　　1989　瑞金方言。台北：學生。

　　1990　台灣的客家話。台北：台原。

Carr , Philip.

    1993   Phonology. Saint Martin's Press.

MacIver, D.

    1926   客英大辭典。台北：南天重刊。

Norman , Jerry.

    1988   Chinese. Cambridge: Cambridge UP.

Wu, Al.

    1996   Retroflexives in Chinese Dialects. (Unpublished term paper.)

上海方言當中 k(i)變爲 tç(i)的時期探討

朴允河*

壹、緒 言

　　尖團分合問題和團音聲母的顎化問題一向是中國語言學界的熱門話題，所謂尖音是指與 [i、y] 韻母結合的 [ts、ts'、s] 聲母，也可以說是與 [i、y] 韻母結合的古精系聲母（爲了方便起見，或稱精系細音聲母），團音聲母是指與 [i、y] 韻母結合的 [k、k'、x] 或 [tçi、tç'i、ç] 聲母，也可以說是與 [i、y] 韻母結合的古見系、曉系聲母（或稱見系細音聲母）。❶

　　查看現代中國各方言，尖音、團音的讀音概分爲三種類型，如下：

　　大部分北方官話　　　　　尖音：tç

　　　　　　　　　　　　　　團音：tç

---

* 　韓國湖南大學

❶　至於尖、團名稱之由來筆者已經在拙著〈《等韻一得》所表現的尖團音探微〉中考證過，不再重複說明。參見《聲韻論叢》第六輯，頁 639。

吳語 ┌ 老派❷　　　　　　尖音：ts

　　　│　　　　　　　　　團音：tɕ

　　　└ 中派、新派　　　尖音：tɕ

　　　　　　　　　　　　團音：tɕ

　南方方言（閩、廣方言）　尖音：ts(tɕ)❸

　　　　　　　　　　　　團音：k

　　北方方言和南方方言的尖團音讀得較穩定，在北方方言尖音、團音皆已經顎化爲 tɕ，二者讀音完全合流，可以說變化已經完成，在南方方言團音沒有顎化，而且尖團音的區分非常明顯。在吳語中其變化正在進行，團音已經顎化爲 tɕ，而且尖團音分合情況較複雜，就是在一部分中年、大部分老年人的口音中，尖音（ts 組）和團音（tɕ 組）尚能區別，可是在青年人的口音中尖團音已經合流爲一類，皆讀爲 [tɕ] 組了。❹

　　現代老派的上海人口語中尚能區別尖音、團音，所以過去的上海音中有尖團區別是不問而知的。如眾所皆知，現代上海話中將團音讀爲 tɕ(i)，可是此聲母在古時應該讀爲 k 聲母，那麼上海方言中團音 k(i) 何時變爲 tɕ(i) 的呢？這是一個我們值得關心的問題，因此本文討論的

---

❷　在吳方言，老派、中派、新派依年齡的不同而分，其標準參考〈上海方言詞彙引論〉《方言》，1995.4，頁 258。

❸　在閩語中尖音 ts 之讀音實際上與 tɕ 無明顯的差別，此二音無辨意作用，不少人已經把 tsi 讀成 tɕi 了。

❹　參見許寶華、湯珍珠等人《上海市區方言志》頁 51、葉祥苓《蘇州方言地圖集》頁 37、頁 139。

重點在於團音聲母由 k 顎化爲 tɕ 的時期，不在於討論尖團分合情況。

貳、二十世紀上海方言團音之讀音

吳語資料中目前我們容易接觸的較早資料是趙元任《現代吳語之研究》，依趙元任的資料，20 世紀初上海方言、蘇州方言中的團音聲母已經顎化爲 tɕ 了，但仍有尖音、團音之區別，尖音讀 [ts] 組聲母，團音讀 [tɕ] 組聲母。❺

討論現代上海語音的論著非常多，其中《上海市區方言志》較詳細介紹現代上海市區的語音，本文所引用的過去上海方言資料都正是市區語音，正好引以對比，因此選用他們的資料來代表現代上海語音。依許教授等人的說明，現代上海方言有明顯的內部差異，概分爲以下四種情況，在此介紹一部分：❻

⑴分尖團。例如：

　　精 tsiŋ ≠ 經 tɕiəŋ　秋 tsiɤ ≠ 丘 tɕiɤ

⑵部分分尖團。一般是清音不分尖團，濁音分尖團。例如：

　　精 = 經 tɕin　秋 = 丘 tɕiɤ　集 ziiʔ ≠ 及 dʑiiʔ

⑶不分尖團，部分濁音讀爲[z]。例如：

　　精 = 經 tɕin　秋 = 丘 tɕiɤ　集 ziiʔ

⑷不分尖團，濁音爲[dʑ]，少數字讀[ɦ]，個別字清化爲[ɕ]。例如：

　　精 = 經 tɕin　秋 = 丘 tɕiɤ　謝 ɦiA~dʑiA 序 dʑy~ɕy

---

❺　參見趙元任《現代吳語之研究》，頁 23。

❻　參見許寶華、湯珍珠等人《上海市區方言志》，頁 51。

　　許教授等人在如上四種分類之下加一些文字說明，即是：

　　　部分老年人包括祖籍爲原蘇州府地區的五十歲以上的人保留尖
　　　團的區別一部分在向不分尖團的方向發展過渡，過渡的方式各
　　　有不同：有的清音不分，濁音分；有的常用字不分，不常用字
　　　分；有的基本上不分，只保留少數尖音字，而以第二種情況爲
　　　最常見。第三種情況爲絕大多數中年人，第四種情況青少年居
　　　多。

　　如上所見，現代上海方言中尖團音的讀音非常不一致，大體來說
年紀大的人分尖團，年輕人不分尖團，而語音變化是在向不分尖團的
方向發展當中。

　　現代上海話的團音雖然都以 tɕ 來記音，可是有些字的音，音值上
與北京話的 tɕ 不完全相同，如許教授等人說明「舌面音 tɕ 組聲母部位
比北京音略後」❼，筆者待上海一年的期間，發覺確實多數年紀大的
人發此音比北京話的 tɕ 音稍後，可是這種差別外地人不容易區分，也
不容易學會。

參、十九世紀中葉上海方言團音之讀音

　　以下討論十九世紀上海方言的尖團音，筆者參考的資料是：

---

❼　　參見許寶華、湯珍珠等人《上海市區方言志》，頁7。

(1)艾約瑟（Joseph Edkins）❽《上海口語語法》（The Grammar of Colloquial Chinese as exibited in the Shang-hai dialect）（1853）

(2)艾約瑟《上海方言詞典》（A Vocabulary of the Shanghai dialect）（1869）

(3)薩姆納・詹姆斯（James Summers）❾《上海話聖經》（The Gospel of Saint John in the Chinese language, according to the dialect of Shanghai）（1853）

(4)麥嘉湖（John Macgowan）❿《上海口語選句》（A Collection of phrases in the Shanghai dialect）（1862）

(5)晏瑪太（Matthew Tyson Yates）⓫《中西譯語妙法》（First Lessons in Chinese）（1899）

(6)勞乃宣⓬《等韻一得》（1883）

以上六種資料中，內容最豐富最詳細的是艾約瑟的資料，而且其

---

❽ 艾約瑟（Joseph Edkins 1823-1905）是英國倫敦會的傳教士，1848 年來上海，在上海傳教、又從事教育、出版業，後來到天津、北京去傳教，1905 年死於上海。

❾ 依書的封面介紹，詹姆斯是英國皇室學校中文老師，除此以外筆者尚未查知他的其他資料。

❿ 依書的封面介紹，麥嘉湖是英國倫敦會的傳教士，不知道更詳細的資料。

⓫ 晏瑪太（1819-1888）是基督教浸禮會傳教士，美國人，1847 年到上海學習漢文，次年在老北門外設立教會，主持教務三十八年。曾任美國駐上海的領事，英租界工部的翻澤，法租界公董局董事。參見《外國人名詞典》，1988，上海辭書出版社，頁 436。

⓬ 勞乃宣（1843-1921）是清末政治家，也是教育家，他對韻學頗有研究，四十歲時出版《等韻一得》，提出他自己對等韻獨特的見解。詳見朴允河〈勞乃宣《等韻一得》研究〉。

他資料雖然語料和發音說明沒有艾氏那麼完整，可是對於觀察當時的語音狀態頗有參考價值。在下文分析以上六種資料來探討十九世紀上海方言中團音之讀音如何？

一、艾約瑟的語音記錄

艾約瑟（J. Edkins）的《上海口語語法》中對團音的說明如下❸：

> g 或　此聲母在 i 或 y 元音前，往往聽成 ji，像其 ki；共眾 kong
> tsong 等。
>
> h 和 h'　是強送氣的喉音，i 或 y 前幾乎聽成 sh。例字如海'he；
> 喜'h'i。i 或 y 元音前，加送氣符號 '。
>
> k　古今'ku kiun。
>
> k'　是強送氣音，如空 k'ung。它往往在 i 或 y 元音前，被外
> 國人聽成似 c'h 而又不完全與它相同的音。去 k'i，常常
> 聽成 chi'。（艾註：一個本地人被問 k'i 和 c'hi 當中哪個是去的正確
> 發音，他回答是 k'i，但外國人聽起來，c'hi 才更接近它真正的聲音。
> 事實上這個音是 k'i 到 c'hi 的過渡階段。）

我們可以把艾約瑟以上對團音的描述簡單劃如下表：

---

❸　參見艾約瑟《上海口語語法》，頁 2。

k	對見系聲母沒加說明	
k	聽成 c'hi	/-i、y
g	聽成 ji	/-i、y
h	聽成 sh	/-i、y
h'	聽成 sh	/-i、y

這麼說，我們就可以肯定艾約瑟資料中位於 i、y 前的 k'、g、h 輔音已經顎化，不再是舌根音了。對這個問題現代幾位學者們發表過各自的解釋。

周同春先生（1988）認爲本地人的發音正處在由 k'i 向 ch'i 的過渡狀態中，但周先生沒擬其具體的音。

陳忠敏先生（1995）說：

> 古見組、曉組在細音 i[i]或 ü[y] 前，聲母顎化，其聲母音值是舌面中音。原書第二頁 Pronunciation and Examples 裏的注腳有一段說明：“去”聲母的讀音是 k'[k']、c'hi[tɕ'] 之間的一個音。

筆者贊成周、陳二位先生認爲見系細音正處於 k 到 ch' 之間的過渡階段。這樣的共識來自艾約瑟的一句解釋「一個本地人被問 k'i 和 c'hi 當中哪個是去的正確發音，他回答是 k'i，但外國人聽起來 c'hi 才更接近它眞正的聲音。事實上這個音是 k'i 到 c'hi 的過渡階段。」

那麼這個 k'i 和 c'hi 的過渡音是怎麼樣的一個音呢？陳忠敏先生（1995）擬音，擬爲 [c]、[c']、[ɕ]、[ɟ]、[ɲ]。筆者在《論艾約瑟（J. Edkins）的上海方音研究》中擬音爲 [tɕ][tɕ'][dʑ][ɕ][ɲ]。筆者當初如此擬音是因

爲艾約瑟所寫的 ch'i 不是國際音標，其音值也不是 [tɕ'i]，ch'i 音標很可能是 [tʃ'i] 音，因此艾約瑟也沒說當時 "去" 的音就是 ch'i 音，聽起來像 ch'i，但仍有細微差別的音。如果艾約瑟寫的 ch'i 是 [tʃ'i] 音的話，在 [tʃ'i] 和 [k] 之間可有 [c] 和 [tɕ]，我認爲 [tɕ] 較接近當時實際音，因爲 [c] 組是舌面中塞音，西方人不太可能把它們聽成舌面塞擦音，而且艾氏以後的傳教士說明 ch'i 音像是英語 church 的 ch 音，該音就是 [tʃ] 音。

可是在這篇論文中暫時不擬音，因爲最近找到的資料中又看到一些新的現象，就是從 1853 年寫成的上海話聖經的語料來看，團音聲母顎化的時期每母都有點不同，在十九世紀正在顎化進行，讀音不一致，而且聖經所表現的現象正好與艾約瑟和麥嘉湖的資料不謀而合，不容易拿一組音標來涵蓋當時團音的音值。

二、艾約瑟的二種記音

《上海口語語法》(1853) 的記音比《上海方言詞典》(A Vocabulary of the Shanghai dialect) (1869) 嚴格，見、溪、群的細音聲母皆以當初規定的原則來記，皆是 ki、k'i、gi，只是曉母有 hi、h'i 二記。然在《上海方言詞典》中見、溪、群、曉各母細音皆有二記現象，比如：

見母有 k(i)、ch(i)二讀
溪母有 k'(i)、ch'(i)二讀
群母有 g(i)、j(i)二讀
曉母有 h(i)、h'(i)二讀

艾約瑟既然在「發音說明」中約定 ki、k'i、gi、h'i 是近於英語的 ch、ch'、j、sh 音，那麼又何必在書中又用 ch、ch'、j 來記這些音呢？

對這個現象最有可能的解釋是艾約瑟不知不覺地用上了近於實際音的音標。整體來說《上海方言詞典》的記音比《上海口語語法》記音無規律，似乎他已經不太注意當初所立的規定。

以下來觀察《上海方言詞典》中見系細音聲母的異記現象：見母細音字，《上海方言詞典》中只除了"鬼"字白讀有以下二記以外，其他的見系細音字聲母一律記成 ki，而無別的二讀。（（ ）內數字是出現頻律）

字　記音	出現次數
鬼　ky	(10/21)
chy	(10/21)
kwei	(1/21)

溪母細音字的異讀現象比別的聲母多，尤其是"吃"字 50 次當中 44 次是記成 ch' 的，可見《上海方言詞典》的記音比較多直接用近於實際音的音標。溪母字的異讀情況則如下表：

字　記音	出現次數
氣　c'hi	(1/100)
k'i	(99/100)
曲　c'hiuh	(1/20)
k'iuh	(19/20)
棄　c'hi	(1/8)
k'i	(7/8)

驅 c'hy	(1/1)
k'y	(1/1)
巧 ch'au	(1/10)
k'iau	(9/10)
乞 ch'uh	(1/1)
吃 c'hiuh	(44/50)
k'iuh	(6/50)
樞 ch'y	(1/1)
k'y	(1/1)

群母字，在《上海方言詞典》的異記現象不比溪母字多，但是艾約瑟在本文中又特別說明群母字讀音與一般 [g] 音不同。❹群母字在《上海方言詞典》的異記情況如下：

字　記音	出現次數
局 jiuh	(1/16)
giuh	(15/16)
旗 ji	(1/10)
gi	(9/10)

至於曉母細音字，艾約瑟說過「i、y 前的 h、h' 聽起來像英語的 sh 音」，那麼既然都是近於 sh 音，何必又分 h 和 h' 之別呢？例文當

---

❹　參見艾約瑟《上海口語語法》，頁 46。

中曉母字有的有 hi、h'i 二記，有的只有一記：h'i，其變讀情況是如下：

h、h' 自由變換者：兄、孝、希、喜、虛、鄉、歇、曉、興、險、戲等字
只有 h' 記音者：香、訓、許、酗、兇、向、血、稀、靴、嘻、嬉、囂、響、兇等字

曉母字二記現象這麼普遍，似乎不是偶然，最可能的解釋是完全顎化的以 h'i 來記，還保留一點喉音成分的以 hi 來記。

艾約瑟對溪、群、曉母的細音都有交代，惟獨對見母細音沒加任何說明，而且惟見母細音字沒有異讀現象，這是否表示見母細音字顎化速度比別的聲母字慢的呢？綜合觀察以下其他的資料，最後下結論。

三、上海話聖經中的讀音

詹姆斯（James Summers）在 1853 年寫了一本上海話聖經《The Gospel of Saint John in the Chinese language, according to the dialect of Shanghai》，此書與艾約瑟的《上海口語語法》 同年出版，雖然詹姆斯對他所用音標的說明不太詳細，而且只寫上海音的羅馬拼音，沒寫相當的漢字，可是內容是聖經，所以與現代中譯本聖經比較，猜其本字不太難。可惜我得到的資料只有聖經的一部分，只有序、發音說明和聖經本文的前六頁，因此無法做全面的分析。

這本聖經中用來記見系聲母的有 k、ch、ky、hy、h'y，詹姆斯（James Summers）對這類輔音沒特別說明，他只說：

在這我們所用到的輔音大體上跟我們的文字一樣，即是：

k 像 kite 的 k

g 像 gate 的 g

ch 像 church 的 ch

j 像 jaw 的 j

⋮

⋮

sh 像 shin 的 sh, ' 和 h' 表示不同程度的送氣

這本聖經中，k、ch、ky、hy、h'y 聲母的字列於下：⓯

kyo：叫　　ex) kyo ta　　叫他

kin：見　　ex) ko:n kin　　看見

· ki：基　　ex) ki du　　基督

kyeng：經　ex) i kyeng　　已經

hiang：向　ex) li hiang　　裏向

h'yo：曉　ex) h'yo ta　　曉得

chi：起　　ex) kan chi sz　　開起初（開始）

chi：去　　ex) ku chi　　過去

⓯　還有 j，似用於記群母字，可是在我手上的資料中沒找到此音標。羅馬拼音旁邊的
漢字是筆者猜出來的。

從詹姆斯的發音說明和語料來看，中古見系字中，溪母字如
" 、"去"已經顎化爲 [tç'] ，可是見母字尙未顎化，見母字
" 、"叫"仍用 k(i) 來註音，而且對此音標沒加任何的補助說明，
只說「輔音大體上與英語發音相同」，由此可推測 k(i) 仍近於舌根音。
這樣說，當時團音的變化非常不一致，顎化正在進行，而且其讀音最
先從溪母、曉母字開始，然後其變化慢慢向群母字擴散，見母字變化
得最慢。

四、麥嘉湖的語音記錄

麥嘉湖（John Macgowan）在 1862 年出版一本《上海口語選句》
（A Collection of phrases in the Shanghai dialect），該書收錄上海話常
用句，書前加簡單的發音說明，本文裏寫著上海話的漢字和自己選用
的拼音。麥嘉湖對輔音的說明也極爲簡單，他說：

> 關於輔母，其音就像英語中的發音，惟一 j 聽起來像法語的 j。
> 送氣輔音後面加 ' 號，像 k'、t'、p' 等等。

麥嘉湖只說明群母細音用 j 符號，可是對其他團音聲母沒加任何說明，
而且至於溪母，他直接用上 ch 音標，見母仍用 k(i)，而沒加其他說明。

對輔音的說明只有這些，而在本文中拿來記團音聲母的有 k、ch、
j、h，例如：

kiau　叫　　ex) kiau　　　叫
kin　今　　ex) kin tsau　今朝

kie	幾	ex) kie hau	幾化
kiung	金	ex) kiung ts	金子
kiung	經	ex) e kyung	已經
kien	見	ex) ko:n kien	看見
kiang	強	ex) kiang dau	強盜
kying	筋	ex) kying	筋
jang	強	ex) jang jen	強健
jung	窮	ex) bing jung	貧窮
ch'uh	吃	ex) ch'uh	吃
che	起	ex) pau che lay	跑起來
che	去	ex) che	去
chau	巧	ex) chau	巧

　　從以上語料來看，麥嘉湖的也與詹姆斯寫的聖經的語料類似，溪母字已經顎化，群母字也顎化，見母字尚未顎化。**⑯**

五、晏瑪太的語音記錄

　　晏瑪太（Matthew Tyson Yates）的《中西譯語妙法》（First Lessons in Chinese）（1899）收錄上海話短句，並加羅馬拼音，語料相當豐富，而且對發音符號的說明也相當詳細，他說：

---

⑯　書中沒找到曉母字的例子。

k ： 硬音，是比英語的 k 送氣成分少，像加。

k' ： 有更多的送氣成分，像揩。

g ： 像 go 的 g，但要弱一些，像茄。

ky ： 無法用英語表達的特別的聲音。也許 tky 較近於此音，像雞。

ch ： 比英語弱，但比英語的 church 的 ch 有更強的送氣成分，像氣。

j ： 比 jug 的 j 硬一些的音，像旗。

kw ： 像 quart 的 qu，像規。

kw' ： 與 kw 相同，只加送氣成分，而且弱一些，像塊。

gw ： 像 Guelph 的 gu，像葵。

h ： 像在 hat，像海，很多本地人與 f 相混。

hy ： 有點像 should 的 sh，但沒那 sibilant，這更像 initial 的 ti 音。

　　以上晏瑪太（Yates）所用的音標中，kw、kw'、gw 是表示合口音，所以此音可以說與 k、k'、g 音一類，其他的 ky、ch、j、hy 是值得我們注意的發音，它們就是用於見系、曉系細音聲母。將本文中的一些例子列於後：

kyeu 　九　　ex) kyeu 　　　　九

kyung 　巾　　ex) seu kyung 　　手巾

kyung 　金　　ex) kyung diau 　金條

kyung 　京　　ex) nen kyung 　　南京

| kyung | 今 | ex) kyung tsau | 今朝（今天） |
| kyung | 經 | ex) i kyung | 已經 |

| jau | 轎 | ex) jau foo | 轎夫 |
| ji | 旗 | ex) mien ji | 面旗 |

chuh	吃	ex) chuh	吃
chi	起	ex) chuh tuh chi	吃得起
chi	去	ex) chi	去

| hyih | 歇 | ex) chi coo hyih | 去過歇（去過） |

依晏瑪太的發音說明和例子，ky、ch、j、hy 皆已經顎化成舌面中塞擦音 [tɕ]。晏瑪太著書的年代已經近於十九世紀末了，艾約瑟和晏瑪太寫書的年代相差四十多年，這四十多年間的語音變化可從他們的語料中得知變化的具體程度，就是說在十九世紀末見母細音字 k(i) 也已經顎化爲 [tɕ(i)] 或其近似音了。

六、清末韻圖之反映

清代韻圖中，能確定反映某地語音的韻圖不多，因爲韻圖通常將幾個不同地區的語音納入到一個格式裏，所以很難找反映著一個純方言的韻圖。清末 1883 年寫成的《等韻一得》也是同時反映南北古今方音，可是從各種角度分析，也可以看出其所反映的音韻特點的所屬地。其中一個非常重要的語音資料是〈外篇・雙聲疊韻〉。勞乃宣的反切

法的一部分整理如下：❼

　　正雙聲之例

　　　干、根，同爲見母開口呼 ── 諧

　　　堅、巾，同爲見母齊齒呼 ── 諧

　　　官、昆，同爲見母合口呼 ── 諧

　　　涓、君，同爲見母撮口呼 ── 諧

　　旁雙聲之例

　　　干、巾，一爲開口，一爲齊齒 ── 不甚諧

　　　官、君，一爲合口，一爲撮口 ── 不甚諧

　　　干、昆，一爲開口，一爲合口 ── 諧（雖不同等而皆爲洪音）

　　　堅、君，一爲齊齒，一爲撮口 ── 諧（雖不同等而皆爲細音）

　　勞乃宣在《等韻一得》的〈字母譜〉中把見系、曉系聲母無論洪細都排在舌根音部位❽，從中找不出任何顎化的線索，幸虧他在書中的〈外篇‧雙聲疊韻〉中另有一段反切法的說明，《等韻一得》所表現的音系中見系、曉系細音已經顎化了。如《等韻一得》中的音系，區分尖團而見系聲母在洪細元音前其讀音不同的，那就是吳方言，勞

---

❼　參見勞乃宣《等韻一得》〈外篇‧雙聲疊韻〉，頁 24-25。

❽　勞乃宣明知見系洪、細聲母實際發音有所不同，爲何在《等韻一得》的〈字母譜〉
　　中不它分爲二類，而反而怪李汝珍把此二類分爲二呢？這是因爲勞乃宣不管其音
　　值，而依音位互補的觀念不願意把這些分爲兩類。不但勞乃宣而且是其他許多古
　　代韻學家都有這樣的音韻處理方式，這也許是因爲要把所有的音塡在一個圖表中。

乃宣至青年多半時間在蘇州生活，而他的祖先嘉慶間移居到蘇州，可
猜他最熟的方言是蘇州話，所以他特別說明的雙聲反切法，很可能要
反映以蘇州話為主的吳語。蘇州離上海約 100 英里，依詹姆斯和艾約
瑟等人的描述，江蘇一帶的各地語音雖然不是完全相同，但只有細微
的語音差別，溝通上無大障礙。由此可想如果當時蘇州話團音已經顎
化的話，上海話也不例外，這種假設皆可用以上所介紹的資料來佐證。

肆、結 論

綜合以上資料，可知從十九世紀至二十世紀，上海市區方言的尖
團音一直在變化，在十九世紀團音正在進行顎化，在二十世紀團音完
全顎化，而進一步在二十世紀末的年輕人的口語中尖團音已經合流為
一類了。

在 1853 年著成的艾約瑟（Joseph Edkins）的《上海口語語法》和
詹姆斯（James Summers）的《聖經（上海話版）》中的記音現象來看，
十九世紀中葉上海口語中，k'i 音已經變為 tɕ'(i) 了，雖然語料不是很
豐富，hi、gi 的顎化音也已經出現了，可是找不到 k(i) 顎化的線索，
或許 k(i) 音顎化速度最慢，當時仍保留舌根音，或許顎化到 [c] 的程
度，目前無法肯定。我們能確定的是團音中顎化起點最早的是溪母、
曉母，在十九世紀中葉已經顎化到 [tɕ']、[ɕ]，這種變化向群母擴散，
見母變得最慢，然而見母也最晚在十九世紀末或二十世紀初完全顎化。

參考書目

艾約瑟（Joseph Edkins）　《上海口語語法》（The Grammar of Colloquial Chinese as exibited in the Shang-hai dialect）　1853

艾約瑟　《上海方言詞典》（A Vocabulary of the Shanghai dialect）　1869

薩姆納・詹姆斯（James Summers）　《上海話聖經》（The Gospel of Saint John in the Chinese language, according to the dialect of Shanghai》 1853

麥嘉湖（John Macgowan）　《上海口語選句》（A Collection of phrases in the Shanghai dialect）　1862

勞乃宣　《等韻一得》　1883

晏瑪太（Matthew Tyson Yates）　《中西譯語妙法》（First Lessons in Chinese）　1899

趙元任　《現代吳語之研究》　太華印書局　1928

葉祥苓　《蘇州方言地圖集》　龍溪書舍　1981

許寶華、湯珍珠等人　《上海市區方言志》　上海教育出版社　1988

周同春　〈十九世紀的上海語音〉　《吳語論叢》　1988

于鵬彬等人　《外國人名詞典》　上海辭書出版社　1988

陳忠敏　〈上海市區話語音一百多年來的演變〉　《吳語和閩語的比較研究》　上海教育出版社　1995

陶　寰　〈上海方言詞匯引論〉　《方言》　1995.4

朴允河　〈勞乃宣《等韻一得研究》〉　臺灣師大國研所碩士論文　1992

朴允河　〈《等韻一得》所表現的尖團音探微〉　《聲韻論叢》第六輯　1997

朴允河 〈論艾約瑟（J. Edkins）上海方音研究〉臺灣師大國研所博
　　士論文 1997

從布勒語言模型看
方言田野調查❶

李仲民*

前　言

　　在聲韻學的範疇中，研究漢語的語音史，一向是聲韻學家最重視的課題。民國以前的聲韻學者，大多利用詩經、楚辭、古詩等韻文，或是利用形聲字諧聲偏旁來研究，歸納出古韻部和古聲部。近代以來，隨著西方語言學的傳入中國，近代聲韻學者便利用新傳入的語言學知識來重新檢視前人所歸結的古韻部和古聲部，並且試著擬構出一套合理的古漢語音系。其中高本漢利用中國各地方言以及中國周圍域外方音，於 1936 年完成近代漢語研究的巨著《中國音韻學研究》書中擬構出一套完整的漢語中古音系統，至此爲古漢語的研究開啓了新的一頁。至此，方言研究便與古漢語的研究密不可分。

---

*　文化大學中國文學研究碩士班
❶　此處所指的方言田野調查，主要是指閩南方言而言，故所用的例子也多以閩南方言爲例。

　　近代中國方言研究的興起，羅常培、王力和趙元任三位先生功不可沒。趙元任〈現代吳語的研究〉（1928）是我國第一部用現代語言學理論和方法研究漢語方言的劃時代傑作，另外他與丁樹聲、楊逢時、吳宗濟、董同龢合著的《湖北方言調查報告》（1948），更成為以後方言調查報告的標準寫作模式。這些方言研究專著都有一個共通特色，都是以語言調查作為最基礎的工作，然後再從事分析歸納的工作。所以如果方言調查的工作做得不徹底、或是有太多的缺失，便無法正確地分析歸納這個語言。所以方言學的建立和發展是以方言的調查為基礎的，沒有方言調查提供的大量素材，就談不上對方言進行分析整理、深入探討。可見，調查是第一步，也是不可少的一步❷。一個語言調查失敗的語言調查報告，它的結論將會與現實有著極大的差距，所以語言調查的工作一點都疏忽不得。本篇論文便是要藉由奧地利哲學、心理學家布勒於 1934 年發表的《語言理論》中所提出的語言模型為基礎，來看看現今語言調查的方法是否有所缺失。

壹、布勒的語言模型❸

　　布勒是奧地利哲學、心理學家，在 1934 年所發表的語言理論（Sprachtheorie）中提出一個語言模型，來解釋語言。（如圖一：）

---

❷　見詹伯慧，漢語方言及方言調查，湖北教育出版社，頁 7，1994 年 10 月。

❸　布勒語言理論原書作者未見，所用引自瑞典語言學家 B.馬爾姆貝格（Bertil Malmberg）所著心理學和哲學對語言研究的貢獻（1979）。見岑麒祥譯，國外語言學論文選譯，北京語文出版社，頁 114-134，1992 年 8 月。

（圖一）

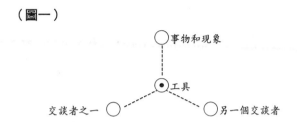

布勒認為任何陳述都有三重關係：(1)與所說事物狀態的關係，(2)與說話人的關係，(3)與被詢問人的關係。人們對某人談及某事。因此陳述的同時是：(1) Darstellung（闡述）（指向所說的事物）；(2) Ausdruck（表達）（指向說話的人），Appell（召喚）（指向被詢問的人）。後來布勒和之後的的其他語言學家，把這些術語分別以 Symbole（象徵），Symptome（徵兆）和 Signal（信號）來代稱。例如有人對某甲說：「下雨了。」這一陳述的功能就是把某種外界的事物告訴交談的人。我們可以說陳述象徵著這個內容，而對這個內容的指向就變成了語言的「象徵功能」。但是我們也可以認為，這一陳述的作用（主要的或次要的）是用來表達說話人的一種狀態或特性。作為說話人的一種狀態或特性的徵兆，它就有一種功能叫做「徵兆功能」。最後，陳述對聽話人發聲生作用。例如「下雨了。」可以有讓聽話人攜帶他的雨傘或雨衣的後果。於是陳述就是一種召喚，一種向聽話人發出的信號；在這一點上，它的功能就是一種「信號功能」。

這三種功能的相對重要性可以隨陳述的性質不同而不一樣。例如在一篇科學論文裡，象徵的功能應該佔主導地位，在這裡，唯一重要的是現存的事物狀態的關係。再如一首抒情詩，就它的性質說，主要是徵兆。詩人不只是單單想使讀者知道天空是蔚藍的，更特別的是要

傳達他自己的感情。而軍令差不多全是召喚，如：「齊步走！」陳述
對於聽話的人效能顯然與人們所期待的不同，或甚至不產生效能。從
原則的觀點看，事情並不重要。布勒的圖示中用他的術語指出的，絕
不是說話人的意圖或聽話人決定的態度，只是這樣的功能所指的東西。

　　另一個更詳細的圖示（圖二），把各種因素的語言狀態表達得更
加清楚：

（圖二）

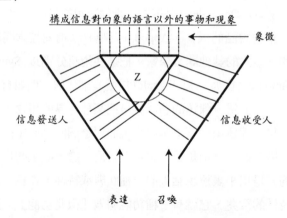

　　當中的圓圈「Z」象徵具體的音響現象（聲波）。三角形的三邊
由三種功能把它們和所指事物的各自領域聯係起來；一方面佔有比圓
圈小的地位。這可以象徵這樣一個事實：不是聲波的所有因素都被牽
連到三個功能之一裡面。另一方面，三角形超越圓圈，這表示一定的
音浪實際上應該用感知來補充，一般是在客觀的數據加上某種東西，
聽話人「聽到」的比聲譜裡真正找到的要多。

從布勒的語言模型中我們可以知道，

1.人類所能發出的聲音，有些是有意義的，有些是沒有意義的，有意義的聲音稱爲「語音」，也就是布勒語言模型中，圓圈與三角形重疊的部份。超出三角形之外的圓圈部份，就是人類所能發出而無表意成份的聲音，在人類的語言研究上，這部份的聲音是沒有意義的。例如【R】這個小舌顫音，在苗語的語音系統中有這個音位，如威寧苗語【qau】（莊稼）的【q】、【q'a】（教）的【q'】；湘西苗語【Nq'e】的【N】可是在漢語中是沒有意義的，甚至不是一個音位，但是通常我們仍在漱口時會發出這個聲音。而苗語雖然有這個音位，但是單單只發出【R】這個音，在苗語中也是無任何語言意義的。再如人類可以模仿自然界裡許許多多的聲音，像狗「汪汪」的叫聲，風「呼呼」的吹動聲，在一般只是單純模仿的情形下，這也是無意義的聲音。❹

2.人類藉由語音所表達出的內在含意，是超越這個語音表面意義的。也就是布勒語言模型中，三角形超越圓圈的部份。例如/me7 me1/❺這詞依運用的情況不同而有不同的語意內涵，如「me7 me1li1 be1 khi2 to3？」，假如談話對象是個七、八歲小女孩，那麼此處/me7 me1/便只是單純指小女孩、小妹妹而言。但當一個人說：「li1 be1 khi2 kio2 me7 me1？」此處所指就不一定是指小妹妹了，它很有可能是指去找

---

❹ 這類詞稱爲「狀聲詞」、「象聲詞」或「擬聲詞」，當它在形容某種事物所發出的聲音時是有意義的，可以視爲詞彙。此處所指是單就模仿事物的聲音而言，像表演口技。

❺ 此處音標採教育部公告「臺灣語言音標」（T.L.P.A.），詳見本師董忠司教授，臺灣語言音標方案手冊（1995）、臺灣語言音標（1997），臺灣語文學會印行。

妓女之類的女人❻。再如/chiu1 chin3/一般是指小孩子調皮愛搗蛋，但在我所調查的臺北縣雙溪閩南語（偏漳腔）中，一位發音人也把鬧肚子、肚子不舒服想拉肚子的感覺稱爲/chiu1 chin3/，他說：「bak4 to2 cin7 chiu1 chin3。」假如不是當時恰好這位發音人鬧肚子，我想/chiu1 chin3/用來形容鬧肚子、肚子不舒服想拉肚子的感覺的用法，我也不得而知了。由此我們可以知道，語言在實際的運用上，是相當靈活、活潑的，並不會受到這個詞彙的一般意義所拘束。

貳、現今一般使用的方言調查方法

關於方言調查進行的方法，如丁邦新（1970）、詹伯慧（1991）、翟時雨（1986）、游汝杰（1992）、黃景湖（1987）……等等都有述及，歸結下來是大同小異，所以在此不再對這些步驟重新敘述，僅對一些重要關節加以敘述。

目前方言調查工作者從事方言調查的工作，習慣上都是先記錄某些事先選定的字的字音；求出聲韻調的系統，再調查記錄詞彙和語法。通常預先選定的字被安排在一本方言調查表格裡，這就是「方言調查字表」。另外爲了調查方言詞彙，預先將一些選定的詞彙安排在一本

---

❻　/me7 me1/這個詞是很有意思的，它應當是由閩南語/me1 me0/（妹妹）而來，藉由音調的改變而擴大了詞意。/me7 me1/可單純指小妹妹（大概是指十歲以下），也可指年輕女孩（約十六、七歲以上），在年長一輩更專指從事特種行業的女人。現在年輕一輩用得非常普遍，但音調又有所不同，記音爲/me3 me1/，在網路上一般寫成「美眉」或「美妹」，主要專指年輕女孩，取代了「女孩」、「小姐」等稱呼。

方言調查表格裡，這就是「方言調查詞彙表」。這類調查表很多，在此我舉出常用的幾種：

1. 方言調查字表：此表是大陸北京中國社會科學院語言研究所，根據中央研究院歷史語言研究所於 1930 年編的《方言調查表格》修改編成的。1955 年出第一版，1964 年根據第一版增訂重排，增刪一些字。1981 年根據第二版重印，改「摹、綜、猻」三字位置，並重排書後所附的音標及其符號，此本就是目前一般最常見的修訂本（新一版）方言調查字表。此表是專門用來調查語音的字表❼。

2. 閩南方言調查手冊：此表是洪惟仁師爲了配合「台灣地區漢語方言調查研究計劃」，於 1988 年八月間所編寫設計而成，未公開發行。關於此字表的設計洪老師自述到：

> 我們進行的調查字表，乃是經過對閩南語方言文獻及初步調查資料研究分析之後，選擇足以反應閩南語內部方言差及其音系結構的詞彙編輯而成。❽

因爲此表在所用的例字、例詞之後皆附有台灣各地區常見的語音的記音，使用者只須勾選與發音人相同的語音記音，再記錄聲調即可，非常便利，因此深獲初學的學生喜愛。此表可供調查語音

---

❼　見黃景湖，漢語方言學，廈門大學出版社，頁 208，1987 年 6 月。

❽　見洪惟仁師，台灣地區漢語方言調查研究計劃——第一年期研究成果報告，自印本，頁 1，民國 79 年 3 月。

也可用來調查詞彙。

3. 關於用來調查詞彙的詞彙表就很多了，如：

　(1)漢語方言詞彙，北京大學中國語言文學系語言學教研室編，語文出版社，1995 年 2 月第 2 版。

　(2)方言詞彙調查手冊，HANDBOOK OF CHINESE DIALECT VOCABULARY, Chinese Linguistics Project Princeton University, March 22, 1972。

　(3)福建漢語方言基礎語彙集，中島幹起著，東京外國語大學，1979 年。

　(4)宜蘭方言基礎詞彙，藍清漢，1980 年。

這些詞彙表的邊編排方式大都是將各詞彙加以分門別類，便於查閱，一般不外分做：日常用品、人體生理、稱謂、天文地理、時間方位、飲食果品、動物、林木花草、房屋、醫療衛生、交際應酬、職業、商業活動、文化藝術宗教、科技交通、抽象事物、各種行為動作、數量、虛詞、副詞、代詞等項目。

除了專門的詞彙表之外，其它如方言志、地區方言研究的論文中通常也會附有詞彙表，如《泉州市方言志》（1993）、《漳州方言研究》（1994）、《高雄縣閩南語方言》（1997）、張屏生碩士論文《潮陽話和其它閩南話的比較》（1992）、博士論文《同安方言及其部分相關方言的語音調查和比較》（1996）……等等。此外方言字典、詞典，如《廈門方言詞典》（1992）、《實用華語臺語對照典》（1996）、《現代閩南辭典》（1981）也是可以加以利用的。

有了這麼多形形色色的字表，供大家利用，做語言調查應該很簡

單了吧？其實不然，這些字表雖然可供利用，但卻不一定實用。像上面所舉的 1.方言調查字表（1981），它制訂的目標雖然在於便利方言聲韻調的記錄與整理，以及與漢語中古音系的比較，但也因為它的目標在於通用中國境內各地方音，同時又要遷就中古音系統，所以其中許多例字並不合於實際方言語音的需要。如它的聲調部份，為了調查一地方言的聲調系統，所以列出了聲韻相同而聲調相異的例字：【詩，時，使矢，是士，試世，事侍，識，石食】；【梯，題，體，弟，替，第，滴，笛】，就國語或中古音來看，它們的聲韻是相同、相近的，但至少以閩南話來看，可就不是這麼一回事了，它們的音讀成為【/si1/（/su1/），/si5/，/su2/，/si7//su7/，/chi3//se3/，/su7//si7/，/sit4/（/bat4/），/cioh8//sit8/（/ciah8/）】；【/tui1/，/te5/，/te2/，/te7/（/ti7/），/te3/，/te7/，/tih4/，/tiok8/】，閩南話的音韻系統比國語複雜許多，而且還有文、白異讀，一個字的讀音可能會有好幾個，像「笛」，雖然有說/tiok8/這個音讀，可是更多人是說/pin1 na2/這個白話音，所以說方言調查字表中所用的例字並不一定適用。想要調查閩南話的聲調，不如利用閩南語的韻書如彙音妙悟、增補十五音等，前面所附的八音呼法：「君，滾，棍，骨，群，郡，棍，滑」來得方便。

再如 2.洪惟仁師的閩南方言調查手冊，此表原本是為了配合「台灣地區漢語方言調查研究計劃」而編寫設計，它主要目的在於反應閩南語內部方言差及其音系結構，雖然使用起來非常便利，可是此表的例字尚嫌不足，假如僅僅依據此表的內容調查，不僅詞彙不夠充份，一些特別的語音現象也將會疏漏，如果是要詳細調查一地的閩南語語音系統，僅依靠此表是絕對不夠的。但若是將此表用於一個地區閩南語腔調的區分，或是大區域的閩南語方言的調查（可能跨越二個以上

的腔調，如「臺灣北部方言調查」），使用此表是非常便利的。

　　另外關於詞彙的調查上，我要提出一項初學者很容易犯的錯誤，就是在調查詞彙時直接把詞彙表交給發音人唸。這是一個相當大的錯誤，因爲如果這樣做，(1)發音人極有可能依照詞彙表裡的漢字來唸，所唸出來的音很有可能是文讀音或是受國語影響的語音，而不是自然說話時的語音。這種極不自然的語音並不是我們做語言調查時所要的，我們所要的是發音人日常與人交談時所講的語音，這樣才能反應出當地實際的語言狀況，所記錄的語音資料才有研究價值。(2)若只是照著詞彙表來唸，很有可能會收錄到並不是當地通行的詞彙，或是漏失掉許多詞彙。無法發現當地特有的詞彙，當然也就無法從詞彙的差異，來比較兩地的詞彙差異了。就方言的區分而言，詞彙的差異也是相當重要的一環，所以是疏忽不得的。

參、從布勒語言模型看方言田野調查

　　布勒藉由語言模型告訴我們語言的原理，人們藉由語言來傳情達意，進行（象徵）、（徵兆）、（信號）的功能。同時模型也告訴我們，人類除了能發出語音以外，還能發出其它無表意功能的聲音；而且人類除了藉由語音以外，有時還必須藉由其它方式（如手勢、表情等），才能充份表達出自己的意思。由此我們再來對方言調查的方法，作一個觀察。

　　當我們要對一地區做語言調查，首先當然要對這一地區的歷史背景、人文狀況以及自然環境做通盤瞭解，再以此爲基礎建立適合此地區的字表、詞彙表，並選擇出適當的發音人。當進行記音工作時，凡

是講語言調查的書籍，都強調最好要在當時記音，因為聽發音人親口發音比聽錄音帶不僅音質清楚得多，並且可以觀察嘴形，所以實地手記是不可或缺的❾。雖然每個人都知道當場記音的重要，可是如果真的這麼進行調查，將會相當費時，所以初次嘗試語言調查的人，不得不倚賴錄音機。可是這麼做記音結果將會大打折扣，因為從布勒的語言模型中我們知道人類所發出的聲音，不見得都是有意義的，所以當發音人發一個音時，記音人要如何判定這是一個有意義的語音呢？例如說我有一個發音人，當他在說一些物品的名稱時，習慣加上/a/尾，像桌子/toh4 a2/，椅子/i1 a2/，沙子/sua7 a2/，這些字的/a/尾是有意義的或是有辨義作用，通常寫成「仔」字。可是我還發現一些加/a/尾與不加/a/尾都可以的詞，如鼓椅（小圓凳）說/koo7 i2/或是/ko7 i1 a2/都可以，其它還有：海緣/hai1 kinn1/、/hai1 kinn7 a2/；外甥/ua7 sing1/、/ua7 sing7 a2/等，這些詞我的發音人表示都可以、都一樣，所以我傾向於這只是口語上的無辨義作用的語尾，因為我發現當他只是單唸這個詞時，/a/尾是不會出現的，但是當他在口語的句子中，/a/尾就會出現了。所以嚴格說起來，後者的/a/尾詞，就單單這個詞來說，這個/a/尾是無意義的❿。

另外在布勒的語言模型中還闡明了，人類藉由語音所表達出的內在含意，是超越這個語音表面意義的。所以不論記音人設計多麼周詳的情境來問發音人這個詞彙，都還是有可能漏失許多寶貴的詞彙，或

---

❾　見游汝杰，漢語方言學導論，上海教育出版社，頁 21，1992 年 11 月。

❿　這類/a/尾到底有沒有辨義作用，我還沒有下最後決定，還待更多的資料，作更深入的研究。

是詞彙的第二種詞義。因爲許多的辭彙是與當地的環境、人文背景習習相關的。例如在我所調查的雙溪地區，用來說「捉鱉」這個活動，就有「釣鱉」/tio2 pih4/、「摸鱉」/mom7 pih4/、「箍鱉」/ko7 pih4/等等不同說法，反而沒有人說「捉鱉」/lia3 pih4/，其中「釣」、「摸」、「箍」是指捉鱉的方法，假如記音人不知道這些，可能就會漏失掉這麼豐富的詞彙。此外同樣的一個詞彙，因爲使用的時機不同，詞義也會有所改變，像前文所舉的/chiu1 chin3/這個例子，把鬧肚子、肚子不舒服想拉肚子的感覺稱爲/chiu1 chin3/，也是相當特殊的用法。根據我的經驗，有些特殊詞彙的用法，不論記音人設計多麼周詳的情境來問發音人，都是問不出來的，當我問：「要表達鬧肚子、肚子不舒服想拉肚子的感覺時，你怎麼說？」同一個發音人是說：「bak1 to2 ka1 tiang3」或是「bak1 to2 it4 tit4 ka2」（在他鬧肚子之前），在鬧肚子當時他卻是說：「bak4 to2 cin7 chiu1 chin3。」。可見在一個非自然的語言情境之下，發音人所說的並非百分之百的可靠。當然最佳的狀況是能長期與發音人一起生活，從發音人的日常交談中收集語料，可是一位語言調查工作者是很難做到的，試想一個人怎麼可能在一個陌生人的家中住個把月的？自己也不願意讓陌生人在自己家中住很長一段時間吧？彌補這個缺失的唯一方法，只有多收集相關資料，以求把誤差降到最低。如果能做到本地人記錄本地的語音，這將會是較好的情形。因爲在自己的成長環境自己最清處，對於當地的方音也最瞭解，有什麼特殊的詞彙用法當然是一清二楚。同時也便於長期的記錄和語料的收集，對當地的方音做最眞實的記錄。

結　論

　　雖然就布勒的語言模型來看，方言田野調查有些技術上的瑕疵存在，這並不就代表無須做方言田野調查，或是忽略前人經由方言田野調查所留下的語音資料，相反的我們更應從事方言田野調查的工作。洪惟仁師說：

　　　　無論如何，田野工作仍是最基本的工作。……那些空談理論或硬套理論，甚至爲了滿足理論的邏輯推衍而抹煞現象，曲解現象的學術論文，到頭來也一定是廢紙一堆。

洪師又說：

　　　　這幾年的研究，使我深深感到田野工作、田野資料和理論素養，都是不可偏廢的。但理論和田野工作，如果可以分立的話，我以爲田野工作比理論素養重要的多。因爲記錄現象本身就是貢獻了。現象是瞬息萬變的，今天不記錄下來，明天就來不及了。⓫

　　洪惟仁師的這些話，充份道盡方言田野調查的重要，以及目前從事方言田野調查工作的迫切性。

⓫　　見洪惟仁師，我的田野經驗：田野調查與理論假設的辯證發展，臺灣史田野研究通訊，中央研究院，第 18 期，頁 45，民國 80 年 3 月。

　　布勒的語言模型，給我們提供了清淅的語言結構，藉由這個語言模型，我們首先可以明白人類所能發出的聲音，有些是有意義的，有些是沒有意義的。其次也可以知道，人類藉由語音所表達出的內在含意，是超越這個語音表面意義的。由此理論爲基礎，當我們從事方言田野調查時，便要留心語言在這方面的問題，找出將失誤降到最低的方式。雖然由本地人調查自己地區的方言是最好的情況，可是我們無法期待每一個地區都會出現一位方言田野調查的工作者，大部份地區仍須要非本地人的方言田野調查工作者，來進行方言田野調查的工作。所以唯有方言田野調查工作者努力培養自己的語言調查能力，以減低語言調查的失誤。

　　有些人以爲單靠記音人的聽力來審音，是非常不科學的作法，應該運用聲譜顯示器等科學儀器，提供確實的數據，才是客觀的做法。事實上就目前而言，這是一個非常不切實際的想法，因爲往往我們所收集到的語料，數量是非常龐大的，就現今的狀況，是無法一一用科學儀器加以分析的。更何況人是活的，機器是死的，人們每次發音並不見得都會相同，若使用科學儀器來分析，也許同一個語音將會有不同的波形，最終還是要靠人的聽力來分析判斷，是否爲同一個音，或是歸併成爲一個音位。再者，這些科學儀器大多造價昂貴攜帶不便，根本無法供方言田野調查工作者隨身攜帶。因此再沒有更精良的儀器出現之前，還是要靠記音人的聽力，來進行審音的工作。所以身爲一個方言田野調查工作者，必須時時充實自己的語音學知識，多多從事記音練習，增加自己的審音以及語言分析能力，如此才能記錄出反應實際語言現象的語料。

參考書目

詹伯慧：漢語方言及方言調查，湖北教育出版社，1991 年 8 月。

詹伯慧：四十年來漢語方言研究的回顧，大陸雜誌，第 85 卷第 3 期，
　　頁 103-109，1992 年。

邢公畹：漢語方言調查基礎知識，華中工學院出版社，1982 年 5 月。

翟時雨：漢語方言與方言調查，西南師範大學出版社，1986 年 6 月。

游汝杰：漢語方言學導論，上海教育出版社，1992 年 11 月。

黃景湖：漢語方言學，廈門大學出版社，1987 年 6 月。

中國社會科學院語言研究所：方言調查字表，北京商務印書館，1983
　　年。

中國社會科學院語言研究所：方言調查詞彙手冊，科學出版社，1955
　　年 10 月。

中國科學院語言研究所：方言調查簡表、中國科學院語言研究所。

趙元任：常用字表，國語統一籌備委員會發刊，民國 19 年。

洪惟仁師：閩南語方言調查手冊，中央研究院歷史語言研究所，民國
　　77 年 8 月。

洪惟仁師，台灣地區漢語方言調查研究計劃——第一年期研究成果報
　　告，自印本，民國 79 年 3 月。

洪惟仁師：高雄縣閩南語方言，高雄縣政府發行，民國 86 年 4 月。

洪惟仁師：臺灣漢語方言調查研究計劃，臺灣史田野研究通訊，中央
　　研究院，第 1 期，民國 78 年 6 月。

洪惟仁師：我的田野經驗：田野調查與理論假設的辯證發展，臺灣史
　　田野研究通訊，中央研究院，第 18 期，民國 80 年 3 月。

北京大學中國語言文學系語言學教研室編：漢語方言詞彙，北京大學
　　中國語言文學系語言學教研室編，語文出版社，1995 年 2 月第 2
　　版。

Chinese Linguistics Project Princeton University : HANDBOOK OF
　　CHINESE DIALECT VOCABULARY（方言詞彙調查手冊），
　　Chinese Linguistics Project Princeton University, March 22, 1972。

中島幹起：福建漢語方言基礎語彙集，東京外國語大學，1979 年。

藍清漢：宜蘭方言基礎詞彙，1980 年。

林連通：泉州方言志，北京社會科學文獻出版社，1993 年。

馬重奇：漳州方言研究，縱橫出版社，1994 年 10 月。

廈門市地方志編纂委員會辦公室編：廈門方言志，北京語言學院出版
　　社，1996 年 1 月。

中國科學院語言研究所：方言調查簡表、中國科學院語言研究所

董忠司師：臺灣語言音標方案手冊，臺灣語文學會發行，民國 84 年 5
　　月。

董忠司師：臺灣語言音標，臺灣語文學會發行，民國 86 年 12 月。

張屏生：潮陽話和其他閩南話的比較，中國文化大學中國文學研究所
　　碩士論文，民國 81 年 6 月。

B.馬爾姆貝格（Bertil Malmberg）著，岑麒祥譯：心理學和哲學對語
　　言研究的貢獻，國外語言學論文選譯，北京語文出版社，頁 114-
　　134，1992 年 8 月。

丁邦新：語言調查及語料整理，思與言，第 2 卷第 5 期，民國 54 年 1
　　月。

何大安：從中國學術傳統論漢語方言的過去、現在與未來，中央研究

院歷史語言研究所集刊，第 63 本，第 4 分，頁 713-731，民國 82
年 9 月。

邱文錫、陳憲國：實用華語臺語對照典，樟樹出版社，1996 年 7 月。

村上嘉英：現代閩南語辭典，天理大學，昭和 56 年（1981）。

附錄

第十六屆全國聲韻學學術研討會議程表

會議時間：八十七年三月二十八日（星期六）、二十九日（星期日）兩天
會議主題：聲韻學的傳承與開展
會議地點：彰化市國立彰化師範大學（白沙大樓）國際會議廳
　　　　　B場：第三會議室（白沙大樓三樓）

場次	時間	三月二十八日（星期六）			
	09:00~09:30	報　到			
	09:30~09:40	主持人	李威熊 何大安	開幕式(第一屆大專學生聲韻學論文優秀獎頒獎)	
	09:40~10:20	專題演講：探求閩南語本字的聲韻方法 主　講　人：林炯陽			
	主持人	主講人	論　文　題　目		特約討論人
	10:20~10:40	茶　　　敘			
第一場	李威熊 10:40~12:10	林慶勳	等韻圖的教學方法		董忠司
		姚榮松	聲韻學教學的基礎建設		簡宗梧
		周世箴	由聲韻學角度看詩歌：兼談韻律與意象的互動		蕭宇超
	12:10~13:30	午　　　餐			

		13:30~14:00	國語辭典 CD 光碟説明	
第二場	簡宗梧 14:00~15:30	董忠司	從台灣「佳冬」談聲韻與考本字	林炯陽
		洪惟仁	閩南語的音系衍化類型	連金發
		竺家寧	巴黎所藏 p2901 敦煌卷子反切研究	葉鍵得
		蕭宇超	談兒化的連鎖音變──縮短現代音韻與傳統聲韻的距離	鍾榮富
		15:30~16:00	茶　　　　　　　敍	
第三場 A	蔡宗陽 16:00~17:30	朴允河	上海方言中 ki 變爲 tC 的時期探討	徐芳敏
		鍾榮富	漢語的語音和音韻	姚榮松
		鄭縈	宜蘭方言的語音變化	洪惟仁
		張屏生	東勢客家話的超陰平聲調變化	羅肇錦
第三場 B	何大安 16:00~17:30	吳中杰	從歷史跟比較的觀點看客語韻母的動向：以台灣爲例	李存智
		李仲民	從布勒語言模型看方言田野調查	曹逢甫
		程俊源	由"打"字談起──談北京音系梗攝二等文白異讀的音韻層次與地域來源	吳聖雄
		17:30	晚　　　　　　　餐	

每篇論文，主講十分鐘，講評十分鐘，其餘爲綜合討論，每一人次發言限時兩分鐘，按鈴計時。

場次	時間	三月二十九日（星期日）			
		主持人	主講人	論　文　題　目	特約討論人
第四場A	戴瑞坤 08:30~10:00		曾榮汾	字頻統計法運用於聲韻統計實例	黃沛榮
			金鐘讚	論摩多	竺家寧
			陳梅香	《說文》連綿詞之音韻現象探析	張文彬
			吳世畯	部份《說文》"錯析"省聲的音韻現象	何大安
第四場B	古國順 08:30~10:00		宋韻珊	《增補別弊五方元音》的聲母系統	蔡宗祈
			謝美齡	合韻、旁轉說及例外諧聲檢討	耿志堅
			楊徵祥	《韻會》所引『蒙古韻』考	金周生
	10:00~10:20	茶　　　　　敘			
第五場	鄭靖時 10:20~11:30		金周生	《中原音韻》「鼻」字的音韻來源與音讀	古國順
			朴萬圭	就漢梵對音收-t/-l韻尾試論韓漢入聲譯音收-l韻尾	金鐘讚
			吳聖雄	張麟之《韻鏡》所表現的宋代音韻	林慶勳
	何大安 11:30~12:00	中國聲韻學會會員大會			
	鄭靖時 12:00~12:10	閉幕式(優秀青年學人獎頒獎典禮)			

每篇論文，主講十分鐘，講評十分鐘，其餘為綜合討論，每一人次發言限時兩分鐘，按鈴計時。

後　記

　　第十六屆研討會去年三月廿八、廿九日在彰化師大舉行，本人負責會議籌備，自然也跟這次催生出來的稿件結下了不解之緣，當姚秘書長把《聲韻論叢》的編輯重擔交給我時，我曾躊躇了半晌，理由是我人在彰化，每週返北時間短促，如果因而耽擱了出版，豈不弄巧成拙？然而秘書處有一定的制度，拗不過姚兄三番兩次擔保將盡最大的協助，我就承擔了下來。

　　學會在去年九月發函告知作者在十月下旬交出修訂好的磁片，這些修訂稿寄到秘書處，不巧郭秘書因病假而無法處理，大約到了十二月底才把資料移轉到秘書長的工作室，交給我們共同主持的國科會研究計畫專任助理張雁雯小姐協助處理，還有少數未到齊的磁片，也盡了最大的耐心等他們送來，少數作者的想法是文章得失寸心知，已經過了截止收件日期，不登可以留下來慢慢修改，學會的想法是好不容易催到多樣化的各種論文，正好搭配成一次會議的特色，缺少了任何一道好菜，即無法充分展現本次會議的完整「風味」，在這種堅持下，秘書處一再延後截止日期，費盡力氣總算把所有修訂後的磁片準備停妥，其中包括部分韓國友人的磁片完全轉不出來，只好委由學生書局重打，接下來就是校對的重頭戲，多虧本會會員陳貴麟先生的鼎力相助，他看完大部分的初校，程俊源同學也協助初校多篇，終於及時在四月底完成初校。

　　由於時限緊迫，我們只寄出第一批初校稿，請林慶勳、竺家寧、

曾榮汾、宋韻珊、楊徵祥五位作者協助，在此要向其他作者道歉，由
於沒有辦法將清校稿送給每位作者過目，可能產生的校對上的疏誤，
應由個人承擔一切責任，如果幸而沒有太大疏誤，也要歸功於陳貴麟、
程俊源的初校，以及學生書局游均晶小姐的細心協助二校、三校，及
負責打字的吳若蘭小姐的全力配合，如果沒有他們的耐心和專業，去
年研討會的成果就不可能準時呈現在所有會員面前。最需要感謝的仍
是本會姚秘書長，在編校期間，我一次也沒有在學生書局出現，而秘
書長的摩托車卻三不五時在那兒放著，許多我該做的事兒，他往往逕
自代勞。對這樣的學長，我除了歉疚之外，實在有更多的敬意。

八十八年五月三日於彰化師大

羅肇錦 謹記

國家圖書館出版品預行編目資料

聲韻論叢・第八輯

中華民國聲韻學學會、彰化師範大學國文系主編.—
初版.— 臺北市：
臺灣學生，1999-[民 88]

ISBN 957-15-0968-X (精裝)
ISBN 957-15-0969-8 (平裝)

802.407   88050361

聲韻論叢・第八輯(全一冊)

著　作　者：中華民國聲韻學學會、彰化師範大學國文系主編
出　版　者：臺　灣　學　生　書　局
發　行　人：孫　　　善　　　治
發　行　所：臺　灣　學　生　書　局
　　　　　　臺 北 市 和 平 東 路 一 段 一 九 八 號
　　　　　　郵 政 劃 撥 帳 號 0 0 0 2 4 6 6 8 號
　　　　　　電　話：(0 2) 2 3 6 3 4 1 5 6
　　　　　　傳　真：(0 2) 2 3 6 3 6 3 3 4
本書局登
記證字號：行政院新聞局局版北市業字第玖捌壹號
印　刷　所：宏　輝　彩　色　印　刷　公　司
　　　　　　中 和 市 永 和 路 三 六 三 巷 四 二 號
　　　　　　電　話：(0 2) 2 2 2 6 8 8 5 3

定價：精裝五七〇元
　　　平裝五〇〇元

西 元 一 九 九 九 年 五 月 初 版

臺灣學生書局出版

中國語文叢刊